黄介山 张明非 著

一对“四〇后”的时代记忆

GUANGXI NORMAL UNIVERSITY PRESS
广西师范大学出版社
·桂林·

图书在版编目（CIP）数据

一对“四〇后”的时代记忆 / 黄介山，张明非著. --桂林：广西师范大学出版社，2023.3

ISBN 978-7-5598-5800-9

Ⅰ. ①一… Ⅱ. ①黄… ②张… Ⅲ. ①回忆录—作品集—中国—当代 Ⅳ. ①I251

中国国家版本馆 CIP 数据核字（2023）第 020393 号

广西师范大学出版社出版发行

（广西桂林市五里店路 9 号　邮政编码：541004
网址：http://www.bbtpress.com）

出版人：黄轩庄

全国新华书店经销

广西广大印务有限责任公司印刷

（桂林市临桂区秧塘工业园西城大道北侧广西师范大学出版社集团有限公司创意产业园内　邮政编码：541199）

开本：889 mm × 1 194 mm　1/32

印张：15.875　　插页：8　　字数：380 千

2023 年 3 月第 1 版　　2023 年 3 月第 1 次印刷

定价：68.00 元

∧ 明非父母亲

∧ 介山父母亲

∧ 明非兄弟姊妹（1958 年）

＜ 明非全家欢送大哥参军（1962 年）

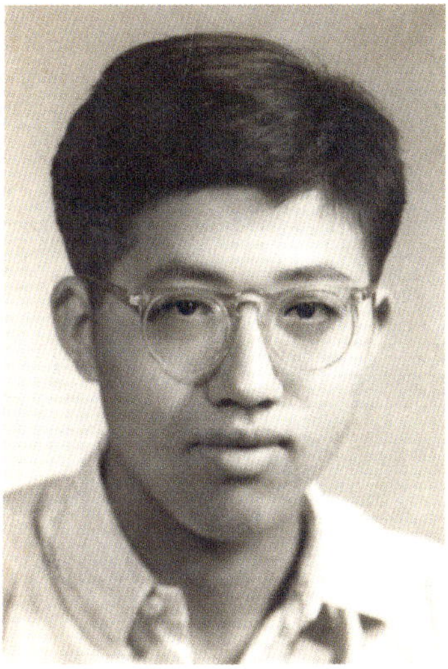

∧ 介山高中毕业照（1962 年夏）

∧ 介山、明非大学毕业前夕（1968 年）

∧ 全家迁至桂林（1983 年 8 月）

∧ 广西师范大学党委荣获“全国先进基层党组织”称号（2001 年）

∧ 教育部部长陈至立视察学校（2001 年 2 月 28 日）

∧ 广西师范大学建校 70 周年校庆（2002 年 ）

∧ 桂林市委书记高雄教师节来家慰问（2007 年）

∧ 祖母（介山母亲）与她的孙辈（2007 年）

∧ 介山弟妹来桂林（2013 年 3 月）

∧ 南通老家三代人大团圆（2014 年 10 月）

∧ 明非母亲百岁寿庆（2015 年 6 月）

∧ 明非兄弟姐妹与母亲相聚沪上（2014 年 6 月）

∧ 大学入学50周年（2012年于北大未名湖畔）

∧ 金婚纪念（1968—2018）

∧ 赴澳大利亚自驾游（2012 年 7 月）

∧ 祖孙三代游漓江（2017 年 5 月）

∧ 于巴厘岛度春节（2018 年）

∧ 金秋十月登临桂林龙脊（2021 年）

< 长孙九思于美国丹佛大学毕业
（2021 年）

∧ 九思、可思、易思、未思 4 兄妹（2022 年 8 月）

∧ 祖孙三代，十口之家（2023 年春节）

目录

contents

缅怀学术前辈

追忆良师益友

亲恩似海

往事拾零

序跋评论

附　录

自序

黄介山

呈现在读者面前的《一对“四〇后”的时代记忆》，是我与妻子张明非合写的一本回忆录。

之所以取这样一个书名，一是我俩同出生于1943年，对1940到1949十年间出生的这代人，当下流行的叫法是“四〇后”。二是每一代人都有属于自己的经历和命运，“四〇后”也不例外。我们这代人在抗日战争或解放战争的炮火硝烟中呱呱坠地，沐浴着共和国的阳光雨露成长。从学生时代开始，先后经历过轰轰烈烈的社会主义建设及“大跃进”、人民公社化时期；参加过惊心动魄的“文化大革命”，大规模知识青年上山下乡运动。人到中年才迎来改革开放的春天。如今大都已经退休，进入人生的暮年。综观“四〇后”，不论个人际遇如何，处境怎样，都普遍亲历并见证了时代的沧桑变化。国家的风云变幻在这代人身上烙下了深刻的印记。

“四〇后”中有一特殊的群体，就是“老五届”，指的是1961至1965年入学的大学生，我俩也是其中的一员。这一总数将近70万人的群体，在高考的激烈竞争中脱颖而出得以进入高等学校深造，无疑是同代人中的幸运儿和佼佼者。然而，始料未及的十年动乱极大改变了每个人的命运和人生轨迹。毕业分配时按照“面向边疆、工矿、农村、基层”的政策，大多分到偏远地区的工矿企业、军垦农场、县城或乡镇中学，在社会底层经受了长期艰苦生活的磨炼。“文革”结束后，不少人虽已进入中年却不甘平庸，奋起与命运抗争，终于在改革开放的新时代迎来了人生的转折点，实现了自己的夙愿。可以说，老五届是我国历史上非常特殊的一代知识分子群体。曲折坎坷的经历，大起大落的命运，使这一群体多少染上了悲壮的色彩。照理说跌宕起伏、悲欢离合的境遇，容易演绎出精彩生动的人生故事，然而迄今为止，记录并反映“老五届”这一庞大群体经历的文字并不多见。这未免有些遗憾。

几十年来，我俩忙于各自的工作，也没有写回忆录的打算。退休以后，少了工作的压力，多了自由支配的时间，才逐渐萌生写写回忆文章的想法。加之退休之前我俩也应约在一些书刊上发表过一些回忆文章，算是有了一定积累。念头一旦产生，便抑制不住内心的兴奋，一件件亲历的往事、一个个鲜活的人物跨越时空从记忆深处浮现到眼前，使我们有了欲罢不能的冲动，于是坐在电脑前敲打键盘追忆过往便成为我们退休生活中一项重要内容。日积月累，集腋成裘，遂有了这本小书。

在写作过程中，我们深深体会到，回顾、审视自己走过的道路，不仅丰富了我们的晚年生活，而且通过回忆、梳理、思考、写作，亦会萌生一些新的感悟。这未尝不是对自己的人生作一个小结，给后人一个交代，也是履行一份应尽的社会责任。悠悠几十年，我们经历的风风雨雨，有着鲜明的时代色彩。我们在人生价值观方面诸如理想、信念、追求乃至对待事业、家庭、情感的态度，与当今的年轻人确有许多不同，也许可以视为别样的人生。一代又一代人，面临的社会状况各不相同，命运和际遇乃至思想意识自有差异。即便是同代人，各自的经历也并非一样。每个人的一生都似万花筒，变换出不同的色彩。相同或不同时代的人尽可通过交流，品味人生的酸甜苦辣，评判世间的是非曲直。

我出生在江苏南通县新开乡（今南通市经济开发区）一个农民家庭。12岁考入市里的崇敬中学，初中毕业后考进省级重点——南通中学，中学6年一直是住校生。尽管学习紧张、生活清苦，但总的说来比较单纯，所以无忧无虑、勤奋而快乐。

除了学习，其间也参加了一些社会实践活动。比如一入初中就参加了“大炼钢铁”。操场上筑起了炼铁“小高炉”，教室里堆着拳头大的铁矿石，同学们课余时间戴着手套、拿着小榔头乒乒乓乓地把它敲成小块。有时睡到半夜里会被叫醒，去到河边卸载木船运来的焦炭或矿石。当看到喷着火苗的小高炉里流出通红的铁水，冷却后凝成一块块“铁疙瘩”，我们便兴高采烈地敲锣打鼓，抬到市政府去报喜。

报纸、广播三天两头“捷报”频传，粮食产量不断放“卫星”，高产纪录一次次被打破，“人有多大胆，地有多大产”之类的口号不绝于耳。歌颂总路线、“大跃进”、人民公社“三面红旗”的文艺作品连篇累牍。我们在作文课上也欣然命笔，而“喝令三山五岭开道，我来了”“石油工人一声吼，地球也要抖三抖”这类高扬“革命浪漫主义”

激情的诗歌，便是学习的样板。

1958年，全国农村开展人民公社化运动，普遍办起了集体食堂。我清楚地记得周末从城里回家吃食堂的情景。队里食堂摆着三张桌子，流水席，吃饭不要钱，坐满一桌就开餐。菜是两大盘雪里蕻煮黄豆和炒青菜，白米饭则随便添，管饱。乡邻们围坐一起，边吃边聊，有说有笑，好不热闹。可惜好景不长，个把月以后我再回家，食堂已经停办了。队长说，这么放开肚皮吃，粮食消耗太快，时间长了受不了。

我读初三时赶上困难时期，物资供应奇缺，不少人食不饱腹。尽管政府对学生采取了优惠政策，每天有1斤口粮，但因缺少油水，时常感到饥饿。于是星期天从家里带来的胡萝卜、炒黄豆之类就成了充饥的宝贝。

明非的情况与我有些不同。她生于重庆，长在北京，父母都是知识分子，家庭生活条件比较优越，但困难时期也尝到过吃不饱的滋味。中学6年她就读的学校是北京女八中，校址为“京师女子学堂”旧址，因鲁迅先生曾在这里执教，现已改名“鲁迅中学”。明非中学时代印象最深的一件事是每年的“3·18”，学校都要为鲁迅《记念刘和珍君》一文中写到的刘和珍、杨德群烈士举行纪念活动。她经历的社会实践比我少些，除每年五一、十一参加学校组织的“文艺大军”到天安门广场接受检阅，便是到近郊帮农民干点捡麦穗或拾花生的农活。

1962年我们同时考入北大中文系。中文系有语言、古典文献、文学3个专业，我俩都分在文学专业，成了同班同学。那一年全国高中毕业生总数为44.1万，高校招生人数是10.7万，入学率仅有24.3%，北大中文系又是全国高校文科录取分数线最高的。能够进入最高学府的王牌系，可想而知年轻的学子们是怎样的兴奋和自豪，一个个雄心勃勃，志向高远，展现在我们面前的是一片光明。

北大文科是五年制，但中央出于“反修防修”“培养共产主义接班人”的政治需要，从大三开始我们年级就被安排到农村参加政治运动。1964 年 10 月，作为“工作队员”，我们被派往湖北江陵（今属湖北荆州）搞了 10 个月的“四清”；1965 年 11 月，又到北京远郊延庆县（今北京市延庆区）参加“农村社会主义教育运动”。直到 1966 年 6 月奉命返回校园投入史无前例的“文化大革命”。

北大是“文革”的前沿阵地，广大师生顷刻之间被卷入风暴的旋涡。我们积极响应伟大领袖的号召，满腔热情地投入这场运动。先是“拿起笔，做刀枪，集中火力打黑帮”，首当其冲的是校系两级领导、各系知名专家教授，他们不由分说都被冠以“走资本主义道路的当权派”“黑帮爪牙”“反动学术权威”等罪名，统统靠边站甚至被打倒。昔日宁静美丽的校园，到处是硝烟弥漫的现场批斗会。到后来，“红卫兵”队伍因观点对立分成两派，北大又变成了派性斗争的战场。两派群众都打着“捍卫毛主席革命路线”的旗号，彼此针锋相对，剑拔弩张。甚至多年同窗好友也成了势不两立的冤家对头。那时候，互相谩骂攻击的高音喇叭整日回响在学校上空，校园没有片刻安宁。派性斗争越演越烈，最后竟至于发展到武斗。与此同时，“文化大革命”风暴已席卷全国，斗争形式不断升级，从贴大字报、开批斗会发展到不同派别之间的武斗，局面越来越失控。那些日子每天校园里都会传播来自“中央文革小组”的“小道消息”，常常是互相矛盾或模棱两可，使人莫衷一是。面对这一切，我和同学们越来越感到迷茫，难道这就是我们参加这场运动的初衷？由困惑不解进而产生厌倦、消极情绪，以至于天天盼着毕业分配，巴不得赶快离开这片让人心痛和伤心的是非之地。

1968年夏，延迟了一年的毕业分配方案终于姗姗来迟，但与往届毕业生大都分到大城市、大机关、大单位的方案截然不同。按照“四个面向”的指导思想，全年级90人，无一人可以留京，我的老家江苏也只有一个扬中县的名额。最后我们绝大部分都被分去了边远地区，我俩所在的文学专业五十来人，有11人分到山西省，报到后再下到9个县，不少人分到乡镇中学。我们班有同学分到平陆县一所中学，在崇山峻岭之中，据他说出门便可打猎。另有3名语言专业的同学，分别是上海、江苏、江西人，却分到了广西，而且是偏僻的巴马山区，10多年后才先后调离那里。他们当初可能怎么也想不到，自己生活多年的穷乡僻壤，改革开放以后竟成了闻名遐迩的“长寿之乡”和旅游热门景点，引来大批游客到此治病、养生。我想这几位老同学，曾经在这里沾过多年巴马山水的灵气，想必也一定会健康长寿。

感谢系里老师和分配小组的关照，我俩一起分配到包头钢铁公司。包头是城市，包钢又是大企业，一共只有7个名额，我们占了2个，相比不少分到县里的同学算是很幸运的了。但考虑到包钢下属还有白云鄂博等矿区，我和明非担心会被分到两地，所以一拿到毕业证就马上去领了结婚证。当时，许多机关和事业单位近乎关门，大批干部下“五七”干校劳动锻炼，各类学校长期停课，教师无事可做。在大学生并不吃香的情况下，包钢居然一次性要了400多名应届毕业生，而且绝大多数来自全国重点大学，这不能不说是富有远见的大手笔。分来的工科学生都去了工厂。其余近200名文理科生则分到包钢10来所子弟中学教书，大大充实并优化了教师队伍。比如有10多名北大、北师大、华东师大等名校的老五届毕业生加盟的包钢一中，后来成为内蒙古自治区重点中学，高考成绩一直名列全区前茅，不是偶然的。

包钢是我们工作的第一站，也是我们人生的新起点。尽管我俩在包钢工作的10多年生活十分艰苦，把青春年华献给了这座草原钢城，但在精神上也获得了丰厚的回报。正是在包钢经受的考验和磨炼，增强了我们应对各种困难的意志和能力；也是在这里，我们初步形成了影响后半生的一些人生理念，学会了如何工作，如何做人。同时，由于包钢领导和同事们的信任，我俩较早走上比较重要的工作岗位，有了更快更好成长的机会。此外在包钢这个汇聚了五湖四海成员的大家庭里，我们有机会交往了一批志同道合的知识分子和一些淳朴善良的工人师傅，与他们结下深厚的友谊。直至50多年后的今天，仍有不少同事、朋友和我们保持着联系。10多年的包钢生涯使我们从青涩走向成熟，给我们留下的是一笔宝贵的精神财富。

1979年明非考回母校攻读古典文学专业硕士，除了想继续学习提高自己，当然也抱有通过读研回北京的希望。可临到毕业分配却遇到很大的难题。一则当时有个不成文的规定是“不制造新的两地生活”，二来进京的户口指标非常少。那些日子，在师友们的帮助下，她顶着炎炎烈日在京城东奔西走，四处联系，却每每失望而归。考虑到即使有单位接收，我和两个孩子也很难进京，于是下决心放弃北京。几经周折，一家4口最终来到秀甲天下的桂林，在历史悠久的广西师范大学开始了又一段人生旅程。寒来暑往，迄今为止，我们在这里已经工作生活了近40个春秋。

如果说当初下决心放弃北京难免有不得已的遗憾，但几十年过去了，我们不仅无怨无悔甚至为当初的选择感到庆幸。桂林这一举世闻名的旅游胜地和历史文化名城，不仅有得天独厚的美丽山水，而且为高校对外学术交流与校际合作提供了广阔的舞台，也为我俩实现各自的人生价值提供了良好条件。加之我们到桂林的80年代初，正值国家改革开放风生水起，为人们创造了施展才华的机遇，也使人民生活有了明显改善。我俩兢兢业业工作，正正派派做人，事业顺利，各有所成。生活上也逐步告别物质匮乏、经济窘迫的困境，迈上“小康”的台阶。在广西师大度过的岁月，我们既有“愿做桂林人，不愿做神仙”的愉悦体验，又有“尊师重道，敬业乐群”的良好氛围，留下许多值得回味的记忆，收获了不少同事朋友的珍贵友谊，令我们对这所南国学府怀有深厚的感情。

回顾我们走过的道路，既有丰富独特的人生体验，也有值得记取的挫折和教训，无论是顺境还是逆境，都是我们人生的历练和财富。

我们这代人从小接受的教育习惯于听话和服从，循规蹈矩，谨言慎行，缺乏独立思考和创新精神。但在大学期间和毕业之后，非同寻常的社会实践给我们留下了刻骨铭心的记忆。社会实践是最好的教科书，走过了坎坷的道路，眼观时代沧桑，目睹历史曲折，独立思考和辨别是非的能力大有长进，真正有了属于自己的各种见解。少了一些偏颇和盲从，多了不少理性和自信，也逐渐养成了观察、处理问题的习惯：不赞成上纲上线、抓辫子、打棍子随意整人的极左行为；看不惯趋炎附势、阿谀奉承的庸俗作风；不喜欢背离实效、做表面文章的形式主义；不爱听也不想说大话、空话、套话。这也许是我们这代人较为普遍的处事原则和人格特征。

抚今思昔，我们由衷感念母校北大，正是她赋予了我们对国家、民族、社会的责任感，忧国忧民的家国情怀，对信念和理想的追求与坚守。无论何时何地，我们都牢记切莫辜负母校的培养与期望，这既是动力也是鞭策。

时光荏苒，岁月如梭。不知不觉我和明非退休已有10多年。这辈子，我俩志同道合，相濡以沫。逆境中，相互扶持，同甘共苦；顺境中，互相促进，齐心协力。不论是为人处世的原则还是处理事业与家庭的关系，我俩都比较一致，都把家庭幸福与事业有成作为一生追求的目标。如今我俩已牵手走过54个春秋。古代命学有“六同”之说，指的是同年、同月、同日、同时、同分、同地生。我俩戏称也有“六同”，即同年、同月、同姓（我随母姓，父亲姓张）、同学、同事、同步。如果说前几同是巧合，而最后一同——价值观念、人生追求、工作态度乃至生活习惯的同步，则是我们大半生的真实写照，也是家庭稳定和谐的基础。我们十分珍惜这难得的缘分，也充分享受到同步带给我们的安乐。2008年7月是我俩结婚40周年纪念，明非有感赋诗一首，或可概括我俩的大半生与心路历程：

燕园同窗一世缘，相知相伴四十年。
曾经塞北传薪火，复植岭南桃李妍。
往事追怀无怨悔，沧桑历尽亦欣然。
而今更重桑榆景，漓水东流正潺湲。

岁月悠悠，时光如流。如今我俩已从青春华年到年近耄耋，当年两口人的小家已成为拥有老少三代十口人的大家庭。令我们欣慰的是，我俩为抚育子女成长付出的心力，已获得丰厚的回报。儿子一新和更新不论到哪里工作都恪尽职守、正派做人，是所在单位的中坚力量；儿媳李欣和徐翀妤也都爱岗敬业，精益求精，是单位的业务骨干。最令我们感到满足的是4个孙辈相继来到这个世界，给我们的家庭增添了生生不息的活力，而陪伴他们成长又带给我们极大的快乐。如今大孙子九思已经以优异成绩毕业于美国丹佛大学；大孙女可思即将从山东大学英语系毕业，并已确定保送北京外国语大学读研；小孙女易思刚进入中学，聪明好学，兴趣广泛，是班里的“学霸”；最小的孙子未思是一年级小学生，天真可爱，活泼好动，是全家的开心果。每逢节假日全家团聚，或一起出外旅游，是我们最开心的时光。

退休以后，我们没有半点失落和怠惰，依然保持着健康有序的生活方式：读书、写作、走路、游泳。通过微信同天南地北的亲朋好友保持着联系，经常与家人和身边的朋友小聚。不时来一场说走就走的旅行，而每年 7 至 9 月到威海避暑更是我们 15 年来雷打不动的生活方式。

退休前后陆陆续续写就的这些文字到此也该告一段落，画上句号了。在此做一说明，本书是记事、记人的散文汇集，不同于系统撰写人生经历的“自传”。其中梳理了我们从学生时代到古稀之年学习、工作和生活的大致脉络，记述了一些难忘的往事，追忆了在人生旅途中有幸遇到并给予我们深刻影响的前辈或友人。它并不全面，但从中可以窥见我们的人生轨迹，折射出时代风云和社会变迁。

在本书即将付梓的时候，我们由衷感谢广西师范大学领导的关心及广西师范大学出版社的大力支持！承蒙国内著名出版家刘硕良先生厚爱，书中部分文章曾发表于《广西文史》；本书责编余慧敏工作尽心尽力，精益求精，在此一并致谢！书中难免有不当之处，尚祈各位不吝赐教。

（写于 2021 年夏，2022 年秋修订）

燕园留痕

情系北大

——写在北大百年校庆

◆ 张明非

今年的“五四”，不仅是北大这所百年老校最盛大的节日，也是每一个北大学子生命史上的重要一页。远在他乡的游子们不论身在何处，不论离开燕园多么久远，在这一天都将心系母校，分享母校百年华诞的喜庆和欢乐。

这个日子，对于60年代的北大人来说，尤其有着不寻常的意义。我们这一代人是在经历了“文革”之后，在30年前那个特殊的年代走出校门“接受再教育”的。“最高指示”和“四个面向”的分配政策，把我们这几届毕业生少有、例外地送到远离大城市的边疆、基层、工矿、农村。从此，大家天各一方，消息隔绝，直到今天我们年级还有几个同学虽经多方打听仍下落不明。30年的漫长岁月，将风华正茂的青年带进两鬓染霜的中年，也冲淡了历史造成的许多是非恩怨。特别是近些年，也许是“老冉冉其将至”的缘故，怀旧之情总是不期而然地袭上心头，于是怀念母校，怀念老师，怀念同窗，怀念自己生命中抹不去的那一段，便成了同学邂逅谈论最多的话题。尤其是我们一个班25人竟已有3名同学相继撒手人寰，这一残酷现实警醒了我们，使我们意识到生命之于我们并非想象的那般恒久，重聚的紧迫感因而变得愈来愈强烈。母校的百年庆典为我们提供了极难得的机遇，没有比在这个举世瞩目的日子重聚燕园更有意义的了，于是，为了促成毕业30年之后的第一次“大团圆”，在京的同学主动承担起组织者的责任，早在数月之前就开始紧锣密鼓的筹划，相约在百年校庆的信函，带着全年级同学的期盼，飞越山山水水，送到每一个能够寻找到的同学手中。

阔别30年之后的重逢，自是十分感人的，同时也充满了戏剧性。“同学相见不相识，笑问对方是何人”，是不少人见面时的情景；“问姓惊初见，称名忆旧容”，唐人的这两句诗，虽早已背得烂熟，这一次才身临其境。短暂的几天里，当我们经历了30多年的风风雨雨，重新聚集在我们熟悉而又陌生的美丽校园，漫步在我们魂牵梦萦的未名湖畔，对如烟往事的追忆和物是人非的感慨是难以言喻的。

由于众所周知的原因，我们年级没有一个同学留在母校工作，相比之下，我与北大的缘分算是比较深的。因为在我22年的学生生涯中，就有9年是在北大度过的，可以毫不夸张地说，我一生中最好的年华，我的青春和爱情，我的理想和事业，都同北大这片热土有着无法割断的血肉联系。北大在我生命历程中打上的印记是那样深刻，那样难以磨灭。正因为如此，在过去的30年中，不论我经历过什么样的艰难岁月，遭遇到什么样的坎坷曲折，都不曾动摇我在北大这块土地上培养起来的信念，也不曾改变我对北大的感情——尽管她带给我的不尽是欢乐，也有刻骨铭心的痛苦。这或许就是人们常说的一种情结——我的北大情结。

我第一次走进北大是在1962年。62级在北大历史上有一定的特殊性。那时候，三年严重困难时期刚刚过去，国家的经济开始全面复

∧ 1963 年于北大未名湖畔

苏。周恩来总理和陈毅副总理关于“又红又专”的重要讲话，提出了社会主义事业接班人的标准，为无数有理想有才华的青年展示了无限光明的前途。北大敞开她宽广博大的胸怀接纳来自祖国各地的优秀学子，而不问他们出身于什么样的家庭，父母的历史如何。在中文系举行的入学典礼上，我们为第一次见到仰慕已久的一些大师级学者而激动不已，游国恩、王力先生代表中文系教授发表迎新讲话，称赞这届同学“年纪又轻，学问又好”，勉励我们在北大优越的学习环境里好好读书，不要入宝山而空归。当时，北大中文系的录取分数线是全国高校文科中最高的，可想而知，能够进入这座知识圣殿的天之骄子们，是何等年少气盛、踌躇满志。除入学成绩优秀外，与同时在校的几个年级相比，62级同学的多才多艺也是有目共睹的。我们当中有全校顶尖的女高音歌唱家，有朗诵比赛的冠军，有打破首都高校女子百米纪录的运动健将。我们还拥有学校话剧团的几位台柱子，因此我们年级曾有过在学校公演《夺印》《箭杆河边》等多幕话剧的骄人成绩。

如果说学子们为到图书馆或教室占座位步履匆匆，是北大校园永远不变的人文景观的话，活跃的文学社团便是中文系独特亮丽的一道风景。设有诗歌、散文、小说三个组的“五四文学社”，每年都吸引了许多新同学报名参加。我和同班女同学刘蓓蓓就参加了散文组。蓓蓓毕业于师大女附中，是有名的才女，曾以高考作文98分的优异成绩一入学就吸引了很多人艳羡的目光。散文组除了交流各自的习作，还组织了一些活动。印象最深的一次是到中山公园跟“山药蛋派”的代表作家赵树理座谈。可惜，由于他浓重的山西口音，我从头到尾都如云里雾里不知所云。系学生会还定期出版名为《炼钢炉》的墙报，各班也都建立了自己的文学园地。我们班办的墙报取名《红杏》，用淡蓝色的纸做底，用白色的信笺抄写，清新淡雅，别具一格，一出现在饭厅的墙壁上，便吸引了不少端着饭盆用餐的读者。创刊号上还荣幸地刊载了王力先生应邀就刊名题写的一首七绝，因年代久远，只记得后面两句：“莫讶入冬春意闹，如今四季有东风。”当年，我们的同学哪一个不是抱着对文学的热爱、怀着当作家的梦想走进北大中文系的？但30多年过去了，与学兄学姐特别是70年代以后的学弟学妹相比，60年代北大中文系学生中出的作家是比较少的。这自然不是说这几届缺少才子、才女，究其原因，一是因为我们一入学就被告知中文系不培养作家，而更主要的是，在那个高扬集体主义的年代，谁给报纸杂志投稿谁便有成名成家、追求个人名利之嫌，有的同学写了文章也不敢署自己的真名。当今文坛知名作家中少有我们的同学，文学作品也很少反映我们这一代人的命运和生活，这不能不说是一个遗憾。

除了图书馆、教室、宿舍三点一线的生活，当年给我们留下印象最深的便是思想改造运动了。在接踵而至的大大小小的运动中，我们曾经为雷锋平凡而伟大的事迹流下泪水，也曾经为自己浪费一滴水、一度电而愧疚忏悔，我们是那么自觉地反省自己，那么坦率地互相批评。谈心被视作思想改造的一种有益方式被提倡，于是，未名湖畔的小路、五四运动场的跑道，不知留下多少同学谈心的足迹。今天看来不免幼稚甚至可笑的一些言行，在当时却都是发自内心的，真诚的，并无矫饰做作的成分。我们班有一位女同学是高考前不久归国的“洋小姐”，在爱国热情的驱使和同学们的感染下，没过多久，便“改造”得“面目一新”：白边眼镜，黑色带袢布鞋，原来的运动式短发别上了发卡，从头到脚彻底实现了“革命化”。那时候，我们唱得最多的是《我们走在大路上》《我们这一代》《全世界无产者联合起来》这一类革命歌曲，精神风貌也如歌中唱到的那样“意气风发，斗志昂扬”。记得有一次参加北京市高校举行的文艺会演，集体朗诵我们系同学创作的长诗——《让青春闪光》，演出在中央民族学院礼堂引起轰动。当300人的声音汇成一个声音，充满激情地朗诵：“穿过风啊穿过雨，父兄的旗帜多明丽：穿过雨啊穿过风，父兄的脚步多坚定……”神圣的使命感使我们每一个人激动得热血沸腾、热泪盈眶。

62级又是有着走出校门、走向社会最多经历的年级之一，从1964年秋到1966年春先后参加过两期农村社会主义教育运动。前一次是到湖北江陵县，历时8个月；后一次是1965年9月到1966年6月，与北京直属机关的干部和清华大学的同学混合编队，参加京郊延庆县的

“四清”，我们班所在的大观头公社的工作队负责人就是现任国务院副总理钱其琛。累计一年半的农村工作自然大大占去了我们在校的读书时间，但回想起来，这一段人生经历也非全无收获。且不说深入社会、了解国情是人文科学的一个重要内容，即就同学们社会阅历的丰富尤其是活动能力的加强而言，也不失为一个难得的锻炼机会。如今我们年级有为数不少的同学从事行政管理工作，其中一些还是相当出色的党政领导干部，应该说与这一特殊经历是有直接关系的。

1966 年 6 月 1 日，是 60 年代的北大师生永远不会忘记的日子，这一天，中央人民广播电台播发了北大聂元梓等人的大字报，拉开了历时十年的“文革”的序幕。几天以后，我们奉命返校，同学们怀着保卫毛主席和党中央的信念和决心一路高唱《国际歌》，完全预料不到这场“革命”会给我们国家、民族包括我们每一个人带来什么，也全然不会想到我们原本 5 年而实质不过 3 年多的读书生涯就此画上了句号。此后的若干年，对陷于政治旋涡难以自拔的北大人来说，不啻一场无法摆脱的灾难。刺耳的高音喇叭代替了琅琅的读书声，美丽的校园成为无休止的打派仗的战场，昔日的师生、同学、朋友只因观点不同便成了不共戴天的仇敌。北大一切都变了，变得面目全非，变得让人心痛。那时候，我是多么急切地盼望快一点离开北大啊！好容易熬到 1968 年 7 月毕业分配方案下达，我和后来成为我丈夫的同班同学黄介山一起被分配到包钢。当我们怀揣报到证和户口迁移证明，离开我曾经那么热爱的燕园，离开我自幼长大视为故乡的北京，踏上西去的列车，心中竟然没有一丝一毫的留恋，有的只是从噩梦中醒来、从痛苦中解脱的轻松。

再次走进燕园，已经是离开她 11 年之后。在草原钢城当过钳工、也当过中学教师，已经是两个孩子的母亲的我，1979 年重回母校攻读古典文学专业研究生，师从陈贻焮教授研习魏晋南北朝隋唐五代文学。78、79 级研究生中 60 年代本科毕业的占了相当大的比例，比如我就读的中文系 79 级 8 位研究生中就有 7 位属于这几届，而且都是从北大毕业的。我们的年龄大都接近不惑，有的甚至还要大些。所以单从外表有时很难分辨出在阅览室里看书的是教师还是研究生。也许是饱经沧桑的经历使这一代人特别珍惜这来之不易的学习机会，校园里到处可见研究生们惜阴如金努力拼搏的身影。我和我的师妹、原来 63 级的同学葛晓音每天同行同止，形影不离。一早就到图书馆等开门，直到闭馆才离开，几乎是我们 3 年学习期间雷打不动的生活方式。即使是图书馆暖气不那么充足的冬天，或者阅览室有时闷热异常的夏天，都不曾使这一生活规律稍有改变。

3 年的研究生学习，是我人生的一大转折，为我后来从事古典文学专业的教学和研究打下了比较坚实的基础。最使我感到幸运的是三年中听了不少中文系的名家名课。那时候，“文革”刚刚结束，百废待兴，老师们怀着对新时期的极大热情，纷纷走上讲台。许多课都是听众爆满，气氛热烈，有时连地上都坐满了人，其中不仅有中文系的本科生和研究生，还有慕名而来的外系学生。我和师妹晓音怀着如饥似渴的心情，不放过任何一个听课的机会，其中既有老教授开的传统课，如林庚先生的楚辞研究、吴组缃先生的《红楼梦》研究、阴法鲁先生的古代文化常识、吴小如先生的唐宋词欣赏和陈贻焮先生的“三李”研究，也有一些中年学者开设的新课，如袁行霈先生的诗歌艺术欣赏、金开诚先生的文艺心理学、胡经之先生的文艺美学等。听课使我们获得极大的满足，大大弥补了读本科时未来得及听到这些名教授讲课的遗憾，对北大作为最高学府的价值和魅力之所在，也因此有了更深切的体会。如今，有的先生年事已高，有的先生已不幸故去，但他们的音容笑貌和讲课时的风采仍鲜活地浮现我的记忆里，当年听课的笔记也都完好无缺地保存着。我特别要感谢的是我的导师陈贻焮教授。我至今清楚地记得第一次拜谒他的情景。当时的我，对研究生的培养目标并不很明确，对搞研究、写论文更是缺少自信。是先生的热情教诲和严格要求使我战胜了许多困难，走上治学之路。我从先生那里学到的岂止是知识，更有诲人不倦的精神和对古典文学专业的执着与热爱。尽管无数事实和自己的实践都证明做学问的道路充满了艰辛，需要付出很大的代价，牺牲许多常人的乐趣，我却至今为这一选择无怨无悔。

毕业以后不久，我来到“山水甲天下”的桂林，在广西师范大学中文系任教。第二年，我的丈夫携孩子也随调桂林，在同一所学校工作。光阴荏苒，不知不觉 15 年过去了，桂林已经成为我们的又一个故乡。尽管我们离母校更远了，但我们从未忘记过培育我们成长的北大，也从未忘记过身为北大人所应肩负的责任。北大——这个永远闪光的名字，对于我们既是压力，也是动力。无愧于北大人，既是我们生活的信念，也是我们的座右铭。在我们生命的历程中，北大永远是我们心中不褪色的梦，北大所给予的一切都是我们一生受用不尽的财富。

此生何幸？身为北大人！

（收入谢冕、胡的清主编《北大遗事》，青岛出版社，2001）

参加湖北江陵“四清”

◆ 黄介山

2011 年 4 月 23 日，是一个平平常常的日子，但对我和明非来说，有着不平常的意义。这一天，我们终于回到阔别近半个世纪的湖北江陵，圆了萦绕心头几十年的一个梦。

47 年前，也就是 1964 年 10 月，北大中文系高年级学生曾经到过这里，并在这儿待了 8 个月。是什么原因让我们中断学业去到江陵，当时位于江汉平原的江陵县究竟发生了什么事情，1989 年出版的《江陵县志》是这样记载的：

“中共湖北省委确定江陵为清政治、清经济、清组织、清思想的‘四清’重点县。由中央、省、地区及各县组成万人‘四清’工作团，对县、区、公社，直至大队、生产队干部，进行‘三查’（查历史、查思想、查作风）、‘四清’，层层‘下楼’、‘放包袱’。全县 674 名基层干部受到不应有的处理和打击。”

这里只用一百几十字记录的“四清”运动，对 60 岁以下的江陵人来说可能已经相当陌生，但对我们这批亲历和见证了那一段历史的大学生而言，是人生经历中一段难忘的岁月，也留下了一份不可磨灭的记忆。我们与江陵几十年的不解之缘，也正是因这段特殊历史而结下的。

“四清”，又称社会主义教育运动，是1963年春到1966年春在我国部分农村开展的一次政治运动。当时，中央认为农村干部队伍中出现了“多吃多占”乃至贪污盗窃、腐化堕落等问题。在国际斗争形势尖锐复杂的大背景下，必须“以阶级斗争为纲”，通过群众运动防止“修正主义”与“和平演变”出现。而国内外敌对势力“亡我之心”不死，将“演变”的希望寄托在年青一代身上，所以专门派我们这些大学生下乡参加运动，接受活生生的“反修”“防修”教育。

1964年10月17日，北大中文系三年级以上学生和部分老师组成的工作团整装待发，上级派了一个专列送我们南下。站台上人头攒动、熙熙攘攘，有的在找自己的车厢号，有的与前来送行的亲人话别。这令人联想到以前只在影片里见到过的大战前夕新兵开赴前线的情景。我们这些从未走出过校门的学生，一想到要去经风雨、见世面，而且是以中央委派的“工作团”的身份，个个兴奋不已，一路上欢歌笑语，斗志昂扬。

列车到达武汉，湖北省委将我们安置在省委招待所——洪山宾馆，进行了为期5天的培训。时任省委书记的王任重亲自做动员报告，交代了“四清”的目的和意义，工作队的任务，并对我们提出要求和希望。

听了报告，大家脑子里的弦顿时绷紧，意识到阶级斗争形势的严峻，敌情观念明显增强。当时有一件小事我还记得很清楚。洪山宾馆占地面积较大，组织上特别加强了宾馆的警卫，每天夜里都安排保卫干部带领两名男同学拿着手电和棍棒值班巡逻。上岗前保卫人员专门交代了注意事项，印象最深的一点是：拿手电照人时，必须把手远远地伸到身子的一侧，不能放在胸前，否则就容易被敌人开枪击中。同时值班巡逻的有两个小组，每晚都下达不同的“口令”，防止辨不清敌我。这些做法，让人觉得阶级敌人也许就在暗处虎视眈眈地盯着我们，夜里巡逻时，都格外小心。

经过几天的学习培训，还没有进村，就已经有点风声鹤唳、草木皆兵的感觉，也更加急切盼望尽快奔赴“四清”前线。我们当时不过20岁左右，年轻气盛，血气方刚，一想到肩负党和国家赋予的重任，无不心潮澎湃，跃跃欲试。

下乡后，我与同班两位女同学施旭东、张明非分到滩桥区冲河公社遂心大队第四生产小队，和我们同一小队的工作组成员还有湖北天门县的两名地方干部：公社书记老冯和公社团委书记小罗。遂心大队的工作队长是天门县的一位区委书记，瘦高个儿，很干练的样子，大家都叫他“老彭”。

生怕别人觉得我们年轻幼稚，来之前做了不少准备。比如进村后为了让自己更像干部，不少同学穿上学校为工作队员配备的军用黄棉袄。言行举止也不像在校时那么随意，常常是一本正经，不苟言笑。有位同学面相显得比较老成，老乡问他有几个孩子，他笑眯眯地答“两个”，因当时农村普遍早婚，老乡竟毫不怀疑，信以为真。

工作组的主要任务是扎根串连、访贫问苦，发现和培养“根子”作为依靠对象，清查“四不清”干部。受当时“左”倾思潮和极左政策的影响，加上涉世未深，“敌情观念”很强，所以在我们眼里，许多干部似乎都值得怀疑，都不干净，都有经济问题。

回想起来，当时的一些做法不仅偏激，甚至是不近情理。如清经济，就要“清理账目、清理仓库、清理财务、清理工分”。其中清工分，就是查干部的工分有无虚报。具体做法是：将工作队“扎根串连”确定的“根子”和贫下中农代表召集在一起，再把队里干部逐个找来，拿出每个人的工分簿逐项进行核查。遇有为队里办事或外出参加会议所得工分，便要求他当场回答具体办的是什么事，或在哪儿开的会，会议内容是什么，凡答不上来，便以虚报冒领论处，将当日工分扣掉。由于间隔时间已久，很多时候干部记不清楚答不上来，这本是正常现象，但当时就是这样不由分说、强人所难。

工分被扣，接下来就要退赔。遂心小队队长董家富，平日作风有点粗暴，群众对他意见较大，所以对他抠得特别严。其实他家很穷，称得上是家徒四壁，为了退赔，只得将老婆陪嫁的一张床交到小队仓库抵押。记得群众批判他时，他结结巴巴说不清楚，急得满头大汗，几十岁的汉子说到退赔就忍不住流泪。见此情景，我也有点心软，但马上警惕自己一定要站稳阶级立场。

正因为我们对干部的态度始终比较严厉，有一次，我路过大队长施贤举家，见他站在门外，就随口问了一句：“你干啥呢？”我后来听说，这一问居然让这个四五十岁的汉子进屋就哭了，说：“我连在门口站站的自由都没有了，以后还怎么活呀？”可见当时干部的思想压力有多大，工作队和干部的关系有多紧张。

除了清经济，还规定每个干部要在群众会上对自己政治、思想和工作作风、生活作风等方面存在的问题做检讨，这叫“洗手、洗澡、放包袱”，如果不能取得群众谅解，就会被“挂起来”，下不了“楼”。有些干部为了早点解脱，也会说假话、作伪证。记得有一次工作组得到消息，说大队会计许占元有重要情况交代。到了晚上开群众大会，他走上台开口就说：“今天，我有个炸弹，在这儿把它炸了。”接下来绘声绘色地交代了他与某某干部如何趁天黑私分队里钱物的情节。当时，我们在台下很是激动，以为辛苦多日总算抓到一条大鱼了，都把目光投向在场的工作队长老彭，期待他宣布这一“四清”成果。出乎意料，他不仅没有上台表态而且马上叫组长老冯宣布散会。原来他一听就发现了其中的破绽，事实证明老彭的判断是对的。同我们这些书生气十足的大学生相比，老彭这样的地方干部尽管文化水平不及我们这些大学生，但工作经验要丰富得多。在后来的工作中，我们都很尊重老彭和其他地方干部，注意向他们学习。

以农村干部为敌的“左”的做法，使基层干部承受了很大压力，几乎是人人自危。运动中甚至发生了死人的事情，我们邻队的一个会计就跳水塘自杀了。可能是类似的问题陆续反映上去，终于得到高层的重视。1965 年春天，区里通知召开公社、大队和小队三级干部会议（简称“三干会”），我也作为工作队员的代表参加了。开会前，干部们都很紧张，个个闷着头不说话，担心会有什么大祸临头。谁知会一开始，工作团团长、北大中文系副主任张仲纯老师在台上高声宣布：“干部同志们！现在开会了！”下面的人包括工作队员全愣住了。因为自运动开始以来，干部都被当作革命的对象，好久没有听到“同志”这一亲切的称呼了。会上，听了工作团传达和宣讲的中央文件（简称“二十三条”），不少干部激动得热泪盈眶。此后极左的政策在一定程度上得到纠正，工作队同干部的关系也明显得到缓和。

如何评判 60 年代这一场大规模的自上而下的“四清”运动，历史已做出公正的结论。就我们个人而言，在江陵生活的 8 个月，经历了“阶级斗争”的风雨，接受了正反两方面的教育，积累了经验与教训，仍然是生命中值得纪念的一段岁月。它使我们较为深入地接触了中国农村和农民阶层，目睹并亲身体验了农村的贫穷落后和农民生活的困苦，这对我们了解国情增强使命感大有裨益。

来江陵并不是我们大学期间第一次下乡，大学二年级时，学校也组织过我们到北京郊区平谷县访贫问苦、编写家史村史，因此对北方农民的生活艰苦有了初步的体会，只是时间仅一个月。我虽出生在农村，但毕竟生活在鱼米之乡的长江三角洲，自然条件比较好。到了平谷县万庄，才看到这里的农民一年到头吃的都是粗粮，其中红薯还占了很大比重，难得吃上一顿白面。同学们轮流到各家吃派饭，老乡们都很热情，无不倾其所有，但他们最好的待客饭食也不过是红薯面压的面条或从地窖里取出的新鲜红薯。开始几天吃这些，还感到新鲜，时间一长胃就受不了了，容易饿不说，还净吐酸水。当时，我跟班主任黄修己老师及任喜贵、吴三元两位同学住在一贫农家，同房东老大爷睡一个炕。没过两天便觉得身上痒痒，原来是染上了虱子。北方农村缺水，一年到头难得洗澡，村里人没有不生虱子的。我们每天起床第一件事就是坐被窝里在衬衣上抓虱子，还自嘲是鲁迅笔下的阿Q，抓的是“革命虫”。通过一个多月与贫下中农同吃、同住、同劳动（简称“三同”），拉近了与他们的距离，增进了同劳动人民的感情。记得一次学习讨论会上，有同学谈到就是这些穷苦勤劳的农民养育了我们，而且八个左右的农民才能养活一个大学生，听到这里大家都热泪盈眶。

而这次我们以工作队员的身份来江陵，除了搞“四清”，还兼有在与贫下中农的“三同”中培养吃苦耐劳精神的任务。如果说前者因政策的偏差加上我们自身的简单幼稚留下了一些遗憾，后者则可以说我们比较好地完成了，经受住了锻炼和考验。

先说吃。当时工作队员都住在贫下中农家里，每天交3毛钱伙食费。为了不增加住户负担，工作队规定了严格的纪律，其中一条是不准吃鱼、肉、蛋。在8个月里，同学们硬是做到了，没有一人违反。不仅市场上买来的不吃，老乡自己从河里摸上来的小鱼小虾也都在“禁食”之列。江陵是个土地肥沃，雨水充沛，刨个坑撒粒籽就能长出庄稼的好地方，但因那时候缺少激励机制，农业一直落后，农民生活相当艰苦，每天除中午吃一顿干饭，早、晚两顿都喝稀粥，加上缺少油水，每天晚上开会又弄到很晚，所以常常感到肚子饿。

再说住。我们一般都被安排住在比较贫困的农民家里，房屋年久失修，破损严重，房顶漏雨，四壁透风，遇刮风下雨苦不堪言。有的人家还是茅草房。老乡可怜我们这些城里来的受这份苦，说“好遭孽”（方言，可怜的意思，“孽”读“业”），但同学们都坚持下来了，没有人埋怨，更没有人打退堂鼓。

还有劳动。我们小队的施旭东是归国华侨，家庭条件十分优越，但她对自己要求非常严格，从不叫苦，还主动帮老乡干活，比如抢着挑水。从小到大她从没干过这个活，很不得法。她担起两只水桶摇摇晃晃一步一挪，弓着腰咬着牙脸涨得通红。见此情景，老乡们真是又好笑又心疼。春天是播种的季节，我们也跟老乡一起下田插秧。一个个把裤腿挽得高高的，赤脚踩在冰冷的水田里，弯着腰，低着头，手捏着秧苗，一簇一簇插进田里，身子一点一点往后挪。这时候，我们才体会到电影里经常出现的春天农民在田里插秧的美丽画面，实际上远没有那么轻松浪漫。而且干不了多久，就累得直不起腰来。有时还会有蚂蟥神不知鬼不觉地叮到腿上，胆小的女同学会吓得大叫起来。

我的第一位房东王开焕大伯，是队里养牛的，每天清早要把牛群赶出去吃草。尽管我夜里常常因开会或写材料很晚才睡，但只要听到他起床的动静，就一骨碌爬起来帮他去放牛。队里的牛都是水牛，有脾气，开始我不敢太靠近，慢慢地和它们熟悉、亲近了，胆子也逐渐大了起来，后来竟也试着像大伯一样骑在牛背上放牧。牛背看起来挺宽，但一走动，人就会前后左右摇晃，手又没地方扶，弄不好还会掉下来。经过一段时间摸索，骑起来才比较自如。没想到有回也出了洋相：我骑着牛在田边慢慢走，后面跟着四五头，不知什么原因，牛群突然跑起来，把我夹在中间。我惊慌失措连喊大伯，王开焕见状飞跑过来拉住牛缰绳，这才为我解了围。类似的险情，施旭东也经历过。有次她学骑马，骑着骑着，马突然往河堤下面走去，吓得她哇哇大叫，我们闻声飞奔过去，只见她从马脖子上栽下来，差一点就掉到河里。她爬起来一脸的惊恐，我们在一旁却笑得直不起腰来。据老乡说，可能是马渴了想喝水。施旭东大学毕业后曾在国务院侨务办公室工作，后来定居旧金山，任美国南海艺术中心总裁多年，长期从事中美文化交流活动。她一直和我们保持着联系，是关系密切的同窗好友。

或许正是我们不怕苦不怕累的实际行动，赢得了当地干部群众的信任，8 个月的朝夕相处，也使我们之间结下深厚友谊。他们对我们在执行政策过程中说过的一些错话、做过的一些错事并不计较，仍很信任我们，称我们是“毛主席派来的工作队”。他们自己的日子很苦，对我们却处处关心照顾。怕我们吃不惯，即使是粗茶淡饭也总要想方设法变换花样。记得我住过的一家房东王道本担心我营养不够，影响身体，有次专门到稻田和河沟里捉来鳝鱼，做好端上桌说：“黄同志，这鳝鱼是自己捉的，不是花钱买的，你一定要和我们一起吃。”我坚决谢绝了，弄得他们既心疼又无奈，只能摇头叹气。

除了苦和累，江陵在我们心中也留下不少美好的记忆。如年轻妇女成群结队挑担下田归来就是一幅美丽的田园风情画。江陵的妇女非常能干，里里外外一把手。她们大多可以挑起七八十斤重的担子，衣着常常是将蓝阴丹士林和做被面的大花布搭配在一起，或蓝上衣花裤子，或花上衣蓝裤子，头上包一条当地叫作“袱子”的花毛巾。一队衣着鲜艳的妇女挑担走在田埂上，脚步轻快灵活，扁担一走一颤，仿佛是优美的田间舞蹈，煞是好看。此外，每天清晨被公鸡啼鸣唤醒，走出房门，美丽的朝霞、无边的绿野、清澈的小河映入眼帘，新的一天总是在这样美好的晨光里开始。春夏之交，池塘边开满各色各样的无名野花，更是赏心悦目。还有“鲊糊椒”，这是江陵一带家家腌制的一种用干辣椒、大米等混合发酵而成的下饭菜，几十年过去了，它特有的鲜香仍令人回味。当然，江陵使我们难以忘怀还有一个重要原因，那就是长达 8 个月的朝夕相处，使我与张明非彼此有了好感和更深的了解，从而在大学毕业后一起牵手走到今天。

1965 年 7 月“四清”结束，我们从江陵回到学校，继续学业。起初还同村里的老乡有书信往来，后来“文革”爆发，自顾不暇，与江陵的联系也就此中断。

如今，40 多年过去了，当年风华正茂的我们也已年近古稀。但时间的流逝并没有冲刷掉脑海中留下的许多记忆，随着年纪增大，越发怀念在江陵度过的那段不寻常的岁月。回趟江陵，重返故地，看望那里淳朴善良的老乡，寻觅当年留下的印迹，这个念头越来越强烈。无奈江陵的行政区划已多次变更，当年我们所在的公社、大队的名称，地图上都已不复存在，这使我们的计划一再搁浅。近些年，随着资讯日益发达，我们心中重新燃起希望。但多次通过 114 查询，还查阅了

《江陵县志》，都未找到答案。几经周折，我们终于通过网络和电话，了解到当年我们所在的冲河公社现已归属马家寨乡。在抱着试试看的心情打电话到马家寨乡政府时，非常幸运的，得到乡干部张明金同志的热情帮助。在了解了我们的求助之后，他要我们提供几个当地老乡的名字，然后非常肯定地说一定给我们满意的答复。正是在他的多方打听下，联系到了当年大队长施贤举的儿子施明彪。两天后，明彪打来电话，我们的喜悦不言而喻。也就是在此次通话中知道了当年我们参加“四清”的遂心大队现已更名万场村，难怪在地图上找不到。

2011 年 4 月下旬，我们终于从桂林出发，开启了奔赴江陵的“圆梦之旅”。先乘火车到达武汉，武汉大学文学院尚永亮教授是我们多年的朋友，决定亲自开车陪同我们前往。23 日晨从武汉出发，中午到达荆州，这正是我们当年参加“四清”的江陵县城。长江大学就坐落在荆州市沙市区，该校科研处许连军副处长是永亮的博士后，得知这一信息随即报告了学校领导，我们一到就受到李家宝副校长的热情接待。他担心我们离开这里已有几十年，人生地不熟，吃过午饭，执意要陪同我们前往，还马上联系了县里两位领导。驶出荆州城大约半小时，县政协向先端主席及县农业局张贵庭局长，早已等候在路旁，这两位领导都曾担任冲河乡乡长。向主席将我们重返江陵当作一件值得纪念的事情，特地安排了电视台摄影记者同行，说是要拍摄资料留存。这样一来，竟组成了浩浩荡荡一个车队，不知情的人还以为是领导下乡视察呢。这样的“排场”弄得我俩颇不自在，既为惊扰了他们深感不安，同时也为他们的热情所感动。

车到马寨镇再向北行驶，不远即到达原冲河公社办公旧址，这是个不大的小镇，当年我曾多次到过这里，看着还有几分眼熟。继续往北，我的记忆越来越清晰：这是一条长长的、笔直的、沿河的路。当年路旁没有什么大树，如今已绿树成荫，路旁的小河却不见踪影。向主席解释说，为消灭血吸虫病的传染体——钉螺，将不少河沟填掉了。填平钉螺容易滋生的河沟也许是上策，但不见了当年路边奔流不息的小河，心里不免有几分遗憾。

在万场村口，乡党委王军书记的车早已等候在那里。我们跟随她一直开进村，停在一家农户门前。一下车就见到了与我们通过电话的施明彪和他的哥哥。哥哥握着我的手说："你还认识我吗？那时我才12岁，开会前，经常安排我们几个小孩子先唱歌。"从眼前这位年过半百、须发全白的汉子身上，我怎么也找不出他孩童时的影子了！他家堂屋的墙上悬挂着施贤举的遗像，一如我们记忆中的样子。他是我们最熟悉的村里人之一，如今只能用三鞠躬表达对他的哀悼和纪念。

明非的房东刘良松大伯已去世，91岁高龄的大娘还健在，头脑也清楚，见了我们依然喊着当年的称呼"小张"和"黄同志"。我们送上带去的红包与礼物，并祝她老人家健康长寿，她紧紧拉着我们的手，高兴得直掉眼泪。我的房东邓大伯和大妈早已过世，儿子邓从新也已因病去世，妻子张新年改嫁他乡，我听了不禁唏嘘。幸好见到了这家的小女儿——嫁在本村的邓从英，当年她只有十五六岁，印象中是一位活泼美丽的少女，如今也已年过花甲，儿孙满堂了。岁月带来的变化，怎不令人感慨！

和当年相比，村子已旧貌换新颜。原先农民住的大多是茅草房，现在家家都盖起了两层小楼。留下的一两栋平房都做了堆放柴草的杂物间。这虽然有碍观瞻，却令我们感到几分亲切。旧地重游，见到久别的老乡，许多往事涌上心头，可惜我们来去匆匆，没能与他们畅谈

∧ 看望老房东

∧ 在江陵县马家寨乡政府大门前合影

叙旧。但转念一想，阔别47年，今天终于如愿以偿，纵然留有遗憾，也当知足了！事后得知，当地的电视台还播放了我们前去探望乡亲的报道。江陵人真是有情有义！

告别乡亲们，离开万场村，向主席带我们驱车前往新建的江陵县城。道路两边是一望无际绿油油的麦田和结了籽的油菜，庄稼长得非常茂盛。他告诉我们，江陵是全国有名的产粮县，这里一马平川，机耕面积比例很高，农民已基本摆脱了靠锄头、钉耙劳作的辛苦。现在连种稻插秧都已机械化了。车子驶上高高的荆江大堤，视野格外开阔。向右望去，长江就在脚下，令我们感到惊奇的是，江水竟如此清澈碧绿。江陵的朋友告诉我们，除下大雨或上游发洪水，平时这里的江水总是这样清的，这与长江在此曲折蜿蜒流过有关，更与当地政府和人民对环境保护所做的努力分不开。大堤的左侧是茂密的护堤林，树木葱茏，绵延不断。极目远眺，绿色的田野无边无际，令人心旷神怡。在即将离开她的时候，我们由衷祝愿并坚定相信：江陵，这一人杰地灵的历史文化名县，这一得天独厚的鱼米之乡，明天一定会更加美丽富饶！

（写于2011年6月）

在北京延庆参加农村“社教”

◆ 张明非

“汽车上午九时半离开燕园，把送行的人一下子抛到后面。沿着柏油马路向前飞驶，一路上不知道经过了哪些地方，在我们眼前出现了居庸关。不一会儿，举世闻名的万里长城便以它的雄姿展现在我们面前。这是我向往已久的地方，没想到竟然在今天来到此地，待春节再登临长城饱览祖国壮丽河山吧，此刻是去完成伟大的社教任务，没有兴致观赏风景了。”

这是我大学期间唯一躲过“文革”这一劫的一本日记的开头，这一天是 1965 年 11 月 2 日。就在这年夏天，北京大学中文系师生刚刚经历了长达 8 个月的“四清”运动，从湖北江陵回到北京。暑假过后，开学不到 2 个月便又停课，被派参加第二期也是历史上最后一期“四清”运动，直到第二年 6 月初“文革”爆发奉命返回学校，前后历时 7 个多月。

始于 1964 年初、在全国城乡开展的两期社会主义教育运动，目的很明确，就是要解决社会主义与资本主义的矛盾，反修防修。而派在校大学生参加社教，被认为是培养无产阶级接班人防止和平演变的重要举措。所以，在下去之前的层层动员中，我们已被告知，在社教中锻炼和改造自己，也是此行的一项重要任务。这本日记的扉页上写有四句话："坚定的革命意志，顽强的战斗精神，火热的阶级感情，严格的科学态度。"显然，这是当时我对自己参加社教的要求，也是指导我搞好社教的座右铭。

马道梁社教运动花絮

这次社教的地点是北京郊区延庆县大观头公社。我们的顶头上司，社教工作分团团长就是1990年代任国务院副总理兼外交部部长的钱其琛。他当时是高教部对外司副司长，我们都叫他"老钱"。分团每隔一段时间便会召开一次全体工作队员会，由团长传达中央精神，部署下阶段工作。"老钱"当时不过30多岁，样子斯斯文文，讲话有条不紊，语速不紧不慢，一向以"天之骄子"自居的同学们都很佩服这位"年轻的老革命"。

我们班25名同学三三两两被分到不同的大队，我与女同学刘蓓蓓被分到马道梁。在我们之前这里已进驻了6名工作队员：2名来自北京市银行的干部老翟和老李，4名来自清华大学不同系科的男同学老段、老贺、小董、小王。老翟和老段担任工作队正副队长。就在这个有100多户人家的山村里，素昧平生的我们朝夕相处了200多个日日夜夜。

有了江陵"四清"的历练，我们比以前成熟老练些了。再加上这一期社教是遵照毛主席亲自主持制定的"二十三条"（即《农村社会主义教育运动中目前提出的一些问题》）文件进行的，指导思想和具体做法都比较稳妥，不像第一期"四清"刚开始那样怀疑一切，草木皆兵。而是一开始就提出尽量缩小打击面，孤立少数，解放大多数；对"四不清”干部实行“三定三允许”，即定事实、定性质、定时间，允许翻案、允许申辩、允许补充交代。这些无疑是对过去扩大化搞法的纠偏。当然，由于“以阶级斗争为纲”是贯穿始终的方针，运动中简单粗暴、将人民内部矛盾上纲上线的“左”的倾向和做法仍在所难免。

在分团领导下，工作队按照上级布置，按部就班依次开展了访贫问苦、扎根串连，清理干部队伍，清理阶级成分，建立新的领导核心等工作。经历过第一期社教的我们，自然不再有当年的新鲜乃至神秘感，但在马道梁生活的这段日子还是留下了较深的印记。时光如水，岁月悠悠，虽然已经半个世纪过去了，那里的一些人、一些事仍不时浮现在脑海里。

上世纪60年代我国广大农村普遍比较贫困，延庆在北京远郊，又是山区，自然不能同平原地区相比，而海拔1000多米的马道梁生存条件就更差了。别的不说，光是用水，就比山下的人困难得多。每挑一担水，往返要走十来里山路。所以这里的水很金贵，洗完脸的水要留下来派用场，洗澡更是不敢想的奢望。那时候北方的农民普遍没有内衣，一件空头棉袄要穿半年多，油脂麻花的，正是虱子寄生繁衍的安乐窝。常常看到虱子肆无忌惮地在老乡身上爬来爬去。天天同他们坐在一个炕上开会的工作队员，自然无法抵御虱子的入侵。所以每天工作结束回到住处，不论多晚，我和蓓蓓雷打不动的一件大事就是在昏黄的油灯下捉虱子。摸到一个，用两个大拇指的指甲盖一挤，听到“啪”的一声，一只虱子就被消灭了。每到这时，我们常常想起鲁迅《阿Q正传》里阿Q和王胡比赛捉虱子的情节而互相打趣。记得战果最“辉煌”的一次，是消灭了30多只。见了虱子不再大惊小怪而是泰然处之，然后稳准狠地置之死地而后快，这在当时也是知识分子思想改造的成果之一，称虱子为“革命虫”或许便缘于此吧？

住在一户贫下中农家里，每天轮流到各家吃派饭，付1斤粮票3角钱，是“四清”工作队的规定。当时，只有贫下中农才有资格给工作队员管饭，而他们的生活条件都相对比较差。尽管我们对此已有充分的思想准备，一些农民的贫困程度还是令人吃惊。一次到一位姓闫的贫农家，家徒四壁，连来人吃饭的碗都不够。因为没有棉衣，几个孩子冻得瑟缩在炕角。尽管他们生活很窘迫，对我们却非常热情，轮到谁家管饭无不倾其所有。工作队明令禁止吃鱼肉蛋，在这里无须担心会有人违纪，因为老乡除了过年，平时根本尝不到一点荤腥。白菜里放点儿粉条、豆腐，就是最好的待客菜肴。当地习俗，有客人来妇女是不上桌的，只是站在炕沿边，看到桌上大碗里的菜下去了，就用一只小碗从锅里舀了添进去，所以桌上的菜碗总是堆满的。有的人家还做两样饭食，给我们吃白面，自己吃粗粮。看到小孩子在一旁眼巴巴地望着，真是难以下咽。

一次到一位贫农家串门，我坐在炕上学着当地妇女纳袜底，大娘在一边和白面。我有点纳闷，今天是什么日子居然吃白面？不料等我下炕时，大娘拉着我的手，说什么也不让走，要给我包饺子吃。我再三推辞，她就是不答应，等我说明工作队有纪律，并承诺离开马道梁前一定到她家去一次才肯放手。还有一位姓贾的大娘，热情地邀我去她家坐坐，说到我们前段时间只吃两顿饭，面慈心软的大娘竟心疼得掉眼泪，倒是我反过来安慰她。我们与老乡非亲非故，接触时间也不长，他们却对我们嘘寒问暖，如同亲人。真挚淳朴的感情不仅令我们感动，也深受教益。

同物质的匮乏成正比，马道梁农民的精神生活也很贫乏。工作队进驻以后，大会小会社员们参加的积极性都很高，连上年纪的老头老太太都不缺席。当时我们只以为是山区的农民思想觉悟高，支持“四清”运动，现在想来与他们平日生活的单调无聊不无关系。记得我们进村不久召开大队贫协筹备小组成立大会。我在日记中描述了当时的热闹情景：“刚吃过晚饭，锣鼓已在场院上敲得震天响，贫下中农陆陆续续来了，妇女们也抱着孩子郑重其事地坐在那里，小小的民校显得拥挤不堪。教室黑板上写着‘贫协筹备小组成立’几个工整的大字，黑板上方端端正正挂着毛主席像，两旁的对联分别写着：‘贫下中农当家做主紧握大印坚持革命，团结起来搞好四清不获全胜决不收兵。’墙上贴着大红喜字和花花绿绿的标语，喜气洋洋，比过年还热闹。锣鼓声不时响起，群众一阵一阵呼口号。”

看电影对马道梁的农民来说也是稀罕事。11 月 19 日那天，为配合运动，放映队上山来放纪录片《北京农业大跃进》。虽然是在零下几度的严寒和凛冽的山风里，老乡们仍扶老携幼十分踊跃，而且看得津津有味。同农民一起看电影也是一种前所未有的体验，他们不理会什么肃静，边看边大声发表感想，惊喜、赞叹声不时响起。一位老大爷竟凑到银幕跟前去看，惹得大伙儿一阵哄笑。电影放完接着讨论，大家你一言我一语谈得很热烈，他们并不满足眼下的生活，渴望像影片中的农村一样摆脱贫困，过上富裕日子。

清理干部队伍是社教运动的重点。在一次三级干部会上，分团安排了几个“被资产阶级糖衣炮弹打中”已经开始“和平演变”的干部作典型发言，以证明开展“四清”的必要。最后钱其琛团长总结说，我们的干部政策是“有打有拉，软硬兼施，刚柔相济”。又说，接下来要掀起第二次大揭大议的高潮，形成兵临城下的局面，集中火力攻下重点堡垒。遗憾的是，直到我们离开这里，马道梁也没有查出一个重点堡垒来。

在组织建设方面，我们按照上级部署搞了“吐故纳新”，发展了一两批党、团员，也对一些我们认为不合格的党、团员做了组织处理，如开除了原大队会计闫某某的团籍，将一些常年不参加活动的老党员清退出党。这些老党员都是在抗日战争和解放战争中出过力有过贡献的，只因年纪大了身体欠佳参加活动少了，我们就不由分说不加区别一律劝他们退党。事后想想，这一做法未免太简单轻率了。

马道梁妇女的那些事儿

工作队分工，让蓓蓓抓青年教育，我分管妇女工作。这使我第一次近距离接触北方农村的妇女，走进她们的生活和内心世界。

进村的第 4 天，我跟妇女一起抬石头修坝，一名姓闫的中年妇女一见面就问我她想争取入党行不行，更令我意外的是我们刚见面，还远不熟悉，她就向我交代了她在 3 年前同地主儿子王某某的不正当男女关系。还检讨自己过去扯丈夫后腿，是阶级觉悟不高，说：“现在我明白了，毛主席为咱们穷人打天下，刀把子应该在咱们穷人手里攥着。”当时只是一名在校女大学生的我，涉世未深，将个人隐私看得很重，见她对自己如此信任，非常感动，向工作队汇报以后，她成为我确定的第一个依靠对象。

过了一段时间我才知道，她告诉我的根本不能算“隐私”，这在村里是尽人皆知的事。她的丈夫是赶大车的，经常外出，每逢丈夫不在家，王某某就过来跟她像夫妻一样生活，在钱物及劳力上给她家一些资助。这种现象在村里也并非个别，俗称“拉帮套”。“拉帮套”是东北地区赶车人的一种土话，意思是当马车载重量较大时，就要加套一匹马帮忙，这匹加套的马就是“拉帮套”。我还是第一次听到这个词儿，更是第一次得知世上居然有这种违背伦理道德的怪事，思想上一时很难接受。

时间长了，随着调查的深入，最初的憎恶才逐渐有所改变。春秋时期政治家管仲说过：“仓廪实而知礼节，衣食足而知荣辱。”贫穷正是造成马道梁风气败坏的根源之一。村里的女孩儿大都不愿意找本村的，条件再不济也要嫁到山外。所以每逢有姑娘出嫁，村里的小伙子们都要集体郁闷好几天。娶不起媳妇打光棍的一多，两性关系就容易混乱。但有的人乱搞并非迫于生计。记得有一位姓周的妇女，名声很不好。我鼓足勇气去她家做思想工作，日记中记载了当时的情景：“这女人看样子就不正派，脸抹得白白的，眉毛修得细细的，年纪不轻了，脸颊上却有两块红晕，脚上穿一双白鞋，让我想起赵树理《小二黑结婚》里的三仙姑。当我问她为什么乱搞时，她居然恬不知耻地回答我：‘图个热闹。’真是不知人间有‘羞耻’二字！”此次社教要解决的问题不包括生活作风，工作队除了批评教育、化解矛盾，很难在短期内扭转马道梁的这种坏风气。

与南方妇女不同，北方农村妇女一般不下地干活。带孩子、做饭、拉碾子推磨等家务活是她们的本分。一群妇女凑在一堆儿边纳鞋底边唠嗑，是村子里常见的一道风景。所以动员妇女出工也是工作队移风易俗的一个内容。可能是喜欢热闹，妇女们开会倒很积极，尤其是积极分子，挨家挨户通知都很尽责。所以我的工作开展得比较顺利，还受到过上级表扬。

社教中有一个环节是开展对敌斗争，马道梁的主要斗争对象是年已 75 岁的地主许凤太。或许是年纪大了破罐破摔，或许是经历的运动多了已经疲沓，总之他摆出一副满不在乎的样子。面对这种情形，一些积极分子竟然说什么："干部下楼像你这样就不能过关""社教是个普遍的教育，把你变成好老头，新老头"。这些话在当时绝对是丧失阶级立场的言论，在场的工作队员无不十分紧张，副队长老段还忍不住发起火来。

在此前的小型诉苦会上，我发现了几位苦大仇深、诉苦效果又好的老年妇女。她们说起旧社会所受的苦，常常未开口就掉下泪来，说到凄惨处会忍不住痛哭失声。在场的人被勾起自己的苦处也会抽泣起来。受她们感染，有时我也情不自禁落泪，甚至连会也主持不下去了。韩玉莲大娘是其中的一位，她的兄弟都惨死了，一家人流离失所，正是她对许凤太有血有泪的控诉引得群情激奋，扭转了先前斗不下去的被动局面。

马道梁的妇女诉苦出了名，分团政治部老吴约我写了一篇通讯报道。12 月 27 日，新年就要到了。在文艺为工农兵服务方针的影响下，"高大上"的中央歌剧舞剧院冒着严寒走进山沟给农民演出。演出歌剧《白毛女》时，台下一片啜泣声。我后面一位大娘还忍不住讲起她爹被地主逼死的情景。第二天，我接到任务送韩玉莲、汪春梅两位大娘到相邻的营盘大队给中央芭蕾舞团演员诉苦。走在崎岖的盘山道上，她俩有说有笑的，我很不放心，提醒她们酝酿一下情绪，她们说："张同志，你放心！"果然，一进会场，面对那么多芭蕾舞演员，她们毫不怯场，坐下来，大腿一拍就哭诉起来，既有阶级苦，也有民族恨，声泪俱下，把演员们感动得热泪盈眶，我也圆满完成了任务。

在培养入党积极分子的过程中，我最大的收获是结识了一位名叫魏国莲的女孩子并同她成了好朋友。那年她18岁，虽只上了几年小学，但人很聪明，善解人意。因为家穷，几年前父母贪图权势强迫她嫁给大队会计。当地的风俗，男女双方有一方未到结婚年龄，请一次客（当地叫“待客”），就算是订婚，可以名正言顺同居了。国莲坚决反对这桩包办婚姻，宁死不从。她千方百计保护自己，睡觉时从来衣不解带，大冬天男方往她身上泼水，逼她脱衣服，弄得她浑身透湿，冻得发抖，也不屈服。在风气不正的马道梁，国莲宛如一朵出淤泥而不染的莲花，赢得了我的好感和信任，成了我做妇女工作最得力的助手。在了解她的遭遇后，工作队帮助她解除了婚约，获得解放的她全身心投入运动，成长很快。她上进心很强，努力学习毛选，曾在全县学习毛主席著作积极分子大会上做过发言，并于1966年5月1日光荣加入了中国共产党。“文革”中我们一度中断了联系，直到70年代末我考回北大读研究生才千方百计联系上她。那时她已经走出大山，在康庄镇建立了幸福的家庭，而且有了两个女儿。1983年我们全家从包钢迁往桂林，借在北京转车之机登临长城，特意去看望她，受到她的热情接待。那时的她已经出任延庆县燕京书画社的经理，俨然一位成熟干练的女能人了。

在“社教”中改造思想

在改造客观世界的同时，改造自己的主观世界，是我们参加社教的另一重要任务。“思想改造”，在上世纪60年代大学校园里是相当热门的一个词。从入学教育到学雷锋等政治活动，无一不在强调大学生的思想改造。正是在这样的政治氛围中，我的思想感情发生了变化。

我出身于知识分子家庭，自幼热爱文学，从小学到中学涉猎了大量古今中外文学作品。相对优裕的生活条件加上外国文学作品的影响，使我对政治不太感兴趣，周围同学纷纷要求入团，我却无动于衷。之所以如此，还有一个原因现在说来有点可笑，当时有个不成文的规定，凡出身不是工农兵的，入团时都要清理家庭对自己的影响，我不愿意批判自己的父母，所以干脆不入团。上大学以后，经过一些运动，加上周围同学的影响，我才提出入团申请，并于1964年5月29日加入了共青团。而此次来延庆，团龄还不足两年的我，却向组织提出了争取在社教前线入党的申请，可见当年我们这代大学生有着怎样的精神面貌和革命热情。

社教一开始，钱其琛团长传达的中央精神便明确规定：工作队员大多是高等学校的学生，是根据中央两个决定下乡的，带有思想改造的任务。一方面反对农村基层的和平演变，一方面反对自己的和平演变。因此，“是做革命者还是革命的同路人？是真革命还是假革命？”在社教中我们经常这样拷问自己。有一次，钱其琛团长来马道梁检查工作，见我们同农民一起抬石头垒坝，便说：“农民的思想工作比大学生的好做，你别看知识分子嘴上说得漂亮，你一叫他长期安家落户，问题就来了。”对这样的批评，当时的我们是心悦诚服的。

深入贫下中农要过的第一关是劳动关。刚到马道梁不久，我第一次到山下挑水，只挑了一半路就气喘吁吁败下阵来。扛上榔头打坷垃是老年人干的活儿，但半天下来我的胳膊就疼得抬不起来了。后来经过一次次锻炼，才逐渐有了长进。几个月以后，有一次抗旱担水点种，我竟一鼓作气挑了5趟水，往返30多里路。修坝的时候，我本可以跟人抬石头，但我想挑战自己，硬是同一个小青年换了扁担去挑土，一担土有七八十斤重，我咬咬牙也坚持下来了。老乡特别是一些大爷大娘看我们劳动如此卖力，常常过来阻拦，担心我们把身子“使坏了”。

与过劳动关相比，思想改造的任务似乎要复杂艰巨得多。北大中文系张钟老师曾代表学校党组织找我谈话，要我注意改造自己的小资产阶级感情，加强无产阶级的革命坚定性。于是，时时处处警惕非无产阶级感情冒头，反思自己与党员标准的差距，便成为我在整个社教中思考最多的问题。手头幸存的这本日记，与其说是记录社教运动的工作日记，不如说是展示自己争取入党心路历程的思想日记。其中还抄录了不少毛主席语录及革命的豪言壮语。这在今天的年轻人看来，很可能有“矫情”或“做作”之嫌，甚至怀疑是专门写给别人看的。但在那个时代生活过的人都会相信，这里面的每一页、每一句都是我思想情感的真实记录和由衷之言，而且这样的“革命”日记，在当时的大学生中相当普遍。记得那时我们最爱唱的一首歌是《我们走在大路上》:“我们走在大路上，意气风发斗志昂扬，毛主席领导革命队伍，披荆斩棘奔向前方。向前进！向前进！革命气势不可阻挡；向前进！向前进！朝着胜利的方向。”每当唱起它都会热血沸腾，如此高昂的热情正是受到当时国内掀起的一波又一波革命浪潮的激励。

仅从1965年底到1966年初的三个月里，党的喉舌《人民日报》接连刊登了几位英雄人物的事迹。1965年11月7日发表社论《一不怕苦 二不怕死》，号召学习王杰同志“一心为革命”的思想；1966年1月11日报道了在海战中头负重伤仍坚持战斗到最后的轮机兵麦贤得；2月7日发表了长篇通讯《县委书记的榜样——焦裕禄》；2月17日刊登了石油工人王进喜在全国工交会议上的报告摘要，在全国范围掀起学习铁人的热潮……王杰、麦贤得、焦裕禄、王进喜，每一位都是顶天立地可以载入共和国史册的英雄，正在社教第一线一门心思想着如何改造自己的我，读到他们的事迹怎么可能不深受感动并对照自己？日记中记下了学习每一位英雄人物的感受。如：“此刻，加入党的队伍，全心全意为人民服务，像王杰同志那样一心为革命，这个要求和愿望在我心中比任何时候都强烈。”再如社论总结麦贤得成长的原因说：“在我们的时代，最强大的武器不是飞机，不是大炮，不是原子弹，最伟大的是毛泽东思想。”我立刻反省自己：“近来自己对毛选学习抓得不紧，这说明自己的革命自觉性还不够强烈，应该带着自己思想改造中的问题去学，带着自己工作中的问题去学。”又如对照焦裕禄的事迹，反躬自省：“生活中任何事情都存在两个标准——低标准和高标准。自己究竟是选择哪一条标准呢？要求自己像个样子就行了呢，还是像焦裕禄同志这样做一个为人民大众鞠躬尽瘁的共产党员？这是值得自己认真思考、时时思考的。”

由于自己努力，妇女工作比较有起色，我个人也被推选参加县里召开的学习毛主席著作积极分子代表大会。1966 年 2 月 7 日，我得到组织正式通知，将在运动后期被发展入党。被当作小资产阶级典型、入团不满两年的我将要入党，这一消息在同学中自然引起不小的震动。2 月 15 日，我收到同班同学商振泰的一封信，他是我入团的两位介绍人之一。他在信中说：“今天，听说你要入党了，心情非常激动。……你是 1964 年 5 月 29 日才入团的。但是，后进者，能跃进。你后来居上了！你说得好：要革命化，就要跃进。你是这样想的，也是这样做的。你始终严格要求自己，坚持不断的自我批判，你的精神面貌更是为之一新。敢破敢立，敢赶敢超，敢于革命，敢于跃进，这就是你最值得我学习的地方。”说真的，当时自己的心情还有些矛盾，既期盼这一神圣时刻到来，又担心自己距共产党员的要求还有不小距离。没有想到的是，社教运动尚未结束，6 月 1 日中央人民广播电台播发了北京大学聂元梓等人的“全国第一张马列主义的大字报”（毛泽东语），史无前例的“文化大革命”以迅猛之势很快席卷全国，我们奉命提前返回学校。临走时工作队队长老翟语重心长地叮咛我要经受住革命的考验。其实，那时候我已经顾不得遗憾，我和同学们是高唱着《国际歌》，怀着誓死保卫毛主席的决心返回学校的。

其实，到社教后期，在全国范围内尤其是文化战线，阶级斗争的火药味已经越来越浓了。4 月 24 日，报纸上刊登了批判翦伯赞的文章，称他为反马克思主义史学家；4 月 30 日，《北京日报》发表文章批判吴晗的《投枪集》；5 月 24 日，报纸上点名批判“三家村”。5 月 17 日《解放军报》发表题为《千万不要忘记阶级斗争》的社论，文章说：“我们一定要用毛泽东思想武装我们的头脑，用阶级斗争的观点和阶级分析的方法观察一切，分析一切，对待一切。见到错误的东西就批判，见到毒草就铲除，见到牛鬼蛇神就打倒，决不能让他们无法无天，兴风作浪。”这已经在吹响“文革”的号角了。山雨欲来风满楼，但当时我们这些满怀革命热情的大学生，只知道响应党中央毛主席的号召，怎么想得到即将到来的是一场席卷中国大地，将数亿人卷进斗争旋涡的巨大灾难呢。后来发生的一切，不论是国家和民族的前途，还是我个人和家庭的命运，都是当时始料未及的。等到我终于被批准加入中国共产党，在党旗下庄严宣誓，已经是“文革”结束后的 1979 年了。

回顾这段经历，感慨良多。对已进入古稀之年的我来说，如何评价当年开展的这两期社教运动，如何看待自己的思想改造，已经不重要了。重要的是这一段并不如烟的往事是我生命中一段特殊的经历，它同我的大学生活，同我的青春岁月联系在一起，因此值得纪念，值得回味。

今年，适逢参加马道梁社教运动50周年。如果不是翻阅日记，或许有些人和事我已经忘却或模糊不清了，但马道梁这个普普通通的山村以及生活在那里的淳朴善良的百姓，是我永远不会忘怀的。当年我们离开那儿的时候，正是漫山遍野杏花开放的季节。粉红的杏花，一朵朵，一簇簇，开得正艳，远远望去，宛如片片红云，美丽而壮观。我们的车子已经开出老远，还望得见老乡三五成群在杏花掩映的山道上向我们挥手告别。这美好动人的画面成为马道梁留给我的最后印象，永远定格在我的记忆里。

（写于2015年10月）

戴橘红色校徽的日子

◆ 张明非

1979 年 9 月到 1982 年 7 月这近 3 年时间，在历史长河中可谓转瞬即逝，即在我 70 多年的人生经历中也只是短暂的一段时光，但于我而言有着非同寻常的意义，甚至可以说是我人生的一个转折点。这 3 年，我离开工作 11 年的内蒙古包钢重返北大校园，攻读古典文学专业研究生，获得硕士学位。

恢复研究生招生制度是从 1978 年开始的。当时，我正在包钢师专教语文。因工作压力和家庭负担都比较重，所以这一令许多同辈振奋的消息并未使我动心。到第二年，教研组两位同事的爱人上一年已分别通过考研和回炉去了北京，而当时考研是解决两地分居的唯一途径，所以他们别无选择，早就加紧复习，志在必得。我们是同一年大学毕业分到包钢的，受他们影响，我自然坐不住了，也跃跃欲试。记得我们几个考生一起去拍报名照，照相馆师傅指着我们中间一人说："这位老大爷也考研究生？"一时传为笑谈。照相师的疑问不是没有道理的，当时大家早已过而立之年，有的还接近不惑，毕业 10 多年，每月工资不过 50 多元，上有老下有小，经济上普遍拮据，穿着打扮自然无从讲究，大都显得比实际年龄苍老。

备考的过程很是艰辛，一是时间紧，二是任务重。距考试只有 3 个多月，要复习的内容太多，而单位领导准予报考已经很开恩了，哪还好意思请假，所以只能利用业余时间复习，一节课也没敢耽误。我报考的是母校中文系古典文学专业，“中国文学史”是主要的考试科目，而我手里连一本教材也没有。通行的四卷本《中国文学史》教材和我所有的书本笔记早在毕业前夕北大武斗中被洗劫一空，无奈只得找人借来抄。《文学概论》教材遍寻无着，千方百计找来一本《辞海》背诵其中的相关条目。压力最大的是外语，我学的是俄语，大学二年级（1964 年）考试过关后就再没碰过。15 年过去，单词都忘得差不多了，捡起来谈何容易。多亏早我一年考回母校读研的大学同窗刘蓓蓓寄来她用过的俄语教材，我如获至宝，每天无论多忙都要强记 60 个单词。那 3 个月，我真正体会到什么叫作废寝忘食，分秒必争。

功夫不负有心人，我们语文教研组 4 名考生中有 3 人分别考上北大、人大、北师大。以至于语文老师一下子紧缺，几乎开不成课。

入学后，我才知道北大中文系 79 级一共招了 8 名研究生，除一人来自湖南师大 77 级本科，其余都是北大毕业的老五届学生。当时报考的人非常多，而招生的名额却很少，古典文学专业只招了葛晓音和我 2 名女生，排名第三的据说是一位老系主任的公子，专业考得相当好，惜外语差了一点儿未被录取。我很庆幸自己赶上了社会风清气正的好时候。

能够回到母校深造自然是幸运的，更幸运的是投身在陈贻焮先生门下。我刚到学校报到未及登门拜师，就听说恩师生怕我收不到录取通知，专门去找刘蓓蓓要我的通信地址，打算亲自寄给我。如此热心，连蓓蓓都感叹道："没见过这样好的导师！"陈先生还跟晓音夸奖我，说考试前我一封信都没给他写，而他为了招这2名研究生，亲手回了100多封信。

新生活开始了。我在燕园曾度过6个春秋，时隔10余年之后重新回到这里当学生，一切都是既熟悉又新鲜。78、79这两届研究生，大多是"文革"前入学的老五届，年龄同我都差不多。走在校园里，很难分辨是教师还是学生。不知是否出于这一考虑，入学不久，学校给我们发了新校徽。北大的校徽原来只有两种，教师是红底白字，学生是白底红字，研究生佩戴的新校徽是橘红色的，有别于教员和本科生。到商店买东西，每每有人好奇询问，得知原委，无不投来羡慕的眼光。每当此时，内心充满了幸福和自豪感。本科时低我三届的学妹、香港著名女作家黄虹坚，曾以此为题创作了一个中篇小说《橘红色的校徽》，描写的就是这一时期本科已经毕业又重返校园的研究生和回炉生的生活，反映了这批人的辛酸和奋斗。小说以题材的独特新颖享誉文坛，荣获了首届"花城文学奖"。

研究生，顾名思义，就是不仅要学习知识，奠定扎实的基础，还要进入研究领域，掌握搞研究的基本方法。要达到这一目标，对于学业荒废多年的我们来说，诚非易事。所以，同读本科时相比，研究生学习普遍非常自觉刻苦，3年里自始至终充满了紧迫感。

阅读、写作及听课，是读研的三大任务，占据了我绝大部分时间。关于如何在导师精心指导下读书写作，我在《感念恩师北京大学陈贻焮教授》一文中有比较详细的记述。读研期间我们还选修了多位名教授开设的专业课，大大弥补了读本科时未能聆听名师讲课的缺憾。唯有一周两次的俄语课令人紧张，每节课都要像小学生似的站起来背上一两段，还要提心吊胆地怕老师提问。已经站了10多年讲台的我，对于在课堂上站起来回答问题已经相当不适应了。

读研的生活简单而有规律，图书馆、教室、宿舍三点一线构成不变的生活轨迹。但3年中在紧张的学习之外也还有一些值得回忆的事情及经历。如同黄虹坚所说她写《橘红色的校徽》初衷是表现“那个特殊年代的某一种人生”。

同学习的压力相比，这两届研究生遇到的更大困难是生计窘迫。因为学习再紧张，任务再繁重，毕竟是苦乐参半，收获的喜悦可以补偿耕耘的辛苦。生活则不同，在我的记忆中读研3年是我一生中最清贫的一段日子。

先说住。当时女研究生不多，78、79级两个年级都住在30楼，这是当年我读本科住过的老地方。我们79级4名女研究生刚好住一间宿舍，在2楼东头阴面，东边有一扇窗户。房间不大，2张架子床、4张课桌把屋子挤得满满当当的，幸而那时大家行李都不多，凑合着还能放下。水房和厕所在楼道里是公用的。我睡上铺，怕起夜不方便，晚上只好尽量少喝水。在过惯了10多年家庭生活之后重新回到集体宿舍，一时还真有些不适应。尤其是寒暑假前的两段时间，夏天闷热不说还有蚊子骚扰，冬天又不暖和。即使是北风呼号、气温骤降的日子，也不会提前供暖。再说即使来暖气也往往不怎么充足。

住还好将就，更困难的是研究生普遍工资低负担重。本来就上有老下有小，再加上两地生活，入不敷出是常态。一度有同学以此为由建议缩短学制为二年。其实不独研究生，当时工资低是普遍现象，如留校多年的一位学长也只有56元，本科时教过我们的一些青年教师不过62元，副教授才69元。

没有其他经济来源，只有节衣缩食。当时的物价在今天看来是相当低了，我在家信中曾有这样的描述："北京的猪肉涨到 1.26 元 1 斤，猪蹄由 3 毛 1 涨到 4 毛。"当时，8 元钱可以买一件的确良衣料。从母亲家附近的展览路乘车游长城、十三陵，只要 3 元。但对每月只有五六十元收入还要养家糊口的研究生来说还是捉襟见肘。

3 年里我的伙食标准基本维持这样的水平：中午买 2 角 5 或 3 角一个荤菜；晚餐是 1 角 5 一份的剩菜；早上吃玉米面粥和窝头就咸菜。最低时一个月伙食费没有超过 8 元。可能是油水少的原因，入学以后，有相当长一段时间我每天的饭量都保持在 1 斤左右。到毕业前夕，因鸡蛋市场开放了，早餐加一鸡蛋，但报名献血仍被淘汰，原因是贫血。即便如此省吃俭用，还是常常囊空如洗，到月底有时兜里只剩下够买一张 8 分邮票的钱。

我母亲笑我是兄弟姐妹中挣钱最多也最穷的人。当时插队回京在新华印刷厂工作的大妹工资只有 36 元，但我穿她的旧鞋、旧衣服是常有的事儿。一辆从包头托运来的"东方红"牌旧二八车，几乎是我唯一的交通工具。不论去哪儿，不论路多远都靠它，不到万不得已舍不得花钱乘公交，尽管那时车票只有几分钱。

为了省钱，我曾有过到菜市场加工松花蛋的经历。当时松花蛋每只的市场价是 1.50 元，而自己买鸭蛋加工只要 1.10 元。记得是 1982 年 6 月的一个星期天，我凌晨 3 点钟骑车到西单菜市排队领号，去得太早，等了 40 多分钟才来了第二名。每个号限做 10 斤，我领了 2 个号。6 点多做完第一批送回家，8 点钟又赶去做第二批。想到暑假能带回不少松花蛋给孩子们改善，辛苦就有了回报。

正因为手头拮据，当师妹晓音收到《河南青年》的《中州名人》

栏目约稿，我们宿舍几个人都跃跃欲试。记得我第一次写了两篇，收到 27 元稿费，不禁喜出望外。这在当时是一笔不小的收入。

与物质生活的窘迫相比，这 3 年的文化生活远比在包钢丰富得多。这不仅是因为地域的变化——从塞外到京城，更因为我们赶上了“文革”结束、百废待兴，国家开始改革开放的大好时机。此前一年，郭沫若在全国科学大会闭幕式上宣告了“科学的春天”的到来。我们虽整天埋头读书，却并非两耳不闻窗外事，也真真切切感受到了严冬过去之后扑面而来的春的气息。

学校的“三角地”经常贴出举办讲座的海报，内容五花八门，令人目不暇接。对封闭多年的我们来说，虽大多不能亲临现场，但看看讲座的题目亦获得一种满足。大饭厅不定期有演艺界名家或在京文艺团体的精彩演出。各院系也有一些与专业相关的学术活动。尽管因学习紧张不得不舍弃很多机会，但在北大这一得天独厚的人文环境里，还是挤时间参加了一些比较重要的活动，至今留下深刻印象。

记得入学不久，适逢全国第四次文代会召开。这是一次标志着文艺界全面“解冻”，积极推动新时期文学走向繁荣的重要会议。文代会期间，中文系邀请王蒙、刘宾雁、刘绍棠、白桦、张洁 5 位代表来校做报告，王蒙因故未到。5 位作家中除张洁外，都有过被打成“右派”的苦难经历，“文革”后受到改革开放局面的鼓舞，迸发出空前的创作热情，发表了一系列有社会影响的重要作品。刘绍棠是北大中文系系友，“文革”后作品开始如井喷般问世；白桦的电影剧本《苦恋》发表在 1979 年 9 月出版的《十月》第 3 期上，引起广泛关注；女作家张洁因创作反映改革艰难与希望的长篇小说《沉重的翅膀》而声名鹊起；刘宾雁的纪实文学《人妖之间》发表在 1979 年《人民文学》9 月号，

∧ 与师妹葛晓音

反响极大，以致主人公“王守信”一时间家喻户晓，臭名昭著。4位作家在报告中生动介绍了自己写作的缘由和经过，他们在几十年苦难生活中悟出的许多深刻道理，发人深思；对社会现实的深入观察和令人耳目一新的见解，尤令我们感动、警醒，由衷钦佩。我们甚至对自己选择了古典文学专业产生了动摇，以为离现实太远，不能为国家民族和社会服务。

像这类学术活动在北大还有不少，一些社会热点、敏感话题都会通过各种讲座及时得到反映。一次，西语系邀请著名戏剧家曹禺先生来校做讲座。70年代末曹禺创作了新编历史剧《王昭君》，并由北京人艺搬上舞台。所谓“新编”即将一个悲悲切切出塞和番的王昭君写成深明大义为民族团结欣然出塞的文化使者。他说这是一部受周恩来生前嘱托的“遵命之作”。剧作甫一发表，就引发热议。记得吴组缃先生给我们上《小说概论》时便提到过他对这部戏的不满。他说一次在友人的追悼会上见到曹禺，曹禺问起他对《王昭君》的看法，吴先生毫不客气地回答：“不怎么样。”并讥之为“无米之炊”。还说把王昭君写得像个“公社党委书记”。在讲座的提问环节，有学生递条子问：“历史传说中的王昭君与你笔下的王昭君哪个生命力强？”曹禺哼了一声说“走着瞧吧”。时隔多年，看到黄永玉写给曹禺的信，对他 1949 年之后的剧作提出尖锐批评，得到曹禺认同。

当时校系两级组织的活动，要求研究生参加的并不多，图书馆、教室、宿舍三点一线的生活周而复始，与年级以外的其他同学很少交流。但也有一些事情打破了这种平静。如 1980 年秋校园发生的后来被称为“风潮”的民主选举活动，便至今记忆犹新。那是第二学年开学后不久，学校组织师生参加人民代表换届选举。从 18 岁拥有公民权起，我们已参加过多次选举，对其程序并不陌生，所以这次选举一开始并没有引起人们注意，以为像往常一样按规定从公布的候选人中选填几个名字就行了。是这一次不同凡响的做法及校园里越来越浓的选举氛围，引起了我们的关注。

首先，候选人不是自上而下公布，而是由学生推举产生；其次，开展了一系列的竞选活动，由候选人发表自己的竞选宣言，召开选民见面会、答辩会。一时间选代表成了校园的热门话题。受这种氛围的感染，我们也不由自主卷入这股热潮中来。那些日子，和本科生一起去同候选人见面，听取他们的竞选演说，认真思考把选票投给哪位候选人，很是兴奋了一阵子。推举出来的 18 位候选人中有一位女生颇引人注目，她就是中文系78级本科生张曼菱。因当时研究生人数很少，不少大课都是同中文系77、78级本科生合上，所以我们早就认识并注意到这位特别活跃的女生。果然，她后来以中篇小说《有一个美丽的地方》一鸣惊人，现在已是创作颇丰的著名作家。

选举的结果如何，这一活动是怎么结束的，已不甚了然。留下印象的是当时的热烈氛围和自己认真参与的热情。这毕竟是从18岁拥有公民权至今唯一一次运用自己手中的权利郑重投下的一张选票，也是一生中难得的一次经历，自然不会也不应该被遗忘。

令我难忘的还有这样一件事。1981年3月20日夜晚，中国男排在世界杯亚洲区预选赛中奋力拼搏，险胜强敌韩国队，赢得了决赛资格。捷报传来，北大校园一下子沸腾了。人们纷纷走出寝室，聚集到38楼前的空场上，激动的人群自发组成浩浩荡荡的游行队伍在校园里穿行。行进中，有的敲打饭盆，有的高举扫帚做成的火炬。“中国万岁”“男排万岁”的口号声此起彼伏，嘹亮的国歌声回荡在春日的夜空。“团结起来，振兴中华”的口号，就是在这样的情势下喊出来的，很快传遍大江南北，成为时代的最强音。当时，我和宿舍的几位同学虽没有加入游行的队伍，目睹此情此景，止不住激情澎湃，为亲身经历了这一具有历史意义的时刻感到幸福，并由衷为北大学子的爱国热情感到无比骄傲和自豪。

当时校园文化生活也很活跃，学校不定期邀请一些国家级文艺团体和著名演员来校演出。每到这时，大饭厅（百年讲堂旧址）里总是人头攒动，水泄不通。台上演员非常投入，台下观众掌声不断，台上台下交流互动，氛围之热烈是平日里在剧场感受不到的。所以著名交响乐指挥严良堃曾在谢幕时激动地说：“北大师生是我们的知音。”有一次著名话剧演员曹灿、金乃千、王铁成，歌唱家蒋大为，相声演员郝爱民等来校演出，作为观众，我深深感受到作为北大人的幸福，因为如此多的名演员济济一堂，是即使买票也很难有的享受。那一次，王铁成表演电影《大河奔流》中总理的一段台词及在四届人大做报告，惟妙惟肖，给我留下特别深的印象。

这3年中还有一件值得欣慰的事，那就是有幸参与了我国首部文学鉴赏辞典《唐诗鉴赏辞典》的撰写。该书出版的背景是这样的：十年动乱结束后，如何尽快使经历了这场文化浩劫的广大民众提高民族自信心和文化素质，成为出版界人士的共识。1979年末，上海辞书出版社编辑汤高才先生从一本名为《鉴赏辞典》的日文小册子得到启发，提出编纂《唐诗鉴赏辞典》的构想，得到社领导首肯和古典文学界一些专家的赞同。此书名为“辞典”，实则不同于以往辞典的编纂，而是从近50000首唐诗中精选出近200家诗人的1100多首名篇，每一首诗配一篇赏析文章，将诗歌诠释同赏析合为一体。这是一个创造，从书名到体例都使人耳目一新。其入选篇目之多，规模之大，更是此前唐诗选本及赏析类图书所未见。1983年12月《唐诗鉴赏辞典》出版，首印40万册，受到广大读者的热烈欢迎，好评如潮。30多年过去了，此书不知重印了多少版，迄今仍畅销不衰。接下来上海辞书出版社又相继出版了古代词、曲、文等多种体裁的鉴赏辞典，国内多家出版社也纷纷效仿，以鉴赏辞典的名目推出不少同类图书。然而，不论后续出版了多少“鉴赏辞典”，我认为《唐诗鉴赏辞典》的价值和地位都是不可取代、无法超越的。这不仅是因为它有首创之功，在国内掀起了古典文学鉴赏热，并开创了文学鉴赏辞典系列的先河，更是因为在由萧涤非、程千帆、马茂元、周汝昌、周振甫、霍松林6位古典文学专家领衔的作者名单里，我们还可以看到俞平伯、刘逸生、吴调公、钱仲联、沈祖棻、叶嘉莹、何满子、臧克家、缪钺、夏承焘、吴小如、徐中玉、章培恒、袁行霈、陈伯海、蒋星煜等先生的大名。如此强大的作者阵容在古典文学类图书中即使不是空前也是绝后的。尽管诗歌鉴赏是一件普及性工作，但亲历了这场文化浩劫深知此项工作意义的前辈学者，受邀撰稿无不慨然应允，欣然命笔，并调动自己多年研究唐诗的经验和感悟以狮子搏兔之力认真对待每一首诗的赏析。如今，不少学界前辈已离我们而去，但他们留下的这一篇篇赏析精当、字字珠玑的鉴赏美文将作为宝贵的文化遗产长存人间。

汤高才先生在策划此选题时曾专程赴京拜访了几位专家，恩师贻焮先生是其中之一，此次自然也在约稿者之列。当时，晓音和我本不够资格，恩师为了培养我们的鉴赏和写作能力，将自己名下的任务分给我俩各10篇。我此前在中学和师专教语文多年，在课堂上不知给学生讲过多少首唐诗，但写鉴赏文章还是平生第一次。别看只是两三千字的短文，要能够揭示原作的艺术特点及在文学史上的价值，文章还要力求畅达优美，诚非易事。尽管我们很努力，有的稿子还是被发回要求修改，有时还不止修改一次。后来我才知道，作为责编的汤高才先生把关很严，不只是对我们这些无名小卒，就是对学界前辈也毫不通融，凡不合要求一律打回修改。记得周振甫先生亲口对我说过，他接到撰写50篇的任务，一些篇目也被退回修改。周先生这样一位众所周知的鉴赏大家尚且如此，何况我们这些初出茅庐的晚辈？《唐诗鉴赏辞典》出版以后，我陆续收到不少赏析类书的约稿，但再也没有被退回修改过。我想这不能完全归因于我诗词鉴赏水平提高了，而是再也没有遇到汤高才这样严格敬业的编辑，由此对汤先生更加心悦诚服。后来，我将自己写就的诗词鉴赏文章选出100篇，结集为《古典诗词百首鉴赏》，1989年由广西师范大学出版社出版，承蒙周振甫先生为之作序，陈贻焮导师为之题签。并就此封笔，不再接受这类约稿。这是后话。在参撰《唐诗鉴赏辞典》的过程中，我曾与汤先生有书信往来，但从未谋面。不意1988年10月17日忽然收到汤先生来信，告知他同复旦大学王水照、上海社科院徐培钧及上海古籍出版社高克勤一行4人要到广西横县参加词人秦观的研讨会，19日途经桂林。接读来信，我很高兴，忙做安排。委派两名研究生前往车站迎接，当晚在寒舍备便饭为几位先生接风。我同他们虽是初次见面，但毫无陌生之感，席间大家谈笑甚欢。我校出版社社长党玉敏先生闻讯还专程派车送几位先生游览了芦笛岩。我为能在桂林为素所敬重的几位先生略尽地主之谊感到欣慰。可以说，是《唐诗鉴赏辞典》促成了这次愉快难忘的聚会。

一般说来，毕业典礼是标志学业结束的重要仪式。有意思的是，我两进两出北大却从没有过毕业典礼。本科毕业正值“文革”期间，本应1967年分配却整整延迟了一年，所以一拿到派遣证，大家就迫不及待地“如鸟兽散”。研究生毕业时可能因人数太少，不成规模，校系两级都没有举行任何相关仪式。能够证明我这三年学历的除了学位证书，就是一张毕业照，一张不合常规却弥足珍贵的毕业照。我是1982年6月毕业的，这张照片却是在毕业前一年的1981年5月拍的。可能是考虑到一些老先生年事已高、行动不便，趁78级研究生拍毕业照时，在读的79、80两个年级也就势儿一起拍了。我依稀记得拍照那天王力先生是由两名研究生一边一个搀扶着走到西校门的，杨晦先生则

∧ 明非研究生毕业照

是不知谁找来的一辆救护车送来的。照片上老师比学生多得多，45 人中 79、80 级的研究生加在一起只有 11 人，连一排都站不满，只好委屈谢冕和张钟两位导师站到了研究生边上。照片中的哪一位不是中国语言文学界有名的专家？仅以在第一排就坐的先生为例，自左至右分别是费振刚、陈贻焮、吕德申、冯钟芸、林庚、岑麒祥、杨晦、王力、周祖谟、王瑶、季镇淮、朱德熙、林焘、唐作藩、乐黛云、严家炎。所以我认为这一张毕业照具有珍贵的史料价值，它胜过一切隆重的毕业典礼，足使后人羡慕不已。

斗转星移，暑往寒来，3年时光就这样一天天过去了。在艰苦的物质条件和紧张的学习压力下，支撑我克服种种困难坚持下来完成学业的，除了导师的谆谆教诲，进入学术殿堂的收获和快乐，还有就是毕业后能够留在北京的希望。北京不仅是我从小生长的地方，这里还有我年迈的母亲和至亲的弟妹，这也是我当初报考母校的原因之一。78级研究生毕业后不少人留在了北京，让我们有了盼头。但没过多久，一些留京的研究生联名上书中央，要求解决家属问题，据传中央领导有批示说：不予考虑，如不愿意可调出。进京户口控制很严，是中央一贯的政策，原以为前几届研究生人数不多，“物以稀为贵”，能够享受特殊待遇，看来这一想法太天真了。不仅是刚毕业的研究生家属，一些教工留校多年爱人问题也未能解决。面对如此严峻的形势，在多方奔走联系单位无果的情况下，我留北京的信念开始动摇。因为即使我侥幸能够留下，爱人和两个孩子进京也遥遥无期。经过一番权衡，终于决定放弃留京的打算。做出这个决定真是既痛苦又无奈。可以说，毕业前夕是我读研3年最纠结的一段日子，希望与失望交织。一会儿兴奋得发狂，似乎天河已经架好了鹊桥，牛郎织女就要相会；一会儿又从希望的顶峰跌入失望的深渊。这期间是老师们和师妹给了我极大的帮助和精神上的支持。恩师为我四处联系单位，只要有需要，二话不说，有求必应，光推荐信就不知为我写了多少封；中文系吕乃岩老师从本科时代就对我关怀备至，此时动用了他所有的关系为我到处奔走，一打听到有用人消息就不顾天气炎热骑车赶过去；师妹晓音也多方打听请熟人帮忙甚至陪我登门拜访。尽管这些努力后来被证明都是徒劳，但他们给予我的关心和帮助成为我的精神支柱，支撑着我度过了那些艰难的日子，对此，我心存感激，永志不忘。与此同时，这段经历也让我这个从校门到校门的书生第一次感受到人情冷暖，平生第一次尝到上门求人的滋味，看到冷漠的面孔和遭到冷冰冰的拒绝。喜怒哀乐，酸甜苦辣，个中滋味真是一言难尽。

就这样，我结束了 3 年的学业，拜别恩师，离开京城，踏上了南下桂林的旅程。一晃 30 多年过去了。在广西师范大学，我从副教授到教授，从教本科生到指导硕士生、博士生，这一切成长和进步都离不开在北大读研这 3 年打下的基础。所以，我由衷感谢具有里程碑意义的这 3 年时光，永远难忘这一段佩戴橘红色校徽的人生经历。

（写于 2010 年秋）

我的同窗好友刘蓓蓓

◆ 张明非

刘蓓蓓是我大学同窗。1962年9月我们同时考进北京大学中文系，同在文学专业（3）班学习，是同一间宿舍的室友。入学不久，我俩都申请加入了中文系“五四文学社”散文组，课余一道去参加社团组织的一些文学活动。1963年春，学校安排我们班到近郊访贫问苦、写村史家史，我俩一块儿分到平谷县胡店村，合作完成了村支书老杨的家史。1965年10月，我们年级到北京郊区搞“四清”，我俩又一起分到延庆县大观头公社马道梁大队，在一条炕上住了7个多月。1966年5月“文革”开始，我俩与几名同学组成“红五月”战斗队，投身北大的“文化革命”。同年10月一起走出校门，加入全国红卫兵大串联的洪流，北上新疆乌鲁木齐，南下广州、上海等地。1968年7月，我们这一届毕业生因“文革”延迟一年分配，我俩又都到了内蒙古，只不过我到了包头包钢，她去了乌梁素海军垦农场，其间我们一直保持着书信往来。1979年我考取母校古典文学专业研究生，而她此前一年便考研成功，成为当代文学专业首届研究生，我俩再次成为同学。所学专业虽然不同，但都住在当年本科住过的30楼2楼，经常可以见面。可以说，在

∧ 刘蓓蓓1997年在日本东京大东文化大学

北大度过的9年学习生涯中，绝大部分时间是同刘蓓蓓在一起的，她是我关系最密切的大学同窗。

中文系设有文学、语言、文献3个专业，62级来自全国各地的90名新生分成4个班，其中文学专业两个班。当年北大中文系的录取分数线是全国文科类录取分数线中最高的，同学当中自不乏中学时代的才子、才女，一个个带着耀眼的光环在同龄人艳羡的目光中，自信满满地走进最高学府的这座文学殿堂。尽管如此，对刘蓓蓓大家还是心服口服的。这不仅因为她来自北师大女附中这所历史悠久的名校，更让人惊叹的是她的高考作文在全国考生中脱颖而出，竟得了 98 分的高分，离满分 100 只差两分。那年高考作文题目是议论文《说不怕鬼》和记叙文《雨后》，二者任选其一。我后来读到刘蓓蓓的《雨后》，不禁由衷赞叹。文章选材就不一般，写颐和园雨后景色。颐和园是蜚声中外的清代皇家园林，北京著名的风景名胜，博大丰富，气象万千，集全国园林艺术之大成。能够勾勒出园林的基本风貌已非易事，何况必须紧扣题目展现园中亭台楼阁、湖光山色雨后的独特风貌和韵致，尤其还要受到考试时间限制，没有平日的善于观察、大量积累和写作功底是很难完成这样一篇融诗情画意于一体的美文的。

刘蓓蓓中学就入了团，又是学生干部，说话办事比一般同学老练，一入学很自然当了班上的团支委。同学很少称其全名，多喊她“刘蓓”。“蓓”，义为“蓓蕾”，读音“bèi”，但不知为什么大家都把“蓓”读作“péi”，而且从来没有人提出疑问，她自己也从未解释过。所以本文中我仍称她“刘蓓”。

刘蓓出身知识分子家庭，父亲是中学教师，有 1 米 9 以上的个头，这在那个年代是很少见的，据说是北京“五长人”之一。妈妈是小学老师。父母非常疼爱她，我们家在北京的同学星期天一般都会回去，刘蓓则常常留在学校，她爸妈会带着她爱吃的菜乘公交来学校看她。

刘蓓文笔很好，文风活泼俏皮。她不是那种文思敏捷，下笔千言的快手，但写出来的文章都思维缜密，不落俗套，还常有几分幽默感。我至今还记得她中学时的一篇看图作文，画面是绿草如茵的原野上几枝野花在风中摇曳。刘蓓写道：“这一簇簇小花，不知是春天留下的，还是夏天带来的。”我很欣赏其新奇想象和优美意境，所以至今不忘。刘蓓还喜欢唱歌。一次年级文艺会演，我们班演出小合唱《白毛女》片段，扮演杨白劳的傅成励，曾获北大朗诵比赛第一名，多年后成为中央人民广播电台著名节目主持人，曾荣获金话筒广播金奖。喜儿则由刘蓓扮演，她略带鼻音的歌声可以拔得很高。可惜后来因“文革”中用嗓过度，变得有些沙哑，虽多方治疗仍未能完全恢复。

刘蓓长得很精神，大眼睛，翘鼻子，皮肤微黑，身材丰满。刚入学时常穿一件玫瑰红的“布拉吉”（俄语“连衣裙”的音译），或是女附中的校服蓝色背带裙，走在路上挺引人注目。加上她性格活泼开朗，办事热心，所以是新生里的活跃分子，吸引了本系和外系一些男同学的目光。记得开学不久，就有高年级学兄主动来给刘蓓送讲义，我们都是正值青春期的女孩子，知道这是找借口献殷勤，不禁窃笑。一次，我俩正在食堂吃饭，忽然有个素不相识的男生走来，往刘蓓面前丢下一张饭票就走开了，拿起一看，背面写着希望同她约会，对此刘蓓自然不加理会。印象较深的还有一次，刘蓓收到一封信，写信的是数学系一位高年级男生，明白表示对刘蓓的爱慕，还说自己有姑母在北京，家里有电视云云。60年代初电视可是稀罕物件，可见不是一般人家。这样的求爱信在今天看来很正常，表达爱情也是年轻人的正当权利，但那是一个充满革命理想的年代，大学又明文规定不允许在校生谈恋爱，所以在我们女生看来，这一行为就是作风不正派。我陪刘蓓找到数学系总支反映情况并上交了那封信。后来每每回想起这件事，一则为自己当年的幼稚感到可笑，而对那位素不相识的男生也多少有些愧疚，但愿我们的“举报”对他的前途没造成什么影响。

其实一开始，我和刘蓓关系并不密切，甚至有些合不来。一则我当时连共青团员都不是，对她这样的“老团员”多少有几分“敬畏”。二来刘蓓生活非常有规律，什么时间做什么事都有一定之规。譬如吃完午饭照例先在30楼走廊的报栏前看报，然后回宿舍坐在床上写日记，天天如此，雷打不动。而在她眼里我比较散漫。比如我喜欢躺在床上看书，她就很看不惯，往往一进宿舍就投来不满的目光。

我之所以未入团，是有苦衷的。我从小爱好文学，很早就确立了学文的志向，中学阶段更是阅读了不少外国文学作品。受其影响，在生活上崇尚浪漫，追求个性自由，这似乎与共青团员的“形象”不太吻合。另一方面，那时候把家庭出身看得很重，非工农出身的同学入团要求必须谈自己对家庭的认识。我父亲是无党派知识分子，我很崇拜他，不愿意说违心的话，所以中学6年连入团申请书也没有写。

入大学以后，感到与中学阶段不同的一是学习方式由被动接受变为提倡主动自学；二是思想改造的氛围很浓。班级定期组织政治学习，从学雷锋、学焦裕禄等英雄模范人物，到节约一滴水、一度电等小事，都要求结合自己斗私批修。未名湖畔、五四运动场上，经常有学生三三两两交流思想，促膝谈心，我自然也是其中的一个。对此我曾不无夸张地开玩笑说：“未名湖边的每一块石头我都认识。”受这一大环境影响，我开始追求进步，有了入团要求。团支部安排刘蓓做我的联系人。在她影响下，我努力改变身上的“小资情调”和自由作风，严格要求自己。后来组织又安排我做留学生辅导员，与留学生同住，特别强调我们要做到“慎独”。我对自己更加严格，并由此养成严格自律的作风。在大学毕业以后几十年的工作和生活中，严格自律成了我的座右铭和终其一生的自我约束。大二时我加入了共青团，刘蓓是我的两名介绍人之一。在这一变化过程中，我和刘蓓关系越来越亲密，也由此开始了我们长达半个多世纪的深厚友谊。

刘蓓为人正直，性格坦荡，从不说违心的话，不虚与委蛇，有时还有点爱较真儿。遇到有争议的问题，如果对方不能说服她，她轻易不会放弃自己的观点。1965 年到延庆搞“四清”，工作组除我俩，一块儿编队的有北京市银行系统的干部老翟和老李，还有清华的老段、老贺、小董、小王 4 名男生。开会研究工作，队员之间免不了争论，在这种时候，经验丰富的队长老翟想和稀泥是不行的，因为刘蓓这一关很难通过，不弄个水落石出她是不会罢休的。

“文革”开始不久，《人民日报》发表了我班同学一篇署名文章，矛头直指北大校党委和中文系总支，控诉校系两级党组织对他的“迫害”，说不同意他退学回乡务农就是要把他放在北大这个修正主义的大染缸里染，并把系总支的两位负责人不点名打成黑帮爪牙。这完全是颠倒黑白。我们几个同学看了都很气愤，但为了顾全“大局”，不影响党报威信，没到校园贴大字报，只在男生宿舍贴了一张小字报，委婉地提出我们的质疑，并签上了任喜贵、黄介山、刘蓓蓓和我 4 人的名字。此时工作组已经进校，小字报很快引来了工作队员老顾。“文革”时期的逻辑是不管群众揭发的是否属实，只要是炮轰党委，大方向就是正确的。在老顾亲自坐镇逼我们表态的高压下，刘蓓态度十分鲜明，重申自己的观点，绝不向所谓的“真理”投降。这样的处世原则和做人风格贯穿了刘蓓的一生。

刘蓓在内蒙古军垦农场劳动锻炼了两年。关于那段经历，她曾在

《离开未名湖的日子》一文中简略提到："我们燃烧从大草滩上捡的牛粪、割的芦苇来抵御零下 25 度的严寒；我们挖开盐碱地上的冻土，用小车推到乌梁素海，'以农业为基础' 地 '围海造田'。" [1] 从中不难想象当年她生存环境的恶劣和劳动锻炼的艰苦。

1970 年农场对这批大学毕业生进行再分配。此前，刘蓓的爱人尹占河已从北大技物系毕业分到辽宁省法库县，刘蓓随调法库到一所县中教语文，一待就是 8 年。8 年是人一生中并不短暂的一段时光，刘蓓回忆这段经历，却只写了几件事，可见这是她在法库印象最深、最刻骨铭心的记忆。

记得最详尽的一件事是抵制教育局安排她面向全县中学语文教师上公开课。能够上这样规格高、受众多的公开课，本来是体现领导器重，证明自己实力的大好事，刘蓓为什么会抵制呢？原来公开课安排的内容是讲新发表的"七一社论"。刘蓓早就不满当时"充斥着思想干瘪、语言乏味的政论文的语文教材"，认为语文课应该"尽量通过生动可感的形象来打动学生的感情，达到教育学生的目的"，所以委婉提出换一篇自己选好的文章来讲。不料这竟触怒了领导，当即被叫到办公室，校长、工宣队和语文组长三方面一齐施压。刘蓓据理力争，没有半点退缩。这样做的结果，公开课自是另选他人，她不仅被教育局局长在讲话中不点名地批判，后来还被扣上"反对讲'七一社论'"的大帽子。要知道在那个年代，这样的"罪名"足以毁掉一个人的前程！但倔强的刘蓓并没有被吓倒，她心里说："我可是属皮球的，你们往下

[1] 刘蓓蓓：《离开未名湖的日子》，载《告别未名湖——北大老五届行迹》，九州出版社，2013。

砸得越重我就往上蹦得越高。”她坚持在自己的课堂上讲了自选的文章。

刘蓓类似的“抗上”行为还不只这一桩。比如跟几位校友想方设法抵制了上级对大学生“散布小道消息”“传播谣言”的追查。为惩罚这个“刺儿头”，领导用冠冕堂皇的理由派他们夫妇下乡当知青带队干部。面对四五个人的围攻，她从容应对，据理力争，迫使对方不得不收回成命。刘蓓多次调侃自己是“胡搅蛮缠”“负隅顽抗”，看起来似与学生时代那个循规蹈矩的学生干部、老共青团员判若两人，实际上这正是她为人正直、坚持真理的品格在特定环境下的一种必然。

刘蓓是个热心肠，在法库期间同北大校友一起做了不少有意义的事。1977 年秋天，或许是朦胧感受到祖国科学的春天就要到来，老五届中低年级的同学萌生出回北大继续读书的大胆想法。经过多次“密谋”，大家决定签名上书中央要求“回炉”，这封带有一定风险的书信正是由刘蓓执笔的。她在信中倾诉了北大学子们“被迫中断学业的遗憾，用非所学的尴尬”，“表达了急切要求回北大继续完成学业从而为‘四化’做出更大贡献的热望”。大家凑了路费，派出 3 名代表赴京上访。这封寄托着北大学子殷殷希望的书信通过邓楠转交到邓小平手里。很快，邓小平和李先念副总理就做了批示。配合这一行动，以刘蓓这封信为参考，又在《铁岭日报》发表了《我们就是要“回炉”》的调查报告，并邮寄给了邓小平。过了 10 天左右，邓小平和方毅就批示给教育部部长刘西尧，责成“解决这一问题”。正是这两个重要批示，开启了招收老五届中低年级同学“回炉”，以及面向全国的恢复研究生招生工作。这一关系到国家前途命运的重大决策，改变了成千上万学子的命运，也为国家培养了许许多多有用之才！如今

40 多年过去了，1978 年开始的研究生招生制度已成为我国的基本国策，培养的硕士、博士研究生已逾 1000 多万。每当我们为这一伟大成就欢欣鼓舞的时候，不应忘记先行者包括刘蓓在内的北大学子们的贡献！

在法库期间刘蓓生活中发生的另一件大事，是 1978 年《光明日报》发表了她评刘心武《班主任》的文章在社会上引起强烈反响。小说刊于《人民文学》1977 年第 11 期，当时，已经在基层生活了 8 年的刘蓓，从未放弃过关注现实。凭着对国家民族命运的关切，发现在政治气候乍暖还寒的敏感时期，《班主任》的作者却以深刻的洞察力和干预现实的精神，大胆揭露了极左路线对青少年的戕害。小说使刘蓓激动得“热血沸腾”，逢人便大力推荐。因此，当她看到时隔多日，报纸上对《班主任》没有任何反响时再也坐不住了，有如骨鲠在喉不吐不快，很快写出了《我们欢迎这样的〈班主任〉》。

事后刘蓓从编辑部了解到，在报社收到的不少稿件中，唯有她这一篇眼光独到地通过对“正面人物”谢惠敏的形象分析，深刻揭示了《班主任》发人深思、振聋发聩的作用。这是第一篇在全国性报刊上支持《班主任》的文章，所以有人说是刘蓓“引领‘伤痕文学’的潮流”。两个月以后，《参考消息》刊登了《朝日新闻》记者介绍小说《班主任》和刘蓓的评论文章，由此产生了更大的反响，甚至引起对她“来头”的猜测。连作者刘心武都猜她是否高干子弟，因为如果不是“通天”，即使有这样的识见也难有这样的勇气。对此，刘蓓感慨道：“光通天不立地”，没有“对社会弊病和民间疾苦的切肤之痛”，没有“使命感和责任感”，自己断写不出这篇文章。她说：“我不过是个傻大胆，说出了别人想说但不敢说的话。这‘傻’可能是老北大人的‘通病’。”

钱理群教授在《告别未名湖》序言[1]中特别提到刘蓓，并予以高度评价。序言指出："像刘蓓蓓这样的北大老五届，既坚守了北大的传统（"通病"），又有了底层经验和体验，对中国问题有了切肤之痛，就能够做到'通天立地'，这也就标示着北大人的真正成熟。这是此后许多北大老五届同学能够作出特殊贡献的秘密所在。"可以说，刘蓓无愧北大人的代表，也是北大人的骄傲。

经过一番拼搏，1978 年 10 月刘蓓夫妇如愿以偿回到阔别 10 年的北大。尹占河到技物系"回炉"，刘蓓考取中文系当代文学研究生。他们带着已是一年级小学生的女儿尹丹在未名湖畔拍了一张合影，上面特别题写了"上学"二字作为纪念。那一年刘蓓刚好本命年，可以想见当时她一定是百感交集，对未来充满美好的憧憬。

一年以后，尹占河"回炉"结束，到北京气象学院任教，学校分配了住房，在外漂泊 10 年之后他们终于在北京有了自己的家。1981 年 7 月，刘蓓研究生毕业，成为我国当代文学首批硕士，分配到中国文联理论研究室，主要负责中篇小说的评论和研究。其间发表了《惶惑：面对 1985 年的中篇创作》《魔幻现实主义 · 鬼文化及其他》《母神崇拜与肥臀情结》和《从"测不准关系"的引进说开去》等有影响力的论文。令人想不到的是，在文联工作 10 年之后刘蓓却义无反顾地选择了离开。众所周知，中国文联是由全国性文艺家协会与省、市文联组成的人民团体，在人们心目中有很高的地位和重要影响，是广大文艺工作者十分向往的单位。我曾不解

[1] 钱理群：《不可遗忘的历史——我读〈告别未名湖——北大老五届行迹〉》，载《告别未名湖——北大老五届行迹》，九州出版社，2013。

地问过她离职原因，她的回答很简单：不愿意写“遵命文学”。原来在文联这些年，她的工作主要是完成上级下达的任务，研究评论每一年发表的中篇小说状况。例如有一年她所做的事就是研究当年发表的400多部中篇，阅读量之大且不说，作为硬性任务，她别无选择。这样一来，哪还有时间和精力涉足自己感兴趣、有心得的领域？以刘蓓崇尚独立的个性，能够坚持10年已属不易。1992年她调到北京外国语学院中文系（现为北京外国语大学文学院）任教，直至2001年退休，其间还担任过系领导职务。用不着打听，我相信学院师生一定为有这样一位高水平、勤勉正直的好老师加盟感到庆幸。

我于1982年底来到桂林广西师范大学，一个天南一个地北，同刘蓓见面的机会少了，但仍通过电话、书信、邮件等方式保持着联系。回北京探望母亲或是参加学术活动，也会同她见面。

记得2009年12月22日，我和介山回京探亲，当晚几位在京的同年级同学约好在郭林家常菜馆聚餐。除了刘蓓，还有曾任铁道部政治部副主任的任喜贵和夫人，高等教育出版社副总编郑惠坚，法制日报社社长、总编陈应革，《法制日报》文艺部主任李芮。他们退休前都肩负重任，工作繁忙，而我俩即使一道回京也是来去匆匆，所以很难凑到一起。刘蓓先是一个人来，后经大家催促尹占河也带着女儿尹丹来了。值得一提的是丹丹没有辜负父母的期望，如愿考进北大中文系，毕业后分配到中国新闻社工作。老同学久别重逢分外高兴，忆往事，叙友情，谈笑甚欢，最后还合影留念。几年不见大家虽都有不同程度变化但状态还好，唯刘蓓显得比较憔悴。此前她就跟我说过腰不太好，路走多了有时还要借助拐杖，所以分别时不免有些担心。

第二年 4 月就接到刘蓓短信说“腰疼日益加剧，完全拄拐杖了”。想到她还不到古稀就拄杖而行，步履艰难，心里很是难过。同时想到我们约好当年 10 月去天津看同学的计划恐怕要落空。然而，我万万没想到仅仅过了 4 个月就传来更坏的消息。8 月 28 日来信中刘蓓告知自己患了乳腺癌，做了手术。我极为震惊，马上打电话过去。感叹刘蓓真是太不幸了，腰椎病已经严重影响了她的生活质量，如今患癌无异雪上加霜，叫她如何承受得起？此刻我觉得安慰的话是那么苍白无力，只盼着何时能去北京看望她。

好在机会很快来了。10 月中旬中国唐代文学学会第十五届年会在南开大学举行，此前因我已退休本不打算参加，承蒙操办这次会议的东道主卢盛江教授一再热情相邀便答应赴会。当时就计划好了，趁此机会先看望天津的杨毅和李群荣两位老同学，然后回北京探望住院治疗的刘蓓。杨毅和群荣得知刘蓓患病都很是心疼和惋惜，再三要我代她俩问候，还表示要去北京探望。20 号会议结束回到北京，介山也从桂林飞来了。当天下午，我们便去了人民医院。从福建厦门来的同学商振泰、宗小荣伉俪也已到病房。刘蓓这次住院是术后化疗，所受痛苦可想而知，但当我们心情沉重地走进病房时，见到的她却并没有忧戚沮丧的情绪，而是像以往一样开朗，有说有笑的。受她情绪的感染，事先准备好的话反而显得多余，大家就像平时一样围坐聊天。3 天以后我再次去医院看她，她还未做化疗，对医院的拖拉啧有烦言。本来化疗是常人难以承受的痛苦，刘蓓却亟不可待，我内心有说不出的悲凉！

2011 年春节，我照例给刘蓓发信贺年，问她身体恢复得怎么样。

她回了一封长信，其中说:“放疗结束快一个月了，左胸皮肤由红变黑，这几天正在掉皮，惨不忍睹。”还告诉我放疗后服用的药物加重了骨质疏松，近些天右胯骨很疼，天天去气象局医院打针，至少要打三个月。又说:“我很难游山玩水了，但我会抓紧时间探亲访友，要拉着群荣去看你们和小不点儿（指商振泰，他是我们班年龄最小的）夫妇。那天你们两家离开我的病房朝气蓬勃地下楼，电梯门一关，我就想起了‘沉舟侧畔千帆过’那句诗，哈哈！”已然重病缠身、行动不便，刘蓓对探亲访友、看望老同学依然充满渴望和信心，末尾还不忘幽上一默，令我既感动又佩服。由衷为她祈祷，愿坚强乐观的心态能够帮助她战胜疾病，早日康复！

2012年2月底，我和介山回京探亲，一到京就同刘蓓联系。29日是个星期天，她约我们见面。上午10点多，在西直门外的家乐福见到已等候在那里的刘蓓，她看上去比两年前状态好些，走路也不用拐杖，我们由衷为她高兴。她带我们乘车去了位于魏公村的一家披萨店，介绍说这里的自助餐很划算，花样不少，味道也不错。60岁以上的老人只要30元，并说好由她请客。我们边吃边聊，谈话没有主题，绕不开我们共同经历的时代，彼此熟悉的一些人和事。刘蓓兴致很高，谈兴很浓，我们几乎忘了她是个病人。她再次提到下决心要来桂林，我们当然表示期待。多年前我们曾邀她来桂参加我系组织的一次学术会议，她因工作忙错过了机会，这一次一定满足她的这一心愿。临别我们还拍了一张合照，她站在我俩中间。当时我们对未来都很乐观，万万想不到这是同刘蓓的最后一张合影，这一次北京相聚竟成了我们之间的永诀！

2013年3月12日中午，在北大外国语学院工作的大妹厌非打来电话，告知刘蓓已于当日病逝。我一下惊呆了，不敢相信这是真的，赶忙同在京的任喜贵、李芮联系，噩耗不幸得到证实。想起刘蓓这坎坷而不平凡的一生，想起几十年与她情同姐妹的交往，不禁悲从中来。来不及亲自为她送行，匆匆写就一首小诗寄托我的哀悼："同窗六载半世情，相识相知五十春。曾有文章传海外，遍栽桃李满园芬。一代才女今去矣，平生顿失我知音。笔端饱蘸漓江水，哀思无限画难成。"事后从喜贵和李芮那里得知了在京家人和同学送别刘蓓的情形。

惊悉噩耗，当天下午任喜贵夫妇即赶到刘蓓家吊唁，占河、丹丹父女说起刘蓓在病情危重饱受折磨时表现得十分坚强，虽然每天只能看 10 分钟电脑，仍坚持上网给同学朋友转发邮件。有同学想去看她，她回信说自己"化疗反应很厉害，全身乏力，厌食，呕吐，腹泻，说话多了都恶心"，提出"最好是等我化疗彻底结束了（不会等很久了，今后我将以中药治疗为主）再见面"。她直到生命最后时刻表现出的强烈求生欲望及与病魔抗争的勇毅，令人感动和震撼！

3 月 14 日上午，喜贵夫妇赶到北京人民医院。《从太平间送刘蓓蓓上路小记》一文记述了他俩和占河、丹丹及外孙小雨祖孙三代向刘蓓遗体告别的经过。其中写道："我们在工作人员引领下，走进太平间，站到了刘蓓蓓的面前。我俩三鞠躬后，我大声喊道：'刘蓓，喜贵和吴甦来为你送行啦！黄修己、陈立芳、黄介山、张明非、张崇岩，还有施旭东、李群荣，委托我在此送你一程！你一路走好啊……'我一口气说到这里，再说不下去了，先是哽咽，后竟声泪俱下。占河更是啜泣不已。少顷，我定睛看刘蓓蓓面部，宁静、安详，全无痛苦的表情，真是解脱了，人虽消瘦许多，但面貌依旧。随后，工作人员忙着将刘蓓蓓遗体从灵床搬到棺椁中，盖上棺盖，我帮着抬起棺椁，放进灵车，占河上车陪同，灵车启动，向八宝山方向驶去。我和吴甦在车后高喊：刘蓓，一路走好啊！”每每读到这里我都禁不住热泪盈盈！

当天，到八宝山送别刘蓓的有陈应革、李芮、傅成励、高运安、戴惠本几位同学。他们怀着悲痛的心情以北京大学中文系62级全体同学的名义送了花篮。李芮受我和介山的委托特别以她、沈慧云和我俩的名义送了花篮。大家都为刘蓓的远行感到无比痛惜。

我们的大学班主任、中国现代文学学会副会长、远在广州中山大学的黄修己老师，在得知刘蓓逝世当天也给我俩发来微信。信中说：

“上午外出回来晚，午觉起来打开电脑，看到发来的噩耗，虽然已经有所预感，但听到消息还是甚感悲痛，没有心绪做事了。相识蓓蓓整半个世纪，难得的、可信赖的朋友，就这样走了，与我和她的所有朋友永别了，让我们一起祝她的英灵安息！我感到蓓蓓此生用俗话说，命也不好，她的才能、她的积极性得不到发挥，很可惜！……让我们一起祈愿蓓蓓在天之灵能够快乐，补偿在人间的遗憾吧！有什么悼念她的举动请及时通知我。”

当年与刘蓓一起去新疆串联的同班同学张崇岩也从南通发来他的悼念：“同窗六载情谊真，君染沉疴心如焚。难忘新疆病中果，常忆内蒙塞外音。美文《雨后》蜚声久，力作‘评刘’留痕深。蓓蕾盛开何遽谢，北望双眸泪雨淋。”悲痛之深，溢于言表。

刘蓓这一生经历了不少坎坷，诚如黄修己老师所说，她的才华、才干未能充分施展，她还有不少未了的心愿，生命便在71岁画上了句号，着实令人痛惜。但刘蓓又是幸福的，因为她有限的生命不止一次创造了引人瞩目的奇迹，发出过光和热。她以光明磊落的品格、坚强乐观的精神、坚定执着的信念，给这个世界奉献了真善美并感染和影响着她身边的人。她无愧此生。安息吧！亲爱的刘蓓，我为有你这样一位同窗好友感到幸运和骄傲，你永远活在我的记忆里！

（写于 2013 年 3 月）

塞北苦乐年华

在“草原钢城”包头的那些岁月

◆ 黄介山

人们通常将1966—1970年毕业分配的大学生，称为“老五届”。这一知识分子群体从走出校门到改革开放之前这十几年间，普遍在社会底层经受了血与火的考验，有不少酸甜苦辣的记忆。这无疑是一段不该遗忘的历史。

我是老五届中的一员，1962年考入北京大学中文系，1967年毕业，第二年分配到内蒙古包头钢铁公司，在那里工作了15年。1983年随妻子调到广西师范大学，在山清水秀的桂林工作和生活至今。离开包钢已有30年之久，尽管在那里度过的是我一生中最艰苦的岁月，回想起来仍记忆犹新，而且不无怀念。因为正是在号称“草原钢城”的包头所经受的工作与生活的磨砺，使我领悟了人生的真谛，逐渐从青涩走向成熟。我的这段经历在我们这一代知识分子中或许具有一定的代表性。

离开北京奔赴塞外

1968年7月，本应在一年前离校的67届毕业生终于等到姗姗来迟的分配方案，6年的燕园生活就此画上句号。当时“文革”尚未结束，校园里所谓的“走资派”“反动学术权威”等“牛鬼蛇神”还在劳动改造，“新北大公社”和“井冈山兵团”两派群众组织的争斗仍在继续。以往书声琅琅、美丽静谧的燕园变成了硝烟弥漫、剑拔弩张的战场，而此前亲如手足的同窗在残酷无情的两派斗争中，有的竟成了势不两立的冤家对头。面对此情此景，我们这些亲历了两年多无休止“阶级斗争”“路线斗争”的北大学子大多已身心疲惫，心中只有一个念头：尽快离开这一斗争旋涡和是非之地。

67届毕业生的分配方案是对“文革”前分配政策的彻底颠覆，实行“四个面向”，即面向工矿、农村、边疆、基层。我和明非一起分到包头钢铁公司，这在当时的分配方案中算是相当幸运的了。但我们仍不无担心，因为包钢的厂矿分布很广，如下辖的白云鄂博矿区距包头市区就有140多公里，地处宁夏的卡布其矿则离得更远。在那个年代，夫妻两地分居，甚至一辈子当牛郎织女的现象并不罕见。为了避免再被分开，一拿到派遣证，我俩就赶忙去登记，领到了盖有北京市海淀区革命委员会印章的结婚证。这份证书带有鲜明的时代印记，大红色的封面及封底分别印有金色的毛主席像及林彪题写的“四个伟大”。那一天去登记的还有一些同期毕业的校友，仅一会儿工夫我们就遇到两对熟人。登记完，我俩买了2斤糖果分发给还留在学校的同学。就这样，没有毕业典礼，没有全班合影，便匆匆告别未名湖，离开了学习、生活6年的母校。回我江苏老家简单办了个婚礼，又在北京的岳母家小住了几天，即踏上西行列车，前往内蒙古包头。前路漫漫，心里既有一点激动也有几分茫然，不知这人生工作的第一站等待我们的将会是什么。

当了一名炼钢工人

9月25日，列车到达此行的终点——包头沼潭车站。一下车，迎接我们的就是夹带着沙尘的一股冷风，使人顿感瑟瑟寒意。车站离市区有10多里路，换乘公交车后，向窗外望去，映入眼帘的是一派荒凉萧条，道路两旁的树木只剩光秃秃的枝丫，沙地上的杂草已经枯黄。当此之际，内地还是一派色彩缤纷、生意葱茏的秋景，这里却几乎看不到一点绿色。我不禁感叹真是塞外冬来早啊！

报到之后，我才知道，同时分来的大学毕业生有400多人，文理科与工科各半，绝大部分来自重点大学，其中北大、清华、北师大、华东师大、东北工学院这几所大学的毕业生最多，这在重视人才的今天恐怕也是很难想象的。我十分钦佩包钢当时的领导层居然有这样的人才观念和工作魄力。这400多人在包钢公司报到后，便分流到不同的部门。工科的直接进厂矿，文科与理科的则到教育处所属的几所子弟中学当老师。而在去学校教书之前，一律先到工厂劳动锻炼，我被分到炼钢厂平炉车间当了一名炉前工，妻子被分到包钢运输部加工车间当了一名钳工。下厂的时候谁也不知道要劳动多久，后来大多数人在干了两三年之后被调到中学任教。

分到包钢的这批大学生，后来不少人成了各单位的业务骨干，在包钢的建设发展中发挥了不可忽视的作用。以包钢一中为例，原来的师资力量就比较强，一下子又进了不少来自北大、北师大、华东师大等重点大学的毕业生，为学校发展输入了新生力量，从而在80年代初就顺利地被批准为内蒙古首批重点中学，改革开放以来高考升学率一直位居自治区前列。

我一进炼钢厂便全副武装起来：穿上深蓝呢子里、白色帆布面的防热工作服和高帮翻毛皮鞋，戴上配有墨镜的白色前进帽和白色手套，同以前在电影里看到的炼钢工人一模一样，很是神气。但现实很快打破了我对炼钢工人的浪漫想象，亲自领教了一名炉前工的艰辛。平炉冶炼的机械化程度较高，火车将几百吨矿石和废钢铁拉到炉前，由装料机将它们推入炉中，不必我们动手，但每次加料冶炼前要由工人将一堆镁砂铲起从炉门投进去，把炉子后壁的出钢口堵死。我们一次又一次用长把铁锹铲起镁砂，冒着熊熊炉火奋力投向七八米远的出钢口。炉内温度高达千度以上，几次下来，总会熏得脸上发烫浑身冒汗。再有，待装料机装完矿石和废钢后，得用耐火材料筑起5个炉门的临时门槛以防钢水溢出。通常是三四个人一起，顶着炉火的烘烤，用铁钎快速将吊车放下的石料推进门内，十几分钟下来，个个筋疲力尽，汗流浃背，身上的工作服也被火花烧出一个个小窟窿。冶炼中间，还要向外放渣。红色的渣液犹如火山喷发的岩浆，从出渣口奔腾而下，冲入下方十来米处的渣罐。这时，需要向罐内放水压渣，停停放放，以防渣液漫出渣罐。这不是体力活，更不是技术活，但确是苦差事，我常常主动去做。用湿毛巾盖在头上捂住脸，屏住呼吸，闭上眼睛，打开水龙头往渣罐里冲水。此时火花四溅，烟雾腾腾，喷出的废气令人窒息……这使我不仅懂得了“钢铁是怎样炼成的”，也亲身体验了什么叫火与水的考验。

我们这批大学生大都平生第一次到工厂，自然什么也不会，但劳动态度都很好，累活脏活总是抢着干。工人师傅看我们既没架子，又能吃苦，很快接纳了我们，对我们处处关心。譬如每次放渣以后，要清理渣槽内的残渣，渣槽伸出炉外七八米长，悬在空中，离地有两层楼高，人要站在槽内先用铁钎将坚硬的渣块扎碎，再逐一清除，这不光要有力气，而且有一定危险。我曾经几次主动去干这活，但被工人师傅发现后，总是拦住不让我干，怕我掉下去。我们也虚心向师傅学习，一段时间下来，逐渐掌握了炉前工的一些基本技能。例如封堵出钢口，需要用铁锹将镁砂甩出七八米，而且要对得准，沙子不能散开。开初我做不好，后来就很有把握了。直到现在，我还能把满满一锹土准确甩向十米开外的目标，不会散开。不过这些本领后来再也没有用武之地了。

1970 年春，经过近 2 年的劳动锻炼，大学生们陆续分配到包钢各子弟中学教书。我到了炼钢厂主管的包钢三小，这是一所小学加初中的戴帽中学，几年后改名为包钢六中。当时初中部只有十几个班，一下子来了二十几个大学生，僧多粥少，一时难以安排。例如中文专业的就有 8 人，全部来自全国重点大学中文系，其中北大 3 人，华东师大、中国人民大学、南京大学、山东大学、内蒙古大学各 1 人。用不了这么多语文老师，有的只好改行，我是党员，就改教政治课。南大的左普多才多艺，不光写得一手漂亮的毛笔字，还能吹拉弹唱，于是拿着二胡去教音乐。那时“文革”尚未结束，学校停课多年，刚刚“复课闹革命”，“读书无用论”的影响很深，学生学习积极性普遍不高，但我们还是认真地备课、上课，总希望让孩子们多学点知识。

3 年后，我被调到包钢教育处机关工作，先后任普通教育科干事、科负责人，主要从事中学的教学业务管理。1976 年，升任教育处副处长，在同期分配到包钢的 400 多名大学毕业生中，成为第一个提拔为副处级的年轻干部。

钢城也有阴霾

离开北大到了包钢，原以为这样的生产企业政治氛围会比较宽松，事实证明我们还是太天真了。我的一位蒙古族师傅，本来性格开朗、爱动脑筋，后来一沾政治话题就变得沉默寡言。整党运动开始不久，党员分批分期在工余时间参加学习班，强化对“无产阶级专政下继续革命理论”的认识。我被抽调到整党办公室帮忙，学习班一期接着一期，我则是一期不落地连轴转，不能按时下班，星期天和节假日也不能休息。辛苦不说，整天干的就是做记录、写汇报、搞总结这一套，听的和写的翻来覆去都是那些话。这一苦差事直到我累得患了急性肺炎住进医院才算解脱。

那时候形式主义的东西依然不少。去食堂就餐，要先到领袖像前报到，手挥“红宝书”，三呼“万寿无疆”，然后才去买饭。上班时间，趁铁水在炉里冶炼的空档，还组织大家学跳“忠字舞”。一有最高指示，不论白天夜晚都要上街游行；遇到重大“喜事”，还要集会庆祝。我记忆最深刻的是 1969 年 4 月，党的第九次代表大会召开，照例举行几万人的庆祝大会。包钢的队伍浩浩荡荡从所在的昆都仑区出发，走到 10 多里以外的青山区体育场。那天气候极为恶劣，天色阴沉，狂风大作。我们排着队，举着红旗，打着横幅，一路喊着口号走到会场。风越刮越大，等到正式宣布开会时，已成了特大“沙尘暴”。只见狂风卷着黄沙，搅得昏天黑地，主席台上那些人在干什么，讲了什么话，台下的人根本看不见也听不清。大家坐在地上，纷纷把头缩进工作服白茬羊皮袄里，或者拉起红旗和横幅把脑袋包裹起来，样子十分狼狈。散会后，顶着大风返回，一个个弓腰低头拼力向前，溃不成军。扑面而来的沙子打得脸生疼，直到第二天眼睛都红红的，总觉得眼里边有沙子磨人。

我们这些大学生一到包钢，社会角色即刻发生了转换，由在校时的革命动力，变成了教育对象。出身不好的同学更是被称为“可以教育好的子女”。所以大家互相告诫说话做事务必小心谨慎。在厂里，工人师傅对我们不错，但也有少数极左分子抱有怀疑甚至敌视的态度。明非就遇到过这样一件倒霉事：她所在班组有一名被审查的下放干部，仅仅因为她同华东师大毕业的另一位女同学乐群喊他“师傅”，就遭到车间一位姓权的家伙严厉训斥，还威胁说如果划不清界线就要在她们背上贴大字报送回公司。她俩吓得六神无主，下班一同回到我家连饭也吃不下，幸好此事后来不了了之。

我印象最深的一次，是包头市召开公判大会严惩一批“反革命”。其中有一6人“现行反革命小集团”，宣判后先游街示众然后押赴刑场，其中5人被判处死刑，立即执行。事后知道，6人原是朋友，其中有一对夫妻，他们经常聚在一起聊天，私下里发泄了对中央“文革”小组江青等人的不满，被那名女子举报。“文革”中反对江青就是反对毛主席，自然是“罪大恶极”、罪不容诛。揭发此事的女子免除一死，但也被判了刑。她揭发的动机和背景不清楚，但估计她当时怎么也不会料到，竟是自己把连丈夫在内的5个朋友送上了不归路。那年头人人自危，一旦触碰敏感话题，便有可能招来横祸。此案后来虽得以平反，冤死的5条生命却再也不能复活。

在那个特殊的年代，温暖我们的是从五湖四海来到包钢的大学生之间的友情。大家相处得很融洽，因当时知识分子社会地位较低，民间戏称“臭老九”，指排在叛徒、特务、走资派、地主、富农、反革命、坏分子、右派之后的第九位，我们彼此也以“老九”相称。我成家较早，一起分去的“老九”大都单身，我家自然成了老同学聚会的场所。大家一起聚餐、包饺子，茶余饭后谈天说地，唠家常，有时也议论国事，针砭时弊，甚至点名道姓批评后来被定为“四人帮”的成员。“老九”之间彼此信赖的真挚情谊多少减轻了一些我们身处塞外沦落天涯的孤寂。

南大中文系毕业的左普，对极左思潮深恶痛绝，似已“看破红尘”，对前途感到悲观失望，一心想远离复杂的政治环境去农村生活。当时一起分配到包钢六中的同事、山东大学中文系毕业的李镇川，因夫妻两地生活调回老家山东乳山县工作。左普居然也跟随他调去了那里，并匆匆找了一位供销合作社的姑娘成了家。他离开六中时，我很不放心，唯恐他去了陌生的地方容易被人抓辫子，再三嘱咐他一定要谨言慎行。直到 1976 年“四人帮”倒台，长期笼罩在头上的阴霾才逐渐消散。改革开放后，国家发生了天翻地覆的变化，左普才重新焕发活力施展了自己的才干。他从乳山一中调到烟台市教育局，后升任教研室主任，经常发表文章，开设讲座，做辅导报告，成为当地知名的教育专家。2008 年我在威海成山镇买了一套住房，此后年年夏天都去那里避暑度假，和左普、镇川两家也多次相聚。今年 9 月 10 日，我们夫妇和镇川夫妇相约到烟台左普家聚会。席间觥筹交错，相谈甚欢，左普更是说历史，讲哲学，侃侃而谈，妙语连珠。临别意犹未尽，约定明年夏天到乳山镇川家再聚。万万想不到，一个多月后竟传来噩耗，左普回南大参加校友聚会期间，于 10 月 19 日突发心血管疾病溘然离世，令人无比痛心！

艰苦备尝的生活

在包钢度过的15年可以说是我平生最艰苦的一段经历。先说住。我们一共搬了4次家。最初是靠一位河南籍同学帮忙，在包钢职工“五宿”找到一间集体宿舍，里面只摆放着2张单人床和1张上下床。我们把单人床拼成一张大床，上下床就成了放衣物的“柜子”。好在那时候我们没有什么东西需要收纳，唯一的财产是从北京带来的一只柳条箱。最初我们连张桌子都没有，还是几位北大校友从食堂“偷”来一张方桌，才算有了吃饭的地方。

房间位于一楼阴面，正对楼门，是所有进出本楼的必经通道。嘈杂喧闹不说，而且阴冷潮湿。一到冬天，房门上就会结一层薄冰。更麻烦的是，这栋近百米长的大楼，水房设在楼道两头，我家位于中间，用水很不方便，有时只好将洗脸、洗碗水倒进楼门口的下水沟里。对面楼有几位一起分到教育处的“老九”，见我出来倒水，便开玩笑地在窗口喊道：“家庭大学物理（屋里）系，刷锅洗碗又扫地！”弄得我很不好意思。此外，这是一座单身职工的集体宿舍，只有男厕所，明非只好骑车去附近招待所的卫生间。

在这间简陋的集体宿舍里我们一住就是3年。直到1971年春天老二快要出生，我母亲从老家带着1岁多的大儿子来准备照顾明非月子，集体宿舍已无法安住才搬离这里，借住到朋友的一处家属房。

终于等到住房分配，已是来包钢的第五个年头。为了这一天，我们不知跑了多少腿，费了多少口舌，托了多少人情，其中的酸甜苦辣一言难尽！我们分到的这一户是新建的平房，有30多平米，一大一小两间卧室，这在住房紧张的包钢算是相当宽敞了。按照习俗，住平房的人家都要自己垒院墙，更何况我们的房子临街，没有院子更不安全。这时候我们都已到学校任教，学生多是包钢工人子弟，非常能干，什么活儿都拿得起来。他们帮我们用板车拉回一车车土，掺上石灰和成泥打成一块块砖坯，一层一层往上垒，一道结实的院墙就砌起来了。尽管这套住房像包钢当时的大多数平房一样有不少缺憾，例如只有上水没有下水，污水只好端着泼到院子外面；也没有厕所，只能到外面上公厕……但看着我家面积不小的院子，想到今后还可以养花、种菜，心里还是有说不出的满足！ 在这个临街的小平房，我们住了 8 年，直到 1979 年才搬进有暖气的楼房。

再说吃。当时包头的物资供应很差，主食以粗粮为主，大米每人每年只供应 4 斤，肉类每人每月只有 1 斤甚至半斤，蔬菜品种也很少。储存蔬菜过冬是家家户户必做的功课。每到秋天，各单位会用卡车从农村运来一车车大白菜、萝卜、土豆，以低于市场价的价格卖给职工。我们入乡随俗，也挖了地窖，每年都储存上千斤大白菜，几百斤土豆、萝卜，还跟邻居学会了渍酸菜。从当年秋天一直到第二年春天，熬酸菜、炖土豆和萝卜几乎是不变的菜谱。做饭和取暖用的煤泥是包钢职工的福利，煤泥很好烧，只要用水搅拌一下丢进炉子，就会蹿出旺旺的火苗，只不过煤泥要自己凭票到洗煤厂的煤泥池去挖。每次，我都要约上两三个朋友帮忙，站在没膝深的煤泥池里，一锹一锹从水里捞煤泥，装在筐里抬上岸，最后再雇辆马车拉回家。挖地窖、搭院墙、盖小房、捞煤泥，这些以往连想都不敢想的事，后来自己都学会了，在艰苦备尝的同时，也不由感叹：生活真能磨炼人呐！

“艰难困苦，玉汝于成。”不光是我们大人，两个孩子也在艰苦岁月中得到锻炼。1979 年 9 月明非考回母校攻读古典文学专业硕士，为了支持她的学业，我把10岁和8岁的两个儿子带在身边，近3年时间里，既当爹又当妈。他俩很懂事，常常帮我分担些家务。那时候，学生不像现在作业这么多，放学比较早。而我工作比较忙，常常不能按时下班，兄弟俩就提前把馒头蒸好。哥哥先掌握了从和面、发面、兑碱、做胚子到蒸馒头这一流程，所以每次都是他先兑好碱面，揉成面团，再分给弟弟一小半，各自揉成馒头放到锅里蒸。我下班回来，他们总会自豪地报告馒头已经蒸好的消息，我听了既高兴又心疼。有次朋友来家里串门，见兄弟俩正在做馒头，弟弟个儿矮，还得跪在凳子上揉面，很受感动，夸奖他们说："你们怎么这样懂事啊！"老二回答说："穷人的孩子早当家！"这是当年家喻户晓的样板戏《红灯记》里的一句唱词。小小年纪就开始分担家务，至今想起此事，我仍然感慨万分！

既有趣又心酸的事还有不少。比如，包钢教育处每年都要举行中小学田径运动会，各学校都很重视，开幕式要求学生统一着装。这可让我犯愁了，衣服还好说，白衬衫、蓝裤子是平时就穿的，难的是到哪儿去弄两双白球鞋呢，想借借不到，想买又没钱。幸好有同事指点："拿石灰浆刷在鞋面上晾干就行。"我如法炮制，果然能以假乱真。多年后在电影《人到中年》里看到主人公用白灰自制白球鞋的镜头，不禁会心一笑。

又如每次从老家探亲回来都要带大米。从江苏南通到包头，千里迢迢，还要在上海、北京两次转车，辛苦自不必说。有一次乘船离开南通，到上海十六铺码头下船时，我挑米的扁担一下子折断了，东西多得没法拿，只好分出一个包挂在4岁多的老二身上。他很听话，乖乖地背着，但摇摇晃晃走了十几步就说："妈妈，我实在背不动了。"

明非听了一阵酸楚，差点掉下泪来。

同北京、上海等大城市相比，包头的商品供应更为紧张。有办法的人托列车员从北京带鱼肉蛋是常有的事儿。记得1974年临近春节，我正好有机会到北京出差，明非同我一道回京陪母亲过年。临走前按出差的惯例，总要问问同事需要带什么东西。不料这一问竟记下了18人的名单，个个都希望带猪肉，而且要五指膘的，越肥越好。这下可苦了我们，在北京为此忙碌了两三天。当时北京的规定是每人每次最多可买5斤肉，我俩排了十来次队。怕被认出来，又不敢在一个商店重复排队，只好打一枪换一个地方，总共买了90多斤，岳母家堆得像个肉铺，每份装个塑料袋，标上价钱，最后装入两个大旅行包，叫上小舅子一起，送到北京火车站，进站交给事先联系好的跑京包线的列车员。那一年，我们的辛苦忙碌使同事们过上了一个“肥年”，大家都很高兴。

难忘朋友一片情

离开包钢30多年，最难忘的是在那里结识的一大批朋友。他们中既有知识分子，也有工人师傅，大多是我们的同事、学生和邻居。

包钢人或许是来自五湖四海的缘故，非常注重人与人之间的交往，人情味很浓。平时有事没事隔三岔五都要到熟人家串个门。那个年代没有电话，更没有电视，串门聊天成了工作之余最好的消遣方式。我家几乎半数日子都有客人来，常常晚饭还没吃完就有人敲门。我们吃饭，他们就在一旁坐着聊天，习以为常，谁也没觉得有什么不自在。逢年过节更是来往频繁，特别是春节，挨家挨户互相拜年更是一道独特的风景。从大年初一上午开始，通常是拜完这家，主人就跟着去拜下一家，像滚雪球，人越来越多，队伍越来越长。一拨走了又来一拨，所以每个大年初一是无法安心吃饭的，只能插空用点心填填肚子。时隔多年，回想起当时过年的情景，我们的心里仍然涌动着温暖和感动。

包钢职工中北方人居多，比较开朗直爽、乐于助人。内蒙古本地人特别是蒙古族人也比较仗义豪爽。俗话说“在家靠父母，出外靠朋友”，这是我在包钢生活十几年最深的感受。在举目无亲的塞外，在艰苦的条件下，我们能够比较安心顺利地工作、生活，很大程度上得益于这种互相关心、互相帮助的良好风尚。

我们不会忘记几家工人邻居，在我们遇到困难时总是热情伸出援手。老二更新是在我们身边长大的，小时候体弱多病，百日咳、中毒性痢疾都得过，尤其是肺炎，3 岁以内得了好几次。不能送托儿所，我们又要上班，大多是工人邻居家大嫂帮着照看。下大雨了，邻居会主动过来看看房子有没有漏雨；包了饺子或做了什么好菜会送过来让我们改善生活。有次孩子得了百日咳，一时半会儿不能痊愈，只得送去北京姥姥家。我正发愁请不了假，邻居任师傅正好要去北京出差，二话不说就把他带走了，坐火车要十几个小时，一路上的麻烦可想而知。我们的学生大多是包钢的工人子弟，他们不娇气，很懂事，也能干。搬新家时，院子地下有个废弃的防空洞，需要大量泥土来填。一天早晨，忽然听见远处传来得得马蹄声，紧接着看见几辆马车朝我家奔来，原来是我们教过的学生黄绍林知道我家要用土，就四处寻找，发现有工地正往外运土，于是求赶车的师傅帮忙拉过来，替我们解决了难题。再如北方入冬以后都要生火炉取暖，屋里的墙壁容易被熏黑，所以每年都要粉刷一次。我们以前没干过这个活儿，是学生主动来帮忙，他们有经验，刷得又快又好。从工人师傅和学生身上我们学到不

∧ 重返包钢

少生活技能。

明非读研那3年，同学、朋友、同事、邻居看我拉扯两个孩子不容易，更加关心。知道我们缺什么，就主动送来；进门看到盆里泡着衣服，就不声不响洗了；我不得不出差时，邻居或单位的同事就来家里洗衣做饭，和孩子做伴。逢年过节，不止一家会送来饺子。我跟明非开玩笑说："我们吃的饺子比你在家时还多。"通过许多生活琐事传递出的这种真挚情谊，不仅在那段艰苦的岁月里给了我们极大的帮助和温暖，对我们此后为人处世都有深刻的影响。

包钢人情味很浓，比如有同事或朋友调外地工作，大家都会去送行。1983年夏天我随同明非调往广西师大，举家迁往桂林。离开包头那天，上百人到车站送行，开车前，一个个握手、拥抱、话别，不少人热泪盈眶。1996年，离开包钢13年后我们第一次回去“探亲”，原单位教育处的领导热情接待、周到安排。闻讯赶来饭店看望我们的人络绎不绝，说话太多以致我俩嗓子都哑了。我们婉谢了不少同事朋友的邀请，只到当年照顾我们最多的邻居大嫂家吃了顿饺子。看我们时间太紧安排不过来，包钢一中的老同事干脆串联几十人凑份子请我们吃饭，还送我俩每人一件鄂尔多斯羊绒衫。离开包头时，不少人到饭店告别，还有几十位朋友一直跟到火车站送行，看到站台上人头攒动，同车旅客还以为我们是刚刚调走的。事隔10年之后，2006年经我推荐，香港田家炳基金会捐资援建包钢十三中（现名田家炳中学），我陪同田家炳先生前往包头参加捐赠仪式，我们夫妇再次回到草原钢城。此时的包头城市面貌已发生翻天覆地的变化，被评为全国十大“文明城市”和二十强“绿化城市”。在这座美丽、文明的现代化都市里，我们像从前一样，又一次感受到朋友们的深情厚谊。

如今，调离包钢已有31年。今非昔比，国家已进入新的高速发展时期，我们夫妇也年逾古稀，无忧无虑安享晚年。也许是年龄越长越容易怀旧的缘故，我与之甘苦与共，奉献了青春年华的包钢，越来越频繁地浮现在脑海里。无论是甜是苦，在草原钢城包头生活的岁月，都是我人生历程中难以磨灭的一段记忆！

（收入《告别未名湖——北大老五届行迹2》，九州出版社，2014）

难忘的记忆 不变的情怀

——写在包钢一中建校 50 周年

◆ 张明非

离开包钢一中已有 30 多年了，但当年在一中工作和生活的许多往事仍历历在目，记忆犹新。

我是 1968 年秋大学毕业分配到包钢教育处的，我至今清楚地记得去包头报到的情景。9 月 25 日下午，我和介山乘坐的绿皮火车在包头沼潭车站缓缓停下，走出站台的第一印象是天空灰蒙蒙的，四周一片荒凉，不由想起一句古诗："塞下秋来风景异。"踏上这块举目无亲的陌生土地，想到这将是我走出校园走上社会的人生第一站，等待自己的不知道是什么，既新鲜又迷茫，在忐忑不安中又有几分期待。

那时候"文革"还未结束，高校毕业分配的指导思想很明确，就是知识分子要接受工人阶级"再教育"。具体分配方案是"四个面向"，即大学毕业生要到边疆、基层、工矿、农村去。和我一起分到包钢教育处的有来自全国各高校的 200 来名大学毕业生，相当一部分来自北大、北师大、华师大这几所名校。我们先是下到厂矿劳动锻炼，我被分配到运输部加工车间当了一名钳工，介山到炼钢厂当了炉前工。一年半以后，1970 年春天我转到归运输部管辖的包钢一中当语文教师。从那时起，直到 1977 年秋我调到师训班（包钢师专的前身）任教，前前后后加起来，我在一中工作的时间不过七年。尽管如此，在我的人生历程中，这却是一段难以忘怀的经历，一段任凭时光冲刷都不曾褪色的记忆。

算起来，我们一家人都与一中有缘。80 年代初，时任包钢教育处副处长的介山兼过一中校长，我的两个儿子张一新、黄更新初中都曾在一中就读。当然，更重要的是，一中留下了我人生的很多第一次：第一次参加工作，第一次走上讲台，第一次当班主任……不仅如此，正是这七年多的教师生涯坚定了我毕生从事教师职业的信念。因为当教师并不是我的初衷，受父亲影响，我从小热爱文学，是带着当作家或新闻记者的梦想报考北大中文系的。但当我 1982 年夏从北大中文系古典文学专业硕士毕业本可以重新考虑职业的时候，我却毫不犹豫地选择了继续当教师，站一辈子讲台。之所以人生理想会发生这样的变化，同在一中的这段经历有直接关系。其实，我在一中的那段时间，正处在大学停招，“知识无用”，教育看不到任何前途和希望的年代，我却爱上了当时不被人看好的教师职业，并由此产生了我的教师情结，这不能不说是受教师这一职业本身魅力的吸引，也不能不归因于一中这所学校对我的影响。

刚到一中时，我被安排到初一教语文，当副班主任。体育老师陆佩良是“一把手”，外语老师徐世勋是“二把手”，我是“第三把手”，大约过了两年才“转正”。仅此一例，也可见当时一中师资力量的雄厚。我一直跟这个班到初中毕业。1973 年，学校开始办高中，我和徐德九、郭子俊、刘慧英、龚伊恒等一批老教师被选拔担任第一届高中的老师，记得我是高一（三）班班主任，兼上两个班的语文课。当时，班主任中我是唯一一个“文革”时期分来的大学生。在那个年代，没有奖金等物质刺激，也没有任何特殊待遇，仅仅是领导的器重、组织的信任就足以使人感到欣慰和满足了！我决心好好工作，不辱使命。在这个班里有不少学生是从初中直升上来的，他们大多于 1954、1955 年出生，只比我小十一二岁。这是我几十年教师生涯中最为熟悉、关系最密切的一批学生。我不仅当时对他们的家庭情况、学习水平、脾气秉性了如指掌，至今仍叫得出他们当中大多数人的名字。2006 年夏天，得知我要回包钢的消息，他们奔走相告，早早安排好师生聚会，一些在外地的同学也不辞辛苦赶了回来。当年的姑娘、小伙子如今都已年过半百，一些女同学甚至已经退休，但谈起当年在一中读书的情景，我仍然能够从他们的音容笑貌和举手投足中找到几十年前我熟悉的面影。

当时，一中老师的工作和生活条件是很艰苦的，校舍破旧，设备简陋自不必说，教师的经济待遇和社会地位之低，也是今天一中的青年老师无法想象的。但就是在这样困难的条件下，一中却拥有一大批大学本科毕业的老教师。他们不仅经验丰富、教学水平高，尤为难能可贵的是，他们兢兢业业、任劳任怨，忠诚教育事业。他们勤勤恳恳的工作态度、一丝不苟的严谨作风，给我们这些年轻的新教师以潜移默化的影响，使我这个北大中文系毕业的“天之骄子”，在他们面前从未自以为是，有的只是对老教师的钦佩及对教师这一神圣职业的敬畏之心。因此，我对待自己承担的工作任何时候都不敢马马虎虎、掉以轻心，不敢忽略教师的职责。

多年以后，我从塞北到了祖国的南疆桂林，在广西师范大学继续我的教师生涯。教育的对象变了，教学的内容变了，但不论面对的是本科生、硕士生还是博士生，我对自己的要求从未改变。这里不妨举一个小例子。在广西师大，我曾有幸受邀参与一些新教师培训工作，或同青年教师举行座谈，我常常会提到平生最引以为自豪的一件事，就是在几十年的教学工作中，我上课从来没有迟到过一次。而这种对自己的严格要求，就是从到一中开始的。当时，内蒙古条件很艰苦，在如今风靡全国的“蒙牛”“伊利”的产地，打牛奶竟成为孩子妈妈的一大难题。因为听到了太多打牛奶难的故事，我的第一个孩子刚满月就送回了南通老家，直到 8 岁才接回来。我的第二个孩子是 1971 年春天出生的，56 天产假一满，就要带着孩子上班。在那个年代是没有保姆这一职业的，即便有，以我们微薄的收入也绝对负担不起这笔费用。对有孩子的双职工来说，每天清晨是一天中最紧张的时刻，既要管孩子、做早餐，还要排队打牛奶，送牛奶的又常常不准时，往往是牛奶打上了，上班时间也快到了。每到这时，我就推着童车在大街上飞跑，介山笑我“像疯子一样”，完全顾不得什么风度仪表了。这一切只为着一个信念，要求学生不迟到自己一定不能迟到。准时进课堂是如此，对待其他的事情也是这样。就这样，不论春夏秋冬、严寒酷暑，不论遇到什么特殊情况，在上课铃响之前我一定站在教室门口。后来工作单位变了，这一习惯也从未改变。数十年坚持做好哪怕是不迟到这一件小事，并不容易，但当我克服种种困难战胜了自己，内心的喜悦是无法言喻的。到广西师大以后，孩子大了，上班近了，条件好多了，我要求自己至少提前 10 分钟到教室，以身作则的结果是在我的课堂上，学生迟到的现象也较少发生。

送走了第一届高中毕业生，学校派我到初一当年级组长，和徐润文老师搭档。整个年级有 10 个班，500 多名学生，给他们讲话要拿着话筒拼命喊，以至于我的嗓子一直是嘶哑的，直到几年以后读研究生时才渐渐恢复。我们年级组的老师都很认真负责，特别是现在定居马鞍山的詹宝蕙、定居唐山的郭修范和已经故去的张明泉这几位老教师，他们对我工作上的支持令人感动，我至今想起他们仍心存感激。记得轮到他们值日，总是早早来到学校，认真检查和督促学生打扫卫生，上好自习。要知道那个时候，是既没有奖金也没有任何荣誉的，凭的就是教师的职业道德和使命感。特别令我感动的是大家对我们两个年级组长的工作很支持，做什么事都很齐心。记得1976年打倒“四人帮”，举国欢庆，学校也组织了庆祝活动。我们年级组教师集体登台朗诵了我写的一首长诗《欢腾吧，祖国》，诗是怎么写的已记不清楚了，但詹宝蕙和张明泉两位老教师担任领诵的情景，至今仍印象深刻。

一中所给予我的，不只是让我这个没有读过一天师范的人学会如何备课、如何板书、如何上课，还教会了我如何待人，如何与同事和睦相处。我刚到一中时，“文革”派性斗争留下的后遗症仍未完全消除，人与人之间还有着隔阂。一开始，我和其中“一派”老师接触较多，对“另一派”的老师也就比较疏远，但当我后来有机会接触到他们时，深感这也是一群为人正直、可以信赖的好老师。这一亲身体验对我的人生很有启迪，那就是任何时候、任何地方，人群中的大多数都是好的，是能够以诚相待的。这一体悟使我在此后的几十年，不管到什么单位、和什么样的人交往，大都能和睦相处，都可以找到友情并拥有了不少朋友。

在一中的几年，最难忘的是同事之间的情谊。人与人之间的和谐相处，是在那个物质极度匮乏的年代给予我们的最大慰藉和精神支撑。正是这种温暖我们心灵的友情使我们克服了许多困难，保持了乐观向上的精神、良好的人际关系和集体的凝聚力，也是一中健康发展能够走到今天成为名校的基础和保证。我至今忘不了唐贵民老师的妻子孟大夫在我的孩子生病时给予的诸多帮助；忘不了在家里被盗，我心情十分沮丧的时候，胡牧老师闻讯赶来，默默地帮我做饭、料理家务；忘不了在老二即将降生我们还寄居在集体宿舍的时候，邢占信老师雪中送炭帮我们借到了住房；忘不了家里没有电视机，马伯超老师总是热情邀我的两个孩子到他家看电视；也忘不了徐维桢主任对我大姐般的关怀和帮助。像这样忘不了的人和事还有很多很多……那时候，同事之间交往很密切，大家经常互相串门，逢到过年更是人来人往、川流不息，谁有病了都会有同事上门探望，有时也会在星期天几位同事各自带上菜凑到一起聚餐。记得有一次，精明能干的教研组长邢占信带领全组到瓜地去亲手摘瓜，买回的瓜多得把床底下都塞满了，瓜虽小却很甜，那是我记忆中最痛快、最满足的一次吃西瓜的经历。

30 多年过去了，我从一个刚出校门的青年学生成为年过花甲的老教师，在教师这个岗位上耕耘了大半辈子。我为此贡献了一生中最好的年华，也得到了丰厚的回报。每当回顾自己的人生道路，我总会想到它的起点——包钢一中。毫不夸张地说，这么多年我从来没有忘记过一中，也从来没有中断过同一中同事的联系。在离开它 13 年和 23 年后的 1996 及 2006 年，我和介山两次专程回包钢看望老同事、老同学，一中的领导和老同事都为我们安排了热烈盛大的聚会。而每当听到有一中同事到桂林来，我们都会感到格外亲切，有亲人般的喜悦。我们虽距包头有几千里之遥，但始终关注着一中的发展变化，分享她的每一点进步、每一个成就。如今一中已因其先进的教育理念、优秀的教师团队、优良的办学作风和骄人的教育业绩跻身于“中国名校”之列，作为曾经在那里工作过的一员，我们感到无比欣慰和自豪。

包钢一中走过了半个世纪的历程，即将迎来它建校 50 周年大庆。

50 年是一座值得纪念的丰碑，也是一部内容丰厚的历史，它记录下昨日奋斗的足迹，也孕育着明天更大的辉煌。值此五十年校庆来临之际，我怀着激动喜悦的心情，真诚祝愿全校师生进一步发扬一中的优良传统，团结奋进，去谱写历史的新篇章；祝愿我们朝气蓬勃、风华正茂的包钢一中蒸蒸日上，更加发达兴旺！

（写于 2010 年 8 月）

南国岁月如歌

教育部部长们在广西师大

◆ 黄介山

广西师范大学坐落在享有盛名的国际旅游胜地和历史文化名城桂林，是一所历史悠久的省属重点大学，现已成为教育部和广西共建的高校。新中国成立后，学校的建设和发展得到上自国家领导，下至地方政府的亲切关怀和大力扶持。多位党和国家领导人曾先后莅临师大视察指导。教育部的部长、副部长更给予了许多关心和具体帮助。

教育部历任正副部长只要到桂林，大都会亲临广西师大视察。在我担任学校主要领导职务的1991到2004这13年里，师大曾先后接待过朱开轩、陈至立两位部长及周远清、柳斌、张保庆、韦钰、王湛、赵沁平6位副部长。在近距离的接触中，部长们的音容笑貌、言谈举止、工作作风都给我留下深刻的印象，虽时隔多年，仍难以忘怀。

我见到的第一位教育部领导，是时任国家教委第一副主任的朱开轩。此后不久他便升任教委主任。1991年1月29日，我正在南宁参加区教委召开的一个会议。散会以后，区教委主任侯德彭把我叫住，交代说："朱开轩主任后天要从南宁去你们学校看看，按照他的要求就住在你们学校，接待工作既要热情又要从简。安排在食堂吃饭，家常便饭，不要搞多少菜，也不要多少人陪同，他不喜欢吃吃喝喝，也不喜欢前呼后拥。”我听了，觉得这位部级领导作风平易，不摆架子，内心的好感油然而生。

上世纪90年代初，社会风清气正，接待工作一般不讲排场，不事铺张。上级领导登门，接待规格稍高一点，乃人之常情，也无可厚非。而开轩主任来之前专门交代接待从简，可见这是他发自内心的自觉行动，也是他一贯的作风。

回到学校我即向陈光旨校长转达了侯德彭主任的嘱咐。第二天，开轩主任如期来到师大，他与随行人员入住我校条件设施很一般的“紫苑饭店”（留学生部宿舍楼），一日三餐都是家常便饭，由校办工作人员安排和陪同。

这是我初次见到这位教委主任。他面庞白皙，眉清目秀，文质彬彬，讲话带有我熟悉的上海口音，语调平缓而温和。在听取了陈校长简要的工作汇报和情况介绍后，便提出去看看王城校区的教工宿舍。

当时，王府内的一些院系正按照区人民政府的要求逐步外迁，而与王府一路之隔的东区、南区这两个教工住宅区则不在搬迁之列。居住在这两个小区的大多是师大的老领导、老教授和老职工。房屋早已年久失修，设施简陋陈旧。特别是东区，房间狭窄、潮湿阴暗，水电管线严重老化，存在安全隐患，成为校领导的一块心病。但因政府经费紧张，维修工作一直提不上议事日程。开轩主任察看了东区几户教师住房。他走进老师的家，同住户亲切交谈，详细了解他们的居住情况。走出东区，他心情沉重地说：“我想不到，高校的教授、教师居住条件还这样差。他们在如此艰难的环境中，仍然辛辛苦苦、任劳任怨地工作，国家应该更多关心他们，我们的责任很重。”

不久，便从北京传来好消息，国家教委拨款100万元用于我校王城校区教工宿舍的维修改造。这笔款项在今天看来，或许不算多，但对师大而言不啻雪中送炭。因为那时候学校的财政收入水平相当低，远不能同现在国家对教育的投入相比。再说我校是省属单位，与国家教委没有直接的财务关系，拨款资助我校属于特殊情况下采取的一种特殊措施。由此可见开轩主任关心教师的情怀和认真务实的作风。

顺带说一下，师大王城校区教工住宅的现状，也引起了自治区人民政府的关注，并下拨了一笔经费。1993年秋，经市规划部门同意，东区教职工住宅维修改造工程正式启动。这本来是关乎教职工生活的一件大好事，却不料好事多磨。为改善教授们的居住条件，扩大原有住房面积，便在楼房墙外打地基，挖了两三米深的坑。市文化部门闻讯派人赶来，以“国家文物保护单位未经批准不能动土搞基建”为由要求停工。我们认为，东区、南区教工住宅虽在王城之内，但地处王府外面，是20世纪50年代修建的，不属于“文物”，不应受此限制。可学校主管部门多次交涉都没有结果。眼看停工一个多月，大家心急如焚。我只得直接向市委书记张文学请示汇报，他答应尽快研究答复。一周后，张书记陪同自治区副主席李振潜来王城视察，同时看了东区教工住宅的施工现场，然后在校留学生部会议室召开座谈会。会上张书记明确表态：“教职工的住房维修改造应该支持，王城的保护要贯彻大处管好、小处管活的原则。”至此，东区维修改造工程得以重新启动。竣工后，教职工的居住条件有所改善。

开轩主任不仅关心和帮助改善王城教工宿舍，还牵线搭桥为我校引进了邵逸夫捐助项目，建起一座现代化的邵逸夫电教馆，使我校的电化教学得以较早起步。他为我校所做的这一切和他平易近人的作风，给师大人留下了良好的印象，久久不能忘记。

陈至立部长是2001年2月28日下午来我校视察的，陪同前来的有区人民政府副主席吴恒、教育厅副厅长车方仁、桂林市委书记姜兴和、市委秘书长刘刚等。桂林的春天是多雨的季节，直到那天上午，雨仍然淅淅沥沥下个不停。而当陈部长一行下午两点多来到我校育才校区时，天公却给了我们一个意外的惊喜。只见雨过天晴，春风和煦，阳光普照，春雨滋润过的校园格外清新宁静。刚竣工不久的西校门，敞开怀抱迎来了第一批尊贵的客人。

陈部长及陪同的各级领导乘坐市接待办的一辆中巴开进学校，随即下车与在此迎候的全体校领导一一握手。接下来是参观校园。为节省时间，由我上车陪同领导们浏览校园，参观电化教学中心和中文系国家文科基地。

参观邵逸夫电教楼时，陈部长入内察看电教室和设备控制中心。她走上二楼，看到一间间宽敞的电教室内，一排排天蓝色桌子上，整整齐齐地安装着几百台电脑，高兴地对我说："不错，不错，很现代，也成规模。"得益于邵逸夫先生的资助，我校较早地设立了专门机构，购置电脑设备，培训教师的电教技能，迈开了多媒体教学的步子。那时电化教学还没有像后来这样普及，不少人还把它当作新鲜事。部长进入与操控室相连的一间教室，听取工作人员介绍电教馆的概况，然后由教育科学学院陈时见院长用多媒体简要汇报了我校实施"广西21世纪园丁工程"，服务基础教育，培训中小学校长和骨干教师的情况。部长听完汇报，饶有兴趣地操作电脑。几位随行的同志站在旁边观看，有人还给她指点，大家有说有笑，气氛相当活跃。

参观的最后一站是我校“国家文科人才培养和科学研究基地”——中文系。当部长一行踏进区人民政府拨款500万元兴建的崭新的基地大楼时，受到早已等候在这里的师生们的热烈欢迎，庭院里、楼道中、台阶上都挤满了人。突然，一块红色条幅从高处徐徐垂下，上书“欢迎陈部长”五个大字，顿时掌声和欢呼声响成一片，将欢乐的气氛推向了高潮。部长显然被这一突如其来的情景打动了，她笑容满面向同学们挥手致意，连声说：“谢谢大家！”并对在一旁的我说：“你们的老师学生太热情了！”我告诉她：“见到部长，大家都非常高兴。”她却说：“不好意思，我是教育战线的新兵，经验没有你们这些行家多。”一位高级干部如此谦虚坦诚，着实令我感到意外。

走进中文系“系史及教学科研成果陈列室”，首先映入眼帘的是墙上悬挂着的中文系早年几位系主任的大幅照片。部长一眼看到上面有陈望道，欣喜地说：“嗬！这是我们的老校长！”陈望道是中国著名的思想家、社会活动家、教育家，早年留学日本，毕业于日本中央大学，回国后积极提倡新文化运动，任《新青年》编辑，翻译出版了《共产党宣言》首个中文全译本。他上世纪30年代曾任我校中文系主任，新中国成立后担任过复旦大学校长。陈部长毕业于复旦，所以此时此地看到他的照片感到格外亲切。她仔细观看了展览，称赞中文系历史悠久，成果丰硕。

参观结束，我校领导班子成员、中层干部及教师代表集中在“田家炳教育书院”大楼会议室，欢迎部长到来，并听取她的指示。按照事先安排，先由我代表校领导班子介绍学校概况并简要汇报工作，接下来请部长讲话。她一开头就说：“我非常高兴能来到广西师范大学，参观了校园，刚才又听了校长生动全面的介绍，我们的同志都有同感，广西师范大学给我们留下了深刻的印象。在桂林山清水秀的著名旅游城市里，我觉得广西师大是与这个城市相称的，是我看到的好的师范大学之一。我真的没有想到你们管理得那么好，学科建设那么好，老师的精神状态那么好，学生朝气蓬勃。广西有这么一所好的师范大学，广西的教育在新的世纪必定能创造出更美好的前程。”部长充分肯定了我校启动的继续教育工程和园丁工程，认为“这是得力的、治本的措施，并取得了很大成功”。她还称赞我们的工作氛围和校园环境，说：“我觉得广西师大已经形成了一种求实、奋进的风气”，“师大的环境也非常优美，干干净净，让我看了心旷神怡”。部长这些既亲切又热情的话语，使在场的每一个师大人心里都很温暖，我又一次感受到至立部长那种女性领导特有的亲和力。

学校当时有育才和王城两个校区，陈部长视察的是育才校区，所以我在汇报时对王城校区做了简要介绍，说明这是我国保存最完好的明代藩王府第，全国重点文物保护单位，并用多媒体展示了几幅校园风光：红墙黄瓦，亭台阁轩，古香古色的楼宇建筑；横空出世、傲立群峰、号称“南天一柱”的独秀峰；从山脚下缓缓流过、碧波荡漾的月牙池……我注意到在我介绍王城时，部长听得十分专注。会议结束后，她又会见了等候在一楼会议室的桂林几所高校的书记、校长。此时，已近黄昏，我们列队在车旁准备送行。部长突然走到我面前说：“我想现在到你们王城校区去看看。”站在一旁的市委书记姜兴和看看手表说：“部长，六点了，是不是不去了？”她回答说：“要么你们先走，校长陪我去看一看。”见她这么执着，姜书记只好招呼大家赶快上车，直奔王城。

车到王城校区时，天已迟暮，华灯初上。车子在校园里缓缓绕行一周，我又陪她在承运殿和大礼堂一带转了转，她边走边看，不时发出赞叹。因时间太紧，只能走马观花，难以尽兴。听说几年以后她再次到桂林时，又请市里工作人员带她专门到王城参观。

我接待过的教育部部长中，周远清副部长无疑是接触最多也最为熟悉的一位。我认识他是在 1990 年春。当时，国家教委责成国家高级教育行政学院举办马列理论学习班，轮流培训高校领导班子成员。我作为师大党委副书记参加了首期培训，同来自全国各高校的 100 多名学员在行政学院昌平分校朝夕相处了一个半月。时任清华大学副校长的周远清也是这一期学员。他给我的印象是对人很和蔼，总是笑眯眯的。这一印象在他升任教育部副部长以后也从未改变。

1994 年秋天，为了加强人文社科人才培养和科学研究的力度，国家教委实施了一项新举措，即在全国遴选一批高校文科设立“国家文科人才培养与科学研究基地”（简称“文科基地”）。张葆全校长在南宁开会时得悉了这一消息就向自治区教委申报，根据入围条件，区里也同意推荐我校历史悠久、实力比较雄厚的中文系。当时，博士点还相当少，国家级的“文科基地”自然成了各高校的竞争目标。机会极为难得，在强手如林的形势下，作为一所省属重点师范院校，我们面临着巨大的挑战。为此，我赶赴北京向国家教委有关部门汇报，力争获得上级领导的支持。当时周远清已调任国家教委高教司司长，正好主管“文科基地”评选事项，理所当然，我第一个想到的便是去面见他。

这次到北京，为了工作方便，我们住进了北大的“勺园”。勺园是外籍教师和留学生的居住饭店，也是北大对外接待中心。由它发起成立了“国内高校外籍教师与留学生接待联合体”，其成员不多，主要有北大、北京外国语学院、复旦大学、上海外国语学院、南京大学、中山大学、昆明理工大学、陕西理工大学、广西师范大学等十余所学校。记得1992年秋，联合体在我校举办年会，因为许多天不下雨，桂花一直含苞不放，会议报到那天夜里下了场小雨，催开了满城桂花。第二天上午我到会致欢迎辞，一开头便说："各位朋友，你们一来报到，今天满城桂花飘香，这是今年第一次开花。有句歌词说'桂花要等贵人来，贵人来了花才开'，可见你们都是贵人，是广西师大尊贵的客人，我向你们表示热情的欢迎！"与会者高兴地鼓掌。会后北大勺园老总杨永庚握着我的手说："你一直没有回母校来住过，以后到北京出差一定来勺园住。"两年后，我和随行的谢朝文处长真的住到了这里，谢朝文与勺园交往较多，是老总们熟悉的朋友。入住后，我们受到了非常热情周到的接待和帮助，校党委书记任彦申两次与我们一起进餐交谈，勺园还安排了一辆专车供我们在京办事。

这一次到北京后，很顺利地见到了周远清。在他办公室，我简要地介绍了学校概况和中文系的优势，着重强调广西地处边疆，经济本来就不够发达，又先后是援越抗法、援越抗美和自卫反击战的前线，国家投入的重点建设项目很少，至今还没有一所国家级重点大学。所以特别希望这次评选"国家文科基地"，能够给予适当的政策倾斜。远清司长听完我的汇报郑重表示："你希望适当考虑区域布局有一定道理，但评选主要看条件。"

随后，他带我来到文科处办公室，对处长刘凤泰说："广西师大黄书记来谈申报文科基地的事，你们听一听。"刘处长随即叫上一位副处长和一位调研员，找了一间会议室，一起听取我的汇报。看到他们个个拿着笔记本认真记录，我颇感意外，也很感动。谈完正事，刘处长又留下和我聊了一阵，问我是哪里人，哪里毕业，是怎么到桂林的，等等，我觉得他热情、豪爽、健谈。未料到，这位不久就升任高等教育司副司长的干部，后来居然成了广西师大和我本人的朋友，先后多次来到我校，在国家文科基地建设、本科院校教学评估等方面给予诸多指导和帮助。

走出国家教委大门，耳畔回响着凤泰处长的提醒："你希望合理布局，政策倾斜，但评审专家们未必都这么想，可能只看申报条件。"我由此想到，广西师大是省属地方院校，又地处偏远，而评委大多来自部属高校，对我们的了解和认知相对较少。我又了解到一周之后，"文科基地"的评审就要在中国人民大学进行，一种紧迫感油然而生。拜访评审专家，向他们介绍我校中文系的情况，争取他们的理解与支持已迫在眉睫。于是，我与谢朝文处长马不停蹄，奔赴天津、南京、上海等地，先后拜访了南开大学、南京大学、南京师大、复旦大学等校的中文专业评审专家，向他们介绍情况，提出我们的诉求。一路上，这些专家所在的学校都给予了热情接待和具体帮助。后来我校中文系得以入选"国家文科基地"，除了自身具备的优势，也与周远清、刘凤泰等领导以及兄弟院校专家评委的理解和支持分不开。

我校文科基地也得到自治区领导的关心和大力支持。获得"文科基地"以后，我们希望能乘机为它兴建一栋集教学、科研和办公于一体的大楼，于是由我带着请求自治区政府拨款500万元筹建文科基地楼的申请报告，按约定时间到南宁向自治区政府主席汇报，不料主席当天突然出差，未能见到。于是又临时去见区党委书记赵富林。赵书记听了我的汇报很高兴，认为这是一件喜事，遂将我校的申请报告批转自治区人民政府，指示："广西师大国家文科基地来之不易，自治区政府应予以支持。”此后，分管财政的副主席袁正中做了具体安排，经费如数落实，3 年后文科基地大楼落成。拨专款建大楼，这在全国文科基地中是独一无二的。

经过 5 年的艰苦努力，我校“文科基地”的硬件和软件建设都得到极大加强，教学、科研水平和人才培养质量显著提高。在 2001 年教育部组织的“文科基地”终期检查评估中，我校中文系不负众望，获得“优秀”，成为地方高校中唯一获此等级的“国家文科基地”。

周远清副部长在任上不止一次来我校视察，给了不少指导和帮助。不仅如此，他在离职之后仍一如既往支持我校工作。最令我难忘和感动的有这样一件事：2002 年 11 月，广西师大建校 70 周年校庆，有 10 多位省级领导将参加盛典，我非常希望远清部长也能出席。那年春天他来桂林，我曾当面提出邀请，他当即答应了，说：“现在部领导一般都不参加学校的校庆活动，好在我已退居二线，那就来吧，可以由教育部发个贺信，我来宣读。”我听了十分高兴，也热切期待他的到来。

不料临近校庆，突然出现了意想不到的情况。11 月 2 日是我校隆重举行建校 70 周年庆典的日子，而就在同一天，他要参加教育部在湖北宜昌召开的为期三天的部属高校书记、校长工作研讨会，并且担任会议主持人。他来电话告知这一情况，并问我桂林有无到宜昌的飞机。我一听非常着急，桂林不仅没有直飞宜昌的班机，就连飞往武汉的航班也没有，真担心他来不了。而他想方设法也要兑现自己的承诺，事先委托张孝文副部长代他主持头一天的会议，自己 1 号下午从北京飞桂林，准时出席第二天上午的庆典，在大会上宣读了教育部的贺信，下午又应学校安排做了讲座，当晚乘火车至武汉，再坐汽车赶往宜昌，其辛苦可想而知。远清副部长身上体现出来的敬业精神，时刻为他人着想，宁可自己吃苦，也不让别人为难的美德着实令人钦佩。

柳斌副部长是1995年来师大的。我校中文系申报“国家文科基地”如愿获批，成为教育部最早的23个中文学科基地之一。这是广西师大乃至广西高校的一件大喜事，学校举行了隆重的挂牌仪式。柳斌副部长前来桂林为基地揭牌，同他一起揭牌的还有自治区副主席李振潜。工作结束，我陪柳副部长参观荔浦丰鱼岩，他对这个号称“亚洲最大的岩洞”称赞不已。柳副部长分管基础教育，闲谈中当他得知我大学毕业后分配到包钢教育处工作，便说他对包钢教育处很熟悉，去过多次，称赞包钢在国有企业中办学规模最大，办得也最好。包钢一中是内蒙古的重点中学，他还为它题写了校名。说来真巧，我在担任包钢教育处副处长时曾经兼任该校校长。他还提到我的老朋友、后任包钢教育处处长的郑仲根，说跟他很熟。我听了不禁惊叹，一位副部长对包钢教育部门的人和事竟然如此熟悉，可见他对基层的关注和工作的深入。

张保庆副部长到广西师大是在1999年3月18日。主要视察王城校区，了解王城的历史文化，察看承运殿、大礼堂和教学楼等建筑以及独秀峰、月牙池等校园风光。我俩边走边谈，我向他汇报：近两年我校正加强对王城校区的绿化、美化，已经铺设好了承运殿前面和东边的大草坪，还准备在各栋楼宇前后营造绿地，争取使王城校区成为国内一流的美丽校园。他听后马上说：“你们已经是一流的校园了！”他还比较着说：“走进来一看，你们这里所有的建筑都风格一致，是古香古色、富有民族传统的宫殿式建筑，这多好啊，多不容易啊！像北大、武大、中大等校园都很美，也有不少富有民族风格的建筑，可惜又夹杂了一些现代化的大楼，难得见到你们这种景象了。”部长说话直截了当，开门见山，这种直爽的性格和作风着实难能可贵。视察后，他欣然提笔为我校题词：“建一流校园，办一流学校。”

晚上我陪张保庆副部长及随行人员在七星公园月牙楼吃独具风味的素斋。部长平易近人，风趣幽默，谈笑风生，大家无拘无束，气氛很活跃。有意思的是，明明吃的是素菜，但每上一道菜，大家都饶有兴致地点评一番：“这道菜好吃，像鸡块。”“这有点像鱼丸子。”“这个不错，有炒猪肝的味道。”我便和部里来的客人开玩笑说：“今天请你们换换口味吃素餐，看来大家不领情，还是念念不忘荤菜。”众人听了哈哈一笑。

同年 11 月 21 日，韦钰副部长在区教育厅潘晔副厅长和桂林市汤杰副市长的陪同下视察我校。她是广西桂林人，一见面就说：已有许多年没来过师大了，这次是插空来看看。她没进办公室，让我陪着转转，边走边聊。在我汇报了学校概况后，她充分肯定学校变化很大，称赞校园绿化、美化很有成效。最后在将要竣工的田家炳教育书院大楼前驻足良久，她详细询问了田先生捐助的情况，高度赞扬田先生捐资助学的善举，并主动同我们在楼前合影。韦副部长来去匆匆，在校停留时间虽不长，她说话干脆利落，待人平易亲切，却给我留下很深印象。

2002 年，赵沁平副部长来到师大。他于 2001 年升任副部长之前，曾任国务院学位办主任兼教育部研究生工作办公室主任。从上世纪 90 年代中期开始，我校一直在为争取博士学位授予权做努力。我曾随同自治区吴恒副主席和教育厅厅长进京，分别向周远清副部长和学位办主任赵沁平汇报过工作。这次是他升任副部长后来校视察，在落成不久的图书馆大楼一楼小会议室，我向他汇报的重点依然是我校博士学位授予权问题。他听得很认真，问得也很仔细。

经过干部、教师多年的努力，我校于 2003 年经教育部评审通过，获批博士学位授予单位，办学层次迈上一个新台阶。

曾经到过师大的还有王湛副部长。他当时是代表教育部出席由我校承办的关于基础教育普通话推广的一个会议，并在会上发表讲话，所以在校逗留的时间很短。我原先只知道他就读于南京师大中文系，与我同一年大学毕业，待中午陪他就餐时，攀谈中才知道他不仅是我的南通老乡，还是我南通中学的校友。当我们说到通中校友已有 10 多名科学院和工程院院士（注：近年已达 20 名），都情不自禁为母校感到自豪。我俩虽是初次见面，但既为同龄人，又是同乡、校友，共同的经历一下子拉近了我们之间的距离，平添了几分亲切。

2004 年秋，我退出学校领导岗位，至今已有 16 年。往事并不如烟，来师大的部长们虽因公务繁忙，大多来去匆匆，但给予我校的关怀和帮助，在师大的历史上都留下了不可磨灭的印记，激励着全体师生不断开拓进取。现在，我校已成为广西壮族自治区和教育部共建学校，办学进入一个崭新的发展阶段。有理由相信，广西师大的明天一定会更加美好！

（写于 2020 年秋）

在党委书记、校长任上

◆ 黄介山

1988 年 8 月我进入学校领导班子，任党委副书记。1991 年初原任党委书记朱天恩因身体原因提前退出领导岗位，担任副书记还不到 3 年的我，被压上了书记的重担。这一年我刚满 48 岁，年纪较轻又缺少高校工作经验，压力可想而知。

我于 1983 年暑假调来师大，先后在干训部、党委办公室、中文系等单位工作，其间有较多机会接触到朱天恩书记与陈光旨校长。两位老领导性格不同，但都为人正直，经验丰富，能力很强。朱书记克己奉公，办事中规中矩，原则性强。陈校长思维敏捷，语言明快，处事果断。俩人性格互补，关系和谐，配合默契。他们的言传身教，使我获益匪浅。尽管我同他们只是工作上的接触，并无私人交往，却得到他们的信任和提携，我至今深为感激。

1997 年 3 月的一天，区党委组织部常务副部长吴汉专程来校，传达上级组织的决定："张葆全同志因年满 60，不再担任校长，由黄介山同志兼任校长。"因事前没有任何风声，我一听非常吃惊，马上推辞。部长说："不要多说了，这是自治区党委研究决定的，不可能改变。"于是毫无思想准备的我，在任书记 6 年之后又勉为其难地挑起了校长的重担。就这样，尽管我多次找上级领导部门请求尽快确定接替校长人选，却未能如愿，直到2002年1月才由梁宏副校长接任校长。此时我身兼二职已近5年，其中的辛苦繁忙自不待言。差足自慰的是，有校领导班子成员及中层干部的支持配合，有广大教职员工的信任理解，加之适逢改革开放的大好环境，工作开展一直比较顺利。

高校实行的是党委领导下的校长负责制，事关学校发展的大事一般都由党委讨论决定。不论专任党委书记还是身兼二职，我坚持贯彻民主集中制的议事原则，注意发挥领导班子其他成员的积极性，努力营造领导班子各负其责、同心协力的良好氛围。正因如此，尽管我在担任党委书记期间，先后同王炜炘、张葆全、梁宏3位校长合作，但人事的更替变化并没有影响到学校的稳定及工作的连续性，学校始终呈现出稳定、和谐、积极向上的态势，办学水平逐步提高。其主要标志有：

1. 办学规模逐步扩大，办学层次明显提升。2002年各类全日制本专科学生13647人，成人教育在籍学生7500多人，均为90年代初的一倍以上。硕士学位授予点达55个，在校硕士生1279人，分别为1992年的5倍和9倍。2003年学校通过国务院学位办评审，获得单位博士学位授予权，办学层次迈上新台阶。

2. 教师队伍建设成效显著，学历结构明显改善。据2002年统计，全校具有硕士、博士学位的教师比例明显高于全国高校的平均水平，名列广西前茅。

3. 教学水平逐步提高。2001年教育部首次对全国25所高校进行随机性教学水平评估，其中选定山东师大、上海师大、福建师大、广西师大四所师范院校为评估对象。评审结果，我校与其他三所师范院校一样，都定为良好等级。同年，全国第四届教学成果奖评选揭晓，我校获一等奖、二等奖的数量为广西高校之最。

4. 科学研究成果喜人，以 2001 年广西第六次社科奖评选为例，我校获一等奖以及二等奖、三等奖的数量居全区首位。在同年教育部发布的“中国高校科技进展年度报告”中，我校被 SCI 收录的论文数量进入全国高校前 100 名，排名第 75 位。

5.1995 年中文系获批为“国家文科人才培养和科学研究基地”中文学科点，并通过五年建设，在 2001 年教育部的终期评估中获优秀等级。

6. 学校文化、科技产业逐步壮大。据教育部统计，1997 年我校校办产业销售收入和利润名列广西高校之首，居全国高校 34 位。广西师大出版社 90 年代末即已成为全国百家大学出版社中的佼佼者，其综合实力排名第四，被教育部和新闻出版署评为全国先进出版社。

7. 鉴于学校党委在党的建设和学校改革发展中取得的成绩，经自治区党委推荐，2001 年建党 80 周年时被评为全国先进基层党组织，受到党中央表彰。

在这十几年中，我肩负重任，忠于职守，丝毫不敢懈怠。回想起来，尽管说不上有多么突出的工作业绩，值得记载的事情并不多，但毕竟是自己人生中一段重要经历，从中也可折射出学校这一时间段的发展变化，不妨选择以下四个方面做一番梳理和回顾：干部和教师队伍建设；拓展创收渠道、发展成人教育；校园文明和校园环境建设；“攀高亲”，与南京大学“手拉手”。其中有些工作，在今天看来实属平常，但当时的办学条件和人们的思想观念与现在有很大不同，难度也并不一样，甚至会发生一些令人啼笑皆非的故事。如今，这一切已随着时光流逝成为过去，但记下来作为历史留存倒也不无意义。

加强干部、教师队伍建设

接任书记以后，工作千头万绪，第一件大事就是抓队伍建设。我深知教育质量是学校的生命线，而学校的教育质量和办学水平主要取决于教师队伍和管理队伍的素质高低，因此必须坚持不懈抓好教师队伍、党政管理队伍包括后勤管理队伍的建设。

我与学校中层领导干部合作共事多年，深感这是一支基础、素质都比较好的队伍。特别是一批 80 年代中期至 90 年代后期在岗的老系主任，像林宝全、牟孝君、刘士英、潘香华、卢泽勤、杨继华、陈福常、苏建基、柳继峰等，他们都是五六十年代的大学毕业生，清正自律，公道正派，有见地，有能力，学术水平和思想水平都不低。每次开会讨论问题、研究工作，气氛都很活跃。个个积极参与，畅所欲言，总能提出一些有价值的意见和建议。在我心目中，他们是一批值得尊敬和信赖的系领导。

这里还不能不提到比我年长的一批系总支书记：徐长安、黄秀颖、韦寿延、戴伟昭、黄凡杰、韦善忠、卜泰贵、李桂栗等。他们工作作风都比较相似：为人正派、办事公道，不计个人得失，勤勤恳恳、踏踏实实，有老黄牛精神。他们善于联系和团结群众，又能与系主任密切配合、真诚合作，营造良好的集体氛围，保证各项工作的顺利开展。他们的朴实品格和敬业精神难能可贵。

尽管这一代中层党政领导干部队伍比较整齐，工作也较为得力，但一个不容忽视的现象是他们大都年过半百，尤其是专职党政干部，大多是政治条件不错留校工作的，但对外联系不多，接受信息的渠道单一，开拓创新精神不足，面对改革开放新局面，难免有些力不从心。再加上他们基本处于同一年龄段，如不及时补充新生力量，很可能在三五年以后出现干部队伍青黄不接的危机。

面对这一状况，我感到实现干部队伍年轻化刻不容缓。虽然 80 年代中央就提出了“干部革命化、年轻化、知识化、专业化”的要求，可当时干部终身制的影响仍然比较大，加之“文革”中被打倒的老干部恢复工作时间还不长，干部年轻化的实际困难和潜在阻力依然不小。如有位退休校领导就当面跟我说过：“县委书记、县长成天要东跑西颠，上山下乡，必须年轻、体力好，而大学的情况不一样，老教授、老教师多，做工作需要有资历，不要太看重年龄。”针对这些情况，我有意识地在大小会上多次宣传推进干部队伍新老交替、平稳过渡的重要性与紧迫性；宣传领导班子“老中青相结合”，形成年龄梯次结构的必要性；宣传老领导、老教师以老带新、做好“传帮带”是时代使命和崇高职责。

与此同时，校党委及时制订和实施了党政干部年轻化的规划，采取多项措施培养、提拔年轻干部，比如：自下而上推荐系、校后备干部人选，考核确定校、系后备干部名单；选送干部到外校培训或攻读学位，提高学历层次；实行机关与基层、部门与部门之间的换岗交流，以积累多方面的管理经验；实行公开选聘、竞争上岗；及时提拔年轻干部，让他们上岗锻炼；等等。

据我校年鉴记载，1992 年，即我接任党委书记的第二年，学校对中层领导班子进行了较大幅度的调整，集中提拔了 27 名年轻干部走上处级岗位（包括从科级提为副处、从副处提为正处）。两年后，学校又一次提拔了 31 名年轻处级干部，并加大了高学历、高职称教师的比例。此后，年轻干部的培养与选拔工作进入常态化、制度化。

对后勤管理工作，我历来不敢掉以轻心。俗话说，兵马未动，粮草先行。后勤的服务保障作用对教学科研来说不可或缺，后勤设施建设和后勤服务质量对办学水平的影响不言而喻。为了加强这方面的工作，经我提议，曾先后将党办主任、学工处处长、系党总支副书记等一批得力干部调去后勤部门任职。

经过四五年时间，广西师大各级领导干部的年轻化取得明显成效，一批学历、职称较高，思想活跃，有创新精神的年轻人走上领导岗位。这不仅使校内的干部新老交替得以顺利实现，而且较早为年轻干部上岗锻炼创造了条件。

我校大力提拔使用德才兼备的年轻干部，至少比广西其他高校早了两三年，这无形中也使他们赢得了优先晋升的机会。在我任期内，广西师大先后有 20 多名年轻干部被区党委选拔为厅级领导（包括由正处提为副厅、副厅提为正厅），这在广西高校中是数量最多的。其中肖化、丘贵明、梁颖、梁宏、张鹏、刘慕仁、王枬、易忠、林娜、陈洪江等人后来都成了高校或地方的主要领导。

曾经有人问我：为什么在你任职期间有那么多年轻干部被提拔到厅级岗位？我回答主要原因可能有三：1. 我校比其他高校早几年重视培养和提拔年轻干部，使他们较早走上处级岗位，于是又赶上了再次晋升的机遇。2. 学校党委十分重视公正公平，任人唯贤，不任人唯亲，广泛听取群众意见，选拔德才兼备的干部，从而保证了干部队伍具有较高质量。3. 我校具有团结和谐的良好传统，校领导班子工作比较协调，教职工凝聚力较强，因而对拟任干部的考核一般都能顺利通过。当然，除此之外，我认为上级组织部门的风气清正也是原因之一。

最让我感到欣慰的是，实现干部队伍年轻化，得到学校广大老干部的积极支持和配合。我校不少中层领导干部在五十七八岁时被安排当了调研员，退居二线，却没有人表示不满或闹情绪。在这之前，想到他们中不少人辛辛苦苦工作了几十年，没有出过远门甚至没有到广西以外出过差，我提议学校安排一批五十几岁的系党总支书记和处长到广州、深圳去参观考察，这也算是对他们勤奋工作的一点犒劳。通过熟人介绍，他们以优惠的价格住进了高档宾馆。这对有些人来说有可能是平生第一次，因此闹了不少笑话。比如浴缸洗澡的水龙头比较复杂，不会开；铺好了的床铺找不着盖被，跑去问服务员："你们怎么搞的，床上连盖的被子都没有？"弄得人家哭笑不得；用餐时，把服务员端上来的玻璃盘里的洗手水，误以为是可以喝的清汤。回来后，听到他们把这些事当"笑话"说，我内心不禁感到酸楚。

然而就是这批老同志，回到学校便推徐长安、黄秀颖两位作为代表来找我，诚恳地对我说："第一，感谢校党委和你对我们的关心，让我们有机会到改革开放的前沿参观考察，开了眼界。第二，我们商量好了，主动申请退居二线，支持党委提拔使用年轻干部。"这一番话使我深受感动，真切感受到了他们良好的思想品德和政治觉悟。

广西师大干部队伍建设取得显著成效，引起上级领导的重视，安排我在全区高校书记、校长工作会议上做了专题发言，介绍我校的做法和体会。《光明日报》的《大学校长访谈录》专栏就此刊登了记者刘昆对我的采访。

在加强干部队伍建设的同时，校党委与校行政也非常重视加强教师队伍建设，特别是注重培养和引进年轻的骨干教师与学科带头人。

在这方面，我们一开始寄希望于引进人才，想立竿见影，改善学历结构。1992 年校领导分成 4 路奔赴北京、上海、西安、广州等地，到名牌大学招兵买马，引聘博士。我和党办副主任朱杰军等人去了中山大学。每到一处，便召开博士生见面会，宣传我校的亮点及引进人才的优惠政策。可当时国内博士数量不多，广西又是欠发达地区，缺少吸引力，结果各路人马都空手而归，一无所获。由此，我们清醒地认识到，必须坚定不移地走引进与自培相结合的路子，把侧重点放在选送外校和自主培养上。

从 1991 年起，学校先后制订了一系列计划、规定、措施，激励年轻教师攻读硕士、博士学位，努力提高教师队伍的素质和学历层次。如：1991 年出台《广西师范大学 1991—1995 年师资培训规划》；1992 年出台《广西师范大学关于培养中青年学科带头人的意见》；1996 年出台《广西师范大学 1996—2000 年师资队伍建设规划》等。此后，又相继颁发了《广西师范大学关于引进博士毕业生充实教师队伍的暂行规定》和《广西师范大学关于引进人才与校内拔尖人才享受优惠待遇的办法》等文件。

学校用近 10 年时间，连续实施了 3 期青年骨干教师培养计划，每期选定五六十人，采取优先选送他们外出进修或攻读学位，资助他们出版专著和参加学术会议，拨发科研经费、提高岗位津贴等措施，扶持年轻教师。同时，建立破格晋升职称机制，鼓励年轻教师脱颖而出。此外，从住房、科研启动费、岗位津贴等方面提高引进人才的待遇。

经过多年努力，无论自培还是引进人才都取得了良好效果。到 1998 年，全校已有 40 多人破格晋升副教授；17 人经广西职称评审专家组评定，破格晋升教授。据 2002 年 6 月底统计，全校 876 名专任教师中具有博士学位的有 84 人，具有硕士学位的有 293 人。全校具有研究生以上学历的教师占教师总数的 53.5%，高于全国普通高校 31% 的平均水平，在广西高校中名列第一。外校毕业的教师 444 人，占教师总数的 50.68%，学缘结构明显优化。一批年轻教师脱颖而出，成为业务骨干和学科带头人。

拓展创收渠道，发展成人教育

对现在的年轻人来说，“创收”一词也许有点陌生，在八九十年代那可是个使用频率很高的词。接任党委书记后，我考虑较多的一个问题便是如何想方设法增加学校创收，以改善办学条件，提高教职工生活待遇。

90 年代初国家经济实力还不强，对教育的投入相当有限，广西各高校每年的预算总收入一般只有几千万元。加之师范院校收取的学费标准又比综合性大学低，办学经费更是捉襟见肘。直到 2001 年，我校实现预算总收入突破一个亿，这在当时就是了不得的成绩，分管后勤的段副校长高兴地到我办公室来报喜。这与时下学校预算总收入已达十几亿元相比，真是不可同日而语。当时教职工的工资收入也相当低，生活比较清贫。如果这一状况得不到改善，引进人才、稳定教师队伍难以落实，必然阻碍学校的正常发展。正因如此，加大创收力度已是当务之急。当时创收的主要来源便是拓宽办学渠道，大力发展成人教育。

我校成人教育在 80 年代初已经起步，但形式比较单一，规模也比较小，学校承担的仅有函授、夜大两种。而且管理体制及创收分配制度也不大合理，明显影响基层积极性的发挥，我认为必须改革。1992 年 11 月，为了统一思想，我专门召集了一次分管成教工作的系领导座谈会，讨论管理制度和创收分配政策。因为涉及财务分配，特意通知时任财务处处长的段平禄参加。经过讨论大家达成了共识，段处长也表态支持。于是责成财务处尽快拿出具体方案，提交学校领导班子讨论通过后正式实施。新方案的一个重大变化即在创收分配方面，学校让利，将 12 种创收项目中的 8 项由原来学校拿大头改为系里拿大头，同时对创收有困难的院系给予一定补贴。我在中层干部会上讲到这一政策调整时，引用了“放水养鱼”“藏富于民”的比喻。其实，现在想来，未必贴切，那时教职工的收入水平离“小康”还很远，谈何“藏富于民”！我记得，当时历史系生源不足，收入低，无奈系里只好通过做拖把搞创收才能发点奖金。历史系老主任钟文典教授调侃道：“‘历史’健康长寿没问题，兴旺发达是不可能的。”

与此同时，学校还相应出台新的管理条例，明确各系为办学主体，具体负责招生、管理和教学工作，成教院负责宏观领导与协调。这两项改革极大地调动了各系扩大成人教育规模，多点办学的积极性，受到教职员工的拥护和欢迎。此后，各系都组织人员不辞辛苦，东奔西走，多方联系，积极拓展生源。各系领导为此倾注了不少心力。领导带头，群众参与，一些教授亲自上函授、夜大和自学高考班的课。上下一心，一时间成人教育在我校办得风生水起。如教育系与广西各地市教育局合作开办自学高考班，卓有成效；大学外语教学部在拓展成人教育、增加办学收入方面也取得了突出成绩。后来升任广西民族大学党委书记的钟海青及广西师范大学党委书记王枬、西南大学副校长陈时见、广西艺术学院书记蔡昌卓等人都是当年得力的开拓者。

此后我校还顺应时代需要开办了多个专业的在职研究生班。记得 90 年代后期，我到湖南师大开会，了解到该校开办了在职研究生班，社会效益和经济效益都不错，回来后直接向教育厅余厅长汇报并申请开办在职研究生班。获批后我校在广西率先开班招生，招生人数逐年扩大，最多时2000余人。对这一新事物，社会上也有些议论，认为在职人员读研很难保证质量。为此，我们一方面针对学员的特殊情况采取有效措施，加强教学管理，把好教学质量关，比如在本地和外地设多个教学点，坚持周日、节假日上课，规定听课时数不达标则不得参加考试等；另一方面通过各种渠道宣传高校办好成人教育的必要性和优越性。我多次在桂林市和自治区的有关会议上强调：在职研究生班与全日制硕士生的招生条件和考核标准自然有所不同，但国家公务员和企事业单位人员能够利用业余时间到高校学习深造，提高自己的业务水平和工作能力应该受到鼓励。后来的事实证明，开办在职研究生班和其他形式的成人教学班收到明显的社会效益和经济效益：不仅学员的文化知识水平有所提高，也为学校增加了收益、扩大了办学空间，许多学员成了联系学校与社会的纽带，促进了我校与地方的多项合作。后来，随着这一教育形式在全国各地高校普遍开花，也产生了一些弊端，如把关不严、弄虚作假，甚至变相出卖文凭，为人所诟病。有人提倡的“教育产业化”的理论和做法也颇受质疑。但从历史的角度加以审视，不能不承认当年学校重视创收的合理性，也不可一概否定学校与社会双赢的这一成人教育模式。

与此同时，90年代，高等学校和科研机构“进入经济建设主战场”的呼声十分响亮，这是时代和社会对大学的召唤。我校教师与科技人员积极响应，做了许多努力，也取得一定成绩。校办企业蓬勃发展，一派生机。计测中心与化学系在刘明登、薛万川、何卫平等人带领下，取得了研制、提取罗汉果甜甙、银杏叶黄酮等科研成果。生物系李柏林的罗汉果改良与栽培技术的研究、推广也获得成效。化工厂、兽药厂、教学仪器设备厂也冲出校门，占有了不小的产品销售市场。我校出版社更是声名鹊起，享有盛誉。据 1997 年教育部（时称“国家教委”）统计，广西师大所属产业的经营收入名列全国高校第 35 位。自治区教委因此还在我校召开校办产业现场会，推广经验。李林主任出席并做指示，我校分管科研和校办产业工作的副校长钟海青在会上做主题发言。

随着成人教育和校办产业的发展，我校的收入逐年提高，办学条件和教师待遇明显改善，教职工的收入水平在那些年里一直名列桂林高校之首。

学校积累了一定的资金，我开始考虑设立岗位津贴的试点。经党委研究，决定给中层领导和年级辅导员发岗位津贴。辅导员入列，是考虑到他们工作既辛苦又烦琐，队伍也不够稳定，“跳槽”的现象比较突出。学校还建议，有条件的系也可设立教研室主任的岗位津贴。

当时，学校规定的几种岗位津贴数额并不多，最多也不过每月 15 元，可还是招来了反对意见。1994 年春，张葆全教授接任校长，我召集了一个教授代表座谈会，一方面欢迎新校长上任，同时听听大家的意见，便于校长开展工作。教授们发言踊跃，提出了不少好建议。但也有几位教授对学校设置岗位津贴提出不同意见，希望取消。在会议总结发言时我肯定大家提了不少中肯的意见和建议，表示要认真采纳；而对有争议的问题也亮明了自己的观点。我说：“设置岗位津贴，这不是搞特殊化，是对干部责任担当和辛苦工作的一种肯定和激励。最高的岗位津贴每月也不过十几元钱，只能买几包香烟而已，这不算过分，不但不应该取消，以后甚至应该适当增加。”会后党办主任对我说：“你这样讲，好！应该这样做。”我一向认为领导和群众应该坦诚相待，互相交流，我们既要听取意见，正确的做法也要坚持，不能做群众的尾巴。

开展校园文明、校园环境建设

任校党委副书记时，我主管学生工作。在深入基层调查研究的过程中，随处可见不文明现象，使我深深感到高校的思想道德教育面临严峻挑战。从那时开始，到我任校党委书记这些年里，学校一直将提高学生的道德水准和文明素质当作一项中心工作常抓不懈。今天人们已经很难想象，80 年代末到 90 年代初期，校园内的“脏、乱、差”有多么严重。如学生人数最多的育才校区，明明道路每天有专人清扫，两旁又设有垃圾箱，可路上仍不时可以看到果皮、纸团、塑料袋等垃圾，难得有干净的时候。

当时，学校食堂设备也比较简陋，缺少就餐的桌椅。学生买了饭菜大多带回寝室吃。有的学生懒得去公用水房，就将吃不完的剩饭剩菜随手往楼下倒，以至于楼前水沟、地面常常污水横流，垃圾满地。

更有甚者，有些学生还往房顶上乱扔生活垃圾。如中文系和体育系学生居住的是座五层楼宿舍，前面紧挨着一栋两层办公楼。只要登到宿舍楼三层以上，就会看到办公楼顶上散落着学生扔的鞋袜和塑料瓶，每到毕业季屋顶上更是层层叠叠铺得满满的，需要派人爬上楼顶清理。由于学生缺乏文明习惯，校园卫生成了让人头疼的难题。遇有上级领导或重要客人来校参观，后勤部门总要临时加班加点组织清扫，否则真会丢人现眼。此外，学生中说脏话、起哄、骂人、打架等不文明行为也时有发生。凡此种种，都与高等学府的地位极不相称。我同负责学生工作的副书记丘贵明为此花了不少时间和精力，试图改变以上状况，可惜收效不大。

1996 年我到上海师范大学参加高校思想政治工作研讨会，看到他们正在大张旗鼓抓校园文明建设，重点是学生文明习惯的养成教育，效果很好。这对我很有启发。从上海回来我们就下决心抓这件事。经过充分酝酿，提出了开展“建文明校园，做文明师大人”活动的初步意见，经校领导班子讨论通过，这一活动便在全校如火如荼开展起来。

考虑到没有一定的声势，很难改变业已形成的陋习，为此召开了全校学生大会，由我做动员。会后，从上到下层层动员。活动的中心内容是强化学生的精神文明和思想品德教育，培养文明习惯，改变普遍存在的不文明行为。与此同时，大力整治校园的脏、乱、差，净化、绿化、美化育人环境。

为此我们制定了简明的“十要、十不要”守则，要求人人遵守，并加强监督检查和奖惩力度。校系两级都成立了督查组，分别由机关干部和学生干部组成。轮流执勤，白天晚上巡回检查，校领导也亲自参加。凡发现违规的不文明现象，当场记录在案，轻者口头批评教育，重者通报批评或给予适当处罚。学校还划定了各系清洁包干区，课余时间不少学生拿着纸篓和夹子捡拾垃圾。这些做法，现在说来不免有些“小儿科”，但在当时不仅是必要的而且收到立竿见影的效果，校园“脏、乱、差”的局面有明显改观。

与此同时，我们狠抓校园环境建设。环境对人的行为习惯有很大影响。比如在脏乱差的环境中，一般人随地吐痰、乱扔垃圾会满不在乎，而出入清洁整齐的宾馆，会自然而然对上述不文明行为形成约束。于是，我们筹集经费，采取了以下措施：1 扩建原有的学生宿舍楼，为每间宿舍加盖盥洗室和卫生间；2. 改造学生食堂，改善用餐环境，加设了餐桌和座椅，配备了电视机，鼓励学生在餐厅用餐；3. 在校园内种树木、植草坪、造花坛、修道路，美化自然环境。经过两三年的努力，校园面貌焕然一新！学校精神文明与环境文明建设迈上了新的台阶。

绿化、美化校园，这本来是一件有益师生的大好事，但在实施过程中并非一帆风顺，其间也遇到一些阻碍。记得是 1997 年，有次我从王城校区的正门进去，站在门内的高台上向校园内承运殿和独秀峰方向眺望，只见楼台亭阁，金壁朱栏，青峰耸立，绿树掩映，美如仙境！可收回目光，俯视脚下，进入眼帘的却是一大片年久失修的篮球场，几个陈旧的篮球架，龟裂的水泥地面，与古香古色的王府建筑及青山碧树的环境是那样不协调，显得那么刺眼！于是一个将篮球场迁至他处，此处改建草坪的想法油然而生。

我首先跟艺术系的黄伟、俞可两位老师谈了我的想法，他们非常赞同，并贡献了不少好主意，这更增强了我的信心。两位老师主攻油画，对室内外装修和环境艺术也颇有研究，又是我信赖的好朋友。后来先后调往外地，都成就了一番事业。俞可被著名画家、四川美院罗中立院长看中，调去当了学报主编，现已是著名美术评论家和策展人。他一直同我们保持着联系，近些年常能通过微信分享他事业成功的喜悦。黄伟后来在建筑设计方面卓有成就，曾担任英国一家著名建筑设计事务所首席设计师，并荣获国际中青年设计师大奖。不幸因常年奔波于国内外，积劳成疾，英年早逝。熟悉他的师大同事无不为之痛惜。

我的提议很快在校办公会上通过，没想到群众对此却议论纷纷。为慎重起见，决定将这一方案提交教职工代表会议审议。未料讨论时反对的意见相当强烈，一些人认为把球场改成草坪是劳民伤财，铺草坪纯属浪费。有人甚至说：“有这个钱，种什么草呀，还不如拿来给大家发奖金。”在听取各组汇报后，我马上建议暂缓将这一议案提交大会表决，担心一旦被否决以后就无法实施了。

考虑到老师们对环境育人的重要性还认识不足，我与副校长段平禄商量暂且搁置此事，先搞一个试点，改造承运殿东侧的小足球场，也许能起到示范作用。足球场是一片黄土地，一刮风就飞沙扬尘，有时行人路过还会被飞来的足球砸伤，早就有人提出取消球场的建议。将它改为草坪既顺乎民意，投入又不大，应该不难。后勤部门说干就干，在这年暑假之前，一百多米长、四五十米宽的草坪就建成了。国庆前夕，园丁们还在绿地中心摆了一座五颜六色的花坛，非常漂亮，成为王城校区的一个新亮点，受到师生们的称赞。足球场的改建得到群众认可，我们心里有了底，于是趁热打铁，着手承运殿前篮球场的搬迁与草坪的铺设，同时在王城所有房前屋后裸露的空地上遍植草坪。片片如茵绿草的点缀使古老的王府焕发出欣欣生意。

在整治校园环境的过程中还遇到一件意想不到的事。起因是这样的：一段时间内，我校先后有3位中层干部英年早逝。于是群众中出现了一种议论，而且越传越广，将矛头指向育才校区的南大门。原来后勤部门改造校门时着意美化了一番，将两边的水泥柱贴上紫红色的花岗岩，门柱中间一条灰线从上到下，其中镶嵌了一串黑色的菱形方块。校门内道路中间修建了一座长方形花坛。这本来无可非议，修建之初也没人议论，但现在看到接二连三出事，有人就将此联系起来，说校门两边门柱灰色线条镶上黑色方块就像灵堂的挽帐，门内的花坛则像坟墓，肯定不吉利，要不怎么接连死人呢！我听了心里很不是滋味，明知这种说法不科学，但不能不重视。于是在校办公会上提出修改校门、撤销门内花坛的建议。我说：我们都是唯物论者，不应相信迷信，但民族的传统观念和百姓的风俗习惯不能不重视，免得在教职工心理上造成阴影。何况改一下也无伤大雅，对稳定群众情绪却是有利的，何乐而不为？大家都表示同意，于是很快付诸实施，原来的议论也自然消失了。

这两件事情告诉我们，对待群众的意见既不能盲目顺从，也不要简单否定，正确的做法是积极引导，妥善处理。

本着环境育人的理念，我校同时在王城、育才两个校区开展校园的绿化、美化，这在区内兄弟院校中是起步较早的。记得当时桂林电子工业学院的王春明书记就称赞我们的校园建设，并告诉我，他曾两次带着干部“私下”到育才校区参观学习，没跟我们打招呼。我听了开玩笑说：“不告诉我们，是怕收学费啊？”

与南京大学“手拉手”

从 90 年代初开始，我校与南京大学就建立了交流协作关系，选送了不少青年教师去南大攻读硕士、博士学位。到 90 年代后期，我校教师获南大博士学位的人数超过了教育部所属的其他高校。

1999 年 11 月 18 日至 22 日，应南京大学邀请，我和副校长梁宏带领有关部处室主要领导共 17 人到南大学习考察，并协商两校及部门之间合作事宜。蒋树声校长等南大领导及 10 多名部处室负责人出席了座谈会。蒋校长说：“我们在校的 4 位校领导今天都到会了。”仅此一端就足见南大领导的重视和盛情，令我们十分感动。我在致辞中说道：“南大是名门望族，我们广西师大是寻常百姓人家，南大的朋友不讲门第，平等相待，热情周到，使我们真切感受到两校之间友谊的真诚和宝贵。”我校与南大一直有密切联系和良好合作基础，此次就双方进一步开展全方位、深层次合作达成共识并签署了协议。

两年后，教育部为贯彻“西部地区大开发”的国家战略，实施东部地区高校支援西部地区高校的计划。南京大学主动选择广西师大作为帮扶对象，报经教育部批准，与我校建立了“手拉手”关系。

“手拉手”的一系列项目如期实施，南大在教学、科研、实验室建设等方面，或出资兴建，或技术支持，给了我们不少帮助。特别是在人才培养方面，我校获益尤多。在两校的交往中，我有幸结识了多位南大校领导，他们的热情诚恳、谦和周到，都给我留下很好的印象。

常务副校长施建军是“手拉手”的实际推动者和执行者，他多次来校指导落实有关项目，与我们交往较多，关系也最为密切。2002 年 5 月，我应邀参加南大建校百年庆典后，他还专程陪我前往芜湖的安徽师范大学参观访问。同年，我校 70 周年校庆，他又专程赶来参加，并代表兄弟院校致贺辞。南大赠送的贺礼——两座大型雕塑就是经他提议、策划，由南大出资建成的。雕塑气势雄浑，意蕴丰富，常年屹立在我校育才校区图书馆前绿地上，是两校真诚友谊的象征。

我与南大前后两任校长曲钦岳、蒋树声也有过交往，虽然次数不多、时间不长，但同样留下很深印象。

初识曲钦岳校长是在 1990 年春，我赴京参加国家教育行政学院为期一个半月的高校领导培训班。在此期间我结识了几位大学校长，如人大李文海、华中师大王庆生、西南师大王长楷，其中也有曲校长。此后他们都曾不同程度给过我校不少帮助，曲校长对我校关照尤多。

他是德高望重的学者，80 年代就已是中科院院士，但为人谦和，平易近人。晚饭后学员时常结伴散步聊天，有时他也参加。因为我是江苏人，有次便与他聊起家乡的事。我说南京地理位置很优越，但美中不足夏天太热。他说："你说得对，但 50 年以后就不存在这个问题了。"我一愣，他说："因为 50 年以后，空调就普及了。"他说得没错儿，只是当时我们都未料到，国家的经济发展是如此之快，不到 10 年，城市的居民普遍用上了空调。培训班快结束时，北大勺园老总李平方开车到昌平看望曲校长和我，要我俩先到北大住一两天再回家。他说："你们来了那么长时间，也不告诉我们，要不是郭景海书记说起，我还不知道。"北大郭副书记也是我们同期培训的学员，我在北大读书时，他是学生会主席。90 年代以后，高校有个"外籍教师与留学生接待联合体"组织，成员有北大、北外、复旦、上外、南开、南大、广西师大等 10 余所高校，交往比较密切。对于平方的邀请，我一则觉得机票已经预订，时间很紧，二来也怕麻烦北大，于是说去不去，听曲校长的。曲校长说："平方那么远跑来邀请，盛情难却，我们就去勺园住一夜吧。"我点头称是，同意结业当天去北大住一晚，心里不禁佩服曲校长的为人直爽，善解人意。谁料计划赶不上变化，因只买到结业当天回南京的机票，曲校长不得不提前离京，我只好一人去了勺园，少了一次与他相处的机会。

再次见到曲校长是 1994 年 11 月，为我校中文系申报"国家文科人才培养和科学研究基地"，我到几所高校拜访评审专家，向他们介绍我校及中文系的情况。说来也巧，我们到达南大的时候，正值该校申请国家"211"重点大学建设工程，接受国家教委专家组评审并获得通过。当晚在餐厅恰遇"211"评审组也在楼上用餐。曲校长听说我来了，便下楼来敬酒。问明我的来意，便让校办安排我与有关专家会面。听说我还要拜访另一位评审专家——南京师大校长谈凤梁，他说：“谈校长是‘211’的评委，正好在楼上。”马上带我去见他。就这样，我轻轻松松完成了预定任务。

2002年我应邀参加南大百年校庆，此时曲校长已卸任，我将师大出版的一套装帧精美的书籍托校办主任转交他。不料第二天晚上，校办主任告知曲校长要来看望我。我哪里敢当？马上与他通话再三谢绝。但后来他还是托人送来了礼物。我再次感受到这位德高望重长者的人格魅力。

南大有多位校领导到过我校，但遗憾的是曲钦岳和蒋树声两位校长虽也接受过我的邀请，却因公务繁忙一直未能莅临。曲校长1997年辞职提前退出领导岗位，蒋树声校长也于2008年荣任全国人大常委会副委员长，我未能在任上接待他们，不能不说是一憾事。未料在我离职4年以后2009年秋的一天上午，我突然接到市人大常委会鲁秘书长的电话，告知蒋树声副委员长下午两点要来师大看我。他建议是否在王城会面，顺便参观校园。接电话后，我即与学校联系，知道书记、校长均在外地，便约了易忠副校长一起接待。蒋校长准时到达，陪同的有自治区人大常委会副主任邵博文等人。我和易副校长在王城校区大门外迎接。他一下车，我便迎上前去握着他的手说：“蒋校长，终于把您盼来了！”我依旧称他校长，觉得这样更亲切。邵主任在一旁说：“他在南宁就一再说，到了桂林一定要来看望你。”我听了很是感动。

我们陪蒋校长参观了王城，边走边聊。后来在独秀峰下的茶室品茗叙谈。话题主要围绕教育，谈得最多的是南大与师大的密切交往，其中说到8年前我们去南大学习考察与他们相聚的事，他还记得我不会喝酒。我开玩笑说："蒋校长，您从校长到委员长的角色转换好像还没有完成，今天和我聊的内容都与高校有关。"他微笑着说："最熟悉的工作还是教育。"这次会面在我而言完全不像被国家领导人接见，倒更像是久别重逢的老朋友无拘无束交谈，亲切而又温暖，历久难忘。

（写于2019年夏）

我信奉的工作理念与处世原则

◆ 黄介山

从事党政管理工作几十年，我逐渐形成了做人做事遵循的一些理念及用以自省的处世原则。其中既有来自家庭、学校和社会的教育熏陶，也有在长期工作实践中不断思考、反复修正逐渐认定的准则，它们已经成为我镌刻在心的人生指南和座右铭。以下就以德立身，淡泊名利；以诚相待，与人为善；少讲套话，多办实事这三个方面，谈谈我的认识，以此就教各位同事、朋友。

以德立身，淡泊名利

我始终坚信，人一生的发展，必须依靠自己的工作能力和辛勤付出，而最重要的是为人处世的品性。每个人，尤其是从事管理工作的人，几乎一天到晚都在跟人打交道，以良好的道德情操，妥善处理人际关系，是事业成功的必要前提。碰运气，耍小聪明，投机取巧，也许可以获得一时小利，但长远的发展乃需德才兼备，而德是第一位的。

多年来，社会风气不正，道德水准滑坡，腐败现象屡禁不止，向来被视为神圣殿堂的高等学府也难以保持清高的本色，工于心计、善于钻营的“精致的利己主义者”并不少见，弄虚作假、争名逐利等现象时有所闻。这使我更加相信，在加强法制建设的同时，道德建设在民族复兴进程中具有不可替代的重要性。

众所周知，只有不断奋斗，有所追求，有所成就，人的一生才有价值。但这并不意味着为达此目标，可以斤斤计较，损人利己。爱因斯坦说过：“人生的价值，应当看他贡献什么，而不是取得什么。”只有既积极进取又淡泊名利，以德立身、德才兼备才是理想的人生。

我接受的教育和社会经历告诉我，要注意加强自身的道德修养，严格要求自己，言行一致，在名利面前保持谦逊平和的心态。

例如，正确对待职称评定。80年代以前，党政干部普遍没有专业技术职称。1994年评审条例初次规定，高校管理干部包括思政教育工作者可以挂靠教师系列申请评定技术职称。这一规定显然有利于稳定各系党总支正副书记和年级辅导员队伍，于是我动员他们积极申报，自己却不打算申报。一则我觉得自己出身中文专业，在所从事的党政管理和思政教育领域称不上专家；二则自己已是厅级，工资待遇不比教授低，有没有专业技术职称无所谓。不料历史系党总支书记黄秀颖郑重其事地来找我说：“我们总支书记在一起议论：黄书记动员我们申报，他自己却不报，可见他对这一工作不重视。所以希望你带头申报。”这无异将了我一军，我这才决定申报，并捡起丢了多年的俄语备考。尽管我顺利评上了教授，后来也当了思政专业和党史专业的硕士生导师，为研究生开过两门课，带过四届研究生，但总觉得自己是半路出家，对这一领域的各种称号和待遇从无觊觎之心。

对荣誉我一向心怀敬畏，总是能推就推，能让就让。1985年我任中文系总支书记，在评选学校优秀党员时我以高票当选。第二年我看到自己再次被系里推为优秀党员，便坚决把自己的名字画掉，换上另一位党员教师。谁知上报时系主任林宝全还是把我加上了。我专门找到校党委书记朱天恩，说：“我是党总支书记，不评优秀一样干工作，换个人上还可以多调动一份积极性。”我的想法得到她的理解和支持。此后再遇到评优，我干脆在会上宣布：“我和系主任已经当过‘先进’，就不要再提名了。”林宝全主任是德高望重的老党员，他的想法与我完全一致。

还有一次自治区评优，其中一项是推荐全国优秀教师、先进工作者。层层推荐报上来的名单中有我的名字，我明确表示拿掉，还半开玩笑说：“如果单位都报领导，那么国务院总理就该当全国劳模。”有的同志说：“总得报优秀的。”我笑着说：“我不优秀，能当学校的书记吗？还需要评优吗？”或许这样一句大实话给人印象比较深，时任我校党委副书记、后任广西大学党委书记的梁颖，前几年见面时还提到此事。

至于我 1996 年被表彰为“全国优秀党务工作者”，那是区党委组织部和教育厅研究上报的，我并不知情。有同事告诉我：“《人民日报》公布了名单，其中有你，影响不小。”我说：“出了师大和广西，有几个人知道黄介山是谁啊！没有人在意。”这也是我在师大工作 30 多年个人获得的唯一荣誉。

2001 年建党 80 周年，经自治区党委推荐，广西师范大学党委被评为“全国先进基层党组织”，受到党中央表彰。我作为代表出席了在人民大会堂举行的建党 80 周年庆典，还进中南海与江泽民、胡锦涛等中央领导同志合影，深感荣幸。我清楚地知道这是校党委与全校党群干部共同努力的结果，荣誉归功于师大这个团结奋进的集体。

2003 年韩国世翰大学（原“大佛大学”）授予我“名誉博士”，这事的来龙去脉是这样的：该校是一所有影响的私立大学，与我国多所高校包括一些名校建有校际合作关系。90 年代以来与我校的交流合作比较密切，先后两任李校长（系父子），同我校及我个人都有交往。2003 年亦即我退出领导岗位前一年，时任国际交流处处长的蔡昌卓有次来找我，告知大佛大学拟授予我“名誉博士”。我当即表示不能接受，并要他尽快和对方联系，予以谢绝。哪知没过多久，他告诉我韩国教育部已正式批准，校方希望我前去访问并参加博士授予仪式。木已成舟，无法改变，我只得领受对方的好意。在大佛大学期间，我们一行受到校方极为热情周到的接待，韩国国家电视台还报道了名誉博士授予仪式。我十分感激父子两代李校长的深情厚谊，也深知这是两校珍贵友谊的象征，荣誉并不属于我个人。

说心里话，对上级授予的荣誉我并不很在意，更看重来自群众的肯定和鼓励。历次考核学校领导班子，群众给我的测评成绩一向不错，这对我很有激励作用。1999 年学校开展为期 3 个月的“三讲”教育，活动结束时，区党委驻校督导组召集全校副处以上干部和教授对领导班子成员进行综合评估。事后督导组成员、区党委组织部宣教处刘处长对我说：“在师大当了 10 多年领导，你还保持那么高的优秀率，这在厅级干部里并不多见。”这些评价我自不敢当，但内心的确感到欣慰，我把这些看作是教职工给我的最高奖赏。

从事党政管理工作几十年，我的经历一直比较顺利，几次职务升迁也出乎自己意料。虽身处“官场”，我却对官位不大在意，更未孜孜以求。在校党委书记任上，上级组织部门曾先后两次动员我去自治区党政部门工作，考虑到妻子为家庭在事业上做出了不少牺牲，而她所在的古典文学教研室已是广西同行中最强的专业，留在桂林对她的工作有利，所以我都予以谢绝。我表示，感谢组织的信任，也希望领导能理解我的意愿。我们都出生于发达地区，大学毕业后一直在北陲和南疆工作，即使婉拒重任，组织观念和思想觉悟也不算低下。

相比较而言，我这一代人普遍比较淡泊名利。这或许与我们的成长经历有关，从学生时代起就接受反对个人主义的教育。尤其大学期间，在不断“斗私批修”“自我革命”的氛围中，“个人主义”成为人人喊打的过街老鼠。记得大学二年级有同学在《光明日报》发表了一篇文章，这本来是好事，却被批评有名利思想，弄得他很有压力。此后再有人给报纸杂志投稿便不敢用真名了。个人的合法权益往往被当作个人主义加以批判，这在今天看来自然不可取。但如何处理公与私、个人与集体、名与利的关系任何时候都是我们必须认真面对的。

我认为如何对待名利，是衡量一个人道德境界高低的重要标准，领导干部应该以身作则，有时普通群众能做的事，领导干部却不能。我是这样想的，也力求这样做。例如我大儿子张一新 1990 年从上海交大本科毕业后分配到桂林电科所。这本是中央部委直属单位，可不久遇上科研院所体制改革，打破铁饭碗，自己找饭吃。一时间难度很大，待遇比较低，少得可怜的一点奖金竟要靠卖废品才发得出，不少人都设法另找出路。有同事建议将他调来师大，说计测中心可以安排。当时研究生还不多，他名校本科毕业，进师大也算不上“走后门”或“以权谋私”。但我很清楚师大在进人问题上面临的形势。当时，社会上许多工厂、企业开始实行股份制改革，工人、职员成批下岗，对师大这样的事业单位自然趋之若鹜，申请调入的家属不在少数，人事部门面临很大压力。如果我把孩子调进师大，哪怕是符合进人标准，客观上难免不引人误解，同时也会失去工作的主动权。所以我谢绝了同事的好意。孩子很理解和支持，不久只身去了深圳打工。

90 年代后期，学校为改善教职工待遇决定设立岗位津贴。人事处提交的方案中最高一档是：党委书记、校长每月 1200 元，比教授多 200。这一数额在今天看来微不足道，但在当时还比较显眼。我身兼书记、校长，能享受这一津贴的实际只有我一人，我主动提出降 200 元。这不是沽名钓誉，而是发自内心地不愿冒尖。领导班子讨论时大家理解并尊重了我的意见。

在我任上，学校先后两次较大规模兴建教职工宿舍。房屋竣工分配时，房管部门提出原来的分房条例将正职领导与副职领导划为同一档次不合理，建议修改，让我优先选房，我断然谢绝。最后我排在本栋第 4 号选房，心安理得。

临近 60 岁我几次向区党委组织部要求按时卸任，理由是多年来我致力干部队伍年轻化，得到不少老同志支持，他们主动提前退下来当调研员。如果我自己延长任期，既无法向他们交代，也违背了我提倡干部队伍年轻化的初衷。最后还是延长了 8 个月才如愿以偿。退下来我没有半点失落，大家都说我心态好。其实，如果一个人不想利用职权谋取私利，退下来自然没有必要也不会恋栈。清正廉洁是我的信仰和追求，在任十几年，学校大大小小的基建工程不少，提拔的干部数以百计，我从未拿过任何“好处费”，这也是我退下来心境平和，内心坦然，一身轻松的一个重要原因。

以上事例我从未宣扬，这里提及也无意表白自己，而是借以说明“以德立身，淡泊名利”是我发自内心的自我约束，努力践行的人生追求。

以诚相待，与人为善

“以诚相待，与人为善”，是我信奉的做人原则和态度，也是我在不同场合反复提倡的一种可贵品质。曾与我合作过的同事或上下级大都会有这样的印象，即我这个人说话办事态度比较鲜明，有话直说不转弯抹角，对人坦诚从不设防，为人友善态度温和。这一特点可能在年轻时就表现出来了。早在60年代初，读大学时思想教育特别强调要有阶级斗争观念，批判人性论、人道主义，而这似乎正是我的弱点，因此在班里政治学习、讨论的时候，常常要“自我革命”，检讨自己斗争观念不强，深挖根源乃是“出身中农家庭，有中庸思想”。尽管如此，已经深入骨髓的观念却很难改变。

在我看来，与人为善就是要为他人着想，尊重每个人的合法权益。1985年，组织安排我去中文系担任党总支书记。到任不久，学校启动“文革”后首次专业技术职称评审工作，系里有位老教师“文革”中当过广西造反派组织“老多”的驻京代表团团长，属于“三种人”，规定不能提拔使用。他申报副教授，校职称评审领导小组不予批准，而且态度非常坚决。我认为，有关“三种人”的规定主要是指领导职务安排，不应该否决他专业技术职称的申报资格，何况这位老师只是担任了造反派组织的头头，并没有组织、参与“打、砸、抢”等行为。于是我不止一次找有关校领导反映意见，据理力争，最终学校同意他申报，评上了副教授。

对干部既要使用，也要爱护。人难免会有过错，对于犯错误的干部，应该本着惩前毖后、治病救人的原则，视情节轻重进行教育及酌情处理，不能无限上纲，一棍子打死。

待人宽厚，也包括开明对待他人的合理诉求。我校一直采取各种措施引进高学历、高职称的人才，却也忍痛割爱，通情达理地放走了几位学科带头人。冯嘉礼教授是在我校工作了十几年的计算机专业博士，工作很出色，要求调上海海运学院。他找到我说：两个孩子即将高中毕业，学习成绩不太好，唯恐以后高考落榜，如果到上海，升学的希望会比较大。孩子的事是大事，他为此常寝食难安，好不容易联系到接收单位，希望看在他兢兢业业为我校尽力多年的份上，给予放行。我听后觉得他自费读博，毕业后又勤勤恳恳为师大服务 10 多年，若拒绝他的要求实在于心不忍 ，所以我表示理解，可以提交办公会讨论。后来，他一家 4 口欢欢喜喜去了上海。

社科部有位罗平汉教授，年纪轻，科研成果不少，接连出了几部专著，我很看好他。有次他来我办公室，告知中央党校同意调他去当老师，希望我校放行。我认为这是好事，中央党校的业务平台自然比我校大得多，有利于他将来的发展，理应支持。人才应该是流动的，有进有出，如果只着眼单位需要，不考虑他个人的前途，最终也不利于留住和引进人才。两位老师调走时，我特地嘱咐所在单位要热情欢送。

像这样的情况还有几例。比如，90 年代初，我还破例同意中文系分团委书记刘培桂调离师大，另谋发展。这在当时是打破常规之举，曾遇到一定的阻力。培桂下海后先是从事酒店管理，后来进入金融机构，在保险行业业绩突出，崭露头角，升任中国华安保险总公司常务副总，成为业界的佼佼者。

在日常工作中我比较注意“严于律己，宽以待人”的古训。要求别人做到的，自己力求首先做到，而对他人，既有严格要求，又常怀宽容之心。这一方面是因为我们这代人经历过多次政治运动，亲眼见到遭受无辜伤害的人不少，因而更知道人文关怀和人际和谐的重要；另一方面我认为，各人的长处和短处不同，能力也有大小之分，不能用同样的尺度要求别人，而应避其所短，用其所长，使人尽量发挥自身优势，只要他工作尽心尽力，就不宜过分苛求。

尽管我自己比较注意以身作则，严格遵守考勤制度，不迟到不早退，晚上在办公室加班也是家常便饭，但我不轻易占用教职工的业余时间，不赞成动辄加班加点，尤其反对搞形式主义浪费时间。有时过了下班时间，看到附近办公室还有人在，我会过去问问，催他们早点下班。有的人至今还提起我当年的这一习惯。

对下级做得不够、不妥的地方，要善意指出真心帮助，不应轻易责怪。如凡党办、校办秘书们起草的诸如大会讲话、上呈报告、下发文件等，我都一一看过。发现不妥之处从不是简单粗暴地打回重写，而是从思想内容到文字表达认真修改，再把他们请来讲清理由，细致分析，指出应该怎样写才更好。这样做他们不仅心服口服，写作水平也得到提高。多年来，经我修改的稿子如果收集起来怕是有一大摞了，可惜没有保存下来，否则为学生开写作课作为例子，一定比较具体生动。

有人说我作风平实低调，不摆架子、不讲排场。这一点倒是实情。校园里遇见熟识的人，哪怕是收垃圾的清洁工、食堂的大师傅，我都常常主动点头打招呼。下基层走访、调研，经常独来独往，不喜欢前呼后拥。因那时手机尚未普及，只是下去之前把去向告诉办公室，以便有急事好联系。这样做的好处是，每到一处可以和那里的领导自由交谈，从而了解到更多、更真实的信息，听到来自基层干部群众的心声。

学校领导出差，按惯例办公室秘书都到机场接送，往返一趟需要两个多小时，我觉得没有必要。遇到节假日，让他们从家里赶来我更于心不忍，于是提出今后出差一律不要接送。一开始他们不接受，我严肃地说："真需要帮忙，还有司机在，有什么必要让你跟着跑一趟？有这个时间，你干点什么不行？"看我如此坚决，他们就不再接送了。不过党办徐坤华主任办事细心周到，每次在我出发前还会到楼下来"侦察"一下，唯恐派车环节出差错。我这样做并未张扬，更未将此作为规定，因为在我看来，即便有同事习惯秘书接送也不违反原则。

宽以待人并不意味着放弃应有的原则，做"老好人"。我在大会上有时也会批评一些现象，但只点事不点人，而且注意分寸。个别谈话时批评力度会大些，但与人为善的出发点是一以贯之的，决不说过头话，做过头事。客观地说，我性格比较平和，不轻易动怒，但偶尔也会发火。例如有一次学校着手进行由系改学院的试点，在为某学院配备领导班子时，一位系副主任得知他转任副院长未安排正院长，当晚便给我家里打电话要求调走。我一听就知道他有情绪，当即做了解释。哪知他越说越离谱，居然讲："××××硕士点是我弄来的，我有办法把它要来，就有办法把它送走！"我一听顿时火冒三丈，提高嗓门批评他："评上硕士点是你一个人的功劳吗？难道这是你的私有财产，你想怎么干就怎么干？我要是把你说的这些话公布于众，你在师大就会臭不可闻！"说完我就生气地把电话挂上了。两天以后，这位教授主动到我的办公室，一进门就说："书记忙什么呢？"我看他情绪有所转变，也就要他坐下聊了几句。我批评他不该说那些话，又问他怎么把群众关系搞得那么差，连和以前推荐提拔他的两位系领导都闹崩？他回答："不说这些了，我也是五十来岁的人了，会总结经验教训的。"

对这位教授身上的毛病我早有耳闻，但他课讲得好，又是学科紧缺的带头人，在社会上有一定影响。我认为，对这类有缺点的能人还是应该采取宽容的态度。所以在他破格晋升教授、推荐无党派人士培养对象等事情上我都给予了支持。这样做对学校的工作是有利的。

少讲套话，多办实事

本来，语言是表达思想的工具，说实话、办实事是对一个人的起码要求，当干部尤其应该如此。但相当长时间以来，教条主义、形式主义大行其道，社会上说空话、套话、假话和奉承话等竟形成一种风气，讲真话、实话反而成了难题。举一个小例子。1999 年按照上级部署，我校进行了为时 3 个月的“三讲”教育活动。有一次我在中层以上干部会上布置工作，讲了个把钟头。散会后一位退休的老同志走过来对我说：“老黄，今天的会上，你从头至尾没有讲‘三个代表’。”说这话时他表情严肃，态度认真，显然是好意提醒我。我听了哭笑不得，对他说：“我经常讲话，哪能次次必提‘三个代表’呢！只要贯彻精神就可以了。”这是一件小事，但它至少说明尽管改革开放拨乱反正提倡实事求是多年，教条主义、形式主义的影响依然存在。在不少人心目中讲话、做报告须引领导人指示，否则就不合常规。

我退休以后，常有中层干部说起我在任期间的一些讲话，无非是说我讲话深入浅出，务实接地气，很少空话、套话，所以每次参加会议都有所期待。其实，讲话能够抓住听众，使人爱听，并非自己有什么高招，而是在多年的管理工作中，不断积累经验，逐步形成了自己的风格。那就是在深入调查研究的基础上，抓住工作中的主要矛盾和群众关心的热点问题，与大家做实实在在的平等交流，谈自己的真实想法，不引经据典，空讲大道理，更不讲假话。即或需要务虚，也尽量联系实际，力求从新视角、新高度加以阐述，说出新意，不落俗套。

也正是出于这样的理念，我退出领导岗位以后，两次婉拒上级组织要我去当巡视组长的安排。一次是搞为期3个月的“党员先进性教育”，另一次是搞半年的“发展观教育”。之所以未接受上级部门的安排，主要是自己有两方面顾虑，一是认为解决党员干部中存在的问题，用传统的教育方法很难取得实效。离开制度、机制的改革，采用听报告、学文件、写读书笔记等方式很容易流于形式，走过场。二是到一个陌生的单位，不熟悉情况，很难提出有针对性的意见，只能说一些不痛不痒的空话和套话，这在我是极不情愿的，于是坚决回绝了。当然，这也与我已经退休有关，可以“不在其位不谋其政”，如仍在岗，可能也很难这样做。

求真务实的作风落实到工作层面，就是一切从实际出发，不唯上唯书。比如80年代至90年代初，受“突出政治”“政治挂帅”影响，各单位还普遍实行沿袭多年的政治学习制度。我接任校党委书记时，学校规定每周五下午为教职员工政治学习时间，不安排学生上课，雷打不动。经过调查，我发现这种脱离业务的政治学习实际上流于形式，效果并不好。当时还有个顺口溜，说它是“念念大报，传传小道，发发牢骚”。我记得当时出台过一个文件:《关于加强社会主义精神文明建设的决议》，上级要求学习半年。我认为大家都是知识分子，文件又没有看不明白的地方，不像数理化那么难懂，用不着反复学习讨论，关键在于落实，而贯彻落实是长期的任务，不是半年就能完成的，也不是关在屋子里坐而论道就能办到的。于是经我提议，全校周五下午照常上课，政治学习改为两周一次。不久，又变成“根据需要酌情安排”。这一新举措得到群众拥护，无一人提反对意见。后来，社会上各单位的政治学习制度都陆续取消了，可见我们的做法顺应了时代发展，合乎民心，顺乎民意。

一旦发现学校规定中有不尽合理之处，我会毫不犹豫提交班子讨论，说改就改。记得90年代初，为调动教职工的积极性，各级各部门设立的奖励和荣誉名目不少，各类评比、评审活动较多。比如我校每年都要评比表彰一批优秀党员、先进工作者，我觉得太过频繁，实行起来还有可能因“轮流坐庄”降低了标准，后来经我提议，改为两年一次。由此联想到当今社会上各种称号、荣誉评审项目的类别比以前更加繁多。“评优”当然有积极作用，可我以为消极影响也不可小觑。以专业方面的评审为例，实际水平不相上下的人不少，可名额有限，不可能都上，而一旦评上的人，地位、待遇就会高出一头。此后还有叠加效应，得到了一项，就比别人更易拿到后续项目，登上第二、第三个台阶。他的工资、补贴、奖励等收入因此比同类人高出数倍。差别如此之大，加上评审中的不合理因素，群众难免议论纷纷，啧有烦言。我这样说并非否定从精神和物质两方面奖励先进、激励人才的做法，而是希望各级领导认真研究如何扬长避短，改进方法，特别是防止不正之风的干扰。

少说空话，多办实事，尤其是有关教职工切身利益的事，是身为学校领导义不容辞的职责。90年代中期和末期，我校在育才校区南院先后两次兴建教职工住宅，数量达上千户。我尽管不直接参与具体工程项目，但对设计方案、建筑质量、廉政行事等问题一直比较关注。比如，因桂林多雨，以前建造的住房一楼都比较阴暗、潮湿，不利于工作和生活，也很难分配。我建议并经领导班子同意，此后所有宿舍楼一楼都建为杂物房，不住人。此外，以前教职工为了防盗，几乎家家窗户都自己加装了防盗网，既有碍观瞻，又不利于防火，且与当时开展的美化校园活动有悖。为解决这一矛盾，我提议新建住房一楼（实际是二楼）由学校出资统一安装防盗网，二楼（实际是三楼）以上住户都不许安装。这一决定执行情况良好，近 20 年过去了，直至现在，南院小区几十栋住宅楼还基本保留着这一原貌，极少有人加装防盗网，实际上破窗入户盗窃的发案率也并不比其他小区高。

办实事，当然也包括遇有损害教职工切身利益的事，要及时制止。我校南院教职工住宅区坐落在一片高地上，西侧的坡地有两三米高，坡下原是一条南北小路。七星区政府计划在路两旁拓宽打造一条以餐饮、便利店为主的商业步行街。此事并没有跟我校商量。有天上午，党办主任带着后勤处的几位干部急匆匆来办公室找我，说七星区的施工队开着挖掘机来推我们南院西侧高坡上的土，把桂花树都挖了。赶到现场一看，果然如此，我生气地问他们哪位是领导，见来了一位“一线指挥”，我大声质问：“你们太不像话了！怎么连招呼都不打，就来随意开挖我们学校的地盘！”他解释说：“按照规划，这条路是可以拓宽的。”我说：“你们是来拓宽道路吗？如果是来修路，我们可以服从。你现在是占我们的地用来建商店，符合规划吗？”我继续指责他们：“你们太不像话了，对一个钉子户还要三番五次做工作，师大是几万人的单位，连招呼都不打，就来推土、挖树！你们紧挨着我们教师的住宅楼建商业街，开饮食店，到时吵吵嚷嚷，烟熏火燎，我们老师怎么能安心备课、写文章？”那位指挥长自知理亏推托说：“有些情况我也不清楚。”我最后撂下一句话：“你回去向领导汇报，就说师大不同意，不让施工！”没过几天，七星区余区长约我到“北海渔村”一起吃饭，在餐桌上告诉我："考虑到师大老师的工作、生活环境，紧靠教工住宅区的这一段商铺房不建了。"我听后，真心表示感谢。其实，我跟余区长很熟悉，他对师大工作有过不少帮助。事后我也反省自己，当时加以制止是对的，但态度应该冷静些。

以上三方面，是我为人处世的理念和原则，也是我在道德修养方面仰望的标杆。我不敢说自己都已做到、做好，但我始终以之作为努力的方向、追求的目标。虽不能至，心向往之。

（写于 2019 年冬）

无怨无悔的选择

◆ 张明非

回顾自己大半生经历，发现简单到用一句话就可以概括：从校门到校门。因为大学毕业后，我只从事过教书这一种职业，也只拥有过教师这一个身份。但与大多数终身从事教师职业的人有所不同，那就是我从教的经历和对象多少有些特别。上世纪 70 年代，我在中学，教的学生从初一到高中毕业；80 年代到大学，从教本科生到指导硕士生，再到博士生。教学对象的年龄和学历层次之多、跨度之大，这或许是我生活的那个特殊年代才有的一种特殊经历。

我出生在一个知识分子家庭，父亲张知辛长期从事文化教育工作，对我有很深的影响。我从小便对文学有浓厚兴趣，小学三年级开始读《水浒传》，六年级开始读《红楼梦》，尽管囫囵吞枣，一知半解，却养成了爱读书的习惯。到高中阶段我已经阅读了大量古今中外名著，1962 年如愿以偿考进当年全国文科录取分数最高的北京大学中文系。

上大学期间，我怀着求知的渴望，起早贪黑，每日奔波于教室和图书馆。除了上课、读书，还参加了北大“五四”文学社散文组。当时的我踌躇满志，对未来满怀憧憬，却怎么也没有料到，还没等到毕业，一切就都被 1966 年爆发的“文化大革命”彻底粉碎了。1968 年秋，按照大学毕业生到边疆、基层、工矿、农村这“四个面向”的分配政策，我离开了派性斗争硝烟未息的燕园，告别了自幼生活的北京，踏上西行的列车，到内蒙古包钢教育处报到。先是在工厂当钳工，一年半以后，被安排到包钢的一所子弟中学当语文老师，从此开始了长达 38 年的教师生涯。1979 年，怀着继续学习的强烈愿望，我报考了母校古典文学专业研究生，重新回到北京大学中文系，师从著名学者陈贻焮教授研习魏晋到隋唐五代文学。经过 3 年的艰苦学习，1982 年 7 月获得硕士学位。同年底，来到广西师范大学中文系任教。

来到地处祖国南疆的桂林，至今已有 30 年了。在退休前的 26 年里我一直在教学一线给学生上课，为了把更多的精力投入教学和科研工作，我在 80 年代中期毅然辞去系副主任职务，决心全心全意当好老师。

人们常把教师比作润物无声的春雨，这是因为教师的一言一行对学生有潜移默化的影响，这就对教师的人品提出了很高的要求。教师不能有双重人格，说的是一套，做的是一套，对学生讲的是一套，自己实行的又是一套。我从几十年的教师生涯中体会到，做一名合格的教师是不容易的，而要想真正成为受学生欢迎的教师就更难。教师这一职业的特殊性就在于，除了必须具备教书的基本素质和能力，它还对你的道德品质、工作态度和敬业精神有着高标准、严要求，也就是要“为人师表”。值得庆幸的是，在我从小学到研究生长达 21 年的求学经历中，每一个阶段都遇到令我崇敬并关心爱护我的好老师。我的作文从小学到中学一直得到语文老师的当面批改和个别指导。在大学尤其是研究生学习期间，更是有幸拜识了校内外不少著名学者，聆听过许多精彩的讲课，并有较多机会向他们求教。耳濡目染，他们渊博的学识、高尚的情操、诲人不倦的精神、对事业的执着与热爱，都给我以深刻的教育和影响。尤其令我敬佩和感激的是恩师陈贻焮先生。当时他一只眼睛近乎失明，仍在我几十万字的读书报告上写下密密麻麻的批语，循循善诱指引我走上治学之路。如果没有3年研究生阶段的学习特别是恩师的热情教诲和严格要求，很难想象我能站好大学的讲台。

记得刚到师大时，系里安排我给80级学生上唐代文学史的中晚唐部分，而此前的初盛唐文学是由系里上课很叫座的胡光舟副教授担任的。胡老师“文革”前毕业于复旦大学中文系，书读得多，很有才华，学生中有不少他的粉丝。当时我只想着尽快承担教学任务，以便请假回包头搬家，没有考虑接这样一位老教师的课会有难度。我放下手头的科研工作，一心一意投入备课，认真撰写教案，顺利完成了来师大后的第一次课堂教学任务。事后我才知道，一些同学听说要换老师，而且是一个刚毕业的研究生，颇为不满，有同学甚至跑到系领导那里去“请愿”。但一节课上下来，凭着3年读研的学术积累和近10年的教学经验，我解除了学生们的担心和疑虑，得到了大家的认可。

就这样，从1980级开始，一直到2006级，我担任了其中大部分年级的唐代文学课教学。即使在招收硕士生乃至博士生以后，我仍然坚持给本科生上课。有人认为，教授上本科基础课是浪费人才。我从不这么看，相反，我认为在一所大学里，本科生是大学的主体，是学生数量最大的一个群体，对于正处于青春期的这一群体来说，本科既是学习打基础的阶段，也是人生观、价值观形成的重要阶段。本科的教育甚至有可能影响到人一生的兴趣爱好和职业选择。在这方面我是有切身体会的。我在1998年纪念北大百年校庆所作《情系北大》一文

∧ 明非与她的研究生

中这样写道："北大在我生命历程中打上的印记是那样深刻，那样难以磨灭。正因为如此，在过去的30年中，不论我经历过什么样的艰难岁月，遭遇到什么样的坎坷曲折，都不曾动摇我在北大这块土地上培养起来的信念，也不曾改变我对北大的感情。"如今我身上表现出来的一些特点，例如对待工作认真严谨、生活很有规律、做事追求完美，等等，莫不可以从大学时代找到根源。正因为大学在人的一生中是如此重要，所以我经常以过来人的身份忠告自己的学生，要加倍珍惜自己的大学时代。

我乐于承担而且十分重视大学本科教学，还有一个原因。高校教师肩负着两大任务：科研与教学。二者就像车的两轮、鸟的双翼，相辅相成，缺一不可，但具体评价指标并不相同。科研成果可以量化，是硬指标，如论文、著作数量的多少，出版的级别，以及获得科研立项的数量和级别，都可以衡量一个教师的科研水平，从而成为教师职称晋升和评奖的主要指标。教学水平则很难量化，是软指标，所以容易在教师队伍中造成重科研、轻教学的倾向。作为一名教师，我认为误人子弟是最大的失职，所以要求自己时时处处严以律己，以身作则。“戏比天大”，是已故著名豫剧表演艺术家常香玉常说的一句话，也是许许多多严肃的艺术工作者奉为经典的座右铭。我想教师也不妨将“讲课比天大”作为自己恪守的准则。我一向认为在学校人才培养中，课堂是教师最重要的岗位，课堂教学具有无可替代的作用。因为教师的学识、修养、表达能力乃至人格，在三尺讲台上都可以得到全方位的展示。课堂教学又仿佛教师的一张名片，在很大程度上体现着一个教师的水平和价值。正因如此，在几十年的教学生涯中，无论是在包钢做中学教师还是在桂林做大学教授，我都将上好每一堂课作为自己追求的目标并努力践行。在退休 4 年后的今天，差可告慰的是不论教材熟悉与否，不论学生层次如何、水平高低，我从不敢掉以轻心，也从未上过一节无准备或准备不充分的课。以唐代文学史为例，前前后后讲了几十遍，尽管已经烂熟于心，在每次课前我还是要更新教案，补充完善课程内容，使这门课常讲常新。

除了认真备课，还有两件小事虽微不足道，却是我至今引以为自豪的。一件是在从教的几十年里，我上课从未迟到过一次。不论在多么困难的情况下，上课铃响之前我一定会出现在学生面前。上课不迟到，本是对学生和教师的基本要求，理应遵守，但真正做到这一点，尤其是坚持几十年如一日并非易事。记得最困难的日子，是 1971 年 3 月我第二个孩子出生以后，56 天产假一结束就要上班。那个年代没有保姆，即便有，以我们微薄的工资也请不起，孩子 3 岁以前都是送到单位托儿所。每天清晨是一天中最紧张的时刻，好容易手忙脚乱把孩子的事情打理清楚，上班时间也快到了。当时我家距离学校大约要走 20 分钟，我常常是推着童车紧赶慢赶，有时为了赶时间还会不顾一切地在马路上奔跑。即使是寒风刺骨的冬天，也会大汗淋漓。但不论多么狼狈，我都做到了准时到课堂。80 年代初到师大以后，生活条件好了许多，又住在校园里，我便将坚持不迟到改为至少提前 10 分钟到教室。了解了我的这一规律，在我上课的班级学生迟到的现象也较少出现。第二件是凡经我手的作业都要写批语。批改作业也是老师的本职工作，但做到每一份作业都认真批改，而且批语有针对性，也不容易。一则我上的都是大课，最多时有 180 人，作业收上来摞得高高的；二则学生的作业往往大同小异，要写出不雷同的批语着实要费一番脑筋。但我既然要求自己这样做，就要兑现承诺。就这样，凭着对学生认真负责的精神，我也坚持下来了。这两件事一开始还会感觉是一种约束，要靠毅力坚持，后来逐渐成为一种信念，一种惯性，甚至会从中感受到挑战自己并战而胜之的喜悦。

课堂教学是教师最重要的职责之一，也是一门艺术。我从未受过师范技能方面的系统训练，便努力在实践中摸索，尤其注意向名师和周围的同事学习，博采各家之长。特别是 1979 年回母校读研究生时，正值“文革”刚刚结束，百废待兴，教授们怀着对新时期的极大热情，纷纷走上讲台。我如饥似渴，不放过任何一个听课的机会，其中既有林庚、吴组缃、吴小如等前辈学者开的传统课，也有袁行霈、金开诚、胡经之等中年学者开设的新课，从中获得极大的满足，不仅弥补了读本科时未来得及听到一些名师讲课的遗憾，作为已有近10年教龄的我，在教学方法和教学艺术方面也受益匪浅。如今，这些先生有的年事已高，有的已不幸故去，但他们的音容笑貌和讲课时的风采仍鲜活地浮现我的记忆里，当年听课的笔记也都完好无缺地保存着。

现已更名为文学院的广西师大中文系，是学校最早创办的系科之一，已经走过80年，有着悠久的历史和优良的教学传统。首任系主任是著名语言学家陈望道教授。一批国内外知名的学者如夏征农、欧阳予倩、谭丕模、穆木天、沈西苓、吴世昌、冯振、林焕平等都曾在此任教。初到这里，我也恭恭敬敬去听老教师的课，认真学习他们丰富的教学经验，取彼之长补己之短，在此基础上根据自身特点力求形成自己的风格。经过不断探索，我在长期的教学生涯中力求做到以下几点：一是传授知识注意广度与深度的完美结合。例如讲授中国文学史，我不但引导学生准确把握每个朝代最有特色的文学现象及代表作家作品，还注意梳理挖掘文学现象的发展演变及其规律，使学生不仅知其然而且知其所以然。二是尽量运用启发式教学。不直接把问题的答案给学生，而是通过设问激发学生思考，使学生在经历“山穷水复疑无路”的困惑后再到达“柳暗花明又一村”的境界，从而锻炼和提高学生自身分析问题、解决问题的能力。三是讲课力求语言严谨精当，情理交融。无论是描述文学现象，还是讲析经典作品，都尽量切中肯綮，而且融情于理，以情动人，使同学们在接受知识的同时得到审美的熏陶和诗意的享受，自然而然被带进古典文学的神圣殿堂，由此对中国古典文学的博大精深及独特魅力有更深的体悟，进而激发出学习古典文学的浓厚兴趣。四是努力扩大学生的知识领域。在课堂讲授中十分注意介绍学术界动态和最新研究成果，使学生与学术前沿接轨，并结合教学内容介绍适合学生阅读的文献或论著，指导学生课外阅读，使他们的知识得以丰富和积累，为进一步学习打下扎实的基础。实践证明，按这四方面去做学生是欢迎的。有同学这样谈选修我开设的“中国古典诗学”课的体会：“张明非老师将中国古典诗学中最重要的问题整理成十个专题，在分别讲述各个专题的源流、特点的同时，适时加以综合总结，脉络非常清晰，使我们不但从课堂上了解到古典诗学的整体面貌及其精髓，又得到了许多自由思考的空间。每一节课，都在同学们意犹未尽的感慨中悄然度过，同时又使我们时时感觉到自己知识的贫乏和读书的重要。”还有同学这样表达自己听课的感受：“一直想向您表示感谢，感谢您和您带给我们的精彩的讲课，那兴象玲珑的意境的浸染，沁人心脾，令人难忘，那清塘荷韵般的人格陶冶，令人敬佩，受益终身。”

当然，课堂教学的任务绝不只是知识的传授，教育部提出高等教育要着力培养“信念执着、品德优良、知识丰富、本领过硬的高素质专门人才和拔尖创新人才”。为此，我在教学中特别注意结合中国古代文学学科的特点，明确以继承弘扬中华民族的优良文化传统和优秀文学遗产为宗旨，既使学生打下坚实的必不可少的专业基础，提高文学艺术修养，又培养学生具有爱国主义、集体主义精神和高尚的道德情操。

指导研究生也是我担任的重要教学任务。我从 1987 年开始招收硕士研究生，到退休前，共招收了 8 届硕士生、2 届博士生。我从自己读研的切身体会出发，学习恩师陈贻焮先生指导研究生的方法，坚持高标准、严要求，通过读、写培养研究生的科研能力。基本做法是：

硕士研究生入学之后，要求他们在两年之内尽可能多地阅读本专业方向的作家作品，重要作家必须通读全集和详注，同时代的二、三流作家也要作一般的浏览，还要阅读《资治通鉴》、二十四史等典籍的相关内容。每读完一部重要作家别集后写一篇读书报告。我对读书报告的要求是：读书要细、钻研要深，要善于发现问题和解决问题，哪怕不一定成文，也要有自己的创见。对学生的每一篇读书报告，我都会认真阅读，精批细改，大到文章的内容观点，小到遣词造句和标点错字。我要求读书报告的每一页都要有留白，我通常会在这些留白处用红笔密密麻麻地写上眉批，文章的最后还有总的评语，指出本篇的优点和不足。87 级李辉、姜革文、鲁永良 3 名研究生在入学的第二年曾做过一个统计，在他们 38 篇总计 37 万字的读书报告上，我的批语就达 36000 多字。从带第一届研究生起，我一直坚持这样的指导方法，带两三个学生是这样，后来同时带十个研究生依然如此。这样做自己虽然辛苦一些，但看到学生一点点成长，感到一切付出都是值得的。

经过这样如恩师贻焮先生所说“手工式”方法培养出来的研究生，大多具备学风踏实、勤奋刻苦、基础扎实的特点，一些同学的毕业论文得到国内著名学者的充分肯定。已毕业的 26 名硕士中有 13 人先后获得了博士学位，不少人成为教育战线的优秀人才和各行各业的骨干。99 级研究生李翰硕士毕业后考取复旦大学的博士生，如今已是上海大学副教授。他在博士论文的“后记”中写道：“三年前，也是这样春光骀荡的四月，在桂林霏霏洒落的槐香与细雨中，我给自己的硕士论文画上了最后一个句号。一直不能忘怀，那梦一样蜿蜒清澈的漓江，那繁星一样点缀在江心与两岸的奇峰秀石；不能忘怀，广西师大的春槐秋桂。其实，我知道，最不能忘怀的，还是我的硕导张明非先生。是先生将我引进古典文学的大门，三年雕琢，一路扶持，付出极大的心血。硕士毕业，走出了师大校园，但先生的关怀依然陪伴在学生左右。学习、生活中遇到的困难与问题，总是可以从电话或电子邮件中得到先生的及时帮助。像孩子走不出母亲慈爱的目光，无论千里万里，我总能感受到恩师的关切期盼，鼓励着弟子一步一步，努力前行。”

教书育人，是教师的天职。我曾经不止一次同青年教师座谈。我从自己的体会出发，提出要处理好几个关系，第一是做人和做学问的关系，也就是古人强调的道德文章的关系。道德文章并重应该成为我们每一位教师的努力方向和追求目标，对于教师这个特殊职业来说，我觉得道德甚至比文章更重要。人的条件有不同，能力有大小，不能要求达到同样的水平和高度，但对道德要求，只要去做，都是能够达到的。

在过去的几十年里，我也不止一次在新学年开始的迎新会上与新生交流。作为过来人，我送给他们四句话。第一句话是：请十分珍惜你的大学生活。一个人不论他有怎样的学习经历，不论他最后取得多高的学位，在他读书的生涯中，大学生活永远是他最美好、印象最深刻、最难以忘怀的一段。因为这段岁月是和一个人一生中最好的年华、最宝贵的青春联系在一起的。将来不论国家、社会发生多大变化，个人经历多少事情，可能许多人和事都被岁月冲刷掉了，甚至没有留下任何一点痕迹，大学生活中的许多人和事，却不会淡忘。第二句话是要有理想和追求。古人说：“取法乎上，仅得乎中。”意思是，你确定了高的目标，往往只能达到中等。而如果你“取法乎中”呢，那很可能就“仅得乎下”了。本科毕业拿到学士学位还只是一个阶段，不是学习的终结，前面还有硕士、博士，如果能够一开始就确立一个继续学习的目标，他就会觉得时间不够用，不会白白让时间溜走。第三句话是要培养健全的人格。大学阶段是一个人三观形成的时期，做一个什么样的人，非常重要。一个人从事的职业没有高下之分，而做人的境界高低会有很大差别。如果没有健全的人格、良好的素质，哪怕你读再多的书，掌握再多的知识，你的大学生活也不能算成功，不仅如此，你的一生都可能不理想、不顺利。第四句话是要勤学好问。学习有方法问题，而且方法问题很重要。大学要学的课程比中学多得多，课余可以自由支配的时间也多得多，尤其到高年级，能够掌握一个比较科学的学习方法使事半功倍，当然是每个人都希望的。最后，我会送给同学们几句话，与他们共勉，这就是：用忠诚对待事业，用执着对待理想，用勤奋对待工作，用真诚对待友情，用淡泊对待名利，用感恩对待生活。

我从 1982 年底到师大中文系，2011 年送走最后一位博士生，实际从事高校教学近 30 年。我从自己几十年工作实践中体会到，对于高校教师而言，科研的重要性也是不言而喻的。不搞科研，教学也搞不好。而搞科研是一件十分艰苦的事情，我所从事的古典文学研究，尤其需要有甘于寂寞、心无旁骛、不怕坐冷板凳的精神。资料浩如烟海，而如果没有对资料的熟悉和把握，想要创新是很难的。在别人眼里，大学老师不坐班，很自由，很轻松，其中的甘苦是只有身处其中的人才能体会。外面的世界很精彩，为此不能不牺牲许多常人的乐趣，抗拒生活中的许多诱惑。退休前的几十年里，我一直保持着严格的作息，一天三段时间坐在电脑前，从不轻易浪费，除了周末很少看电视。30 年里完成的几百万字成果就是这样一点一滴积累起来的。可以说，在研究道路上跋涉的 30 年，是我以往生命历程中最充实、最不曾虚度的年华，其中充满艰辛而又倍感欣慰。

很多人把教师比作蜡烛，照亮了别人，毁灭了自己，甚至有人把教师比作两头燃烧的蜡烛，意思是说教师只有奉献和牺牲。我并不这样看。38年来，在教师的岗位上我付出了许多时间、精力，贡献了一生中最好的年华，也得到了丰厚的回报。我先后获得不少荣誉，如享受国务院颁发的政府特殊津贴，获得曾宪梓教育基金会高等师范院校教师奖一等奖。先后评为全国教育系统“巾帼建功”标兵、广西壮族自治区优秀专家、“广西十大科技女杰”、广西高校首届教学名师等。但这些荣誉在我心目中并不是最重要的，我更看重的是从教师这一职业中获得的丰富的人生体验以及心灵的充实和愉快。即使是在物质极端匮乏的那些年月里，我在精神上也从未感到过空虚，这大概就是无数教师甘于清贫矢志不渝的奥秘所在。我曾在一篇谈人生感悟的文章里这样写道：“在科研和教学的广阔园地里，尽管自己只是一名普通的耕耘者，但人如果真有所谓来世的话，我还是会选择这一条被人视为畏途的治学之路，选择教师这一平凡而充满挑战的职业的。”教师职业是平凡而有魅力的，教师生涯是平淡而又丰富多彩的，我热爱教师职业，愿意为她奉献一切而无怨无悔。

（写于2012年9月）

广西首个中文博士点

——广西师大文学院古代文学学科

◆ 张明非

1982 年夏，硕士研究生毕业后我离开了北大。经过一番颇为曲折的求职过程，终于选定了工作单位——地处南疆的广西师范学院（1983 年更名广西师范大学）。12 月底我从北京乘绿皮火车南下，经过 30 小时的漫漫长途，到达此行的终点——桂林。这是我平生第一次来到这座自幼熟知的山水名城，并就此安顿下来。从年届不惑到年过古稀，屈指一数，39 年过去了，恰好是我人生旅程的一半。回首前尘往事，不禁感慨良多。

之所以选择广西师大，除了桂林本身的吸引力，一个重要原因是学校在接纳我的同时承诺接收我爱人、时任包钢教育处副处长的黄介山，但对这所学校我当时并不很了解。到校以后，才知道这是一所始建于 1932 年的高等师范院校，历史相当悠久，同时创办的中文系也有深厚的文化底蕴。历数曾经在这里任教的学者就有陈望道、夏征农、欧阳予倩、谭丕模、穆木天、沈西苓、吴世昌、冯振、彭泽陶、林焕平等一大批著名人士 。我刚到师大时老系主任冯振先生正重病住院，不久便仙逝了。失去了拜识这位曾任无锡国专教务长兼代理校长，培养出周振甫、马茂元、冯其庸等国学大家的老前辈的机会，至今深以为憾。

1979年，中文系已获得中国古代文学、文艺学、古汉语3个硕士点并培养出第一届毕业生。此后30多年里中文系及古代文学学科不断刷新历史，书写新的篇章。先是中文系的硕士点由3个增至11个，覆盖了中文专业的所有二级学科；接下来在1995年又被国家教委批准为“国家文科基地”，成为全国高校最早的23个中文学科基地之一。古代文学学科是中文系教学科研的重镇之一，唯一连续3届被确定为自治区级重点的学科，不仅在广西高校文科始终处于领先地位，在西南地区乃至全国高校中文学科和古典文学界也有良好声誉和一定影响。特别值得一提的是，2006年在强手如林、竞争激烈的高校古代文学专业申博中以85.7分排名第一的优异成绩，获得古代文学博士学位授予权，实现了广西高校中文学科博士点零的突破，为师大、为广西争了光！胡大雷、沈家庄和我成为师大首批博士生导师。

这一成绩的取得不是偶然的，是教研室几代人坚持不懈努力的结果。继承了前辈优良传统的古代文学教研室，在长期实践中逐步形成了以下特点：一是拥有一支实力雄厚、结构优良的学术团队；二是重视人才培养，教学与科研并重；三是教师之间团结协作，有较强的凝聚力。三者相辅相成，缺一不可。

积极引进人才，不断优化学术团队

众所周知，雄厚的师资力量是学科发展最强有力的支撑和保证。我一到师大就惊喜地发现，一个地处边陲、省属师范院校的古代文学教研室，竟然拥有一批学养深厚、经验丰富的老教师，而且他们还分别来自国内多所著名高校。如曹淑智、周满江两位老师早年毕业于杭州大学，系词学泰斗夏承焘先生门下的研究生；陈飞之、曾德珪、黄素芬三位老师毕业于中山大学中文系；黄立业老师毕业于华东师大古典文学研究生班；胡光舟老师毕业于复旦大学中文系。还有因品学兼优毕业留校任教、曾任广西师大校长的张葆全老师。真可谓人才济济。

当时，我是只身一人先来桂林的，初来乍到不免有些孤单和不适应，是老师们的热情周到消除了我的陌生感，使我很快熟悉了工作和生活环境。近40年过去了，当年的许多事情仍记忆犹新。如为使我尽快进入角色，教研室主任曹淑智老师有意安排我跟经验丰富的胡光舟老师合上一门“唐代文学史”，并亲自到课堂听我上课；胡光舟老师诚邀我参加他与教研室几位同事合撰的一套大型图书——《古诗类编》；周满江老师大热天陪我去商店挑选性价比高的电风扇；黄素芬老师专程来宿舍看望，亲切地嘘寒问暖……当时师大有两个校区，老教师大多住在位于市中心的王城校区，大家习惯称之为本部；像我这样的新来教师一般安排在育才校区，称为分部。两校区相隔6公里左右，乘校车需二十几分钟。那时候，每隔两周周五下午照例有一次教研室活动，地点在位于王城校区的教研室副主任黄立业老师家。在那间略显局促陈设简陋的家属宿舍里，夏天吹着一台风扇，冬天围着一盆炭火，交流两周以来的教学情况、讨论教学科研中的一些问题。正事议完，往往还不到校车发车时间，大家便七嘴八舌无拘无束地交流见闻、谈天说地。正是这样的聊天让我了解了师大及中文系乃至桂林、广西的许多信息和历史掌故，并同大家熟络起来，很快融进了这个集体。

随着时间推移，情况也不断变化。尽管古代文学教研室师资队伍基础比较好，毕竟老教师大多已年过半百，而此前由于大学多年停招，高校普遍面临教师队伍青黄不接的局面，引进高学历的中青年人才乃是当务之急。继我到师大后，又有几位硕士先后到来，如师从湘潭大学著名韵文学家羊春秋先生的沈家庄，师从中国艺术研究院著名戏曲史家张庚先生的李复波，师大研究生毕业留校的胡大雷，都成为教研室的中坚力量。1988 年我接任教研室主任到 2003 年满 60 岁卸任，历时 15 年，师资队伍建设始终是教研室工作的重中之重。

那时候博士点还不多，硕士就成为各高校和科研机构抢手的热门人才。我们先后引进了几名 60 年代出生的硕士，如四川大学的王德明、南开大学的莫道才等，为教研室注入了新鲜血液，师资队伍建设初见成效。1993 年我作为专家组成员参加了国家教委组织的四川、广西、云南、贵州四省区研究生教育检查评估，由于我们学科在职称、学历、年龄、学缘结构等方面优势突出，被专家组评为“西南片最好”。在引进人才方面，我们不拘一格，既看学历也重实力。刘汉忠老师的调入即是如此。他于川大硕士毕业后在钦州师专任教，我参加广西高校职称评审时，注意到他以笔名“力之”在《文学评论》等国家级刊物及全国各高校学报和省社科院刊物发表了数十篇论文，科研很有实力，便主动同他联系。他的到来无疑加强了本学科中古文学研究的力量。后来随着全国高校博士点的增多，通过走出去、引进来等途径，教研室的博士人数不断增加。其中有 3 位教师分别考取了北师大启功先生、河北大学詹锳先生、杭州大学吴熊和先生的博士生，与此同时又相继引进了南京大学殷祝胜、华东师大杜海军、陕西师大李乃龙、山东大学韩晖 4 位博士，使学有专长、年富力强的博士占据了教研室的半壁江山。至此教研室 14 名教师中已有教授 8 人、副教授 5 人；55 岁以下教师占 86%。教师中有 3 人享受国务院特殊津贴，1 人评为全国劳动模范，2 人分获曾宪梓教育基金会高等师范院校教师奖一、二等奖，1 人获全国教育系统“巾帼建功”标兵称号，1 人评为广西优秀专家，1 人评为广西高校教学名师。多人在全国性学会担任副会长以上职务。教研室还被评为区教育厅教书育人先进集体。

可以说，到 20 世纪 90 年代末，古代文学教研室已拥有一支以中青年为主体，具有高学历、高职称、高素质和良好学缘结构的学术梯队。老教师继续发挥余热，中年教师承上启下，青年教师朝气蓬勃。几代学人薪火相传，继往开来，教研室的科研教学不断取得新的成绩，为后来博士点的成功申报奠定了坚实基础。

重视人才培养，教学与科研并重

古代文学教研室拥有中国古代文学和古典文献学两个硕士点，经过长期探索和积累，确定了以中古文学与《文选》研究、唐代文学与唐宋诗学、词曲研究三个方向为主相对稳定的学科发展方向。每个方向都有学术带头人和一批骨干，每一位成员都在自己岗位上兢兢业业、扎扎实实工作，为学科建设贡献自己一份力量。

以学生为本，培养人才本是教师的天职，但在科研立校、科研强系等观念冲击下，科研成果是评职称、评奖的硬指标，教学水平难以用刚性指标衡量，这就很容易导致重科研、轻教学的倾向。作为汉语言文学专业最重要的基础课和必修课，古代文学教研室一向有科研与教学并重的优良传统，老师们普遍重视本科教学，即在研究生招收规模不断扩大的情况下，教授也百分之百活跃在本科教学一线。古代文学老师教学认真负责，教学效果好，上课叫座的老师多，历来为中文系师生所公认。在高年级开设的一些选修课因报名人数太多，教室容纳不下，还不得不设置门槛加以限制。从先秦到元明清各段文学史都由教授领衔。他们上课各具特色、各有千秋。以老教师为例，曹淑智、周满江老师循循善诱，有长者之风；张葆全老师治学严谨、一丝不苟；胡光舟老师才气横溢，口若悬河，在77、78级学生中有不少粉丝。陈飞之老师对“三曹”研究颇有造诣，尽管带有浓重的湖南口音，但充满激情的讲课仍对学生有强烈的感染力。而我们这批80年代初毕业的硕士研究生带着开放的理念和新的知识结构走进课堂，给同学们带来一股新鲜的风。如沈家庄老师擅长吟诗作词，解读宋词情感充沛，引人入胜；李复波老师文献功底扎实，治学严谨，言必有据，都受到学生欢迎。

在教学中，我们清醒地认识到改革开放的新时代对高校教师提出了更高要求，必须与时俱进，有所突破，有所创新。面对日趋尖锐的教学内容多与课时少的矛盾，改革课程设置、教学内容、教学方法已迫在眉睫。为此教研室申报并承担了多项教育部及自治区的研究课题，如我们将原来随意性较大的选修课加以系列化和专题化，探索并实现了教学手段的现代化，这些都被实践证明行之有效，受到学生的普遍欢迎。中国古代文学课继1996年被评为广西首批重点课程之后，2004年又被列入广西首批精品课程。

其中特别值得一提的是对教学方法的改革，即改变沿袭已久的一块黑板、一支粉笔的课堂教学手段，将多媒体技术引进古代文学教学。尽管这一变革在高校不少学科已不是什么新鲜事，但在我们中文学科却相对沉寂，不少人眼中“多媒体”还只是一个抽象概念，至于实践更是一片空白。我决心从自己做起，身体力行。一面向对电脑比较内行的同事请教课件制作方法，一面多方寻找相关素材及音像资料，为此达到痴迷的地步。当一个个图文并茂、有声有色的课件演示取代单调的板书出现在学生眼前的时候，大大激发了学生的新鲜感、认同感，课堂出现了前所未有的热烈活跃气氛。取得初步成效，我主动向系里申请上一次公开课。当时我是这么想的，自己已年过半百，刚刚学会使用电脑，过去学的又是俄语，半路出家，困难可想而知。但如果我都能够学会并掌握多媒体技术，岂不是可以打消那些既懂计算机又通晓英语的老师的顾虑？公开课达到预期目的，在教师中引起一定反响。这以后我系多媒体教学运用范围越来越广，先是覆盖了中国古代文学专业的所有课程，进而扩大到全系。多媒体教学成为师大中文系的一个特色和品牌。

2003 年 12 月，在复旦大学中国古代文学研究中心举办的“全国高校中国古代文学研究与教学第一届研讨会”上，我做了多媒体教学经验汇报，引起与会代表的关注和兴趣。《光明日报》2004 年 5 月 17 日以《广西师大：多媒体教学激活古代文学课》为题做了专题报道。

运用多媒体教学手段这一改革绝不只是方法问题，它体现了教师对课堂教学的探索，是老师们敬业精神的具体体现。一次，外校专家来文学院视察，观看了我们的多媒体演示后大为感动，感叹道：“想不到你们这里还有这样一批对教学如此认真投入的老师。”这无疑是对我们最好的褒奖。是的，如果没有对学生高度负责的精神和以教书育人为己任的使命感，是很难做到这一点的。南京大学莫砺锋教授也高度肯定我们教研室：“注重教学管理，富于创新精神，对课程多媒体运用的普遍性和深度方面走在全国同行的前列。”

凝心聚力，团结协作

从年届不惑到年过古稀，从 1983 年春给 80 级学生上第一堂课到 2011 年 6 月送走最后一名博士生，在古代文学教研室我工作了近 30 年。如果将人的一生比作行进的列车，这当是我一生中停靠时间最长的一个站台；如果将人生比作航船，这便是我停泊时间最久的一个港湾。这几十年也是我职业生涯中最忙碌、最充实的一个阶段 。回首往事，可以毫不犹豫地说，我为自己在这样一个集体里生活、工作、奋斗过感到欣慰，为教研室取得的每一个进步、每一点成绩感到自豪。其中我最难忘也最珍惜的是教研室团结协作、互相关心、和睦相处的良好氛围。当然，这并不意味着大家一团和气，无是无非，而是遇到分歧或发生矛盾，能够开诚布公坦诚交流，求大同存小异。所以教研室很少有因意见分歧影响工作或伤感情的事情发生。良好的工作环境和同事关系对于学科建设及每一位成员的发展都是非常重要的，也正是高扬的集体主义精神使教研室始终保持了生生不息的活力和凝聚力，从而攻克了前进路上的一个个难关，顺利完成了各项工作。

例如 20 世纪 90 年代初教研室曾承办过一次全国性学术会议。 几十年过去了，当时的情景仍记忆犹新。那是 1990 年秋季开学后的一天，在北京《文学遗产》工作的同行陶文鹏来电告知，编辑部决定在桂林举办“文学史观与文学史”学术研讨会，建议由我们承办。能够承办这样高规格的会议对我们教研室来说，无疑是一次难得的学习机会，但想到我和我的同事们从未有过办会的经验又不免有些担心。 大家商量以后，决定知难而上，而且一定要办好。会期从 10 月 15 日到 24 日，历时 9 天，有来自全国各高校和科研院所的 120 多位专家学者出席，其中有不少平日里耳熟能详的著名学者。会议的开法有些特别，不分小组，全程开大会。每一位代表都参与全过程，可以听到全部发言，这就有利于代表的广泛参与及讨论的深入。会上除了主办方事先安排的主题演讲，还安排了自由发言环节。 于是，会场上经常出现如下场景：一人话音刚落，马上就有多人举手要求发言。不少代表发言观点新颖，使人耳目一新。会场上常常出现观点针锋相对、论辩精彩纷呈的场面。如围绕“文学史是主观的还是客观的”这一论题不同观点展开交锋，会场气氛相当活跃。学者中素以“爱抬杠”闻名的裴斐先生在会上“三上三下”传为佳话；被誉为“南开大学传奇人物”的宁宗一先生风趣幽默、妙语连珠，将会议推向高潮。尽管会议就安排在我校的接待中心“留学生部”，条件比较简陋，经费也远不充裕，但因会议开得生动活泼，富有成效，还是赢得了代表们的一致好评。我们的会务工作由于事前安排周密、分工明确、尽职尽责，保证了会议顺利进行，也得到会议主办方的充分肯定。《文学遗产》副主编吕薇芬先生用“热情、细致、高效”表扬我们。会后《文学遗产》和《人民日报》都发表了会议简讯及报道。这次办会是我们教研室一次集体亮相，集中展示了团队素质和实力。此后我们教研室先后主办了一系列学术会议，如有关诗话词话研究、骈文研究、《文选》研究、李商隐研究等，为学术交流和推进尽了绵薄之力，也扩大了我们学科的影响。

无须详述教研室举办的那些学术研讨会，也不必一一列举集体完成的那些国家及省部级科研教改项目，合作出版的学术著作与合编教材，以及获得的较高层次的许多奖项，这些成绩的取得无一不是教研室成员敬业精神及团队精神的体现。但现在我更想说一些我亲身经历的往事，每当回忆起来总会感到温暖和留恋。

高校老师不用坐班，上课来下课走，同事之间来往不多。我深知对于一个教研室而言，实力固然重要，但比实力更重要的是凝聚力。只有凝聚集体的智慧和力量，营造工作和生活的良好环境，才能激发出每一个人的积极性和创造性。所以除积极参加校、系组织的集体活动如运动会、大合唱外，我们还组织了一些教研室活动，使同事之间

∧ 古代文学教研室教师合影（1993）

有更多接触，以增进彼此的了解，增强教研室的凝聚力。令人欣慰的是，这些活动每一次都得到老师们的热情支持和积极参与。这里我特别要提到徐克伦和阙真两位同事，他俩是77级、79级本科毕业留校的。他们不仅热爱本职工作，先后晋升了高级职称，而且很有集体荣誉感，不论教研室还是系里的活动都积极参与，是教研室和中文系的热心人。

遇到有新老师加入或老教师退休，教研室照例会组织相关活动。如1994年9月9日教师节前，我们特地为即将退休的曹淑智老师安排了聚餐，感谢这位教研室老主任几十年做出的贡献，祝福他老人家健康长寿。退休后曹老师在经历了儿子车祸身亡、妻子病逝的巨大不幸之后仍坚强地活着。近两年去看望他时谈起当年旧事仍思维清晰，饶有兴致。不料今年5月12日曹老师突发疾病与世长辞，享年95岁。

印象较深的集体活动还有一次，1993年7月7日我们去西山公园游玩，除个别老师有事未到，其他人都参加了。当我们荡舟湖上，清风徐来，水波不兴，格外心旷神怡。大家都忘了年龄，情不自禁唱起儿时熟悉的歌曲《让我们荡起双桨》。活动结束我们在公园门口合影，留下了极为珍贵的纪念。

那些年我们每年都会邀请数位古典文学界知名学者来校讲学或参加研究生论文开题、答辩等活动。如北京大学陈贻焮、费振刚、葛晓音，中华书局周振甫、傅璇琮，中国社科院曹道衡，南开大学罗宗强，复旦大学王运熙、王水照、陈允吉、陈尚君，华东师大郭豫适、陈大康，南京大学周勋初、卞孝萱、莫砺锋、张伯伟，苏州大学严迪昌，南京师大钟振振，武汉大学尚永亮等。仅从这份不完全的名单就不难看出每一位都是学识渊博、卓有成就的学界领军人物。他们的教诲使学生们如沐春风，受益匪浅，不仅增长了知识见闻，开阔了学术视野，而且透过先生们的学识、风采、人格，身临其境地感受到知识的巨大魅力和感召力，激发起潜心向学、献身学术的热情。而众多专家莅临我校使教研室也获益良多。一方面通过学术交流，带动和促进了本学科的发展；另一方面在近距离接触中也增进了同行专家对我们的了解和认同，并给予许多切实的帮助。如博士点的申报成功，若是没有学界专家们的认可和支持，很难如此顺利圆满。我们教研室和谐相处的良好风气，也受到不止一位专家的称赞。1992 年 5 月，清词专家严迪昌先生来系做了为期一周的讲学，我们全体为严先生饯行，严先生来信说我们的真诚热情给他留下美好难忘的印象。同年 10 月，南开大学文学批评史专家罗宗强先生来系讲学一周，临别前教研室照例为他饯行。大家兴致很高，吃完饭还唱了几支歌，气氛热烈而欢乐。罗先生很有感慨地说，高校里很少有这样的集体。

几十年里没有一位老师因环境不适应提出调离。周苇风是 1997 年从东北师大引进的青年教师，2011 年随妻子工作调动去了江苏师范大学。离桂后一直同我保持着联系，他不止一次说到对在桂期间生活和工作的怀念："我们古代文学教研室气氛融洽，意气风发，朝气蓬勃，蒸蒸日上，给我留下了很多美好回忆。正因如此我对广西师大对文学院和我们教研室很有感情。"发自肺腑的真情令人感动。我想他的话也一定程度代表了教研室其他老师的感受吧？

岁月荏苒，近 30 年过去了，当年合作共事的老师们，一部分年纪较轻的如胡大雷、王德明、莫道才、杜海军等已成为学科的领军人物或骨干，仍在岗位上努力拼搏。大多已经退休的老教师正以不同方式安度晚年。他们或退而不休，著书立说，笔耕不辍；或吟诗作赋，修身养性，颐养天年；或含饴弄孙，尽享天伦。写到这里，我倍加怀念已经离开人世魂归天国的 7 位同事，他们是曹淑智、黄立业、陈飞之、曾德珪、胡光舟、李有明、李复波教授。愿他们的在天之灵安息！我相信，不论再过多少年，只要古代文学教研室还存在，他们的名字和对教研室建设所做的贡献都将被后人铭记。

回望过去，展望未来，我们欣喜地看到已经完成新老交替的古代文学教研室，如今在高学历、年轻化方面迈出了一大步。以中青年为主体的学术团队正以蓬勃的朝气、坚定的信念朝着更高远的目标奋进。在此，我由衷希望一代又一代年轻学者，不忘古代文学教研室的奋斗历程，发扬前辈学者的优良作风，继往开来，创造更加辉煌的未来！这，也是我写这篇小文的初衷。

（写于 2021 年，2022 年 6 月修订）

记王城校区的一段往事

◆ 黄介山

广西师大现有王城、育才、雁山三个校区。其中王城校区办学历史最为悠久。王城是明太祖朱元璋侄孙朱守谦被封为靖江王之后所建府邸，历时 20 多年建成，距今已有 600 多年历史。清代将靖江王府改为广西贡院，成为选拔人才的科举考场。民国时期是广西省政府所在地。新中国成立以后，我校迁至王城办学，距今已有近 70 年。

王城不仅历史悠久，而且风景优美。王府内建筑曾两次毁于战乱，1947 年得以重建。一座座建筑古香古色，高大雄伟，富丽堂皇。院内古树参天，林荫夹道。号称“南天一柱”的独秀峰，拔地而起，矗立苑中，登临峰顶可俯瞰桂林市区。山下是清澈如镜的月牙池，孤峰倒影清晰可见。王城校区可谓人人称羡的风水宝地。

1982 年广西壮族自治区人民政府做出决定，将广西师范大学从王城迁出，到七星区育才路越南干部子弟学校旧址办学。就此形成了持续多年的两地办学格局，上级即使多次督促，搬迁一事也难以落实。

40 多年过去了，王城大门上依然高挂着“广西师范大学”的校牌，只是比先前多了一块“5A 景区”的标志。历史文化与旅游学院及学校相关研究机构留在这里，四面八方的游客络绎不绝地走了进来。教学区与游览区分开，有动有静，各得其所。历史文化、自然景观、高等教育，三者集于一体，相得益彰，构成独具特色的现代校园和旅游景点。

这样的格局究竟还能维持多久？师大到底还会不会从王城迁出？师大留下，对王城的保护、开发到底是利大还是弊大？至今仍有不同意见，孰是孰非，难以定论，结局如何至今还是个未知数。

我在学校担任主要领导职务的十几年间，先后经历了 1991 年、1996 年和 2002 年 3 次搬与不搬的困扰，留下一些鲜为人知的记忆。

∧ 王城校区大门

如今，我卸任已过14年，退休亦有10年，过去的事情已经成为历史，有关的当事人大多也已“解甲归田”，再来客观地说说这些历史故事，对今后搬迁与否的决策并无大碍，把它视为茶余饭后的谈资，说说、听听，也该无妨。如果真的不做一点记录，有些情况就会被抛入遗忘的角落，这多少有点可惜。

1991年，上级又紧锣密鼓地部署王城校区搬迁之事。11月初，我首次参加了有自治区计委等部门、广西信托投资公司和桂林市及我校负责人出席的会议，研究搬迁方案。当时提出，由广西信托投资公司出资实施这一搬迁基建项目。首期搬迁范围是校门以内的“小王城”，不涉及东区、南区两个教工住宅区。搬迁经费预算五千万元，由信托投资公司全额支付。师大迁出后，王城交由该公司开发建设。12月4日，自治区人民政府办公厅正式发文同意上述意见。翌年7月李振潜副主席又率区计委、文化厅等部门负责人再次来校考察搬迁问题。

此后不久，我们才知道，原先会议虽然确定了搬迁原则和实施单位，可市里有关部门强烈反对，认为将国家文物保护单位交由一家投资公司进行商业开发肯定不妥。而信托投资公司又觉得如果王城的开发工作受制于人，无法盈利，那就只能免谈。最终投资方以无法筹集这笔大额经费为由宣告退出，搬迁之事也不得不延缓。那时，王城校区还留有好几个系，办学规模仍然不小，迁校的成本太高，加之校内不赞成搬迁的呼声始终没有停息，落实区政府的决定又谈何容易！

王城校区搬迁计划搁浅，可王城内的建筑都是砖木结构，早已年久失修，不少已成危房，亟待修缮。民国时期建造的美丽壮观的大礼堂，只能作为危房挂锁封闭。月牙池东侧的学生食堂，在风雨交加的一天夜里，部分垮塌，事故若是发生在白天，后果不堪设想。王城内的危房成了悬在头上的达摩克利斯剑，令人寝食不安。

1993 年夏天，新华社驻广西记者站站长来校采访，我提起王城有不少危房无钱维修，以致出现餐厅坍塌事件。他察看现场后，当即表示可以写份内部报告向上反映，供高层领导参阅。6 月 26 日，《国内动态清样》刊登了新华社记者的通讯《校址搬迁折腾十年未果，广西师范大学办学陷困境》。该“清样”的参阅对象是政治局委员和省部级正职领导。国家教委朱开轩主任做了批示。有次，我趁在南宁参加会议的机会，向自治区常务副主席袁正中汇报了王城危房维修之事，7 月 26 日他携发改委、财政厅等部门领导来校视察，听取意见，研究维修方案。此后，自治区人民政府先后共拨款 800 万元，对王城校舍进行抢修解危，使大礼堂得以修缮一新；月牙池东侧几排陈旧的学生宿舍推倒重建；学生餐厅面貌也大为改观，不仅安装了固定的餐桌和座椅，还配备了彩色电视。

1996 年春，李振潜副主席来桂林，在榕湖饭店约请几所高校主要领导聚餐。席间，他和我谈起王城校区搬迁问题，说再过几天他要去趟香港和美国，顺便看看能否找到这方面的合作者。过了两个多月，在南宁西苑饭店开会休息的时候，李副主席又对我说：“王城还是由你们管着吧，暂时不动。”看来要找到合适的投资方并不容易。我表示，只要事情悬着师大就很难正常工作，即便暂时不搬，也希望区政府下文明确为好。

同年 9 月，自治区人民政府下达文件，明确我校王城校区“暂不搬迁”。这一文件虽然没有改变原先做出的“搬迁”决定，但至少大大缓解了来自政府与民间的“搬迁”压力，使师大办学有了回旋余地，给了我校整治、建设和开发利用王城的时间与空间。我在中层干部会上明确表示：这“暂时”，显然不是三年五年，可能是十年、二十年或更多，如果是短期，政府不会下文。我们应该抓住时机，加快王城校区的建设和开发，这项工作做得越好，越有可能保住王城。

恰逢我校当年大张旗鼓开展“建文明校园，做文明师大人”活动，狠抓基础文明养成教育的同时，加强校园育人环境建设。在王城校区着手大面积修缮校舍，种植草坪，绿化、美化校园。学校还成立了以党委副书记阳国亮为组长的王城保护开发规划领导小组，出外参观考察，讨论、制订开发计划，经校领导班子审定，并征得市有关部门同意后付诸实施。经过几年努力，王城校园的绿化、美化卓有成效；王城景点的开发利用也迈出了可喜的步伐。

时间不知不觉来到21世纪，忽然社会上又传出师大将迁出王城的消息。2001年初，我到南宁参加自治区人民代表大会，在主席团审议代表提案时，坐我旁边的师大校友、时任玉林市委书记的高雄同志指着提案目录说：“你看，这项是有关我们学校的。”我仔细一看，是以桂林市文化局局长为首的十来人联名提案，“建议广西师大尽快迁出靖江王城，以加强王城保护和开发”。我想，这一提案的社会背景及影响不可小视，看来师大将又一次面临搬迁的压力。

回到学校，我即刻召集领导班子讨论这一问题。会议决定，尽快起草报告向上级有关领导和部门反映我校的意见和要求。会后，我请对桂林的旅游和王城文化颇有研究的中文系黄伟林教授起草一份报告，经过仔细推敲、反复修改，最终形成了学校的红头文件。报告侧重陈述了师大不宜迁出王城的理由，主要内容是：

一、我校保护王城建筑和历史文物成效卓著。即使在肆意毁坏文物的“文革”中，王城亦保护完好，独秀峰上数量众多的碑刻无一损坏，连刻在石壁上的孔夫子画像都经涂泥保护完好无损。这与我校有一批历史方面的专家，以及师生保护文物的观念较强有关。现在我校又增加了一批旅游学科的专家。师大留在这里办学，无疑有保护、开发王城的明显优势。

二、独秀峰下，从唐代以来，先后设过公学、读书岩、贡院、大学，文化教育的历史源远流长，我校在此办学亦有半个多世纪。如果中断已延续千年的文化教育香火，很难向后人交代。

三、办学与旅游二者并不矛盾。国内外不少高等学校，同是著名的旅游景点。如北大、清华、武大、厦大，以及哈佛大学、剑桥大学、莫斯科大学等都是如此。

四、搬迁所需费用相当可观，又何必劳民伤财？

文件上报到自治区政府，给李兆焯主席及张文学、袁凤兰副主席的报告是我一一当面呈送的。我担心领导忙没时间审阅，所以每见一位领导都简要申诉师大不应迁出王城的主要理由。记得李兆焯主席听了我的汇报，说：“你们认为不该搬迁，有你们的理由，而桂林有些人认为应该搬迁，也有他们的理由，我的想法是不管！”他说“不管”两个字的语气相当重，很干脆。我的心一下子轻松了，心想主席不管也就意味着维持现状，相信要求搬迁的呼声会慢慢平息。

2002年初自治区召开人民代表大会。分组讨论政府工作报告时，前任自治区主席韦纯束来到我们桂林代表团。本来王城的搬迁不是讨论的议题，但也许是韦主席在任时对此比较关注，所以在一位代表谈及桂林旅游工作时，他突然插话：“师大从王城搬出的事情，现在怎么样了？”一时鸦雀无声，无人应答。于是我说：“主席，我给您汇报一下吧。”主席听了我的意见没再说话，别人也不吭声，那位代表又接着他的发言。讨论会中间休息，象山区的余区长见了我说：“我以前对王城搬迁不太了解，刚才听了你的发言，觉得不搬是有道理的。”

2002 年 5 月 18 日，突然接到上级通知，李兆焯主席要来我校育才校区。主席说是去全州考察，顺便来这里看看。他没有进会议室，直接登上了图书馆楼顶，俯瞰校区全貌，同时询问了校园周边的土地情况。临走时，他对我说了一句话：“王城那边太小，你们应该在这边好好发展。”当时我虽摸不透这句话究竟是什么意思，但多少有些嘀咕主席此行会不会与王城校区搬迁有关。过了几天才知道，我的担心并非多余，情况确实有了变化，看来主席要管这件事情了！

两天后，我应邀赴宁参加南京大学建校一百周年庆典。校庆过后，我又应安徽师大校长邀请前往该校参观学习。6 月 25 日，突然接到梁宏校长电话，告知：“教育厅通知，明天自治区人民政府将召开主席办公会议，讨论师大王城校区搬迁问题，要求师大书记、校长参加。并且说，会议不讨论搬不搬，只讨论怎么搬。”我当即回复：“我来不及赶回参加，你在会上尽可能要重申我们不赞成搬迁的意见！如果真是连我们说话的机会都不给，我们无法做通全校教职工的思想工作，我就提出辞职！”接着我又给教育厅厅长打电话表达了类似意见。我知道这未必办得到，但过两年我也到退休年龄了，说说气话表示不满也无所谓。后来，会议还是做出了师大尽快迁出王城的决定，搬迁费用主要由自治区政府筹集，迁出后，区政府将成立专门机构负责王城的保护、开发和管理，会议责成我校和教育厅预算搬迁所需经费。

事后，我和梁宏校长专程到南宁向李兆焯主席汇报搬迁必须解决的问题，当我再次申诉不赞成搬迁的理由时，他还算客气地制止我：“介山，别说了，我先给你们两个亿（元），以后再追加。这对师大的建设发展有好处。”我和梁校长提出，必须落实搬迁经费、购买建校用地、王城校区教职工搬迁住房选址等问题，如果这些问题解决不好，搬迁的困难和阻力是难以克服的。

回校后，学校成立了专门班子，测算校园置换和搬迁经费。估算王城校区的资产时，明确了不仅应该包括土地、建筑、树木等物的价值，还要包括王城景点多年的建设和维修投入，以及可预见的旅游收入。王城校区处于市里黄金地段，高昂的土地价格自然不应低估。最后我校拿出的置换、搬迁经费预算是 5 至 7 亿元左右。这一数字，得到教育厅认可。

不久，自治区常务副主席王汉民于 6 月 30 日率区政府有关部门负责人来桂林落实师大迁出王城后的办学用地问题。王副主席带着一支浩浩荡荡的队伍赴现场考察，其中有自治区有关厅局负责人，桂林市王佳中副市长，有关处、局负责人，以及我校有关领导和部门负责人。

大家先到王城，视察了校园。接下来便出发考察当时市里划定的二塘乡附近桂阳公路西侧的一片地，这是当初袁凤兰同志任桂林市市长时，为引进迪士尼乐园而获批的一块旅游用地。到了目的地，市规划局的同志在路边支起一张地图，介绍这块地所处的位置、面积以及在此建校的好处。忽然，王副主席问 :“这块地，国家批下来的是什么性质的用地？”回答 :“是旅游用地，不过我们可以申请改为教育用地。”王副主席大声地说 :“这怎么行呢！你说改就能改啦？你们在 ×× 地方的那片地不是也想改吗，结果怎么样？努力了那么长时间，最终也没有批准。”规划局的同志无言以对。

于是王副主席带着全班人马直奔我校育才校区东侧，察看我们多次提议的那块用地。从我校生物园往东，一墙之隔就是半塘尾村和大片空旷的农田，足有一千多亩。我们一直认为这是最为合适的搬迁用地。当然，地处市区，价格肯定昂贵，加上需要迁出农户，代价自然不小。

下午，在榕湖饭店九岗岭会议厅，王汉民副主席召开座谈会继续听取意见。参加会议的除了上午察看用地的人员，还增加了桂林市委书记莫永清、市长王跃飞等领导。在会上，市规划局的同志再次阐述了在雁山区选择用地建设师大新校区的重要性与可行性。接下来梁宏校长发言，提出了搬迁必须解决的若干棘手问题，并表示用地应首选育才校区东侧。我紧接着就选择用地问题做了补充。我说："自治区有关领导多次谈到师大迁出王城办学有利学校发展，其中一大好处是能够解决两地办学的许多麻烦。既然如此，怎么又要到更远的地方去建另一个新的校区呢？王城校区离育才校区五公里，要是在上午看的地方建新校区，相隔十几公里，比现在远一倍还多，我们如何向教职工做解释？"

听完我校的发言，王副主席站起来走到标有桂林地图的显示屏前，指着育才校区东边的这块地问："规划上，这片地做什么用？"规划局同志回答："作为良田保护。"又问："国务院批了吗？"回答："没有，我们准备上报。"王副主席马上质问："规划是你们做的，你们可以把它定为保护良田，也可以定为教育用地。一所万人大学在这里，你们怎么不考虑它的发展，不考虑它需要的建设用地呢？"他的话用的都是反诘句，态度相当明朗。当时，坐在我旁边的市委书记莫永清悄悄跟我说："这些情况我都不大清楚。"我回答说："你才来不久嘛。"

当晚，桂林市城市建设规划委员会主任钱学明给我打来电话说："我们正在根据莫书记的意见，规划你们育才校区东边那块用地。有一个问题需要跟你们商量：如果规划一千亩，牵涉到半塘尾村的搬迁，麻烦很多，可不可以不动这个村子，我们在村子的南面再补上二三百亩地。行不行？”我斩钉截铁地回答说：“不行，绝对不行！”钱学明是老熟人，籍贯浙江，见了面常常称我这个江苏人为“大老乡”。作为朋友，我心平气和地向他解释了理由：“师大育才校区本来就是东西长、南北窄的长条校园，如果向东再加长，拦腰又抠去一块，真成蛇形了，实在难看，又不好用。再有，如果村庄不搬，一墙之隔，干扰太大，麻烦不少。”他听完没有多说，只讲了一句：“好的，我知道了，不过搬迁村子，费用要很高。”我心想，这是理所当然的，既然要我们迁出王城，就不能心疼钱。

王汉民副主席从桂林回去以后，主席办公会研究同意我校从育才校区向东征地的意见，要求桂林市予以支持。但是，事情并非那么简单，我校招生规模连年扩大，基础设施建设的压力明显增加，而育才校区向东拓展预留的土地毕竟有限，况且地价很贵，难以落实。

2003年春，李兆焯主席升任全国政协副主席。他在离开广西前，对师大王城校区的搬迁安排做了重要调整：将搬迁后的王城交由自治区政府有关部门管理改为由桂林市管理；将搬迁费用主要由自治区政府承担改为主要由桂林市承担。这一改，桂林市将承受多大的财政压力不言而喻，王城校区搬迁的难度明显加大。

此后不久，吴恒副主席到桂林，在他下榻的榕湖饭店召集校、市领导研究落实王城校区搬迁事宜。会议地点就在他卧室外间的会客室，与会者共4人：市长王跃飞、副市长潘建明，校长梁宏和我。吴副主席先请市领导发言，潘副市长就桂林市政府需要承担搬迁经费问题谈了存在的困难，认为难以办到，希望主要由自治区政府给予解决。王市长发言就此做了补充和强调。接着梁校长谈了王城搬迁必须先行解决的几个问题，如尽快在育才校区东侧征用建设用地；在王城附近寻找合适的地段，用以安置需要搬迁的老教授。梁校长说完，我没有马上接茬。吴副主席点名让我发言。我说："主席你要我说，那我还是说实话：既然桂林市拿不出搬迁经费，自治区也有困难，那何必非要师大搬迁不可呢？王城是师大的，也是桂林的，即使不搬，师大保护、开发王城也要在桂林市领导下进行，所得收入，市里可以收税，如果共同投资，还可以一起分成。"

接着我又简要介绍了今后开发的打算：独秀峰东侧的一栋学生宿舍楼，可以安排给留学生住；美术课、音乐舞蹈课可以适当向旅客开放；保留月牙池边的那片钢琴室，让琴声在王城荡漾。这样，逐步构建历史文化、自然景观和现代高等教育融为一体的旅游景观。

我刚说完，王市长马上接口说："介山书记讲得有道理，我让旅游局、文化局和你们合作。"市长的表态那么直爽，出乎我的意料。这时，吴副主席马上说："唉唉，你们俩说的跟主席办公会精神违背了。"我笑着回答："主席，我们都是共产党员，不是要讲实事求是嘛，我们说的是实话。"

这次会议实际上成了情况汇报会，并没有形成任何决议。10 多天以后，校长办公室接到自治区教育厅厅长助理胡东红的电话通知：据说师大书记和桂林市市长已经达成了共识，那么请你们和桂林市打个联合报告给自治区政府，送交主席办公会议讨论。事后我才知道，11 月 12 日自治区人民政府常务会已提出了这一意见。

我赶紧让校长办公室起草报告，以便尽快请桂林市会稿。审阅初稿时，我在开头一段文字"由广西师范大学和桂林市共同保护、开发王城”的前面添加了一组定语：“在资产所有权、使用权、管理权不变的前提下”。心想自治区人民政府有关搬迁的决定不便否定，却可以用这一表述维持现状。市领导会稿后的联合报告保留了这一表述。后来，自治区人民政府办公厅将这一报告批转给了桂林市、广西师大和教育厅、文化厅、发改委等有关部门。搬迁一事到此又告暂停。

后来的形势又发生了新的变化。各高校招生规模连年扩大，桂林市做出总体规划，要在雁山建设大学城，广西师大、桂林旅游学院、桂林理工大学，都在此处建校。那里地价比较便宜，不到五万元一亩，我们抓住机遇，买了三千多亩地，以建设第三校区。买地后，我已超过任职年龄，随即告退。十几年过去了，一个与王城和育才校区风格迥异、规模宏大、建筑现代、环境优美的雁山校园已经呈现在我们面前。

然而，时至今日，每当我走进高挂着“广西师范大学”校牌的王城校区，仍然不能不为这一历史悠久、古香古色、风景如画的校园感到无比自豪和欣慰。

（写于 2018 年秋）

我与干训部首届学员的缘分

◆ 黄介山

2015年10月17日，广西师大干训部首届学员迎来了毕业30周年聚会。来自全区各地的同学们与当年部分任课教师、管理干部共80余人欢聚一堂，回忆往事，畅叙友情，处处洋溢着欢乐的气氛。1983年入学的这批年轻干部，如今大多已到退休年龄。岁月的流逝，多少改变了人的容颜，但在他们身上仍然感受得到当年那种乐观开朗、积极进取的精神，同时多了一份淡定和沉稳。他们毕业以后，我虽也曾与部分同学相聚，但毕竟多数人未能谋面，这次一下子能见到这么多同学，自然分外高兴，也勾起对往事的不少回忆。

说到与这批学员的交往，还须回溯到30多年以前。1983年8月，年届不惑的我，从包头钢铁公司教育处调来广西师大。第一个单位就是干训部。

说到“干训部”，今天的在校学生包括青年教师可能会感到陌生，甚至从未听说过。这不奇怪，因为它是80年代改革开放大潮催生的一件新事物，也是一个特殊历史阶段的产物。当时，为实现社会主义现代化的宏伟目标，亟须加强干部队伍的革命化、年轻化、知识化、专业化。自治区领导认真贯彻中央指示，采取了多种措施，其中一项重要举措就是对年轻干部进行学历和专业教育。1983年，区党委、区人民政府联合下达桂发〔1983〕29号文件，明确提出要在相关大学办干部专修科，“力争在三五年内使我区党政机关干部的政治、业务水平得到明显提高，尽快实现干部队伍‘四化’”。当年，承担开办干部专修科这一任务的有广西大学、广西师范大学、广西民族学院、广西农学院、广西师范学院5所高校。设置专业有工业经济管理、新闻、政治理论、农业经济管理等，每个专业招生100名左右，学制两年，毕业时颁发大专文凭。师大负责开设政治理论专业，一共招收了3届。全区历时5年完成了预定教育培训任务。

文件对招生对象和条件都做了严格具体的规定，如须有高中以上学历及5年以上工作经历，年龄在40岁以下，有培养前途等。由所在

∧ 与桂林部分干训部学员聚会

单位推荐，层层选拔，考试择优录取。可以说，每一位干训部学员都是改革开放的受益者和幸运儿，也是从大量中青年干部中脱颖而出的佼佼者。

在广西百废待兴、经济尚欠发达、财政相当拮据的情况下，自治区人民政府给相关院校下拨数额可观的专项经费，用以修建和完善学员的教学与生活设施，足见区领导对此项工作高度重视。仅我校就新建了3栋5层高的干训部学员宿舍大楼，每间寝室都带有卫生间兼盥洗室。这样的设施在当时包括本科和研究生在内的学生宿舍中是独一无二的。

为使干训部学员能安心学习，区人民政府还制订了一些优惠政策，如工资福利和其他待遇与在岗干部等同，学习结束回原单位工作，学费由所在单位支付等。这一系列措施解除了学员们的后顾之忧，有利于支持和帮助他们专心致志读书，如期完成学业。

学校对干训部工作也相当重视，专门配备了3人组成的领导班子。离休老干部何立峰任主任，庞传武任党总支书记、副主任，我任分管教学的副主任。办公室主任罗运中及宋明雪、许丽霞两位女同志负责教务行政工作。人虽不多，但大家齐心协力、忠于职守，各项工作都有条不紊，开展顺利。

我到岗后参与的第一项工作就是招生。当时要求各招生院校自主命题、考试、改卷、录取。我清楚地记得，时任教务处处长的朱天恩（两年后升任校党委书记）、副处长黄平秋（后任教务处处长）用了一整天时间，同我和庞书记一起审阅考生档案，讨论确定录取名单，工作极其认真细致。当时，社会风气比较清正，整个招生过程均严格按规矩办事，没有打招呼、走后门的现象。

首届学员共105人，分为两个班。从学员实际情况出发，按照政治理论专业的培养目标，我们制订了切合实际的教学计划，除设置中共党史、哲学、政治经济学、法学等主干课，还开设了写作、古代文学、现当代文学、文艺学、逻辑学、中国古代史、中国近代史、世界史等课程，力求让学员们在掌握专业基础知识、基本理论的同时，尽可能拓宽知识领域，提高文化素养，以适应机关工作和领导干部多方面的需要。

学校对干训部的重视还体现在任课老师的配备上。各系都选派教学经验丰富并具有副教授以上职称的教师为他们上课，政治系刘世英、历史系潘向华等系主任还带头上阵。尤其是国内著名历史学家钟文典教授，在教学、科研任务十分繁重的情况下仍为学员完整讲授了中国近代史。钟老德高望重，学识渊博，讲课内容丰富，深入浅出，很受学生尊敬和爱戴。每一位任课老师都将到干训部上课当作一项光荣任务，备课、上课都非常认真，力求在有限的时间里尽可能多传授给学员一些知识。课下，一些老师经常与学员交流，在答疑解惑之余，还虚心听取他们的意见要求，以改进自己的教学，尽量做到因材施教。师生一起讨论问题，一道聊天侃大山，气氛非常活跃，教室不时传出阵阵欢声笑语。学员们还上门向老师求教，彼此建立了真挚的师生之谊。学校领导也非常重视学员的学习情况，主管教学工作的唐肇华副校长不止一次到干训部召开师生座谈会，了解他们的需求，解决他们学习和生活上的具体困难。总而言之，学校从上到下，从领导到教师都非常重视干训部的工作，尽一切可能为学员提供良好的学习和生活条件。

令人欣慰的是，首届学员没有辜负领导和老师们的期望，他们十分珍惜这来之不易的学习机会，对自己高标准严要求，学习特别刻苦认真。无论上课听讲做笔记、参加课堂讨论，还是完成课外作业、课外阅读，无不全力以赴，力求做到最好。大家争分夺秒，废寝忘食，总觉得时间不够用，常常加班加点，挑灯夜战，以至于部领导不得不再三强调劳逸结合，要求他们按时作息，甚至还到宿舍督促检查。学员们好学上进、发奋努力的风气得到任课老师们的一致好评。通过两年勤奋踏实的学习，他们的文化水平和基本素质都有明显提高，拿到的毕业文凭“货真价实”，含金量比较高。这与90年代以后有些领导干部只是挂个在职学习的名，交笔学费，混个文凭的做法大不相同。

干训部学员是一个特殊的群体。他们的青少年时期遭遇十年浩劫，失去了上大学的机会。80年代初，神州大地迎来改革开放的热潮，新时代要求他们这一代人积极进取、承担起振兴中华的重任。尽管他们中不少人已在自己的工作岗位上脱颖而出，担任了科级乃至处级的领导职务，但面对日新月异的知识裂变和汹涌澎湃的科技浪潮，明显感到知识储备不足，迫切需要通过继续学习提高自己的知识水平和管理能力。“干训部”应运而生，为他们提供了难得的机遇。他们有幸通过考核选拔，作为后备干部培养对象进入高等学府时，大都已过而立之年，有的还年届不惑，已成家立业，为人父母，上有老下有小。当他们克服重重困难过关斩将，终于如愿以偿拿到录取通知书走进广西师范大学校门时，内心一定是百感交集。他们入学的秋天，正是一年一度桂花盛开时节，满城飘散着沁人心脾的芬芳。上世纪30年代郁达夫写的短篇小说《迟桂花》，意思是迟开的桂花，虽然开得晚，但开放时间更持久，气味更芬芳。学员李希正是借此寓意，同样以《迟桂花》为题作文，喻指他们这些青春已逝、人到中年才走进大学的干训部学员，引起同学们的强烈共鸣。我曾读到来自柳州的学员蒋以龙的一篇散文《我的读书梦》，其中回顾了自己漫长而曲折的求学之路。我想这在干训部学员中是有代表性的，他们不少人背后都会有一段艰难求学的故事。

正因为如此，同在校的本科大学生相比，他们不仅学习更加刻苦，而且有比较丰富的人生阅历和工作经验，政治上比较成熟。他们怀有很强的社会责任感，关心国内外大事，关心国家民族的前途和命运。这不仅表现在平时的交谈、议论中，也反映在课堂讨论和书面作业中，能理论联系实际，畅所欲言，各抒己见，有内容、有深度，而且接地气。

这一优良传统一直延续到毕业30年后的今天。前年，他们建立了一个微信群，有60多人加入，命名为“独秀8312”，是1983级1、2班的意思，独秀峰是母校广西师大的标志。我也被邀加入了这一微信群，经常读到他们发送的材料，其中不少讨论国家大政方针、国计民生和国际关系的内容。有些是转发的材料，有些则是自己撰写的短文、感言，不少文章很有见地，也有文采，闪耀着深入思考迸发出的思想火花。从中可以真切感受到他们关心社会、体察民情的家国情怀及忠于祖国和人民的赤子之心。

学员们在校时虽然学习压力很大，很刻苦用功，但绝不是书呆子。他们热爱生活，很有朝气，兴趣广泛，多才多艺。班干部和一批积极分子时不时组织一些文艺、体育、旅游活动，把同学们的课余生活安排得丰富多彩。他们中不少人有自己的爱好和特长，有的擅长书法，写得一手好字；有的爱好写作，毕业前后都发表过文艺作品；有的知识面广，谈吐幽默风趣；有的吹拉弹唱，能歌善舞；还有的爱好体育特别是球类活动，常在篮球场上大显身手。所有这些，都使紧张的学习生活得到很好的调剂。

干训部学员又是一个富有团队精神的群体。同学们普遍乐观开朗，热情大方，乐于助人。在校学习期间，100 多人如同兄弟姐妹般和谐相处，大家以诚相待，互相帮助，既有热情的支持与鼓励，也有直率的提醒与批评。两年的学习生活，同学们朝夕相处结下深厚友谊。这种友情朴实真诚，不带功利观念，不被时空阻隔，所以最牢固也最持久，即使几十年没有机会相遇，一旦见面又都亲密如初！

经过两年扎扎实实的学习，1985 年秋首届干训部学员顺利毕业返回工作岗位，而在此前半年我也因工作需要调任校党办副主任。尽管我同他们相处的时间不过一年半，但在我的记忆中还是留下了深刻难忘的印象。回顾我在师大的工作履历，干训部竟占了 3 个第一：这是我调来师大的第一个工作单位；首届学员是我接触的第一批大学生；他们也是我带过的毕业生中联系最广、交往最多的一个群体。

我同他们年龄比较接近，有个别学员还比我年长一点，类似的经历和共同语言使我从认识他们的第一天起，就有一种亲近感。当时他们上课、我们办公，同在一栋楼，几乎天天见面，接触交流的机会很多。我主管教学，经常深入到他们中间了解对教学的要求和意见，反馈给任课老师，使师生双方信息能够及时沟通。有时还会参加他们的一些活动，比如跟他们一起端着凳子去听部里举办的讲座。

他们毕业离校以后，我们之间的联系并未中断，有人出差来桂林与同学聚会，常会约上我们夫妇。我们到柳州、南宁、钦州等地，也会去看望他们。他们有事找我帮忙，我都会尽力而为。我与他们的关系与其说是师生，不如说亦师亦友更来得确切。就连明非对他们也很熟悉，有几位同学还同她加了微信，一直保持着联系。

说起同他们的交往，印象最深的是 2004 年去柳州。我在任时凡出差到柳州，总会抽空与他们相聚。这一次是专程去看望那里的学员，事先打电话告诉了时任柳州电视台台长的段缘福。那时我刚卸任，学会开车不久，是第一次上高速。途中不断接到他们打来的电话，询问行程，指点路线，叮嘱行车安全。当我们到达聚会地点，只见 10 多位学员早已等候在那里。尤其令我惊叹的是，他们停在饭店前面的小卧车竟排成长长的一列。要知道那时候有车还不像后来那样普遍，这至少说明他们毕业这些年发展得很好，事业有成、生活幸福。大家一见面问长问短，格外亲热。席间频频举杯，互致祝福，欢声笑语，其乐融融。得知他们大都成为所在单位的领导或骨干，我由衷为他们感到自豪。每到柳州与他们聚会已成惯例，记忆中这样的相聚不下五六次。一来二去，段缘福、蓝凡华、覃一刚、熊宜力、李健、蒋以龙、阙光意、罗祖忍这几位便成了我熟络的老朋友，其中有几位还到过我家。这里还要提到一件令我们难忘的事。1996 年 3 月，明非带学生到来宾二中实习，时任来宾县委副书记的熊宜力闻讯专程到学校看望。她还直接过问了该校对实习工作的安排，使师生的食宿条件得以改善。宜力的细心周到和有情有义使师生深受感动。

令人难忘的还有蓝凡华精心安排的一次旅游。2010 年 5 月下旬他邀我俩去金秀、象州看看，同行的还有时任师大宣传部部长张艺兵。来桂 20 多年我俩还是第一次到这里，所见所闻无不感到新奇有趣。金秀县城独具瑶乡特色的房屋建筑，瑶族博物馆里丰富多样的瑶族服饰，清澈温润、水汽氤氲的象州古象温泉山庄，都丰富了我们的见闻和体验。尤其登临国家 4A 级风景区圣堂山，更是一次难得复难忘的经历。

圣堂山有“桂中第一高峰”之誉，仅上山就用了2个半小时。而当我们汗流浃背到达山顶时，只见大雾茫茫，眼前景物朦胧一片，久已闻名的杜鹃花海更是杳无踪影。但大家并未感到失落，且不说一路上饱览了群峰林立、重峦叠嶂的自然风光，对平时很少爬山的我们而言，这一次从上山到下山费时4个半小时，经受住了对体力的考验，也是一次意外的收获。从金秀到象州，27到29日为期3天的旅程，蓝凡华的周到安排，细心照顾，给我们留下很深印象，充分感受到了他待人的真诚热情。

南宁是首府，干训部学员比较多，我在任时出差机会不少，但总是来去匆匆，加上大家都忙，轻易不去打搅他们。有时住在教育厅接待处，便与附近的严伟康、李志成小聚。我到过志成工作的电视台，去过伟康的家，他还开车带我到过青秀山，那是他管辖内的景点，当时正在开发，如今已成为国家级5A级风景区。在区党委组织部任职的翁思宁，和我还有工作联系，对师大不乏关照。我退休以后，有两次到南宁孩子家过春节，恰逢他们聚会都邀请我们参加。人到得不少，连钦州的徐辉耀、唐承业、罗会浦都赶了过来。席间觥筹交错，庆祝佳节，气氛欢乐祥和。两次聚会都由赖安平做东，她是事业成功的企业老总，未料英年早逝，去年离开了我们，大家深感痛惜。

玉林的朱和生、河池的黄敏珠等学员也一直和我保持着联系。和生在贺州任副市长时，我不止一次到那儿，都承他盛情接待。

与桂林学员见面的机会更多一些。多年来，农光益、于明娟、贾明、唐连弟、魏东、胡桂生、陈琼珍、莫尚贵等都给了我很多关照。

为毕业30周年重聚，班干部们做了近一年的筹备。如多方搜集材料制作了反映当年在校生活和毕业以后情况的视频，还创作了《欢聚在金秋》的歌曲，一并刻成光盘，人手一张。建立“独秀 8312”微信群，加强联系，争取有更多的同学出席这次活动。聚会虽只有短短两天，但内容丰富，很有意义。如参观了学校的新老校区，召开了师生座谈会，举办了书法、绘画、摄影作品展；举行了联欢晚会。晚会上学员们纷纷展示了各自的才艺，表演了歌舞、诗朗诵、小魔术和即兴书画等节目。台上台下交流互动，气氛十分活跃。

30 年过去了，实践证明当年自治区党委和人民政府决定在高校举办干部专修班，对年轻干部进行系统的文化素质教育的决策是正确的，成效是显著的。首届学员取得的成绩就是最有力的证明。他们没有辜负党和人民的培养与期望，经过各自的努力，大都成了本地区、本系统、本单位的领导或业务骨干。从职务来看，从政的普遍到了县处级，还有几位是厅局级。搞业务的，都获得了高级职称。还有的涉足商海，从事实业，无论执掌私人企业或国有企业，均取得了骄人的业绩。几十年来，各自的境遇不同，职务有别，但有一点是共同的，那就是人人都努力了，拼搏了，都为国家贡献了力量！在这里，作为亲自见证了他们成长和进步历程的我，怀着喜悦和自豪由衷为“独秀 8312”全体学员热情点赞，大声叫好！

（写于 2016 年春）

为广西师大出版社喝彩助威

◆ 黄介山

在庆祝广西师大出版社建社三十周年之际，我由衷地为它取得的辉煌成就感到高兴，我要大声地为它喝彩助威！出版社诞生于1986年，经过短短十年时间便脱颖而出，成为全国高校出版界的一匹黑马。十周年社庆时，我曾题字祝贺并寄予厚望："创业十载，胆识不凡，敢争一流，成就卓越。多出精品，发展特色，高效优质，更上层楼。"出版社不负众望，不断开拓进取，90年代末即已成为全国一百多家大学出版社中的佼佼者，其综合实力排名与清华大学出版社并列第四，被教育部和新闻出版署评为全国先进出版社。如今，它依然保持着强劲的发展势头，可谓前途无量！

记得2001年冬天，我和肖启明社长前往北京拜访中宣部出版局局长邬书林和国家新闻出版署副署长杨牧之。在邬局长的办公室一坐下，他就开口说："你们今年的发行码洋已经突破两个亿了吧。"接着又点了出版社的一些情况。我说："您对我们出版社的情况怎么比我知道得还多还细啊？"他哈哈笑了。我不能不佩服他工作的深入，同时也体会到我校出版社的分量。在杨牧之副署长的办公室，我们的交谈更为随意，因为他是北大中文系系友，比我高一年级，原来就熟悉。他说：

"我原先并不了解广西师大出版社，后来看到它业绩这么突出，简直令人难以置信，才引起注意。我仔细了解以后，真觉得你们了不起！广西的出版资源并不丰富，师大出版社怎么会办得那么好，这值得总结、研究。"

的确，我校出版社是一所地方大学出版社，地处经济欠发达的广西，本无丰富的出版资源和办社优势，但在社领导和全体职工艰苦卓绝的努力下不断发展壮大，步入全国强社、名社的行列，不仅多次受到上级领导的褒奖，更得到海内外出版人、读书人、写书人的交口称赞。广西师范大学出版社这个响亮的名字已经在国内外出版界和广大读者心目中享有盛誉，也成为全校师生员工的骄傲。

我想，出版社对学校的贡献是多方面的。它不仅为我校赢得了很大的声誉，同时也为学校的建设发展提供了实实在在的支持。至少它在两个方面对学校的突出贡献是有目共睹的。

首先，出版社为我校的学科建设和学术发展创造了有利条件。出版社坚持为教学、科研服务的办社宗旨，在 90 年代初期就专门设立了学术专著和教材出版基金，每年拿出 40 多万元为我校教师补贴出版教材、专著。这不仅在一定程度上解决了我校教师出书难的问题，而且向社会推出了一批学术新人。这对于加强我校学科建设，特别是国家文科基地中文学科点的建设，以及硕士点和博士点的申报工作发挥了不可低估的作用。同时，出版社组建的作者队伍不乏国内一流的学者、专家，这无疑为我校拓展对外的学术交往创造了机会。

其次，出版社取得的良好的经济效益为改善我校办学条件提供了有力支持。上世纪 90 年代后期，教育部曾公布高校校办产业销售收入、利润和上交学校利润的综合排名，在全国一千多所高校中，我校处于第 35 名的位置，这是很不容易的。其功劳主要是出版社，它每年都向学校上交可观的利润，数额从千万元上升至几千万元。此外，它还经常以各种形式资助学校和院系的各项活动。我校教学、科研基础设施和仪器设备不断改善，校园面貌和育人环境明显优化，这也与出版社所做的贡献分不开。

我校历届党政领导班子充分认识到大学出版社的重要作用，从它成立的第一天起，就一直给予必要的支持和关心。1991 年我接任书记以后，也将此视为自己不可推卸的责任。党委既注意加强对出版社政治上的领导，又在经营管理活动中给予充分的自主权，使之从传统的事业型向产业型转化。我校较早将它定为独立核算、自主经营、自负盈亏的企业管理型事业单位，后又率先组建出版集团。实行这一管理体制，一方面防止和克服了学校对出版社日常工作过多的行政干预，避免不必要的包揽和瞎指挥，有利于充分调动出版社的积极性；另一方面也有利于鼓励促进出版社提高对市场经济的适应能力，增强自身的造血功能，在激烈的竞争中求生存、图发展。在它初创阶段的困难时期，我们采取扶持和优惠政策，使之尽快进入正常运转、良性循环的轨道；在它事业兴旺、发展顺利的时候，我也再三强调，不要把它当作“摇钱树”，给它增加过重的负担，而是保证它积蓄实力，获得更大的持续发展空间。

我认为出版社办得好，首先是因为有一个坚强的领导班子。校党委十分重视出版社领导班子的配备和建设，坚持选拔德才兼备的优秀干部担任出版社领导职务，尤其注意配备好社长和总编。

出版社初创阶段，由王炜炘副校长兼任社长。工作走上正轨以后，开始选聘专职社长。第一任社长党玉敏同志是一位经验丰富、事业心很强的老同志，为出版社做大做强呕心沥血，鞠躬尽瘁，功不可没。

继任社长肖启明1998年担任这一重任时，年仅35岁，原是副社长，已有多年的出版和领导经验，是一位德才兼备、具有人格魅力的后起之秀。他带领全体职工开拓创新，把出版社的工作提升到了更高的水平，创造了新的辉煌。销售收入每两年翻一番，连续六年翻了三番，凭着自己的实力迈进了我国高校出版社的前列。在2001年举行的第二届中国出版政府奖图书奖的评比中，包揽了图书奖、期刊奖、装帧设计奖、先进出版单位奖、优秀出版人物奖等全部奖项，这一突出成绩令业界刮目相看。

曾经担任出版社总编辑兼北京贝贝特公司总经理的刘瑞琳，是由肖启明等社领导发现和引进的优秀人才。她团结、构建的作者群拥有一大批享誉海内外的专家名人；苦心经营、精心策划出版的大量人文社科类书籍，拥有大量读者，产生了广泛的社会效益。从而将出版社的声誉提到前所未有的高度，成为海内外瞩目的名社。

几任社长和领导班子其他成员，各有特色、各具所长、优势互补：有的富有驾驭全局、协调各方的组织领导才能及联系、团结群众的亲和力；有的具备深厚的专业功底和敏锐的学术眼光与思维能力；有的擅长公关外联，广交朋友，不断开拓发展空间；有的一丝不苟、周到细致、认真严谨，是质量把关的好手。总之，出版社领导班子是一个政治素质好、业务能力强、团结协作、勇于开拓创新的领导集体。

我清楚地知道，为了铸造出版社的辉煌，社领导班子带领全社职工齐心协力，艰苦奋斗，顽强拼搏，长年累月超负荷工作，付出了难以想象的艰辛，有些同志因此累坏了身体，有的甚至英年早逝，令人痛惜。在与几位社领导的接触中，我深切地感受到，他们为出版社倾注了大量汗水和心血，除了运筹帷幄，还要四处奔波，洽谈业务。每到一地出差，他们总是把日程排得满满的，连个把小时的空闲都舍不得放过。在与社领导交谈时，我常感到他们既能居安思危，有忧患意识，又雄心勃勃，充满信心。可以说，他们是一群永远不满足于现状、始终不知疲倦的开拓者和创造者。

我打心眼里佩服他们，也心疼他们，觉得应该对他们多加关心。他们平时很少麻烦我，一旦有事要我帮忙，我从不推诿，总是尽力为他们排忧解难。例如党社长看中了历史系一位教授，想调去作为总编辑培养对象，但两次都被系里否决。我知道后马上去同系主任商量，说服他们放人，办成了这件事。又如一位市领导希望把亲属安排在出版社，肖社长很为难，他告诉我社里有好几位家属都是没有编制的应聘人员，如果进了市领导的亲戚很难摆平。我亲自给那位领导打电话解释，取得他的谅解，减轻了社领导的压力。2001 年学校在育才校区南院集资兴建近千套住宅，依据“分房条例”按照职称、级别等条件打分，让教职工登记选房。浏览名单时，我看到出版社社长和几位社领导因尚未晋升正教授，只能分到副教授一级的住房，想到出版社多年来对学校的重要贡献，社领导们的敬业精神和突出业绩，萌生了将他们的住房标准提高一个等级的念头，以奖励他们做出的特殊贡献。我把自己的想法提交学校领导班子讨论，获得一致通过。这件事在教职工中并未受到质疑，可见大家都认同学校的做法，理解这一给予出版社的倾斜政策。

出版社办得好，还应归功于有一支高素质、特别能战斗的职工队伍。我校出版社成立以来，先后从各系科和机关选调了一大批有学术造诣的专家、教授以及素质高、经验多的管理干部，不断充实编辑、发行、印刷等专业队伍。这支队伍边学边干，不断进取，为出版社的发展壮大呕心沥血，谱写了可歌可泣的篇章。其中有些老同志已经退休，但他们对出版社的贡献令人难以忘怀。

如今我已退休多年，却还时常听到有关出版社的各种喜讯。社领导班子正带领全体职工一如既往，披荆斩棘、乘风破浪，奋勇前进！我衷心祝愿他们再创新的辉煌！

（写于2016年冬）

缅怀学术前辈

感念恩师

北京大学陈贻焮教授

◆ 张明非

∧ 陈贻焮教授

著名文学史家、北京大学中文系陈贻焮教授与世长辞已有15年了。先生仙逝后不久我曾撰文悼念我这位恩重如山的导师[1]，惜因篇幅有限，意犹未尽。15年来，恩师从未淡出过我的记忆。每当我回忆起在先生门下受业的一千多个日日夜夜，心里就涌起无限感激，千言万语不知从何说起。虽然研究生毕业已过去30多年，我也从而立与不惑之间的中年进入古稀，当初入学拜师的情景却还历历在目，先生的音容笑貌依然清晰如昨。

我至今清楚地记得第一次拜谒先生的情景。我是在经历了“文

---

[1] 葛晓音、钱志熙编《陈贻焮先生纪念文集》，北京大学出版社，2002。

革”，在1967年那个特殊的年代大学毕业，走出校门“接受再教育”的。“四个面向”的分配政策，使我从此离开了自幼生活的北京，去到内蒙古草原钢城包头，先是当钳工，后来又去教中学。当我作为研究生再次走进燕园，已是在离开她11年之后了。当时，研究生招生数量很少，北大中文系79级几个专业加起来只有8个名额，古典文学专业更只招区区2名。陈贻焮先生是第一次招收硕士，我和葛晓音也因此有幸成为先生的第一届研究生。开学报到以后，我跟随先期在北大回炉的师妹晓音一起到镜春园拜师。当时陈先生已是国内研究魏晋南北朝隋唐五代文学史很有影响的专家，而我读本科时不曾有机会听先生的课，无缘拜识尊颜，心中不免有些忐忑。但一见面先生的和蔼即刻感染了我，很快解除了我的不安。从此，镜春园82号这个四季常青、花木葱茏，充满温馨和雅趣的小院，不知留下我多少足迹和难忘的记忆。记得每一次如约踏进院门，先生总是隔着纱窗老远就喊："欢迎欢迎啰！"接着便端出早已准备好的茶水，一两样精致的点心，然后开始谈话。先生谈读书、治学、做人，谈诗词、绘画、艺术。旁征博引，妙趣横生，使人如沐春风。先生常说自己讲课是“披头散发”，不那么讲究条理章法，但听先生的谈话不仅获益良多，而且是十分难得的享受。晓音曾将先生谈话的记录整理成文发表，使更多的学子受到启迪和教益。1982年夏，临毕业离开北京前，想到此一离去山长水阔再也不能经常来这里亲聆先生的教诲，内心充满惆怅。怀着无限依恋，我在这度过许多美好时光的幽静小院里，在走过不知多少次的门前小径上都拍了照片，留作珍贵的纪念。

当时我虽然随着考研的热潮报考了研究生，但对研究生的培养目标懵懵懂懂，所以第一次见面先生问起今后3年的打算，我便老老实实地回答：只要毕业后能在大学讲台上教教书，便于愿足矣，并不敢存搞研究、写论文的奢望。我这一想法令先生非常担心。加上我当教师多年养成的职业习惯，写读书报告也是四平八稳，面面俱到，唯独缺少自己的创见。先生为此非常着急，一面请我读本科时接触较多的冯钟芸、吕乃岩等老师做我的思想工作，一面精心指导我读书，仔细批阅我的读书报告，鼓励我在学术研究上的每一点哪怕是极其微小的进步，不断端正我对科研重要性的认识，经常告诫我不会搞科研也教不好书。在后来从事高等师范教育的30年里，我深深体会到先生这些话是千真万确的。

3年的学习生活是相当艰苦和紧张的。先生带研究生有自己的一套方法。一开学便为我们开列了数十种魏晋南北朝隋唐五代重要作家的别集，除上硕士学位要求的必修和选修课，我们的主要任务是读书和写读书报告。每读完一位作家写一篇读书报告，每两周上交一次。读作家集子的同时要参阅《资治通鉴》、其他史传乃至杂史笔记中与作家生平事迹有关的资料。此外，还要学一点中国哲学史、文学批评史。面对研究生培养目标和如此繁重的学习任务，我们深感时间紧迫，只有废寝忘食拼命恶补。记得我和晓音不仅选了本系的10多门课程，还跑到历史系去旁听魏晋南北朝史。先生推荐《歌德谈话录》，我们就连忙到书店买来朱光潜先生的译本，如饥似渴地阅读，还做了不少摘记。当然，我们最多的时候是按照先生制订的计划，周而复始地读书、写读书报告。

于是，每天与晓音同行同止，形影不离。一早就到图书馆等开门，直到闭馆才离开，成为我们3年学习期间雷打不动的生活方式。庆粤师母常笑我们师姐妹是“上了贼船”。风光旖旎的未名湖畔在本科时代不知留下过我多少足迹，我曾开玩笑说过“未名湖边的每一块石头我都认识”，但读研的3年里，先生的住所就在湖边，而我每一次都是匆匆走过，无暇流连。激励我如此刻苦攻读的一个重要原因，就是来自先生的谆谆教导和殷切希望。为引领我们进入学术殿堂，先生不知付出了多少时间、精力和心血，当时他的左眼已几近失明，又忙于写作百万字的皇皇巨著《杜甫评传》，仍然在我和晓音每人几十万字的读书报告上圈圈点点，写下密密麻麻的批语。如果没有先生孜孜不倦的教诲和严格的学术训练，很难设想我有勇气战胜一个又一个困难，顺利完成学业。我从先生那里学到的岂止是知识，更有诲人不倦的精神和潜心学术的执着。

后来我才知道，先生指导我们读书的方法其来有自。当年他跟林庚先生进修，林先生就是这样要求的。我1982年毕业后来到广西师大，1985年破格晋升副教授，于1987年开始招硕士研究生，也学着用先生的方法指导我的学生。在我担任研究生导师期间，不论带硕士还是博士，也不论指导的人数多还是少，我都无例外地要求他们像我当年那样按计划读作家集子及相关资料，每两周交一次读书报告，并在读书报告上密密麻麻写下眉批和总批，也学着用打“√”的方式表达我对学生的肯定或欣赏。这样的做法数十年从未间断。我想，这就是人们常说的薪火相传吧。可惜，随着研究生的不断扩招，一名导师同时招多名甚至数十名的情况并不鲜见，先生自谓“手工操作”的“笨办法”，大概没有多少人能够采用了。

因材施教、循循善诱，是先生指导研究生的又一特点，我从中也获益颇多。譬如，针对我一开始不善于发现问题的弱点，先生特别注意培养我具有独创精神和能力。他经常教导我说：“希望读书有‘得’，但‘得’终须取决于‘读’，读得细，读得多，多读多思，定有重要的创获。”“增加正确的独得之见，减少一般的分析和议论，这样你就从一种境地跨进另一种境地。”“在一些带创造性的问题上，须在一般学习的情况下，结合史料和本人、别人行事及诗文稍作深入的探讨，这样可能学得更活，对问题的看法也更富独创性。”“做札记时最好尽量写你最有体会最有创见的看法或那些看到的可贵的资料（资料很重要，就是一些烂熟的资料也可看出新问题），不要把精力和注意力花在通篇文字的安排和组织上。你现在还不到作茧的时候（当然也可以作茧，不过我希望你作的是大个的茧），从战略的高度看，现在应当尽量吃桑叶，不管是大是小，只要你认为有意思的就写，暂且不管文字粗糙与否，问题谈得全面与否，先实行‘拿来主义’，拿来再说，越多越好，多多益善。有了丰富的材料，还怕做不出‘佳肴’吗？”这些切中要害的点拨不仅在当时使我茅塞顿开，指引我找到正确的学习门径，也成为我几十年来的治学指南。

与当年许多研究生同窗的经历相似，入先生门墙时我早已过了而立之年，而且在大学毕业后的10多年里荒废了学业，精神压力之大可想而知。细心的先生很快觉察到我们的焦虑和不安，入学没有多久就作了一首长诗《答问学，示张明非、葛晓音二生》开导我们。诗云：

张葛二生勤读书，问予治学当何如。
闻言哑然久不答，学问于我亦空疏。
深愧少壮不努力，厕身教席同滥竽。
有如蹇驴但转磨，到老始得识长途。
昔时昌黎解进学，诸生犹哂非通儒。

予何人也敢妄议，且避其精言其粗。
四凶十载坏学风，指鹿为马信口呼。
今日拨乱重返正，实践检验无禁区。
然后读书破万卷，一旦水到便成渠。
转益多师路数广，自限门户何乃愚！
学贵有识贱苟同，侏儒观场随吹嘘。
标新立异见胆略，探索哪可畏崎岖。
攀登悬圃割美玉，潜浸深渊摘骊珠。
学海无涯莫兴叹，铁网犹可罥珊瑚。
身入宝山终有得，人皆有手我岂无？
葛生妙手擅丹青，张君桃李多门徒。
勿言蹉跎岁月久，休叹学殖渐荒芜。
知识或亏见识长，失之东隅收桑榆。
何况春秋正鼎盛，伫看鹏翼穷南图。
君不见，安陵班昭称大家，诏续汉书东观趋。
又不见，漱玉泉边女居士，清辞往往凌丈夫。
世人岂可轻妇女，勉哉二子疾驰驱。

字里行间情真意切，其中有先生自己的人生感慨、治学经验，更有对我们的亲切勉励和热情关怀。后来先生还将此诗写成条幅送给我，我裱好后悬挂在书房里，珍藏至今。

先生为人仁厚慈爱，对我们这些弟子尤其呵护备至，关爱有加。我清楚地记得，每一次上交读书报告时我总是惴惴不安，唯恐不合要求；而每一次取回读书报告走出先生的小院，就又像重新充过气的皮球，增强了继续钻研的勇气和信心。就这样，在先生耐心细致的引导下，我逐渐掌握了治学的基本方法，开始有了一些读书得间的体验，也尝到了发现问题、钻研问题的乐趣。这一微小的进步使先生非常高兴，他在 1980 年 6 月 11 日晚批阅的一篇读书报告上这样写道：

“半年多来我密切注意着你在学习、科研上的成长，总的看来你始终走在正路上，是稳步前进的。我体察得出你每获得一个飞跃所付出的艰苦劳动，也常为你取得的成绩而暗暗喜悦。也许由于我对你的要求过高过急，对于你在某些方面表现出来的弱点或不足总多少有些担心。上次我同你长谈之后，我老在埋怨自己未能正确地将我对你的看法和要求表达出来，怕反而妨碍你的正常发展。说实在的，当我开始看你这次交来的读书笔记时，我心里还在嘀咕呢。不过这种心理状态并未持续多久，我越看越释然了，高兴了，甚至大画其钩大打惊叹号了（你知道，这是表示我在击节叹赏）。我为你获得的大大小小的创见而高兴，但最使我满意的是：你很聪明。虽然我上次跟你谈话时一些意见往往表达得很拙劣，到底被你理解了，而且马上兑现了，那么，我现在既不担心，也没有别的什么好说了。作为第二站新的开始，你这么样一个劲地往前进赶吧。”

从近 400 字的批语中，可以真切感受到先生是以何等殷切的心情期待他的弟子在学术上进步成长，待人哪怕是自己的学生又是何等心细如发，无微不至。今天重读这段话我仍有说不出的感动，可以想见当年给予我多么巨大的温暖和激励。

先生治学倡导“时代、作家、作品，义理、考据、辞章”相结合，他把这叫作十二字箴言。先生治学视野宏阔，路数宽广，既长于思辨，又讲究文采，正是亲自践行这十二字箴言的典范。长达五万字的《从元白和韩孟两大诗派略论中晚唐诗歌的发展》便是其中的代表。文章不只是对元白、韩孟这两大诗派特征有精辟独到的分析，更清晰勾勒出处于变革时期的中唐复杂多变的诗歌发展脉络，并进而揭示出其中的某些规律。历经数年殚精竭虑完成于80年代的三卷本《杜甫评传》[1]，更是调动先生数十载研究唐诗的深厚积累，倾注了先生全部心血的力作。书中不仅生动评述了杜甫不同时期诗歌创作的艺术成就、特色，政治抱负和理想，深刻阐述了杜诗的地位、影响及意义，而且展示了诗人所处时代政治、社会、经济、文化的广阔背景，描绘出唐帝国由盛而衰的宏大历史画卷。著作出版后广受好评，被誉为20世纪"研究杜甫最为详尽深细的一部力作","堪称是当代杜诗学中的一座丰碑"。[2]先后获得北京大学科研成果一等奖、北京市科研成果一等奖、全国高等学校及人文社会科学研究成果二等奖。

先生治学注重探索诗歌史的发展趋势及某些重大现象，这一特点也深刻影响了我们。作学位论文时，我和晓音都不约而同选了一个时段的文学现象作为研究对象，成果后来分别发表在国内有影响力的学术刊物上。如我的硕士论文《试论南朝诗歌对唐诗的影响》，因刊物篇幅限制，后分为《南朝诗歌发展原因初探》及《南朝诗歌对唐诗的影响》两篇，分别刊于《中国古典文学论丛》第4辑及《文学评论丛刊》第30辑。不仅读研阶段如此，这一宏观与微观结合的研究方法也使我终身受益。

---

[1] 陈贻焮：《杜甫评传》（三卷本），上海古籍出版社，1982年—1988年。

[2] 莫砺锋：《少陵功臣非公谁——敬悼陈贻焮先生》，载《陈贻焮先生纪念文集》，北京大学出版社，2002，第309页。

就这样，冬去春来，经过3年的严格训练，到毕业的时候，我已写出几十万字的读书报告，陆陆续续发表了几篇论文，并顺利地通过了学位论文答辩。我心里清楚，这中间不知包含了先生多少心血。没有先生的循循善诱和热情鼓励，不会有我在学业上的进步和后来的发展。

在学术界，先生的宽厚仁爱、奖掖后进也是有口皆碑的。无论是谁求教，先生无不有求必应，热心帮助。所以"陈门弟子"，就不只包括先生亲授的我们这几名学生，我们也因此有了不少来自五湖四海的师兄弟。

我也不会忘记，临近毕业时为了我的去向先生所费的心血。当时，教育部规定研究生毕业"哪来哪去"，"不造成新的两地生活"。原来想留北京的打算自然落空了，不得已退而求其次，选择了外地的一些高校。为此先生不厌其烦，给我写了多封推荐信。当我面对几个去处举棋不定时，先生毫不犹豫地替我选择了桂林。我生性怕热，先生随口吟出杜甫诗句"五岭皆炎热，宜人独桂林"劝慰我。就这样，我于1982年底来到地处桂林的广西师范大学。此后虽离先生远了，但仍同过去一样时时感受到他的关怀；遇到难题，也仍然习惯写信去请教或求助。在治学路上，每当我重温读研期间先生的谆谆教诲，想起他语重心长的勉励，便增添了克服困难的勇气，而不敢稍稍偷懒或怠惰。

1985年春，先生应邀参加广西师大中文系82级研究生蒋寅、胡大雷、王筱云3人的硕士学位论文答辩。来到山清水秀的桂林，看到我生活、工作都很安定，先生非常欣慰，说："你是到了神仙住的地方了！"其间偕师母一同登独秀峰、畅游漓江，兴致很高，留下不少纪行的诗篇。答辩工作结束，先生、师母先赴柳州探亲，后经桂林转道湖南新宁老家，在我家住了一晚。和蔼可亲又风趣幽默的师爷爷，使我两个读中学的儿子无拘无束、非常开心。此一事，先生也有诗留念。诗前有序云："自柳州返桂林，明非告其二公子为合影预习笑容姿势，惜当晚无闪光灯，次日未明即将离去，乃怅然作罢，及介山、明非送入站口，忽闻去新宁汽车以雪阻停开，只得改道归里，然有暇了却二小友心愿亦大快事。"诗云："去住依依惜别离，儿童犹望显英姿。忽传车阻高山雪，且喜赢来合影时。"此后先生每封来信必提及"两个棒小伙子"。先生就是这样一位充满爱心、很有情趣的长者，无论走到哪里都能给人们带来欢声笑语。

1989 年春天，我校准备对几个重点学科进行论证，其中包括我所在的古代文学专业。因时间仓促，聘请专家遇到困难，我打电话向先生求助，先生慨然应允："你要我去我就去嘛！"待晓音陪他来后我才知道先生的身体精力已不如从前。在桂林的几天听取汇报、实地考察，提建议，写鉴定，工作非常紧张。而除了工作、睡觉，我们师徒 3 人形影不离，有说不完的话。论证工作结束后陪先生游灵渠，这里不仅是秦代与都江堰、郑国渠齐名的三大著名水利工程之一，而且环境幽雅、景色怡人，先生游兴很浓，说以后一定要来这儿住几天。当时觉得此事轻而易举，谁料却成了永远的遗憾。

在此后的 10 年里，我多次赴北京开会或探亲，每一次不论行程多紧都会到先生后来迁居的朗润园去拜望。而每一次和先生、师母的相聚都感到无比温馨亲切，就像是回家探望父母。但与此同时，一种担忧也在心头暗暗滋长，那就是明显感到先生的身体每况愈下，曾经是那么高大魁梧、乐观开朗的他已经日渐衰老了。读研的时候，已知先生视力减退，尤其是左眼。当时只以为是忙于笔耕用眼过度，加上先生生性乐观，体魄强健，即使说起也往往是调侃的口吻，所以并不很在意。记得 1980 年春天他因患鼻疾住院动小手术，我和晓音前往探视，先生很高兴，遂赋诗一首《谢明非、晓音问疾》："小桃病榻数枝开，陌上春随二子来。问疾维摩吾岂敢，愁中喜对灿花才。"语调轻松欢快，毫无愁苦之音。

1995 年夏天，先生的病不幸确诊为脑瘤。因年事已高，手术风险太大，只能靠药物保守治疗。先生仍然很乐观，记得每次见面都不忘提到要来桂林。我暗暗祈祷上苍降下奇迹，保佑先生早日康复。1996 年暑假，我和介山回阔别多年的包钢访友，返回时住在北大勺园，宴请先生、师母和晓音一家，这是先生生前我们师徒的最后一次欢聚。这以后我虽几次赴京，却见先生病势日渐沉重，康复的希望越来越渺茫了。1998 年 5 月 4 日是北大百年校庆，到京的当天下午我们夫妇就去探望先生，此时他已卧病在床，交流也不很顺畅了。1999 年，我有幸荣获曾宪梓教育基金会高等师范院校优秀教师一等奖，12 月 24 日在人民大会堂领奖，第二天便赶去北大。在先生病榻旁，我紧紧握住先生那依旧温暖的大手，先生已说不出话，但大滴的眼泪顺着他的面颊流下来，此情此景，使我万分难过。我安慰他以后会常来看望，就匆匆离去了。2000 年 7 月 27 日是我们夫妇最后一次到朗润园探望先生，先生已是昏睡不醒，任我们怎么呼唤也只稍稍抬一抬眼皮。回桂后几次打电话问候，得知病情有所好转，略略放心，不料 11 月 19 日凌晨便传来先生逝世的噩耗。我当即致电庆粤师母："惊悉恩师贻焮先生于今日凌晨不幸病逝，悲痛之情，难以言喻。先生待我恩重如山，在先生门下受业的三年，令我终生难忘。至今，先生的音容笑貌，仍历历在目；先生的谆谆教诲，仍言犹在耳。山高水长，路途迢远，来

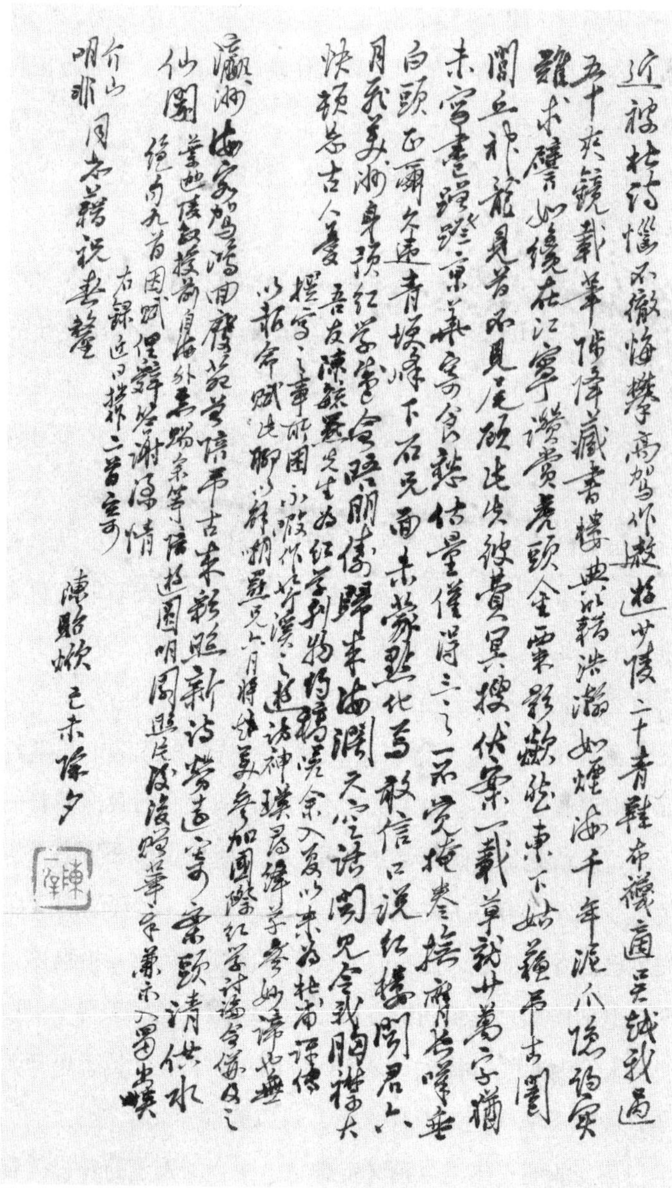

∧ 陈贻焮先生手迹

不及向先生做最后的告别，唯愿先生走好。谨以一纸电文寄托我深重的哀思。并望师母节哀保重。”事后晓音告诉我，在先生的遗体告别仪式上，没有按惯例播放哀乐，先生是在他生前最喜欢的《回归大自然》宁静优美的乐声中告别尘世，在大自然的怀抱中得到安息的。

先生享年76岁，在当今的中国虽不是“古来稀”，也还算得上高寿。只是令人十分痛惜的是，若非脑瘤作祟病魔缠身，以先生素来强健的体质、旷达乐观的精神，无论如何是还有很长的一段人生路可走，还可以做很多事情的。先生是性情中人，一生淡泊名利，无预仕途，他经常开玩笑说自己一辈子“连个工会小组长都没当过”。先生弱岁由于时局动荡颠沛流离；中年又因国家动乱，与中国大多数知识分子一样，耽搁了十多年搞学术的时间；好容易盼到80年代科学春天的到来，可以一展宏图，可惜好景不长，晚年却又缠绵病榻赍志以殁。每念及此，不由得为先生叹息。但转念一想，先生又是幸运的，不仅留下大量巨著雄文，而且得与知书达理、善良贤惠的师母相濡以沫，又有那么多情深意笃的师友，敬他爱他的学生，先生此生亦可以无憾了。

著名文化学者刘梦溪说：“中国现代学术还有一个传统，是学者能诗的传统。中国现代学者当中，有很多人都会写诗，不是一般的会写，而是喜欢写，善于写诗，诗是他们学术生命的一部分，是他们学问的别体。”

先生正是这样一位诗人型学者。他出身书香门第，堂舅祖是武汉大学中文系教授、著名古典文学研究专家刘永济；后来成为他岳父的表叔李冰若素以研究词学著称，曾任上海暨南大学中文系教授。受家庭和前辈亲友的影响，先生从小就对古典诗词情有独钟，并显露出作诗的天分和爱好，此后数十年从未间断，可谓一生浸润辞章，老而弥笃。晚年精选一生创作的400多首诗词，结集为《梅棣盦诗词集》[1]。

先生才情富赡，作诗古近兼取，众体兼擅，且题材广泛，生活气息很浓。举凡叙事抒怀，友朋酬赠，莫不有感而发，情真意挚；山水登临，咏物寄意，无不饶有韵致，意境浑融。在诗词界享有很高声誉。先生曾经说过，他作旧体诗词“不是为了当诗人，而是为了研究古典文学。写诗有隔与不隔的问题，分析艺术也有隔与不隔的问题，自己会一点旧诗词，解诗就减少一点隔膜感。不隔才能一针见血，击中要害”。正因为深谙个中三昧，所以先生在解读古人作品时每每能达到既准确精辟又生动传神的境界，试看对杜甫《后游》一诗的解析[2]：

> “江山如有待，花柳自无私。野润烟光薄，沙暄日色迟。客愁全为减，舍此复何之？”这诗中二联写得好。正由于诗人对前游地充满了感情：“寺忆曾游处，桥怜再渡时”，在他眼中，这里的江山仿佛也很想念他，在等待他的重来，而花柳更是无私地以自己的姿色装点春光，供人游赏。我少时读先父建楣先生诗稿，至今还记得其中“桃李有花春到早，江山无恙我来迟”二句，颇赏其豪爽，但不知有意无意中受到老杜“江山”二句的启迪否。早上烟光微薄，原野显得湿润；中午沙滩温暖，似乎日色在那儿迟留不去。张惕庵说：“‘润’字从‘薄’字看出，‘暄’字从‘迟’字看出，写景极细。”尾联与前章呼应，前云思家生愁。此云赏景消愁，暗点不惮重游之意。

[1] 陈贻焮：《梅棣盦诗词集》，河北教育出版社，1997。

[2] 陈贻焮：《杜甫评传》（中卷），上海古籍出版社，1988，第676页。

这一段文字将注解、赏析、翻译打成一片，并融入了自己的独特感受和生活体验，行文有如行云流水。既予人启发，又使人爱读。

幸运的是，先生曾于1962年、1985年、1989年三次到过桂林，留下了多首咏桂林的诗作。如1962年所作七绝组诗《桂游七绝句》：

晓过榕湖

晓逐霞光过桂林，满城空翠袭衣襟。
剧怜市井榕湖水，犹解多情照玉簪。

解放桥远眺

岂止玲珑若玉簪，倚天犹见剑森森。
天公似解英雄意，巧削奇峰费匠心。

花桥即目

闲从云际辨奇峰，入望溪山翠黛浓。
最是花桥花不歇，四时一朵碧芙蓉。

赏芙蓉石

一朵盈盈映水开，岂知原是补天才。
遍身苔篆钟文秀，疑被诗仙把玩来。

探龙隐洞

破壁而飞势俨然，洞中鳞甲迹蜿蜒。

回头瞥见苍松影，惊认龙犹潭底眠底。

游七星岩

岩前花发草萋萋，洞里烟霞费品提。

已有飞船探宇宙，此间空剩上天梯。

望独秀峰

一柱天南秀且奇，晴岚掩映最相宜。

摩空已是惊天帝，那用登吟谢朓诗。

1985 年先生来桂林主持我校硕士研究生答辩，后转道湖南新宁老家，作《湘桂纪行十绝句》，其中两首写到登王城独秀峰及乘船游阳朔的情景。

登独秀峰历三百零六级直达山顶，周围景色尽收眼底

休将金紫比高官，应作嶙峋傲骨看，

及上台阶三百六，却惊山水展奇观。

时值枯水季节，乘船游漓江，自杨堤解缆而止泊于阳朔

冬日南天草木荣，枝头沙际百禽鸣。

画船缆解群峰动，疑是云娥竞送迎。

每当我与家人或友人流连于桂林的青山绿水间，常常会默诵先生

的这些诗句，遥想当年先生同师母游桂林的情景，心中涌起无限怀念之情。

2001 年 4 月，晓音陪伴师母来到先生生前关心和帮助过的广西师大中文系。系陈列室里摆放着先生当年为资料室题词的照片。后又在先生特别喜爱的清澈的灵渠住了一晚。事后师母写信告诉我，此行先生的照片一直陪伴在她身边，旧地重游，先生的在天之灵多少可以得到一点安慰了。

1993 年春节，我的第一本论文集《唐音论薮》即将出版，承蒙先生赐寄序文，在文章的末尾，先生饱含深情地写道："献岁发春，新正又过，余年近古稀，垂垂老矣！顾念坎坷一生，蹉跎岁月；虽自幼有志于学，惜迄今建树无多，良可慨也！幸二三子春秋鼎盛，才学双全；正放马扬鹰，驰骋于文场；含英咀华，弘扬乎国学；竞刊力著，启迪新风；观之不觉豪情满怀，为之呐喊，为之欢呼不置。"

在本文即将结束的时候，重读这篇序言，眼前仿佛又浮现出先生亲切的面容，耳畔又响起先生那熟悉的声音，万千感慨油然而生。

敬爱的恩师，您永远活在我的心中！

（收入《陈贻焮先生纪念文集》，北京大学出版社 2002 年版，2015 年修订）

一生为学术的语言学家
王泗原先生

◆ 张明非

王泗原这个名字，与同时代一些前辈学者相比，并不为许多人熟知。一来他没有显赫的社会地位，从 1950 年进北京直至退休一直是人民教育出版社的语文编辑；二来他没有高深的学历，大学没读完就因家贫而被迫辍学；三来他一生只完成 3 部著作，加起来不过百万字；四来他为人低调，从不喜在公众场合抛头露面，除了上班多半“宅”在家里，唯一的嗜好是到戏院听戏。但就是这样一位看似平凡普通的学者，当你走近他、了解了他的事迹，便不能不肃然起敬。不妨略举几例：他于 1954 年出版的楚辞研究著作《离骚语文疏解》[1] 得到著名语言学家、中华人民共和国教育部第一任部长马叙伦先生赞许，亲笔复信说：“初一循诵，已称博雅。”他在人教社工作期间备受社长叶圣陶先生倚重，被称为叶圣老的左膀右臂。他又是我国第一部大规模语文辞书《辞源》的三位终审之一，要知道另两位可都是赫赫有名的大家：北京大学魏建功教授及中华书局周振甫编审。也就是这样一位名

[1] 王泗原：《离骚语文疏解》，上海文艺出版社，1954。

> 王泗原先生

气不很大的学者，被国学大师张中行先生尊为“畏友”，胡耀邦任团中央书记时曾专门请他定期到家里讲授古文。

王泗原先生为数不多的学术头衔中有一项是广西师范大学客座教授。他是江西人，又几十年一直在人教社做中学语文教材编辑工作，是什么机缘使广西师大能够请到他来此任教呢？说起来，此事还与我有直接关系。

我第一次面见王泗原先生，是在 1979 年秋天。当时，我刚考取北京大学古典文学专业研究生，从工作了 11 年的内蒙古包钢师专重返母校读书。我哥哥张攻非和嫂子陈慧芳正好从上海借调到北京承担编辑《语文学习讲座丛书》的任务。说到编辑这套丛书的由来，还要追溯到上世纪 60 年代。那时候三年困难时期刚刚过去，国家经济开始复苏，有感于广大干部群众提高文化水平的迫切需要，孙起孟同我父亲商量，决定面向北京市在职干部和中小学教师开办语文学习讲座。孙伯伯时任中共中央统战部、人事部副部长兼中华职业教育社总干事，我父亲张知辛是中华职业教育社副总干事、中华函授学校校长。这一构想得到社会各界的大力支持，应邀担任主讲的 40 多位专家中既有叶圣陶、吕叔湘、王力、朱德熙等语言大师，也有老舍、冰心、赵朴初、赵树理、陈白尘等这样的文学大家。可谓名家荟萃，盛极一时。讲座从 1962 年夏天开始，每周一期，地点设在可以容纳数百人的民族文化宫大礼堂，每一场都是座无虚席，好评如潮。几年之间，包括函授在内，学员由最初的 500 多名增加到上万名。正当主办方和专家们都为自己做了一件利国利民的好事感到欣慰之时，1966 年 6 月“史无前例”摧残文化的“文革”爆发了。这一深受广大干部群众欢迎的讲座不仅被迫停办，而且竟然成为一条“反革命罪行”，使我父亲受到残酷迫害。十一届三中全会以后，被关押了 8 年的孙起孟伯伯走出秦城监狱，他真切感到国家的当务之急就是历经劫难的民族文化亟待复兴，由此想到“语文学习讲座”曾经发挥的历史作用，提出编辑出版专家讲义的设想，并专程调我兄嫂到北京担负这项工作。在专家们的大力支持下，仅用了 8 个月，一套共 7 辑、近百万字的《语文学习讲座丛书》1980 年 9 月由商务印书馆出版，两年之内加印 5 次，销量超过百万。正是在编辑丛书的过程中，我哥哥得以近距离接触了多位令人景仰的学者。他特别向我引荐了其中两位，一位是周振甫，另一位就是王泗原。从此我有幸拜识两位先生并同他们有了长达几十年的交往。

第一次上门拜见王先生是我哥哥带我去的，初见面印象最深的是王先生治学严谨，言谈中对我父亲感情很深，至今保留了几封父亲给他的信。此后在北大读研的三年里，我每个周末都从学校回西直门外北礼士路的母亲家。从那儿骑车到王先生住的西四丁章胡同大约需要半小时，这在北京算是一段比较近的路程，所以我经常利用周末到王先生家问学请益。丁章胡同 13 号是北京一座普通的四合院，年久失修，颇有几分破败。王先生住的是东屋，里外虽说有三小间，但面积都不大，记忆中也没有什么像样的家具。印象较深的是一张写字桌，因为那是我每次同王先生谈话的地方。书桌前的窗户经常用白色布帘半遮着，即使是白天光线也比较暗。这套房平时就是王先生一人住着，他唯一的女儿在郊区工作，隔一段时间才和女婿回来一次。即使是在那个物质匮乏、国民经济刚开始恢复的年代，也会一眼看出王先生生活的清贫。

每次进到小院，叩开房门，王先生照例说一句："明非来啦！"然后让我在书桌旁的椅子上坐下。王先生自己则坐在书桌前的一张木头方凳上。不坐椅子，是他保持一生的习惯，据他自己说，坐靠背椅容易精神懈怠。同王先生谈话从来不需要寒暄，总是开门见山，直奔主题。除了我带着问题向他请教或将我写的读书报告交他评阅，谈得最多的就是他正在做的研究。至于他的家世和经历，他同叶圣老的关系，他在人教社的地位，以及胡耀邦如何请他讲古文，等等，在我同他多年的接触中，从未听他提起过。

王先生祖籍江西安福，出身书香门第。祖父王邦玺与清末史学大家王先谦为同科进士，曾任国子监司业及光绪皇帝的南书房行走。父亲王仁照也是博学多才，精通诗词，熟谙文史，著有《葵芳斋诗集》等集，可惜英年早逝。王先生因此不得不从大学退学，去当了一名山村小学教师，以每月 6 元的微薄薪金维持母亲和三个弟妹的生活。当然，这些情况都是在王先生 1999 年仙逝后，我从他的老同事、老朋友写的纪念文章中了解到的，在此之前我只听王先生说过他没有受过多少正规教育，做学问主要靠家学渊源。

在 1979 年到 1982 年的三年里，已记不清到过王先生家多少次，也记不清每次谈话的具体内容了。印象比较深的有这样一些事情。一次我问王先生，作为《辞源》审阅人的主要职责是什么，他答：看词条所引文献是否最早的出处。这项工作看起来好像很简单，做起来却不是一般的难。稍有文献常识的人都知道，判断一个词语是否在典籍中第一次出现，绝不是靠查资料能够解决的，因为你面对浩如烟海的古籍简直无从下手。如果没有非常深厚的知识积累，没有对古典文献的熟谙、精通，是很难胜任这项工作的。记得王先生曾告诉我，他父亲很讲究文字、声韵、训诂，从小教他读古书，具体方法是由五言而七言，由短篇而长篇，凡经典都在诵读之列。不仅要一篇篇抄写下来，而且要背熟、默写，一字不能错。正是自幼经过如此严格的训练，打下坚实的古文基础，他年过古稀仍能背诵1000多首古诗，600多篇散文。明乎此，也就不难理解王先生为什么能够在古语文研究领域取得难以企及的成就了。

令我难忘的还有一件事。记得是1980年的五一劳动节，节前王先生专门去我哥哥临时办公的地方，说他知道我一些古汉语基础课没学过，而古典文学专业的研究生有必要补这方面的课，约我假日去他那儿补一天的课。尽管不好意思叨扰王先生，但恭敬不如从命，于是五一那天，从上午8点半到下午4点半，除了吃午饭，一直是王先生在给我讲课，中间连口水都不喝。我没想到王先生为给我补课，如此认真，做了充分准备，一共讲了10个方面的问题，要用的例子都在书里夹了纸条。老先生记忆力超强，所引诗文均脱口而出，不用翻书，令我既佩服又感动，不论为学还是为人都受到很大教育。王先生给我上课的时候，他难得回来休假的独生女儿和女婿一直在忙着做饭。开饭了，饭桌上鸡鸭鱼肉都有，很是丰盛。但有意思的是大家都闷着头吃饭，谁也不说话，真正做到了“食不语”，这顿饭半小时左右就结束了。这可以说是我生平记忆中最特别的一次饭局。

听王先生介绍他的研究，是一种享受。尽管涉及考据的内容通常比较烦琐枯燥，但王先生讲来津津有味。我印象较深的是他对姜太公遇文王时间的考证。姜子牙是商末周初著名的历史人物，史书及民间传说关于他都有不少记载，其中在渭水边钓鱼遇周文王的故事流传最广，以至于“姜太公钓鱼——愿者上钩”成为家喻户晓的歇后语。姜子牙是多大年纪得遇文王的？最有影响的说法是 90 高龄，如《韩诗外传》卷七：“吕望行年五十卖食棘津，年七十屠于朝歌，九十乃为天子师，则遇文王也。”对这一流传数千年的说法，王先生认为是不可信的，提出太公遇文王是 62 岁的新见。具体考证推理的过程，引用了哪些材料，我已记不太清楚，只记得其中的两个推理，一是如果太公 90 岁遇文王能够成立，则他辅佐的周成王出生时其父武王已年逾 90，90 生子已不合常理，而此前数十年武王竟未生一子，更于理不合。二是“牧野之战”是周武王在姜太公辅佐下讨伐商纣王的一场决战，如果说姜太公遇文王是 90 岁，那么到牧野之战则有 120 岁了，如此高龄，生活能否自理都很难说，更不可能亲临前线指挥打仗了。仅凭这两条，王先生的质疑就很有说服力。

以上成果收入他后来出版的《古语文例释》[1] 中。先生在《自序》中对书名做了说明：“因为内容是就古语文的一个一个例作说解，命名古语文例释。”关于写作的缘起，王先生说是他在阅读先秦两汉典籍中发现了一些语文上的疑难问题，于是利用业余时间一一加以辨析，想

[1] 王泗原：《古语文例释》，上海古籍出版社，1989。

到一则就写一则，类似随笔。这样的随笔共有339则，涉及语法、句法、虚词、断句、词义、古音、文字、章法、校勘、考据等许多方面，累计40万字。完成这部书，王先生前前后后用了40多年，可以说是倾注了他大半生的心血，所以甫一面世，就“震惊学界”。

王湜华先生是著名出版人和文史学家王伯祥之子，他撰文评论说：“《古语文例释》，是他用一辈子钻研古语文的心血撰写而成的，让人心服口服的巨著。这部书的学术价值，我认为，将是今后几代人用之不尽的古语文宝库。”

同季羡林、金克木并称为“燕园三老”的著名学者张中行先生专门撰文推介，其中说：“四十万言，用了四十多年的时间和精力，像是很慢，其实不然，因为分量太重。重，可以由两个方面看，一是不读书破万卷就写不出来，另一是有所论述，几乎都可以解前人之惑，成为定案。”

当今社会，动辄下笔洋洋万言，以“著作等身”自鸣得意的大有人在，对照王先生几十年磨一剑的严谨治学态度，难道不应该反思，不感到惭愧吗?

1982年夏天，我顺利完成学业获得文学硕士学位。这一年年底，来到桂林广西师范大学中文系任教。在教学和科研工作中，我常常会想到王先生，想起他的那些教诲。比如：“多一分文化，就是多一份责任”；“写文章一定要注意锤炼，可有可无的哪怕是一个字也要删掉”；“做学问、搞研究，一定要独抒己见，决不人云亦云”；等等。这些道理并不高深，甚至有老生常谈之嫌。但因说这些话的是王先生，是一位不仅这样说，而且一生恪守这些原则的前辈学者，其影响力、说服力自非寻常可比。事实证明，我后来几十年的科研和教学工作都深受其益。

我所在的中文系古代文学教研室历史悠久，实力雄厚，著名学者、教育家冯振教授及著名散文家秦似教授都曾长期在此执教。古代文学又是广西高校中首批取得硕士授予权的少数学科之一，1979 年开始招收研究生。学术乃天下公器，我从自身受益联想到研究生，如果他们能够在求学期间受教于王先生这样的学界前辈该有多好，由此萌生了请王先生来桂林讲学的想法。在征得系领导同意后，1986 年暑假我写信同王先生商量，请他开学后来校讲学，王先生当时已 75 岁，身体又瘦弱单薄，但他二话没说，慨然应允。

开学前夕收到王先生来桂的电报，8 月 29 日上午我和时任中文系党总支书记的介山一起去火车站接他，看到王先生买不到软卧竟然坐着硬卧来了，我俩都非常不安。要知道 80 年代从北京到桂林乘火车需要 30 多个小时。我每年都回京探亲，对这一路上的辛苦深有体会。回到学校，王先生刚在一套事先准备好的教工宿舍安顿下来，副校长张葆全、系主任林宝全和周满江 3 位教授就前来看望，学校和中文系领导对王先生来校讲学十分重视和欢迎，寄予了厚望。

9 月 5 日上午，王先生的“楚辞研究”第一次开讲，在座的除古代文学专业全体研究生，系主任、教研室主任及一些老师也来旁听。一节课下来，王先生就以他渊博的学识和思维缜密、条理清晰的讲课方式征服了所有听众。古汉语教研室一位教授激动地说：“非常好，这样的老师很难找，恨不得每句话都记下来。”这门课每周安排 2 次，每次 2 节，一直到学期末。就这样，在将近 4 个月的时间里，王先生先后为研究生讲授了楚辞中的《离骚》《天问》《招魂》《卜居》，《九章》《九歌》中的部分篇章，《九辩》第一、二章。楚辞是一种诗体，篇幅

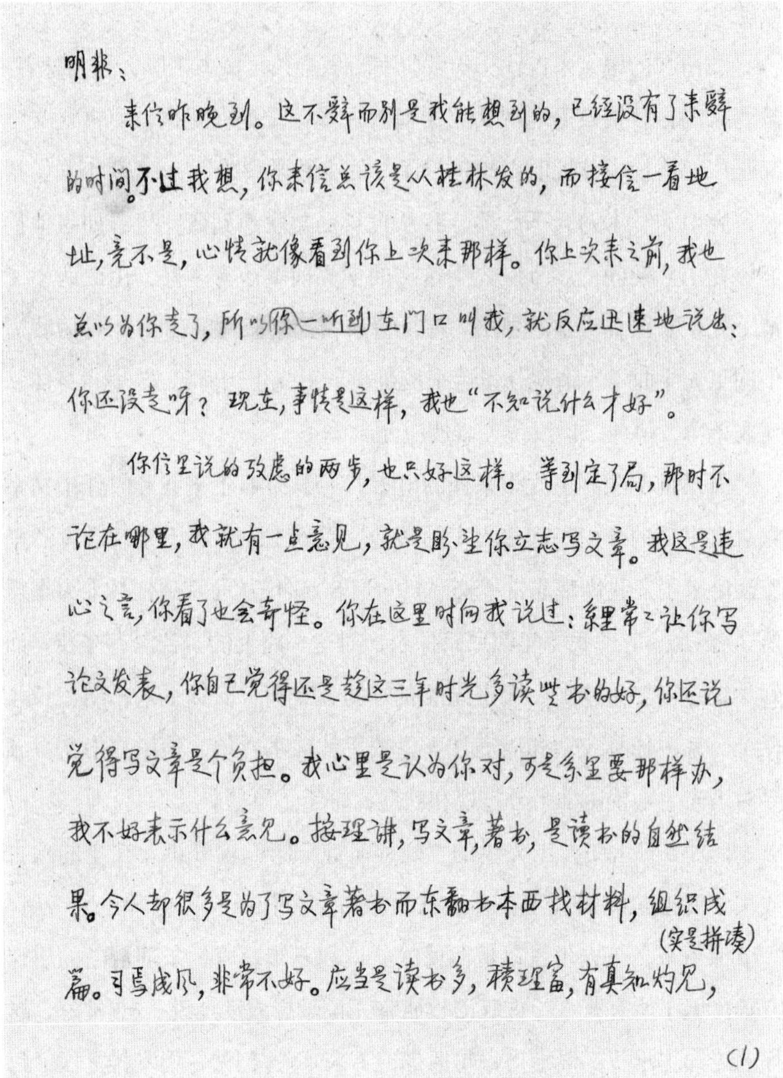
明非：

来信昨晚到。这不辞而别是我能想到的，已经没有了来辞的时间。不过我想，你来信总该是从桂林发的，而接信一看地址，竟不是，心情就像看到你上次来那样。你上次来之前，我也总以为你走了，所以你一听到在门口叫我，就反应迅速地说出：你还没走呀？现在，事情是这样，我也“不知说什么才好”。

你信里说的考虑的两步，也只好这样。等到定了局，那时不论在哪里，我就有一点意见，就是盼望你立志写文章。我这是违心之言，你看了也会奇怪。你在这里时向我说过：系里常常让你写论文发表，你自己觉得还是趁这三年时光多读些书的好，你还说觉得写文章是个负担。我心里是认为你对，可是系里要那样办，我不好表示什么意见。按理讲，写文章，著书，是读书的自然结果。今人却很多是为了写文章著书而东翻书本西找材料，组织成篇（实是拼凑）。习焉成风，非常不好。应当是读书多，积理富，有真知灼见，

(1)

∧ 王泗原先生手迹

然后写下来，这就是文章，就是书。今天社会风气上重名的日盛，如果为了出名而写文章，我们还不愿为，也不屑为。写文章来陈述自己的一种见解，总是学问的事，只要态度认真，这不是不对吧。不过今天文章要发表也难于登天，这你是知道的。碰运气去吧。先写了再说。没有文章在手，就有运气你也碰不着。

别的也须等到工作定了局再说。我觉得你需要好好休息一下。不过工作没定，还得考虑，还得奔走，也难休息好。

你没告诉过我，我也没询问过：後来你的答辩论文顺利不顺利？学位怎样？学位自是身外物，但既有此规定，总得符合规定才對。

周洪有信来。她分在江西师院，可算幸运。工作是辅导一年级的古代史课。只是人事关系上有点受卡。

我现在只抄随筆，抄时不免要改，進行很慢。辞源看稿已结束，第四册明年初可出。身体还可以，请勿念。

问介山同志好。盼保重。来信，封面须写西四。丁章归西四邮区。西城不止一个邮区，不要写西城。泗原 1982，10，21早。

丁章的信只由西四邮局送。若到别个局，它还得送西四局，就耽误了。

都不长，最长的《离骚》也不过2464字。一学期50多个课时只讲十来篇作品，这简直是不可思议。试想，如果没有深厚的知识积累和深入的研究怎么可能做得到呢？

如屈原《离骚》的最后一节为："乱曰：已矣哉，国无人，莫我知兮，又何怀乎故都？既莫足与为美政兮，吾将从彭咸之所居。"光讲其中一个"乱"字，王先生就用了整整4节课。他教给学生的不只是结论，即"乱"应读"治"，乃"治理"之意，在屈赋中是终篇、结语的意思。而且梳理辨析了从古至今历代学人将"乱"字音读错、意义曲解的现象，指出历代不少楚辞研究者都未能讲通，而他所列举的"讲不通"的学者无一不是大学者、大名家，如宋代朱熹、钱杲之、吴仁杰，清代段玉裁、王夫之、胡文英，近现代的郭沫若、游国恩等。王先生认为他们或是"想当然，并无根据"，或是"以反为正，颠倒是非"，或是"抛却不讲"。而造成误读错解的根源，皆因不识古文字，不了解"乱"字原本是治理的"治"字。之所以敢于挑战权威，破除成说，除了有精通古文的深厚根底，还因为在王先生看来，"学术是不容半点虚假的，……凭空臆断，唯新奇是务，也只是苟以哗众取宠而已。今日校释楚辞，于前人今人说解，应疑其所当疑，信其所可信，期达到荀子所说的信信疑疑之信"。类似的例子有很多，如《离骚》："朝饮木兰之坠露兮，夕餐秋菊之落英。""落英"，历来注解都释为落花，"落"即陨落，王先生认为这里的"落"应是"始"，"落英"即初花。因为楚地菊花开在秋末至冬初，说"秋菊"自然是指初英。并提到陶渊明《桃花源记》中的"落英缤纷"也是写初英，适与上句"芳草鲜美"相对。这些见解都发人之所未发，令人耳目一新。这样的教学自然不只是"授人以鱼"，更重在"授人以渔"，使学生不仅知其然而且知其所以然，达到举一反三的目的。

王先生平日交谈不苟言笑，在课堂上也如是。90 分钟里，既不说开场白，也不讲题外话，直接进入正题，是王先生从开讲到结束一以贯之的风格。12 月 12 日上午是“楚辞研究”课结束的日子，我至今记得，那一天来听课的人特别多，教室都坐满了，王先生倒看不出与往常有什么不同，依然是平平常常的样子，从从容容地讲课。按照惯例，在课程结束的时候，教师通常会发表一点感想或说几句告别的话，更何况王先生是远道而来的客座呢？当时，我坐在下面，内心怀着几分期待。出乎意料，铃声一响，王先生便戛然停止，宣布下课。教室一片寂静，过了片刻，大家才仿佛回过神来，报以热烈的掌声。尽管我的期待落空了，但事后一想，这正是王先生的行事风格，一辈子不迎合，不媚俗，特立独行。张中行先生与王先生在人教社共事几十年，他说：“王先生是我的畏友。小畏是他的治学，深入而精粹，不吹吹拍拍，华而不实。大畏是他固执，严谨，有所信必坚持到底，有时近于违反常情也不在乎。”我后来读到这段文字时不禁会心一笑。王先生讲课一向从容不迫，精练准确，言简意赅。当然，也偶有情感流露的时候。比如讲到作品中他欣赏的片段，往往不做具体赏析，而是喜欢一字一顿地说：“好到说不出的好。”此时脸上会浮现出难得一见的陶醉。近 30 年过去了，王先生当时说话的口气和神态还历历在目，记忆犹新。

除开有课和出差的日子，我都同研究生一起听王先生讲课。课余王先生还为我开小灶，周末到家里给我讲古文，记得先后讲了苏轼《荔枝叹》、张若虚《春江花月夜》、王勃《滕王阁序》、柳宗元《小石潭记》等。这些诗文我不止一遍读过，也不止一次给学生讲过，但王先生讲来还总是有所不同，每一篇都有他独到的见解。如讲《荔枝叹》“君不见武夷溪边粟粒芽，前丁后蔡相笼加”，不同意“蔡”指蔡襄的通行说法，认为是指蔡京；讲韩愈《马说》，认为是通篇说理，而不是通常所说的什么“寓言”或“故事”。对古代大家的经典作品，他也敢于提出批评，记得最清楚的是说到韩愈，认为韩文虽历来被作古文者奉为圭臬，其实也并非篇篇佳作，如其历代选本不漏的名篇《送孟东野序》，就是一篇“思维紊乱”，“文人刻意造作之文”，并连带批评了清代桐城派大家刘大櫆称许此文“奇绝变化”乃是“不得要领之评”。试想，如果没有极为扎实的旧学根底及严谨求真的治学态度，是很难发现也未必敢向这些大家挑战的。在来家讲课的日子，王先生希望不只是他给我讲，还希望我能够提出读书中遇到的疑难问题。我理解他的良苦用心，也知道这是极为难得的学习机会，但我那时到高校才几年，搞教学科研、评职称的压力都不小，实在抽不出多少时间系统读书，也就提不出很多问题，看得出王先生有些失望。到后来就连这样的“家教”也因我常常有事难乎为继。回想起来，至今仍为辜负了王先生的心意而深感遗憾和愧疚。

从 1986 年 8 月末到第二年 1 月中旬，王先生在桂林度过了近 5 个月。除了上课，其余时间都是在房间里写作，后来出版的《楚辞校释》[1]，有一部分就是在这期间完成的。我问过王先生，学校资料有限会不会影响他的研究，他的回答使我大吃一惊，校释楚辞这样高难度的工作，他竟然不需要治文史者须臾不可以离开的工具书！更何况他的校释不像我们现在看到的很多古籍注本，只是将前人的研究成果集

[1] 王泗原：《楚辞校释》，人民教育出版社，1990。

大成，遇有不同说法就列举出来，让读者自己去判断。王先生所做的工作是“决嫌疑，明是非”，运用语法、训诂、古音、文字、校勘的方法，阐释篇章字句的意义，辨正文字音读的讹误。如他运用故楚旧地的江西吉安、安福、永新、莲花一带的原存方言，解释楚辞的“羌”字，解决了东汉王逸以后历代学者未能正确解释的问题，就是其中一例，为楚辞研究做出了重要贡献。书中类似的创见不胜枚举，因之出版后享誉学界，荣获了国家教委首届高等学校出版社学术专著优秀奖。

《楚辞校释》是王先生最后一部著作，他一生虽只完成了3部书，但每一部都是狮子搏兔用尽全力，正如张中行先生所说：“王先生写零碎文章不多，勤学少作，正是严谨的一种表现。但不是不作，而是有所作就重如泰山，甚至压到古人。”在学风普遍浮躁的今天，不知有几人能像王先生这样不唯有深厚的学术功力，还有淡泊名利数十年如一日甘坐冷板凳的定力。

能够请到王先生这样的饱学之士来师大讲学，我自然很高兴，但同时又不无担心，毕竟他年事已高，身体又羸弱，所以想尽量将他的饮食起居安排得好一点、周到一点。他平时的一日三餐都为他在学校食堂预订好，由研究生轮流打好送去，星期日则到我家改善一下。老先生牙不好，饭菜就做得绵软一点，清淡一点。有朋友来家聚会，也邀王先生一起参加。遇到周末有朋友邀外出聚餐，就事先准备好他的饭菜或是打包给他带回来。一次，朋友请我们吃饺子，吃完我们还专门带回和好的馅儿和面，给王先生包了一顿饺子。中秋到了，我们请王先生和几位进修教师、调干学生来家一起过节，研究生还特地给王先生送了一盒月饼。系里举行教师节茶话会、新年聚餐都邀请王先生参加。每到这种场合，王先生总是静静地坐在那里看着，很少说什么话。从我家可以望见王先生所住楼房的窗户，每天晚上我都要等到他房里的灯光熄灭才安心。怕王先生一天坐到晚太辛苦，曾邀他到校园里散步，但只走了一两回就作罢了，因他患类风湿多年，关节严重变形，行走很不方便。他已多年不看电视、电影，而听京戏的唯一嗜好在桂林又无法满足。这样的生活在常人看来实在是太单调枯燥了，王先生却毫不以为然，因为相比他在北京经常是烧饼馒头就白开水，冬天不到最冷也不生炉子，条件要好多了，而最令他满意的是不用因做饭、生火这些家务事花费时间了。正因如此，在结束课程后，王先生没有立即返京，又在桂林逗留了一个多月，专心著他的《楚辞校释》，直到 1 月 17 日学校放假才离桂返京。有个别研究生了解到王先生的生活方式，私下里议论："如果做学问就得像王先生这样生活，宁可不做。"是啊，一般人怎么能够适应王先生这样的生活方式，又怎么能够理解学术在他心中的分量和地位呢？可以说，对王先生而言，学术就是他一生的追求和精神寄托，是他生活的全部内容和生命存在的意义。王先生身后有一篇纪念文章称他是"最后一个颜回"，此说深得我心。王先生一生布衣蔬食、安贫乐道，像他这样对生活要求低到近乎苛刻的人，在当今这个追求物质、崇尚奢华的时代，真的是很稀有了，也唯有古人可以相比。《论语》载："子曰：贤哉回也！一箪食，一瓢饮，在陋巷，人不堪其忧，回也不改其乐。"孔子所称赞的颜回不正是王先生的生动写照吗？

《楚辞校释》出版以后，年已八旬的王泗原先生并没有选择修身养性安度晚年，而是将关注的目光转向他的家乡——江西，以自己的专长为家乡的教育和文化事业服务。1992 年他应邀到江西师大讲学，不仅婉拒校方付给他的讲课报酬，连路费也自己承担。同一年他倾尽平生不多的积蓄，自费出版了他祖父王邦玺的《贞石山房奏议》及《贞石山房诗钞——释簪草》两部著作，并免费赠给有志研究的学人。他还不顾年老体弱，每日步履蹒跚地去到北京图书馆，一字一句抄写馆藏明末乡贤刘铎、刘淑父女的诗文《来复斋稿》《个山集》10 万字，然后自费印刷，亲自校对，整理出版。他所做的这一切，既无名又无利，用他自己的话说，就是“为民族文化尽一点力”。朴实无华的语言，折射出王先生崇高的精神境界，感人至深。

1999 年 5 月 12 日，王泗原先生在北京逝世，享年 89 岁。回顾他的一生，实际上他只做了两件事：一是编教材，从 1951 年到“文革”开始，参与编写了这一时期大部分重要的中学语文教科书及各种配套用书。二是搞研究，出版了 3 部学术著作。这两件事看起来很平常，很多人都做过，难能可贵的是无论编辑还是治学，王先生都做到了一流，达到了常人难以企及的境界。尽管他一生自甘清贫、不求闻达，但人们是不会忘记这位学识渊博、秉性刚直、执着敬业的老人的，他的令名和精神一定会随同凝聚其一生心血的著作世代流传下去。

为学术鞠躬尽瘁，死而后已，这就是王泗原先生的一生。

（写于 2005 年 9 月）

学者典范、编辑楷模周振甫先生

◆ 张明非

周振甫先生是享誉海内外的大学者，博古通今，著作等身，在中国古代文论、古典文学及现当代鲁迅、毛泽东诗词研究等多个领域都有卓越建树；周先生又是出版界奉为楷模的编辑大家，在长达半个多世纪里，经他校对、审读、编辑的大型书稿近50余部，曾获得业界的最高荣誉——首届韬奋出版奖。尽管出版界历来倡导编辑学者化，但为他人作嫁与自己著书立说毕竟不能等同，二者兼顾实属不易。但周振甫先生却能够在五十年如一日出色履行编辑职责之外，完成了近千万字的著作，以他勤勉的一生及世人瞩目的成就树立了集编辑、学者于一身的典范，赢得了同事、同行、朋友、后辈的广泛尊敬和爱戴。

与事业的杰出成就相得益彰，周先生具有高尚的道德情操。他正直无私的品德，虚怀若谷的风范，谦和平易的态度，乐于助人的精神，在业内外有口皆碑。凡同周先生近距离接触过的人，不论是一面之缘还是长期交往，无不对此感同身受。

周先生是父亲生前的老朋友，也是我仰慕已久的大学者。上世纪70年代末我考回北大读研，当时，年过35岁、已有两个孩子的我重新走进校门，内心充满求知的渴望，不愿放过任何一个学习的机会，拜谒周先生向他请教自然成了我迫切的愿望。于是，在读研的三年里，周先生位于朝阳区工体路幸福一村的家就成了我多次造访的地方。我多半是利用周末进城看望母亲的机会，从西城乘公交赶到东城。每次我叩开房门，见到的几乎是同一情景：靠窗的一张写字桌旁，周先生正伏案写作，上面堆放着书本和稿纸，偶尔看到他上小学的外孙挤在桌子的一头做功课。这里距工人体育馆不远，有时听得到从那里传来的体育比赛的喧闹声。不大的两居室里，除了书桌、书架和床，记不清还有其他称得上家具的陈设。就是在这样一个时下称为“蜗居”的房子里，周先生一住就是几十年，直到生命的最后时刻。一般人很难想象，这样一位大学者竟然毕生不曾拥有一间书房；更难以想象，就是在这样简陋的住所里，周先生用他的蝇头小楷，一字一格，写出了50余部学术著作。

周先生话不多，说起话来也是轻声细语，加上浙江平湖口音，有时听不太分明。交谈时他常低着头，很少直视对方，但很注意倾听，还时不时点头说“好”。与周先生形成明显反差，师母张韫玉则性格爽朗、心直口快，个子看上去似乎也比周先生略高一点。我很喜欢同师母聊天，记得是1980年9月的一天，我去周先生家，不巧周先生去四川开会了，韫玉师母同我聊了许久。她17岁就嫁到周家，与周先生相濡以沫、甘苦与共一起生活了50多年。聊天中，师母还把周先生最近写给她的信拿给我看，全是汇报在四川活动的日程，一句“抒情”都没有，尤其看到开头的“您好”和结尾的“敬礼”，我忍俊不禁。

同周先生的少言寡语相比，师母要健谈得多，而且话题多半围绕周先生。比如说《诗词例话》得到哪些著名学者的称赞；说周先生看稿子不是简单地提提意见了事，遇有问题不仅会亲自动笔修改，有时还替作者增补内容；等等。话语间自然流露出对丈夫的称赞和自豪。有趣的是每当师母说这些事时，周先生就在一旁小声嘟哝，师母解释说："他说我总是夸夫，夸夫！"从师母言谈中还了解到周先生在生活上不很讲究，甚至闹过穿两只不同袜子出门的笑话。所以师母提前退职全力照料他的饮食起居。我就亲眼见过周先生临出门，师母帮他拉拉领子、理理头发的情景。至今，这一温馨场景还鲜活地浮现在我眼前。

研究生学习期间，我得到周先生不少指点和帮助。我曾将自己读南朝诗人庾信的读书报告写成《论庾信的乡关之思》一文送请周先生指教，不久就收到他的来信，其中不仅有批改指正，还提供了拓展的思路和具体建议。文章修改后发表在1980年第3期《文学遗产》上，尽管我在文中未能有一字向周先生致谢，但内心的感激是不言而喻的。要知道能够在这样高级别的刊物发表论文，对于一个刚进入学术研究领域的学子来说是多么大的激励！

我硕士论文的选题是《试论南朝诗歌对唐诗的影响》，周先生表示赞同，他回信说："你研究六朝文学，这是一片还没有好好垦殖过的地方。解放后，政治标准第一，看作者对人民的态度如何，六朝文学只有成为吐弃的对象，如何肯细心研究？解放前，文起八代之衰，一笔扫荡，如何能好好研究？所以这个区域还是能好好研究的。对文学作品，只能是思想倾向第一。思想倾向者，作者之生活体会也，不能政治标准第一。政治标准者，统治者的需求也。作者只能写自己的生活体会，才能写出好作品来。作品只能看人民喜不喜欢，

∧ 周振甫先生与师母

《长恨歌》等为人民所喜爱是好的，不能看对人民的态度。对人民的态度好，而人民不喜爱，也是枉然。”又说：“学习古典文学。不是学它的政治标准，也不是学它的思想性，还是学它怎样通过艺术技巧来表达它的思想倾向，我们还是苦于所知太少，我们研究得太不够。”在改革开放拨乱反正之初，周先生就旗帜鲜明地提出评价古典文学作品“不能政治标准第一”，这需要怎样的胆识！无论在什么情况下，坚持自己的观点，不苟且，不媚俗，不迎合，充分表现出知识分子的良心和风骨，这正是周先生于学问之外，赢得人们尊敬崇仰的一个重要原因。

我的毕业论文写作，也得益于周先生的指教。如针对我写作中未能处理好引文和阐述的关系，点拨说：“引用前人的议论是必要的，但要加以阐述，把论述说得深一点。引文是帮助我说明观点，不是代替我的论点。因为我要说明我的问题，这个问题是新的，所以光是引文还不够，还要作阐述，要说得深透一点。”这些教诲不仅当时使我豁然开朗，而且一直成为我此后几十年搞科研、写论文的指南。

毕业之前，因当时户籍政策限制，我只好放弃北京，联系外地的单位。得知我将到地处桂林的广西师大（当时还是广西师院）工作，周先生很高兴，对我说：“我的老师冯振心先生也在师院，可惜他已太老了，听说卧床不起，不能再讲课了。”并满怀深情地回忆起1979年5月去昆明参加中国古代文学理论学会第一届年会后，同几位年轻老师一起到桂林看望冯振先生的情景：“那次就住在师院里，我去看了几次冯老师。去时冯老师身体还好，记忆力也不错。师院内有独秀峰，我没有上去，只去玩了几个山洞，游了漓江。”1982年底我即将赴桂林报到，周先生来信又一次提到冯振先生：“冯老师教我的是《说文》，除讲了序外，就挑选《说文》中可讲的字。一字一字讲，编有讲义，是很扎实的。可惜我没有好好学，当时只图应付考试，所以现在对《说文》这一门学问还是门外汉。冯老师还喜欢写诗，他的诗集称《自然室诗话》，表示崇尚自然。他对诗用功很深，他的诗也写得有功力。”字里行间充满对老师的敬重和真挚的师生情谊。冯振先生是著名教育家、古典文学专家，是周先生少年时在无锡国专求学的老师。可惜我到桂林以后，冯振老已卧病住院，不久就去世了。我刚来人生地不熟，不便前往打扰，直到他老人家病逝也无缘得见，终成憾事。

到桂林半年以后，介山和两个孩子也从内蒙古迁来。此后的几十年里，我虽然也有时回京探亲或出差，毕竟来去匆匆，拜望周先生的机会少了。但在读书和工作中遇到问题还习惯写信去请教或求助，周先生向来是有信必复，有求必应。

记得是在 1989 年，我将自己读研以来写作的诗词鉴赏文章选出 100 篇集结成《古典诗词百首鉴赏》。这是我平生出版的第一部著作，对我而言意义自不同寻常，也很自然地想到请诗文鉴赏大家周先生为书作序。很快收到他手写的 2500 多字的序言，对拙著做了细心讲评，归纳出《鉴赏》的几个特点，最后说：“‘鸳鸯绣出从君看，不把金针度与人。’古代的诗词名作是绣出的鸳鸯，《鉴赏》是对绣出的鸳鸯探索它的金针绣法，来作度与人的工作。我们从《鉴赏》的探索中，可以学习怎样探索金针绣法，学习它的探索，帮助我们自己去探索别的作品，那就可以不停留在学习《鉴赏》的百首诗词的赏析了。”我不敢说拙著能对读者有多少帮助，但周先生的序倒确实是将金针度与人的鉴赏指南，对如何学习古典诗词有很大启发。大约是 1995 年前后，得知我应漓江出版社约稿拟写《唐诗与舞蹈》一书，周先生立即将友人刚送他的一本《全唐诗中的乐舞资料》挂号寄来，说是内中有讲到舞蹈的，供我参考。

我至今珍藏的50多封周先生的亲笔信，大多写于我来桂林以后，也正是这些珍贵的来信使我对周先生有了更多的了解。[1]

周先生写作的高产，是尽人皆知的。这自然与他学识渊博、功底深厚而又勤奋分不开，但从他的信中我也了解到其中一些书的写作因由。如1981年出版的《文心雕龙注释》，周先生告诉我是他1979年去昆明开文论会，与《文心雕龙》研究专家、四川大学杨明照教授住一个房间，知道杨先生有一篇评论补注范文澜《文心雕龙注》的文章投给了中华书局的《文史》集刊，征得杨先生同意后，参考这篇文章做了补正后出版的。再如1991年出版的《周易译注》，是因为“曾去厦大参加学术讨论会，与福建师大黄寿祺先生住一间屋，黄先生对《周易》很有研究，承他送我一本《周易》资料书，参考各家的周易著作，临时抓一下编成的”。从中也可看出，周先生学识如此广博仍时时注意学习并汲取他人的研究成果。更有意思的是周先生来信说到《中国修辞学史》（1991年）的著书经过：“像我在前言所叙的，也是一时的机缘，靠了钱（锺书）先生的教导写成的。去年，上海教育出版社邵桂珍来信约我写钱先生《谈艺录》读本，我的外文不行，因约同事冀勤女同志合作，约定了，告诉钱先生。钱先生后来说我‘先斩后奏’，很不高兴。说我已经约定，就不管了。这本《修辞学史》又写到钱先生，我怕他不高兴。但出乎意料，他来信说：‘尊著乃真积力久所成，弟

[1] 以下凡引周先生原话均见诸他给作者的书信。

如《儿女英雄传》中程师爷的所谓雍兄弟哦，何功滋之有，乃虚怀若谷，寸善必录，且贱名得附骥尾，其荣也兹所以为愧也。’振回信说：‘振编于陈望道《修辞学发凡》有异议，深恐措辞不当，受人讥弹，先生不以为非，足以释念。’”由此一事，也可见周先生对钱先生的尊重，以及钱先生对周先生的坦诚和信赖。

因编辑钱锺书先生《谈艺录》和《管锥编》这两部学术巨著，周先生与钱先生之间保持了长达数十年的深厚交谊。周先生对学贯中西的钱先生备极推崇，在自己的著述中多次引用、阐发钱先生的学术创见；钱先生对周先生也由衷感佩，他在《管锥编》序中写道：“命笔之时，数请益于周君振甫，小叩辄发大鸣，实归不复虚往，良朋嘉惠，并志简端。”两人之间真诚互信的君子之交，树立了编辑与作者关系的典范，成为学界广为传颂的佳话。

因为周先生在诸多领域都有研究，所以邀请他参加的会议也不少，对此，周先生说：“开会有个好处，就是了解各方面对讨论问题的意见，看看当前所讨论的问题有什么新的要求，怎样再把问题的研究推进一步。”显然，在周先生心目中，开会是为了交流信息推进学术研究，而不是公费旅游。但他自从退休以后，除北京的会就很少参加了。理由是自己已经退休，不愿找单位报销差旅费。如1989年古文论学会在上海举办第六届年会邀他参加，周先生婉拒了，他跟我算了一笔账：“开会5天，每天宿费30元，会费60元，再加膳费、旅费，约400元左右，我不好向中华（书局）报销，所以不去了。”1990年11月王元化先生邀请他去汕头大学参加《文心雕龙》学会年会，讲明一切费用由会议报销。这下周先生本可以去了，但他估算了一下：“川旅食宿及会费不下千元，替会上考虑，似不上算，所以没有去。”连400元都舍不得让单位出，周先生为公家打算得如此精细！但轮到自己的事他却是另一种算法。上世纪60年代他在中国青年出版社工作时撰写的《诗词例话》，前后印数达60万册，他却一分钱稿费也不要，理由竟然是这是他在工作时间内写的，是编辑的分内之事。两相对照，不难看出周先生毫不利己、公私分明的高风亮节。

周先生为人谦逊、待人谦和是出了名的，故“谦谦君子”是人们对周先生一致的印象。1983年中国出版工作者协会和中华书局联合举办“祝贺周振甫同志从事编辑工作50年”座谈会，杨伯峻先生[1]即席赋诗，其中两句是“谦恭足比陈文象，敦厚真如龙伯高”，称赞周先生谦恭敦厚，堪比两位古代先贤。刘叶秋先生[2]也有诗赞他：“品缘谦益重，情以朴能真。”对此，我也是深有体会的。

如我在读研期间曾将写李商隐咏物诗的文章寄给周先生看，周先生回信说：“李义山的咏物诗我没有研究过。对义山的诗，我只注意过最传诵的少数篇章。因此，你文中所讲的，有的我已忘记，你的文章对我也有帮助。”又说：“我没有研究过李的咏物诗，所以只能说些空话。”实际上，周先生对李商隐的咏物诗并非没有研究，只是当时还没有专门著文罢了。因为接下来，他就告诉我咏物诗源于《诗经》，研究李商隐咏物诗要与杜甫、中晚唐诗人比较，要谈出特色；还要从文学演变的方面来谈，找出他的独创方面。这些“空话”，300字一页的稿纸写了满满4页。到1986年他的《李商隐选集》便由上海古籍出版社出版了，其中精彩纷呈，创见迭出，享誉学界，成为研究李商隐的必

[1] 杨伯峻（1909—1992），著名语言学家，中华书局编审。

[2] 刘叶秋（1917—1988），中国古典小说研究专家，《辞源（修订本）》三主编之一。

读书目。又比如，我向周先生汇报自己在师大的教学得到学生认可，周先生说："我去秦皇岛参加武汉《语文》刊办的教学，上讲前，座无虚席，讲到中间休息时，好多人走了，大概听不懂，真是没有办法。看到您的教育成功，很羡慕。"

钱锺书先生在祝贺周先生从事编辑工作 50 年的会上发言说："人受到表扬往往有两种反应，一种是洋洋得意、尾巴翘起；一种是惭愧难言、局促不安。振甫属于后一种。我完全了解他，我知道他听了那么多赞誉之言后一定是局促不安得很。"的确，任何时候周先生听到赞扬他的话，都会发自内心地感到不安。我就亲历了这样一件事。

那是在 1988 年秋，我赴太原参加唐代文学学会年会，回来写信提到乔象钟先生[1]称他为"圣人"。周先生很快寄来长信，详细说明了此事的原委："乔象钟说我的话，是王毓铨先生[2]说的。原来美国林顺夫教授在美召开从汉到唐的讨论会，要请钱先生去。钱先生已去过美国，请不到，他看到《管锥编》上的小序里提到振，就邀振去。振不会英文，由林把来回飞机票寄来，请孙康宜女教授[3]在纽约机场接我。我到纽约，孙和丈夫驾车来接我，把我接到她家。我在她家住了好几天。她陪我到波士顿，和开会的教授会集，再到麦恩洲去开会。在她家几天，她丈夫是工程师，白天上班去了，家里只她一人，陪着我，跟我讲开会的人写的论文，有好多论文是用英文写的。陪我在她家书

[1] 乔象钟，女，唐代文学研究专家，中国社科院文学所研究员。

[2] 王毓铨（1910—2002），著名历史学家，中国社科院研究员。

[3] 孙康宜，女，耶鲁大学东亚语言文学系教授和东亚研究所主任，研究涉及中国古典文学、文艺学、美学等多个领域。

房里参观她家的中文书。我不会讲英语，一切都要依靠她。她懂几种外文，是大学的图书馆长，又考上博士，又年轻，我自愧不如。因此在她面前，自然表示敬重。王毓铨是历史研究所研究院，在中华同振一起点校《明史》，他从美国回来，就说了乔象钟说的话，大概只指我在孙康宜前所表示的谨慎态度而已，在那里我是不能不谨慎的。事实就是这样，谁处在我的地位，谁都一样，不值得称道。”我猜想，称周先生为“圣人”一定是孙教授有感而发，绝非如他说的这么轻描淡写。“圣人”，是中国传统文化的定义，指那些知行完备、至善之人。司马光《资治通鉴》中说：“才德全尽谓之圣人，才德兼亡谓之愚人，德胜才谓之君子，才胜德谓之小人。”用这一标准衡量，德行高尚、才学超群的周先生完全当得起“圣人”的称誉，可他却深感不安，做了这许多解释。由此也可见周先生不仅可敬、可亲，性格中还有至诚可爱的一面。

同样的，当我转告时任广西师大出版社社长的党玉敏先生称他为“十大编辑”时，连忙来信解释说：“所谓十大编辑，指第一届韬奋编辑奖获得者十人，由各出版社推荐，振在中华，中华因振参加编辑时间久，所以推荐。……不足称道。”

为人一向谦和平易的周先生在大是大非面前却从不含糊，而是态度明朗，坚持原则。政治上如此，学术上也是如此。例如对李商隐艳情诗的解读，台湾著名女学者苏雪林早在1927年就出版了《李义山恋爱事迹考》，提出李商隐这类诗有本事，写他与女道士和宫女的恋爱事迹，此说几十年来在学界影响很大。周先生不同意她的说法，认为李商隐所说“至于丛台妙妓，南国佳人，虽有涉于篇什，实不接于风流”（《上河东公启》），实乃夫子自道，并引证大量材料辩驳了义山与玉阳道姑及燕台姊妹之一有私的说法。我的导师陈贻焮先生也有考辨李商隐恋爱事迹的文章，周先生并不因我是陈先生的弟子而回避，他在给我的信中明确说道："陈先生，我早已认识。他有一篇论李商隐的恋爱诗，用苏雪林的说法，说李商隐与谁谁有私。我反对苏雪林的说法，也反对他的说法。"同时又说："好在各说各的，互不相犯。这书（指《李商隐选集》）的前言论商隐诗文处，有些新的提法，与时贤不同。这正如我的《文心雕龙注释》前言，有几处与王元化的文心创作论（即《文心雕龙创作论》）不同，采用各说各的办法。在济南碰到王元化时，他不以为忤，看来各说各的办法比较好。"既坚持己见，又能够包容，这就是襟怀坦荡的周先生的一贯作风。

说到周先生的胸襟，还可举一例。那是我刚到桂林不久，大概是在给周先生的信中议论到学界的剽窃之风。周先生回信说："以前在《新闻战线》上发表了柳宗元文论，人大有老师来通知，说人大有人抄了我的文章，我认为拙文没有什么了不起的创见，只是对柳文论谈得详一点，这点创见要是别人用心也完全可以写出，所以并不介意。我认为新见有两种，一种是打破前人的谬论，这种谬论已深入人心，这种创见有石破天惊的作用，那就不容让人窃取。倘一般的新见，似不必过于看重。"从中不仅看到周先生的宽容，在学术界一再强调创新的当今，也让我明白了什么叫真正的创见。

我到广西师大以后，担任唐代文学史教学任务，对每一届学生都会推荐《诗词例话》，也每每讲到周先生的道德文章及我受到的教育。我也一直有个心愿，邀请周先生来桂林，使我的学生也有机会近距离接触这位享有盛誉的大学者，当面聆听他的教诲。但几次邀请都未果，谢绝的原因多半是周先生文债太多，抽不出时间来。

1990年夏，我指导的第一届硕士研究生即将毕业，我早早就同周先生联系，请他务必前来参加他们的学位论文答辩。这一次周先生终于应允前来，但接着一连来了好几封信，提出若干“要求”。如1989年9月27日来信说：“承您邀请我参加研究生答辩会，一切费用由校方负担，至为可感。我想是否可以由振与同学讲课若干次，以抵偿来往车费。内人来桂，路费自应由自己负担。”12月30日又来信说：“振在今年年底退休，因想到一事，即川大杨明照先生及厦大郑朝宗主任托振评研究生论文，在评语后要写上振的职称编审，要中华书局盖章证明。我退休后不再是编审，不好再请中华书局盖章证明，有没有再能评审资格，这点请您考虑，以免到时给您造成困难。”1990年3月来信说：“到贵校后与贵校师生随便谈谈，很好。一切从简，在您家也不要特别招待，家常便饭，最好。我们在家，一切都比较简单的。”来信还多次强调来桂之前，一定要事先看论文，提意见。“倘论文有缺点，应该先期指出，请他补充改正，有利于答辩时通过。”除了时时处处为他人着想，从这些来信又可以看出周先生的做事认真和细心周到。

1990年6月14日清晨，我陪同时任广西师大副校长的张葆全教授前往火车站迎接周先生和师母。他们抵达后，我才知道，因为我事先告知师母的车票也可以报销，为了给学校省钱，他们就改乘硬卧来了。为此我十分不安，要知道当时从北京到桂林差不多要30小时，何况当时周先生已年近八旬，师母也早过了古稀之年。当天下午周先生就不顾旅途劳顿参加了研究生答辩的预备会，会上的一件事情我至今记得很清楚。有一位研究生提交的论文是魏晋玄言诗研究，该生功底很好，文字功夫也不错，可惜对“玄言诗”的界定过于宽泛，将阮籍、

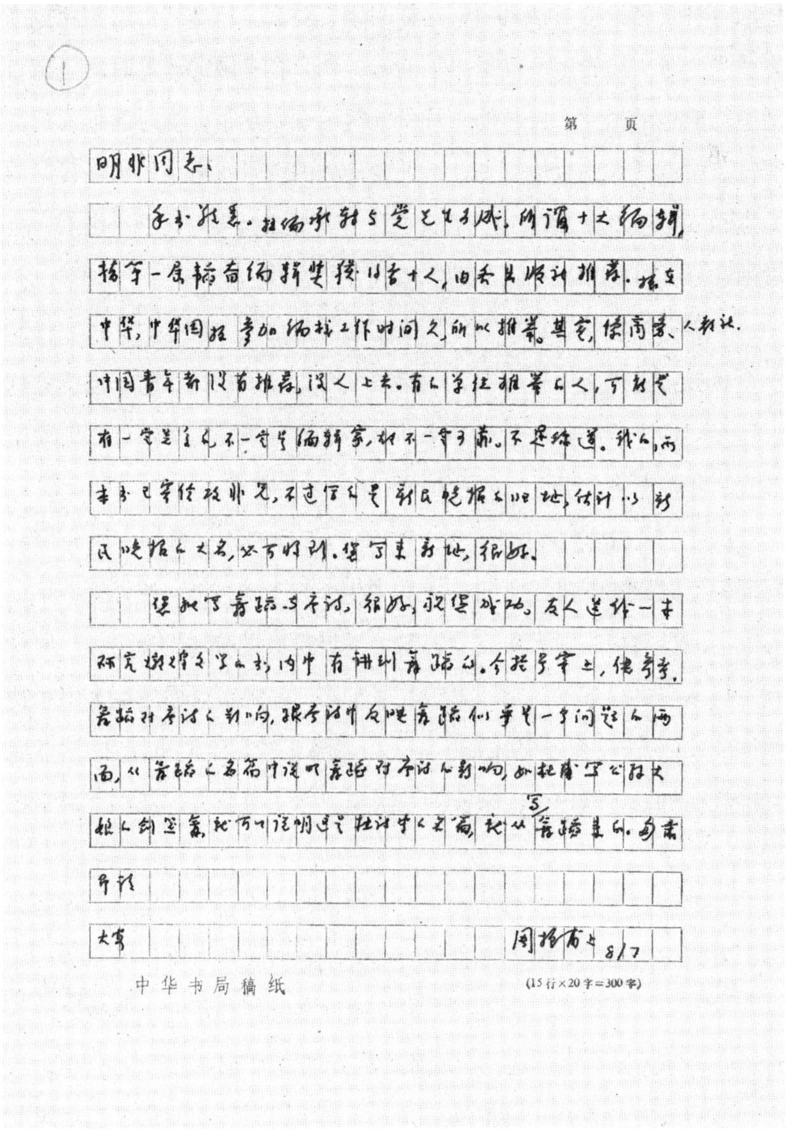

第　页

明非同志：

手书敬悉。韬奋编辑奖与党无关，所谓十大编辑，指第一届韬奋编辑奖获得者十人，由各出版社推荐。振甫在中华，中华因振甫参加编辑工作时间久，所以推荐。其实，像商务、人教社、中国青年社都没有推荐，没人上来。有的单位推举的人，可能也有一定之差错，不一定是编辑家，也不一定可靠。不足称道。我们两本书已寄给校非兄，不过信封上是新民晚报的旧址，估计以新民晚报之大名，必可收到。您写来新址，很好。

您所写《离骚》与古诗，很好，祝您成功。友人送我一本研究敦煌文学的书，内中有讲到《离骚》的。今挂号寄上，供参考。《离骚》对古诗之影响，据古诗中反映《离骚》似乎是一个问题的两面，从《离骚》之各篇中说明《离骚》对古诗的影响，如杜甫写公孙大娘之剑器舞，就可以说明这是杜诗中之名篇，就从《离骚》来的。匆肃，并颂

大安

周振甫上 8/7

中华书局稿纸　(15行×20字=300字)

∧ 周振甫先生手迹

嵇康等魏晋名家全囊括其中，这样一来，对玄言诗的评价就不免拔高有些失当了。周先生不仅指出了问题，而且在有限的休息时间里亲自动笔修改他的论文。桂林的6月份天气已开始热了，当时的师大招待所没装空调，周先生怕热坐在地上改论文的情景我至今历历在目。周先生私下里还跟我说："谈玄言诗的作者，看来是会写，会动脑筋，会做细致分析的，所以还是通过好。"

预备会后在我家设便宴给周先生和师母接风。请了中文系主任林宝全教授，古代文学教研室黄素芬教授和党玉敏社长作陪，记得党社长还专门带了董酒和白葡萄酒来助兴。大家对周先生和师母远道而来都表示非常欢迎，席间，宾主无拘无束，谈笑甚欢。

6月17日是个星期天，我因要整理答辩的相关材料，由介山陪同周先生夫妇游阳朔。18日全天周先生继续参加答辩。按计划，第二天飞上海参加华东师大研究生答辩。不料航班提前到当晚7时，原计划不得不变更。下午5时，出版社来车接，参观结束周先生为出版社题词："山水钟灵秀，书林张一军。辛勤事编校，学府重斯文。"然后直接赶往机场。周先生在来桂的几天里，除了游阳朔，基本上都是在工作。

能够请到周先生这样的大家，对广西师大而言，无疑是学校的荣幸；对研究生而言，能够亲自得到周先生指教，更是难得的幸运。而对我来说，几十年来，一直得到周先生许多关怀和帮助，感激之情刻骨铭心，却无以为报。这一次能够为周先生和师母的到来尽一点心力，内心感到极大的满足。但就是这样一点小事，周先生回京后来信屡屡提及，如说："这次来桂林，谢谢您大力帮忙，热诚款待。谢谢您爱人伴送我们畅游阳朔，又送我们上飞机，你们又用丰盛的宴集相待，用漓江鲤鱼款待，又拍了很多照，又送了珍贵的香菇，又替韫玉来桂车票做了报销。又代我们寄书寄衣包及材料，考虑得极为周到，真是无微不至，至为感谢。”来信还回忆起30年前，中华函授学校创办“语文学习讲座”邀他讲课，我父亲作为校长亲自接待他的情形，说：“您的作风跟您尊大人一致，至为可感。”帮助别人毫无保留，不计回报，但对别人为他做的哪怕是一点点小事也念念不忘，这就是周先生待人接物的一贯作风。在寄去的照片中，有一张周先生和师母在我家客厅沙发上的合影，拍得很好，周先生来信索要底片，说要洗印一张送给钱锺书先生。

春去秋来，一年年过去，我同周先生一直保持着书信往还，其间也曾经陪同广西师大出版社领导去北京拜访过周先生。知道周先生虽年事已高，但笔耕不辍，成果更加丰硕。而每出版一本新著都会亲笔签名送给我。也曾在春节之前给周先生寄过一点桂林特产，但很快就收到他回赠的北京果脯。看着包裹上我熟悉的字迹，想到周先生或师母亲自去邮局寄包裹的情景，真是既感动又不安。后来怕增加两位老人的负担，就再不敢寄东西了。知道周先生时间宝贵，信也写得少了。但每到春节还是照例寄上一张贺年卡，也会收到周先生回复的贺年片。我至今保存的最后一张贺年明信片是1998年春节寄来的，上面密密麻麻写了数行小字：“介山、明非伉俪：您们寄来很好的贺年卡，谢谢。我今年（应为去年）3月2日，头晕欲倒，幸而外孙媳王扶上床，呕吐不止，王即叫救护车来，车上人上楼，一量血压，高过二百几十度，即打降血压针，由人抱下楼，王嘱勿动头。去北京医院，得小脑出血，至20日，出血吸收，4月8日回家。”当我正要为周先生有惊无险感到庆幸，接下来的内容却让我惊骇不已。原来周先生病愈出院不久，韫玉师母7月初中暑发烧，送到朝阳医院，原以为打针即可退烧，谁知汗不能出烧竟不退。待周先生赶到医院，已不及救，于28日不幸去世了。周先生在给我的信里说："皆因振去院迟，不及转院，悔之莫及。"短短几句包含了无尽的伤痛，可谓字字泣血！周先生和师母于1933年结婚，风风雨雨，甘苦与共，在人生路上携手走过了64年。如今突遭生离死别，阴阳两隔，这猝不及防的巨大变故叫已经年老多病的周先生如何承受得住？想到这些，我的心情无比沉重，只有暗暗为周先生祈祷。然而谁能料到，周先生并没有因此被压垮。从1998年到2000年，他连续出版了《诗品译注》《文哲散记——周振甫自选集》《当代学者自选文库·周振甫卷》及《周振甫学术文化随笔》等著作，还留下了《洛阳伽蓝记校释今译》《诗经译注》《陶渊明和他的诗赋》《〈史记〉集评》《诗词例话全编》等遗著。很难想象在失去相濡以沫的老伴之后，一位病魔缠身、年过八旬的老人，竟然完成了即使是一个年轻的健康人也无法做到的事情，除了深厚的学术积累和惜阴如金的勤奋，还需要有多么强大的精神力量！

2000年5月15日下午5时20分，周振甫先生因病医治无效，走完了他不平凡的一生，享年90岁。收到中华书局发来的讣告，我禁不住泪如雨下，悲从中来。我向学校领导汇报后，校方立即以广西师范大学的名义发去唁电："一代宗师，万世楷模。周振甫先生千古！"向这位给予过我们关怀和帮助的可敬前辈表示诚挚哀悼。我也以个人名义发了一封唁电："惊悉周振甫先生不幸病逝的噩耗，极为悲痛。不能向先生做最后的告别，甚至来不及在先生追悼会前发出唁电寄托哀思，万分遗憾。先生品德高尚堪称千秋师表，著作等身足令万人景仰。先生永远活在我的心中。"

周振甫先生离开我们已经10多年了，他温和的始终微笑的面容时时在脑海里浮现，他的谆谆教导也常常回响在耳边。每当我在灯下阅读他的著作，或者重温他写给我的书信，总会联想起毛泽东《纪念白求恩》里的一段话：“一个人能力有大小，但只要有这点精神，就是一个高尚的人，一个纯粹的人，一个有道德的人，一个脱离了低级趣味的人，一个有益于人民的人。”在我心目中，周振甫先生既是高山仰止的国学大师，也正是这样一位高尚、纯粹、脱离了低级趣味的人，他崇高的品德必将同他的著作一起，惠泽后人，万古流芳！

（写于2013年5月）

古典文学界的一代宗师傅璇琮先生

◆ 张明非

今年 1 月 23 日下午 5 时，我在桂林的家中突然收到北大校友、厦门大学吴在庆教授发来的微信，告知傅璇琮先生已于一小时前仙逝。犹如晴天霹雳，我一下子被打蒙了，怎么也无法相信这是真的。赶忙联系我的师妹、北大中文系教授葛晓音，她也很震惊，答应即刻去打听。在等待的当儿，我打电话到傅先生家，无人接听，一种不祥的预感令我坐立不安。又过了一会儿，晓音回电说从中华书局得到证实，傅先生确已于当天下午 3 点 40 分去世，在北京入冬以来这个最寒冷的日子，永远离开了人间，离开了他毕生为之奋斗的事业，也离开了敬他爱他的人们。

我之所以不敢相信这一突如其来的噩耗，不仅是感情上无法接受，还因为就在整整一周前的 1 月 16 日，回京探亲的我和介山专程到位于丰台的北京电力医院探望了傅先生。当时，先生虽因久病卧床身体很弱，但精神尚好，交谈中主动提起几年前来桂林的情景，脸上还浮现出愉悦的神情。并告知他将有书出版，答应寄给我，要我在纸上写下邮寄的地址。约莫过了半小时，怕影响先生休息，我们恋恋不舍地告辞了，相约下次来京再来探望。万万想不到这一别竟成永诀。那天，

> 傅璇琮先生

我俩还分别同病榻上的先生合了影，这或许是先生生前留下的最后影像了。

傅先生逝世的噩耗犹如巨大的冲击波，在学术界、出版界，尤其是古典文学界引起强烈震动。学术团体、高等院校、出版机构，以及许多我熟悉或不熟悉的学术前辈、同辈学者及同行的唁电，从全国各地雪片般发往治丧委员会办公室。多家媒体也刊登了不少催人泪下的悼念文章。人们用“一代宗师”“学界泰斗”“文史巨擘”“学林领袖”“出版大家”，颂扬傅先生在中国文化史上的崇高地位；用“著作等身”“卓有建树”“贯通古今，融合中外”“嘉惠学林，厥功至伟”，评价他杰出的学术成就及深远影响；用“儒雅温厚”“朴实低调”“高风亮节”“高山仰止”，形容他巨大的人格魅力；用“巨星陨落”“泰山其颓”“哲人其萎，学界同悲”，寄托对逝者的崇高敬意和无限哀思。《光明日报》发表悼念文章，标题是《缺少他的当代学术史是不完整的》；中央文史馆馆长、北京大学袁行霈教授在《痛失傅璇琮先生》一文中说："他在古典文学研究界的分量实在是太重了，一旦失去了他，这条航船便有点晃动的感觉。"凡此种种，都昭示着傅璇琮先生在当代学术史上举足轻重的地位，表明他的去世给学术界、出版界乃至中华文化传承事业带来不可弥补的巨大损失。傅璇琮先生追悼会于27日上午在北京八宝山梅厅举行，万分遗憾的是，山高路远，我不能向先生做最后的告别，谨以一纸电文遥寄我深重的哀思，祈愿先生一路走好！

傅璇琮先生生前为中央文史研究馆馆员，中华书局原总编辑，中国唐代文学学会原会长，是继周振甫先生之后，当代少有的集出版家与学者于一身的学术大家。他一生以"斯文自任"，孜孜矻矻致力中国古代文学研究及古典文献的整理研究，著作精深宏富，成就极为卓越。他出版的《唐代诗人丛考》《唐代科举与文学》《唐翰林学士传论》等一系列学术论著，体大思精，享誉海内外，影响了几代学人。他所倡导的文学与史学相结合的跨界研究，确立了新的研究范式，引领了一代学术风气，卓有成效地推动了新时期的唐代文史研究。而由他主持出版的一系列重要著作和大型古籍工程，更是多方面开拓了学术的新天地，惠及当代，沾溉后人。不仅如此，他还以博大的胸怀、热忱谦和的人格，团结了大批学者，尤其是不遗余力地扶持和培养了一大批古代文史研究领域的中青年学者。故学界仰之如泰山北斗。

一个多月来，我脑海里时时浮现傅先生的音容笑貌。每当看到书架上那长长一列他亲笔题名馈赠的大著，翻阅他亲笔手书的一封封信札，总觉得傅先生没有走，他还活在我们中间，时时给我们以教诲和鼓励。

我至今清晰地记得第一次见到傅先生的情景。那是在1982年春夏之交我研究生毕业前夕。那一届北大中文系古典文学专业只有我和葛晓音两名毕业生，硕士学位答辩委员会由四位校内专家及一位校外专家组成，校内专家除导师陈贻焮外还有季镇淮、冯钟芸和褚斌杰三位教授，季先生任答辩委员会主席。当时研究生数量很少，据说不少校外知名学者都想来参与答辩，系里再三斟酌，聘请了两位，一位是中国社科院文学所曹道衡先生，另一位就是傅先生。我的论文作的是南朝诗歌对唐诗的影响，晓音作的是唐诗研究，所以曹先生参加我的答辩，傅先生参加晓音的。当时北大还有个规定，论文要提前送给答辩专家审阅，但为了避嫌，又不得与专家见面。一天下午，我和晓音专程进城去送论文，先到中华书局，晓音在门口等着，我进去找傅先生。傅先生听说晓音等在门外，不敢进来，马上跟我一起出门见了晓音。或许因傅先生的《唐代诗人丛考》早已是我们读研的案头必备书目，又或许是傅先生特别平易近人的缘故，虽是初次见面我却毫无陌生之感，也丝毫没有拜见名家的紧张和忐忑。

再次见到傅先生，已是6年之后。1988年中国唐代文学学会第四次学术讨论会在太原举行，当时，我已到桂林广西师范大学任教，是第一次参加学会的年会。在会上见到许多仰慕已久的学术前辈，并聆听了他们的高论，非常兴奋。而傅先生给我留下的最深印象，却既不是他的学术报告，也不是他在换届选举中当选副会长所致的闭幕词，而是整个会议期间他跑前跑后忙碌的身影。会议安排在山西大学招待所，住宿条件比较简陋，伙食也不太好，服务更不到位，意见反映上去，事无巨细都是傅先生去张罗，去协调。记得有一次到开会时间报告厅还大门紧闭，代表们都拥在门外，也是傅先生亲自四处找人来开了门。当时傅先生给我的印象与其说是声名卓著的大学者，还不如说是忠于职守任劳任怨的大管家。

此后，两年一届定期举办的唐代文学学会历次年会我都参加了，同傅先生的接触越来越多，了解也越来越深入。1992 年在厦门举行的第六届年会上，鉴于傅先生崇高的学术威望和在学会多年卓有成效的工作，代表们一致推举他担任会长。从那以后直到 2008 年因他再三请辞才改任名誉会长，傅先生主持学会工作达 16 年之久。这 16 年是唐代文学研究成果丰硕、空前繁荣的 16 年，也是唐代文学的“显学”地位声誉日隆、令海内外学界瞩目的 16 年。在学会的领导下，还相继成立了王维研究会、韩愈研究会、柳宗元研究会、李商隐研究会等下属机构。唐代文学学会成为新时期最为活跃、最有成效、风气最正、也最负盛名的全国性学术团体。其间，作为会长的傅先生付出了多少精力和心血可想而知。他也因之被学界同仁誉为“唐代文学研究的总设计师”。

我于 1992 年当选为学会理事，2000 年任常务理事、副秘书长，2004 年任副会长兼副秘书长，得以在傅先生亲自领导下工作，耳提面命，受益良多。傅先生不仅是我十分敬重的学界前辈和学会领导，也是给予我许多帮助和关怀的可亲师长。

学会每两年举办一次学术讨论会，在每一届年会召开之前，傅先生都要通盘考虑和周密安排。大至会议的主题，小到会议的议程，大会、小会的开法，大会发言的名单，都认真思考提出建议。如 1998 年 10 月在贵阳举办第九届年会，这是 20 世纪唐代文学学会的最后一次会议，傅先生认为有必要对百年以来尤其是新时期唐代文学研究进行总结和前瞻，于是在此前半年就分别写信给学会有关人员商量会议的开法。3 月份给我的来信中说：“我想对会议作些改革，不像过去那样以自己的论文谈一谈，一般性地议一议，而把重点放在本世纪或近20年来唐代文学研究的回顾和总结，大家来议一议研究的现状和不足，将来应从哪些方面着手把我们的唐代文学研究提高一步。题目可以做大的，也可以做小的，可以做理论探讨的。最好事先做一些重点约稿（约8—10人）。”按照傅先生的部署，那届年会上，陈尚君、陶文鹏、陶敏、蒋寅几位学者分别从唐代文学文献研究、文学史料研究整理、文学艺术研究、群体研究和时段研究等方面，对20世纪尤其是改革开放以来的唐代文学研究进行了总结回顾和前瞻。我也遵照傅先生的指示，在大会作了题为《90年代以来的唐代文学研究回顾》的发言。傅先生就是这样以他的远见卓识不失时机地引领学术研究不断向新的目标迈进。

傅先生心心念念、殚精竭虑思考学术的发展。1998年3月9日写来的一封长信中说：

“这些年来我与陶敏、吴在庆、贾晋华等合作，想做一部唐代文学编年史，体例是仿《资治通鉴》的形式，按年按月编列文学进展情况，先是几句话作为纲要式论述，在这之下是材料或某些说明，一是要求言必有据，二是做些补充、阐述。现在初稿已有，由我一人统稿，工作分量较重。分四卷，即初盛唐卷（约50万字），中唐卷（约50万字），晚唐卷（约70万字），五代卷（约50万字），总约220万字。这种编年论述是文学史研究的一种新探索，它不像过去以作家、作品为单元，而以时间流程为线索，让我们今天可以看到当时文学是怎样一年一年进展的，而且可以在同一时间内（或一年，或几年）了解作家行踪的分布，譬如，天宝元年，李白在长安，杜甫在何地，高适在何地，王昌龄在何地……天宝四载，行踪线索又有变化，使人像在观看电视。我不知说清楚没有。这是我受 1949 年以来，特别是 80 年代以来，现当代文学进展的启示的，我们受到影响、启示的是时间的流程，而不是某一作家、作品。”

信中还说道：“我曾与一些友人商议，搞这样一部中国文学编年史，上起先秦，下迄清末（1911 年）。如有这样一部编年史，将能使人看到中国文学史的具体历程。唐代还单纯，后代有几种文体并存，更能看出交叉发展情况，如明代，在吴承恩写《西游记》时，或汤显祖写‘四梦’时，其同时，另外一些诗文作家或戏剧、小说家在做什么，如有一个整体文学分布图，将很有意思，课堂讲课时，也更能使学生感兴趣。现在各段大致有人承担，估计到 2002 年，可陆续写成。但出版社还未最后落实，有的担心字数多（总共约 1200—1500 万字），有的考虑时间长（交稿要拖四五年），影响评奖等。所以现在做学问也确不易。”

看到信的末尾，我不禁哑然失笑，原来这封信“是在人民大会堂内写的，一边听政协委员大会发言，一边在座位上写”。是啊，像傅先生这样一位视学术为生命、以传承学术为己任的人，怎能不无时无刻心系学术？

后来，这部由傅先生主编，他与陶敏、李一飞、贾晋华、吴在庆等合著的《唐五代文学编年史》，1998 年 12 月由辽海出版社出版，并获得国家图书奖。这部 250 多万字的皇皇巨著，以资料“长编”的形式，描绘了一幅唐代文化的全景图。诸如唐朝的文化政策，作家活动，重要作品的产生，作家间的交往，文学上重要问题的争论，以及与文学邻近的艺术样式如音乐、舞蹈、绘画、印刷等门类的发展，乃至宗教活动、社会风尚等，莫不囊括其中。从而展示了唐代文学发展丰富的“立体交叉”图景。不仅为研究者提供了丰富的资源，同时可以引发出一些新的研究课题，是对文学史编写体例一次极有意义的尝试。如今，斯人已逝，如果有后继者按照傅先生生前的规划，齐心协力，在《唐五代文学编年史》的基础上完成一部跨越整个古代的《中国文学编年史》，傅先生地下有知，亦当含笑于九泉吧？

唐代文学学会于1982年成立之初就创办了两种会刊，即《唐代文学研究》和《唐代文学研究年鉴》。前者以刊载会议论文为主，由开始的不定期出版改为两年一辑；后者每年一辑，反映当年学术研究成果和信息。定期出版这两个刊物与定期举办年会，不仅在中国古典文学界是一个创举，即在整个学术界也是绝无仅有的一例。

1997年，按照傅先生的提议，我接手负责编辑《唐代文学研究年鉴》（以下简称“年鉴”），一直到2013年我退出学会活动。《年鉴》真实简明地反映了唐代文学研究历年的实绩和走过的历程，所以傅先生非常重视《年鉴》的编辑出版。他说：“在当代古典文学研究领域中，《唐代文学研究年鉴》能如此长期坚持下来，是独一无二的。这也可说是我们的一种学术奉献，也给予我们一种精神上的自慰。”

在将近20年的时间里，编辑工作一直得到傅先生的亲切关怀和具体帮助。遇到问题向傅先生请教，每一次都会得到他的及时回复。如他收到我第一次编辑出版的《年鉴》（一九九五、一九九六合辑）后，当即来信鼓励我：“编《年鉴》为辛苦事，80年代中期我与陕西师大中文系闫庆生同志合编，吃了不少苦，当时组稿还较易，现在则更难。此事由您挑重担，我是想了很久的，结果是好的，这从这一期合辑的目录中就可看出来。”有一次，《年鉴》来稿中有一篇出自名家的稿件不合要求，不好处理。请示傅先生，他明确回答我：“请你全权作适当处理，如有事，我来负责。”有这样体恤下属又有担当的领导，我怎能不心情愉快放心大胆工作呢？1999年4月14日他又来信说：“《年鉴》工作多费你心思，一想起此事，总于心不安。如要我做哪些具体事，请告知。”

傅先生是这么说的，也是这么做的。他每有新著出版都会寄给我，在扉页上用清峻瘦硬的字体亲笔题写“明非同志惠正 傅璇琮谨奉”字样。他发表的文章有时也会寄来，如《燕京学报》新第10期刊有他一篇论文，“恐南方不易见到这一刊物，故将抽印本一份寄上”。傅先生是第八、第九届全国政协委员，1998年3月寄来政协第九届全国委员会第一次会议的首日封，说是“因我参加会议，购买一些，寄几位学友，以志纪念”。这虽然是一些小事，但任何人只要对傅先生在学界的地位和肩负的重任稍有了解，就不能不被这些“小事”感动。

还有一次，傅先生听说江苏教育出版社策划了一个唐诗摄影的选题，以诗配画的形式出版一部唐诗景观画册，他马上推荐西北大学中文系阎琦教授和我承担选编唐诗的工作。阎琦当时是分管编辑《唐代文学研究》的学会秘书长。我俩应约分别从西安和桂林飞到南京，与先期到达的傅先生会合，讨论选题。尽管这一项目因出版社的原因搁浅，但傅先生总想为我们做点什么的心意很令我俩感动。在南京的几天，同傅先生朝夕相处，茶余饭后谈天说地，留下了愉快难忘的回忆。

1999年，傅先生应台湾新竹大学之邀出任中文系客座教授。在台期间，傅先生深感海峡两岸有加强学术交流的必要，遂与台湾学者共同商定编辑一套丛书，总结近50年来两岸学术研究的成果，以互通有无，取长补短，进一步推进两岸文学研究深入发展，并决定首先从成果最丰硕的唐代文学研究入手。具体做法是将两岸50多年来唐代文学研究中优秀的、富有代表性的论著选编出来，分别写成“提要”和“摘要”。全书由傅先生和台湾著名学术前辈罗联添先生主编，大陆和港台17位学者分别担任各分册的主编。经过5年努力，由8个分册组成的《唐代文学研究论著集成》于2004年11月由三秦出版社隆重推出。其中，阎琦教授和我分别担任了第三、四册及第五、六册的主编。不用问，这也是傅先生提名推荐的。

怀着敬意和感激，我与阎琦教授合写过一篇文章：《无怨无悔的奉献 卓有成效的工作——记唐代文学学会会长傅璇琮先生》。其中说：“使在他领导下工作的我们感到非常亲切，也非常温暖。”这是我俩有幸跟随傅先生工作多年的真切感受和由衷之言。

对我们个人是如此关切、周到，对承担学会《研究》和《年鉴》出版的广西师大出版社，傅先生也一直心存感激，多次在年会上表示感谢。还不止一次来信嘱我代他向时任社长的党玉敏先生问好。他还将一套由他主编有可能畅销的丛书《中国古典散文基础文库》交付师大出版社出版。这套书共分8卷（包括序跋、笔记、抒情小赋、书信、游记、记叙文、哲理、史传），均由该领域的专家注译，于1999年9月面世。

傅先生在学界享有盛誉，为人却十分低调，待人尤为谦和。凡同他接触过的人，无不感受到他的平易、宽厚和真诚。尤其是他不遗余力关爱提携后辈，在学术界有口皆碑。当今成为学术中坚的不少中青年学者都得到过傅先生帮助和奖掖，每每提及所受恩惠无不感激莫名。为他人著作写序是傅先生提携后进的途径之一，据统计竟超过百篇。如此庞大的数字，连傅先生自己也颇为惊异，说：“在当代我们古典文学和文献学的学术环境中，能为人作序有如此之多者，确甚稀见。”这

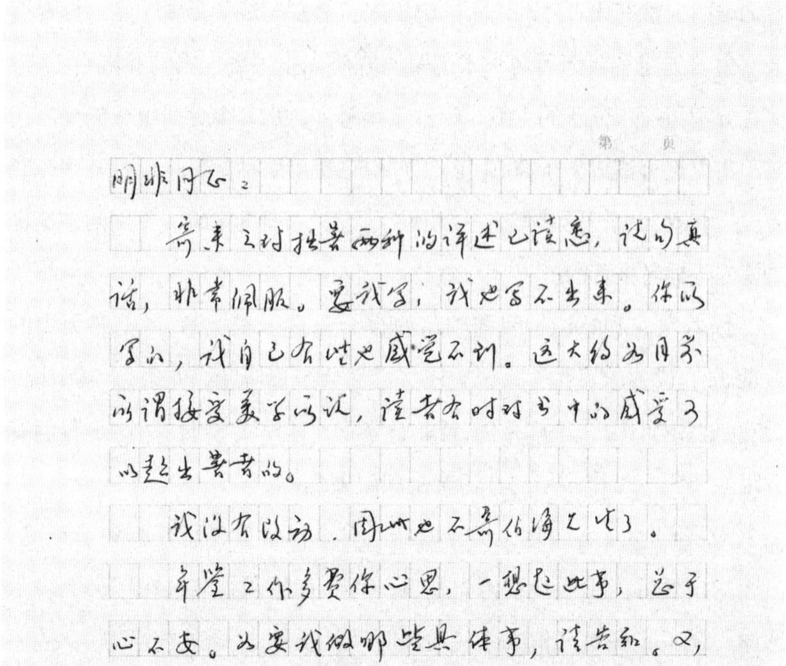
明非同志：

寄来之对拙著两种的评述已读悉，说的真话，非常佩服。要我写，我也写不出来。你所写的，我自己有些也感觉不到。这大约就是目前所谓接受美学所说，读者有时对书中的感受可以超出著者的。

我没有改动，因此也不寄你修改了。

年谱之作多费你心思，一想起此事，总于心不安。如要我做哪些具体事，请告知。又，陶敏在上海古籍出版社于去年底出版《韦应物集校注》，你处有否？如没有，我请他寄一本给你，作为新的成果。

明年在湖北大学召开的年会，约在下半年举行。

祝好

傅璇琮 99.4.14.

^ 傅璇琮先生手迹

上百位作者中有王世襄、程千帆、启功、林庚等学术前辈，更多的是20世纪八九十年代成长起来的后起之秀。能得到傅先生这样的大家作序，自然是作者的荣幸，于年轻学子更是莫大鼓舞。但对傅先生来说，要付出相当多的时间和精力。他曾经说过，为完成一篇不过几千字的序文，先要通读全书，有的还须连读两遍，并做札记，有时甚至要参阅作者的其他成果方好下笔。如此劳心费力，傅先生却乐此不疲，他在《唐诗论学丛稿》一书的“后记”中道出了个中原委：“近些年来，一些朋友在出版他们的著作之际，承蒙他们不弃，要我为他们的书写序。本来，我是服膺于顾炎武所说的‘人相忘于道术，鱼相忘乎江湖’这两句话的，但在目前的文化环境里，为友朋的成就稍作一些鼓吹，我觉得这不但是义不容辞，而且也实在是一种相濡以沫。”所以他将收录了多篇序文的著作命名为《濡沫集》，在“前记”中写道：“我这本书以‘濡沫’为名，也确实是表达我对学界友人学术成就的赞慕与仰望，从而也体现我们当代真切、具体的学术交往。”在学术圈里，傅先生的乐于助人、有求必应是出了名的。他曾经说过这样一件事，某大学教授出了一部书，想请他作序，因与之从未谋面，傅先生不想答应，但见其多次来信，又不便推辞，左右为难。后得知此书由中华书局出版，质量应有保障，这才应承下来。傅先生在此书序中提到我的一篇论文，还专门写信给作者，请他寄一本给我。傅先生曾对人说过：“我是宁可自己为难一点，也不愿意让别人为难的。”时时处处为别人着想，是傅先生待人接物的一贯准则。在他看似孱弱的外表下，却有着宽容仁爱的博大胸怀。

我深知傅先生时间宝贵，不好意思劳烦他为我作序，但在工作接触和书信往来中时常能感受他的关心和鼓励。我的第一本论文集《唐音论薮》，由贻焮师和晓音师妹分别赐序，出版后不揣浅陋，寄呈傅先生指教，很快收到他的回信：

“刚从外地回来，见到你寄来你的新著《唐音论薮》。寄到已有好几天，怕你久等，只得匆匆忙忙看了陈先生和晓音同志的序，和你所写的后记。书中的论文我有些是读过的，有些未读过，待过些天细读。现在奉上短札，谨致谢忱。我非常同意陈先生与晓音同志序中对你治学成就的评价，我觉得你是非常务实，而在务实中有所创新，这在现在极为难能可贵。因为这要花费时间，尤其在目前，要舍得花时间，这非要下决心抛弃一些现实的经济利益不可。确实如你后记所说，当前商品经济大潮，坐冷板凳谈何容易。”其中不仅有肯定，更指明了“在务实中有所创新”的治学门径。

这以后，我在治学之路上多次得到傅先生的鼓励。如1997年8月中旬，《文学遗产》编辑部与黑龙江大学中文系在哈尔滨举办“二十世纪古代文学研究回顾与前瞻”研讨会，我提交了一篇论文。除收入会议论文集，文章还以《谈谈古典文学的历史文化研究》为题发表在《古典文学知识》（1998年第1期）上。傅先生见后来信说：“今日见到《古典文学知识》你的文章，其中几处提到我，非常感谢，也很惭愧。可能还受到1957年影响，受压抑已习惯，遇到对我的赞誉和隆重接待，会感到一种惶恐和不安。”又有一次，他写信给我说：“寄来之对拙著两种的评述已读悉，说句真话，非常佩服。要我写，我也写不出来。你所写的，我自己有些也感觉不到。这大约如目前所谓接受美学所说，读者有时对书中的感受可以超出著者的。”当然，深知傅先生一贯乐于奖掖后进的我不会因此而飘飘然，只是再一次感受到他虚怀若谷的风范及“平生不解藏人善”的高尚品德。

在有幸拜识傅先生的30多年里，我和许多同辈或更年轻的一些学人一样，同傅先生建立了亦师亦友的忘年情谊。每次我给硕士、博士研究生讲授“唐诗研究”课，都会重点讲到傅先生，除了讲他堪称经典的著作，他对唐代文史研究的卓越贡献，还会谈到我同傅先生接触的一些往事和亲身感受。所以我的研究生都非常敬佩和熟悉傅先生。我也一直有个心愿，请傅先生来桂林参加研究生答辩或讲学，使学生们能够亲聆大师教诲，近距离感受大师风采，但几次都因傅先生事务缠身未能如愿。

2000年10月10日至14日，李商隐研究会第五次年会在桂林举行。作为东道主，想请傅先生以唐代学会会长的身份莅临指导，这一次傅先生接受了邀请。会议开幕式及学术报告会都安排了研究生和本科生参加，容纳数百人的田家炳书院学术报告厅座无虚席，听众反映十分热烈。会议期间，代表们还兴致勃勃游览了灵渠、阳朔、荔浦丰鱼岩等名胜，师大出版社党玉敏社长出面宴请了全体代表，整个会议都进行得很顺利。最后一天上午的活动是参观桂海碑林，事先还特意联系了一位最佳讲解员。孰料天公不作美，气温骤降，仿佛一下子进入了深秋，见代表们衣着单薄，只好请讲解员压缩内容。返京后傅先生来信说：“桂林的李商隐会议，较为轻松，也有实效，对广西师大中文系师生，反映似也不错。您安排得妥当。可惜那天参观碑林，时间太匆忙，天气又冷，看得不够，我对此倒是很感兴趣的。”

时隔9年之后，我们再次邀请傅先生来桂林，参加我校古代文学专业博士生的开题报告，傅先生很高兴地答应了。2009年6月1日下午傅先生飞抵桂林，当晚易忠副校长在学校国际交流中心为傅先生接风，师大出版社何林夏、姜革文等领导，古代文学教研室沈家庄、胡大雷教授和我作陪。次日上午举行博士生开题报告，傅先生对提交的每一份报告都提出了精辟中肯的意见和建议，使在座的研究生们很受教益。下午在国际交流中心报告厅举行讲座，题为《唐代文学的文化研究——唐代翰林学士与文学》。这是傅先生晚年的一个重要研究课题，此前已先后出版了总计100多万字的《唐翰林学士传论》及《唐翰林学士·晚唐卷》。傅先生介绍了这一研究的主要内容，以及自己是如何从史料中提炼出值得思考的文化研究课题来。讲座内容丰富，言简意赅，在方法论上尤予人启迪。讲座大约有一个半小时，报告厅里坐满了研究生，还有人站着听。主持人还安排了互动环节，气氛很是热烈。

工作圆满结束，接下来由我们夫妇陪傅先生旅游。3日清晨，吃过早餐，介山驾车搭载我们直奔阳朔。当日天气晴好，风和日丽，行驶在绕城高速上，公路两旁奇峰突兀，连绵不断，气象万千，令人目不暇接。傅先生赞叹不已。我们径直来到号称“山水甲阳朔”的兴坪景区，乘船游览。这是漓江两岸风光最美的一段，脚下是清澈见底的江水，岸边的奇峰翠竹倒映水中，清风徐来，宛如画中游，令人心旷神怡。见傅先生兴致很高，我们在九马画山等景点给他拍了不少照片。这时，我突然想起一件事。那是在大约10年前，傅先生惠寄我一册《当代学者自选文库·傅璇琮卷》，卷首刊登了“作者近照”。见照片上傅先生身边竟然放着一只矿泉水瓶子，我半开玩笑地写信去“提意见”。傅先生回复说：“《自选文库》前照片是去年在贵阳游湖时所照，来信所提，不禁使人发笑，好在我这个人没有地位，不必有什么身份，留一痕迹，也就算了。”这一次，我见给傅先生拍的照片效果不错，建议以后出书采用，他答应了。第二年，收到“北京社科名家文库”傅璇琮自选集《治学清历》一书，果然用了其中一张照片，傅先生还在旁边手写了“2009 年 6 月上旬于桂林”几个字，这是后话。

游罢上岸，在附近的农家小院吃过午饭，返回阳朔，下榻君豪酒店。稍事休息，便到具有中西文化交融特色的西街漫步，傍晚挑选了一家菜肴比较清淡的小店用餐，一张张餐桌就摆放在街上，我们边吃边聊，很是惬意。暮色降临，华灯初上，我陪傅先生前往景区观赏张艺谋导演的大型实景山水演出《印象·刘三姐》。这一天的行程对傅先生来说或许身体会有些疲劳，但精神绝对是难得的放松，因为他很开心地对我们说，以后还要再来。第二天上午傅先生将离桂返京，吃完早餐我们便直奔机场。我俩看着傅先生办完手续过了安检，方挥手而别。下午 4 点多打电话去问，知傅先生已安全到家，这才放心。傅先生这一次桂林之行，堪称圆满，我也为自己了却多年的一个心愿而感到十分欣慰。

傅璇琮先生驾鹤西去，使古典文学研究界失去了众望所归的领袖，广大学人失去了可敬可亲的良师益友，但他的令名和功绩将永垂青史。他独标高格的著作，勤奋严谨的治学精神，高峻清正的学术品格及诲人不倦的道德风范，犹如一座座巍峨的丰碑，将永远被后人仰望和崇敬。傅璇琮先生千古！

（写于 2016 年 3 月 4 日，收入《傅璇琮先生纪念集》，中华书局，2017）

我与古典文学专家裴斐教授的交往

◆ 张明非

我第一次见到裴斐先生是 1987 年春天，在杭州举行的全国古典文学宏观研究讨论会上。当时学术界正值“方法热”，古典文学研究工作者普遍感到一种危机，希望通过方法的更新，开创古典文学研究的新局面，所以参加那次会议的代表有 80 多人，老中青三代学者济济一堂，讨论十分热烈。就在那次会上，我见到了不少过去只是从书本上知道的学者，裴斐先生也是其中之一。此前，我已经拜读过他研究唐代作家的一些专著和论文，并在课堂上介绍给我的学生。这一次，在众多学者中，裴斐先生给我留下的印象特别深刻，之所以如此，与其说是因他那酷似鲁迅先生的外貌，不如说是他见解独到的精彩发言。如果我没记错的话，他有广泛影响的中国古代知识分子“狂狷”说，就是在这次会上提出来的。我至今记得他用“圆”和“方”的比喻，提出中国古代知识分子的性格是“外圆内方”，引起与会者的极大兴趣，一时间，会内会外到处可以听到人们谈论“方”“圆”的话题。当时的我，由于是自 1982 年于北大研究生毕业到广西师大任教后第一次参加学术会议，很有几分怯生生的感觉，所以尽管有机会最终却没有勇气主动同裴先生攀谈。

> 裴斐教授

我同裴先生真正说得上熟悉并有交往，是在3年之后的1990年10月。当时，《文学遗产》编辑部邀我校中文系在桂林联合举办“文学史观与文学史”讨论会，作为东道主，我负责会议的会务工作，有机会结识了许多代表，并同一些学者建立了友谊，裴斐先生便是其中的一位。那一次会议，是我参加过的学术会议争鸣特别热烈、气氛特别活跃的一次。其中，裴斐先生关于“文学史是客观的还是主观的”的发言又一次成为讨论的一个热点。他曾在会上几次上台进行答辩，因此会后有裴斐先生“三上三下”的佳话流传。此后不久，同年11月在南京召开中国唐代文学学会第五次年会，我同裴先生又见面了。这一次，我同他接触较多。记得参观南京大学的时候，我们边走边谈，谈学术，也谈共同的熟人和朋友，谈得非常投机，几乎无暇留意身边的校园。我们谈到那场“史无前例”的“文化大革命”，也谈到对学术界某些急功近利现象的不满和忧虑。裴先生谈到他患难与共、相濡以沫的已故妻子时满怀深情，给我留下历久难忘的印象。同裴先生谈话是一件很愉快的事，他为人的正直和坦诚使你不由自主地信赖他，愿意把心里话告诉他。而裴先生的治学亦如他的为人，敢于求真，从不媚俗，不人云亦云，这在今天是多么难能可贵啊。

1991 年 7 月在马鞍山、黄山召开中国首届李白研究国际学术讨论会，我同裴先生又一次得以相见。但我万万没有想到这竟是我们最后一次见面，此后几次唐代文学年会，裴先生都没有出席。我知道他工作一向非常刻苦，手头的事情很多，对此并未在意。其间我们也曾通过信，他的《文学原理》[1] 出版后，还寄来送给我，不料后来就传来了他生病的消息，而且病情之严重使人不安。我通过一个朋友打听到他住院的地址和病房的电话，但拨了多次都没有人接，只好写信去，不久就收到他的回信，字里行间流露出对人生和友情的深切眷恋。是啊，了解裴先生经历的人都不难理解，历经坎坷的他好不容易赢来了人生真正的春天，还有许多想做的事、有许多想写的文章，怎么能甘心被病魔夺走生命呢？我远离京城，无法去看望他，只有默默地为他祈祷，祝愿好人一生平安。但噩耗还是无情地降临了，收到中央民族大学寄来的讣告，与裴先生接触的一些往事，他的音容笑貌都浮现在眼前，一想到古典文学界失去了这样一位正直勤勉、才华横溢的学者，我失去了一位值得尊敬的良师益友，心情的沉痛实在难以用语言表述。不能亲自向裴先生做最后的告别，于是在我编辑《唐代文学研究年鉴》的时候，收入了裴先生生前在《中国文学研究》1995 年第 3 期发表的一篇论文——《略论两宋杜诗学中存在的一种倾向》，并代他为文章做了摘要，以此寄托自己的哀思，算是我心底里对裴斐先生的一点记念。

（写于 1996 年，收入《裴斐先生纪念集》，民族出版社，1998）

---

[1] 裴斐：《文学原理》，中央民族大学出版社，1990。

追忆良师益友

令我崇敬和感动的田家炳先生

◆ 黄介山

我于1997年有幸拜识香港著名企业家、慈善家田家炳先生，至今已有20个年头。这期间，除了书信和电话往来，我曾九次与田先生会面。在与他的交往中，我深切地感受到这是一位高山仰止、德高望重的长者。他的一言一行、一举一动无不体现出中华民族的传统美德，常常令人感动不已。

最令人感动的，当然是他把自己一生积累的巨额财富全部捐给了社会慈善事业特别是教育事业。田先生的财富来之不易，是他艰苦奋斗、倾注毕生心血的结晶。他祖籍广东梅州大埔县，早年丧父，16岁便漂洋过海，远赴越南、印尼打工、经商、办厂，经过多年艰苦创业，终于脱颖而出，取得骄人业绩。20世纪50年代回到香港发展，兴办田氏化工企业，再造辉煌，成为著名的“人造革大王”。1982年，香港总督为他特颁英皇荣誉奖章，以表彰他对香港经济繁荣所做出的重大贡献。但实业的成功，并非田先生的终极目标，报效国家、造福于民才是他的最大心愿。在驰名商界、富甲一方之后，他对兴办社会公益事业倾注了极大的热忱。90年代，以自己拥有的绝大部分资金超过10亿港元创建田家炳基金，用于资助社会公益事业，特别是内地的教育事业。迄今已资助了 90 多所大学、160 多所中学、40 多所小学和 20 余所专业学校。其中在全国 30 多个省区市的 45 所高校捐资建设了教学大楼，用于兴办田家炳教育书院或师资培训中心；捐资助办了 80 余所田家炳中学和 30 多所小学。2012 年，他再次将名下剩余资产，即价值 20 亿元的 4 座工贸大厦捐交田家炳基金会，以每年约 7000 万元的租金用于资助教育事业。

鉴于他的业绩和善举，1994 年经国际行星命名委员会批准，将中国科学院紫金山天文台发现的 2886 号小行星命名为“田家炳星”；1996 年英国女皇亲自为他颁授了 MBE 勋章；2010 年香港特区政府首脑为他颁发了最高荣誉——大紫荆勋章；同年香港亚洲电视台举办首届“感动香港人物”评选，他当选感动香港十大人物之一。田先生获得这些荣誉都是理所当然、实至名归。

田先生是广西师大的老朋友，1998 年曾慷慨解囊，向广西师大捐赠 600 万港元（按当时汇率即超过 600 万人民币）。按教育部规定，自治区政府又配套 500 万元人民币，总投资超过 1100 万元，兴建了田家炳教育书院大楼。他还担任书院的名誉院长，一直关注着它的建设和发展，曾三次莅临我校，与教师座谈，为学生做报告。他的崇高品德和人生故事感动了无数师大人，赢得了全校师生的敬佩和爱戴。

我首次见到田先生是 1997 年秋，经四川师范大学王均能校长引荐，应邀到他的家乡广东梅州市大埔县参加其捐建的多项工程的竣工或奠基仪式，同时向他当面申请对我校的捐助。我们几所大学的校长与他一同从广州乘飞机去梅州，一路上大家都有点行李，我还多提了一幅我校拟建田家炳教育书院大楼的设计效果图，还有一个装着钟乳石的纸箱。田先生是年近 80 的长者，理所当然是被照顾对象，但他两次要抢着为我拿东西，说自己空着手不好意思。初次见面，这样一件小事，我就很受感动，细微之处可以看出田先生周到细致、关心他人的品格。

我从大埔回来后，田家炳基金会正式复函我校，允诺捐赠 600 万港元兴建广西师大田家炳教育书院大楼（按教育部规定，当地政府再拨付相同数额配套经费）。未料，不久亚洲金融危机爆发，香港经济遭到突如其来的冲击，田先生也遇到重大经济损失，以致一时难以支付对几所学校的捐助资金。为了按期如数兑现捐助承诺，他毅然决定卖掉自己居住多年的别墅，去租住一处只有 120 多平方米的房子。之前，我访美途经香港时曾去拜访田先生，到过他坐落在麻实道富人区的这一宅院。那是一栋豪华的别墅，建筑面积有四五百平方米，附有宽敞的庭院，院内花木葱茏，十分幽静，这在寸土寸金的香港实在是难得的好住处。当时，他写信告诉我这一打算，我读信后马上打电话给他，想阻止他这一计划。我说："田先生有困难，可以推迟拨款，甚至可以减少捐助，千万不要卖房。"他回答说："我答应了的事，一定不能变，讲诚信是立人之本。"我又说："田先生，您去住 120 平米的房子，比我们的教授住得还小，您子子孙孙一大家，回来聚会都显小。"他说："我的孩子一起回来的机会也不多，在香港 100 多平方的住房也不算小啦。谢谢你的关心，这个事情不能变，我已经决定了。"我放下电话后热泪盈眶，心情久久不能平静。此后，别墅出售，给有关学校包括我校的捐款按时如数拨付，而田先生一直居住在那套租赁的房子里。

田先生第一次来广西师大是参加 1998 年 6 月 21 日教育书院大楼的奠基仪式。他提前一天到达桂林，我和市政协副主席马勇及师生代表前往机场迎接。时值雨季，一连十多天阴雨绵绵，我们都以为天晴无望，奠基仪式只能冒雨举行了。没想到第二天一早居然云开日出，天色放晴，让人喜出望外。田先生来到师大，数千名学生手持花束夹道欢迎，彩旗飘扬，鼓乐齐鸣，一派喜气洋洋的景象。奠基仪式热烈而隆重，自治区政府副主席吴恒和教育厅、桂林市的领导出席了欢迎大会。会上，由我代表全校师生员工致欢迎辞，桂林市市长蔡永伦也致辞欢迎，桂林市人大常委会主任雷熹平宣布授予田家炳桂林市“荣誉市民”称号，并颁发证书。年过八旬的田先生面色红润，神清气爽，发表了热情洋溢的讲话。

时隔两年，在他亲自培土奠基的地方，已矗立起一座高 8 层、建筑面积 11000 平方米的“凸”字形大楼。它集教学、科研和管理于一体，气势宏伟，分区明确，功能齐全，是当时我校最高大、最现代的建筑。田先生兴致勃勃地再次来到我校参加田家炳教育书院的落成典礼。2000 年 6 月 25 日的《广西师范大学校报》刊发了庞乃耀的《巍巍丰碑耀苍穹》一文，报道了当时的盛况：

“5 月 19 日是举行大楼落成典礼的日子……当田家炳先生在自治区人大常委会副主任李振潜、甘幼平，教育厅厅长余益中等领导的陪同下步入校园时，在道路两旁的欢迎队伍顿时沸腾了起来，乐队奏起了迎宾曲，舞队跳起了秧歌舞，腰鼓队把鼓打得震天响，手拿鲜花、彩绸的同学一遍又一遍地喊着‘欢迎！欢迎！’田先生迈着稳健的步伐，不断地挥手致意，有时还双手合十，表示真诚的谢意。当他走过一道彩虹门，看见眼前矗立着一座崭新的大楼，上面赫然写着：‘田家炳教育书院’七个大字时，大楼的两旁高高地悬挂着一副长联：‘炳星照临琼楼耸拔共交辉桂海凭添物华田氏功高德重，师长专力弟子勤勉同开创黉宫再建勋业杏坛鼓劲弦繁。’他的情绪骤然激动起来，两眼闪着晶莹的泪花。”

落成典礼结束后，田先生在区、市和校领导的陪同下参观了书院大楼。他虽已81岁高龄，但身体非常健康，精力非常充沛，从底层一步一步地走上七楼平台，一层一层地仔细观看。他每上一层都受到学生的热烈欢迎。他看着这些有礼貌的学生，非常高兴，不断地与他们合影留念。他对大楼的设计、建筑和使用情况都感到满意，他一再对我说："把大楼建设得这么漂亮，我应该感谢你们。"他兴之所至，还欣然命笔，题了一首诗："懿欤书院，矗立漓江，黉宇高耸，富丽堂皇。独秀峰下，贤哲满堂，莘莘学子，书声琅琅。敦品励学，毋怠毋荒，建国大业，应共鼎扛。"这首诗感情真挚，不仅反映了他对教育书院大楼的赞美之情，也反映了他对学子们的殷切期望。

田先生亲临我校，是大学生受教的难得机会，当我提出希望他给学生做一场报告时，他不辞辛苦，慨然应允。落成典礼结束的当天下午，在王城校区大礼堂，一千余名学生聆听了他的谆谆教诲。他从三个方面侧重讲道德修养：一是无论何时何地都要注意修身立品，品行端正了，才会有人格的力量。二是要处理好读书与做人的关系，德与能都重要，但德是第一位的。三是要乐于奉献，为社会多做贡献，不能只图索取，不思回报。这些看似普通的道理，经这位德高望重的老人以亲身体会娓娓道来，格外亲切，如涓涓细流，滋润着年轻学子的心田。

报告结束，田先生还留下时间请同学提问，现场的录音记录下了他朴实而精彩的回答和师生们热烈的反应：

问：您为什么不把钱留给自己，而都捐给社会？

答：我常常觉得几十年里，我肩不能挑，手不能提，一切所需衣食住行，都是人家给我的，我只是拿出点钱而已。我看到许多爱国之士或革命家为着我们国家独立富强、社会进步，不惜付出很大代价，甚至献出自己生命，而我只是将自己剩余的钱拿出来，根本算不了什么。（热烈鼓掌）

问：我很佩服您的人格，可商场如战场，如有的人把您的诚实当作您的弱点，您怎么办？

答：这问题很有意思。人家对我怎样，我完全不计较，我计较的是自己应该怎样做。若他确确实实把我当成一个傻瓜，我终止和他做朋友就是了，我不会报复什么的。

问：您觉得最苦的是什么？最幸福的又是什么？

答：要说“最苦”的事，老实说我脑子里没有这两个字，原因是“比上不足，比下有余”。比如我在香港现在还是坐巴士或地铁，我也排队，我在排队时就想到有些人还要走路，上坡下坡，有的肩上还要挑东西，比起他们来，我不是很幸福吗？所以我脑子里根本没有“苦”字。（长时间热烈鼓掌）至于最幸福的事，我认为精神上的享受比物质上的享受更需要。我觉得最幸福的是得到社会人士对我的尊敬，到处都是朋友，所交的朋友都觉得我是个好人，跟我来往、和我做生意不会吃亏。所以人人都乐于跟我来往，这是我感到最幸福的。（鼓掌）

毫无疑问，正是田先生无私奉献的精神及一生恪守诚信的高尚品德，赢得了人们发自内心的尊敬、信赖和爱戴。

巍然屹立的田家炳书院大楼一直见证着这位慈善者的功德。近 20 年来，一届届教育专业的毕业生从这里走向社会，一批批来自全国各地的中小学校长、骨干教师在这里接受培训。田家炳基金会与我校教育书院合作举办的幼儿园园长培训等项目，也在这里启动。

田先生的美德不仅反映在捐资助学这件大事上，也因小见大，体现在日常的许多小事中。

1998 年 11 月 29 日，我访美途经香港作短暂停留，下飞机已是晚上 8 点多钟，当即与田先生联系去拜访他，随同前往的有我校国际交流处处长徐德强。事前问清了乘车前往需要 40 分钟，不料路上不顺，未能及时到达。待敲门见到田先生时，他和夫人已在院门口等了一阵。我想，凭他的年龄和资历，完全没有必要在门口迎候我这样一个晚辈，当时我内心的感动和歉疚是不言而喻的。后来，他在桂林期间，曾和我谈到对子女的培养教育，自己特别注重以身作则，比如凡有客人来访，临走一定亲自送到门口。事实证明，他言传身教的良苦用心已得到应有的回报。前两年我收到他亲笔撰写的回忆录《我的幸福人生》一书，其中写道：

“我的家庭生活最难得的是父慈子孝，兄友弟恭，夫妻互相尊重，全家上下保持着欢乐的气氛。我的慈善事业也一直得到家人的全力支持，这才是真正的幸福家庭。我生平以‘己立才能立人’告诫自己，上梁不正下梁歪，为五儿四女树立好榜样。九名子女虽然没有创下更大事业，但他们也自幼养成谦恭诚挚的待人接物态度，知书识礼，从不娇生惯养，事事坦坦诚诚，全家充满爱心。这点自觉比我在财富上的成就更具意义，也是不少朋友以为是我最令人羡慕的一环。”

田先生待人平易、谦逊。在我写给他的多封书信中，有的并无要事，只是表达我和学校对他的感谢和问候，并注明不要他作复，可他还是每信必回。每每收到他的亲笔信，我都既高兴，又觉得不安，怎么能劳烦这位工作繁忙而且年事已高的长者呢？因此，2000 年以后我不再轻易给他写信，而是改用电话问候，但有两次竟然是田先生先打来电话贺年，令我十分过意不去。尤其没有料到的是，2014 年秋天，95 岁高龄的田先生又给我寄来了一封亲笔信，时隔 10 余年，当我再次看到他那熟悉而且依然刚劲有力的字迹，内心的震动和感动无以言表!

田先生做事一丝不苟，精益求精。他对各校报送的援建教学大楼设计方案都要仔细审阅，逐一提出改进的建议。他曾三次审阅我校田家炳书院大楼的设计方案，并给我寄来 20 余条由他亲自书写的改进意见。经我推荐，田先生捐赠桂林四中 250 万元，市政府按一比一拨给配套经费，兴建教学大楼，并命名为“桂林田家炳中学”。对该校的建筑设计方案，他也多次提出修改意见，并希望我督促实施，如新旧楼之间要用雨廊连接，每层楼必须设有厕所，以方便学生，等等，这些意见都很合理，充分体现了田先生关心师生的以人为本的精神。

田先生一生恪守勤、俭、诚、朴的中华传统美德，生活节俭，布衣素食。每次来我校，总是要求接待工作尽量从简，唯恐给学校添麻烦。他第一次来时我校还没有像样一点的接待场所，所以安排田先生一行下榻桂山大酒店，他认为太铺张了，一再要求住在校内。考虑到客人来访的方便，为他订了套间，他更是说浪费，甚至要求更换。告知房价优惠，比较便宜，这才作罢。田先生直到现在还一直租住公寓，没有专车，出行常乘地铁或巴士，每月的生活费控制在 3000 元以内。他说:“我在衣食住行方面，常将‘比上不足，比下有余’自勉，在事业和回馈社会方面，则以‘比下虽有余，比上仍不足’来自勉。”这朴实而富有哲理的话语，可谓掷地有声！对物质需求及事业追求截然不同的两种标准，折射出他崇高的精神境界，而尤其难能可贵的是，这两种标准，他实实在在践行了一生。

田先生的可贵品格还表现在他不辞劳苦的工作精神上。他不顾80多岁高龄，常年东奔西走，不知疲倦地在祖国各地实施助教兴国的义举。我曾在包头钢铁公司教育处工作10多年，经我推荐，田先生向包钢第十三中学捐资200万元（市政府也按规定配套200万元）。2006年7月，我应邀陪同他参加该校的“田家炳先生捐资暨田家炳中学命名仪式”。在此次活动中，不仅又一次领略到田先生高尚的人格和严谨的作风，而且目睹了他忘我工作的情景，从而更增加了对这位长者的了解和由衷敬佩之情。

田先生是7月3日傍晚从深圳飞抵呼和浩特的，4日上午和下午分别参加了呼市及所属武川县的两所中学的捐资活动，5日一早又访问了内蒙古师范大学，然后马不停蹄地驱车于中午12时许赶到包头。饭后稍事休息，下午就出席包钢十三中的捐资暨更名庆典。在会上，田先生谢绝了主持人劝他坐下讲话的请求，坚持站在讲台上做了近半个小时的演说。他不用讲稿，从容自如，娓娓道来。他虚怀若谷的精神、语重心长的讲话，使在场的师生无不为之动容。会后，他不顾疲劳，顶着似火骄阳来到教学楼建筑工地考察，接着又出席了包头市举办的晚宴和文艺晚会。回到住地已是10点多钟，但他仍不肯休息，照例要约见或接待朋友和来访者，直到深夜方才就寝。第二天一早，他又乘车赶赴巴彦淖尔市参加捐资活动。如此风尘仆仆，来去匆匆，对于年近90的他来说，其辛劳可想而知。

我原以为这样紧张的行程是一种偶然，哪里知道如此快节奏的工作竟是他多年的一种生活常态。在包头时，田家炳基金会萧开廷先生递给我一张田家炳先生及田家炳基金会2006年5月—10月重要行程表，从表上可以看出，田先生每天的日程都排得满满的。事后，我根

∧ 2012 年 6 月 21 日在香港拜会田家炳先生

据这张日程表粗算了一下，5 月至 10 月，田先生共有 76 天，即近一半时间是在内地各地奔波，或洽谈捐助事宜、访问资助的田家炳中学和高等学校，或参加捐资仪式及田家炳基金会发起的各种研讨会，足迹遍及全国 11 个省区市。此外，我手头还有一份田先生 2001 年 9 月至 11 月的内地活动表，每天的日程从早到晚也都排得很满。多年来，他一直为社会公益事业特别是教育事业四处奔波，不辞辛苦。这样千里迢迢，长途跋涉，即使是年轻人也会感到疲劳，甚至难以做到，年过八旬的田先生却不仅做到了，而且做得相当完美。这种精神怎能不令人感动呢！

一般人都知道，常年超负荷工作，自然不利于健康。其实，田先生本人又何尝不懂得这个浅显的道理？但当我劝他要注意劳逸结合，当心身体时，他却对我说："我也知道太劳累对身体不利，我的几个子女也都对此不放心，可是没有办法，我总觉得应该多做一点，抓紧做，要不有个三长两短，做不了啦，岂不损失更大？"可见，田先生工作的紧迫感来源于他强烈的社会责任感和深刻的忧患意识。他还几次和我谈起，看到一些社会风气和道德水准滑坡的现象，心里觉得很难过，为此深感忧虑。他认为道德建设要从青少年的教育抓起，成人要做榜样。他和田家炳基金公司之所以将学校作为捐助的重点并且大力倡导和出资举办品德教育研讨的年会，其原因也正在于此。对这一点，在拜读了他的回忆录《我的幸福人生》一书后，我对他晚年不顾年事已高仍四处奔波的良苦用心有了进一步了解。他在书中写道：

"我从不顾高龄，万里长途跋涉，为的是争取多与素未谋面的各地政府领导、教职员及学生见面，让大家能体谅我的捐资苦心，明白我为捐资竭尽所能的精神，勉励大家共同重视教育工作，更希望以自己的行动感染其他人，收抛砖引玉之效。"

不知不觉，田先生已为慈善事业奔忙了30个年头。2012年6月23日，田家炳基金会在香港举办成立30周年庆典，已经退休的我应邀与校党委书记王枬教授一起前往参加。这次应邀参加庆典的200多名嘉宾中有来自大陆和港澳台的近30所师范院校的领导与学者。庆典当日，田先生用整个上午的时间分别会见了五所高校的代表，其中就有广西师大。当时王枬书记一行因绕道南宁，尚在赴港途中，只有我一人如期到达。我知道许多学校的代表对与田先生会见都求之不得，不好意思一人独享这难得的机会，于是向萧开廷先生提出可将此机会让给其他学校，得到的答复是："计划不变，一个人还可以多交谈一点嘛！"待见到田先生时，他显得很高兴，亲切地拉我在他身边坐下，长时间握着我的手，详细询问我和学校的情况，关怀之情令我感到十分温暖。

在庆典的晚宴上，已93岁高龄的田先生精神矍铄，首先发表了热情洋溢的欢迎辞。他照例不用讲稿，思维清晰，语言流畅。接着，全国政协副主席、香港前特首董建华致辞祝贺。然后由香港、澳门和内地的代表分别发言。遵照庆典组织者的安排，我作为内地的代表谈了自己的感言，讲了一番心里话："田家炳基金会成立30年来，竭尽全力支持社会公益事业，特别是教育事业，影响深远，功不可没。基金会所彰显的社会责任感与慈善精神，在价值取向多元化的今天，已成为引领人们走向崇高的标杆，在全社会树立了一座精神的丰碑。""在与田先生交往中，我深切感受到他身上洋溢着中华民族的传统美德。比如，他誉满神州而又为人谦和；敢于竞争而又笃守诚信；勤俭节约而又乐善好施；严于律己而又宽以待人；讲求原则而又慈祥可亲。凡是和他接触过、交往过的人，可以说，无一不为他的人格魅力所折服，对这样一位德高望重的长者产生由衷的敬意。"我还谈到了田先生为支付捐款而出售自己居住的别墅去租赁住房的事。他的事迹和品格使在场的人无不深受感动，我一讲完，大家报以十分热烈的掌声。

田先生向来很重情谊。年迈以后毕竟不宜外出，又不免念及老朋友。2016年5月，他特地邀请了最早结识的内地几位高校老校长到香港聚会。除我之外，还有华中师大王庆生、陕西师大赵世超、四川师大王均能、贵州师大吕传汉四位校长，并邀请明非与我一同前往。16

日下午我们一起前往田先生府上拜访。其长子、田家炳基金会主席田庆先故意测试他的记忆力，逐一问他来者是谁，他一一回答。问到我时，他还多说了一句："黄校长，我第一次见到你，是从广州去我老家，路上我要帮你提点东西，你不肯。"我笑着说："是的，是的，田先生您记忆力真好！"

在同田先生的亲切交谈中，时间不知不觉很快过去了。怀着依依惜别的心情，我心中默念，再过四年，我们就可共庆田先生的百岁华诞，我衷心祝愿他老人家福寿绵长，健康快乐，阖家幸福！

回到桂林，我不止一次通过他的子女和基金会开廷先生询问田老先生的近况，每每听到他身体尚健就感到莫大的安慰。2017 年 12 月，田庆先一行前来桂林，出席两广田家炳中学的年会，并到访我校。作为他们的老朋友，我陪同参加了有关活动，包括与我校党委书记邓军、副校长孙杰远的亲切会见。师大与基金会商讨了有关项目合作事宜，双方表示，今后的交流协作必将进一步拓展。

未料刚过半载，2018 年 7 月 10 日下午，开廷的微信突然传来田家炳先生于当天上午与世长辞的消息。同田先生生前交往的许多往事一幕幕出现在脑海里，我的内心久久不能平静。敬爱的田先生，您所开创的捐资助学慈善大业就像浩渺苍穹中璀璨夺目的田家炳星那样千秋辉映；您毫不利己无私奉献的崇高品德一定会青史留名，万古流芳！

（写于 2016 年 12 月，2018 年 7 月修订）

马保之先生晚年在广西师大执教

◆ 黄介山

明年的元月 29 日是马保之先生逝世十周年纪念日。近十年过去了，他的音容笑貌依然是那样清晰地浮现在我的眼前。马保之先生是广西师大尊敬的老朋友，这不仅因为其父马君武先生是与我校有着历史渊源的广西大学的创始人及首任校长，还因为 1997 年他以 91 岁高龄不远万里从美国来到我校执教多年，给师大人留下了一段美好而难忘的记忆。

马君武是广西桂林人，中国首位留德工学博士，大革命时期曾任孙中山总统的秘书长、国民政府教育部部长，在中国近代教育史上享有崇高地位。马保之是马君武的长子，与父亲相比，熟知他的人相对较少，这与他长期在海外和联合国的机构工作有关。其实他的一生也是不平凡的。熟悉保之先生的人都知道，他不仅是一位国际知名的农业专家，也是一位出色的教育工作者。可以说，他将自己的一生贡献给了农业和教育这两个关系国计民生的重要领域，并在每一个领域都卓有成就。保之先生 1929 年毕业于金陵大学，1933 年在美国康乃尔大学获农学博士学位。1934 年回国，先后担任中央农试所广西工作站主任、农林部西南种苗繁殖站主任、西南农业推广人员训练所主任、

> 马保之先生

省立广西高级农业职业学校校长、农林部农业司司长、台湾大学农学院院长等职。此后长期在联合国粮食及农业组织工作，曾到越南支持、指导农业发展，兴办了 5 个实验场。1961 年，受联合国粮农组织邀请，前往条件最艰苦的利比里亚，帮助当地开发农业，因成就卓著在该国被尊称为“农业之父”。与此同时，他对当地的教育发展也做出了重要贡献，其中一项成果，是在当地创办了利比里亚大学农学院。

我第一次见到保之先生是在 1997 年秋天。他由在桂林的侄女马桂芬陪同来师大育才校区的学校办公楼找我。他穿一身西装，中等身材，花白头发，瘦削而挺拔。戴一副深度近视镜，说一口流利的普通话。坐定以后，稍作寒暄，马老便开门见山地告诉我，今年他已 91 岁，但身体还好，希望能到我校外语系给研究生上课，并且是当“义工”，不要报酬。他说：“多年在外，一直想回来多少为家乡做点事，家父生前常教导我们不能忘记故乡。”马老后来回到美国与朋友谈起到广西师大和广西大学联系任教时，风趣地这样描述：“我问他们要不要义工教授，他们看我 91 岁，吓死了。”这话当然是老先生的幽默和夸张。但当时，我内心确实有些矛盾：一方面非常钦佩马老对家乡的一片真情和老当益壮的雄心，理解他的这份心愿，同时看他精神矍铄，思维敏捷，语音洪亮，也觉得授课当不成问题；可另一方面又担心他毕竟年事已高，万一有个闪失，不好交代。于是我说：“好吧，就给研究生开几次讲座吧。”马老却表情严肃地更正我说：“不是讲座，是正式开课，给研究生讲授‘英语技术性公文写作’。”他接着拿出早已准备好的授课计划，详细地向我介绍。看到他那么认真、执着，我很是感动，当即表示支持，并请外语系领导同他商量落实具体事宜。

一年多以后，马老再次从美国回来，正式到外语系执教。我与马老见面时，考虑到他住处离学校有一段路程，便交代校办秘书韦冬要安排好车辆接送他上课，他却执意不让派车，说自己天天走路锻炼，步行来上课就是健身。他的侄女桂芬也在一旁说，马老每天要走不少路，还走得蛮快，这次他俩就是走来的。看马老如此坚持，我们只好恭敬不如从命，就这样，马老每次都步行到校，偶尔自己打的，开始了他在广西师大的“义工教授”生涯。

马老在联合国的机构工作多年，用英语书写各类报告是他的专长，讲授这方面的课程可谓驾轻就熟。他的课内容丰富，贴近实际，生动活泼，很受研究生欢迎，一些外班乃至外系的学生也被吸引来旁听。但鲜为人知的是，在每一节精彩的课堂教学背后，马老都倾注了大量的精力和心血。他高度近视，备课十分艰难。我曾到他居住的侄女桂芬家里看望他，看到他常用的工作设备，除一台电脑外，便是一台放大镜。马老为我演示了放大镜的用法，使桌面上的字可以增大几倍，但即便如此，马老仍然看不太清楚。后来他又让儿子从加拿大重新寄来一台，据说价值近 4000 美元，可将字体放大 20 倍。每次备课，他都要把字体放大，伏在案上，一点一点地看，一字一字地写，书写的教案有厚厚一摞。写好后还要反复背诵，烂熟于心，以尽量做到授课时不照本宣科。可以想见，这样的备课耗费的时间与精力显然要比常人多得多。他不仅备课、授课十分认真，批改作业更是一丝不苟，毫不马虎。20多名研究生的作业，他仔细批改后，还要逐一面谈。我曾经对马老说：“像您这样批了作业还要面谈，我们的老师也很少能做到，您真是我们学习的榜样。”他回答说：“过奖过奖！我应该这么做，必须这么做，否则学生对我的批改不能完全理解。”为了与学生更多地交流，他还把原来准备每周上2个下午的课增至3个下午。这种宁可自己辛苦，一切为了学生的精神和诲人不倦的态度，实在令人感动！后来，我们曾专门邀请马老为全校干部及青年教师做了一场师德讲座。记得他讲座的题目是“更上一层楼，一起来创新”，精彩的报告使在场的听众深受感动，受益匪浅，无不对这样一位年过九旬老人的高尚品德和积极进取精神油然而生敬意。

马老对讲坛情有独钟，给学生上课成了他生活中最大的乐趣。他多次对我说，最高授课年龄的吉尼斯纪录是96岁，他要争取打破这一纪录。看马老硬朗的身体、乐观的精神，大家都认为他这一心愿一定能够实现。据马老的子女说，他实际生于1907年，当时兵荒马乱没有出生证明，而事后补开的证明又误写成1909年。如果按实际年龄计算，他2004年离世时应为97岁，实际上已经刷新了吉尼斯纪录，成为迄今为止世界上登台讲课最年长的教师。

马老晚年在帮助广西发展农业的同时，也为家乡的教育事业倾注了许多心血。从1991年开始，他和子女为广西教育捐资170多万元。2002年，他又引进新加坡支显忠基金会到广西捐资助学1000多万元，分别为桂林、来宾、南宁、百色等地市县的农村小学兴建教学楼和学生宿舍。他在我校和广西大学、桂林君武小学等校设立了“马君武校长及夫人奖学金”“马保之奖学金”，勉励学生勤奋学习。教学经验丰富、教育理念先进的马老十分关心桂林市君武小学的建设，努力筹集、捐助资金改善该校教学设备，希望将它建成一所模范的乡村学校。他认为校舍和设施等硬件不必与城里攀比，但德、智、体方面一定要办出自己的特色。马老还提醒学校，21 世纪将是一个信息时代，如果不懂电脑和英语，学生就会落伍。为此，他特地邀请桂林市计算机学会的两位会长到君武小学实地考察，制订了小学电脑的课程设置和授课内容。为了提高学生的英语水平，他还组织广西师大外语系的学生到君武小学讲课和听课，指导教学。

在马老任教的五年间，我耳闻目睹，亲身感受到他待人接物的优秀品格。老先生平易近人，和蔼可亲，无论教师还是学生，年长还是年轻，他都以诚相见，以礼相待。负责与他联系的校长办公室秘书韦冬对此有很深的体会。论年龄，韦冬绝对是小字辈，马老却对他相当尊重和信任，见了面总称呼他“韦冬先生”。马老后来在穿山对岸的漓江畔购买了一套住房，在三楼。我和韦冬曾几次去那里拜访他。每次我们离开时，他都要送下楼，作为晚辈我们实在承受不起，一再劝阻，但马老总是坚持送到楼下，等我们的车开走了才肯离开。马老生前立下遗嘱，将漓江畔的这套房产赠予广西师大。前不久，其子女与学校办理了相关手续，将出售该房产所得全部捐给学校，用于设立“马保之教育基金”和“马保之奖学金”。

马老是位乐观开朗、幽默风趣的长者，大家都非常喜欢同他在一起。每次聚会的时候，总能听到他讲一些趣闻或笑话，席间笑声不断，非常开心。比如，他告诉我们：“现在讲‘一国两制’，而我们家早就是‘一家两话’，我们兄弟姊妹跟父亲交谈讲桂林话，跟母亲就讲上海话。”有一次他让我们猜“马先生穿短裤”的歇后语，大家猜不出来，他一本正经地揭出谜底，原来是“露出马脚”，逗得大家哈哈大笑。

我和马老最后一次见面是在2003年的冬天，他的女儿左龄从美国回来，约我们夫妇和学校有关工作人员聚会，地点是在我校紫苑饭店。因临近圣诞节，为了表示祝福，我妻子特地买了一束鲜艳的百合花送给他。还带了照相机，席间为他拍了几张捧着鲜花的照片，以及大家与马老的合影。那天，他穿了一件鲜艳的花格羊毛衫，大家说：“马老，您今天穿得最漂亮！”他笑着回答：“人老啦，再不穿得漂亮一点，岂不成了老丑怪？”席间，马老神采奕奕，谈笑风生。可谁能料到，这竟然成为我们与他的永诀。

一个多月以后，突然传来马老在昆明溘然长逝的噩耗。一位如此充满活力、如此可敬可亲的长者竟然就此离开了我们，一时间，我们几乎无法相信这一事实。后来得知马老是和女儿一起去旅游，先到海南，后去昆明。旅途中患了感冒，本来这也是小病，马老自恃平素身体不错，也不以为意，但谁知因昆明海拔较高，老人难以适应，病情急遽恶化，终至无法挽救，实在令人痛惜！如果不是因为这一始料不及的变故，我相信，以马老的身体和精神，不仅能够实至名归地戴上吉尼斯大全的桂冠，而且可以成为百岁寿星！

马老虽然匆匆走了，他的高尚品德和人格魅力将长留人间！

（写于2013年春）

著名翻译家、诗人贺祥麟教授

◆ 黄介山　张明非

2012年5月12日，广西政协原副主席、广西民进原主委、广西师范大学教授贺祥麟先生走完了他九十二年的不平凡人生。十个月过去了，我们还难以相信这样一位精神矍铄、思维敏捷的前辈已经离去。时常想起他，他的音容笑貌，与他交往几十年的往事，总会浮现在眼前。

我们夫妇是80年代初到广西师范大学工作的，拜识贺老也始于此时。尽管当时他已经从中文系转到外语系任教，但或许是我俩毕业于北京大学中文系，同20多年前毕业于西南联合大学的贺老是校友的缘故，初识后他便对我俩勉慰有加，也由此开始了我们与贺老长达30年的交谊。

几十年来，不论贺老的职务和地位如何变化，我们一直亲切地称呼他“贺老师”，直到近些年才随其他人改称“贺老”。但在我俩心目中，从来没有将他与“老”字联系在一起，他行动办事仍是那么干脆利落，风风火火；讲话聊天仍是那样滔滔不绝，谈笑风生。爱国爱民的情操，正直不阿的品格，热情率真的个性，幽默浪漫的气质，这就是贺老在我们心目中始终如一的形象。

贺老早年毕业于西南联合大学外语系本科，后远赴重洋深造，获

> 贺祥麟教授

美国埃默里大学研究生院英语专业硕士学位。回忆起在海外求学的经历，2007 年 8 月贺老在给友人的一封信里这样写道：

“从少年时代起，我就热爱文学，大学以后的专业是英国文学，受欧洲古代希腊人文主义和 19 世纪浪漫主义影响甚大。这样我的人文精神和浪漫主义气息就非常浓厚，充满激情，热爱人类，热爱祖国，热爱生活，感情充沛而年轻。”

正是这种爱国情怀，使他在听到中华人民共和国成立的消息时，“万分兴奋，感动得热泪盈眶，恨不得插上翅膀立刻飞回祖国”。经友人介绍，他联系好到当时设在桂林的广西大学任教，被聘为外文系副教授。

当时贺老正处在热恋之中，女友是他的同学，一位单纯正直、聪明美丽的浙江姑娘。生离死别的痛苦自然是刻骨铭心的，但贺老毅然舍弃爱情选择了回归祖国。临别前，他写了一首一千多行的长诗献给心爱的女友，其中写道：“亲爱的，如果我不更爱自己的祖国，我又如何配得上爱你？”字里行间流露出对祖国的眷恋与忠诚。回国后他俩依然保持了密切的联系，每周都有书信往来，互诉衷肠。1950 年 10

月抗美援朝战争爆发，两人通信被迫中断，一对恋人从此天各一方，杳无音信。这一爱国与爱情难以两全的人生悲剧，完全是当时特定的国际政治环境造成的，直到晚年，每当回忆这段往事，贺老仍不胜感慨，不能忘情。而当时贺老面对两难抉择，能够将国家民族的利益看得高于一切，割舍儿女之情，毅然回国，这样高尚的爱国情操，着实令人钦佩！回国后的几十年里，贺老虽历经坎坷和磨难，仍痴心不改，无怨无悔，把自己毕生的精力献给了祖国的教育事业。他多次说过："我毕生的最大快乐，为与青年同学一同在教室欣赏文学名著。"

贺老情感丰富，热情率真，不论对师长、友人，还是学生，他都真诚相待，一片热忱。赵朴初先生生前是民进中央名誉主席，中国佛教协会会长，著名的社会活动家、诗人、书法家，惊闻赵朴老逝世的噩耗，贺老马上撰文表达哀悼之情，对朴老的"德行高超，风范永存"表示景仰。北京大学李赋宁教授是贺老的老师，贺老自云"对赋宁师从来'执弟子礼甚恭'，不敢有丝毫懈怠"，称扬他"具有高超的道德水平和非凡的人格力量"。著名作家徐迟是贺老的多年好友，徐迟不幸去世后，贺老悲痛之极，写下《缕缕哀思忆徐迟》一文，回顾他们交往的二三事，在文章的末尾，他无限深情地写道："作为你的好友，徐迟我兄，只要我活着一天，在我内心的最深处，将永远为你留一块地方。我的缕缕哀思，剪不断，理还乱，即令是人天阻隔，黄泉无路，我也要把这一瓣心香和缕缕哀思敬献给你的英灵。"可谓一字一泪，感人肺腑。

贺老为人正直，好恶分明。对人对事喜欢开诚布公，直言不讳。哪怕是面对上级领导，他也敢于直言，不留情面。了解他的朋友、同事和学生都知道贺老的这一性格特点，因此，尽管他的看法有时失之偏颇，仍能得到大家的理解和尊重。介山至今清晰地记得这样一件事：90 年代，我校育才校区南门前的道路因年久失修，十分狭窄破烂，遇上大雨，低洼地段积水没膝，给出行带来极大的不便。我校多次向政府有关部门提出修路要求，都没有下文。贺老有次来学校，恰遇下雨，出租车陷在水中，他只好下车蹚水走路。一到学校他马上写信给市领导，批评政府不关心群众疾苦，敦促有关方面尽快解决此事。贺老在担任桂林市政协副主席期间，还有这样一件事：他工作上有些意见希望与市委书记面谈，专门写了一封求见信并亲自送到市委值班室，事后却如石沉大海，毫无回音。他对此十分不满，后来和介山提起此事时，还“耿耿于怀”。介山宽慰他说，可能是秘书没有把信送到，或者领导太忙疏忽了。贺老斩钉截铁说道：“这不可能！完全是高高在上的官僚主义！”

贺老是著名的作家和翻译家，发表过不少诗文和译著。他学识渊博，在外国文学研究与翻译方面有很深的造诣，新时期以来曾任中国外国文学学会常务理事，中国翻译工作者协会副会长等职。在贺老卓有成就的外国文学研究中，对英国文艺复兴时期伟大的戏剧家和诗人莎士比亚的研究尤为深湛，我国第一部研究莎翁的专著——《莎士比亚研究文集》就出自贺老之手。他对外国文学的浓厚兴趣和深厚修养不仅体现在他的著述里、授课中，在平日聊天和给友人的信件中也无不可见。从 18 世纪法国伟大的哲学家、文学家卢梭，到美国 19 世纪著名思想家梭罗，以讴歌自然著称的英国诗人华兹华斯……每每谈到这些文学巨匠的事迹及作品，他都信手拈来，如数家珍。

贺老在外国文学方面的深厚学养和功力，人所共知，不必多说。令我们惊讶和钦佩的是他在中国传统文化及中国语言文学方面同样有广博的知识和深厚的功底。无论是东晋的陶渊明还是清朝的郑板桥，他都有深入的了解，独到的见解。他常常教育学生要努力学习、博览群书，拓宽知识面，否则以后会捉襟见肘，甚至闹出笑话。他举例说，一位大学校长给全体师生做报告，要大家热爱祖国，“必须有强烈的恋母情结”。贺老引经据典，指出“恋母情结”来自古代希腊神话，指的是俄狄浦斯在完全不知道的情况下，不幸娶了自己的生母为妻。贺老用这个极端荒谬的例子告诫学生如果缺乏起码的文学常识会犯怎样低级的错误。正因为如此，贺老对粗制滥造的文风和语言文字的错误极为不满，批评起来，义正词严，毫不留情面。比如他看到一篇文章中有“从容赴死”“慷慨赴义”和“慷慨赴难”的说法，立刻给编辑部写信，指出这是对成语的乱用和生造。对近年来外国文学翻译工作的现状贺老尤其感到忧虑，他多次撰文尖锐指出某些翻译工作者水平下降和粗制滥造，使得不少劣质译文泛滥成灾。如把 19 世纪俄国思想家赫尔岑翻译成“赫尔珍”，把“莫斯科国家剧院”翻译成“波尔素依剧院”，把美国的爱荷华州译为“依阿华”，等等。尤为荒谬绝伦的是把蒋介石毕生通用的英文名字 Chiang Kai-shek 翻译成“常凯申”。贺老辛辣地讽刺某些缺乏文学修养的作者或译者是“无知无畏”。在学术界吹捧之风盛行的今天，类似贺老这样目光敏锐、一针见血的批评并不多见。这些既反映了贺老耿直的个性，也折射出他治学的严谨。

贺老讲话幽默风趣，富有激情，是典型的诗人气质。尽管我俩没有机会聆听贺老讲课，但完全可以想象得到会有多么精彩。我俩有幸在一些会议上听过他的演讲或发言，他准备非常认真，多半念自己事先写好的稿子，有时兴致一来，中途也会插进自己创作的小诗或西方著名诗人的名句。他的讲稿内容新颖，文采斐然，加上他声音洪亮、富有激情的朗诵，常常赢得听众的喝彩及共鸣。与同事和朋友相聚，只要有贺老在场，气氛就格外活跃。他见闻广博，生动诙谐，谈天说地，纵论古今，在座的人无不听得津津有味。

受19世纪西方浪漫主义影响，贺老身上的浪漫气息很浓，直到耄耋之年，他还这样“检讨”自己说：“现在我的心态和精神状态，与20多岁的年轻人一样。当然，优点同时也是缺点，我幼稚，主观，容易冲动，好像是永不成熟。”贺老曾提到这样一件事，他的一位朋友到家里做客，吃饭时，不但嘴“吧唧”得特别响，而且放着公筷不用，用他自己的“私筷”在菜盘里拨来拨去。更让贺老不能容忍的是，因为不喜欢吃，他居然把已经夹进自己碗里的菜，重又放回菜盘。就是这样几个不够检点的细节，使贺老对这位“高级知识分子”大为反感，以至于“从此与他绝交，断绝一切关系”。有人或许认为贺老这样未免太小题大做了，但眼里揉不得沙子，不能容忍自己看不惯的言行，是贺老处事的原则，虽不免偏激，却也表现了他为人坦诚，不违心，不虚与委蛇的可爱品格。可以说，浓厚的诗人气质是贺老非常可爱的一面，也是他始终保持年轻心态的因素之一。

自贺老赴南宁任广西政协副主席、广西民进主委，同他见面的机会相对少了，但一直保持了书信的往来。他因公或因私回到桂林，也常常邀我们相聚。尤其是贺老使用电脑以后，我们经常会收到他群发给友人的信件，如今我俩保存的他用e-mail发来的邮件就有六七万字之多。贺老的书信内容丰富，情趣盎然，不论叙事议论，都诗情浓郁，风趣幽默。读来如沐春风，是一种难得的享受。这些书信亦如他对徐迟的评价：“他的信，一如其人，内容充实，热情感人，用语自然亲切，身边琐事以至脑里遐思冥想，信手拈来，都成文章。亦叙亦议，亦散文亦诗，抒情气息之浓，跃然纸上。”这里，不妨摘引几段以飨读者：

冬季来临，鄙人只好整日蜷伏在另外一间有暖气空调的房间里，像某些动物一样“冬眠”。所谓“冬眠”，当然不是整日睡觉，不食不动，而是在家看书看报，沉思冥想，甚至有时候无所事事，偶尔坐在椅子上发呆，叫作“准老年痴呆”。

人老了，难免糊涂，我也不能例外。为了摆脱生活琐事干扰，我把自己的衣食全部委托小保姆代管。我只是“饭来张口，衣来伸手”而已。春节期间，小保姆无意间把我最糟糕的一双袜子给我穿。此袜子糟糕之处，在于它“年久失修”，患了严重的“老年退化症”，我一穿上去，它就会自动下滑，不断后退。那天早晨，我穿上了这双“自动”袜，由寝室走到工作室，只一二十步路吧，竟发现左脚早已光秃秃，袜子与我“拜拜”，不知何往矣。

说起骑车子，多少友人都劝我说我年龄大了，再也不可骑车上街。我无法同意他们的意见，因为骑车上街不仅迅速，节省时间，更重要的是，步行太辛苦，骑车节省精力。为了安全，马路上汽车一多，我就在人行道上骑。此时也，我像是驾驶了一叶扁舟，游弋于人行道的“湖水”之上，清风徐来，水波荡漾，我与芸芸众生，比肩而行，自我感觉，无比良好。此时也，我心如明镜，浑身舒畅，诗情画意，不禁涌上心来。

一些生活琐事在贺老笔下竟如此生动精彩！读了这几段文字，谁能不忍俊不禁？谁又能不真切感受到一位年过八旬的老者对生活的由衷热爱？贺老仙逝后，我俩不止一次打开他的书信，反复诵读，感慨万千。眼前仿佛又浮现出贺老亲切的面容，耳畔仿佛又听到贺老亲切的话语。我们坚信，贺老的高尚情操、渊博学识和不凡才情，必将长留人间，沾溉后人。

（写于2013年春，收入《贺祥麟书信散文集》，广西师范大学出版社，2016）

卓有成就的历史学家钟文典教授

◆ 黄介山

2010年11月5日下午，突然听到钟文典老师于当天中午病逝的噩耗，简直有如晴天霹雳，一时间竟不敢相信这是真的。我马上赶到他家里，看到刚设立的灵堂上挂着钟老的照片，这才明白钟老确确实实离我们而去了，不禁悲从中来。这以后一连几天，钟老的音容笑貌总会浮现在我的脑海里，同他交往多年的一些事情也纷纷涌上心头。

在我的印象里，钟老虽年事已高，但身体向来不错，并且精力充沛，笔耕不辍，常常每天工作十来个小时。半年前他参加自治区人事厅安排的优秀专家一年一度的体检，主要指标也都正常。今年9月份我从外地回来曾与他通过电话，问起身体，他说自己感觉各方面都好。两天后，我们碰巧在王城门口相遇，见他比以前略瘦，还劝他要缩短工作时间，注意休息。他回答说："没有关系，除了瘦一点，其他都好。"就在半个多月以前，在学校召开的关于保护、开发王城的座谈会上，我又一次见到钟老并倾听了他的发言。好好儿的，怎么突然之间就走了呢！钟老的离去，令所有熟悉并敬重他的人都感到震惊和痛惜！

钟老是国内著名的历史学家，是我校德高望重的老教授，无论道德还是文章都堪称楷模。他的学术成就和学界地位，他在师生心目中

> 钟文典教授

的威信和影响，在我校、桂林乃至广西都是一般人难以企及的，遑论超越。记得多年以前，在钟老从教50周年的庆祝会上，我代表学校致贺辞时，曾经表达过这样的意思。当时我说：“在社会上，有的人出名是得益于他所在的单位；而有的人相反，使所在单位因他而扬名。钟老就属于后者。钟老为我们学校做出了杰出的贡献，他是我们广西师大的骄傲和光荣！”我这样说，绝非客套或恭维，而是肺腑之言。此后若干年，每当我在外地遇见参加过那次庆祝活动的历史系学生，他们还会主动提起我讲过的这番话，足见这不是我个人的看法，而是代表了广大师生的心声。

算起来，与钟老相识已有27个年头了。那是在1983年的秋天，我和妻子张明非刚从北方调来广西师大，时任副校长的陈伟芳教授是我岳父四五十年代共过事的老朋友，与钟老同在历史系工作。我们一来，他就主动提起钟文典教授，对他的学识与为人十分称道，并且告诉我们：“钟教授也是北大毕业的，是你们的学长。”不久，我们就见到了钟老和他的夫人张玉霞老师。张老师是我校生物系教授，也是我们的北大校友。也许因为陈老的推荐和北大校友这两层关系，我们与钟老夫妇初一见面便毫无陌生感。论年龄和资历，钟老自然是我们的前辈，但他从来都不以师长自居，而是每每谦称自己为“学弟”，而我们几十年来也一直尊敬地称呼他“钟老师”，对他怀有深深的敬爱之情。每次见到他，总觉得格外亲切，时间长了不见，也会打电话去问候。钟老师对我们也很关心，尤其在我担任校领导期间，他不仅给予我工作上很多支持，而且时常勉励有加，每次见了面总是问长问短，哪怕在路上遇见，也要与我聊上一阵。几年前，他还登门看望过我们，请我们夫妇吃饭。作为晚辈，我们对钟老的厚爱真是既感动又不安。

近几年，每到年初二就去钟老家拜年，似乎已经成了惯例。去年春节在钟老家的情景和钟老谈话的内容，我至今记忆犹新。记得钟老师如数家珍地回忆了半个多世纪以前，他在北大学习期间聆听周恩来总理、马寅初校长等人做报告的情景。钟老有惊人的记忆力，娓娓道来，连当时的许多细节都记得清清楚楚。听钟老谈话是一件很愉快的事，他为人的正直和坦诚使你不由自主地信赖他，而他的治学亦如他的为人，敢于求真，从不媚俗，这在风气浮躁的今天是多么难能可贵！那一次，钟老还谈到了自己的工作，说他正在主持修订、编写《广西通史》《桂林通史》。这是两项浩大的工程，钟老承担着撰稿、审稿的任务，其繁重可想而知，所以他常常夜以继日地工作。我俩担心他负担过重，一再劝他要注意身体，劳逸结合。钟老几年前从王城南区搬去与女儿、女婿一起居住，从窗口就可以望见“两江四湖”，那里风景如画，是人们游览和散步的绝佳去处，而钟老却忙得连一次也没有去走过。当时，明非还半开玩笑地对他说：“钟老师，您平时一定要抽时间到楼下桂湖边去走走，明年春节我们来可是要检查作业的，看您有没有完成。”可今年春节，钟老要到深圳小女儿家过年，他行前专门打电话告知并给我们“提前拜年”，我们也预祝二老节日愉快并说好等他们回来再去探望。哪里想得到，去年的春节竟成了我们最后一次给钟老拜年，也是最后一次与钟老夫妇的聚会。去灵堂吊唁时，与钟老的女儿小钰交谈，得知他老人家最终也没有能够到近在咫尺的桂湖边走一走。他在晚年仍然如此忘我地工作，真正做到了鞠躬尽瘁，死而后已。

钟老把毕生的精力献给了教育事业，言传身教，培养了一批又一批青年学子，可谓桃李满天下，学子遍神州。在八桂大地，钟文典的名字不仅在历史学界和教育界，在其他领域也是广为人知的，是名副其实的名人，不论走到哪里，只要知道我是广西师大的，常会有人主动提起他、问候他。他亲自教过或没有直接教过的学生，无不由衷地尊敬他，爱戴他，钦佩他高尚的品德、渊博的学识及深厚的学术造诣。钟老为人正直，待人诚恳，作风正派，办事公道。在许多人心目中，他既是平易近人的师长，又是高山仰止的丰碑。正因为如此，他在广西师大享有崇高的威望。我多次与朋友感叹：做人、做事能达到钟老的境界，足矣！我常常想，钟老一生坚守教坛，传道授业，只做过系主任，并没有真正当过官，但他的令名和影响，特别是在师生心目中的威望，却远远超过许多戴着乌纱桂冠的人。钟老的一生无疑为人们特别是年轻学者提供了有益的启迪，告诉人们什么是有价值的人生。

钟老离开我们已近一个月了，但与钟老接触的一些往事，他清癯的面容、瘦削的身影时时浮现在眼前，一想到史学界失去了这样一位正直勤勉、才华横溢的前辈学者，广西师大失去了一位德高望重、诲人不倦的老教师，我们夫妇失去了一位值得尊敬和信赖的良师益友，心情的沉痛实在难以用语言表述。钟老享年 87 岁，在当今的中国也算得上高寿了。只是一想到他还有那么多未了的事、有那么多想写的文章，不禁感到十分痛惜。若非始料不及的变故，以钟老硬朗的体质、旷达乐观的精神，无论如何是还有很长的一段人生路可走，还可以做很多事情的。但转念一想，钟老又是幸运的，他不仅留下大量雄文巨著，而且与张玉霞老师半个多世纪志同道合、相濡以沫，又有那么多情深意笃的师友，敬他爱他的学生，钟老此生亦可以无憾了。

敬爱的钟老，安息吧！您永远活在我们心中！

（写于 2010 年 11 月 30 日，收入《永恒的情思——钟文典先生纪念集》，广西师范大学出版社，2016）

德高望重的系主任林宝全教授

◆ 黄介山

2020 年 11 月 22 日上午 7 时，林宝全教授因心力衰竭溘然长逝，永远离开了这个世界。一想到从此失去一位志同道合的同事，亲如兄长的挚友，我内心无比痛惜。

林老师是 2008 年离开桂林的，当时主要考虑到自己年事已高，独子林冬青又远在广州，决定去就近养老，住进了冬青安排的“广州友好老年公寓”。这是一家高端综合性养老机构，国家民政部认定的先进单位，环境设施、医疗保健等各方面条件都比较优越，是老年人安度晚年的理想所在。从 2008 年到 2020 年，他们夫妇已在这所公寓生活了 12 年。其间，我们曾两次前往探望，他俩也回过一次桂林与我们相聚。

今年国庆后不久，校园网上报道了离退处组织慰问离休干部的信息，其中刊有在广州某医院看望林老师的文字和照片。我与林老师已有 4 年不见，从微信得知他近来身体欠佳，但并无大碍。近一年来，因“新冠”肆虐，时有疫区封闭的消息，各地交通往来限制颇多，出行不便。我俩还想着待疫情结束，再去看望他们。不料才过一个多月，林老师竟倏然而逝，从此阴阳两隔，永无再见之期。

后来听林老师夫人说，在他最后的日子里，不止一次念叨：“黄介山怎么不来，来接我回桂林呀。”我听了不禁潸然泪下。他在弥留之际还惦记着工作、生活近50年的桂林，忘不了相处多年的同事朋友，这份真情着实令人感动。其实，在他们去广州这些年，我们又何尝不是经常惦记着他们，期待有机会重逢？

林宝全教授是文艺理论专业著名学者。他早年在老家福建参加革命，是离休干部。1957年就读于广西师范学院（现广西师大）中文系，1960年提前毕业留校任教。后又考入中国人民大学攻读文艺学研究生，毕业后主动要求回广西师大工作，此后一直在中文系任教，曾任中文系主任。林老师治学严谨，诲人不倦，荣获全国优秀教师称号，为中文系教学、科研及学科建设奉献了毕生精力，做出了重要贡献。

林老师是我们夫妇从包钢调到广西师大最早结识的同事。我们刚到师大，学校分给育才校区一套两房一厅的教工宿舍，林老师就住我家楼上。他的夫人黄坤柔也是师大职工，曾任校印刷厂厂长，尽管她后来调学校教务处任职，我们仍习惯称她“黄厂长”。年轻时林老师英俊儒雅，黄厂长天生丽质，两人是十分出色、令人称羡的一对。

我们新来乍到，举目无亲，常常得到他们的关心和帮助。此后20年间，学校为改善教职工居住条件，不断兴建宿舍楼，我家也受惠三易居所。学校分房政策是按职称、工龄等条件计分，排队选房。巧合的是，先后两次我们两家都分在同一栋楼的同一单元，一直是来往密切、相互关照的好邻居，这也是难得的缘分。

我调来师大以后，先后在干训部、校党办工作。1985年初，林老师接任中文系主任，他希望我到系里当书记。我也认为基层工作更加务实，与他一拍即合。经他争取，学校将我由校党委办公室副主任调任中文系党总支书记，开始了我俩三年多的密切合作，直到我1988年秋调任校党委副书记。

与林老师在中文系合作共事的三年，是我最留恋、最难忘的一段工作经历。中文系历来是全校公认的“王牌系”，一张亮丽的名片。从30年代建系开始，历数曾经在这里任教的学者，足可引以为自豪的就有陈望道、夏征农、欧阳予倩、谭丕模、穆木天、沈西苓、吴世昌、冯振、彭泽陶、林焕平等一大批著名人士。可我赴任时，十年“文革”刚过，还留有不少后遗症。当时两派对立情绪仍较明显。会上影射、背后中伤的情况时有发生。林老师在“文革”中也受过委屈，但他心胸开阔，不计较个人恩怨，办事公道，对两派“一碗水端平”，是大家公认的正派人。我又是从外地调来，与系里的历史纠纷没有任何瓜葛，比较超脱。所以我俩工作一直比较顺利，遇到的阻力并不多。

林老师长我11岁，但俩人受过的教育相似，经历的社会政治运动相近，所以“三观”吻合，研究工作，讨论问题，很容易达成一致。记得陈光旨校长送我到中文系上任时，在全系教职工会上，我着重强调：“希望大家不计前嫌，团结一致向前看，与人为善，以诚相待，共同努力，排除各种干扰，营造一个宽松、和谐、团结的工作环境”。会后林老师表示完全赞同和我的看法，他说这是搞好中文系的前提条件，要首先抓好这一环。

我俩彼此信任、互相支持，工作起来真是“不分你我”。有时，我在办公室上班，他在家里备课，有人来找他办事，我问清情况，能办的，就替他处理了，事后告诉一声，他听了连声说“好的，好的”。也有的时候我不在学校，有干部打电话要和我商量事情，我便说：“林宝全老师在办公室吗？他在的话，你去请示他。”有次，系里要制订实行奖酬金发放条例，照说这是行政事务，可他忙，就问我：“老黄，你能先找几个人弄个初稿吗？”我欣然答应。初稿出来后，他看了很满意，稍作补充修改后，便交系领导班子讨论通过后执行。也许在别人看来，这种工作关系似乎不合常规，但我俩却习以为常，互相信任，互相帮忙，不推托、不计较、不见外。

中文系虽然有不少在“文革”中形成的历史纠葛，由此形成的感情隔阂较深，但求团结、求发展，则是人心所向、大势所趋。我们相信，只要坚持正确的舆论引导，开展深入细致的思想工作，正气就会上升，氛围就能改善。

我俩积极化解教职工因历史原因造成的矛盾和隔阂，旗帜鲜明地弘扬好人好事，对有损于团结和工作的言行也敢于批评、引导，但坚持“与人为善”，不抓辫子、不打棍子。与此同时，林老师还千方百计抓好学科建设和教学、科研工作。采取以老带新等措施，加强对年轻教师的培养。为了促进教风、学风建设，我们还试行以班级和宿舍为单位，建立教师与学生联系制度。不少教师利用课余和晚上的时间，到教室或宿舍对学生进行学习与心理辅导，开展教书育人活动。此外，努力推进成人教育，开拓创收渠道，从而使教职工的生活待遇逐步改善。经过大家的共同努力，中文系的面貌发生了较为迅速的变化，凝聚力明显增强，各项工作朝气蓬勃，出现了团结一致向前看的欣欣向荣的局面。当时有两件事可视为标志性的看点：

一是 1986 年 10 月，学校举行一年一度的体育运动会。按照惯例开幕式上要举行运动员入场式，各系各单位运动员和教职工队伍都要通过主席台接受检阅。这可是个重头戏，怎样展示中文系教师队伍的精神风貌？在系工会认真组织下，不少热心的老师纷纷献计献策。最后决定一改白衬衫蓝裤子的传统着装，女老师毛衣裙子，男老师一律西装领带。

没有衣服、领带，就帮着借，多数男老师不会打领带，女老师们就一个一个帮着系好。老师们精神抖擞，步伐整齐，口号响亮，一亮相就震惊全场，赢得一片喝彩和掌声！而且开创了校运会入场式的一种新模式。从那以后，八仙过海各显神通，校运会入场式就成了展示各系实力的舞台。在这点上，中文系可谓开风气之先。在学校开展的各项活动中，中文系常成为竞争的对手，众人瞩目的对象。这些活动也大大激发了中文系教工的集体荣誉感，进一步增强了中文系的凝聚力。

时隔一年即 1987 年 9 月，学校以系为单位在王城大礼堂举行“园丁之声”歌咏比赛。中文系精心准备了《我的祖国》《在希望的田野上》《太行山上》等经典歌曲大联唱。演出时，台上的演员很投入，台下的观众特别是中文系一些老教师很激动，他们热泪盈眶，把手都拍红了。台上台下互相呼应，把会场气氛推向高潮。演出大获成功，中文系大合唱以饱满的热情、良好的文化素养、独具匠心的艺术处理，毫无争议地夺得了冠军。在乘车回育才校区的路上，大家意犹未尽，一路高歌。下车的时候，突然有人高呼：“中文系万岁！”顿时，整个车厢都沸腾起来了。当晚，参加合唱的老师不少人激动得彻夜无眠。中文系后来代表学校参加了桂林市的合唱比赛。30 多年过去了，参加过这次大合唱的老师们大多已退休，但谈起这件事都还记忆犹新，非常怀念那时的美好时光。中文系当年具有这样和谐的氛围和凝聚力，自然与系主任林老师的影响力和号召力密不可分。

林老师品德高尚，光明磊落，处事公道，待人真诚。正因如此，凡同他交往过的人无不感受到他的人格魅力，他也赢得了师生们的尊敬和爱戴。他德高望重，一身正气，从不计较个人得失，凡是涉及名利的事，他总是一再谦让，由学校推荐曾被评为全国优秀教师，他将获得的奖金全部捐给了系资料室；他平易近人，和蔼可亲，脸上总是带着温和的微笑；他待人诚恳、善良正直，与他交往尽可放心，不用揣摩，不必设防；他办事既坚持原则，又讲究方式方法，无论教工和学生，即使被他批评也都理解他的良苦用心，不会记恨。他在广州养老期间，还有不少毕业多年的学生千里迢迢从外地专程去看望。我多次说过，林老师是我见过的为数不多的品格近于完美的人，我一直将他视为可敬可亲的兄长和良师益友。

林老师在家庭里也是一位好丈夫、好父亲、好爷爷。他与黄厂长相濡以沫，伉俪情深，牵手走过了60多年。黄厂长退休以后，一段时间因更年期反应身体欠佳，情绪容易波动。但我们从未听到林老师说过一句怨言，而是对妻子更加细心呵护，精心照顾。他曾对我说过，女同志很不容易，年轻时要经历生育的苦痛，到老还免不了更年期的折磨。对妻子如此体贴入微，情深意笃，怎不令人钦佩、感动?

林老师富有艺术修养、革命激情与浪漫情怀。他爱好朗诵，系里开文艺晚会，一般都有他的诗歌或散文朗诵，感情充沛，声音洪亮，极具感染力，常常赢得满堂喝彩。

先后在中文系办公室、资料室工作的黄高潮，是明非的知心朋友。她与在校机关任职的丈夫张大晓，都是林老师教过的学生，俩人始终把林老师夫妇尊为自己的长辈。林老师离开广州以后，一切需要办理的大事小事，都由高潮两口子全权代理。我们三家关系密切，交往较多，只要聚到一起就很开心，有说不完的话。

我年逾九旬的岳母几次从北京来桂林小住，每次来，都得到他们两家的悉心关照。黄厂长知道我岳母是麻将桌上的常客，于是只要她一来，就经常约上一些邻居陪她打麻将，连退休了的前任党委书记朱天恩也来参加，她也因此成了我岳母的牌友。

记得有一年秋天，岳母来桂林，张大晓开了一辆面包车载着我们三家人去几十公里外的海洋乡游览。道路正在整修，有些地段坑坑洼洼，车子上下颠簸，左右晃动，开车和坐车的都很辛苦，可一路上大家情绪饱满，笑声不断。到了目的地，老人家也兴致勃勃地跟着大伙儿穿过竹林、树丛，爬上小山坡，到一处农家乐用餐。

林老师夫妇去广州两年后的2010年秋，我岳母又一次来桂林小住，她很想念老朋友，我们决定自驾去广州。途经梧州，受到时任梧州市教育局局长的好友阳永煊热情接待，考虑到自驾比较辛苦，还专门派车送我们到广州。中途经过肇庆，细心的小阳还委托几位师大校友安排我们游览了七星岩等景点。

到达广州已是傍晚，第二天早饭后，我们从酒店打车前去林老师所在的“广州友好养老院”。路途不远，十几分钟就到了大门口，林老师已在那里等候。进到家里，又见到黄厂长，久别重逢，大家非常高兴，尤其是95岁高龄的老人登门看望，使他们分外感动。林老师夫妇带着我们参观了老年公寓。公寓由好几栋大楼组成，规模宏大，入住人员达千人以上。周边青山环抱，院内绿水长流，鸟语花香，环境幽静，确是养老的好地方。他们住的是两房一厅，室内整洁，设施齐全。据介绍，每天有服务员打扫卫生，还有医务人员挨户作例行体检，吃饭有餐厅，也可送餐上门，生活相当方便。看到他们能在如此优越的条件下颐养天年，我们甚感欣慰。

临近中午，他俩执意要留我们吃饭。于是就在公寓食堂聚餐。餐厅设施不亚于外面的饭店，饭菜味道也不错。吃完午饭，我们告辞，想到他们在桂林有那么多朋友，现在独居异地，与大家相见不易，我心里不免涌出一股依恋不舍之情。

林老师在广东养老，也时常想念他工作生活了近50年的桂林。2014年4月，他们夫妇俩专程回来，故地重游，探亲访友。朋友相聚，其乐融融。他离桂返穗前，我们邀请他俩并约上大晓、高潮到我家奥林苑的新居一聚。那天大家一起动手，包了一顿饺子。饭后喝茶叙谈，最后又合影留念。林老师还坐在桌子旁拍了一张单人照。他精神矍铄、笑容可掬、慈祥可亲，在我看到的他离桂后的相片中，这应该是神态最生动的一张。回到广州后，收到我们寄去的几张照片，他当即发来如下微信：

> 介山、明非挚友：老朋友久别重逢确实很令人高兴开怀！虽然见也匆匆，别也匆匆，幸而拍下了几张珍贵的留影，别后得以重温这次亲如一家人温馨相处的情景。鲁迅说："人生得一知己足矣。"我常想这句概括人生友情的名言最适以表达我们三家人的挚友关系。七张照片中以在客厅拍那三张集体留影最好，介山和大晓照得很潇洒，各人的表情都很自然亲切，唯独我姿势似乎过于正襟（老矣！老矣！尚能潇洒否？一笑！），相片背景的玻璃窗外有几株淡淡的树叶摇曳相衬，也增添了几分这次聚会留影的诗情画意！瞬间变成永恒，有道是："朋友是永恒的感动！"

读此短信，我深感尽管林老师已届耄耋之年，字里行间仍然洋溢着青春活力。他对人对事的激情不减当年，对朋友的热情真诚也从未改变。

同年秋天，我们全家回老家南通探亲，拍了张全家福，用微信发

∧ 林宝全教授（2014 年）

给他。回信也同样感人：

介山、张老师：欣赏了发来的两张照片，很有感触：以蓝天为远景，在浓浓的绿树丛中，介山家族老中青少三辈亲人紧紧地依偎在一起，28 张开心的笑容汇成一潭美丽的湖水，令人仿佛听到湖中缓缓地响起一支家族 兴旺、和谐、快乐、幸福的交响曲！还用得着央视新闻频道的记者询问你们："你幸福吗？"

两年以后的 2016 年 12 月，我和明非前往广州看望身患癌症的友人杨珉，她是广东太平洋律师事务所的创始人，是明非从初中开始交往并保持了一个甲子友谊的闺蜜。既到广州，自然要去看望林老师夫妇。

12月11日上午，我俩前去“广州友好老年公寓”。黄厂长容易激动，如果头天打招呼，可能她一夜睡不安，所以没有提前告知。哪知当天早上跟他们联系，手机和座机都无人接听。我们豁出去扑空也要去看看。好在不远，坐公交前往养老公寓，又直接找到记忆中的那栋楼。上到3楼敲门，林老师居然在家，一见我们顿觉惊喜。黄厂长在邻居家，知道后也急忙赶回来。公寓楼正在整修施工，噪音很大，无法安坐。她领着我们到另一栋楼里找了个安静地方坐下叙谈。林老师听力明显衰退，交谈已不太方便，后来听说他的儿子给他配了一副8万元的助听器，听力才有所改善。他几十年的腰椎病也日渐严重，走路更加困难。好在他乐观开朗，说起话来依然声音洪亮。聊了个把小时，怕他们辛苦便提出告辞。送我们到院子，请人给我们拍了张合影：他俩坐在一张长椅上，我俩站在两旁，背景是老年公寓大楼。万万没有想到，这张照片居然成了我们与林老师的最后合影。

去年国庆节上午，林老师发来节日祝福：“祖国富强，大家身体健康，就是最幸福的事。”这是他发给我们的最后一条微信。53天以后，他就带着这真诚祝福和美好心愿去了永恒的天国！

林老师走了，他的高尚品德和学者风范，他对广西师大特别是中文系的贡献，他对朋友、同事和学生的一片真诚，连同他那始终微笑着的面容，都将长留人们心中！

（写于2020年12月）

天妒英才

——痛悼杰出的建筑设计师黄伟

◆ 张明非

∧ 黄伟

今年 3 月 27 日清晨，我突然接到友人包岚从重庆打来的电话，她泣不成声地告诉我，她的丈夫黄伟“快不行了”。我一下子蒙了，泪水顿时涌了出来。春节期间，黄伟还和我通了微信，这才不到两个月怎么就会病危了呢？一时间我说不出更多安慰的话，只是告诉她会尽快动身去重庆。第二天上午桂林大雾，担心航班会延误，我和介山改乘动车去重庆，当天下午到达黄伟所在的西南医院。在此之前，我们跟黄伟已有近 8 年没见了，其间曾多次邀他们夫妇回桂林，看看他为我们设计装修的新家，他也答应了，就在去年 10 月 19 日的微信中他还说：“明年一定相聚一下。”万万没有想到他许诺的相聚竟然是在医院的病房里，在他生命垂危的病榻前！

黄伟是今年2月初发病的，经华西医院确诊已是肝癌晚期。怀着一线希望，小包和其他亲友先后陪他到成都华西医院及协和医院福建分院求医，然疗效甚微。后又返回重庆，住进现在这家以肝胆外科闻名全国的西南医院。尽管对黄伟病情危重已有思想准备，但走进病房，在看到他的那一瞬间，还是被他的样子惊呆了。这哪里是我们熟悉的那个长发飘飘、目光炯炯、潇洒帅气的黄伟？眼前的他面色苍白，形容憔悴，紧闭双眼，起坐都要人搀扶。一想到他经受病痛折磨的痛苦，不禁心如刀绞。

来之前包岚就告诉我们，黄伟在医院很不安心，执意要出院回家，可他病势如此沉重，回家就意味着放弃治疗，也就是放弃生命，这自然万万不可，她要我们见面时好好劝劝他。站在病床前，看到黄伟衰弱的样子，我们心里着实很痛，听说昨天朋友来医院探望时，他已经不能说话，而今天连眼睛也睁不开了。当听到我们专程从桂林来看望他，始终双眼紧闭，只是在介山紧握他的手劝慰他时，微微点头。我们知道他心里是明白的，只是无法表达而已。介山劝他配合医生好好治疗，告诉他有这么多关心他爱他的亲友都期待他能好起来。不能分担他的痛苦，只能说一些连自己也不确信的安慰的话，那一刻我们的无助真是难以言喻。

病房内外围了不少人，有包岚的姐姐、黄伟的亲戚，还有专程从珠海来探视的朋友。在这里还见到了我20多年前来重庆结识的四川美院教授牟群和夫人梁明玉。明玉是国内卓有成就的服装设计师，她与黄伟是同学，夫妇俩每晚都来医院，同窗之谊令人感动。

本来我们打算在这里陪黄伟几天，连回程票都订好了，但包岚和其他亲友认为黄伟见到我们容易情绪激动反不利于治病，力劝我们回去不要再到医院来。见他们言辞诚恳而坚决，我们只好依从。离开医院前我一想到此一去很可能就是永别，忍不住又返回病房握着黄伟的手对他说：“有这么多人关爱你，不仅是为自己，也为了亲人和朋友，你一定要坚强起来，好好配合治疗。我和介山都已年过古稀，还热切等着你和小包一起来桂林呢。一定不要让我们失望啊！”说这些话的时候我止不住声音哽咽，泪水在眼眶里打转。

回到桂林我俩寝食难安，黄伟在病榻上的形象不时浮现在脑海里，每天都在忐忑不安中度过，期待有奇迹出现。5 天以后，噩耗传来，4 月 2 日晚 21 时 21 分，黄伟在重庆家中去世，永远离开了这个世界，离开了他钟爱的事业，离开了他亲爱的妻子、年迈的父母和亲人、朋友。一想到我们这一次见面竟成永诀，不禁悲从中来！黄伟的离去带给我们的震撼和打击，是无法言喻的，他还年轻，还不满 58 周岁，正是年富力强施展才干的大好年华，却去了另一个世界，而且走得如此匆忙，匆忙得令我们猝不及防，难以承受！我们立刻发去了悼文：

“惊悉挚友黄伟不幸离世的噩耗，我们悲痛万分！黄伟是我们相识相知 24 年的好朋友、好兄弟，他卓越的艺术才华及视艺术为生命的执着令我们敬佩，他正直善良的品格和高尚的情操令我们感动，他给予我们的真诚关怀和热情帮助尤令我们感激，永难忘怀。黄伟的英年早逝使我国失去了一位杰出的建筑设计师，我们失去了一位亲如兄弟的好友！此时此刻，无论用什么语言都难以表达我们内心的伤痛！祈愿黄伟一路走好，在天之灵安息！”

黄伟虽然永远离去了，但他的音容笑貌、与他相处的那些往事却一幕幕清晰地浮出记忆。

黄伟1985年毕业于西南大学（原西南师大）美术系，专攻油画。毕业后分到贵州二轻局的一所学校任教。1993年通过早他两年毕业的学长、我校艺术系教师俞可的引荐调入我校。我们同他相识是在1995年春节过后，也是俞可介绍的。

多年来，我们一直为同黄伟、俞可两位艺术家的相识、相知和交往感到幸运，是他们提升了我们的艺术品位，丰富了我们的生活内容。此外，他们到广西师大工作对学校来说，也是值得庆幸的一件事。比如我校校园环境建设，在桂林高校中起步是比较早的，特别是王城校区绿化和美化很有成效。在这一变化过程中，黄伟和俞可两位艺术家多次建言献策功不可没。

黄伟到广西师大不久就崭露头角，担任了艺术系副主任。当时他正处于从而立向不惑之年的过渡，精力充沛，风华正茂，是人生最好的年华。他事业心很强，做事非常认真，事事亲力亲为，追求完美。有件事我还记忆犹新。那是1995年6月20日晚上，已经10点多钟了，接到他的电话，邀我参加艺术系92级学生的毕业作品展。对于艺术自己是门外汉，所以一开始我婉言谢绝了。黄伟非常诚恳地告诉我，他来桂林时间不长，没有多少认识的人，不像在四川和毕业后待过8年的贵州朋友那么多。我明白了尽管只是学生的一次活动，他还是希望尽可能办得像样一些，便马上答应了。并且邀请了中文系老系主任和几位资深教授，带了一些研究生参加第二天的剪彩仪式。应黄伟要求我们还帮他请到桂林电台我的好友——名记者李咏梅，并通过她邀请到桂林电视台和《桂林日报》，三家媒体都对这次毕业作品展做了宣传报道。

还有一件事也是我亲历的。90年代中期，我所在的中文系被国家教委批准为“国家文科基地”，这是广西高校文科获得的第一个国家级基地，所以自治区领导非常重视，拨款500万建了一座基地楼。这时候我对黄伟的艺术才能已有较深了解，考虑到大楼的门厅设计很重要，便去请黄伟帮忙。他独具匠心地在木质墙面上镶嵌了一个个形态各异的象形文字，既新颖典雅又古色古香，十分契合中文学科的特点。基地楼的陈列室也是请他设计的，后来成了展示中文系历史和发展的一个窗口，曾接待过包括教育部部长陈至立在内的教育部及自治区不少领导以及国内许多知名学者。而做这件事黄伟纯粹是友情奉献，没有收取任何报酬。

再有一件事发生在1997年秋天，我校准备申请香港大慈善家田家炳先生的捐助，建一座田家炳教育书院大楼。介山将代表学校去面见田先生，但直到临出发才听说最好能提交一份建筑效果图。时间紧迫，当时他第一个想到的就是找黄伟。黄伟不负重托，废寝忘食，加班加点，很快拿出了一张造型新颖风格现代的建筑效果图。尽管后来因田先生比较倾向传统设计风格而未能采用，但凡是看到这张设计图的人无不交口称赞。

黄伟兴趣广泛，见多识广，通晓多种艺术门类。他口才又好，能言善辩，很有激情，所以说出话来总是令人叹服。他担任副系主任后进入校学术委员会，我不止一次听到他在讨论时的精彩发言：口若悬河，旁征博引，见解精辟，头头是道。不仅是我个人，在座的学术委员们也无不心悦诚服，受到艺术的熏陶。

说到黄伟对我们夫妇的关心帮助，就更让我们心存感激。在师大我们于1995、2002年两次搬家，两套住宅都是请黄伟设计装修的。尤其让我们感动的是在他离开师大以后，得知我们在校外买了一套叠拼别墅，2011 年底还先后两次到桂林指导装修。如今我们家里到处可见他留下的痕迹，2002 年入住的那套师大宿舍，客厅的墙上挂着俄国现实主义风景画大师列维坦的油画《雨后》，这是他和俞可为我们两个有俄罗斯情结的“40 后”临摹的；书房里摆放的长排转角书柜，是黄伟根据房间特点精心设计的；一些家具乃至窗帘、灯具也都是当年黄伟陪我去商店一一挑选的。每当看到这些，我们怎么能不深深怀念他？

黄伟、俞可在广西师大工作的那些年，我们同他们两家经常相聚，一起出游，一起去看画展。几家人在一起无拘无束，谈天说地，亲密无间，非常快乐。1996 年 8 月中旬，俞可、黄伟在柳州为俄罗斯画家雅克宁举办画展，我俩和包岚，俞可的妻子牟百冶，艺术系王德福、董灵、莫俊峰等人还结伴专程跑去柳州捧场。这些往事都留下了温馨美好的回忆，在黄伟离开我们的今天，更成为我们心中难以磨灭的珍贵记忆。

2009 年黄伟下决心离开师大自己创业，凭着深厚的艺术功底和出众的才华很快在建筑设计领域声名鹊起，开辟出一片新的天地。他工作十分繁忙，四处奔波，常常马不停蹄穿梭于国内外一些大城市。尽管如此，仍保持着同我们的联系。我有幸保存了他的一些来信。如 2009 年夏天我们在山东威海度假，7 月 30 日收到他的来信，其中说：“前不久去桂林办辞职手续，本想与你们见面，但后来得知你们开车去江苏旅行去了……因此未能如愿，很是遗憾。在桂林的这 15 年来，最难忘的记忆就是与你们相处的日子，你们夫妇给予我们很多关心和呵护，使我们至今都很感动……你们在威海置房很令我们羡慕，那可是最适合人居住的美丽城市，但愿那清澈的海水能洗去你们一生的辛劳，祝你们幸福！”

此后不久发来的另一信中说："读过你们的来信感慨良久。桂林的山水虽已渐渐远去，但往事并不如烟。……荣成我是去过的，那里的清新和直率，不仅仅是山东的气息，同时还浸润了仁川的情调。只是当时怎么也不会想到你们会将人生中最宝贵的时光投射到那一片海上……曾经的沧海桑田，让我们倍觉生命的不可逆转和命运的难以把握。我们常常会因为一种爱好、一种感觉、一种情怀、一种愿望而选择了辛苦和孤独……我和包岚都真想去看看你们！今年 12 月份我们会去桂林，到时盼能见你们！"

2011 年 8 月 11 日来信告知："前两天才从北欧回来，一直很忙……得知你们一大家人在威海尽享天伦之乐，实在为你们的幸福而幸福。也许是我们没有孩子的原因，我年纪越大就越是迷惘和孤单，有时甚至不敢想象怎样面对衰老和枯竭。你们对生活的理解和热情，很感动我们，不仅如此，更是我们效仿的榜样！让我们在思想和牵挂的生命旅程中，珍惜岁月，顽强生活。"

从这些来信字里行间流露出的迷茫和感伤，不难感受到黄伟对生命的珍惜和对生活的热爱。

2016 年 7 月 19 日，黄伟当时在法国。因几年不见，很想看看他现在的模样，他随即发来一张在工作室的照片。令我吃惊的是，从前那个阳光俊朗、风度潇洒的艺术家，竟然须发皆白，宛如老者，看了不免让人心疼。

记得有一年春节，他因手头的事务停不下来，未能回国与亲人团聚。当我发去节日的祝福，他即刻回复我说，自己正在工作室里坐在地下，吃着盒饭。读到我的信，想到自己的家乡和亲人，不觉潸然泪下。

2018 年 10 月 19 日信中说："我前几天才回国，整天疲于奔命，望你们保重身体，明年一定相聚一下。”这些话既是对我们的许诺，也是他发自内心的愿望，只是年复一年，一直未能兑现，也永远不可能兑现了。

正是这样长年累月的沉重负荷，巨大压力和紧张节奏，严重损害了黄伟的健康，使他还来不及享受生活中的许多美好事物，就永远离去了，给亲人和朋友留下了无法弥补的遗憾。

5月17日上午，牟群教授来信告知，考虑各方面因素，追思会定于5月26日在线上举行，并邀我在会上发言。与筹备追思会同时，牟群和梁明玉夫妇还专门建了一个群，名为“艺筑人生，追思黄伟”。黄伟的亲朋好友纷纷在群里发声回忆了同黄伟生前的交往，表达了对他英年早逝的深切悼念和深情缅怀。不少悼文情真意切，长歌当哭，催人泪下。这里面既有黄伟的同学、朋友、同行、学生，也有事业上的合作伙伴。其中不乏业界有名的艺术家和著名企业家。他们感恩此生能遇到黄伟这样优秀的人，为失去黄伟而情不能已，悲痛万分。

群里发表的一篇篇情深意挚的悼文和追思会上一个个声泪俱下的发言，使我对黄伟的人生经历、高尚品德及艺术成就有了更多更深入的了解，一个立体多面、血肉丰满的黄伟，更加鲜活地呈现在我的面前。

黄伟是学油画出身的，他的作品曾参加在瑞士洛桑，法国尼斯，美国，中国北京、香港、台北、上海、南京、贵阳等城市举行的油画艺术展和当代艺术文献展。后来从绘画移情建筑设计，担任了英国KS建筑设计事务所首席设计师，上海HWB设计机构学术主持。先后主持和参加设计了澳大利亚Vtaple环保科技中心、马来西亚宝城工业品、中国国家开发银行威海学术会议中心、成都力宝大厦、四川珠峰药业生涯基地等建筑设计项目，展示了他极高的艺术天赋和卓越才华。2005 年曾获得英国建筑师联盟、法国设计师联盟、中国国家建设部、中国清华大学建筑学院联合授予的“2005 年全球 100 位最具影响力的中青年设计师”的殊荣。

2007 年为成都天一集团设计的成都力宝大厦是黄伟建筑设计的代表作之一。天一集团董事长蔡文彬在《我怀念的黄伟》一文中对大厦外装修方案推崇备至，这座号称西部第一写字楼的建筑简洁、大气、厚重，风格独树一帜，甫一出现便在成都各界引起轰动。如今 10 多年过去了，仍以它令人震撼的气魄及独特隽永的魅力为人所津津乐道。

牟群教授高度评价黄伟的建筑设计成就。他说：“作为职业艺术批评家，我有幸观摩并参与黄伟的部分建筑项目。平心而论，他对建筑艺术的理解参悟，对空间营造的审美性与功能性关系的处理，远远超逾许多专业建筑师。”

黄伟不仅拥有卓越的艺术才华，他高尚的品德更令人敬佩和感动。企业家们回忆起同他合作的经历，无不叹服。他们说，黄伟极其自律，处处为别人着想，从不麻烦别人，哪怕是要好的朋友。洽谈项目常常是晚上十一二点坐飞机来，自己找宾馆住下，第二天准时出现在对方的办公室。工作一结束，又一个人打的到机场，从不让别人接送。从中也可以看出他忘我的敬业精神和勤勉的工作态度。说黄伟处事非常大度，从不计较酬金，因此从未跟客户发生过争执和不愉快。他态度谦和善解人意，尊重客户的意见，尽可能满足对方的要求。黄伟待人接物的优秀品质，我们在同他相处的过程中也是感同身受。

在“艺筑人生，追思黄伟”群里，我有幸第一次读到黄伟的散文《生活在乌江》，从中了解了他成长过程中一段重要经历。14 岁那年，他随家人到贵州黔北山区一个偏僻小镇——乌江生活，正是在那里他认识并结交了一群热爱绘画的青年，由此萌生了对绘画的兴趣，并同他们建立了终其一生的纯真友谊。正因为如此，乌江的生活之于黄伟是那样刻骨铭心，当他时隔多年回到这里，惊喜地发现那些他“曾经爱过、歌唱过、描绘过的河流和山岗，那些熟悉的味道、声音和气息依然清晰可见，有迹可循”。在黄伟为1999年第一届“乌江缘艺术家邀请展”画册撰写的这篇万字长文里，详尽记述了他在这块偏远贫瘠土地上物质匮乏的艰难岁月，以及他与志同道合的小伙伴们热爱艺术、追求理想的坚毅和执着。艰难困苦，玉汝于成。乌江给了他们丰富的生活体验和太多的艺术灵感，正因如此，从乌江先后走出了30多位艺术家。当年一个个青涩幼稚的文艺青年，如今在各自的艺术领域大都卓有成就。黄伟自己也是从乌江走进繁华的大都会重庆，进入高等学府的艺术殿堂深造。抚今思昔，黄伟由衷感谢生命历程中这一段难以忘怀的经历：“在这种时候来品味在那贫瘠的土地上成长起来的友谊和荒芜的年代所孕育起来的精神，这就不能不使我感到在乌江的生活是一种缘分、一种情结、一种等待、一种牵挂、一种愁绪、一种挣扎。它记录了我们青春时期孜孜不倦的学习过程和学习痕迹。”这是一篇情文并茂的美文，在黄伟略带感伤的抒情笔调下，一个个人物栩栩如生，呼之欲出；一段段往事生动感人，耐人回味。这篇有着宏大叙事和深邃哲理的抒情散文，使我们在绘画和设计两大艺术门类之外，领略了黄伟出色的文学才情，并深深地为他文中表现的故事和文采所打动。

回顾黄伟的一生，我深深感到，真、善、美在他身上体现得如此鲜明。他既有艺术家的才华横溢、帅气潇洒，又低调内敛，温文儒雅；既执着于理想信念、充满激情，又从不锋芒毕露、盛气凌人；对朋友既重情仗义、两肋插刀，又细致周到、善解人意；既生活节俭、安贫乐道，又精神富足、灵魂高贵！他崇尚理想，追求完美，具有浪漫情怀和理想主义，并为此付出了一生的精力和心血。古人讲“道德文章”，今天称德艺双馨，黄伟就是这样一位将德和才完美结合的艺术家，这也正是接近他的人无不为他的人格魅力所吸引、所打动、所钦佩的根本原因。

黄伟的英年早逝，使我国失去了一位杰出的设计大家，我们失去了一位亲如兄弟的挚友，我们感到无比痛惜。假如上天能多给他一些时间，相信他一定会取得更大的成就，给人们带来更多的惊喜。无奈天妒英才，回天无力！但转念一想，上天对黄伟又是厚爱的，给了他过人的禀赋和超常的才华，使他钟爱的艺术创作在有生之年达到了相当的高度；在他的人生旅途中，又有那么多爱他、敬他、怀念他、感激他的同窗、同行、同事和亲朋好友，拥有这样一份宝贵的精神财富，黄伟的在天之灵可以安息了！黄伟没有死，他仍然活在他主持和参加设计的那一座座凝聚着他的心血、建筑风格各异的天才设计中，活在他爱的和爱他敬他的人们心里！

（写于 2019 年 5 月）

亲恩似海

谁言寸草心，报得三春晖

——永远怀念父亲张知辛

◆ 张明非

∧ 父亲

我早就想写一点文字，来纪念我的父亲张知辛先生。不仅为了缅怀父亲的英灵，也为了重温那些同他在一起的珍贵岁月。“子欲养而亲不待”，是我一生最大的遗憾。父亲离开这个世界已经半个多世纪了，我们兄弟姐妹早已长大成人，一个个继承了他对文学的热爱，本可以回报父亲的恩情并把他当作良师益友来敬爱，却永远地失去了他，一想到此便无法抑制内心的悲痛！写写我最亲爱的父亲，追忆他生前的事迹，重温同他在一起那些幸福美好的日子，这个念头在我心底潜藏了很久，每念及此便寝食难安，而我却一直没有勇气提笔，因为一想到父亲，痛苦就攫住了我的心。1993 年我的第一本论文集《唐音论薮》即将出版，我在《后记》中写下了一段话，其中说：“最后，在拙著即将付梓的时候，我倍加怀念指引我走上文学之路的启蒙老师——我亲爱的父亲张知辛先生。……父亲对我的成长有很大的影响，他的殷切期望不论在他生前或身后一直是鼓励我上进的一个动力。我想，如果父亲地下有知，如果他知道女儿已经如他所期望的那样走上了研究文学的道路，一定可以含笑九泉了吧？”不过200多字的一段话，我却几次停笔，因为泪水不断模糊了我的视线。

我家兄弟姐妹5个，对父亲都怀有深切的爱和感恩。父亲不仅给了我们生命，而且以他的正直善良、宽厚谦和、博学多识和大气睿智，为我们树立了做人的榜样，并潜移默化融入我们的生命。他对家庭的悉心眷顾和对子女的无比慈爱，最好地诠释了“父爱如山”的伟大，温暖了我们的一生。父亲过早地离去，是母亲和我们5个子女心中永远的痛。

像所有从旧社会过来的知识分子一样，父亲早年经历也是比较曲折复杂的。他1911年1月5日出生于湖南澧县一个农民家庭，舅父雷振寰是共产党员，受其影响，父亲对农民的疾苦怀有深切同情，遂从唐人李绅《悯农诗》“谁知盘中餐，粒粒皆辛苦”取出二字，将名字改为“知辛”。大革命失败后，父亲随舅父出走南洋，先后到马来西亚、新加坡、印度尼西亚等国从事教育工作，1934年被荷印当局以宣传共产思想罪名驱逐。回国不久即受知于中共杰出战略情报专家阎宝航先生。抗日战争中，父亲追随阎先生从事爱国救亡工作。1938年随邹韬奋创办的生活书店迁往重庆，任书店服务部主任，广泛接触了一批进步人士。国共合作时期，父亲在郭沫若领导下的全国慰劳抗战将士委员会总会（简称“全国慰劳总会”）任总干事，为慰劳、支援八路军做了许多工作，还曾利用合法身份掩护一批青年到解放区。

也许是因为当时我们年纪还小，父亲生前很少跟我们讲他的过去。直到打倒“四人帮”以后，我哥哥攻非四处奔走查找资料，特别是走访了曾与父亲共事交往多年的友人如孙起孟、胡绳、阳翰笙等前辈，才对他的历史有大致的了解。

父亲一生心系家国，克己奉公，在有限的生命里做了许多利国利民的事。其中特别值得纪念的有两件大事，一是新中国成立前创办《人物杂志》，二是新中国成立后致力中国的语文函授教育。

殚精竭虑创办《人物杂志》

1945 年抗日战争胜利后，中国向何处去，成为全国人民普遍关心的问题。全国慰劳总会的工作结束后，父亲毅然拒绝继续在国民党政府任职，向即将赴解放区的郭沫若提出去延安的意愿。周恩来知道后亲自约他谈话，希望他坚持在国统区的统一战线工作。经过周密思考，父亲决定与蒋一苇、张克岑、陈伟芳等进步青年共同筹办刊物《人物杂志》。以唐太宗的名言“以人为镜可以明得失”为办刊宗旨，借古喻今。通过表扬好人，批判坏人，歌颂正面人物，揭露旧社会黑暗，密切配合反独裁、反内战的文化运动，争取中国的光明前途。父亲的想法得到中共南方局的支持，《人物杂志》于 1946 年 1 月创刊。父亲亲笔撰写的“创刊号”中旗帜鲜明地提出：“我们这个杂志必须以科学的、客观的、批判的态度，对于现代的人物给予介绍，使读者从这些人物身上去了解一些事实，并根据一些事实，去正确地认识一些人物。”“从过去到现在，为着人民的幸福而奋斗的人物，古今中外实在很多，介绍这些人物的思想、生活、奋斗经验，乃至个人的性行习惯等等，对于目前中国正在为人民的幸福而奋斗的人们，相信是可以给他们以鼓励和增加他们的勇气的。另一方面也必然可以透过对这些人物的介绍，为一些彷徨中的青年，指出一条奋斗的道路。”可以说，这是近代中国第一本以人物为主题，以人说史、以人论事的刊物。[1]

《人物杂志》以其鲜明的进步立场，丰富多样的人物，生动活泼的文字，别开生面的风格，一出版就受到广大读者的热烈欢迎。杂志设置了《革命家传记》《艺文人物志》《科学技术人物》《历史人物研究》等栏目，介绍的各类人物有作家郁达夫、航空专家周行功、导演应云卫、职业教育专家费达生，以及伽利略、沈钧儒、胡志明、章太炎、何香凝、林肯、郭沫若、鲁迅、闻一多、詹天佑、梁漱溟、胡适等中外名人。也有少量如希特勒、孙科、魏忠贤等历史人物，对他们进行了鞭挞。杂志还发表了许多默默无闻的人物的传记，其中有中小学教师、乡村工作者、民间艺人，甚至有狱吏、妓女等底层人物。注重介绍小人物，通过他们的不幸遭遇揭露国民党统治的黑暗腐朽，激起广大读者的共鸣和对新时代的渴望，这也是《人物杂志》有别于其他刊物的显著特征。

周谷城、邓初民、吴晗、刘半农、朱自清、宋云彬、王芸生、高士其、华罗庚、郑公盾等知名人士和作家纷纷为《人物杂志》撰稿，大大提高了刊物的知名度，发行量日益增加。杂志每期发刊后都会收到来自全国各地上千封读者来信，诉说他们在漫漫长夜里的心曲及对光明的渴求与期待。

这样一份深受广大读者欢迎的刊物，在办刊过程中却遇到巨大的困难。首先是经济上的压力。办刊需要经费，杂志社却没有任何经费来源。筹办的费用是父母亲在慰劳会的遣散费，出版后的开销主要靠

[1] 参见张玫非《我的父亲张知辛和中国第一本人物杂志》，《人物》，2011 年 10 月。

读者订阅的收入。没钱雇员工，母亲和一些亲朋好友参与了刊物发行及日常行政事务。尽管开支一再压缩，杂志社仍是入不敷出。在最艰难的日子里，父亲经常为无力支付印刷费所苦，全家窘迫到了节衣缩食甚至几乎断炊的地步。在我童年的记忆里，还依稀有我们几个孩子跟母亲在街上摆地摊变卖衣物的印象。

与经济的窘迫相比，国民党的打压和迫害是《人物杂志》遭受的更为严酷的压力，对杂志栏目和所谓敏感内容百般挑剔、无端限制自不必说，更不堪忍受的是特务的频繁骚扰。他们几乎天天在我家周围盯梢，有几次特务军警还牵着狼狗半夜闯进家里查抄。父亲的挚友高明医生竟因莫须有的罪名惨死在渣滓洞。那种令人提心吊胆的白色恐怖，90 多岁高龄的母亲回忆起来仍心有余悸。

是作者和广大读者支持着父亲克服重重困难坚持了下来。与父亲素昧平生的郑公盾不计稿酬，在刊物上发表了近 20 篇文章。有的作者把稿酬转赠给杂志社或移作订阅费，有的同志和知友长期担任义务记者、义务组稿。至于读者介绍读者、订户介绍订户的事，更是不胜枚举。父亲与许多素不相识的作者及读者结下了文字之交，建立了深厚的友谊。广大读者一封封热情洋溢的来信，更是给父亲极大的鼓舞。父亲在紧张繁忙的工作中从不忘给读者亲自复信，互相鼓励。

办刊期间，父亲既主管编辑部，又操心经营；既联系作者约稿和交流，又给无数读者亲笔复信。他还经常会见各方朋友，分析局势研究对策。夙兴夜寐，异常辛苦。

父亲用“鲁锐”的笔名每期为《人语》专栏撰写杂文。说起他的笔名还有这样一段插曲。父亲一生崇敬鲁迅先生，1936 年 10 月 19 日鲁迅先生逝世时，还曾以“南京青年”的名义发去唁电。《人物杂志》

创办，父亲便以“鲁钝”作笔名，显然是以“迅”的反义词“钝”自谦。后来发现南京有小报署名“鲁钝”发表文章，而且与自己立场态度完全相反，为避免混淆，遂改用“鲁锐”。不论是鲁钝还是鲁锐，都表达了父亲对鲁迅先生的追随和敬仰。《人语》短小精悍，观点犀利，亦如匕首投枪。有作者发文如此评论《人语》：

> 《人语》的执笔者鲁锐先生的小段文章来得异常有力，读者读《人语》时，常常觉得内心与之起了共鸣。增加了无限的“爱”与“恨”。虽然文章的内容都摘自报章与杂志，然鲁锐先生摘取得那样好，自己再加上几句“赞美”或“讽刺”的语句，便格外显得有力，文章虽短，有时却远胜千言长文，比如《人物》二年六期《人语》上的马歇尔《夫子自道》一文中云：“马歇尔在莫斯科说过，‘美国年青不免显得急躁’云云，这倒是暴发户的‘夫子自道’，然而急躁何用？问题总得冷静的考虑才能慢慢解决。正如一匹‘马’跑得太‘急’是容易出毛病的，我看还是‘歇尔’为妙！”这短短的77个字，描写得多有力，多幽默刺人，多含蓄巧妙，多令人回思、玩味啊！

《人物杂志》配合形势揭露国民党反动派的阴谋与嘴脸，在读者中产生很大影响，也招致了国民党政府的疯狂迫害，连父亲的人身安全都受到威胁，坚持了三年零四个月的杂志到1949年4月被迫停刊。但父亲与杂志社同人们并没有屈服，坚信黑暗必将过去，曙光就在前头。《人物杂志》创刊三周年的“编者语”满怀信心地向读者宣告：“冬天已近末日，春天就要来临了，从冬到春虽然还有一段时间，一段艰难的历程，但也已经很短、很近了。当‘春到人间’的时候，当必然扫除冬天的一切阴霾，使所有苦难的人民得到温暖。我们愿意追随作者、读者之后，大家迈步向前，迎接春天，以满怀的热情，引吭高歌，歌颂春天，向春天欢呼！到这一天本刊也一定要在柔和的春光照耀之下，根据既定的计划，对准目标，前进！前进！”

1949 年 11 月 30 日重庆迎来了解放，《人物杂志》得到重庆市军管会第一号通知批准复刊，重新与读者见面。但为适应新中国成立后新的形势，父亲深感有重新学习的重要，于是在 1952 年全国刊物进行调整时，主动结束了《人物杂志》的使命。

《人物杂志》从 1946 年诞生到 1951 年自动停刊，虽然只有短短 6 年，但它是在中国两种命运决战的历史关头，在国民党统治区创办的刊物，它坚持民主、进步，是刺向黑暗、腐朽的匕首、投枪，自有其不可磨灭的历史地位及价值。父亲与他的战友们表现出的忧国忧民的远见卓识、大无畏战斗精神及百折不挠的意志也必将在新中国奋斗史上留下可歌可泣的一页。

呕心沥血举办“语文学习讲座”

父亲处理好《人物杂志》的善后工作，奉召调往北京。1951 年秋，我们兄弟姐妹跟随父母亲告别自幼生活的山城重庆，先乘轮船到武汉，再转火车到达北京。这是我生平第一次乘坐轮船和火车，旅行的感觉是那么新鲜，所以至今还留有一些印象。在前门火车站站台迎接我们的是父亲的老朋友、时任中共中央统战部副部长兼人事部副部长的孙起孟伯伯。

父亲工作的新单位是由杰出教育家、政务院（国务院）副总理黄炎培创建的中华职业教育社（简称“职教社”）。成立于1917年的职教社是我国现代职业教育的开拓者，在长期发展进程中，始终高举爱国旗帜，积极倡导先进的职业教育理念，大力倡导、研究、推行职业教育。父亲生前长期担任职教社副总干事、中华函授学校校长、政协全国委员会学习办公室副主任，为我国语文函授事业的发展不遗余力，倾注了全部心血。

众所周知，语文是表达思想感情的重要工具，是人类文化的重要组成部分。语文水平如何，直接关系到整个民族的科学文化水平和国家的建设与发展，学好语文的重要性不言而喻。20世纪60年代初，考虑到中央机关大批干部需要提高文化水平，特别是语言文字水平，兼任职教社总干事的孙伯伯和父亲共同谋划，决定面向广大干部和群众开办“语文学习讲座”。

为了更好地向普通干部群众传授学习语文的方法和经验，将讲座办出高水平，父亲亲自出面遍请京城名家。其中既有叶圣陶、赵朴初、周振甫、吕叔湘、王力、王瑶、吴组缃、朱德熙、张志公、隋树森等文学史家、语言学家，也有老舍、冰心、赵树理、楼适夷、陈白尘等著名作家，一共40多位。每一位都学识渊博、享有盛名，令人肃然起敬。前所未有地会聚了这么多大家的“讲座”自然盛况空前，声名远播。讲座从1962年夏天开讲，几年间举办了200多期，平均每周一期。听课的学员每次都多达上千人。叶圣陶先生在一篇文章中记述了学员听课的情景：“北京讲课的地点先借用长安大戏院，后来借用民族文化宫礼堂。每回讲课之前，场子里就坐得满满的，几乎没有一个空位子，也没有一个迟到的人……大家聚精会神，一边听一边记笔记……结束的时候不等主持人示意，全场早就掌声雷动了……这热烈的掌声实在是反映了学员们迫切求知的心情。”

面对面聆听大师们深入浅出的讲授，学员们受益匪浅。讲座的影响逐步扩大，对社会学习语文热潮的兴起也起到推动作用。配合集中听讲，主办方还采用了“讲课、播放录音、编印讲义”三结合的通讯教学方式开展函授教育，在全国多个城市产生了连锁效应。

讲座开办期间，父亲工作非常繁忙，不仅要关注讲座举办工作乃至其中的很多细节，一些事情还亲力亲为。比如经常亲自去接一些主讲的老专家，父亲的细心周到令专家们十分感动，无不密切配合，有求必应。

讲座开办的 1962 年，我正好考入北京大学中文系。父亲到北大拜访专家，几次约我一道去，使我有机会到王力、王瑶、朱德熙几位先生府上，有幸同他们近距离接触，聆听他们的教诲。

那段时间，尽管工作很忙，父亲的心情却格外愉悦。我知道他是为自己做了这样一件有益于社会和民众的实事而感到无比欣慰。当偌大的民族宫礼堂里听众座无虚席，当索要讲义的信件像雪片一样从全国各地飞来的时候，一切辛苦劳烦，都从群众的欢迎里得到足够的补偿。

万万没有想到，这样一件颇受欢迎的大好事，在“文革”爆发后却成了父亲的一大罪状。适应群众迫切需要提高语文水平之举，竟被颠倒为执行修正主义路线；为学者专家提供向人民传授知识的讲台，竟被扣上让牛鬼蛇神大肆贩卖封资修黑货的罪名。在那个“怀疑一切”“打倒一切”的年代，一切都颠倒了。《人物杂志》被造反派打成“反动杂志”，语文学习讲座被污蔑为向群众放毒，父亲因此被扣上“反共老手”“走资本主义当权派”两顶帽子，被单位造反派囚禁，失去了人身自由。

父亲精力充沛，生气勃勃，在我们的记忆中，他几乎是个与疾病无缘的人。他热爱生活，渴望活下去，他比一般的父亲更疼爱自己的儿女，随着年龄的增长，这种感情也越来越深沉。在他被迫离开亲人之前，虽然已经预感到种种危险，但我们之间从未谈论过死。士可杀而不可辱，没有遗言，没有嘱托，父亲怀着满腔遗恨义无反顾地选择了死亡。

“文革”以摧枯拉朽之势，“横扫”一切文化，“语文学习讲座”自难逃此劫。唯一值得庆幸的是，讲义被完整地保留了下来。“文革”结束，在秦城监狱关了8年的孙起孟伯伯得以走出高墙，担任全国政协党组成员、副秘书长。恢复工作不久他就清醒地意识到，经此浩劫，我们民族比任何时候都更加迫切需要提高文化水平，由此想到如果将这些语言文学大家讲课的讲义整理出版，将是一件非常有意义的事。他毫不犹豫地将这副重担交给了哥哥攻非，语重心长地说：这是你父亲的遗志，你要传承发扬。

1980年1月6日，是一个具有历史意义的重要日子。这天上午叶圣陶、吕叔湘、王力、周振甫、朱德熙、王子野、陈原等30多位语言文学大家和教育出版界人士，聚集在北京崇文门新侨饭店6楼大厅。专家们怀着拨乱反正的意愿及振兴中华文化的热情，一致同意并支持将200多万字的讲义整理修订，编辑出版。

我哥哥和嫂子陈慧芳1968年毕业于上海戏剧学院，按当时的政策，被分配到上海冶炼厂和上海航测仪器厂工作。会议结束后，全国政协办公厅很快发出一份公函，将他俩借调到北京。一到京他俩立即进入角色投入紧张的编辑工作。与此同时，各位专家也抓紧修订自己的书稿，一场旨在提高民族文化素质的攻坚战就这样紧张而有序地开始了。

在叶圣陶、吕叔湘等专家的精心指导下，加上出版社、印刷厂的通力合作，仅仅用了8个月，1980年9月，由中华函授学校编、商务印书馆出版的《语文学习讲座丛书》就与广大读者见面了。全书分为七辑，分别是《语文学习的基础》《阅读与写作》《文章讲评》《应用文写作》《现代文选讲》《古代文选讲》《诗词选讲》。书名由赵朴初先生题写。《丛书》有两种版本，一种分7册，由商务印书馆出版，另一种分4册，由商务印书馆香港分馆出版，同时面世。如此高效，堪称出版史上的一个奇迹。首印高达20万册，出版后好评如潮，两年内加印5次，印数超过百万。

《丛书》卷首刊登了叶圣陶先生《纪念“语文学习讲座”》一文，在回顾了本书出版始末之后，他满怀深情地说：“我重新翻阅这些文章，不禁深切怀念已故的校长张知辛先生。他为举办‘语文学习讲座’尽了不知多少心力，兢兢业业，不辞辛劳。”我想，这套《丛书》的出版，不只是对振兴民族文化的一个贡献，也是对父亲的最好纪念。

时光如流，转眼20多年过去了，2014年3月因弟弟问非动手术，我和哥哥都回了北京。一次闲谈中偶然提到他当年编辑《语文学习讲座丛书》的事。时隔多年，当年亲自讲课并参与编辑《丛书》的大多数作者已离我们而去，但他们留给后人的这份宝贵文化遗产不应因此中断，我们不约而同萌生了重版此书的念头，而且立刻想到这套有广泛群众基础和良好社会效益的好书最好交由久负盛名的广西师大出版社出版。

回到桂林，我们当即向出版社领导说明了重出《语文学习讲座丛书》的意义和价值，申报很快获得批准。于是我接过了哥哥手中的接力棒，协助主编，全力以赴完成这个光荣的使命。在出版社各级领导及编辑的协助下，2015 年 5 月，保留了《语文学习讲座丛书》精华的两卷本《大师教语文》，以新的面貌展现在广大读者面前。主编张攻非在《后记》中满怀激情地写道："奉献在读者面前的这部《大师教语文》，称得上是一部空前绝后的著作。说'空前'，是因为它记录了历史上还不曾有过的几十位当代语言文学大师共赴同一课堂，向普通大众授业解惑的盛举；说'绝后'，是因为在可以预见的未来，中国能否出现这样令人高山仰止的大师群体，我们并不乐观。因此，我们可以说，这部书是经典，是传世之宝。"《大师教语文》出版后又多次再版。

我大学同年级同学，著名语言学家、中国社科院原副院长、学部委员江蓝生研究员说："打开这套精选的《大师教语文》，让我瞬间超越时空的阻隔，如同坐在教室面对面聆听大师的授课。篇篇精彩，句句是金；言近旨远，辞浅义深，读之有'山阴道上山川自相映发，使人应接不暇'之感。"

河南大学文学院教授、博士生导师、中央电视台《百家讲坛》著名主讲人王立群说："仰望大师背影，追忆大师精神。品味《大师教语文》，司马迁于孔庙前的感叹在我脑中反复回旋：'高山仰止，景行行止。虽不能至，心向往之。'在只见大楼不见大师的喧嚣时代，一群和蔼独立的真正大师，连同他们平易睿智的文字，一起留在了时光里。"

的确，荟萃我国现当代语言、文学界这样一批大师来做语文普及和提高的工作，不仅在当时是一个创举，即在今天也是难以想象的。这几十位大家所显示的整体学术水平、教学成就及社会影响也是当今乃至未来相当长时期内都不可企及、更难以超越的。在持续半个世纪的父亲和我们兄妹两代人为传承中华民族文化瑰宝的接力中，能够尽自己一点绵薄之力，我为此感到欣慰和自豪。

和父亲在一起的日子

我自幼生活在一个幸福和睦的家庭。母亲从1942到1952年10年间生了6个孩子，其中一个不幸夭折。兄弟姐妹中我排行第二，上面有一个哥哥。中国一般家庭多是严父慈母，我家则相反，是严母慈父。母亲既要上班，又要操持家务，尽管常年雇请保姆，仍少不了操心劳神，加上孩子多、间隔又密，难免缺少耐心，训斥甚至体罚时或有之。同母亲的急性子相反，父亲性格温和，非常慈爱。记忆中，他从未体罚过我们当中的任何一个，连重话都很少说。但奇怪的是，我们个个都很听父亲的话，连最调皮的哥哥也从未跟父亲顶嘴。这倒不是出于畏惧，而是生怕惹父亲不高兴。一些要求在母亲那儿得不到满足，就会悄悄去找父亲，只要是正当合理的，父亲向来有求必应。下班回家，总会给孩子们带点吃的，通常是一些水果糖。我由此记住了童年带给我许多快乐而今早已失传了的一种糖果——“黄油球”。

自1951年从重庆迁到北京，我们先后搬过几次家。最早住在西城西铁匠胡同，我和哥哥就近在东铁匠胡同小学读书。几年后搬到长安街附近的六部口，这是一个有前后两进院子的大杂院。我家住在最里边的正房。院儿里住户不少，而且有好几家是如今所说的“个体户”。我至今清楚地记得，外院有一姓蒋老板经营的印刷厂，一个挂牌“专刻钢笔姓名”的赵从周；里院有两家行医的大夫，留着长胡子的老中医房少桥和正骨医生赵焕臣。大院住户虽杂，但都相处和睦，因爸妈待人和气，出来进去都有邻居主动招呼“张先生”“张太太”。之所以搬到这里，是因为离父亲的职教社和母亲上班的“新华书店北京发行所”很近，走几分钟就到了，这在北京可是难得的优势。而我住在这里享受到的最大好处是可以方便地到父亲单位去借书。受父亲影响，我从小热爱文学，对小说十分痴迷。小学三年级读了《水浒传》，六年级读了《红楼梦》。上中学以后迷上外国文学，先是崇拜托尔斯泰、普希金、屠格涅夫等俄国作家，后扩大到莎士比亚、莫泊桑、欧·亨利等欧美作家。我如醉如痴沉浸于小说的海洋，暑假期间曾有过一天看一个长篇的记录。尽管常常囫囵吞枣，对小说内容似懂非懂，毕竟从中获得了不少滋养。后来大学开外国文学课，当一些同学恶补外国名著时，我就轻松从容多了。班里推我当外国文学课代表，记得有一次，我还与高我一级的课代表毛主席的儿媳邵华一起去见外国文学课老师。

1955 年秋，我们又搬了一次家，迁至位于和平门与宣武门之间的香炉营六条。这是职教社租赁的一座标准的四合院。打开院门是一块古色古香的影壁，院里住了 5 家同事。有蹲便、坐便两个公用的卫生间，还有两间厨房，一间大些的公用，小些的我家使用。小院儿很干净清静，邻里也很和睦。这样的条件，在当时的北京应该说是不错的了。相邻的香炉营五条一个独门独户住着相声大师侯宝林一家。那时街道常组织居民开会，不难见到侯宝林和他的两个儿子——后来活跃在相声界的侯耀华、侯耀文。这一次搬家主要不是为了改善住房条件，而是为了孩子就近上学。当时，除我在位于石驸马大街的北京女八中（现名鲁迅中学）上学，哥哥和俩妹妹都在和平门附近的北京师大附中和附小就读。

父母亲每天步行上下班，一般需要半小时左右。于是我和弟妹们经常在放学后结伴去接他们下班。通常走到半路就遇到他们，然后一起返回。遇到下雨，会提前出发去送伞。这样做并非爸妈要求，而是我们的自发行为，久而久之，父母也习以为常了。现在，每每看到幼儿园和小学门前挤满了接孩子的爸爸妈妈或爷爷奶奶，回想起我们当年接父母下班的情景，不由感慨良多。

我清早上学，下午放学回家，一般都从宣武门走。但遇上母亲出差，父亲一人上班，我会绕远陪爸爸一起走和平门，送他到六部口再自己去学校。中途经过早点铺爸爸常会给我买5分钱一套的“烧饼果子（油条）”或者3分钱一块的糯米炸糕。当然，我不是为了这些吃的绕远，而是从心眼里乐意跟爸爸待在一起。这些小事和细节都成为珍藏心里的甜蜜回忆。

除了周日，一家人都是早出晚归，中午在单位或学校吃食堂，只有晚餐是团聚的时刻，也是一日三餐中的正餐，饭菜最丰盛，大伙儿说说笑笑也最热闹。吃完晚饭，父亲照例在灯下读书或写文章，母亲在一旁缝缝补补，我们则围坐一张大桌做功课。各得其所，非常安静。良好的家庭教育和环境，特别是父亲的言传身教，使我们5兄妹都自觉努力学习、成绩优秀，不让父母操心。哥哥攻非初、高中都在北京师大附中就读，一直担任学生干部；弟弟问非是聋哑人，在北京第一聋哑学校读书，是品学兼优的好学生；大妹厌非于师大附中初中毕业后，顺利考入清华附中高中；小妹改非从小聪明能干，能歌善舞，是学校的活跃分子。

日子尽管平平淡淡，但回想起来，那时候父亲事业成功，母亲工作顺利，孩子们好学上进，是我们一家人最幸福安宁的一段时光。

1959到1961年是国家三年困难时期，我正在读高中。此前，“大跃进”时期保姆就被动员进了街道工厂，作为弟妹们的大姐理所当然要承担一部分家务，为父母亲分忧。当时最大的困难是吃不饱，尽管学生的定量不算低，记得中学生是 28 斤半，但因缺少油水，常常感到饥饿。虽然父亲每月还有一些食油、黄豆之类的补助，但对于一个 7 口之家，且弟妹们又正是长身体的时候，无异于杯水车薪。每餐下多少米、舀几碗面都要计划好，做好了还要给弟妹们定量分餐。那年头，因一两块点心或几两粮票闹得不可开交甚至兄弟反目的家庭并非个例，但我家从未发生过这样的事，常常是有了一点好吃的，自己舍不得吃，都带回来让家人分享。我中午在学校食堂订饭，主食基本上是玉米面、红薯面、高粱面做的窝头，每月只有 7 个白面馒头，我从来舍不得吃，都带回家了，连聋哑的弟弟分到枣窝头也会带回家献宝似的捧给爸妈。因父母亲经常加班，回来很晚，我和大妹总是熬好粥等他们回来加餐。有一次，想让粥稠一点儿，大妹把碱搁多了，结果苦得不能吃只好倒掉，心疼得不得了。每当看到爸妈喝下我们熬好的粥，我们姐妹就十分满足。还有一年春节，很少生病的父亲发高烧，母亲和我们几个孩子都非常着急，也很心疼。全国政协春节期间照例举办庆祝活动，我们几个孩子去了，一致决定把手里的压岁钱买了市面上难得一见的糕点带给父亲吃。不用说，我们的孝心使父母亲非常感动，给了他们极大的安慰。就这样，我们一家人互相体贴、互相支撑，走过了那段缺衣少食的艰难岁月。

1962 年，传闻蒋介石要反攻大陆，国家破天荒在高中生中征兵。我和哥哥攻非正值高三准备高考。作为学生干部，他积极响应号召带头报名参军。这对父母亲来说，不啻一个严峻的考验。除了感情上的不舍，还有两方面原因：一是我家虽有两个男孩，但弟弟聋哑，哥哥是长子又是唯一健全的男丁。二是他毕业在即，眼看就可以进入大学深造，放弃这一机会未免太可惜。但父母亲深知舍小家保大家的道理，

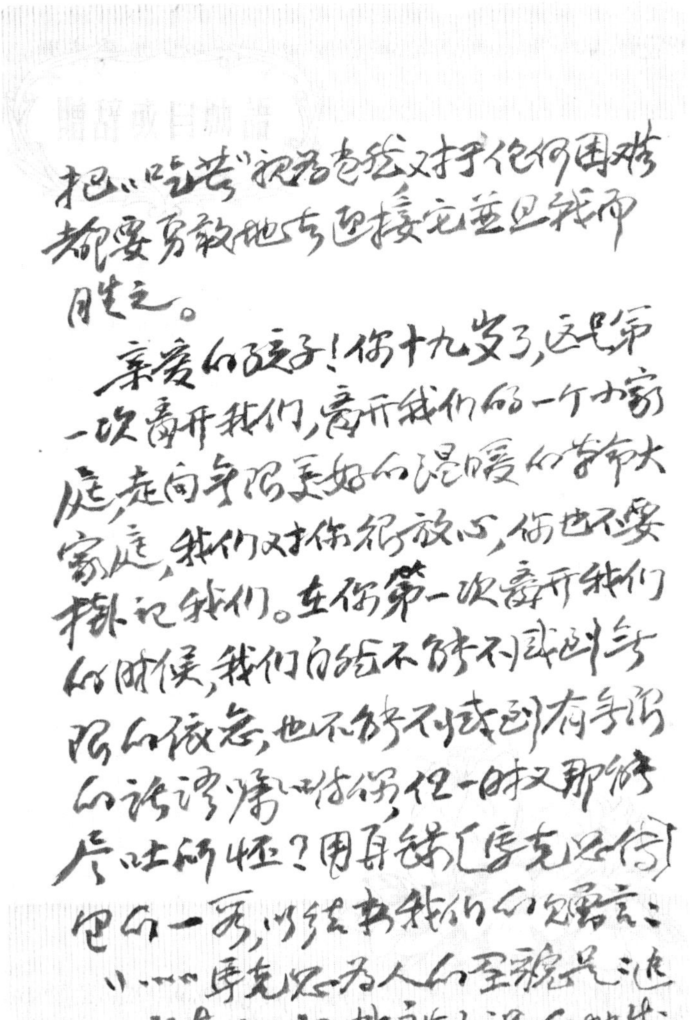

把"吃苦"视为当然，对于任何困难都要勇敢地去迎接它并且战而胜之。

亲爱的孩子！你十九岁了，这是第一次离开我们，离开我们的一个小家庭，走向争取美好的温暖的革命大家庭，我们对你很放心，你也不要挂记我们。在你第一次离开我们的时候，我们自然不能不感到无限的依恋，也不能不感到有无限的话语情怀，但一时又那能尽吐所怀？用[illegible]【马克思传】里的一句，以结束我们的赠言：——马克思为人的至理是追求真理到了彻底透辟的地步，

∧ 父亲手迹

毅然决然支持哥哥应征，成为一名光荣的海军战士。临行前，父亲给哥哥攻非写了一封信，鼓励他要认真严格地加强思想锻炼，要刻苦、踏实地学习；要学政治、学军事、学文化，不断提高自己；继承和发扬解放军艰苦朴素的革命传统，对于任何困难都要勇敢地去迎接它并且战而胜之。在信的末尾，父亲语重心长地写道："亲爱的孩子！你十九岁了，这是第一次离开我们，离开我们的小家庭，走向无限美好的温暖的革命大家庭，我们对你很放心，你也不要挂记我们。在你第一次离开我们的时候，我们自然不能不感到无限的依恋，也不能不感到有无限的话语嘱咐你，但一时又哪能尽吐所怀？用摘录《马克思传》里的一段，以结束我们的赠言：'……马克思为人的全貌是：追求真理到了精疲力竭的地步；无厌地渴求知识；无穷的工作能力；无情的自我批判以及控制情感的那种残酷斗争精神，只要情感似乎是在错误之中的时候。'"

哥哥珍藏至今的这封信，是父亲留下的唯一一封亲笔信，也是留给我们最宝贵的精神遗产，父亲的嘱托和期望已经成为我们兄弟姐妹一生信奉和努力践行的座右铭。哥哥曾不止一次说过："我常常想起爸，不是他的言传身教，特别是我参军时给我的嘱托，我不可能在重压下挺起身与命运抗争。我们兄妹今天所能取得一点成就，是因为我们有个好父亲。"我们为有这样父亲感到无比骄傲，为能够做他的儿女而感到无比幸运！

然而，我们做梦也想不到，就是这样一位爱国爱家、光明磊落、正直有良知的知识分子，我们深深敬爱的父亲竟然在"文革"中无端被扣上种种莫须有的罪名，被抄家批斗，被囚禁，怀着满腔遗恨在 58 岁的盛年永远离开了我们！ 1968 年 4 月 17 日，是我们生命中最黑暗的日子！从此，每年的这一天，不论我们5个子女身在何方，都会倍加想念在天堂的父亲，怀念他生前的那些日子，为他的在天之灵祈祷！在黑夜中，我们和劫后余生的母亲苦苦期盼，期待有云开日出的一天。终于等来了祸国殃民的“四人帮”垮台、“文革”十年浩劫结束。党中央拨乱反正，父亲得以沉冤昭雪。1979年3月13日下午3时，全国政协、中央统战部、中国民主建国会、教育部等10多个单位为父亲举行了隆重的骨灰安放仪式。全国人大常委会副委员长胡厥文、全国政协副主席胡子昂等国家领导人出席仪式，对父亲表示深切悼念。社会知名人士胡绳、朱学范、赵朴初、郑公盾、蒋一苇、许觉民、王力、朱德熙、冯钟芸等100多人参加了骨灰安放仪式。父亲生前好友、时任政协副秘书长的孙起孟致悼词，对父亲的一生做出了公正的评价。父亲的骨灰盒安放在庄严肃穆的八宝山革命公墓第五室。每年的清明，在北京的弟妹们都会代表在外地的哥哥姐姐前往祭奠。我们这些在外地的子女回到北京也会到八宝山祭拜，诉说对父亲的深长思念。

斗转星移，时光荏苒，时间进入21世纪。我们5兄妹也已相继进入老年。每当家人团聚围坐一起，总会回忆起前尘往事。抚昔思今，我们倍加珍惜否极泰来的这个家，珍惜眼下安宁幸福的生活，也倍加怀念我们亲爱的父亲。如果父亲能够活到今天，亲眼看到噩梦已成过去，一度屡遭不幸濒临破碎的家如今已是四世同堂、拥有28口人的大家庭，该是怎样的欣慰！我们一次次在父亲的灵前庄严承诺：您的恩情和教诲，我们将永志不忘；您的美德和才干，将世世代代传承下去！

（写于2018年4月）

百年芳华

——母亲何蕴之的传奇人生

◆ 张明非

2020年5月25日晚9时50分，母亲何蕴之走完漫长的人生历程，溘然长逝，享年105岁。从身体不适送医院到心脏停止跳动不到10个小时。没有死亡的恐惧，没有抢救的痛苦，母亲如熟睡般安详平静地离开了她眷恋的儿孙和这个世界。

母亲1916年出生于安徽安庆市怀宁江镇的一个望族之家。她的祖父是安徽芜湖大通银行第一任行长、安庆宝庆银楼的股东之一，并在怀宁、安庆等地经营多处商铺。父亲何雨霁毕业于北平法政大学堂，先后任湖南衡阳、河南封丘县县长。何家不仅家境殷实且是书香世家。母亲的伯父何雯曾留学日本，清朝末年在上海与辛亥革命元老于右任共同创办了颇有影响的《民呼》《民吁》《民立》三报，合称“竖三民”。大舅吴范环曾任《世界日报》总经理。

母亲在优越的家庭环境中长大，加上她聪明伶俐，在兄妹3人中最受父母宠爱，童年自然养尊处优、无忧无虑。不料好景不长，她13岁那年，父亲感染了猩红热，年仅41岁便不幸去世，母亲受此沉重打击整日以泪洗面，次年亦染病撒手人寰。昔日的宠儿成了失怙的孤儿，对年少的母亲来说不啻天塌地陷。但她并没有一蹶不振，凭着一笔好

> 百岁母亲

字和要强的个性，高中毕业便孤身一人离开家乡到外面闯世界。她先后到过汉口、北平、昆明、长沙等地，读过书，也当过家庭教师、职员。1936 年 8 月，怀着出国深造的梦想，她报考了北平中法大学化学系，可惜入学不到一年便因抗战爆发被迫中断学业。要知道上世纪 30 年代女孩子上大学是很少有的，更不用说出国留学了，由此可见母亲的思想比较新潮。从她将一个女性色彩较浓的名字“世玉”改为“蕴之”，不难看出她青年时代就有独立自强的决心和勇气。

1938 年 7 月，母亲带着妹妹何衡去往汉口，在那里她考取了宋美龄倡导成立的新生活运动妇女指导委员会（简称“新运妇指委”）开办的妇女干部培训班，成为第一期学员。有一天宋美龄来干训班视察，学员列队欢迎。母亲因个儿小，排在最边上，宋美龄走过来摸着她的头说：“这是我的小妹妹。”当时，干训班聘请了一批社会贤达和知名学者任讲师，母亲记得有邵力子、邓颖超、刘清扬、史良、帅孟奇等人。结业以后，母亲辗转到了湖南省东安县，在一所为战争难童建的教养院当老师，不意被军阀唐生智看中要她做儿媳妇。母亲连夜逃出东安，先到长沙郊区亲戚家住，后因日寇逼近又南下逃往四川。在重庆，她遇到了我的父亲张知辛。

与父亲结婚后，从1942到1952年的10年间，母亲生育了6个子女（一个不幸夭折）。可以想见，单是抚育子女长大，就需要付出多少辛劳和心血。何况为了生计，她还不得不断断续续工作。尤其是解放战争时期，父亲在地下党支持下，于重庆创办进步刊物《人物杂志》，引起国民党的注意和仇视，经常有警察和特务借故上门搜查，母亲不仅要分担办刊物的许多具体事务，还时刻为父亲的安危担惊受怕。哪里会想到这一段历史在“文革”中竟被黑白颠倒成了“反共罪行”，父亲因此而惨遭迫害，母亲也受到牵连，九死一生！

新中国成立后，1951年秋全家随父亲工作调动由重庆迁往北京。父亲在中华职业教育社任职，母亲选择了距父亲单位不远的新华书店北京发行所工作，一干就是几十年，直到退休。母亲的勤勤恳恳、克尽职责在单位是有目共睹的。她搞发行，一个人负责20多家出版社，全国各地新华书店的上百个电话号码她都能烂熟于心，随手拨出，被称为“活电码”。她负责的这一块不仅要保证图书有销路，还要做到征订数量与需求平衡，这就需要对每一本图书的梗概都有所了解，并掌握不同区域的地方特色、售书对象的知识结构、高等院校的分布状况，等等。现在想来，母亲能够胜任这份工作而且应付裕如，委实是不简单的。在同事眼中，母亲的热心肠也是出了名的。她长期担任工会委员，主动为生活困难的职工排忧解难。记得三年困难时期，食物极度

> 母亲的年轻时代

匮乏，她却经常拿自己家的东西去接济别人。一年一度的春节，是我们几个孩子最盼望的日子，因为过节会比平时多供应一点肉、油，加上父亲还有一点特供，可以解解馋了，却眼巴巴看着母亲提着装满肉食的篮子给孩子多的人家送去。正因如此她人缘极好，当她在“文革”中无端遭到审查和批判时，不少好心人冒着风险以各种方式保护她，安慰她，鼓励她。正是这极可珍贵的情谊和子女的孝顺及照顾陪伴，支撑着母亲熬过了那些身心备受摧残的岁月。

父亲身兼数职，工作十分繁忙，家务自然落到母亲肩上。尽管有保姆帮着洗衣做饭，但因我们兄弟姐妹多，年龄隔得又近，母亲仍不免操劳。在我们幼年的记忆中，父亲知识渊博、无所不知，是我们心中的偶像，学习上遇到问题都习惯向父亲请教；而母亲则除了上班，似乎永远在和那些没完没了的家务打交道。对此她并无怨言，心甘情愿充当家庭中的“配角”，对父亲的饮食起居照顾得无微不至。1964

年，机关干部、高校师生普遍下乡参加“四清”运动，为了让有高血压的父亲能留在家，母亲主动报名去了河南安阳搞“四清”。

“文革”前，在北京我们先后搬过 3 次家，住得最久的是第 3 次，系宣武门外香炉营六条甲 14 号职教社的宿舍。父母从家到单位大约半小时路程。每天，母亲和父亲一起走路上下班，我们 5 兄妹分别上小学、中学读书。遇到下雨，我们无例外地会到爸妈单位送伞，即便是晴天，只要放学早，也会沿着他们回家的路去迎候。一天的晚餐是全家团聚的时刻，大家围坐一桌，有说有笑，热热闹闹。吃完晚饭，父亲照例在灯下看书、写文章，我们兄弟姐妹看书或做作业。母亲则经常是在一旁整理家务或缝缝补补。屋里安安静静，各得其所。那个场景，至今回想起来仍然感到十分温馨。

星期天我们有时会全家上公园，中山公园因为离得近去得最多。发行所组织春游，母亲也会把我们 5 个孩子一起带去。所以，我们跟她的一些同事非常熟悉，如今我都年过古稀，那些当年的叔叔阿姨自然大多已经故去。

每年夏天，带我们 5 兄妹到照相馆拍一张合影，是母亲坚持多年的一件事。当时照相技术远没有现在发达，但服务之认真周到可有过之而无不及。一般拍完以后先看样片，若不满意，可免费重照。记得有一年我们连续几个星期天打扮得齐齐整整去照相，原因是 5 个孩子很难指挥，不是这个头歪了，就是那个眼神斜了。我们常常会不耐烦，只是迫于母亲的压力“敢怒而不敢言”。现在回想起来，很感谢她的专断，难得地留下了我们当年的一些珍贵影像。这一惯例直到 1962 年哥哥攻非参军离开北京才不得不中止。

母亲单位有些爱好京剧的票友，经常排演一些剧目为职工演出，因为离家近我们也常常跑去看。喜欢京剧的母亲也曾上台跑龙套，烫着发戴眼镜打旗儿的扮相虽有些滑稽，但不影响观众看戏的热情。就是这样一些不很专业的演出，成了我最早的京剧启蒙。《孔雀东南飞》等大戏，《拾玉镯》等折子戏，就是那时候看的。我也因此从母亲单位借阅了不少当时出版的《京剧丛刊》，从小就成为京剧爱好者。

当时还有一段难忘的经历与母亲的工作有关。一些图书在正式发行之前会先出油印的样本，母亲常常选一些适合我们阅读的带回家来。上世纪 50 年代后期出版了一批长篇小说，如曲波的《林海雪原》、吴强的《红日》、杨沫的《青春之歌》、冯德英的《苦菜花》等，在当时可谓家喻户晓，妇孺皆知。而在这些名著风靡大江南北之前我就已经近水楼台先睹为快了，这是何等的幸运！捧读这些散发着油墨香味的装订本，我如醉如痴，废寝忘食，其中的许多章节至今印象深刻，一些经典段落仍记忆犹新。

那些年，我们一家生活安定、家庭和睦，父母亲工作顺利，几个孩子都好学上进。同大多数同时代的中国人一样，从新中国成立到“文革”前的 17 年，是母亲饱经忧患的生涯中最幸福安宁的一段时光。

1966 年 6 月“文化大革命”爆发。当时，我们家 5 兄妹都是 67 届在校生。哥哥攻非和我上大学，两个妹妹厌非、改非分别读高中和初中，弟弟问非在聋哑学校学习。“文革”风暴席卷全国，冲击一切现存秩序，也打破了我家原本平静正常的生活。在“怀疑一切”“打倒一切”的疯狂岁月里，父亲被打成走资派，母亲也受牵连在单位接受审查。1968 年 4 月，父亲在隔离审查失去自由数月后含冤去世，全家人顿时陷入痛苦绝望的深渊。母亲痛不欲生，3 次自杀未遂。为此，我们每天轮流接送她上下班，晚上寸步不离守在她身边，生怕她再走绝路。那真是一段不堪回首的悲惨岁月。

我是1962年入大学的，本应1967年毕业，因全国处于动乱之中迟迟不能分配。熬到1968年7月，才下达了分配方案，我和介山被分到内蒙古包钢教育处。一拿到派遣证，我俩便匆匆领了结婚证。当时，经过两年的折腾，我已是身心俱疲，巴不得早点逃离北大这个是非之地。离开北京赴包头报到的那天早晨，我和介山送母亲去单位，一路上怀着沉重的心情，纵有千言万语却不知说什么好。临别时，母亲没有和我们告别，也没有半句叮咛嘱咐，抹着眼泪，头也不回进了单位大门。目送着体重不到60斤的母亲瘦小的背影，我心里涌出不祥的预感，这样的日子她还能撑多久？我这一去有可能再也见不到她了，这或许就是我和母亲的生离死别，一时间心如刀绞。

到了包钢，我们在一间职工集体宿舍临时安了家。按照教育处的安排，先到工厂劳动锻炼，每天跟工人师傅一起干活，虽然辛苦点儿日子也还安定。唯一放心不下的就是母亲，生怕她再出什么意外。大约过了半年，我的预感不幸应验了，1969年3月的一天，突然收到妹妹从北京发来的电报，告知母亲病危，要我速回。不用再问，一定是母亲出事了，而且这一次肯定凶多吉少。我一下子乱了方寸，忧心忡忡，既没有勇气面对这一残酷的事实，更没有能力去处理善后事宜，于是让介山代我回京。当时凡自杀都被定性为“畏罪”，是“自绝于人民的反革命行为”，所以他请假的理由是我妹妹食物中毒。万万没有想到，当介山匆匆回到北京提心吊胆赶到医院，走进病房，竟然惊喜地看到躺在病床上的母亲已经脱离危险，一见就叫出他的名字。听到这一消息，我悲喜交集，不由得感谢上苍，保佑我历尽磨难的母亲，又一次死里逃生活了下来。

据守护在母亲身边的两个妹妹告知，母亲这一次自杀，与她单位的工宣队有关。此前，因为怕母亲出事，已经到山西太谷插队的两个妹妹轮流回京守护陪伴她。工宣队对此颇为不满，找到母亲，威胁说：如果你总是让女儿回来陪你，以后休想她们能抽调上来。据说母亲未作任何申辩，很平静地接受了，当晚看不出她有任何异常，两个妹妹也做好了次日离京的准备。第二天早上当她们起床收拾好行李准备出发，却发现平日早早就坐起的母亲没有动静，掀开被子见她睡得很沉。这一反常的现象让她俩起了疑心，马上找来同院的老太太，一看觉得不妙，连忙叫来救护车紧急送往医院。这是母亲“文革”以来第 4 次自杀，这一次是服了整整一瓶（100 片）安眠药。当时母亲身体极度虚弱，骨瘦如柴，医生在她身上竟然找不出一根可以进针输液的血管，后来好不容易才在脚后跟找到一处，将母亲从死神的边缘拉了回来。母亲苏醒后，第一个反应就是拼命扯掉输液管，还咬紧牙关拒绝进食，足见她已无半点求生欲望。试想，如果不是难以承受这生不如死的处境，怎么会忍心抛下她的 5 个已经失去了父亲的子女？

母亲出院以后，回到家中继续疗养，在两个妹妹的精心照顾下，身体逐渐得到恢复。工宣队便通知她到湖北咸宁文化部“五七干校”报到。“文革”以来身心备受摧残的母亲，此时已年过半百，想到要去干校过集体生活不免顾虑重重。但留在北京又绝无可能，万般无奈之下，她想到了我的婆家江苏南通县，希望到当地的小海镇落户。介山的亲戚也答应帮忙，于是 1969 年冬天她只身去了南通。

这时候，我的大儿子即将出生，我回北京待产。17 岁的小妹也请假从农村回京照顾我。孩子于 12 月 31 日下午出生，第二天便是元旦，故取名一新。出院后，我没有奶水，只好喂奶粉。小妹年纪轻，要照顾我们母子确实勉为其难，常常忙不过来。在南通的母亲放心不下我和外孙，赶了回来。谁知没过几天，单位工宣队就来人严令母亲必须马上去干校。记得她临走前那一晚，母亲和我都长吁短叹，难以入眠。

孩子满月了，我一想到包头打牛奶的种种艰难就犯愁，跟介山商量后，下决心将他送回南通，交给爷爷奶奶抚养。那时产假只有 56 天，我无法亲自送孩子，只得由小妹和回上海探亲的表姨父一起带去。当时正值寒冬腊月，我顾不得刚坐完月子的虚弱，和小妹冒着凛冽的北风，抱着孩子在月台上奔走。春节将近，人们纷纷回家探亲，所有的卧铺一律改成坐铺，车厢里挤得满满的，环境嘈杂、空气恶浊。小妹和表姨父带着一个刚满月的婴儿，一路上的艰难可想而知。孩子到了南通，左邻右舍都来看远道而来的孙子，一见他那孱弱的样子无不替爷爷奶奶捏一把汗，不知这没奶吃的孩子能不能养得活。

含泪送走孩子，我和弟弟、大妹把家里的东西用平板车拉到母亲单位存放，然后退掉住了多年的房子。这意味着从此北京不再有我们的家，偌大的北京城也不再有我们一家人的容身之地。之所以如此决绝地断了后路，自有我们的苦衷。一是父亲去世后，我和哥哥刚参加工作，3 个弟妹都下乡插队，已无力承担每月几十元的房租；二是母亲随单位去了湖北咸宁干校，我被分配到了内蒙古包头，两个妹妹去了山西太谷农村，连聋哑的弟弟也被安排到北京远郊延庆。一家人都背井离乡去了外地，房子留下来也没人住。更深层的原因是，父亲是从这里被造反派绑架走的，一去再没有回来。这里留下了父亲生前多少温暖的记忆！每当想起同最亲爱的父亲在这里度过的那些幸福美好的日子，就禁不住撕心裂肺，肝肠寸断。我们还怎么忍心回到这物是人非的伤心之地！在独自返回包头的列车上，耳畔是不停歇的有节奏的车轮声，渐渐的，离北京越来越远了！前路茫茫，不知什么时候还能回来，泪水模糊了我的视线，涌上心头的只有家破人亡的入骨凄凉。

母亲当时极不情愿却又不能不去的五七干校，是“文革”期间根据毛泽东“五七指示”创建的。当时大批党政机关干部、科技人员和大专院校教师被下放到干校通过劳动接受改造。母亲去的地方，是位于湖北咸宁的文化部五七干校。当时有 6000 多文化部领导干部，著名作家、翻译家、出版家、艺术家、学者和他们的家属在这里度过了 3 年左右的劳动生涯。他们在这里同农民一样下田插秧，放牛养猪，春种秋收。咸宁市郊向阳湖这一名不见经传的小地方一时间聚集了如此众多的文化名人、大家，堪称古今文化史上一大奇观。咸宁的夏天骄阳似火，酷热难当；冬天又凄风苦雨，寒气逼人。幸好母亲后来作为老弱病残被转移到丹江，负责看菜园子，活儿比较轻，又有同事们的悉心关照，总算坚持了下来。从 1970 年秋起，在周恩来总理的关怀下，干校学员才陆续调回北京。

就在周围的人纷纷回城的时候，北京已经无家可归的母亲去向却成了问题。生怕政策有变，一些好心人建议母亲先回去再说。幸好母亲在她表妹家的院子里，借到一间 6 平米的小屋暂且栖身。过了一段时间，单位才给了北京音乐厅附近的两小间平房。70 年代末那里拆迁，靠父亲的老朋友——中国国际贸易促进会顾问陈乃昌转交了母亲写给出版局领导徐光霄的申诉信，母亲才分到西直门外北礼士路的一套楼房，一直住到现在。位于二环的这一带后来成了城市的中心地段，房价奇高，母亲说她刚搬来的时候很是荒凉，晚上都不大敢出门。

“文革”结束，百废待兴，国家进入改革开放的新时代，母亲也迎来她苦难人生的一个转折。大妹户口迁回了北京，弟弟也回城有了工作。离散多年，北京终于又有了一个家。母亲退休以后参加了居委会工作，她“埋没”多年的才干有了施展的机会。她记忆力极佳，能记诵许多枯燥的数字；她十分健谈，天南地北见闻颇广。参加社区组织的征文比赛、智力竞赛，母亲都志在必得，无往而不胜。更令人称奇的是，手机普及率越来越高时，她开始用手机，而且不满足只接听电话，还独创了一套方法输入文字，这一年她已 95 岁高龄。2011 年 5 月 8 日，上海《新民晚报》发表了大妹厌非撰写的文章《九五老太发短信》，在读者中引起不小的反响。

俗话说，大难不死必有后福。历经磨难的母亲，在子女的精心照顾下，竟然越活越硬朗，顺利地走过了 20 世纪 80 年代、90 年代，又以 84 岁高龄迈进了 21 世纪，然后老当益壮一路跨过了百岁大关；而且思维清楚，耳聪目明（91 岁成功地实施了白内障手术），生活自理，行动自如。这不能不说是一个奇迹。

母亲晚年可谓苦尽甘来。母亲生性好动不好静，喜欢外出旅游。我们 5 兄妹有 3 个在外地，她常常坐火车，乘飞机，往来于北京到太原、上海、桂林的子女家。如年年夏天到太原小妹家避暑，也因此游遍了山西的名胜古迹，曾经有五上佛教圣地五台山的骄人纪录。到上海哥哥家，饱览了江浙沪一带的著名景点风光和湖光山色。兄弟姐妹中，我离京最远，年过九旬的母亲接连几个秋天都由弟弟陪同来桂林居住一段时间。

桂林的秋天天高气爽、桂花飘香。我们常常带着母亲和弟弟自驾出游，母亲兴致很高，总是乐而忘返，不知疲倦，桂林的青山绿水间留下她不少足迹和笑颜。我们还不止一次驾车远行，先后到过柳州、梧州、南宁和广东肇庆、广州和番禺等地。

记得是2010年11月下旬的一天，一大早我们就出发了，沿着高速公路行驶3个半小时到达此行的第一站——梧州。在阳永煊等友人的陪同下，我们一行4人参观了建于1925年的孙中山纪念堂，北宋初年为纪念西江女神建的龙母庙，以及始建于唐开元年间的道教庙宇白鹤观。从白鹤观眺望鸳鸯江和横跨江上雄伟壮观的鸳江大桥，对岸是鳞次栉比的高楼大厦，上千年的历史积淀与扑面而来的现代气息交汇在一起，使人顿生穿越之感。1985年曾来过这里的母亲连连赞叹：梧州的变化太大了！

次日上午向广东进发，中途在肇庆休息。在几位广西师大校友的安排下，先游览了被誉为"岭南第一奇观"的七星岩。陶醉在美丽的湖光山色中，母亲心情大好，兴致勃勃，步行游览，毫无倦意。后又乘船畅游了优美的星湖湿地，这里水面宽阔，芦苇丛生，栖息着丰富的鸟类。生平第一次如此近距离地观赏到世界珍稀鸟类火烈鸟、姿态高雅的丹顶鹤，母亲非常开心，又是与珍禽合影，又是给水鸟喂食。几位校友见母亲95岁高龄精神如此健旺都赞叹不已。他们本已安排好让我们在肇庆住一夜，因广州限号，必须当晚进城，于是吃过午饭稍事休息我们便继续赶路。

广州是此行的最后一站，也是我们的主要目的地。这里不仅有我们在广西师大的老同事、老邻居林宝全夫妇，还有我的闺蜜杨岷。杨岷1966年毕业于中国政法大学的前身中国政法学院，退休前是资深律师、广东太平洋律师事务所创办人之一。我俩相识于青少年时期，虽从未在同一所学校读书，大学毕业又都离开了北京，但情同姐妹的友谊从未中断。杨岷夫妇对我们的到来非常高兴，做了精心安排。为了方便母亲去亚运中心海心沙广场观赏夜景，他们费了不少心思。夜幕降临，人头攒动的广场上灯光闪烁，交相辉映。一座座高大的建筑物被五彩缤纷的霓虹灯勾勒得美轮美奂；远处广州电视台造型独特的“小蛮腰”流光溢彩，婀娜多姿；巨大的音乐喷泉随着或激越奔放或舒缓悠扬的乐曲此起彼伏，千姿百态。很久不在夜晚出门的母亲看得眼花缭乱，如醉如痴。虽奔波劳碌了一天，当晚竟然兴奋得久久不能入眠。第二天，杨岷又陪我们去番禺游览了宝墨园。这是一处集包公文化、古建筑艺术、岭南园林和珠江三角洲水乡特色于一体的园林。其中的亭台楼阁，不少是仿颐和园的，非常经典雅致，令人叹为观止。

杨岷为人正直，热情率真，在广东工作几十年结交了不少朋友。中午她带我们到番禺一户人家吃喜酒，主人是她一个朋友的亲戚。婚礼很热闹，东道主对我们几位远道而来的“不速之客”尤其是95岁高龄的母亲非常欢迎。杨岷的朋友是当地的一位村主任，饭后邀我们去他家参观。住宅小区里高楼林立，建筑风格很豪华。他家有近200平方米，装修颇为考究，居高临下还可俯瞰江景。夫妇俩每人一部车。这样的气派不仅令见过不少世面的母亲开了眼界，也颠覆了我们心目中“村主任”的概念。

返回广州，已是下午，我们告别杨岷夫妇，踏上归程。当时我完全没有料到精力如此充沛的闺蜜几年后竟不幸患了癌症。2015年12月，我们专程去广州探望，刚做完化疗的她仍是那么开朗乐观。在她家里我们朝夕相处了10天，有说不完的话，有忆不完的年少旧事。我们再三邀她待身体好些夫妇俩来桂林小住。离开时她执意要送我们到车站，没有想到时隔一年就传来了她去世的噩耗，广州一别，竟成永诀。

广州之行，往返 4 天，行程 1000 多公里。不论是长途旅行，还是访友、游览，母亲始终很有精神，兴致勃勃，没有喊过一声累。

2012 年 10 月中旬，母亲和弟弟再次来桂林。11 月 13 日，见天气晴好，决定带他们去柳州看看。时任柳州日报社副总编辑的陈中林是我教过的研究生，听说我母亲 30 年代到过柳州，就派两名记者陪同夜游柳江采访。

当夜幕降临，华灯初上，母亲和弟弟登上游船，畅行于有“百里画廊”美誉的柳江。在五彩缤纷的灯光点缀下，两岸奇峭连绵的山峰、飞流直下的人工瀑布和晶莹剔透的水上喷泉格外璀璨夺目，仿佛一幅奇美灵动、变化万千的山水画卷，美不胜收。母亲触景生情，感慨万千。眼前绚丽的景象自然勾起母亲当年来柳州的回忆。那是 1938 年柚子成熟的时候，她和妹妹跟着堂兄堂嫂从湖南坐车经过桂林到柳州，住在河边一座砖木结构的旅店里。四周很荒凉，都是菜地和农田。两岸黑灯瞎火，只得摸着浮桥去市中心买生活用品。兵荒马乱的年月，商店里空空的，连肥皂都买不到。与那时相比，眼前繁华现代的柳州简直是换了人间。母亲时隔半个多世纪故地重游的不寻常经历吸引了几位当地游客，好奇地围上来问这问那，有的还要求同母亲合影。第二天一早，《柳州晚报》用一个整版的篇幅刊登了记者赵伟翔的文章《传奇老人难舍柳州情 74 年后圆梦龙城》，头版还配发了母亲游江的大幅照片。母亲继《九五老太发短信》之后，再一次成了新闻人物。亲朋好友闻讯，纷纷发来微信祝福。友人武汉大学尚永亮教授还有感赋诗一首：“两度鸿踪印柳江，龙城翻似烂柯乡。百龄泄泄期茶寿，四世融融早一堂。最是才媛多劫难，几回盛世不沧桑。一篇读罢意无限，遥看山高并水长。”

为劫后余生的母亲做百岁，是我们5个子女的心愿，哥哥精心筹划了这次活动。2015年6月6日，星期六，是一个风和日丽的良辰吉日。这天上午，母亲的百岁寿宴在上海外滩酒店隆重举行。按照中国的习俗，老人做九不做十。母亲1916年出生，这一年正好99周岁。

4个弟妹分别偕儿孙从北京、太原、桂林、南宁会聚上海，这也是我们四世同堂的大家庭空前盛大的一次聚会。参加寿宴的还有哥哥沪上的亲朋好友以及从北京、重庆乃至海外专程前来祝寿的60多位友人。大厅里高朋满座，济济一堂，共庆母亲的百岁华诞。

鲜花、气球将寿堂装点得五彩缤纷，喜气洋洋，大厅正面墙上悬挂着大红横幅，上写"何蕴之寿星百岁福宴"9个大字。庆典由母亲的孙媳陈琳主持。在热烈的掌声中，满头银发、胸佩红领巾的母亲在大妹的陪同下步履稳健地走进会场。她笑容满面，频频向大家招手致意。在全体起立齐唱生日歌之后，我们5兄妹偕儿孙依次给老寿星献花、拜寿。到母亲去世，她已经有了6个孙辈、7个重孙，加上各自的配偶，是一个拥有26人四世同堂的大家庭。

专程从北京赶来的全国工商联原副主席孙晓华代表出席寿宴的嘉宾致辞，赞扬了母亲这位世纪老人的宝贵品质和革命精神，并举杯祝福"何妈妈"幸福安康！上海市委宣传部副部长朱英磊发表了热情洋溢的讲话，并献诗一首："亲朋满座桂堂西，贺岁南山揭寿谜。烽火匡庐鹰展翅，烛光老店燕双栖。屡逢魑魅健筋骨，断杼儿孙勺蜜饴。电信已为前日技，明朝高铁逛苏堤。"从革命生涯、婚姻美满、历经磨炼、儿孙满堂四个方面揭示了母亲长寿的奥秘，祝愿母亲明天会更好。上海书法家协会副主席丁申阳先生当场挥毫书写了这首诗赠给寿星。其潇洒遒劲、笔走龙蛇的草书，赢得大家的热烈喝彩。

哥哥代表我们5兄妹讲话，他历数了母亲经历过的一个个风云跌宕的年代和她所遭受的种种苦难，指出这一切并没有摧毁母亲的意志，反而磨炼了她坚韧的毅力和坚实的体格。他讲到母亲一生有很多传奇，当他说到母亲“95岁还能用手机发短信，97岁体检42项指标全部合格，如今百岁耳不聋，眼不花，能行走，满口真牙”，大厅里顿时响起一片笑声和掌声。最后，他动情地说：“我们的母亲是伟大的母亲，我们的父亲是伟大的父亲，我们子子孙孙都为此感到骄傲。”

寿宴在欢乐祥和的气氛中进行了6个多小时，母亲始终精神饱满，谈笑风生，毫无倦意。为答谢参加寿宴的嘉宾，我们赠送了由哥哥攻非主编、广西师大出版社2015年5月出版的上有母亲亲笔签名的《大师教语文》一书。上世纪60年代，父亲在北京创办“语文学习讲座”，遍请国内一流语言文学专家讲课，此书即由他们当年的讲稿汇编而成。在庆贺母亲百岁寿辰的特殊日子里，赠送这样一份礼物，既是对前辈大师留下的珍贵文化遗产的传承，也是对父亲的深切缅怀和告慰。

百岁寿庆之后，母亲回到北京。为便于照顾，大妹厌非将母亲接到北大承泽园居住。母亲不负众望，身体越来越好。不仅体重明显增加，思维也更清楚。每天上午，弟弟问非准时从家里出发，到北大陪母亲打麻将。打麻将是母亲一生的爱好，兴趣从未衰减，而且“只争朝夕”，连午觉也取消了。她不仅手疾眼快，还是常胜将军。就在母亲去世的头一天，她还打了半天麻将。当时谁也不会想到这是她此生的最后一场麻将。天气晴好的时候，母亲会在家人陪同下到附近的公园遛弯儿，常常有“粉丝”簇拥跟随。母亲还一发不可收地参加了一些有影响的社会活动，她落落大方，反应敏捷，应对得体，是引人注目的“百岁明星”。

2016年8月15日，北京钓鱼台国宾馆举行了电影《重庆村17号》新闻发布会暨开机仪式，母亲作为嘉宾应邀出席。影片改编自中国战略情报专家阎宝航的真实经历，讲述了二战期间，共产党员阎宝航如何在周恩来直接领导下，取得三大战略情报的故事。“重庆村17号”即著名的“阎家老店”，是当时中共南方局的重要活动据点。我的父母亲是阎宝航的老朋友，曾经长时间住在“阎家老店”。会上，阎宝航的小女儿阎明光在大会发言中特别介绍了母亲，与会者报以热烈的掌声，表达了对这位为中国革命尽过绵薄之力的百岁老人的敬意。母亲还受邀登上主席台，站在重要嘉宾和主创人员中间，一起启动了新闻发布和电影开机仪式。影片周恩来的扮演者著名演员刘劲还同母亲亲切握手，罗援少将等嘉宾也同母亲合影留念。

2017年4月24日，新华书店总店迎来了她的八十华诞。4月21日，总店举行成立80周年座谈会。101岁的母亲是总店健在职工中最年长的，也作为离退休职工代表应邀出席。会上，中国出版集团公司领导刘伯根、总店茅院生总经理等在讲话中回顾过去，展望未来，表达了对老一辈总店人的崇高敬意，并为母亲等离退休老同志代表颁发了总店成立80年荣誉证章，还送上了鲜花。母亲很高兴参加这次活动，她对工作生活了几十年的新华书店总店怀有深厚感情，衷心祝福总店的未来更加美好！

同年9月23日，“阎宝航先生纪念墓碑揭幕仪式”在八宝山革命公墓举行，母亲也应邀出席。主持人在介绍出席活动的领导和嘉宾时说：“下面要向大家介绍今天的特邀嘉宾，她就是当年和阎宝航先生在重庆隐蔽战线上工作的亲密战友张知辛先生的夫人、尊敬的百岁老人何蕴之女士。”话音未落，母亲就起身向大家致意。反应如此之快，足见她耳聪目明，行动灵活。当天，母亲还见到了阎宝航之子——曾任中共中央书记处书记、中共中央统战部部长阎明复，老友相见，格外亲切。

2019 年 10 月，母亲退休前的工作单位授予她“新华功勋”奖章，表彰她几十年如一日的敬业精神和热忱奉献。同年，她从北京市逾千名百岁老人中脱颖而出，入选展览一百名《百岁老人对你说》，主办方用“走遍千山万水，阅尽人间万象”概括了她的传奇人生和桑榆晚景。

从 1916 到 2020 年，母亲走过了一个多世纪，见证了中华民族的世事沧桑、历史风云。她的一生富有传奇色彩。早年，她同陈独秀、张国焘、宋美龄、周恩来、邓颖超、阎宝航、郭沫若等近现代史上赫赫有名的人物都有近距离的接触。她经历了种种艰难坎坷，甚至九死一生，却奇迹般地如此健康长寿并无疾而终。我们为有这样平凡而伟大的母亲感到自豪！

（写于 2020 年夏）

我的父母亲

◆ 黄介山

在我的记忆深处，父母亲留下的印象无疑是最清晰、最亲切也最难忘的。

父亲名张鸿皋，是黄家招赘上门的女婿，所以我随母亲姓黄。为起我的学名，父亲肯定费了一番脑筋。在张家，我属“介”字辈，在黄家，我是“山”字辈，父亲从两家各取一字，于是就有了我的名字“介山”，既融进了张黄两家，又寓有历史文化内涵。介山，在山西休介，因春秋时期晋国人介子推而得名。他不慕荣利，以忠孝闻名，死后葬于山西休介绵山，晋文公遂将绵山改为介山。父亲读过 6 年私塾，知道这个典故。

父亲的老家三圩头距母亲所在的营房村 10 多里地，祖上是一户殷实人家，有相当大的院落，前后有两排朝南正房，两边由东西厢房连接，白墙黑瓦，高大宽敞，这在农村并不多见。只是后来家境衰落，盛况不再。清末状元、民国时期著名实业家张謇在家乡创办了中国首家纺织厂——南通大生纱厂，我祖父张兆魁曾在这里做过“账房先生”。小叔曾多次跟我说，他亲眼见过张謇给我祖父题写的条幅，放在柜子里多年，可惜祖母大字不识，竟然把这样的珍品给丢掉了。我上初中时，祖

∧ 父母亲合影

父去世，他留给我最深的印象是：两眼炯炯有神，不苟言笑，头戴一顶瓜皮帽，留着长长的白胡子。小时候我很想摸它一下，却不敢上前。我十来岁就认得去祖父家的路，寒暑假会独自走去住上几天，跟宅上小伙伴们混得挺熟。长辈们喜欢和我开玩笑，见了常问我姓什么，开始我说姓黄，他们便说："不对，应该姓张。"后来我就回答："我张黄两姓。"他们哈哈大笑，说我是个"小滑头"。

外祖父黄允石是乡间有名的厨师，村民办喜事一般都请他操办宴席。记得儿时天黑以后，我常常盼望他回家，心里有一份念想。见他挑着一担盘碗走进家门，然后笑眯眯地从箩筐里拿出红纸包装的"喜糕"（云片糕）分发给我和妹妹，开开心心地解一通馋。外祖父本有3女1子，不幸儿子10多岁夭折，家无男丁，只能招女婿。而祖父家有5个儿子，父亲排行老二，正好入赘上门主持家业。

旧社会农村的家族观念很强，上门女婿常受族人排斥，父亲对此深有体会，他给我讲过不少这方面的情况。我们兄弟姐妹4人，我是老大。出生前，当时族里长辈一再提出，我母亲必须回公婆家生产，否则有辱黄家门风。我最终被允许在外祖父家出生，这本是母亲应有的权利，却还要为此感恩戴德。外祖父的家产，理应由我父母继承，可叔公却说他的两个儿子才是黄家的嫡传，也应分得遗产。这实际上是变相否定我父亲继承家产的合法性。为了息事宁人，父亲还是拨出一块地给了他们。尽管两家后代关系不错，但这一段历史终究是辛酸的记忆。

再如，清明节黄氏家族的男人们会召集在一起上坟祭祖，不少男孩子也跟着前往，我还依稀记得随大人们祭祖的情景。祖坟在村子西头，坟边有一棵很大的银杏树，春天会结出许多黄豆大小的青果。大人们扛一张桌子放在坟头，上面摆了不少供品，我们一帮小孩嘻嘻哈哈跟着大人磕头。当时我并不知道，就在这一场合父亲曾经受过的委屈和屈辱。有一次祭祖，主祭人故意大声喊道："姓黄的都过来磕头！"父亲姓张，明显把他排斥在外，磕还是不磕？难免尴尬。

父亲无论是钢笔字还是毛笔字都写得漂亮，我自愧不如。他跑过买卖，做过布店伙计，解放初还协助乡干部工作，在农村算是个有头有脸、见识较广、办事有方的能干人。他不苟言笑，言语不多，但心里很有主意，说起话来一板一眼，很有分量。与人交往会存有戒心，有时说话比较尖锐。我想这些都与他的经历分不开。作为一个上门女婿，面对封建社会的陈规陋习，受过不少排挤和欺凌，不能不保持应有的警惕和锋芒。他后来能够逐步站稳脚跟，并在一方土地上有一定威望，着实不易。

新中国成立后，党和政府提倡移风易俗，不少老观念、旧风俗逐渐失去了市场，父亲的处境大为改善。加上他自身的作为，村里人不能不刮目相看。南通解放不久，父亲常被乡里叫去帮忙。记得有个姓王的乡干部，不穿军装，却挎着盒子枪，经常到我家来。我不关心他与父亲谈些什么，只对他那支枪感兴趣，总是转来转去盯着看。父亲有时跟他一起出去，半天甚至一天才回来。后来听父亲说，这位领导曾动员他去乡里做事，他谢绝了，一是上有老下有小，二是家里有9亩多地要种，实在离不开。

那时候常有本村或邻村的人来家请父亲帮忙。其中大多是有了矛盾请他当"中人"评理。有为夫妻或邻里吵架断理，也有评判遗产继承和兄弟分家等代写分书。每到这时，父亲便充当法官的角色。还有的请他代写呈交政府的告状信，给在外的亲属写家书，逢年过节写对联，等等。至于村里谁家办丧事，总会在家门口设个“收银台”，由专人负责记账，将前来吊唁者的姓名及送的礼金数一一记录在册，端坐在案前握着毛笔记账的十有八九是我父亲。

父亲不迷信，他常说世上没有鬼神，敬神弄鬼都是骗人的。我小时候感冒发烧，如果多日不愈，人们就说是不是受惊吓丢了魂，于是母亲和外婆会在晚间拿着扫帚在住宅周围转几圈，边走边念着我的名字喊：“归来！”另一人说：“归来啦！”这种事都要背着父亲做，让他知道了准得挨骂。农村家家户户都供灶王爷，母亲也很虔诚地请来这尊菩萨，父亲并不阻止，但从来不对这位神灵叩拜。倒是家里烧经祭祖的时候，他一定恭恭敬敬带着我们磕头，他说：“这不是迷信，跟拜菩萨不一样，这是纪念祖宗。”

父亲相信科学，这在他那一辈人特别是农民中是比较少见的，治疗母亲的胃病是突出的一个例子。母亲年轻时就患有胃病，40岁以后病情越发严重，发作起来疼痛难忍，夜间还时常呕吐。她床前总放一口钵子，半夜里我常被母亲哗哗的呕吐声惊醒。白天，母亲除了操持家务、烧火做饭，还要不停地织麻袋拿出去卖，这是家里的主要经济来源。织机旁放着一罐小苏打，胃酸或胃痛厉害了母亲就吃上一口。胃病的折磨使她瘦得皮包骨头。我上初中时，母亲病情恶化，邻居们议论纷纷，以为她将不久于人世。父亲把她送到南通市人民医院，医生说必须开刀动手术才能保住性命。开刀，这在50年代的农村，简直是惊世骇俗的事。族上的老人首先反对，外祖父的弟弟大声质问我父亲：“你要送她去开刀？这是开肠破肚叫她早死！你有良心的话，就让她安安心心在家多活几天。”父亲在我小叔等人的支持下，顶着压力坚持将母亲送医院手术。小叔送来了准备买手表的钱，在上海工作的小姨也寄了钱来，凑了一笔入院费。母亲在住院前，为4个儿女每人赶做了一双新鞋，含着眼泪告诉我们，她这一去，可能凶多吉少，也许今后再也穿不到她亲手做的鞋了。

母亲住院动手术时，我在市里住校读初中二年级，每天下午一放学就赶到医院去陪床。父亲则天天步行往返二三十里路来医院照顾。母亲的手术做了五六个小时，胃切除大半，推回病房还处于麻醉状态，身上插着多条管子，没有一点知觉，我和父亲真担心她活不下来。过了两个多钟头，她突然叹了一口气，并且动了动手脚。我大声呼喊："姆妈！姆妈！"她睁开眼睛，微微点了点头，我激动得眼泪直流。经过两三个月的调养，母亲体重增加，面色也红润了，就此摆脱了胃病的困扰。她常说手术以后几十年的性命是"捡来的"。我想，这在很大程度上多亏了父亲当时的识见和果断。

当然，母亲的胃病康复也得益于50年代的医疗政策。她住院时只预交了200多元入院费，医生照常开药，手术也如期进行。出院时大部分医疗费都是欠账，而且对于我家来说是一笔天文数字，很难还清。医院每年都会上门催要，父母省吃俭用、东拼西凑也会还上一点，不过是杯水车薪。一直到五年之后我考上北京大学，医院来人听到这一消息便说："孩子真有出息！好好培养他。你们欠的钱，我们回去说说争取免了它。"此后，医院再也没来要钱，对此我们全家感激不尽。

父亲是家里的顶梁柱，重大的事都由他操办。新中国成立初期，农家大多是茅草房，我家能较早将草房翻盖成瓦房，这是父母亲勤俭治家、多方筹措资金的结果。苏北是著名的产棉区，采摘棉花需要大量的麻袋装运，所以家家都种植黄麻。收获后将麻皮剥下，分割成细丝，用手一根根连结起来，在机子上织成麻片，再缝成麻袋。我从上小学开始，晚上就经常跟大人一起“结麻丝”，所以我至今还能将两根麻丝飞快地打结相连，这是家乡人的独特本领。麻袋一般由供销社收购，父亲为了卖个好价钱，直接到棉花产地去推销。他一年要出去几趟，用扁担挑着百多斤的麻袋，从南通码头乘汽船到苏北的产棉区，走村串户去卖。他到过的地方有石港、高邮、海安、大丰等地，这些地方离我家有二三百里路，在当时看来相当遥远，村里人大都没去过。父亲一去就要个把星期，看到他扛着扁担笑眯眯地回来，就知道此行顺利，收益不错。2009 年、2014 年，我两次自驾从桂林经南通至威海，在江苏至连云港的沿海高速公路上，先后看到几个熟悉的出入口地名，心里油然升起一股亲切感。我告诉妻子，这是父亲当年推销麻袋时到过的地方。

父亲在培养子女方面很有眼光。新中国成立之初，因农村普遍贫困，不少适龄儿童特别是女童不能入学，只能待在家里，10 多岁就跟着大人下地干活。而我父亲不光送两个儿子上学，还让两个女儿也读了书，这在当时是很开明的。经济拮据加上“文革”的原因，弟妹们初中毕业便辍学了，好在多少打下一定的文化基础。两个妹妹能歌善舞，参加了乡村“文艺队”。有天晚上大队有演出，父亲也跑去看，听到旁边有人称赞我俩妹妹“长得不错，演得也好”，还说“这是张鸿皋的女儿”。可以想见，他当时肯定是默默地咧着嘴笑，心里满是自豪。后来大妹介峰当了小学教师，妹夫孙立贤南通师范学校毕业，任教导主任、校长，两人是同事，口碑和人缘都好。弟弟介岩19 岁就当了生产队队长，改革开放后率先创办私营小企业，家里盖起了 3 层楼房。小妹介岭当过幼儿园老师，后来也经营了一家私人小工厂，在她身上更多地继承了父亲的精明能干；妹夫程祥兴是乡里的“赤脚医生”，找他看病的人不少，自然也成了我父母的健康“保护神”。儿女个个有出息，这是对父母亲的最大安慰，让他们在亲友邻里面前脸上有光。

父亲也很重视对子女的教育。我上小学的时候，有个民间艺人在冬天农闲时常到附近村里“唱小书”，内容是“珍珠塔”“双珠球”“薛仁贵征西”等历史故事和传说。父亲几乎一次不落地带我去听。书场一般设在住房宽敞人家的堂屋里，听众一般都有几十人，大家都自觉地交上几角钱，给多给少随意。艺人说唱结合，每当或慷慨激昂或悲壮沉重地说完一段，就轻轻敲起锣镲唱上一阵。情节引人入胜，唱腔优美动听。曲调近于评弹，却不似评弹那样柔和，而是稍多阳刚之气。小孩不占席位，父亲抱着我坐他腿上。父子俩听得津津有味，父亲常常一边听，一边用下巴来回蹭着我的脑袋，这让我感受到了他那难得表露的慈爱。现在想来，家乡流传的“唱小书”，实际上是一种民间文艺，这是我最早接受的文艺启蒙。

我老家普遍重视对子女的文明礼貌教育，要求孩子讲规矩，懂礼貌，以此为标准评价孩子是否听话。我父母亲也是如此，比如见了熟人一定要打招呼喊人；问路先要叫一声“公公、婆阿、伯伯、叔叔、阿姨”之类；吃饭不能连筷夹菜，不能在菜碗里挑挑拣拣，也不能站起身夹远处的菜；走亲戚离开时一定要逐个打招呼；等等。诸如此类的规矩不少，好在我都能做到，所以亲友们都说我是个听话的孩子，受到的夸奖也不少。

父亲从不娇惯子女。我 12 岁就考取南通市里的中学住读，平时很少在家。一到放寒暑假，父亲就分派我下地干活，如除草、摘棉花等。一次他带我推着独轮车到长江边上砍芦苇，返回时让我学着推车。驾驭这满载芦苇的车子实是不易，不仅要使劲往前推，还要把握好左右平衡，弄不好很容易翻车。看我逐渐掌握了要领，他很是高兴。我十五六岁时，他还教我学车水，即用水车从河里抽上水来浇地。水车是由人工脚踏操作的，一般是四人一排伏在一根碗口粗的横杆上，同时用双脚用力向后蹬踏板，带动取水板转动，将水提上来再流进稻田。四人脚踏的速度和节奏必须一致才能协调省力。我初学时，一起车水的堂兄和堂叔故意跟我开玩笑，他们突然加快脚踏速度，我跟不上，只得缩起腿，整个身子吊在横木上，逗得他们哈哈大笑。俗话说熟能生巧，慢慢地我也学会了这门技术，蹬得再快都能跟上。多次天蒙蒙亮就起床，去替父亲车水。

俗话说男主外、女主内，我的父母正是如此。如果说父亲是治家有方的顶梁柱，母亲黄元凤则是勤俭持家的能手。母亲不识字，是典型的农村妇女，她吃苦耐劳、勤劳节俭、忠厚善良、为人大方，永远先人后己，为他人着想。可以毫不夸张地说，在她身上集中了中国劳动妇女的传统美德。她是儿女们随时可以依靠的温暖怀抱，也是联系亲朋好友的纽带。如果说我们子女对父亲更多的是尊敬和信赖，对母亲则更多的是亲近和热爱。遇到父母亲吵架的时候，我们会毫不犹豫站在母亲这一边，我们兄弟姐妹在待人接物方面更多受到母亲的影响。

母亲做事勤快又麻利，干各种农活都又快又好，家务事总是处理得井井有条。那时候家里不仅缺钱，物资也很贫乏，一日三餐，母亲想方设法让一家人吃饱吃好。她擀面条、包馄饨、烧菜饭、做春卷，经常变换花样，还自己腌制雪里蕻、腐乳、糟鱼等下饭菜。有时还到地里摘来野菜，到河里摸点田螺，或去沟边捉些“蟛蜞”（类似小螃蟹的动物），让我们尝鲜。她很要面子，对一家老小的穿着从不马虎，总是洗得干干净净，缝补得整整齐齐。所以同样的生活条件，我们兄弟姐妹比别家孩子吃得要好些，穿得也体面一点。

母亲待人热情周到是出了名的，得到亲戚朋友、左邻右舍异口同声的称赞。我的五叔和小叔就多次说过：“嫂嫂待我们就像自己的亲娘。”五六十年代，家里省吃俭用，但只要有亲戚上门，母亲就会倾其所有热情款待。平时存着的鸡蛋、粉丝之类舍不得吃，要留着招待客人。春节期间，平日里难得一见的鱼、肉，做好了也要存放在柜橱里，来了客人才端出来。我家有棵很大的枇杷树，结出的果实又大又甜，每到成熟的时候，母亲总是摘下来分给邻居，还让我一一给各家亲戚送去。

那时候家里的主食以自产的元麦为主，这是粗粮，大米比它金贵，只能在煮饭时掺上一点。有客人来，母亲就煮二米饭，先将大米煮到半熟再把元麦粉撒在上面，少去翻动，盛饭时先从锅底挖大半碗米饭，薄薄地盖一层元麦给客人，然后将锅里的饭搅拌均匀盛给我们自己吃。初看都是一样的二米饭，等客人发现时，已经动筷吃过了，只得乖乖领受这份心意。母亲这一待客的小把戏屡试不爽，我们也习以为常。终其一生，母亲都保持着热情好客的习惯。90 多岁时，她推着带轮子的小椅子，座椅下面的兜里常常放着零食，在小区里走路或坐下来跟邻居聊天，碰到熟识的小孩、老人就拿出来分给大家。

我家还有一个重要成员就是我的外祖母。她有 3 个女儿，母亲排行第二，大姨和小姨都出嫁了，她一直和我们一起生活。外祖母也是典型的劳动妇女，勤劳善良，虽裹着一双小脚，走起路来一摇一摆的，下地干活甚至过小木桥样样都行。从我记事起，她和我父母亲一样是家里的“主劳力”，直到70多岁还能下地干活。后来不能下地了还帮着母亲做家务，常常是母亲做饭，她就坐在灶口边烧火。我们4兄妹都是她抱大的，连我们的儿女她也都一一带过，大家对她都怀有深厚的感情。外祖母出生于清朝光绪年间，一生中先后经历了晚清、民国、新中国成立；亲身参加过农村互助组、合作社、人民公社；经受了三年经济困难时期，一直活到20世纪80年代改革开放，于1986年在家中寿终正寝，享年106岁。外祖母是远近闻名的老寿星，而她能够如此长寿，应该说母亲的悉心照料功不可没，也和儿孙们的孝顺分不开。

父母亲不仅将子女抚养长大，对孙辈的成长也付出了大量心血。我家第三代7个孩子，无一例外都得到他们的照料和关爱。特别令我感恩的是在我遇到困难的时候，父母亲给予我的极大帮助。

大儿子1969年底在北京出生，因第二天就是新年，故取名一新，小名新新。那个年代，妻子生产丈夫是没有一天假期的，我不可能去北京，照顾月子的任务就落在从山西太谷知青点请假回京的明非17岁小妹改非的身上。年轻又没有任何经验，可以想见是何等手忙脚乱，应接不暇。岳母不想去单位安排的湖北咸宁文化部五七干校，当时正去南通想投亲靠友找个地方落户，实在不放心女儿和外孙就跑回北京，才待了十几天，新新还未满月，工宣队就跑到家里，严令她离京。明非吃不好，睡不安，自然没有奶水，孩子只能靠奶粉和奶糕凑合。眼看着孩子一天天消瘦，她心急如焚。我父母得知此事，毅然决定让我们把孩子送回老家。万般无奈，于是刚刚满月的儿子，就由他 17 岁的小姨抱着，跟随回沪探亲的表姨夫在凛冽的北风中登上开往上海的列车。这一奇怪的组合引来同车人好奇的目光，他们便用风靡全国的样板戏《红灯记》里一句唱词“咱们祖孙三代一块儿走”调侃。到上海以后，我的弟弟、弟媳专程去接回南通。就此，新新在爷爷奶奶身边一直长到 8 岁。

抚养一个刚满月的孩子，孩子又没有奶吃，对于年过半百的父母亲来说压力和困难可想而知。为了让新新多吃到一点奶水，母亲和我的小妹不放过任何可以讨奶的机会，只要见到周围有哪家妇女在喂奶，总是赶快把孩子抱过去让他吃几口。大妹妹的女儿比新新小 18 天，妹妹上班就将孩子放在父母家，每当她回来给女儿喂奶，母亲便马上把新新递过去，一边一个。就这样，在爷爷奶奶的精心照料下，这个吃百家奶的孩子成长得很快，10 个月就会走路，5 岁多就进课堂读书识字。这其中不知饱含了我父母亲多少心血，以及我的弟弟妹妹给予的亲如父母的爱。

父亲知道我们惦记儿子，每隔十天半月就会写封信来，详细报告孩子的情况，不少细节写得惟妙惟肖。比如不到 1 岁新新就会爬了，他们在地上铺一块大麻袋，任他爬来爬去。“有次爬了一阵，脚上的一只鞋子掉了，他回头看看，捡起来叼在嘴里接着往前爬，引得大家哈哈笑。”类似的记述还有不少。明非把父亲来信中有关新新的描述抄录在一个本子上，后来交给了长大成人的儿子，留作纪念。

二儿子 1971 年 3 月底在包头出生，春天是万象更新的季节，故取名更新。因我要上班明非无人照顾，那个年代没有保姆，即便有，以我俩每月 46 元的工资也请不起，岳母仍在干校不能请假。关键时刻，母亲提前带着1岁多的新新赶来了，她从未出过远门，也没坐过火车，幸好有一位在包头工作的老乡带着，千里迢迢来到包头，跟我们挤住在一间同事帮忙借来的狭小房子里。就这样，母亲承担起全部家务，既要照顾产妇坐月子，又要照料刚出生的婴儿，还要做全家人的一日三餐，特别是还要带大孙子，辛苦忙碌可想而知。当时1岁多的新新特别活泼好动，除了睡着很难有安静的时候，有一次钻到邻居家鸡窝里，头出不来了在里面喊，大人听见才把他拖出来。天冷屋里生了一个煤球炉做饭，小家伙手疾眼快，不止一次趁母亲掀开锅盖时把煤球丢进去，弄得母亲哭笑不得。当时生活很艰苦，肉凭票供应，每人每月只有1斤。北方蔬菜很少，从冬到春只有土豆、萝卜、大白菜3样。尽管如此，一家人在一起其乐融融，尤其是跟两个孙子在一起，母亲很开心。明非56天产假满了带着更新到单位上托儿所，大妹介峰的第二个孩子即将临产，需要母亲回去照顾。在包头待了近3个月的母亲要回老家了，我们决定破费一次下饭馆给母亲饯行。记得那顿饭花了两块多钱，母亲回来心疼不已，直说两块多钱在家够吃好几天了。走的那天，我俩送母亲和新新上了火车，望着他们离开的背影禁不住流下泪来。事后听说平日晕车很厉害的母亲来包头时竟然还好，回去时则晕车呕吐很厉害，去上海接她的父亲说见到她时竟是面如土色，我知道，她这是舍不得离开老二和我们啊！

新新5岁多，已经上学，该把他接到我们身边了。1975年春节，我们带着老二回了老家。因为常听爷爷奶奶提到我们，新新对我俩并不陌生，一见面就喊“爸爸、妈妈”，还主动给我们讲从爷爷那儿听来的老故事。我们说要带他回包头，也很爽快地答应。晚上，还同意跟我们一起睡。谁料到夜里他突然一骨碌爬起来说："我跟婆阿去睡了。"不一会儿，隔壁屋传来母亲的抽泣和父亲的叹息，我心里顿时五味杂陈。新新刚满月就到了他们身边，朝夕相处，形影不离，如今要带走，这无异于割他们的心头肉。此后几天只要一提到新新要走的事，父母总是唉声叹气，郁郁寡欢，家里气氛十分沉闷，全然没有春节阖家团圆的喜庆。见此情景，我实在于心不忍，考虑再三跟明非商量这一次就让新新留下以后再接。当我将这一决定向全家宣布时，家里的气氛一下子由阴转晴，人人都如释重负喜笑颜开，新新竟然说："这下我就解放了！"全家这才欢欢喜喜过了个春节。时隔两年多，新新已长到 8 岁，明非借出差杭州的机会，到南通去接回了儿子。这一次我父母虽还依依不舍，但克制了内心的情感，他们明白，为了孩子的前途再不能把他留在身边了。

父亲同很多老一辈的人一样，有很浓的传宗接代观念，对这个从小带大的长房长孙格外看重。每次走亲串友都要带在身边，满是自豪。像他这样一个有头脑很精明的人，4 个子女无一随他姓，虽嘴上不说可以想见他内心的失落。于是我对他说："爹爹，孩子跟你姓吧，就姓张。"他听了满脸喜悦，笑眯眯地回答："好咯。"就这样，大儿子定名张一新，老二更新仍随我姓黄。

1980 年，父亲想孙子心切，独自一人千里迢迢去到包头。为不增加我的经济负担，还扛了一大袋尼龙枕套指望卖了做路费，事实上根本卖不掉，后来还是朋友帮忙托供销社代销了。当时明非正在北大读研究生，我带着两个孩子既当爸又当妈，生活的艰苦和忙乱可想而知。但父亲只要跟两个孙子在一起就很高兴，每天都盼着他俩早点放学回来。住了一个多月，父亲带着满足和牵挂回去了。

1983年暑假，我们举家迁到桂林，我和明非在广西师大工作，两个孩子分别在桂林中学和师大附中读书。自1979年明非赴京读研之后，一家四口终于团聚就此安定下来，生活条件也逐步改善。其间我们曾回过南通探亲，一新和更新先后于1986、1988年分别考取上海交大和上海财大，也曾利用假期回南通看望亲人。父亲晚年很想来桂林，无奈他的身体大不如前，出远门已力不从心。1998年10月3日父亲因病医治无效去世，享年83岁。第二年春节，由大妹一家陪同母亲飞来桂林与我们相聚，其间游漓江、观山水，算是代父亲了却他生前的一个心愿。

母亲晚年赶上了改革开放的好时候，生活越来越好。儿孙绕膝，个个孝顺，尽享天伦之乐！偶尔生病住院，孙女、外孙女们都轮流去医院探望，照顾十分周到。我们和一新每年都会寄钱寄药去，她用钱的地方不多，觉得手头较宽裕。母亲虽没读过书但识大体，明事理，很会做人。有次她过生日，一新寄去1000元，她拿出600让孙女操办做寿，余下400元分给4个重孙。她90多岁时到医院做了白内障手术，医生说老人这么大岁数还能做这个手术真有福气。母亲对自己的境况很是满足，她常对人说："像我过的日子这样好，全公社老人没有几个。"

我隔三岔五跟母亲通电话。90年代以后，我们夫妇几乎每年都要回去看望她。母亲虽患有冠心病但不严重，靠服药即可维持，很少上医院。

2009年夏，我俩自驾去威海，途经上海回南通，跟母亲和弟妹们聚了几天，见母亲面容有些憔悴，不如前两年精神。第二年7月11日我们再到南通，见母亲虽比较消瘦，但状态似乎比头一年还好些。听弟妹们说，母亲现在日子过得挺惬意，会自己到超市买东西。天热了，每天给自己买一个小西瓜吃。我听了感到很宽慰。8 月 13 日是母亲 97 岁生日，我们在威海，南通家人在饭店给母亲庆生，还跟我们通了电话。秋天，一新去上海出差趁便去南通，回来也说奶奶身体还不错。大家都认为过几年为老人家庆百岁应不成问题。

谁知到了冬天，母亲不止一次在电话里说自己腿疼，身上没力气，我们专程到兴安有名的界首骨伤医院买了药寄去，但此后母亲的病情并无明显好转。尽管弟妹们说暂时应无大碍，我还是放心不下，于 12 月 20 日飞回南通。下午到家见到母亲精神的确不好，晚上我陪她住，发现她一夜要起七八次，估计是肾衰竭的缘故。但她依然坚持自己起身，而且头脑清醒，每次都不忘冲水。23 日夜里她感觉特别难受，我们赶紧将她送去医院。检查结果并无突出病变，医生说主要是器官老化了，只能打针再吃点药，回家养着。而就在第二天，母亲病情明显加重，右腿先是疼痛，继而麻木，后来完全失去知觉。夜里她坐卧不安，一会儿让我扶她坐起来，过一阵又要躺下。如是者反反复复五六次。最后一次她靠在我身上突然长叹一口气，两眼发直便不动了。我和介岩再三呼唤她，却再也没有了回音。这一刻是 25 日 1 点 20 分，正是西方圣诞节凌晨，母亲在家中与世长辞，享年 97 岁。邻居们都说老太太会选日子，要等大儿子在家的时候走。我 18 岁就远离家乡，一直在外地学习、工作，与父母聚少离多，难得照顾他们。悲痛之余，令我多少感到宽慰的是，母亲最终是在我的怀抱中闭上眼睛的。

在父亲去世 12 年之后，母亲也走了，永远离开了我们。全家人都沉浸在失去至爱亲人的悲痛之中。但我转念一想，母亲这一生虽然经历了不少苦难，但她终究还是幸福的。她年轻时就做了大手术却活到近百岁；她一生经历了不少苦难，而晚年子女孝顺，衣食无忧，生活富足。尤其是她在世时，已经四世同堂，有个 30 人组成的兴旺和睦的大家庭，这应该是她最大的幸福和满足。

亲爱的父母亲，子子孙孙都不会忘记你们的恩情！

（写于 2011 年夏）

往事拾零

依依故乡情

◆ 黄介山

2008 年底，我年满 65 周岁退休，不知不觉又是 5 年多过去了，而今已年逾古稀。尽管心里还不愿服老，总觉得自己耳不聋，眼不花，精力不减，走路不慢，驾驶心爱的“帕萨特”南来北往，依然得心应手，但不能不承认，记忆力已不如从前，有时想做的事转身就忘。奇怪的是，关于故乡的记忆甚至离得最为久远的童年生活反而比较清晰。我 18 岁离家到北京上学，大学毕业先后到包头和桂林工作，离乡在外已长达半个多世纪。人老了容易恋旧；远离故土更会怀乡。近几年，家乡的不少人和事会不时浮现在眼前。连我那本不标准的普通话也有所退步，说话时不经意便会冒出乡音，这或许就是人们常说的“返老还童”吧？

童年趣事

我的故乡江苏南通，位于长江入海口的北岸。它与南岸的上海、苏州、无锡这一带，都是由奔流不息的长江带来的泥沙积淀而成的三角洲。史载六千多年前这里还是一片汪洋，后来才逐渐变为高出水面的陆地，经过世世代代耕耘，成了享誉四方的鱼米之乡。值得庆幸的是，老天爷还特别眷顾南通，在一望无际的平原上，离我家不很远的长江边，居然安放了五座各自独立而又相邻的青山，即狼山、军山、剑山、黄泥山、马鞍山。这些山不大，高约百米上下，面临浩瀚长江，显得气势不凡。其中狼山还是远近闻名的佛教圣地，香火经久不衰，来自江南江北的香客、游客络绎不绝。

南通位于长江北岸，但地理环境与江南水乡颇为相似。在我的印象里，家乡是一望无际的绿色原野，一马平川，水网密布。河流呈“井”字形分布，东西向的一般是河，宽阔，水量大；南北向的大多是沟，比较窄，水量也小些。绝大多数宅院前后左右都有河沟，村与村隔河相望，宅和宅隔沟为邻。有些宅院周边还有护城河一样的“宅沟”，建有吊桥，放下以后才能通行，吊起来可防盗贼。

老家的河沟都与长江相通，是活水。世世代代、家家户户喝的都是长江水。水是清澈的，淘米、洗菜、饮用都靠它。只有大雨过后会浑浊，因此各家各户都备有一口大缸储水，放入明矾使杂质沉淀后再饮用。河沟的水量都很充沛，我和小伙伴们经常在这里玩耍，钓鱼、钓虾、捉螃蟹。夏天游水，冬天爬冰。那时候冬天很冷，寒流一来，河面会结冰，腊月里冰层相当厚，人可在冰上行走。现在全球气候变暖，即便寒冬腊月河里几乎不再结冰。

夏天是雨水较多的季节，连续下暴雨就会发洪水，三两年会遇上一次。每到这时，河沟里的水会泛滥上岸，住宅四周和河边农田一片汪洋。男人们会被乡里组织起来冒雨去“扫河”，每人都扛着长长的竹竿，上面绑着镰刀，沿着河道边走边割去河中心的芦苇，打捞漂浮的杂物，以加速洪水的排泄。雨停后，我们一帮孩子会卷起裤腿大呼小叫地蹚水玩耍。水漫金山，有些宅沟里放养的草鱼、鲢鱼也会越过堤坝，四处乱窜，这是捕鱼的好机会。有一次，父亲在门前的河里网鱼，见他捞起一条大草鱼，我高兴得又蹦又跳。母亲称了称有5斤多重，她收拾干净拿来红烧，足有半锅，全家美餐了一顿。

我的少年时代是在老家度过的。尽管那时中国农村普遍处于贫穷落后的状态，生活条件比较差，但对孩子们来说，生活在广阔的田野、淳朴的乡间，自由自在、无拘无束，更能释放儿童的天性。至今我仍能记起不少儿时的趣事，这多半是城里长大的孩子没有经历过的。

放风筝是其中之一。每年开春时节地气上升，多刮东南风，来自东海和长江的风力强劲而稳定，这是放风筝的最佳时机。

我最早放的风筝是父亲用竹片制成骨架再糊上纸做成的，虽然简单但可以放得很高。十几岁以后，我偶尔也有机会跟大人一起放大风筝。那时的风筝没有多少花样，尤其是自己制作的大风筝似乎只有一种样子。两米多高，线条很简洁，基本结构是在一个长方形的木框上再绑上另一个长方形的框子，只是一个框子的四角要对准另一框架四边的正中，再紧紧绑住，然后糊上油布。形状像是一个立正姿势的人两手叉腰。虽然造型很简单没有花花绿绿的图案，安装的音响却不简单，是由不同型号的几十只葫芦组装的。风筝正中偏下的位置是一只排球大的葫芦乐器，风一吹就会发出“嗡嗡”的声响，好像是大号演奏。左右两边各有一对碗口大的葫芦笛，声响类似于中音。上下左右还装有几排鸡蛋大的数十只小葫芦，是风哨，可发出“嘘嘘”的哨音，像是充当高音的角色。这些葫芦乐器都是专门制作的，镇上的商店有得卖。

风筝放飞时，要由四五个人分别间隔三四十米，一起拉着牵引风筝的那条绳子，一声令下，同时快跑，随着风筝升高，逐一放开手里的绳索，到最后一人独自牵着绳子时，风筝已是稳稳地升在高空。它这时的力量很大，像我这样的孩子拉着绳子会被它拽着走。所以最后一棒拉绳的定是有力气的人，即使如此，他的身子也要向后倾着才站得稳。最后，将绳子在大树上绕两圈再打上结，就此大功告成。

村里的大人小孩都会围在旁边，仰着脑袋，瞭望悬在高空的风筝，这时它已成了一个拳头大的黑点，根本看不清原先的模样，倒是它演奏的乐声可以传出好几里路。顺风的日子，头顶上空可能还有三四只附近村子放飞的风筝，这时大家还会仔细辨认谁家的音响好听。如果天气正常，风筝一般可以在空中待上一个昼夜，头天升空，第二天收回，所以夜间躺在床上还能听到它们发出的嗡嗡声响。

半个多世纪过去了，当年放风筝的情景仍记忆犹新。可惜 20 世纪 60 年代以后，老家再也没有人放这样的大风筝了。最初是与“文革”有关，当时大家忙着闹革命，没有闲心去玩这些东西，何况这是玩物丧志的“封资修”，属于被批判之列。后来便是改革开放，新鲜事物层出不穷，如电视、手机、电脑不断更新，成为人们生活中不可或缺的部分，谁还有时间和兴趣去鼓捣这土家伙。当然，在人们生活水平和精神追求不断提高的今天，放风筝这种传统习俗不但没有消减，反而越来越红火，而且赋予了丰富的文化寓意，象征着国泰民安，幸福吉祥。风筝的发源地山东潍坊每年 4 月举办国际风筝节，更是一次最高水平的展示，风筝制作的精良程度及放飞的方式绝对超出我的想象。尽管如此，小时候放风筝的情景及带给我的快乐仍是我记忆中珍藏的一部分。

春节舞龙灯是我喜欢和期盼的又一趣事。舞龙，是我国传统的一种民俗，各地都有，我的家乡也很盛行。每到寒冬腊月，村里的青壮年就开始制作龙灯。龙灯的主要部件都是从镇上专门的商店买来的，组装起来就行。最显眼的是龙头，买回来后大人小孩都围着它看热闹。那五颜六色、龇牙咧嘴的形象让孩子们既喜欢又害怕。年轻妈妈抱着小孩正看得新奇，有人就举着龙头喊着“来啦，来啦”直向他们靠拢过去，吓得孩子哇地哭起来，逗得周围的人哈哈笑。这玩意儿之所以叫“龙灯”，那是每个舞龙者手持的把杆顶端是竹编的圆筒，只要在里面安上点蜡烛的装置，外边糊上油纸就成了灯笼，而春节舞龙都是白天，不用点灯，也就省去了这道工序。

制作“龙灯”的同时，还要组织舞龙队伍，由十来个人舞龙，还有一人负责敲锣兼收费。参加者多是身强力壮的年轻人。我是上初中的小毛孩，照说还没有入伍的资格，不过我父亲在乡间有点威望，说句让我跟着试试的话，领头的堂叔也就把我当作候补队员，不光一路跟着队伍，还能时不时上阵挥舞几下。舞龙一般是8个人，其中挥舞龙头的人最费力也最神气。他举的龙头最重，而且需要带动后面的龙身龙尾舞起来，其他人当然也要出力，但必须顺着前面的力量才能舞得圆顺。最引人注目的自然是舞龙头的，观众多的时候，他会得意扬扬，挺起肚子，仰着脸，只用一只手操杆，独臂甩舞，这要用很大的力气。龙头舞得好会赢来观众的一片喝彩。我最先被安排舞龙尾。原以为这最后一棒最省力，其实不然，因为龙尾甩来甩去，摆动的幅度大，我个子小、手臂短，得左右跑动才能跟上前面的节奏和幅度，所以比较累。后来把我换到中间一点的位置，操纵起来就轻松多了，而且我还体会到一点“耍滑”的经验，那就是顺着前面带动的力量挥杆，偷点懒、少出力也无大碍。

舞龙灯从大年初一开始。吃过早饭，锣声一响，舞龙的队伍就集合出发了。先从邻村开始，由近及远，每到一个宅院，由敲锣的开道，“哐哐哐！哐哐哐！”宣告黄龙来了！这时，宅上的人都喜滋滋地出来观看，有的人家还燃放炮仗表示迎接。我们在场地上欢快地舞动三四分钟，然后留下一位敲锣的托着锣盘挨家挨户收取喜钱，少的给几佰圆（一佰圆相当于现在的一分钱），多的给几仟圆（一仟圆相当于现在的一角钱），也有的捧上一把炒花生。最热心的观众自然是孩子们，他们嘻嘻哈哈、蹦蹦跳跳，尾随着我们从村头看到村尾。

舞了一宅又一宅，过了一村又一村，大约要走出十几里地，从早晨一直舞到下午三四点钟才回家。当然，辛苦也有回报，回到村里，收得的喜钱人均一份。我从堂兄手里接过钱，道一声谢，高高兴兴跑回家将钱交给母亲，这可是我生来拿到的第一份“工资”，虽然只有两三万圆（相当于现在的两三元），但也很知足，春节舞龙灯，图的是喜庆、高兴，不是为了挣钱。

钓鱼，是儿时的又一爱好。一到春天，特别是风平浪静、雾气弥漫的早晨，鱼最容易上钩，不少大人小孩都去钓鱼。我上小学高年级的时候，也经常钓上个把小时才去上学。天蒙蒙亮，母亲就把我叫醒，这是头天约定的，怕睡过头。我急忙起床，拿起钓竿和鱼饵就出发。渔具都是自己在父母的指导下制作的：钓竿是从竹林里砍来的竹子；鱼钩是用缝衣针在灯火上烧软后，用镊子扳弯而成；浮标是将白色的鸭毛管剪成十来截，穿在鱼线上；鱼饵是由清水加上香油拌好的面团，或者是从泥土里挖出来的粉红色的小蚯蚓。

钓鱼的地点多数是在我家后宅（也叫里宅）的宅沟，偶尔也到东西邻居的宅沟垂钓。那护城河似的宅沟一般有二三十米宽，水能没过头顶，深处可超过两三米。在岸边垂钓的常有七八个人，多的时候有十余人。钓鱼的老手常常占着最好的位置，坐个小板凳，手握的竹竿特别长，还备有时不时撒一把的诱饵。我和多数人一样，是站着钓，拿的鱼竿比较短，更不用诱饵。

我总是尽力将鱼线甩得远些，让它靠近河中心，然后眼睛紧盯着浮标，只要见它动两下，就紧张得气也不敢喘。多数情况是浮标轻轻抖几下就没有了动静，这是小鱼仔来舔舔鱼饵，吃不下钩子，或者因为鱼有过危险经历，轻易不上钩，只是碰碰鱼饵，侦察几下就走。垂钓的过程确实够刺激的，一次又一次的浮标抖动都会一阵紧张，只有看到浮标动几下后又被拉入水中，这时甩竿起钓才可能钓上鱼。钓到的大多是鲫鱼，野生的，小的二三两重，大的有斤把。草鱼、鲢鱼几乎不上钩，即使钓到了，也要放生，因为这是人家养殖的。一般情况下每次还都有所收获，少则一两条，多则三四条。拿回家母亲马上麻利地收拾干净下锅做好，盛上一两条放在淘箩里给我带饭。记得有次在教室吃午饭，班主任邱训龙老师来巡视，走过我身边笑着说："黄介山不错啊，有鱼吃。"我腼腆地告诉他："自己钓到的。"他说："好啊，自己动手，丰衣足食。"

除了春天钓鲫鱼，秋末初冬还钓鳗鱼。这时的河鳗比较肥大，重的有1斤左右。钓河鳗都在晚上，白天很少见到它，天黑以后才出来觅食。钓竿选用粗壮的芦苇，鱼饵是青黑色的大蚯蚓。地点不在宅沟而在野外的河沟。傍晚，高高兴兴地去下钓，每隔20来米下一根，把鱼线甩到河中，钓竿插在河堤上，一般要布七八根。过半个来钟头，便打着电筒去收钓，多数时候都有收获，不会空手而归。鳗鱼一般都将鱼钩和蚯蚓一并吞入肚内，吐不出、逃不掉，把钓竿拉上岸来，即可将滑溜溜的鳗鱼收入篮子。有时钓竿正巧布在鱼洞附近，鳗鱼会将鱼钩和鱼饵一起拉入洞内，使很大的劲儿也拉不出来，最终以鱼线或钓竿断裂而告终。红烧鳗鱼是母亲的拿手菜，既有鱼的鲜香，又有肉的肥美，爽口无比。可惜这种野生的河鳗我已几十年未吃到，大概已经绝迹，留下的只有无穷的回味。

用网捕捉大闸蟹，也是我饶有兴趣的一件事。国庆前后，芦花盛开，河里的螃蟹又大又肥，蟹肉紧实，蟹黄饱满，是捕捉和品尝螃蟹的最好时节。我常会利用节假日兴趣盎然地去捕蟹，所用渔网是自制的，先把两根半米左右的竹片十字交叉绑在一起，分别向下弯曲，在下端绑上一张一尺见方的网。然后在竹片交叉处拴一根两米来长的绳子，绳子的另一头系个小木棍，浮在水面做浮标。诱饵是三四寸长、小手指粗的蚯蚓，在田埂潮湿的地方可以挖到。布放四五张网，半小时左右拿着竹竿去取网，总能网到一两只螃蟹，半天下来可以捕到十来只，全家可美餐一顿。

捕捉大闸蟹现在已经成了我们这代老年人独有的记忆，后来出生的人再也没有这样的经历了，因为多数河沟早已被填平，野生的螃蟹已很少见，现在摆上餐桌的多是人工养殖的大闸蟹。

故乡变迁

故乡的变化以上世纪 80 年代为界，分为截然不同的两个阶段。总的说来，前一阶段落后、贫穷，后一阶段发展、富裕。尽管我大学毕业后一直在外地工作，离开家乡已半个多世纪，但其间也曾多次回乡探亲，最令我惊叹不已的就是改革开放以后家乡发生的巨变！

南通历史悠久，物产丰富，地理位置非常优越。它地处江苏东南部，东抵黄海、南濒长江，集“黄金海岸”与“黄金水道”优势于一身，与上海隔海相望，毗邻苏州等历史文化名城。改革开放以后的30多年间，这些城市发展很快，并不断向外拓展，已形成繁华的城市群，宛如镶嵌在东海之滨、长江两岸的一串璀璨的明珠。城际之间的距离越来越近，公路四通八达，出行也越来越方便快捷。

2014年7月我偕妻子自驾去威海，途经上海回南通，亲身体验了一回交通的巨大变化带来的惊喜。我们从上海虹桥出发，沿临江高速一路向西，经嘉定、太仓，到苏州、无锡毗邻的常熟市，随即进入苏通大桥。这座连接苏州、南通两地的跨江公路大桥，历时5年于2008年建成通车。这是一条双向六车道高速公路桥，全长32公里，横跨长江，气势雄伟，蔚为壮观。一路驶来，畅行无阻，心旷神怡。从上海出发到我家，相距120多公里，行程不过一个半小时。我不禁感叹：上海和南通离得真近！

而在我幼年记忆里，上海曾经是那么遥远！7岁那年，我第一次跟着外祖父去上海小姨家，一路上的情景至今还清楚地记得。那时浩瀚长江将南北两岸分隔成两个世界，往来极不方便，从南通往返上海都得乘轮船，而且要七八个小时。我记得那天吃过中饭，父亲推着木轮车走了十几里路把我俩送到轮船码头。那是我第一次见到长江，觉得它很宽很宽，看对岸只是一条隐隐的蓝线。难怪家乡的人常称之为“海”而不称“江”，总是说“海里”“海边”。我们登船时天已经黑了，船在夜里行驶，周围黑漆漆的，什么也看不清，偶有闪烁着灯火的船只从旁边驶过。耳边只听到哗哗水声，不时响两声汽笛。外祖父带我到船舱的一个角落，在甲板上铺条单子让我睡觉。我半睡半醒，昏昏沉沉过了一夜，到上海天已蒙蒙发亮。上中学以后，我又3次独自去上海姨妈家过暑假，往返依然是乘轮船，仍要在船上待七八个钟头。直到90年代初，开通了南通和常熟之间的汽车渡口，才多了一个乘大巴的选择。但过江仍需由轮船搭载，费时个把钟头，遇上过江车多还须排队。每到冬春季节大雾多发，轮渡又时常停航。

苏通大桥建成通车，南通从此进入上海一小时城市经济圈的快车道，经济建设发展和城市面貌变化可谓日新月异。以我家所在的经济开发区为例，仅三五年时间就呈现出道路纵横交错、宽阔整齐的崭新面貌。主干道大多是六车道或八车道，中间的隔离带和两旁的绿化带有五六十米宽，汽车道、自行车道、步行道各司其职，绿化带树木葱茏，鲜花盛开。近几年，市内和城市周边又建起了一条条高架式的高速公路。我大妹妹居住的小海镇，是我每次回家探亲的必经之地，已建起一座几十米高的立交桥，上下五六条高速公路在此会合后向四面八方辐射开去，十分雄伟壮观！除了四通八达的公路，南通也结束了此前既没有铁路也没有机场的历史，交通状况得到极大改善。

南通的城市建设速度也非常之快。母亲健在时，我和明非每隔一两年都回去看望她，几乎每一次都能感受到它的变化。我家所在的经济开发区是城建规划的重点，发展速度更是迅猛。不到10年时间，在几十平方公里土地上，鳞次栉比的高楼大厦拔地而起，一股欣欣向荣的现代气息扑面而来。

南通的高速发展得益于改革开放。80年代初，距南通市区10多公里的老家南通县新开乡，划归市里，成为南通国家级经济开发区。上海一些企业陆续来此设立分厂或车间，将零部件生产向这里转移，一些年轻人进厂当了工人，还有不少家庭承担来料加工，增加了收入。南通是有名的产棉区，棉纺工业基础雄厚，前来投资办厂的络绎不绝，产品价廉物美。于是有些头脑灵活的人打起了推销纺织品特别是床上用品的主意，以出厂价买进产品，然后加价出售。他们走街串巷，走南闯北，足迹遍及很多省份。以前被当作“投机倒把”打击的行为，此时已成为名正言顺的商品流通环节。有的人生意越做越大，从肩挑背扛到用大卡车往外地运货，掘取了人生的“第一桶金”，不少人家盖起了楼房。

随着外地前来投资办厂的人越来越多，本地的乡镇企业也应运而生。一些有经济头脑和经营能力的农民开始创办私人企业。我的弟弟和小妹也先后开办了钢筋厂和钢丝绳厂，当起了小老板，较早奔了小康，80 年代盖起了宽敞的平房，90 年代又新建了 3 层楼房。

多种经营使广大农民的衣食住行都有了明显改善。六七十年代，家家再省吃俭用也不过混个温饱而已。一日三餐粗茶淡饭，难得见到荤腥，“下饭馆”更是难得的享受。现在，过去只有过年才能吃到的鸡鸭鱼肉早已成了家常菜。逢年过节或是接待客人，大多到饭店聚餐，与城市居民并无两样。去年 10 月国庆长假期间，我俩偕儿孙们回了老家，外甥女丽丽一家三口也从北京赶来。这是自父母走后 4 家兄弟姐妹人数最多的一次大团圆。弟妹们为我们早早做了精心安排，他们生怕饭店做的不合口味，专门请了厨师来家里做，一日三餐，天天为大家奉上新鲜的美味佳肴，海鲜虾蟹应有尽有，菜品之丰富、上档次，比我们在城里饭店吃的有过之而无不及。

2000 年以后，按照城市建设规划，开发区的土地被征用，许多农民成了拆迁户。起初，弟弟和小妹眼看自己好不容易建起的楼房要被扒掉，很舍不得，竟至流泪。但南通比较优惠的拆迁政策打动了他们，于是服从政府安排，高高兴兴搬进了新建的住宅小区。按照政策，他们每家300多平方米的自建房可获赔40万拆迁费，还可以每平方米1200元的优惠价购买与原有面积相当的小区住房。现在两家各自拥有近百平方米的住房3套。除此之外，成年人每月可领取300多元的生活费，逐年增加，满60岁就能拿到2000多元。拆迁之前出生的孩子年满16岁也可享受这一生活补贴。那些原先没有多少收入，生活较为贫困的农户，如今住进宽敞的楼房，领着生活补贴，衣食无忧，手头还略有盈余，自然非常满足。开发区的青壮年，除了每月领取生活补贴，还可自谋职业赚钱。比如我的大侄女、侄女婿开了一家汽车修理店，收入可观。小侄女两口子都进厂当了工人，一个外甥女当了开发区幼儿园老师，成了朝九晚五的上班一族。这样，不仅眼下收入稳定，退休也无后顾之忧。

搬迁是以自然村为单位统一安排的，祖祖辈辈相依相伴的村民基本上仍在同一小区，这有利于维系传统的邻里关系，保持和谐相处的习俗民风。小区设施比较完善，楼距较大，门前也可停车。于是，家家户户都把一楼的车库改成厨房，有两间车库的人家还改为一厨一卧，我的弟弟和小妹家就是如此。这样一来，上年纪的人吃住都在一楼，就不用爬楼梯了。与城市居民不同的是，每家一楼的大门白天都是敞开的，邻里间串门聊天很方便。夏天吃晚饭，为图凉快，不少人家都把饭桌摆在门前场地上。端着饭碗到邻家桌上夹两筷新鲜菜尝尝，也不见外。乡间淳朴和谐的民风得以延续，着实令我们这些久居城市邻里之间很少往来的人羡慕不已。

我回老家探亲，常常想起小时候居住过的老宅。2014年10月回去那次，弟弟介岩带我们旧地重游察看了老宅基地。老宅 周边环境的变化也令人振奋。祖祖辈辈居住的地方，如今已面目全非。当年的小平房荡然无存，宅前宅后的河沟也杳无踪迹。脚下只有在风中摇曳的几丛芦苇，断断续续的几股流水。站在自己出生的这块土地上，脑际不断闪回少年时代的农田碧野、河川流水，不禁百感交集。遥望不远处已落成的高端现代的楼盘，我想，要不了多久，这里又将是一派绿树环抱、楼群林立的图景。

在弟妹们迁居的小区附近有一座新建的“能达中央公园”。面积虽不算大，但地势起伏，树木葱茏，绿茵遍地，环境优美。公园北面还有一片清澈的湖水。小妹告诉我，这湖是人工挖掘建造的，她家被拆迁的房屋旧址就在这片湖水中。望着眼前的美景，不禁心旷神怡。我想，在寸土寸金的南通，拆迁后的地方不是用来建工厂或搞房地产，而是修建美丽的公园，开挖人工湖，这反映了城市管理者环境保护意识的提高及对优化生活环境的重视。

眼前这一新建的公园，距我家老宅不过三四百米，是祖祖辈辈常来的地方。于是我们高高兴兴地在这里拍了一张全家福，照片上有近30人，可谓人丁兴旺，一看就是“大户人家”。

故乡的变化是说不尽的，她令人赞叹，催人奋进。我坚信在改革开放的大好环境下，拥有得天独厚地理优势及深厚历史文化积淀和良好经济条件的南通，其发展后劲不可估量。我由衷赞美我的故乡南通，祝愿她的明天一定更加美好！

（写于2015年夏）

威海的世外桃源生活

◆ 黄介山

我在山东威海成山镇家中写作此文的时候，已是连续第 12 个年头在这里享受盛夏的清凉了。成山，这座三面环海的小镇，空气清新，气候凉爽，风景优美，民风淳朴，是夏日的宜居胜地。每年一到夏季，我和明非就会怀着期待和兴奋，像候鸟一样飞来此地避暑度假。在这里，日出而起，日入而息，读书写作，下海游泳，上镇赶集，月下散步，与朋友相聚，和家人同乐，过着世外桃源般充实而宁静的生活。

到成山安家

2008 年 7 月初，桂林已暑气来袭。在太原社科院工作的大学同学沈慧云再三动员我们去威海石岛度假，她在那儿买了套房子，已装修好，正空着，去了就可入住。小沈（从同学开始我们就一直这样称呼她）和明非从初中到大学一直同学，是无话不说的好友。大学毕业后天各一方，却始终联系密切。于是，承她盛情相邀，我们带着孙子九九、孙女可可从桂林出发，先在上海住了一宿。时值盛夏，酷热难当，整夜离不开空调。第二天傍晚飞抵威海，一下飞机，凉风习习，十分舒爽，可可说：“好像室外安了个大空调。”九九说：“好像喝了

‘爽歪歪’。”接连几天，我们一直生活在清凉世界里。

来威海前一年暑假，我们带着他俩去昆明住了一个多星期，天天游山玩水，两个孩子非常开心。我们在尽享天伦之乐的同时也充分享受了昆明夏日的凉爽宜人。这次出行促使我们考虑，俩孩子已经长大，可以利用暑假带他们出外旅游了,但去哪儿既能避暑又能待久一点呢?这次一到石岛，我俩不约而同萌生了在此买房的念头，第二天就去附近看了几处房子。

过了几天，我们乘公交到威海市区去看望包钢工作时的老朋友郑仲根、康京淑夫妇。说起买房，他们马上提出下午带我们去距市中心30多公里的成山镇，那是他们多方考察之后认为最适合安居的地方，而且已经在那儿买了一套房。吃过午饭，我们将两个孩子寄在附近的酒店，便和老郑夫妇乘坐看房车沿着海滨公路直奔成山。

驶入海滨大道，映入眼帘的是一望无际的蓝色大海，白云飘浮的万里晴空，公路两旁树木葱茏、野花摇曳，令人心旷神怡！行车半个多小时，抵达成山镇，来到林海花园。小区曾到包头推销住房，所以这里住有一些包钢退休职工，其中还有我在包钢教育处工作时的同事张玉华、张文志等。他乡遇故知，喜出望外。售楼小姐带我们去看小区的第二期工程，在建的十几栋楼房刚刚封顶。我们走进最南端的一栋“海景房”，登上4楼凭窗远眺，波光粼粼的天鹅湖尽收眼底，与它一堤之隔的黄海也隐约可见。真是太好了！我俩没有片刻犹豫，当即订下这套两房一厅、94平方米、售价29万元的住房。

第二年初夏我俩满怀兴奋迫不及待从桂林自驾去威海。7月8日启程，途经湖南、江西、浙江三省，在上海、江苏南通老家分别逗留了几天，15日下午4时到达旅程的终点——我们在林海花园的家。一

∧ 2019 年于威海成山头

周后，九九、可可也飞来这里。从此，我一生中的居住地，于南通、包头、桂林之外又增加了这一座海滨城市。

威海依山傍海，四季分明，夏天尤凉爽宜人。据气象部门统计，威海市 1 月份平均气温零下 9 度，零下十几度的日子很少。7 月份的平均气温是 25.1 度。我所在的成山镇，比市里还要低 2 到 3 度。我们在这里度过的 10 多个夏天，多数年份最高温也就 30 度左右。刚来那几年安空调的人家并不多，我们怕热装了空调，只是睡午觉时打开，夜晚是不需要的，有时还要盖薄被。午间顶着太阳骑车外出，也常有凉风拂面。即便是最热的日子，下午 4 点以后也会渐渐凉下来。正因为如此，吸引了大批天南海北的人来这里买房。其中还有从东北来的，问其缘由，告曰威海冬天不冷，比东北舒服。他们不单在这里度夏，还在这里越冬。

按照常理住在海边会比较潮湿，威海一带却并非如此。当地人说这里的七八月份是一年中最潮湿的，这正是我们每年来这里居住的时间段，或许是我家在 4 楼的缘故，竟然没有感觉。阳台上晾的衣服当天就能干干爽爽地收回。每年我们都是夏来秋回，一年四分之三的时间房子都空着，十几年过去了，屋里却未见发霉。我曾就此请教山东大学威海分校海洋学院的李博士，他说，从南到北沿海城市都存在潮湿问题，唯独威海是一个例外，他已申报课题专门研究这一现象。

威海与桂林有一个多小时的时差，夏天不到 5 点钟，就已曙光初现。我们 6 点左右起床，开始一天有规律的生活：上午读书、写作；下午骑车去海边游泳；晚上先走路健身，然后或去小区广场跟朋友乘凉聊天，或在家中看看书或电视。在这里，远离了城市的喧嚣，感受到的是安逸宁静。

这里走路健身的条件也得天独厚。镇上的几条马路笔直平坦自不必说，两边的人行道也很宽阔，上面铺设人造大理石方砖，既结实又美观。矗立道路两侧的路灯照明似乎比桂林一些主要街道还要亮堂。我们每晚在这条星月与路灯交辉的步道上走路，往返四五公里，既是锻炼也是一种享受。路边新建的成山镇中心广场，周围植有各种树木、花草。每到夜晚彩灯闪烁，鼓乐阵阵，一队队“大妈”列成不同的方阵随着或激越或悠扬的乐曲翩翩起舞。孩子们在此互相追逐，嬉戏玩耍，热闹非常。每逢周末或节假日还常有文艺演出，从四面八方赶来的观众把舞台围了个里三层外三层，这也是城里少见的景象。

我们小区也有个不小的中心广场，晚间常有人在这里跳舞或乘凉聊天。小区里不单住有几位包钢的老同事，我们还结识了上海、南京、邯郸、济南等地的一些新朋友。每当夜幕降临，大家不约而同到这里聚会。天南地北、古今中外、天下大事、家常小事无所不谈。其中济南的老石，包钢的老周、老张最为活跃，每每担任“主讲”。他们经历丰富，见多识广，信息灵通，讲起来滔滔不绝，头头是道，很吸引人。新老朋友关系融洽，相处和睦，常结伴下海、外出游览。这种不带半点功利目的的交往和友谊，显得格外真淳可贵。

镇上生活相当方便，大小超市好几个，商品齐全。此外，每逢农历三、九还有农贸集市，水果蔬菜、水产海鲜，种类丰富，价格便宜。每逢镇上集市，水果摆得琳琅满目。入夏以后杏子、无花果、桃子、梨、苹果、葡萄、西瓜等大量上市，老乡多以10元几斤报价，如桃子、苹果通常是10元3到5斤，梨6到8斤。在我看来是太便宜了，每次赶集总是满载而归。家里两个大果盘，满满地装着各种水果，拍照发给家人和朋友，令他们艳羡不已。威海的桃子很甜，水分又多，有一年老二更新一家来这里，他最多一天吃了6个，说是几天吃的比几年还多。

烟台、威海的苹果是全国有名的。2014年因为开了车来，国庆期间去上海和老家南通，我买了好几箱送给兄弟姐妹，请大家一起分享。最有名的苹果是“红富士”，但成熟较晚，10月中旬以后才上市，我俩一般国庆前返桂，所以等不到它收获。这次因为要等天鹅南来，11月才离开，得以饱尝了新上市的富士苹果，还买了几箱带回桂林分送家人和朋友。无花果是这里的特产，味道甘甜，营养丰富，可惜很难保存。买多了吃不完，我就学当地人做成无花果酱，放在冰箱冷藏或冷冻，带回桂林。此外，威海盛产海鲜，我们日常做菜多以各种海鱼为主。

有人说，威海是一个到了就不想离开的地方，旅居10多年的我们对这一说法高度认同。专程从外地来看望我们的朋友也无不称赞这里自然条件和生活环境优越，有的也干脆来这里买了房。

在大海游泳

来到威海，丰富优良的海洋资源给我们提供了更为广阔的天地。在大海游泳，这一令人神往的浪漫想象变为了现实，成为我们威海生活不可或缺的内容，并给予我们从未有过的新鲜体验。

回想起来，除小时候在老家下河“狗刨”，大学毕业以后一直忙于工作，虽然守着美丽的漓江，几十年里却很少游泳。60 岁以后工作压力小了，才将游泳提上日程。明非此前不会游泳，仅在大学期间到颐和园昆明湖上过游泳课，顶多能在浅水里扑腾十来米，根本不敢到深水去。年届花甲的她决心从头开始，凭着毅力，她很快学会了游泳，而且跟着我从游泳池游到漓江再游到大海。其中还有 6 年在桂林坚持冬泳的经历。记得最冷时气温接近零度，水温只有 6 度，我们照样游上 20 分钟。从 2004 年到现在，算起来坚持游泳已有 17 个年头，深感对身心健康大有裨益。尤其当我们在清澈的漓江或蔚蓝的大海中畅游时，有说不出的自在和惬意。

成山镇南北两面都是海，有多处天然浴场。距小区最近的一片海域与天鹅湖仅一堤之隔，骑自行车用不了 20 分钟，是我们经常下海的地方。这里海水清澈，海滩平缓，沙子细腻。岸上还有郁郁葱葱的大片松林，可以遮阳，可以休憩。只要天气晴好，我们小区的一些朋友中午都会结伴来到这里，游泳、聊天、躺在沙滩上晒太阳，互相逗趣调侃，说笑声传得老远，成为海滩上引人注目的一道风景。

∧ 2008 年九思、可思在威海

过去读到过不少文学作品关于大海的描写，内心充满了向往和好奇。在威海有了下海的真实体验，才真正接触了大海，认识了大海，感受到大海的变化多端和万千气象。大海随气象和潮汐变化，性情捉摸不定。在不同的海况下游泳，会有不一样的感受。

俗话说大海是“无风三尺浪”，每当我们走近岸边松林就能听到浪涛拍岸的哗哗声，这是海水涌向岸边时冲击浅滩激起的浪花和声响。用不着担心，只要游出去百把米，海水就逐渐变得比较平缓。有时，也会碰上风浪较大的天气，只见海面上一道道绿浪向近处涌来，撞上岸边沙滩，便猛然冲高，激起白色的浪花，发出嘭嘭的声响。初学游泳者不免胆怯不敢下海，其实有经验的人知道只需越过近岸浅滩，越往外浪峰越低，冲击力越小。离岸一二百米以外，涌浪的波峰不高，波幅较宽，没有浪头的明显冲击，只有上下起伏的感觉，仿佛置身摇篮，别有一番乐趣。

当然，如果海浪再大一些，游起来就不那么自在了。掀起的涌浪会把人高高托起，又猛地抛下。遇到这种情况，我觉得挺刺激，明非却不免紧张，需要我在身旁鼓励和保护。有一次，她竟然被突如其来的浪头打了一个前滚翻，吓得大惊失色。还有一次，来威海的大儿子和我们一起下海，一个涌浪袭来，我俩的泳镜都被掀掉，大浪过后，他的那副浮出水面，他眼疾手快抢了回来，而我的却无影无踪了。遇此海况，不能恋战，游一会儿就得上岸。九九却不然，碰到这种情况格外兴奋，他将游泳改成“冲浪”：站在近岸的水中，迎着扑面而来的涌浪高高跳起，然后猛地落下，或者被埋入浪底再冒出水面。一次接一次等着海浪来袭，而且希望浪头越大越刺激。每到这时，虽然孙子个头已比我高，游得也比我快，我还是怕他一人不安全，总会陪在身边。“老夫聊发少年狂”，每迎来一回大浪，我便使劲跃起，尽管被打得晕头转向，俩人还是高兴得哈哈大笑。

大海也有发怒的时候，当此之际，会掀起惊涛骇浪，变得很可怕！这多半是受到台湾、福建、江浙一带台风的影响。我原以为台风离得远，对我们这儿不会有多大影响，后来才知道并非如此。用当地老乡的话说，大海是个整体，如同一只大澡盆，只要一处摇晃，盆里的水都会跟着晃荡。偶尔台风还会继续北上，路过黄海，此时，我们游泳的海域会景象大变，这种难得一遇的机会吸引不少人去观海。一次，我们特地在台风袭来的日子来到海边，只见几米高的海浪一排接一排，咆哮着从远处奔涌而来，海水漫到接近高坡的地方，沙滩空无一人。大家都站在高坡上观景，明非想以海浪为背景拍照，不料她刚下坡几步，浪涛突然席卷而来，把她的衣服都打湿了，赶紧爬上来。如果浪再大些把人卷下去，后果不堪设想。惊涛拍岸发出的巨大声响传得很远，夜深人静的时候，在离海4公里的家中也可听到响声。住在相邻小区的友人武汉大学尚永亮教授有诗为证："十里传涛声，一夜如雷鸣。"风浪平息之后，海滩上一片狼藉，到处是退潮留下的贝壳、水草和垃圾。更令人吃惊的是高坡上靠最外边的一排松树，好几棵被连根拔起倒在沙滩上，可见台风来势的确凶猛。如果当时在现场一定会感到惊骇。面对巨浪滔天的大海，人们不能不感叹和敬畏大自然排山倒海、惊天动地的伟力！

然而，一望无际的大海，并非都是"无风三尺浪"，有时也会展示出母亲般温柔的情怀。我曾多次见到秋高气爽、风平浪静的景象。站在海边远望，蔚蓝的海面波澜不惊，如同明镜，游泳的人会在水面上划出一道长长的波纹，让人联想起鸭子在池塘游弋留下的那道水纹。这当然是极好的天气，可以轻松自如地畅游，还可以仰游在海面上，欣赏蓝天上一群群海鸥在空中盘旋。偶尔还会碰见银白色的海鱼从水中高高蹦起，在水面上做弧线型跳跃，我见过最多的接连跳了6次，赢得人们一片惊呼。那鱼都不小，足有四五斤，我问海边垂钓的人是否钓到过这样的鱼，他说："在水面蹦跳的鱼不会上钩。"

九九对威海情有独钟，从2009年上小学开始，已先后8次来这里度假。初来时那个天真烂漫需要呵护的小学生，已经长成一米八三的小伙子。其间，我们不知见证和分享了他的多少快乐。一天中，他最期待最热衷的事就是下海。每天下午4点来钟，阳光不像正午那么强烈，我们祖孙三人就骑自行车出发了。3辆车鱼贯而行，明非在前，我断后，九九在中间，沿着天鹅湖去海边。大约游40多分钟再上岸换衣，沐浴着清风和夕阳的余晖返回，十分轻松和快乐。生活是写作的源泉，下海游泳给了九九新奇有趣的体验，也给了他写作的灵感。小学四年级的他第一次完成了处女作《我在大海游泳》，发表在《作文大王》上，后来接连又发表了 2 篇，并从此爱上了写作。初中阶段，他竟一发而不可收地写出 10 多万字的科幻小说《人体保卫战》。尽管内容还比较简单幼稚，但他丰富的想象力和颇有文采的语言表达还是让我们喜出望外。

旅游胜地“好运角”

成山镇史称成山卫，位于胶东半岛最东端，距威海市区和荣成市区均为 30 公里左右，三面环海，有“中国好望角”之称，是祖国海岸线上最早见到日出的地方，也是中国大陆距离韩国最近之处，相距约 94 海里。成山是著名的旅游胜地，前几年正式定为“威海市好运角旅游度假区”。我们住在旅游景区内，游览附近几处景点十分方便。

从林海花园出发，向东驱车 20 公里，便来到山东半岛最东头——著名的国家级风景区成山头。无论家人还是来访的友人，无一例外都要到这里游览，我们夫妇作为陪同者已经来过这里七八次了。

古时成山头被认为是日神所居之地。史载，姜太公助周武王定天下之后，曾在此拜日神迎日出，修建日主寺；公元前 219 年、210 年秦始皇曾两次驾临此地，拜祭日神，留下了始皇庙等古迹。宰相李斯题字“天尽头秦东门”，留下了珍贵的手迹。

成山头对面，岸外几十米处，有一小山耸立海中，山顶建有近 10 米高的石碑与之浑然一体。1984 年 10 月，时任中共中央总书记的胡耀邦到此游览，挥笔题写了“天尽头”三字，镌刻在这一石碑上。后来，当地政府又将碑文改成“天无尽头”。我们2009年初次来游，看到的即是此文。再后来随着“威海好运角旅游度假区”的设立，碑文又被改为“好运角”。今年我俩再到成山头时，发现碑文又恢复了最早的“天尽头”。碑文的几经变迁，表明历史名胜竟与当代政治、经济的发展变化息息相关，联系紧密。但愿今后国泰民安，此碑文能保持历史原貌不再改变！

成山头最高点海拔200米，与韩国隔海相望，峭壁陡立，海面浩瀚碧蓝，气势非凡，是观海最理想的地方。每当我们登临山头，展望一望无际的大海，顿觉心旷神怡；坐在山崖上傍海而建的朱栏长廊里，凉风拂面而来，海鸥在海面上飞翔翻腾，大海深处南来北往的轮船隐约可见，附近庙宇的钟声在耳边缭绕，此情此景，如入仙境。我们曾两度于中秋之夜登上成山头，在皓月当空之时，遥祝“天涯共此时”的远方亲友们节日快乐，幸福安康。

成山头北部海域有一小岛，距陆地4海里，面积大约0.11平方公里，需乘船前往，这就是被称为“鸥鹭王国”的海驴岛。每年春夏，有无数海鸟来此栖息、产卵、繁衍。其中有不少属于濒危物种的黑尾鸥和黄嘴白鹭登岛聚居，所以被中国野生动物保护协会授予“中国黑尾鸥之乡”的称号。数以万计的鸥鸟栖息岛上，飞来飞去，鸣声此起彼伏。环岛而行，海水湛蓝，碧波荡漾，是陆地难得一见的奇景，每年夏天都吸引不少游客前往。

从小区向东10公里，就来到西霞口。这个位于山东半岛东端的村子，因晚霞从这里流走而得名，是一座年产值60亿元的全国十佳小康村。它拥有自己的对外贸易港口和船队，成山头、神雕山野生动物园、野驴岛等著名旅游景点，都是该村投资开发经营的。无怪乎我们所见它的运输车队都标有略去了所属省、市名称的几个大字——“中国西霞口”，何等牛气！

西霞口村风景优美，村民的住宅是一栋栋绿树掩映、白墙红瓦的别墅，错落有致，整齐美观。村前不远有一景点隆霞湖，湖面宽阔，波光粼粼，湖中有形似北京天坛的展览馆及多座宫殿式建筑，由廊桥相连。每当夜幕降临，一座座用霓虹灯勾出轮廓的建筑，与水中倒影交相辉映，五颜六色的音乐喷泉大放异彩，展现在眼前的是新农村的富裕兴旺！我们多次与朋友在月光朗照的夜晚来这里赏月、乘凉。

神雕山野生动物园占地3800亩，依山傍海，是亚洲面积最大、动物种类最多，且唯一可以一园尽览海、陆、空多种动物的野生动物保护区，拥有国家一、二类保护动物如东北虎、金丝猴、黑熊、麋鹿等150多种，1500多只。从我家到动物园行车不过10分钟，几年里我们已带孙子、孙女或陪同亲友先后去过六七次了，足见其不仅是孩子们的乐园，对成年人也有足够的吸引力。

距小区仅8公里的花斑彩石，自清道光年间就被列为荣成八景之一。长35米、宽20米、高约9米，由黄、白、褐三色构成，矗立海中。造型奇特壮伟、构图千姿百态，是大自然鬼斧神工的杰作。

威海荣成市是有名的“大天鹅之乡”，中国北方最大的两个天鹅栖息地“天鹅湖”与“烟墩角”都坐落在成山镇。每年11月到次年3月都会有近万只天鹅从西伯利亚飞来这里越冬。因我们来威海的时间一般是7到9月，所以一直无缘与天鹅谋面。2014年下决心等候天鹅的到来。10月23日终于传来由6只大天鹅组成的先遣队飞抵烟墩角的喜讯，我们赶忙驱车前往。只见洁白的天鹅正在海湾里嬉戏，当它们游到近岸时，我站在海滩上将事先准备好的玉米粒撒出去引它们啄食，从而近距离拍到了第一张天鹅的倩影。此后越来越多的天鹅飞来烟墩角和天鹅湖。我们天天前往观赏，水上的天鹅数量也逐日增加，由几十只，上百只，几百只，直至数不胜数。摄影爱好者们也闻讯从全国各地赶来。在碧波荡漾的水面上，天鹅或结伴游弋，或傲然屹立，或从容戏水，或凌空展翅，仪态万方，是那么高贵圣洁，优雅迷人。夙愿得偿，我们才怀着满足和留恋返回桂林。

威海市区自然是我们常来常往的地方，记不清多少次到过这里了，对城里的主要街道已很熟悉，但每次一来仍会对眼前的城市风貌赞叹不已。在到过的许多城市中，威海的清洁、美丽、现代、文明留给我们的印象无疑是最为深刻的。得天独厚的地理环境，宜人的气候条件，现代化的城市建设，使这颗镶嵌在山东半岛东端的明珠格外璀璨。

美好的新家园

在威海安了个家，不仅丰富了我俩的退休生活，也为全家祖孙三代营造了一处避暑度假和家人团聚的新家园。这么多年过去了，每念及此，都会庆幸当初明智的选择。

此前我们很少到山东，偶尔出差也是匆匆路过。现在有家在此，感觉大不相同。每年初夏我们会迫不及待飞向这里，秋天离开总会恋恋不舍，盼望明年再来。别人问起威海，我们会很自然地在它前面加上“我们”两个字。可以说，威海成了我们的又一故乡。这些年儿孙们都先后来过这里聚会、旅游。九九自不必说，他爸爸妈妈也多次来成山，我们一起游遍了威海的各大景点，还以此为“根据地”到附近的青岛、烟台等地旅游。青岛的崂山、栈桥、海底世界、五四广场、帆船基地、石老人泳场；烟台的蓬莱仙境、养马岛、八仙渡等风景区都留下了我们欢乐的足迹。有一年适逢8月生日的大儿媳李欣在威海过生日，一家人唱生日歌，吹蜡烛，吃蛋糕，欢声笑语，其乐融融。

小孙女丫丫，2014年将满4岁，也跟爸妈来过这里。一下飞机，就迫不及待地嚷着要去“威海”玩沙子，原来她把威海当作海的名字。第二天到了海边，老远就高兴地喊：“我终于到威海了！”我们先后带她去了北海、龙须岛、那香海等多个海滨浴场，临走时问她一共去了多少个海，她很肯定地回答“8个”。她没有说错，这里的海洋资源就是这么丰富。丫丫胆子大，除了玩沙子，还敢下海。她套着个游泳圈，在水里使劲转圈，乐得咯咯笑，被大人带往深处也不害怕。一次她提着小水桶往岸上跑，踩得水花四溅，脸上笑得那样灿烂。最爱拍照的奶奶抓拍了这一镜头，留下了她童年下海的美好纪念。2015年11月出生的小孙子目前还在上幼儿园，我家唯有他没到过威海，和我们视频时还大喊着：“爷爷奶奶，我也要去威海！”我想，他迟早会来的，从小酷爱踢足球的他一定也会像九哥那样喜欢下海。

除了家人，这十几年里，我们还接待过不少亲朋好友。他们大多是专程来看望我们的。每当有客来访，我们都格外开心，热情接待、周密安排，陪同他们游览这里的景点，品尝当地有特色的美食，尽量将这里最美好的一面示人。希望他们同我们一样了解威海、热爱威海。每当此时，我们的身份已不是江苏人、北京人或桂林人，而是地地道道的威海人。

更不用说，我们在这里还联系了一些新朋旧友，大家来自四面八方，为了同样对美好生活的向往聚到一起，尽管素昧平生，彼此之间却有一种天然的亲近。我们与交往最多的南京老沈、邯郸老白、上海老朱三家建立了一个“林海之友”群，在一起时互相关心，互相帮助；分别后，经常联系，彼此牵挂。他们平日里有了好吃的或包了饺子，会端过来。在万家团圆的中秋，我们会聚在一起共度佳节。有人要结束度假回去，其他人都会前往送行、郑重道别。这种久违了的邻里关系常令我们回想起几十年前在包钢生活的日子。

威海是我们美好的新家园，一年一度候鸟般的生活，给我们的晚年带来了莫大快乐和幸福！这10多年里，流逝的是岁月，变化的是容颜，而不变的是心情，是对威海诗意栖居生活的热爱。

今夏九九照例来此度假，明年他将赴美国读大学，今后不可能再像以往那样年年来威海，所以离情别绪特别强烈。离别前夕，九九满怀深情写下他的感受：“写这篇文章的结尾时，我沉吟再三，难以下笔。我在成山的生活，很难用一两句话来概括。它是一望无际、变幻莫测的大海；是三辆停靠在海边松林中的自行车；是装在一个个盘碗中的香甜水果；是一排排在岸边风中摇曳的风车；是礁石上刻着‘天尽头’的古老的成山头；是西霞口夜晚辉煌的灯火；是庇护到此越冬的天鹅们的天鹅湖。它还是林海花园和爷爷奶奶熟识的新老朋友，是一颗颗为避暑、为亲情与友谊驻守在此的人心。但归根结底，无数文字与话语都将融为看似简单而又朴实的四个字：我爱成山！”

（写于2016年秋，2021年夏修订）

古稀之年的自驾旅程

◆ 张明非

2013 年 12 月，我同介山双双进入 70 周岁。几十年来，我们从不讲究过生日的形式，常常是同月生日的几位亲友，在 12 月份选个方便的日子聚聚就罢了。70 岁，习惯称“古稀”，源于杜甫的诗句：“人生七十古来稀。”尽管 70 岁的人在当今已并不稀有，但毕竟是进入人生一个不寻常的阶段，我们决定以长途自驾来纪念古稀之年。两个儿子提前送给我们 70 大寿的生日礼物，是一辆高配置的新款帕萨特，介山开起来觉得很顺手，这更坚定了他长途自驾的决心和信心。他还说，这么好的车，不出趟远门未免辜负了它。

自驾行程包括四个阶段。第一阶段是从桂林到威海，第二阶段是从威海到东北三省，第三阶段是从威海到江浙一带。最后，由威海返回桂林。

桂林到威海的亲情之旅

2014 年 6 月 22 日，一个平平常常的星期日，我们从桂林出发了。在朋友圈里刚发布这一信息，很快收到亲友们的点赞和祝福。还有的朋友细心叮咛旅途注意安全，有的要我们一路报道即时新闻。怀着兴奋，满载友情，沿着高速，一路畅行，驱车 527 公里，历时 6 小时 20

< 启程

分，于下午 1 点抵达此行的第一站——湖南醴陵。我们还是第一次到这座城市，在预订的酒店安顿下来，小憩过后游览了附近的西山、烈士陵园。自此，每天清晨不到 7 点钟出发，每到一地，稍事休息就去浏览当地风景成为我们此行的一个规律。

23 日清晨从醴陵出发，穿越江西，行程 607 公里，历时 6 小时，到达此行的第二站——浙江衢州。“衢州”第一次印入我的脑海还是幼年读唐代诗人白居易的《轻肥》：“是岁江南旱，衢州人食人。”所以当我们看到这座古老的城市如今这样繁华文明、充满现代气息，不禁感叹不已。

24 日下午，进入上海。一路行来，1500 多公里行程中，路况不错，车辆不多，天公作美，凉爽宜人。旅途中大部分时段“也无风雨也无晴”。

在上海逗留的几天，主要与我母亲和兄弟姐妹团聚。母亲何蕴之今年已 99 岁高龄，她的人生可谓传奇。在近一个世纪的漫长岁月里，她不唯见证了中华民族的世事沧桑、历史风云，自己的一生中也有不少令人称奇的经历。比如她读中学时到过同是安庆人的陈独秀家里；

国共合作时期在武汉妇女干部训练班见过宋美龄、周恩来、邓颖超这些近现代史上赫赫有名的人物；抗日战争时期在重庆同张国焘打过牌，住过我党最出色的国际情报专家阎宝航有名的“阎家老店”。她经历了种种艰难坎坷，在“文革”中九死一生，却不仅奇迹般地活了下来，而且至今耳聪目明、行动自如，不单是麻将桌上的高手，95 岁时还会用手机发短信。年过九旬以后仍是每年出行一两次，乘飞机，坐高铁，从北京前往上海、太原、桂林的儿女家。

我家兄弟姐妹一共 5 人，从小在北京长大，后来却分散在 4 个地方。大哥攻非 1962 年北京师大附中高中毕业后，响应祖国号召参加了海军，后在部队从事文艺工作，被保送上海戏剧学院，毕业后留在了上海。退休前是《新民晚报》新闻编辑部主任、编委。3 个弟弟妹妹都当过知青，连聋哑的弟弟问非都不例外。他 1967 年从北京第一聋哑学校毕业后，被分到北京远郊延庆县插队，70 年代才回城工作，一直同母亲住在一起。大妹妹厌非是 67 届清华附中高中生，1968 年同 12 名女同学一起被分到山西太谷县插队，70 年代中期从山西回到北京，退休前在北京大学外国语学院工作。小妹妹改非是北京女五中 67 届初中生，16 岁跟随大妹妹到山西插队，后留在太原工作，退休前是太原市商务局副局长。前些年因儿子在上海读书，她也长期住在上海。我则先到内蒙古包钢，后在广西桂林，离母亲和兄弟姐妹最远。几十年来，我们在外地的几个虽都会回京探亲，毕竟各自都有事业和家庭，团聚一次也不容易。这一回，适逢母亲和弟弟几月前被哥哥接来上海，大妹妹也专程从北京赶来，大家才得以在沪上团聚。我和哥哥已年逾古稀，最小的妹妹也过了花甲，一家人平均 73 岁。一个个镜头，记录下白寿的母亲和她 5 个退休儿女团聚的欢乐时光。

在上海，我们还抽空去宝钢看望了当年在包钢共事的徐维桢、庄明英、徐德九三家老朋友。他们均比我俩年长，在那个物资匮乏、生活艰苦的年代，曾给过我们不少关怀和帮助。老友相聚，最热衷的话题自然是回忆，即对我们共同生活过的包钢遥远而又亲切的集体记忆。

30日下午出发去南通，孙子九九放假后也从桂林飞来上海与我们同行。南通是介山的家乡。他初中就离家住校，后来又到北京读大学，毕业后一直在外地工作，是名副其实的“少小离家”，但在他心里始终有着深厚而执着的故乡情结。而我自结婚后就多次跟随介山回家探亲，亲身感受并见证了家乡的不断变化，特别是近10年的飞速发展。就拿交通来说，南通距上海不过100多公里，但一条长江将两地分隔开来。记得七八十年代回南通，每一次都是十分艰难的经历。照例是晚上10点钟在十六铺码头上船，到第二天天将亮才到。轮船设施简陋，拥挤不堪，能够买到四等舱躺躺就很幸运了。下了船还要赶到汽车站去乘车。加上那个年代物资匮乏，每次往返都要带不少东西，回一趟家真是对人意志和体力的严峻考验。而2008年苏通大桥修通后，一桥飞跨长江，连接两地，从上海开车仅一个半小时，就到位于南通开发区的家了。早年那低矮陈旧的老屋，令人尴尬的厕所，照明用的小煤油灯，早已不见踪影。放眼望去，宽阔整洁的街道，鳞次栉比的高楼，四通八达的立交桥，处处散发出强烈的现代气息。这个介山出生的地方，每一次来都令我感到既熟悉又陌生，变化的是日新月异的面貌，不变的是浓浓的亲情。

介山是长子，三个弟妹都在南通。尽管他们所在的南通县已划归市里，各户也都从自家民房搬进了设施齐备的公寓小区，但热情好客的习俗依然保持着，所以我们每次回去都像过节般热闹。几十口人几乎天天聚在一起，每一餐都要开三桌才坐得下。这种情景在城市里已然很难见到了。这一次听到我们要回来也早就翘首盼望，并准备好十分丰盛的饭菜。三代人济济一堂，热热闹闹，尽享天伦之乐。

南通是全国有名的长寿之乡，介山家族也有长寿基因。享年106岁的外祖母、97岁的母亲及83岁的父亲，如今都安葬在长江边的墓园里。每次回乡弟妹们都会陪同我们前去祭扫。这里松柏成荫，芳草萋萋，静谧肃穆。走进墓园，同老人们生前相处的种种情事及他们的音容笑貌都清晰地浮现在脑海里。

我们还抽空去了介山的母校南通中学，这所由清末状元、实业家、教育家张謇创办的百年名校，迄今已走出了20位两院院士。今年适逢大妹妹的外孙女也从通中高中毕业，求学相隔半个世纪的祖孙俩在母校大门口合影留念。

7月1日带着孙子九九再度出发，选择在南通与威海之间的日照作为中途的驿站。南通距山东日照500多公里。早晨7点半出发，行车4小时就到达了这座美丽的海滨城市。我们2009年自驾到威海也曾在这里投宿。四星级的雅禾国际大酒店超五星的服务令我们记忆深刻。次日清晨出发，下午即顺利到达第一阶段旅程的终点，回到我们在威海荣成市成山镇的家——骏龙林海花园。在这里，我们已经度过5个夏天，充分享受了这里的蓝天白云、松林大海、宁静清凉及世外桃源般的休闲生活，十分认同央视那句深入人心的广告词：走遍四海，还是威海。

过了不久，我们迎来了第一批客人，来自上海宝钢的朋友邱嘉蒂夫妇。嘉蒂是我在包钢运输部劳动锻炼时同一班组的同事，50年代毕业于北京铁道学院。在知识分子被称作“臭老九”的年代，我们曾共过患难，建立了真诚的友情。她的丈夫老马在我们的影响和鼓励下，生平第一次长途自驾来到威海，在这里度过了18天快乐的时光。

8月初，二儿子更新一家第一次来到威海的家，快满4周岁的小孙女易思，一下飞机就急不可待地嚷着要去威海玩沙子。第二天上午带她到海边，她开心地欢呼："我终于到威海了！"原来她把威海当成了一片海的名字。

送走短期休假的孙子和孙女一家，我们开始为第二阶段的旅程做体能和物质上的准备。

东北三省的友情之旅

8月22日晚从威海港出发的海轮，载着我们及坐骑帕萨特，开启了赴东北三省的旅程。此行是要了却酝酿多时的一个心愿——看望我所钟爱的三位东北籍女弟子及阔别多年的北大学长。

大连是此行的第一站，在辽师大工作的米晓燕夫妇热情周到地接待了我们。晓燕是个活泼快乐的女孩子，她的丈夫、文学院院长张庆利则显得成熟稳重。夫妇琴瑟和谐，给我们留下很好的印象。晓燕陪同我们游览了星海广场和一些著名景点。在时隔多年之后我们又一次领略了这座著名海滨城市的风情和魅力，并感受到浓浓的师生情谊。

25日一早出发，中午到达沈阳。这一程主要看望我的女弟子尹博。她于广西师大硕士毕业后，又到南开获得了博士学位，是一个聪慧善解人意的女孩子。她的丈夫、辽宁大学毕宝魁教授是我相识多年的同行。有这样两层关系，她为我们的到来已经兴奋好几天了，夫妇俩做了精心安排。当晚，专程驱车到铁岭阖家山庄设宴盛情款待我们。山庄位于铁岭近郊，是一处很大的院落，环境静谧清幽。餐厅走廊墙壁上陈列着多幅山庄女主人与接待过的各界名流如范曾、赵本山、黎明等人的合影。四壁挂满字画的大包厢里，是一张硕大的圆桌，上面转圈嵌着几口铸铁大锅。台面可以转动，锅下面可以添柴，据主人介绍，这是山庄自行设计的产品，已经获得国家专利。餐桌上摆满了一道道具有东北风味的菜肴，坐在旁边的尹博不停地给我夹菜。但我们师生已有几年不见，尹博又刚做了妈妈，所以光顾了说话，吃不下多少东西，也记不清都吃了些什么了。事后想来未免辜负了宝魁夫妇的美意。我的兴奋不仅是因为师生重逢，还因为宝魁夫妇特意邀请了在沈阳的北大中文系姚兴元、王维阁、孙丕任及历史系姚莹等校友在座。这几位都是辽宁诗词界的翘楚，席间觥筹交错，谈笑甚欢，并即席赋诗，纪念这难得的欢聚。兴元学兄抚今思昔，诗云："幸有同年万里来，主人排宴得追陪。银丝难掩青春貌，谈吐犹飞少俊才。高阙塞边回凤翼，读书岩下树龙才。重逢最喜师生态，携手贴肩倾别怀。"宝魁有感于我们这代人几十年的坎坷经历，抒发了美好祝愿，诗云："当日未名湖畔客，今来塞外麟水河。激情岁月激情涌，一路蹉跎一路歌。开场不佳后程好，风光满眼珍果多。暂凭阖府山庄酒，恭祝桑榆更洒脱。"尹博亦当场赋诗助兴："桂城得忝科名日，可想盛京际会时。大道易传师予我，晖恩难报我于师。佩刀多为王祥累，衣钵更因六祖迟。幸遇群贤高阔论，叨陪末座吟小诗。"尹博博士论文选题是《李商隐骈文研究》，所以诗中用了义山诗感念师恩的典故。

第二天，宝魁、尹博夫妇陪同我们游览了别具满、蒙特色的清代皇家宫殿——沈阳故宫及始建于20世纪初的张作霖大帅府等名胜。

25日清晨我们继续北上，下午到达吉林省会长春市，如约去家里看望王卓玉夫妇同他们几个月大的女儿袁宝。卓玉的丈夫袁磊谈锋很健，也是广西师大的校友。深知我这一代人有很浓的俄罗斯情结，特意安排了俄式西餐。在别具异域风情的“彼得堡主题餐厅”里，我们回忆往事，畅叙友情，无话不谈，度过了一个美好的夜晚。

如果说看望卓玉是既定目的，同老友唐永才的久别重逢则是意想不到的惊喜。老唐是东北人大（现为吉林大学）历史系毕业的，同我们差不多时候分配到包钢教育处。我俩先在同一车间劳动，后同时分配到包钢一中，还曾担任同一个班的班主任。他上课深入浅出，生动幽默，很受学生欢迎。老唐为人正直热情，是我们夫妇交往密切的挚友。因两地生活，他于70年代中期就调回老家长春了。90年代初介山出差到长春，特地委托当地教育部门找到他见了一面。但因过去通讯极不发达，加上工作忙，渐渐断了联系。会见“失联”几十年的老友是我们长春之行的一个心愿，寻找的过程则充满戏剧性。老唐长我俩几岁，正常情况已退休多年，打电话到他工作过的长春三十中，却查无此人。在多次电话查询无果的情况下，抱着试试看的心理到网上搜索，居然在《长春日报》一篇关于社区建设的报道中发现了我们熟悉的名字，而且年龄、职业都“疑似”老唐。又经过一番锲而不舍的追踪，终于从电话中传来老唐熟悉的声音，我俩顿时又惊又喜，也相信人与人之间真有所谓的缘分。我们推迟了原定的出发时间，第二天一大早怀着兴奋的心情，急切赶往老唐家。不料长春正在修地铁，到处拥堵，绕了不少路，费了2个多小时才找到他家。老唐早已在家门口等候多时。几十年不见，76岁的老唐神采奕奕，似乎比当年还精神。久别重逢，自然有太多的话要说，但因时间匆促，在他家来不及多叙旧，就约老唐夫妇一起去了却另一个心愿：到他家附近参观了陪伴我们这代人走过青春岁月的长春电影制片厂。老唐夫妇为我们没能在他家吃顿饭深感遗憾，硬要我们带走一大罐自己泡的人参酒。得知老唐也有微信，我们非常高兴，从此再也不会“失联”了。果然，在分别后不久，就收到他发来的情真意切的一段语音：“打开微信，听到你那我熟悉的声音，看着我们友好的合影，回忆难忘的往事，体验人间的真情。真诚的友谊真的很美好，谢谢你和介山来看我们。衷心祝愿你们生活越来越美好，天天都有一份好心情。”

东北之行的最后一站是哈尔滨。26 日傍晚一抵达就前去拜望阔别多年的大师姐——黑龙江大学文学院刘敬圻教授。师姐既是享誉学界的专家、国家级教学名师，又是一位真诚热情、优雅知性的女学者。从 1997 年参加她主办的“21 世纪古典文学回顾与前瞻研讨会”一见如故到现在，我与这位早我 8 年毕业的北大师姐已经保持了近 20 年的真挚友情。尽管师姐已年近八旬，但举止灵活，谈吐风雅，尤其难能可贵的是始终保持了如她所说的“浪漫情怀和少年精神”。大师姐对我们的到来倾注了极大热情，周到安排并亲自陪同我们参观了风景如画的伏尔加庄园和全国唯一展示金源文化的金上京历史博物馆。我们的东北三省之旅就此画上了圆满的句号。

8 月 31 日清晨我们满载友情离开哈尔滨踏上归途，行车 6 小时到铁岭住宿。经铁岭籍的朋友建议，第二天一早驱车来到距市区不远的铁岭莲花湿地。公园占地 4000 多公顷，拥有广阔的湿地和大片的荷塘。垂柳婆娑，杂花缤纷，环境十分清幽。从眼前凋零大半的荷田不难想象此前千余种荷花竞相绽放时的盛景。由此我们知道，原来铁岭除了赵本山和东北二人转，还有这样一处令人流连忘返的所在。从铁岭马不停蹄返回大连，夜晚乘船，9 月 2 日清晨即回到威海。

从 8 月 24 日到 9 月 2 日的 10 天里，我们驱车 2000 多公里，穿越东北三省，途经大连、沈阳、长春、哈尔滨、铁岭五市。一路上，伴随我们的不只有晴朗天空、无边原野和如画美景，更有过去、现在、将来都给我们以温暖和感动的师生、朋友、同窗的真挚友情。

出访韩国及穿行江浙鲁三地的名胜之旅

9 月的威海天高气爽，瓜果飘香，充分展示了这座海滨城市秋光的美好。距离计划中的第三阶段旅程还有一个来月，我们利用这段间隙 3 次短期出行。先是到烟台和石岛会友，后出访韩国。

烟台教育局的左普 1967 年毕业于南京大学中文系，当初与我们同期分配到包钢教育处。他为人直爽，多才多艺，自我们在威海安家后，已经两度相聚。今年又多次来电相邀，盛情难却终于下决心前往赴约。9 月 11 日我们驱车前往烟台。毕业于山东大学中文系的李镇川也偕夫人从乳山赶来聚会。当年介山与他俩曾在同一所中学共事，曾经共过患难的三位老友见面自然有说不完的话。回忆过去，谈论时局，畅叙友情，谈笑风生。大家相约明年到乳山老李家再聚。分别时我们怎么也不会想到，左普 10 月份赴南京参加母校同学聚会，竟毫无征兆地猝然而逝，年仅 70 岁。这一次的朋友欢聚竟成永诀！聚会时老左谈古论今，神采飞扬的情景犹在目前，仅一个月就阴阳两隔，怎不令人痛惜！也庆幸我们没有错过这一次无法弥补的珍贵聚会。

15 日我们驱车前往同属于荣成的石岛，与我的闺蜜沈慧云相聚。成山与石岛相距约 50 公里，1 个多小时就到她家了。我和沈慧云同在北京女八中读了 6 年，毕业后又同时考入北大中文系，只不过我读的是文学专业，她则选择了语言专业。大学期间我俩就是无话不说的密友，毕业后，她分到山西，我到了内蒙古，却从未中断过联系。她比我大一岁，为人正直善良，人缘极好，更难能可贵的是在历尽沧桑之后依然保持了一颗童心。所以不仅是我，就连我的兄弟姐妹至今都叫她“小沈”。她退休前是山西社科院研究员、《语言研究》主编，在语言研究方面很有造诣，是享受政府特贴的专家。我们在威海安家就是受了她在石岛买房的启发。小沈的丈夫徐亚东，毕业于南京大学物理系，退休前任山西教育出版社副总编辑，待人诚恳热情，此前已多次见过。亚东是盐城人，与介山是大同乡，俩人也一见如故，很是投缘。我们在她家住了一夜。其间同游了著名佛教圣地——赤山风景区，全真道教的祖庭——槎山。16 日下午邀请他们到成山住了两天，一起游览了成山头、西霞口动物园和天鹅湖。18 日将他们夫妇送回石岛，结束了在一起度过的几天愉快时光，并相约以后只要同时来威海就一定见面。

出访韩国的起因是这样的：此次离开桂林之前几天，适逢韩国世翰大学李昇勋校长一行到学校访问，得知我们将到威海度假，一再热情邀请我们访韩。广西师大与韩国世翰大学的交流合作始于上世纪 90 年代，介山在任学校领导期间与该校父子两代校长也结下了真挚的友情。23 日我们从烟台机场起飞，1 小时就抵达韩国首都首尔。李校长派秘书全淑爱女士早已等候在那里，直接将我们送到该校的唐津校区与李昇勋校长会面。在接下来的一天半时间里，李校长陪同我们参观了木浦、唐津两个校区，考察了特色浓郁的孔子学院和学校的游艇码头，并到医院拜望了李敬洙老校长。所见所闻，无不留下美好印象。最令人感动的是李昇勋校长，他几乎是全程陪同，连一日三餐也不例外。我曾在 1995 年出访韩国时游览过韩国著名的旅游胜地济州岛，所以这次的计划中本没有安排旅游，但李校长得知介山还没去过济州岛，当即改变计划，派淑爱女士立即飞往济州岛打前站，并亲自打电话订好我们当晚的机票。告别了情深义重的昇勋校长，当晚飞抵济州岛，下榻在环境十分优雅的高尔夫球场酒店。第二天，天气晴好，爱淑女士陪同我们游览了济州岛民俗村、美丽的海岸风景——地涉岬、海底火山爆发形成的城山日出峰和绿色森林公园。在蓝天白云的映衬下，奇特的山峰，湛蓝的大海，无边的森林、绿野，随处可见的火山石……美不胜收，令人心旷神怡。25 日我们结束了为期 3 天的韩国之旅，带着美好难忘的记忆飞回威海。

10 月 1 日我们驱车从威海再次回到南通，参加介山家族的大聚会。四年前 97 岁高龄的母亲于圣诞夜在家中寿终正寝。老人心地善良，吃苦耐劳，体现了中国劳动妇女的传统美德。母亲在世时，我们几乎每年都会回去看望，自她去世以后，有几年没回了，这次下决心利用国庆假日团聚。两个儿子携妻儿分别从桂林、南宁赶来。外甥女丽丽一家三口也专程从北京回来。老家为从外地赶回的亲人早早做了精心安排，还搭起锅灶专门请了厨师为大家做饭。几天里，老中青三代欢聚一堂，国庆佳节也因浓浓的亲情而更添欢乐气氛。外甥女婿戴旭是军人，向以敢言著称，被网民推为“中国军方鹰派第一人”。他言辞虽犀利，为人却很朴实，聚会期间，为大家传递了不少信息，使我们对国际形势和我国国情有了更多了解。在此期间，我们还抽空与在南通的崇岩、徐型、汉嵘等北大中文系同学，介山中学好友锦章、琪芳夫妇相聚，重温了真纯的同窗之谊。

弟妹们还陪同我们到通州区看望了几位长辈。看到叔叔、姑母、婶娘虽年事已高但身体硬朗，堂弟堂妹、表弟表妹们事业有成，家庭幸福，非常欣慰。他们盛情款待并带我们参观了几处特色独具的景点：教育基地“忠孝文化园”，占地百亩、耗资数亿建造的私家宅院，珍稀蔬菜、奇异瓜果琳琅满目的“景瑞现代农业科技园”，令我们大开眼界，直到夜晚才尽兴而归。

5 日清晨告别亲人，离开南通，继续江苏境内的旅行。第一站是苏州。说来有趣，苏州与南通只一江之隔，我们多次乘火车回南通老家都经过这里，却从未在此停留，以为它离家近，以后总有机会来，未曾想到，直至退休才来此一游。国庆长假进入第五天，各大公园依然游人如织。我们先后游览了苏州四大名园之首的拙政园、“吴中第一名胜”虎丘、以唐代高僧寒山命名的寒山寺。苏州不仅多古典园林，粉墙黛瓦的民居、小桥流水的幽景也随处可见，连公交车站也颇具古典建筑风格。苏州的诸多景点，最令我情有独钟的是寒山寺。唐人张继的《枫桥夜泊》“月落乌啼霜满天，江枫渔火对愁眠。姑苏城外寒山寺，夜半钟声到客船”，是我几十年唐诗教学中不漏的名篇。此刻，寒山寺景区里枫桥、听钟坪、霜钟阁等景点及不时传来的悠长钟声，都使人想起这首流传千古的绝句。由此想到一首诗竟然使一座古寺家喻户晓乃至蜚声海外，古典诗词历久不衰的巨大魅力不能不令人惊叹！

7 日清晨从苏州出发，前往无锡，两城相距不过 50 公里，开车不到 1 个小时。安排好住处，我们便驱车前往国家 5A 风景区鼋头渚。这是太湖风光最美的一处所在，层峦叠翠、烟波浩渺，无怪郭沫若老先生赞道：“太湖佳绝处，毕竟在鼋头。”我们乘船游太湖，拾级登鼋头，饱览湖光山色。清风徐来，使人陶醉。距鼋头渚 20 多公里的灵山胜境是一处集中展现佛教建筑艺术的名胜。高达 88 米的灵山大佛、气象不凡的灵山梵宫、金碧辉煌的五印坛城等，无不庄严巍峨、美轮美奂，令人倾倒。

通往灵山景区绵延 10 余里的环太湖公路，傍湖而建。行走其上，风光满眼，美不胜收，宛如画中游。这是我俩第一次到无锡，城市既清洁美丽又文明现代，给我们留下十分美好的印象。

8日晨告别无锡，暮宿淮安，其间相距350多公里。途经镇江、扬州两地，先后去了金山、焦山和瘦西湖。跑马观花，蜻蜓点水，算不得旅游，不过找寻一点当年来此的记忆而已。

9日从淮安到达山东曲阜，这是我第一次来到孔子的故乡。我儿时即已诵习《论语》，后来又研读了一些儒家经典，深知孔子及其创立的儒家学说在中国传统文化中的地位和影响，但直到古稀方来此朝圣，心情自非往日寻常旅游可比。长假虽已结束，园区里游人依然不少，其中还见到几十人的韩国旅行团。我们分别参观了著名的孔庙、孔府及孔林。

孔庙，是祭祀孔子的庙宇，我国最著名的古建筑群之一。院内古木参天，香烟缭绕，庄严肃穆，气势恢宏。孔府是孔子后裔世代居住的府第，乃典型的官衙与宅第合一的古建筑群，有“天下第一家”之称。其规模之大、保存之完好，堪称同类建筑之最。孔林是孔子及其家族的墓地。园内墓冢累累、茂林深幽，还存有历代不少大书法家的亲笔题碑。

10日清晨离开曲阜之前，我们还赶去参观了孔庙正南门每日清晨8时在鼓乐声中举行的晨钟开城仪式。

从曲阜出发，不到2小时便抵达泰安市。稍事休息，即去游览泰山。介山很多年前到过泰山，我还是第一次来这里。虽然很羡慕那些成群结伙徒步登山的年轻人，但时间和年龄已不允许我们效仿，而只能选择较为便捷的上山方式：先乘汽车到半山腰，再坐缆车接近山顶。尽管未能充分领略登山的乐趣，但眼前的壮丽景象还是令人胸襟开阔，精神振奋，对杜甫《望岳》中的诗句“会当凌绝顶，一览众山小”有了更真切的体悟。

结束了苏、鲁两地的旅游，11 日晨从泰安出发，一鼓作气，驱车 600 公里，于下午回到威海家中。途经一个山区时，浓雾弥漫，能见度之低乃平生所未见，连近在咫尺的路标也无法辨认。尽管赶路心切，也不敢冒险前行，只好小心翼翼地凭着导航的语音提示驶出高速，进入服务区，等了半小时见雾气稍散才再度出发。

这一次出行，历时近半月，行程 5000 多公里。经过青岛、盐城、上海、南通、苏州、无锡、镇江、扬州、淮安、曲阜、泰安，共 11 座城市。除在南通、上海与亲友聚会，大部分时间都是人在旅途。游览名胜，品尝美食，享受各景点对 70 岁以上老人免票的优惠。一路上，天气晴好，公路平坦，稻田金黄，秋色缤纷。与其说是赶路，倒不如说是一次轻松愉快的长途旅行。

从威海返回桂林

如期完成了探亲访友、游览名胜的计划，我们回到威海静静等待天鹅的来临。10 月 23 日由 6 只大天鹅组成的先遣队飞抵烟墩角，拉开了天鹅大批迁徙的序幕。我们先后 8 次到烟墩角和天鹅湖两处天鹅的栖息点亲近天鹅。其间还接待了北京的一对年轻朋友黄乘明、裴路和孙子九九的姥姥、姥爷两批客人来访。

11 月 12 日，我们告别成山，踏上归途。途经常熟，自然想去看看因“文革”中样板戏而名声大噪的沙家浜。地处阳澄湖畔的沙家浜景区，拥有大片湿地和宽阔湖面，两岸垂柳婆娑、竹林深幽，是典型的江南水乡景色。我们到时已近黄昏，夕阳映照下的大片芦苇，随风摇曳，闪着金光，呈现出“芦花放，稻谷香，岸柳成行”的美妙意境。景区里有春来茶馆、模拟的“智斗”场景，处处使人联想起样板戏《沙家浜》和抗日战争时期发生在这里的精彩故事。

常熟的下一站是江西上饶，女弟子张梅一家三口早已期盼我们的到来。张梅1999年随我研习魏晋隋唐文学，她性格温良淳厚，是同专业8位硕士生中名副其实的大师姐。她能吃苦，肯钻研，毕业论文写杜甫下了不少功夫，获得优秀等级。毕业时7名师弟、师妹都如愿考上了博士，她因有家累放弃了考博，回到家乡，在上饶师院任教。没想到多年之后，她凭着坚韧的毅力又重返校园，苦读三年，终于在年届知命时圆了自己的博士梦。再度见到学成归来阖家团圆的她，我很是欣慰。

从上饶经过株洲停留了一晚，11月16日中午终于回到桂花飘香的校园。

盘点此次旅行，先后历经8个省份、经停26座城市，行程约17000多公里。旅途中，有亲情温暖，有友情相伴，有微信鼓励，有美景悦目赏心，尽享自驾的快乐。这一次平生历时最长 、行程最远的自驾旅行和避暑度假，既是值得纪念的古稀之旅，也是饱览风景名胜的快乐之旅，更是尽享亲情友情的幸福之旅，留下许多美好时光值得我们长久回味。

此行得以圆满，要归功于纵横交错、四通八达的高速公路，归功于性能优越、劳苦功高的帕萨特，更要归功于介山这位年已古稀却壮心不已的司机。当然，“陪驾”的我一路上导航引路、端茶递水、收发微信，也有一份小小的功劳啊。

（写于2014年冬，收入中央文史研究馆编《清言集——文史馆馆员随笔集》，2021。文字略有删节）

序跋评论

黄修己《我的“三角地”》序

◆ 黄介山 张明非

黄修己教授在他的散文集《我的“三角地”》即将出版之际，命我们夫妇作序，真令我俩诚惶诚恐，受宠若惊。按照常理，为人作序者必须具备一定的资格，或名家、或前辈、或师长，而我俩是他的学生，这样做岂非本末倒置？可是，老师之命不可违，更何况几十年来，不论黄老师的社会地位怎样变化，在我们的心目中，他的形象始终没有改变——既是我们的老师，又是我们的兄长和朋友。因此，坚辞不允之下，只好恭敬不如从命了。

我们同黄老师的缘分，始于1962年。当时我们刚进入北大中文系文学专业学习，班主任就是60届毕业留校不久的黄修己老师。在此后长达四年的时间里，除了指导我们的生活、学习，他还与我们一起下乡劳动，一起搞“社教”“四清”，与我们同吃、同住、同劳动，建立了亲密无间的深厚情谊。黄老师对我们的帮助和影响是多方面的，其中，给人印象最深也是最令大家佩服的，是他观察、分析问题的敏锐和深刻。当时，学校强调“又红又专”，每周都安排政治学习，黄老师也常来参加。班里这些来自四面八方的“天之骄子”，把每一次讨论都当作证明自己价值、展示各自水平的机会，莫不精心准备，各抒己见。

但不论大家的发言怎样挖空心思，绞尽脑汁，黄老师最后的讲话总有超越同学们思想水平的新认识、新见解，给人启发，令人折服。耳濡目染，久而久之同学们的思想水平和口头表达能力都有不同程度的提高，这不能不说是得益于黄老师的言传身教和潜移默化的影响。而深邃的思想、敏锐的目光和深刻的洞察力，不仅贯穿了黄老师的学术生涯，也鲜明体现在他的这部散文集中。文中对许多问题的剖析是那样尖锐、深刻和中肯，这绝非一朝一夕之功。正如他自己所说的："我还是习惯以批判的眼光来看生活，也有一种喜欢追求思想深度的习性，也许这是长期的北大生活所养成的。"（《五十九棵榕树和一碗白果粥》）

黄老师一生致力高等学校的科研和教学工作，成果卓著，桃李满天下。集结在《我的"三角地"》里的作品是他"业余"写的"杂"文，他戏称"好比是木匠做大件时锯下来的碎屑"。但这些"碎屑"并不零散琐细，而是以小见大，反映了作者从少年时期到古稀之年的人生经历及人生体验，地域涉及福州、北京、广州等地，时间跨越解放战争、新中国成立初期、"文化大革命"、改革开放等重要历史时期。它真实记录了伴随共和国成长的一代知识分子的生活变迁和思想历程，勾勒出这一代知识分子不断追求、艰苦奋斗、无私奉献和积极探索、潜心思考的人生轨迹，也展现了他们不断冲破各种思想禁锢，认真总结经验教训，逐渐走向独立、成熟的精神风貌。黄老师这一代知识分子的经历十分丰富，他们的思想成果也因此显得格外宝贵。作者说得好："我是 20 世纪人，对 20 世纪充满感情。我以为 20 世纪这一百年，也许在我们民族历史上是变化最快，变动最剧烈，对民族命运影响最大的时期。在这个时期生活几十年，对历史，对人生的体验、认识，也许比以前的一千年还要丰富。"（《20 世纪的欢乐和悲伤》）因此，书中展示的虽然是作者个人的人生经历和所见、所闻、所思、所感，但无疑可以从一个侧面帮助我们了解这一“变化最快，变动最剧烈”的20世纪后五十年；了解前辈知识分子虽命运不济，遭遇过太多的磨难和不公，却“初衷不改，信念不变，有怨无悔”，依旧不善张扬、默默奉献的可贵品质和高风亮节。

《我的“三角地”》具有丰富深刻的思想内涵，处处折射出作者公正不阿、敢于直言的政治品质。文中对许多社会现象和历史问题的分析尖锐而中肯，既不吞吞吐吐又不片面偏激。这是与作者乃至他这一代人不平凡的人生经历以及他们饱经磨难形成的政治道德修养分不开的。他们“不仅见过‘文革’之类的大动乱、大灾难，也见过共和国如初升旭日的光辉灿烂；不但见过腐败和腐烂，也见过廉洁和公正。所以能用比较全面的眼光审视历史”(《没有的一代》)。作者自己认为，正是“文革”这场大灾难使他“彻底地破除了迷信”，“深刻领教了人性的‘凶恶’”，在逆境中促成了“政治道德的养成，完成了人生的重要转折”。(《20世纪的欢乐和悲伤》)而看重知识分子的社会责任和启蒙精神，积极倡导并身体力行独立思考、笃信实证、求真务实的原则，正是这一政治品质的核心所在，这也是贯穿全书的思想脉络。

正是本着这样的社会责任感和道德良心，作者对一些社会丑恶现象进行了无情的揭露和鞭笞，如对学术腐败现象，他深恶痛绝：“今日大家痛斥贪官污吏，但学界就不腐败了吗？而且更严重的是思想麻木，往往是非混淆，良莠不分，到了正不压邪、劣胜优汰的地步。种种腐败正需要这种是非混淆、正不压邪的社会氛围。学界在申报、评估、建点（如博士点）等应接不暇的活动中，拉关系，找门路，托后门，搞‘攻关’，已习以为常，好像不这样反倒是稀奇古怪。”对自己作为教师的两难处境，痛心疾首：“我一生教书，甚感现在当教师最难。我要教学生做正派人，做老实人，好好做学问，但这种人在生活中往往吃不开，在评职称、提干、评奖、评先进只能吃亏。可我又不能教学生学坏，教他们去拍马屁，坑蒙拐骗，拉帮结伙，结党营私。古人云：善歌者使人继其声，善教者使人继其志。我无法使人‘继其志’，无奈何只能叫人‘不要学我’，实在是不配当教师啊！”任何一位正直有良知的知识分子在读到这些饱含愤激和忧虑的文字时都不可能无动于衷，也都不能不为作者的忧患意识所警醒和感动。我们有充分的理由相信,《我的“三角地”》在带给读者艺术享受的同时，更带给人们思想的启迪。

良好的政治和学术品德的养成离不开校风、学风的熏陶及前辈的培养与引导。对此黄老师有着深切的感受。集中有不少饱含深情的对母校和老师的回忆。如《回首来路，也有风雨也有晴》一文中写道：“在很不利的环境里，靠着北大传统的‘荫庇’，靠着老一辈学者的薪传，我们在抵抗、挣扎、彻悟，经历了波澜，绕过了曲折，才有了一点创造的可能。而在献身学术、坚持实证、解放思想、独立思考这几个方面，跟我们的老师接上了关系。如果今日还有什么‘道统’‘学统’，也就是从这几个方面我们把它延续了下来；也许这‘道统’‘学统’已很微弱，但毕竟到了我们这里还没有断线。”

尽管黄老师在行文中屡屡称自己是“老人”，但认识他的人都知道，从外表到思想他都一如既往充满着活力，完全不像已到古稀之年。而在我们心里，他依然是那个如兄如友的青年教师，是我们学习和仿效的榜样。在这篇序言结束的时候，我们衷心祝愿黄老师生命之树、学术之树、思想之树常青！

（写于2005年中秋。《我的“三角地”》，广西师范大学出版社，2006）

李翰《汉魏盛唐咏史诗研究》序

◆ 张明非

摆在我面前的这部书稿，是李翰的博士论文。2002 年夏天，在硕士论文的后记中他这样写道："硕士论文虽然画上了一个句号，而读书治学之路，才刚刚起步，也许还远远没有起步。前面的路还很长很长，但我会一步一步，一生都用心去走好。"如今，三年多的时间过去了，他实践了自己当初的诺言。这部近 20 万字的《汉魏盛唐咏史诗研究》便是他在读书治学这一充满艰辛的道路上继续跋涉努力奋进的最好见证。

李翰 1994 年毕业于安庆师院中文系，在经历了几年一边教书，一边考研的生活后，1999 年来到广西师范大学攻读硕士研究生，随我研习魏晋南北朝隋唐五代文学。他非常珍惜这来之不易的学习机会，学习十分刻苦。按照学习计划，认真阅读每一本作家别集，用心完成每一篇读书报告，很快在同年级学生中崭露头角。一年以后，在读书报告基础上修改完成的论文《试论孟浩然其人其诗的"拙"》发表在《广西师范大学学报》2000 年第 3 期上。到毕业的时候，他不仅各科成绩优良，曾获研究生甲等奖学金、华藏奖学金，撰写了数十篇读书报告，而且在《文史知识》《古典文学知识》《唐代文学研究》《安庆师院学报》等刊物上发表了8篇论文，这一成绩在历届古代文学硕士研究生中是相当突出的，可以想见他付出了多少辛劳。

硕士毕业后，李翰顺利考取复旦大学中文系博士生，师从杨明教授攻读古代文学与文论专业。读书之余，他先后应我之约完成了好几项科研任务：为《唐代文学研究年鉴》撰写杜甫研究综述，参与了由我主编的高等教育出版社教材《唐诗宋词专题》部分章节的撰写。上海古籍出版社曾约我写《李商隐诗选评》，而当时手头很忙，分身乏术，我马上想到李翰，果然，他在刘学锴先生的指导下圆满完成了写作任务，此书已经出版。把这样一些任务交给李翰，自然是出于对他学习基础、科研能力和治学态度的信任。由此可见李翰在我心目中的位置。

勇于创新，长于思辨，是李翰治学的一个长处。这在他的硕士学位论文《论李白的个体中心意识》中已表现得非常明显。李白思想矛盾复杂性的原因，是千百年来议论纷纭的一个话题，要做出自己的诠释诚非易事。文章在深入辨析的基础上，指出：以个体为中心，是李白矛盾复杂的思想意识中单纯不变的精神基因。个体精神的高扬是李白唯一的出发点与归宿。正因为李白不以任何先在的道德原则作为自己的行为准则，故应以李白的标准来认识李白。这一研究难度较大，但他能够自圆其说，尤其难能可贵的是他这种不囿于成说敢于创新的探索精神。文章个性鲜明，有理论深度，文心缜密，情注笔端，显示出扎实的文史基础和才气。尽管文中论述或有不够周密之处，但答辩专家一致认为这是一篇出色的硕士论文，也因此获得本专业学位论文的最高分。

这一特点在他的博士论文中得到进一步发扬。咏史诗本来就不复杂，这一题材的研究也已经不少，想出新是不容易的。李翰把它们置于大的历史文化背景下研究，不仅视野开阔，而且具有了一般论咏史诗所难以达到的深度。其中对历来语焉不详的关于咏史与怀古关系的辨析尤其精彩。文章有他一贯的文采斐然、流畅自如的风格，同时又避免了以前做文章时或稍带偏激的情绪，说理更加圆通。

李翰的求学之路曾经有过坎坷，但他毕竟是幸运的，在他成长的道路上，得到过不少学者的关心和帮助，如安徽师大刘学锴、余恕诚先生，上海大学董乃斌先生，西北大学阎琦先生，上海教育学院周建国先生等。这不仅是因为这些学者一贯奖掖后进，与李翰自己人品笃实、好学上进也分不开。

李翰的幸运还表现在他读硕士期间有个好的群体，同年级8位同学在生活上互相关心，学问上互相鼓励，在三年的朝夕相处中建立了亲如手足般的情谊。毕业的时候，有7人考取博士生，继续深造。如今他们同李翰一样完成了学业，分别到高校任教或进入博士后流动站，依然保持着经常的联系。融洽的同学关系和良好的学习氛围应是李翰成长的有利条件之一。

李翰刚过而立之年，就已经在古典文学领域里开垦出自己的一片园地，有理由相信：在今后的日子里，在他所拥有的长长的未来中，他会脚踏实地走好人生的每一步，在教学和学术研究中取得更多更好的成绩。在他的博士论文即将出版之际，我满怀欣慰写下这段文字，既是纪念我们这一份深厚的师生情谊，也以此寄托我对他的美好祝福和殷切期望。

（写于2006年春。《汉魏盛唐咏史诗研究》，广西师范大学出版社，2006）

秦焕艺《漓水吟怀》序

◆ 张明非

2012 年元旦过后一个寒冷的冬日下午，在一次校友聚会的场合，我第一次见到了秦焕艺。从交谈中得知他是 1972 年进入北大中文系的，论起来我读本科比他早了十年，所以忝为师姐。席间，他送给我一本他的诗词集《漓水吟怀》。说实在话，我自 1979 年再度考进母校攻读硕士研究生，随陈贻焮先生研习唐诗，至今也有三十余年了，经常会收到同行朋友馈赠的唐诗研究专著，但当我看到这本完全用唐诗集句创作的诗词集的时候，还是不由得眼前一亮。

关于集句，稍有古典文学常识的人都不陌生，它是中国文学中一种独特的创作方式，即作者集录前人的诗文成句重新组合，联缀成篇，构成新的作品，表达全新的内容和主题。正如《南齐书·文学传论》所说，乃是“全借古语，用申今情”。“集句”又称为“集锦”，以诗居多，其他体裁则较少见。关于集句诗，明人徐师曾给它下过一个定义：“杂集古今以成诗也。”（《文体明辨序说》）即汇集他人一家或数家之诗而成，仿佛是一件用多种布料拼成的“百家衣”，因此也称为“百家衣体”。集句诗起源很早，而且源远流长，学界通行的看法是兴起于晋，大盛于宋，此后历代都有人作，且不乏名家名篇。但到现当代写集句诗的人就少了，至于专攻集句的就更不多见。这也是当我看到这本沉甸甸的集句诗词集感到惊讶而且惊喜的原因。

为什么在旧体诗词拥有大量作者的当代，在古代曾取得很高成就，并为王安石这样的大家青睐的集句诗却少人问津呢？这与集句诗的特点有关。集句诗绝不只是前人诗句的任意照搬和随意拼凑，一篇优秀的集句之作，除了要求内容与形式的完美结合，还须具备以下几方面条件：一是引用前人诗文时不能添改字句，“削足适履”，更不能曲解原句的意思；二是所集之句能为我所用，恰到好处地表达自己的思想与情感；三是诗句不能有拼凑痕迹，整首诗词应浑然一体，如从己出。这就要求作者不仅熟谙古代诗文章句，还要有善于驾驭、调度前人诗句的文学才能，其难度可想而知。正因为如此，古代以集句诗名家者，大多是文坛大家、作诗高手。仅就知难而上这一点来说，焕艺的勇气就不能不令人佩服。

用焕艺自己的话来说，作集句诗词“极其费力费工，要比自创诗词难度大几倍、几十倍，绝对是自找苦吃的差事”。那么，“明知山有虎，偏向虎山行”，费时五年孜孜不倦、痴心不改，创作这样一本唐诗集句诗词集，其动力究竟是什么呢？通读全书，我找到了答案，那就是源自他“对山水秀丽的家乡的感情”。作者的家乡是桂林阳朔县渡头村，就坐落在风景如画的漓江南岸。他退休前曾任阳朔县文物管理所所长兼阳朔徐悲鸿故居陈列馆馆长，迄今为止，他大半生的工作和生活都与漓江结下了不解之缘。全书 298 首集句诗词，漓江山水便是贯穿其中的一条主线，对漓江山水的热爱则是诗集的主旋律。可以说，是秀甲天下的桂林山水特别是百里画廊漓江赋予诗人丰富的创作灵感和取之不尽的创作源泉，而对故乡、对自然、对生活的热爱则是其创作的不竭动力。诚然，古往今来描绘和赞美桂林山水的诗词数不胜数，但像《漓水吟怀》这样用唐诗集句这一独特方式多角度再现漓江绮丽多彩风貌的，不敢说绝无仅有，至少是不多见的。

全书按题材内容分为为“诗情画意”“山情水趣”“漓水情思”“漓水情愫”“漓水情虑”五部分，概而言之，即抒怀言志及写景记游两大类。当然，二者不可能截然分开，在具体作品中情、景、事三者往往是密不可分，相融相浃的。

抒怀言志的一类，主要收集在后三部分里。从中我们可以了解到作者生活和情感的诸多方面，如与老同学的久别重逢，与诗友的酬赠唱和，对亲人的拳拳之心和对故乡的依恋，对自己人生的反思感怀等。总起来说可以概括为抒写亲情、友情、人情。难能可贵的是，这些情感，借唐人诗句写来竟能够较好地切合作者的情事，读来十分自然贴切，毫无牵强之感。不妨信手拈来几例。

半波风雨半波晴，闲钓江鱼不钓名。
欸乃一声山水绿，无端诗思忽然生。
——《闲钓》

欲随流水去幽栖，寻逐风光著处迷。
怀旧空吟闻笛赋，晴山荒景觅诗题。
——《闲步漓江怀友人》

甲子今重数，安居桂水东。
江天诗景好，不与世流同。

——《六十初度感怀》（其三）

这几首绝句题材、主旨各不相同，但有一共性，即意脉贯通，词气顺畅，起承转合自然得法，情景事理水乳交融。虽杂取唐诸家之诗，但如出一人之口，浑然一体，看不出任何“剪辑”“组装”的痕迹。如“欸乃一声山水绿”，乃柳宗元《渔翁》中的名句，却被作者采撷得来，成为诗人“诗思”生发的触媒，作者的巧思不能不令人叹服。

与抒情言志一类诗词相比，《漓水吟怀》中，我更欣赏作者写景记游的作品。在我看来，用唐诗集句抒怀固然不易，但写景特别是写实景更难。这与唐诗“重情”的特点有关。唐诗中那些流传最广、脍炙人口的名句大多真切表达了人类共通的情感体验，所以借唐诗酒杯，浇自己块垒，虽然要达到辑录恰当、如出己口的境界亦不容易，但毕竟可以用来集句的资源还是比较丰富的。

写景则不然，唐代广西本土诗人很少，比较著名的只有曹邺、曹唐两家，虽曹邺有几首写家乡阳朔风景的诗，两人却都不以善写山水著称。唐代还有一些到桂林任职或游宦的诗人，但留下的桂林山水名篇也只有不多的几首。一千多年来更为流传的一些写桂林的名句，倒是出自终其一生没有到过桂林的如韩愈、杜甫等几位大诗人之手。正因为如此，在现成诗句很少的情况下，要想用集句表现桂林特别是漓江之美，其搜求难度可想而知。而焕艺正是在这方面显示了他的集句才能和功力，给了读者一个惊喜。

翻开《漓水吟怀》，仿佛是打开了一本丰富多彩的画册。一首首诗词宛如一幅幅漓江山水画图。这里有四时的变化，晨昏的不同，有月夜，有夜雨，有春霁；有渔火，有泛舟，有垂钓。漓江著名的景区，如碧莲峰、观音山、兴坪、九马画山、西街等，都一一在诗人笔下得到生动再现。其中尤以“漓江”标题的为最多。试看《漓江风光》：

桂水净和天，浮云卷碧山。
参差凌倒影，空翠落澄湾。

此诗先写“水”之“净”，继写“山”之“碧”，再写山水交相辉映的“倒影”，可谓相当准确地捕捉并再现了漓江风光的精华。如果不说，谁能想到刻画如此逼真的绝句竟然是作者从李洞、李白、杨炯、费冠卿这四位唐人的诗中集来的呢。再如《漓江春雨》三首（其一）：

前峰后岭碧濛濛，草色青青柳色浓。
细雨满江春水涨，故山多在画屏中。

此诗四句用写意的手法分写四种最具有春天特征的自然景物，组合成一幅美丽的烟雨漓江图画。运笔流畅，意境优美，虽集自四家诗人诗句，却看不出如何集句的痕迹，令人叫绝。

从上述信手拈来的几例可知，不论从内容情感的表达，诗句之间的衔接组合，作者都能做到意境优美浑成，音韵工稳流畅。而类似的集句诗词在本书中俯拾即是。

相比诗，集句词的难度更大一些，因为它还必须符合所填词调的平仄、韵脚以及对仗等方面的要求。作者在这方面是一点也不含糊的，他说：“我所有的集句诗词，坚持不改一字。如遇所选诗句不合立意，不合平仄，虽说只要改其中一句就解决问题了，我也不改，宁可再翻阅《全唐诗》去另寻合适的句子，哪怕要花费十天半个月的时间才能解决，也不后悔。”正因为作者有这样一丝不苟的创作态度和精益求精的作诗标准，所以我们读他的集句词，也都能得到美的享受。如《望江南·游漓江》：“动逸兴，含笑上兰舟。两岸青山相对出，一江春水向东流。疑是梦中游。”“两岸青山相对出”是李白《望天门山》中的名句，传神地表现了舟行江中的动感，用来描写在两岸奇峰林立的漓江泛舟再贴切不过。而“一江春水向东流”，是家喻户晓的南唐后主李煜词的名句，本比喻愁绪的深广和绵延不绝，在这儿却化为一派春江浩荡的天然好景。其他如《菩萨蛮·兴坪漓江风光》《菩萨蛮·晚春回乡》等集句词也都写景如画，诗情浓郁，与上引作品有异曲同工之妙。

集句诗词能够达到这样剪裁得当、如从己出的境地是不容易的，这绝非一日之功，更不是妙手偶得。作者在这方面的确下了很大的功夫。从本书后记中可知，他不仅通读了清编《全唐诗》十五册，而且做了大量摘句。在五年的时间里，他是日思夜读，废寝忘食，走在路上，甚至躺在病床上，都不能忘情于集句，真可谓如醉如痴。他借唐人诗句自况：“白头犹自学诗狂，身外浮名不足忙”（《老来学诗》），“剪裁千古献当今，不合于名不苦心”（《〈漓水吟怀〉编后感》），“风松韵里忘形坐，把得新诗喜又吟”（《听松》）。从中可以看出他创作集句诗词的可贵热情和不凡志趣。

焕艺不仅完成了洋洋数十万字的诗词集，也积累了不少创作集句诗词的经验。如“先立意后集句”“活用古人的诗句”等，这些对读者特别是一些有志于集句诗创作的同好也提供了有益的借鉴。作为校友，我很高兴看到焕艺在集句诗词创作的道路上已经闯出了自己的路子并取得可喜的成绩，故欣然命笔，写下这篇序文，希望有更多的读者分享焕艺的成果，并衷心祝愿他在这条艰苦备尝却乐在其中的道路上继续前行，创作出更多更好的集句诗词。

（写于2013年元月。《漓水吟怀》，中国诗联书画出版社，2010）

附言：完成《漓水吟怀》以后，秦焕艺并未停止唐诗集句的创作，而是以坚韧的毅力，用5年的时间由原来的298首增补至605首，数量较前增加了一倍多，更名为《唐诗集句——漓水流韵》，2016年5月由中国建筑工业出版社出版。

《古典诗词百首鉴赏》后记

◆ 张明非

集结在这本小书里的文章，是我近年来陆陆续续写的鉴赏文字中的一部分，选析了从汉末建安到唐宋时期47位作家的一百首诗词，其中大都出自大家、名家之手，也有一定数量中小作家的名篇佳作。在评价作品思想价值的同时，侧重其审美价值的探讨，力求运用不同的方法，多侧面、多角度地对作品的艺术特色和表现技巧进行鉴赏剖析，探幽发微，这是我写作时孜孜以求的目标，但愿它也能成为本书的一点特色。

写作鉴赏文章不啻是一种艺术的再创造，无疑需要作者具有深湛的学力和高度的修养。由于本人才疏学浅，书中难免错误和疏漏，衷心希望得到专家和读者的指正。如果这本小书能对读者欣赏古典诗词有一点启发，如果它能有助于人们从一个侧面了解到中国古典诗歌最为发达的这一时期丰富多彩的面貌和高度成就，私心将感到莫大的快慰。

承蒙周振甫先生为本书作序，陈贻焮先生为之题签，特此深致谢忱。广西师范大学出版社的编辑工作者为本书付出不少劳动，在此一并致谢。

（《古典诗词百首鉴赏》，广西师范大学出版社，1989）

《唐音论数》后记

◆ 张明非

在经历相似的同辈人当中，我自认为是幸运的，1979 年 9 月在内蒙古包钢工作已有 11 年的我，又得以回到母校攻读硕士研究生，在陈贻焮教授指导下，研读魏晋南北朝隋唐五代文学。一开始，对新的学习生活，我并不很适应。记得第一次拜谒先生，我就曾表示：只要毕业后能在大学讲台上教教书，便于愿足矣，并不敢存搞研究、写论文的奢望。实际上，任何一个在高校工作过的人都知道，教学与科研之密不可分，正如同车的两轮、鸟的两翼，相辅相成，缺一不可。我却连这起码的常识都不懂，足见我当时是怎样的幼稚，又是怎样的缺乏自信。而经过三年的学习，到毕业的时候，我已写出几十万字的读书报告，陆陆续续发表了几篇论文，并顺利地通过了学位论文答辩。虽然先生每每向人夸奖他的弟子是如何努力，但我心里清楚，这中间不知耗费了他多少精力，渗透了他多少心血。没有先生的诲人不倦和严格要求，自己是不可能取得这样的进步的。毕业后虽离先生远了，但仍同过去一样时时感受到他的亲切关怀；工作、学习或生活中遇到难题，也仍然习惯写信去求教，在治学的道路上，每当我重温先生当年在读书报告上写下的密密麻麻的批语，想起他那些语重心长的勉励，便增添了继续跋涉的勇气，而不敢偷懒或者懈怠。

我感到自己是幸运的，还在于遇到了晓音这样的同窗。晓音与其说是我的师妹，不如说是我的畏友。我与她同学三年，朝夕相处，深知她不唯天赋很高，而且有倍于常人的勤奋。早在读书期间，她已经在学术界崭露头角，如今她的学术成果更是引起海内外同行的瞩目。她的成就无疑是对我的鞭策，她在通信和见面时毫无保留地谈到的为学体会，尤使我获益良多。这一次又承她同先生在百忙中为拙著撰写序言，而且情辞恳切，慰勉有加，谨借此机会向他们表示由衷的感谢！

10多年来，我还得到不少师友的关心和帮助，这里特别要提到的是周振甫先生。周先生素以道德文章见称于学术界，我这些年一直有幸得到他的指教却无以为报，也借此机会表达我诚挚的敬意和谢意！

做学问委实是一件艰苦的事，尤其在受到商品经济大潮冲击，价值观念发生变化的新的时代条件下，能够自甘寂寞心无旁骛地读书写作，没有一定的信念和毅力是很难做到的。我自愧学力有限，建树不多，唯一值得自慰的是不曾动摇过走这条艰苦的路的决心。如果说当初选择这条道路的时候，我思想上还不很明确的话，那么在遍尝了其中甘苦之后的今天，我却不仅不悔，而且庆幸自己当初的选择，并决心一步一个脚印地走下去。

"文章千古事，得失寸心知。"若有人问我治学中最深的感受，我会毫不犹豫地回答：研究问题必须老老实实从掌握原始材料入手，任何发现或结论都只能建筑在坚实可靠的事实的基础上，而不能单凭大胆设想或主观臆断。不论采取何种研究方法，都不能违背这一基本原则。在前几年兴起的各种关于方法、观念的讨论中，我也曾有过这样那样的困惑，但最终还是坚定了这一信念。

集在这里的 26 篇文章（其中《从王维五古看唐代五古的嬗变》一篇是我与广西师院中文系陈列讲师的合作，特作说明），应该说都是这一指导思想付诸实践的产物。当然，其中难免存在疏漏乃至谬误，也恳请方家不吝赐教。

广西师范大学出版社成立 6 年多来，在扶植学术著作推动科学文教事业发展方面，已赢得国内学术界的广泛赞誉。本书的出版，也得到师大出版社的大力支持，特此深致谢忱。为封面题签的是著名书法家伍纯道教授，在此也一并致谢。

最后，在拙著即将付梓的时候，我倍加怀念指引我走上文学之路的启蒙老师——我亲爱的父亲张知辛先生。父亲一生为人正直，热爱文学。在抗日战争和解放战争时期，都为我党做过许多有益的文化工作，还曾因创办《人物杂志》受到过敬爱的周恩来总理的亲切接见和鼓励。新中国成立以后，又致力发展我国的语文函授事业，做出了显著的成绩。却不幸在“文化大革命”中无端遭受迫害，含冤而逝。父亲对我的成长有很大的影响，他的殷切期望不论在他生前或身后一直是鼓励我上进的一个动力。我想，如果父亲地下有知，如果他知道女儿已经如他所期望的那样走上了研究文学的道路，一定可以含笑九泉了吧？

（《唐音论薮》，广西师范大学出版社，1993）

何开粹《桂林赋》评赏

◆ 张明非

2007 年 5 月末的一天，友人刘昆（时任《光明日报》广西记者站站长，现任《光明日报》记者部主任）从南宁来桂林，相约在“闻莺阁”晤面。他此行是专程为报社约稿。原来，《光明日报》于年初推出一个新专栏《百城赋》，面向全国征稿，要求以赋的形式展示各城市的古今风貌。这是一个非常好的创意，因为城市不仅是一个地区兴衰荣辱的见证，也是社会进步、国家发展的缩影。在改革开放近 30 年后，我国的每一座城市都不同程度发生了巨大变化，用赋这种流传久远的文学形式反映新时代的变迁，讴歌城市欣欣向荣的面貌，是一项很有意义的活动。桂林是享誉中外的山水及历史文化名城，自当在“百城赋”中占有不可或缺的一席之地。

刘昆既找我商谈此事，或许是希望我担此重任。不错，我于上世纪 70 年代末在北大中文系攻读硕士，专业就是古典文学。毕业后到广西师范大学古代文学教研室从事教学和科研工作又长达 30 年之久，按理说不应该推托。但实际上我主攻的是唐代文学研究，对古典诗词写作并不擅长。当时，我和介山第一时间想到的合适人选，就是桂林市政协文史委的研究馆员何开粹。

开粹1943年生，广西武宣人，出身于一个贫寒的壮族山村农家。1963年考入北大中文系，是低我俩一级的系友。他大学毕业后分到桂林，长期在灵川县、桂林地区和桂林市党政部门供职，先后从事宣传、党办、文化、档案、文史等部门工作。开粹自幼受到中国古典文学的熏陶，读大学期间就开始写作古典诗词，毕业后工作之余更是笔耕不辍。几十年来他创作的诗词曲、楹联达数百篇之多，作品屡见于《中华诗词》《诗刊》等全国性刊物，并多次在全国性诗词大赛中获得佳绩。我俩之所以推荐他，还不仅因他擅长此道，更因为他久居桂林，熟悉桂林，热爱桂林。歌咏桂林的山山水水成为他诗词创作中最重要的主题。如写桂林的生活在他而言宛如神仙："十年居桂若成仙，醉在青罗碧玉间。"(《醉桂林》) 赞美桂林、吟咏桂林是他毕生的夙愿："吾侪辈，愿醉吟仙境，不负今生。"(《沁园春·春游漓江》) 及至进入暮年且身体欠佳时仍初衷不改，倾情高吟："如酒清波醉我心，梦也情真，爱也纯真。不息江涛铸我魂，诗也留痕，赋也留痕。"(《一剪梅·居桂感怀》) 正是对开粹有深入的了解，我俩郑重地推荐了他。

刘昆站长当天在榕湖饭店约见了开粹，将撰写《桂林赋》的重任托付给他。开粹自知责任重大，而且此前从未撰写过赋，也有些忐忑。但他凭着扎实的古典文学功底，数十年创作古典诗词的经验，一周后便拿出初稿，并请我和介山及其他诗友提意见。此后又不断修改打磨，力求精益求精，终于在6月下旬定稿，投寄报社。8月20日一早我接到刘昆来电，告知《桂林赋》当天见报，这是《百城赋》的第29期。我马上转告开粹并由衷祝贺，既为老同学胜利完成任务高兴，也为我们当初毫不犹豫地推荐他感到欣慰。8月24日《桂林日报》、31日《桂林晚报》转载了《桂林赋》并刊发了《〈光明日报〉刊发长赋赞桂林》

的编者按。其中说:“《桂林赋》约2000字，以骈俪体的古典诗词形式，多视角地描写桂林久远的历史，奇美的山水，璀璨的人文。作者长歌短咏，抒发胸襟，讴赞桂林，是不可多得的文学佳作。该赋涉笔广泛，旁征史实，搜罗万象，上下五千年，纵横八万里，‘凡诸长物，悉付短歌’（陈维松句），可谓‘搜尽奇峰打草稿’，写到情真字字美。难能可贵的是，该赋并没有一味地以古论古，就史论史，而是将时代变迁给桂林带来的社会变化和城市发展巧妙地融入其中，使全赋具有浓厚的时代气氛。”可谓的评。

从2007年到现在，10多年过去了。《桂林赋》在市领导的亲自过问下，举行了大大小小7次研讨会，集思广益，切磋琢磨，字斟句酌，终于敲定了刻碑的文字。与发表时相比，赋文从1793字压缩到1359字，更加精粹完美。2016年由中共桂林市委、桂林市人民政府投资近200万元共同立碑。高3.9米、宽10米的巨型《桂林赋》碑矗立于临桂新区市委大楼前广场中央，成为桂林国际旅游胜地一道新的风景和一张亮丽的文化名片。

伫立在巨幅碑前，开粹心潮澎湃，即兴写下《采桑子·〈桂林赋〉刻碑公展感作》:“新碑矗立新区内，山也回眸，云也回眸，共睹榕城拙赋讴。 征途老骥今圆梦，志岂能休，笔岂能休，诗化名城春复秋。”

他内心的兴奋激动及誓以余生之力继续讴歌桂林的志向溢于言表。

溯源赋这种文体，兴起于汉代，源远流长。它既讲求押韵和形式整饬，又句型长短自如，无严格的格律限制，是介于诗、文之间的一种特殊文体。刘勰《文心雕龙·诠赋》说:“赋者，铺也；铺采摛文，体物写志也。”指出赋以夸张铺陈为写作特征、以写志状物为主要功能。赋的这一文体特点对作者提出了很高的要求。明人谢榛《四溟诗话》

中说："汉人作赋，必读万卷书，以养胸次。"即是说没有广博的学识、深厚的古典文学积累是很难驾驭赋这一文体的。由此可见，撰写《桂林赋》，对于开粹而言无疑是一次新的尝试和考验。

"百城赋"属于京都赋一类，这是西汉后期到东汉前期出现的一种新题材，主要描绘都市的繁华壮丽景象，很适宜发挥辞赋铺张扬厉的特长。故班固《两都赋》、张衡《二京赋》在当时都传诵一时，左思的《三都赋》更因争相传写出现洛阳纸贵的盛况。开粹撰写的《桂林赋》正是在继承古代京都赋传统的基础上，调动自己全部创作经验，结合桂林城市特征，精心打造而成。

概括而言，《桂林赋》最突出的特点是提纲挈领，高度凝练；布局谋篇，颇具匠心。如何在有限的篇幅里全方位展示桂林这样一座名城的风貌，是作者面临的难题也是他着力思考的问题。文章开头"苍苍八桂，国际名城"二句，大气包举，凸显了桂林不寻常的城市定位。接下来分别从桂林的地理位置、地貌特征、山水人文、城市定位及深远影响诸方面，一一展现桂林的特征。而如此丰富的内容竟只用了不足百字，可谓概括精当，惜墨如金。在对桂林有了总体介绍后，再分四层展示桂林古往今来的方方面面：首写桂林山水之美，次叙桂林历史沿革，再述桂林的文化渊源及传承，末赞桂林今日之新风貌。内容丰富，结构完整，层次井然。

桂林以得天独厚的自然山水闻名于世，所以文章紧承唐代大诗人杜甫"宜人独桂林"的经典评价，首要介绍桂林山水的宜人之处。作者拈出象鼻山、独秀峰、漓江、桃花江、芦笛岩、七星岩、穿山等著名景点，展现桂林"山青、水秀、洞奇、石美"这四大特征。又写出桂林山水在"烟雨朦胧"与"云霞明丽"不同天气时的不同妙处；"暮春三月”与“深秋时节”四时风景的不同风姿。有了如此生动形象的描写，再引明代旅行家徐霞客曾慕名到此游历作证，最后点出“人间桂林，远胜蓬瀛”，便顺理成章，水到渠成。

接下来追溯桂林与得天独厚的自然山水相媲美的悠久历史。引史入篇，是赋体作品的基本特征之一，城市赋尤其如此。但如何做到既交代全面又不至杂乱繁冗，诚非易事。本篇在这方面也可圈可点。作者从史前文明的遗迹说起，历数了桂林从秦皇汉武一直到民国时期两千多年的历史沿革，回溯了其间经历的重大历史阶段及重要历史事件，反映了桂林从远古到近代再到新中国成立的艰苦历程及沧桑巨变，并为各历史时期推动社会前进做出重大贡献的仁人志士及英雄人物树立了一座座文字的丰碑。脉络清晰，文笔凝练，堪称一部可歌可泣而又简明扼要的桂林风云史。

作为历史文化名城，写桂林深厚悠久的文化传承自然是赋中应有之义。第三段列举了从古至今历朝历代在桂林文化史上做出杰出贡献或产生重要影响的文化名人共计 20 多位。从南朝颜延之到当代贺敬之，两千多年来可谓名家辈出，星光璀璨。如古代有画坛的一代宗师石涛，词坛的岭西五家、王况二公；近代有理学家陈宏谋、教育家马君武、国学大师梁漱溟；现代有作家茅盾、田汉、欧阳予倩、夏衍等。作者娓娓道来，如数家珍，足证桂林这座文化名城是“薪火相传，人杰辈出”，桂林的文化传统蕴蓄深厚、源远流长。

第四段讴歌桂林改革开放以来的巨大变化。城市面貌日新月异，现代化建设成就辉煌。人文与自然媲美，城景与山水同辉；道路四通八达畅行无阻，对外交往空前活跃频繁；各项事业齐头并进，荣誉连连喜讯频传。“如诗如画如梦，国际旅游胜地；宜游宜居宜业，和谐美好家园”，精当概括了今日桂林的准确定位及在世人心中的美好形象。最后以广为流传的陈毅元帅咏桂林的名句“愿做桂林人，不愿做神仙”作结。

忆往昔峥嵘岁月，看今朝更加美好。在全方位、多角度地展示了桂林这座国际名城的巨大魅力之后，作者满怀自豪地宣告桂林这座既古老又充满现代气息的名城会一如既往为人类文明做出自己的贡献，将“仙景献给世界，大美赠予人间”。

西汉著名辞赋家司马相如说：“合纂组以成文，列锦绣而为质，一经一纬，一宫一商，此赋之迹也。”（《西京杂记》卷二）意思是要想作好一篇赋，必得有好的形式，一字一句，一辙一韵，都要认真推敲。不管赋体在文学史上发生多少变化，作为一种独立的文体，贯穿始终的特征仍是语言华丽整饬，注重铺陈排比，气势畅达充沛。

词采绚丽，是赋体的重要特征，也是《桂林赋》的艺术特色之一。试以其中写桂林山水一段为例。桂林的山，神姿仙态，“千峰千姿容”；桂林的水，如情似梦，“一湾一道景”。作者写山，拈出最具代表性的象鼻山和独秀峰，摹其形态各异，风姿独具：“城徽象鼻吸水含月，主山独秀拔地凌空。”写水，以桃花江和举世闻名的漓江为代表，赞其清澈秀丽，风景如画：“九曲桃江明镜里，百里清漓画图中。”四季物候变化，举最具特色的春花秋桂代表：“暮春三月，杜鹃红透；深秋时节，桂子香浓。”天气或阴或晴带来观景的不同感受则以七星岩和九马画山为例：“烟雨朦胧日，七仙女翩跹起舞；云霞明丽时，九神马奋蹄嘶风。”诸如此类的生动描写文中还可举出不少，无不想象丰富，刻画逼真，词采斐然。然而辞藻丰富并不意味着故弄炫博，难能可贵的是，作者虽精心锻炼字句，却能做到语言平实生动，挥洒自如，充分表现出驾驭语言的深厚功力。

除了藻饰，排偶也是赋体的一大特征。这一介于排比与对偶之间的修辞手法，使文章既整齐匀称又富有变化，收到句式铿锵有力，增强语势的表达效果。本篇大量运用了排偶。如写桂林山水与人文的关系："漓江一水抱城，涵养物华；桂山千峰环野，孕育人文。"写桂林悠久的史前文化："宝积岩中，三万年前人类化石尚在；甑皮岩里，逾九千秋洞穴遗址犹彰。"写桂林对人类发展的重大贡献："史禄凿灵渠，沟通楚粤，与长城并尊国宝；桂海立碑林，承载艺文，于摩崖洵称大观。"写桂林山水乃得天独厚的大自然的赐予："青山秀水，蕴含天地灵气；奇洞美石，疑是鬼斧神工。"赞桂林自古以来人才荟萃："赵观文两试夺魁首，陈继昌三元占鳌头"，"岭西五家，天下文章萃桂林；王况二公，清末词坛立昆仑"。写桂林誉满天下由来已久："韩退之咏江作青罗带，千古吟诵；王正功歌山水甲天下，四海扬名。"以上排偶句根据内容的需要长短不一，不拘一格，丰富多彩，富于变化。有时在大量排偶之后还杂以散句。如第二段在追溯桂林悠久而辉煌的历史之后，先用两个四六句概括："星移斗转，迎来中华丽日；地覆天翻，揭开古城新章。"继以一个散句抒发情怀："俯仰今古，心骛八极，宁不为之骄傲而神思飞扬！"诵之既对仗工稳、声调协和又参差有致、韵味悠长。行文又注意句式的灵活变换。如："更有桂剧彩调，不绝传人；文场渔鼓，民间扎根。至若遐迩名士，闻风向往；又或宦旅先贤，俯畅遥吟。"一连串对偶句中夹以"更有""至若""又或"等词语连接，形成整齐而错综，婉转而流畅之势。此外，本篇每段一换韵，音调协和，节奏铿锵，声情并茂，朗朗上口。

引历史典故入篇，也是赋体作品的常用手法。在这方面，作者曾坦言他创作本篇的指导思想是：运用浅白文言。不过多用冷僻字和典故，增加读者阅读的困难。文中所用历史典故，如“瞿张公矢志抗清”“蒋翊武献身共和”“周公定策，八办运筹”“三将成仁，千兵赴义”等，都语言平易，寓意明白。而有的用典如“桂林仙境，远胜蓬莱”，化用唐人韩愈写桂林名篇中的诗句“远胜登仙去，飞鸾不假骖”（《送桂州严大夫同用南字》)，如盐着水，浑然无迹，灵活自如，似从己出，具有相当的水平。

此外，文章还运用了一些修辞手法。如比喻：用桂林繁茂馨香的桂花比喻抗战时期桂林文坛名家荟萃，盛极一时的状况：“如山城之仙桂，历久而弥馨。”十分自然贴切。再如想象和夸张：“城徽象鼻吸水含月，主山独秀拔地凌空。”拟人：“七仙女翩跹起舞”，“九神马奋蹄嘶风”；“桂山笑，漓水欢”等。都生动传神，富有感染力。

诚然，赋体要求作者拥有一定的写作才情和技能，但更重要的是要有真情至性。只有将真情实感融入其中，方能打动人心。借景抒情，情景交融，也是本篇的艺术特色。不管是自然风貌还是人文景观，也不论是记叙、描写还是抒情、议论，作者都怀着对桂林的热爱纵情挥洒笔墨。“与山水共徘徊兮，物我两忘；随云烟而飘渺兮，情景交融。”“游漓江，同醉烟雨画中梦；赏城景，各似飘然尘外仙。”“看拔地琼楼栉比，高挽流云，与环立奇峰竞秀；喜临湖雅筑连轩，林染烟霞，引过往鸥鹭流连。”从这些优美的文字中，我们不难感受到作者饱含对桂林城这片热土的一片深情！

本篇赋用精练优美的语言热情讴歌了桂林悠久的历史、瑰丽的山水、璀璨的文化。“名城代有经纶手，点染江山韵墨新。”可以毫不夸张地说，开粹就是当代的“经纶手”，以自己对桂林的无限热爱和呕心沥血的创造，为桂林精心打造了一张文化名片，让桂林这座自然山水与历史文化名城更加为世人所了解，使桂林这颗享誉中外的明珠更加璀璨！

《桂林赋》问世以后，开粹的大名迅速传扬开来，一些区县及旅游景点的负责人纷纷慕名前来，请开粹为当地作赋。开粹为人一向热情诚恳，尽管有病在身，仍来者不拒，有求必应。从 2006 年到 2019 年的 10 多年间，他以惊人的毅力和极大的热情，一发而不可收地创作了 28 篇赋。这些赋题材广泛，歌咏的对象有地域，有景点，有历史古迹，有古今人物，不一而足。桂林的名胜如灵渠、阳朔、漓江、猫儿山等，他都留下了赋作。其中 8 篇已勒石刻碑，分布于桂林市区和兴安、灵川、武宣、平南等县。

鉴于何开粹几十年来在诗词、楹联、散文，尤其是辞赋创作方面取得的丰硕成果和突出成就，2019 年 2 月 24 日，桂林诗词楹联学会发起并承办了“何开粹先生诗赋研讨会”。桂林市文化界、诗词界、何开粹的好友和诗词爱好者近百人出席了会议。我们夫妇也应邀到会。会上我介绍了《桂林赋》创作的始末，并对《桂林赋》的主要内容、写作技巧、美学价值及取得成就逐一进行了评赏。与会的发言者，除高度赞扬开粹在辞赋、诗歌创作等方面取得的成就，还对他几十年如一日自觉以弘扬传统文化为己任，热情讴歌桂林这方热土，坚持不懈创作的忘我精神表示由衷钦佩，号召学会的广大会员向开粹学习，把他的这种精神融入今后的诗词创作活动之中。

正在医院治疗的开粹抱病出席了研讨会。他表示，生命不息，奋斗不已，将尽自己最大的努力，创造出更多更好的诗赋作品。并作诗记录了这次生命中有重要意义的盛会：

桂林市诗词学会为我召开诗赋创作研讨会感赋

九州近盛世，击壤献吾歌。诗赋浑余事，深惭嘉许多！

诗赋随心写，稀龄翰墨新。江山凭点染，万里改开春！

开粹是这样说的，也是这样做的。活到老，学到老，创作到老，只要一息尚存，就不放下手中的笔。这既是开粹秉持的夙志，也是他晚年的精神寄托和生命意义所在。

我们与开粹同居一市，多年来一直保持着联系和往来。他是个重情义、知感恩的人，创作了大量情深意切的赠友诗。他念念不忘我们推荐他撰写《桂林赋》，使他的潜能和才情得以进一步发挥，于诗词、楹联写作之外又开辟了新的领域并取得丰硕成果。2010 年曾以《赠北大老同学黄介山、张明非伉俪》二首七绝相赠：

牵手京华出校门，鹣鹣形影道同奔。
榕城绛帐执牛耳，李艳桃夭满目春。
同门立雪炙名师，魂系燕园万缕思。
荐赋名城续佳活，情融漓水化为诗。

开粹自幼羸弱多病，早年历经的坎坷艰辛及夙兴夜寐的辛勤写作都透支了他的身体。进入晚年更因肾衰竭长期透析，到后来竟至于靠输血维持生命。我们多次劝他注意休息不可过劳，但他“衣带渐宽终不悔”，在忍受着病痛折磨每周两三次去医院透析的情况下，竟完成了 20 多篇赋作。试想，如果没有执着的信念和顽强的毅力是难以做到的！我们一直牵挂着他的身体，隔段时间便会打电话去询问，通话中他很少提及自己的病情，大都是兴致勃勃地讲自己又完成了哪些新作。直到去年10月的一天，突然接到开粹妻子陈蓝田打来的电话，告知他已于8日夜抢救无效不幸病逝，享年76岁。尽管我们对此噩耗并不十分意外，但一想到我们从此失去了一位亲密的朋友，桂林失去了一位才华横溢的诗人，仍禁不住悲从中来。

开粹的一生是平凡的，既没有做出什么惊人之举，也没有显赫的声名和地位，他只是一位普普通通忠于职守、勤恳工作、默默奉献的公务员。但他又是不平凡的，他用自己的满腔热情和生花妙笔，描绘出桂林古往今来的一幅幅历史画卷及奇山秀水的美丽图景。可以说，那镌刻在大地上的一块块石碑，留下的几百首诗词就是他留给桂林人最好的精神财富，也是对这位将自己大半生精力和才华倾情奉献给桂林的歌者最好的纪念。它们将世代流传下去。我想，当人们徜徉在美丽的山水之间吟哦着他的诗篇，流连在那一块块镌刻着他赋作的巨幅碑前，开粹若地下有知一定会无比欣慰，含笑九泉！

（写于2020年冬）

附录

黄介山：虚怀若谷　心系家国

◆ 卫绪懿

“谢谢你们的好意，但我一般不接受采访，因为在我个人看来，我不过是尽力做好我该做的事情，我所做的一切都是那么平常。”这是笔者初次电话预约采访时，他说的一句话。

但在其他人看来，他却一点也不平常。在同事眼里，他是一个脚踏实地干事、宽厚诚恳待人的好同志；在职工眼里，他是一个平易近人、选贤任能的好书记、好校长；在学生眼里，他是一个诲人不倦、以身作则的好老师；在妻子眼里，他是一个甘苦与共、周到体贴的好丈夫。

他，就是黄介山，一个虚怀若谷、心系家国的北大人。

从分配至包头钢铁公司炼钢厂“劳动锻炼”的一名大学毕业生到广西师范大学党委书记、校长，从一个普通中学教师到自治区人大代表及大会主席团成员，从一名学生到第七届国家督学、大学教授、硕士生导师，这位“全国优秀党务工作者”光荣称号的获得者把自己一生的大部分时光都献给了祖国最需要的地方。“遍地蕙兰思化雨，满园桃李谢春风”，辛勤育人、清正廉洁，淡泊明志、谦虚待人，情系燕园、扎根西部——就是他对自己、对母校、对祖国的庄严承诺和最好献礼。

少时艰辛路

黄介山出生于江苏省南通县一个农民家庭，从小聪明好学，12 岁小学毕业后考入南通市崇敬中学初中，这在乡里是凤毛麟角。在家中他是老大，下有两个妹妹、一个弟弟。由于家里经济困难，他的大妹妹虽然学习成绩很好，但初中毕业后不得不辍学务农以补贴家用。因此，黄介山十分珍惜这来之不易的学习机会，他刻苦读书，在年级一直名列前茅。初中毕业后，他如愿考上江苏省重点中学——南通中学。这所百年名校至今已培育了十几位两院院士。谈到高中母校对他的栽培时，他说："是南通中学优良的教育条件和浓厚的学习氛围为我后来考入北京大学奠定了良好的基础。"

1958 年，在黄介山读初二的时候，他的母亲患了多年的胃病突然急性发作，生命垂危，不得不送到市医院抢救。医生经过五六个小时的胃切除手术，终于把他母亲的生命从死神手中夺了回来。老人家逐渐康复后活到现在，今年已是 97 岁高龄。"回头来看，那些日子刻骨铭心。此后我对父母的养育之恩有了更深的感悟，学习也更加努力。"

母亲出院时，欠下医院一大笔医疗费，这对一个普通农家来说简直是天文数字，"家里再省吃俭用，也是杯水车薪，无济于事"。这笔医疗费一直欠了好几年，其间，医院也曾几次上门催讨，但看到他家生活实在困难，也不忍心再要。1962 年，黄介山以优异的成绩考取北京大学中文系。当时医院的人对他的父母说："你们的儿子有出息，好好培养他。医药费我们就免了。"后来 1965 年黄介山在北大中文系党组织吸收他入党的会议上谈到此事时，还是禁不住热泪盈眶，他满怀感恩之情，说："没有党就没有我的今天。如果不是国家出钱挽救了我母亲的生命，我不可能继续求学，更不可能来到北大。”从初中到大学，黄介山一直享受甲等助学金，这笔钱不仅够缴纳全月的伙食费，还能有些剩余作为零用。这个农民的儿子深深懂得并牢牢记着国家和人民的养育之恩。

依依北大情

黄介山是北京大学中文系 1962 级学生。周恩来总理和陈毅副总理关于“又红又专”的重要讲话提出了社会主义事业接班人的标准，向无数有理想有才华的青年展示了无限光明的前景。北大，敞开她宽广博大的胸怀接纳来自祖国各地的优秀学子，而不问他们出身于什么样的家庭，父母的历史如何。

刚入学的情景对于黄介山来说还历历在目，如同昨天发生的一样。黄介山回忆说:“在中文系举行的开学典礼上，我们第一次见到魏建功、游国恩、王力等仰慕已久的大家。先生们对我们这届学生寄予厚望，语重心长勉励我们要在北大这座最高学府里认真读书，不要‘入宝山而空归’。”先生们大都平易近人、和蔼可亲，对学生谆谆教诲，对教学一丝不苟，对学问精益求精。他们的学识、人品、风采感染了一批又一批北大学子。当时，北大中文系的录取分数线是全国高校文科中最高的，可想而知，能够进入这座知识圣殿的“天之骄子”们，是何等年少气盛、踌躇满志。在北大学习期间，“我们不仅能够聆听一些知名老教授和才华横溢的中青年教师的精彩授课，还可经常参加学校或系里举办的各种讲座”。郭沫若、谢添等人的风采给黄介山留下了深刻的印象。此外，陆平校长、黄一然副校长做过几次国内国际形势报告，深受同学们欢迎。尽管全校绝大多数同学进不了主会场，只能带着板凳到大饭厅收听，但大家每次都是兴致勃勃，充满期待。“这些大师以丰富、生动的材料（其中不少是未公开的内部材料）、鞭辟入里的分析把我们对时事的认识带上新的高度。”黄介山总结道。

除了大师们的风采，与一些老师间亦师亦友、亲密无间的深厚情谊，也让黄介山铭记在心。当年的班主任，现为中山大学教授、中国当代文学学会副会长的黄修己老师给黄介山留下的印象尤为深刻。他说：“黄老师对我们的帮助和影响是多方面的，其中最令大家佩服的，是他观察、分析问题的敏锐和深刻。”大学一、二年级时，在每周至少一次的政治学习与讨论中，来自祖国各地的“天之骄子”们，为了展示自己的才华，无不挖空心思、绞尽脑汁地准备每一次发言，在讨论会上各抒己见，十分活跃。但最后讲话的黄老师总有令人折服的新认识，发人深省的新见解。深邃的思想、敏锐的目光、独特的视角和深刻的洞察力让同学们在感慨佩服之余，受益匪浅。黄介山认为，自己当了十多年党委书记，每次讲话总是尽量不说套话、空话，而力求有新内容、新视角、新见解，这与当年黄老师对自己的影响是分不开的。

在北大，黄介山不仅在知识的海洋里畅想遨游、在博学儒雅的大师们的指点下明辨笃行，而且还有下乡劳动锻炼、体验群众疾苦的别样经历。大学二年级时，学校组织他们到北京郊区平谷县劳动锻炼、访贫问苦、编写家史村史，这让他们对北方农民的生活艰苦有了充分的体会。黄介山回忆说：“我虽然出生于农村，但长江三角洲毕竟是鱼米之乡，自然条件比较好，到了平谷县万庄，我才知道这里农民的生活是多么艰苦。他们一年四季吃的都是粗粮，而且红薯占了很大比重，难得吃上一顿白面。”同学们轮流到各家吃派饭，老乡们都很热情，用红薯粉压成的面条或从地窖里取出的新鲜红薯就算是最好的待客饭食了。开始几天吃这些，他们还感到新鲜，时间一长胃就难受，老吐酸水。入村后，他与几位同学同一位贫农老大爷睡一铺炕，过了两天大家浑身发痒，个个都长了虱子。原来，山区的农村缺水，一年到头难得洗澡，村里的人没有不生虱子的。于是，他们每天起床的第一件“大事”就是坐在被窝里抓衣服上的虱子，还自嘲是鲁迅笔下的阿Q，抓的是“革命虫”。在这样艰苦的条件下，通过一个多月与贫下中农同吃、同住、同劳动，他们深切体会到“面朝黄土背朝天”的艰辛，培养和增进了与劳动人民的感情。在回到学校后的一次学习讨论会上，谈起八个农民才能养活一个大学生时，大家都不禁潸然泪下。

大学三年级和四年级时，按照中央的安排，学校又组织他们作为工作队队员分别到湖北江陵、北京延庆参加了两期的“农村社会主义教育运动”。其中在延庆大观头公社的那次教育活动中，他们班与清华的同学及少量地方干部混合编队，而公社工作团的团长就是时任高教部对外司副司长，后来任外交部部长、国务院副总理的钱其琛。在半年多的时间里，工作队队员多次听他讲话，布置工作。“他讲话语气亲切，态度沉稳，条理清楚，逻辑性强，很受大家欢迎。”

回忆这几次下乡的日子，黄介山饶有风趣地说：“回过头来看，当学生，不好好上课，确实有点不务正业，但作为文科的学生，倒也有不少收获。”在他看来，这有利于他们了解民情、国情，培养吃苦耐劳和求真务实的品格，激发为服务人民、振兴中华而不懈努力的奋斗精神，同时对培养工作能力和写作水平也大有裨益。值得一提的是，农村社教运动还成就了他的姻缘。1964 年在湖北江陵搞“社教”时，他与同班同学张明非分在一个工作组，在同一个村子里朝夕相处了 8 个月，他们之间的爱情就是在这里萌芽的。

在北大求学期间，黄介山遇上了“文化大革命”，这段经历不堪回首，教训也极其深刻。这些经验教训使原本缺乏社会经验和生活阅历的年轻学子变得成熟和聪明起来，这也是他工作以后少走弯路、少犯错误的重要原因之一。此外，“文革”使师生之间有了更多的接触，一些中青年教师和学生成了“同一战壕的战友”，他说，像郭锡良、黄修己、费振刚、蒋绍愚等后来成为著名学者的年轻教师，真正成了他们的良师益友。他们的学识以及独立思考、不趋炎附势、仗义执言的品格，都对他有着潜移默化的影响。

谈了许久后，黄介山总结说：“北大优越的学习条件和活跃的思想氛围为我们的学习、成长提供了得天独厚的条件，使我们的知识不断积累、羽毛日益丰满，对我们世界观、人生观和价值观的形成产生了重大影响。”在北大读书期间，黄介山一直是学生干部，担任过班团支部书记、系团总支委员。

从来没有哪一所大学像北京大学这样与民族的命运联系得如此紧密，而北大的这种传统也融入了黄介山的血液，影响了他的一生。“可以毫不夸张地说，我一生中最好的年华，我的青春和爱情，我的理想和事业，都同北大这片热土有着无法割断的血肉联系”，“无愧于北大人，既是我生活的信念，也是我的座右铭”，妻子张明非为纪念北大百年校庆写的这段话也代表了黄介山的心声。

如今，黄介山与妻子张明非获得不少荣誉，他们把其余的荣誉证书都收在了箱子里，唯独把北京大学校友会、北京大学教育基金会颁发的两块“北京大学优秀校友”的纪念牌，放在书柜显眼的位置。他们格外珍视母校给予的荣誉和鼓励。

深深西部情

黄介山时刻鞭策自己，要无愧于“北大人”的称号，无论在什么地方，做什么工作，都应该踏踏实实干好，力求开拓创新。

从北京大学毕业至今，黄介山一直生活在祖国的西部，工作在少数民族地区。他真诚地说：“我只是和许多北大人一样，有一种知恩图报的思想，认为人民养育了我们，国家培养了我们，理所当然地应该为国家和人民多做贡献，觉得奉献是光荣的，讨价还价式的索取是可耻的。”他先后在内蒙古、广西工作，这两个地处祖国边疆的少数民族聚居的地区，也是“西部大开发”包含的两个自治区，工作与生活条件都比较艰苦，发展相对滞后。但他始终能以积极进取的态度、乐观顽强的精神尽快适应环境，高高兴兴地工作和生活。

谈到毕业分配至偏远的内蒙古包头钢铁公司时，黄介山提起毛主席语录中的一句话：“我们共产党人好比种子，人民好比土地。我们到了一个地方，就要同那里的人民结合起来，在人民中间生根、开花。”既来之则安之，黄介山到包钢后没有埋怨，没有消沉，只想着要好好工作，他和那里的普通工人及学校的教师干部打成一片，用汗水和心血浇灌出人生的第一朵花。

黄介山从北大毕业时，根据“面向基层、边疆、工矿、农村”的国家分配方针，分到内蒙古包头钢铁公司。虽然包头的自然条件不好，但毕竟是城市大企业，比起那些到偏僻山乡的同学强多了，所以他很知足。何况，“再艰苦也能生活，再困难也要工作”，他这样想。

到了包钢，先是到教育处报到，然后被安排到炼钢厂劳动锻炼，在平炉车间当工人。他虚心向工人师傅学习，抢着干又累又脏的活。

他穿着厚厚的白色防热工作服，戴着配有太阳镜的前进帽，挥着长把铁锹，向熊熊的炉火中投料，熏得脸上直发烫；裹着毛巾，捏着鼻子，向火花四溅的大罐中冲水压渣，喷出的废气简直令人窒息……就这样，他踏实肯干的劳动态度受到了工人师傅的称赞。在包钢，他与工人师傅、工人邻居平等相待、和睦相处，丝毫没有大学生的架子。他不仅学会了做工，还结交了一批工人朋友，其中有些在分开二十多年后，至今还与他保持着联系。

在包头生活，一切都得自己动手。冬天到来之前，要把蔬菜拉回家储存。几百斤的白菜、土豆、萝卜，黄介山用自行车，一趟又一趟，来来回回地往家里运。运回家后，还要自己挖地窖储存，在大缸里渍酸菜。当年包钢的职工宿舍大都是平房，没有院墙。为了安全，他在工人朋友和高年级学生的帮助下，用板车从野地里拉回泥土，每天下班后一层一层地往上垒土墙。烧饭用的煤泥（生产焦煤时筛洗过的下脚料）是包钢作为福利发给职工的，但要自己到洗煤厂去挖。每次他和朋友一起站在没膝深的煤泥池里，一锹一锹地捞，再用力甩到岸上，够一车了才拉回家。

在炼钢厂劳动两年多以后，他被调到包钢第六子弟中学任教，两年后又被选拔到教育处机关工作。1976 年，32 岁的他从同年分配到包钢工作的近四百名大学生中脱颖而出，被提拔为包钢教育处副处长，成为包钢最年轻的处级干部。在国家恢复研究生招生之后的 1979 年，他的妻子张明非考取了母校古典文学专业的研究生。她是北京人，1982 年毕业时本想留在北京工作，但那时对人才远不如今天这么重视，黄介山和孩子们的户口成了难以逾越的障碍。而如果张明非继续回包钢工作，又很难发挥苦读三年的专长，于是他们不得不重新寻找一个更适合全家生活的地方和单位。在当时，想去沿海发达城市同进京一样，几乎是不可能的，即使有单位愿意接收，也很难获得人事与户口指标。几经周折，偶然想起黄介山岳父的老朋友陈伟芳是广西师范大学历史系教授、副校长，于是赶忙联系。也许是西部地区对人才格外需要和看重，一封电报很快得到答复，学校对他们夫妇表示热情欢迎。就这样，1983 年夏，黄介山和孩子随妻子从祖国的北疆调到南陲——广西壮族自治区——工作。夫妇俩来到“山水甲天下”的桂林，怀着新鲜的感受和对未来的憧憬踏上了他们奉献的第二段征程，这一年，他们刚好年届不惑。

黄介山在广西师大担任党委书记 13 年，其间有 5 年兼任校长，在工作中一直尽职尽责、兢兢业业。谈到领导工作，笔者问他有哪些突破，他却谦虚地说：“在学校管理方面我做了许多努力，但讲突破，真谈不上，只是在某些方面力求做得好一点而已。”然而在黄介山带领下的广西师大取得的显著成绩和进步，却是有目共睹的。比如在人事改革中选贤任能，实现干部年轻化，就比广西区内其他高校早两三年。1991 年黄介山接任校党委书记，结合自己的亲身体验和学校实际，他深感有计划、有步骤地推进干部队伍新老交替的重要性与紧迫性。于是，他开始加大培养和提拔年轻干部的宣传力度，做好舆论准备工作，同时制定制度、采取措施为全方位促进干部的交流与培养创造有利条件。第二年校党委就一次集中提拔任用了三十多名年轻的处级干部（包括从科级提为副处、从副处提为正处），两年以后又集中提拔了一批满怀抱负与实干精神的年轻干部。短短三四年时间，黄介山敢于用人的改革使广西师大的年轻干部具备了在领导岗位上锻炼和提高的良好环境，整个学校变年轻了！

百年大计，教育为本。而一所学校水平的提高和发展，很大程度上取决于这所学校教师队伍的综合素质与能力。因此，黄介山非常重视加强教师队伍建设，特别是注重培养和引进年轻的骨干教师与学科带头人。在这方面，学校领导班子制订了一系列的计划、规定、措施，经过几年努力，取得了良好的效果。20世纪90年代中后期，广西师大在校博士生的数量以及具有硕士以上学历的教师所占教师的比例是广西高校中最高的。此外，学校也积极促进学校与韩国、越南及欧美国家的高等学校的交流与合作。广西师大外国留学生的数量不仅在广西而且在国内地方师范院校中一直处于前列。韩国大佛大学为了表彰黄介山在促进两校交流合作方面所做出的努力，于2003年12月授予他名誉博士学位。

当笔者提出“结合您个人的工作与人生经历，您认为是环境改变着您，还是您改变着环境”这个问题时，黄介山微微一笑说：“做管理工作，与人打交道，就需要不断地学习和提高自己、改造自己，天长日久，无论性格还是观念和能力，工作环境自然使我改变了许多。”对于温和谦逊的他，后半句虽没有答完，但其在担任广西师范大学党委书记、校长期间卓有成效的努力表明，他也影响并改变了环境。

大家最直观的感受就是广西师大校园环境的改善。1996年黄介山到上海师范大学开会，看到他们正在抓校园精神文明建设，效果很好，受到很大启发。当时广西师大的部分学生缺少良好的文明习惯，校园内的道路每天清扫以后，过不了两三个小时，就又有不少果皮、塑料袋等垃圾。一些学生随意从宿舍楼上往下倾倒剩饭剩菜，说脏话、起哄、打架骂人等不文明行为也时有发生。这不仅影响了老师、同学们学习、工作与生活的心情，也不利于校园文化建设和发展。从上海回来，他酝酿、制订了一个开展“建文明校园，做文明师大人”活动的规划，在提交校党委讨论获得一致通过后，活动如火如荼地开展起来了。全校动员大会上，黄介山亲自做动员报告。会后，从上到下，层层动员，师生员工齐心协力抓文明行为的养成教育。针对校园里存在的主要问题，学校制定了一系列规章制度，采取了各种措施，加强监督检查和奖惩力度。这一工作持之以恒，开展了两年多时间，后来又提出“反复抓、抓反复”，不断巩固成果，从而使校园文明水平跨上了一个新的台阶。与此同时，还大力加强师大校园的环境建设，改善学生学习和生活住宿条件，铺草坪、造花坛、修道路。学校的王城校区是国内保存最完好的明代藩王府，既属国家级文物保护单位，又是著名的旅游景点。但当时几乎没有一块像样的草坪，房前房后都是裸露的黄土地。一进校门，展现在眼前的第一景观，就是主建筑承运殿前面的几个偌大的篮球场，其水泥地面已龟裂，一副副球架也很陈旧。不远处还有个泥地足球场，黄介山决心将这片球场改为草坪，同时在城角偏僻处补建篮球场。可当时人们的观念还相当陈旧，在教代会讨论这一议案时，反对的声音占了压倒优势。特别是有些老同志，意见很激烈：“搬迁球场要花不少钱，太浪费！”“办学校，搞什么草坪！”黄介山和分管后勤的副校长硬是顶着压力建起了一块又一块草坪。一个有利于学生文明习惯养成的幽静、整洁、美丽的环境出现了，校园面貌焕然一新！教育部副部长张宝庆到校视察时称赞王城校区“是国内一流的校园”，现在它已成为4A景区。当年持不同意见的人转变了态度，也认可了黄介山的超前意识。

黄介山领导下的师大，改变的不仅是校园环境，还有人文氛围。其实，早在1985年，黄介山还是师大中文系党总支书记时就在营造和谐氛围方面尝到了甜头。当时中文系这一学校的王牌系经过“文革”的浩劫，人心涣散、人际关系紧张，背后骂人、当面吵架的现象并不少见。“新官上任三把火”，黄介山到中文系后就同系主任林宝全教授一道大力提倡和实践“不计前嫌，不纠缠历史老账，放眼未来向前看，营造团结、和谐、宽松的工作环境”和“与人为善、以诚相待”的理念。“老实说，提倡这一理念在今天很平常，当时却未必”，黄介山如是说。其实笔者也知道，在斗争哲学遗毒很深、中庸之道广受批判的当时，这么做还是需要有点胆量的。黄介山说，自己的勇气和胆识与在北大期间经历了那么多政治运动、政治风波，特别是“文革”，从中吸取了深刻的教训、较早地成熟起来有很大关系。经过几年努力，师大中文系的风气有了明显转变，人际关系有了很大改善，凝聚力大为增强，各项工作都大有起色。中文系老教师谈起往事，还不禁流露出对当年工作时那种团结和谐氛围的深深怀念。而黄介山也因此在推荐校级干部的测评中领先，奠定了进入校领导班子良好的群众基础。

从 1991 年至 2004 年，在黄介山担任广西师大党委书记的 13 年里，学校的硕士点由十几个增至六十多个，并获得了博士单位授予权。他的工作业绩得到群众和上级组织的充分肯定，于 1996 年被中组部评为“全国优秀党务工作者”。学校党委也于 2001 年被评为“全国先进基层党组织”，他作为代表应邀参加了在人民大会堂举行的中国共产党建党 80 周年庆祝大会，并到中南海与江泽民、胡锦涛等中央领导同志合影。

家和事业顺

“修齐治平”是中国古代知识分子的优良传统，也是历代北大学子毕生不倦的追求。黄介山、张明非这对 20 世纪 60 年代的北大毕业生，已经携手走过了40多年的风风雨雨。从内蒙古到广西，两人在工作和生活中同心同德，相濡以沫，心手相牵，同他们有过接触的人无不倍感欣羡。

对于事业与家庭的关系，黄介山夫妇认为二者同样重要，是不可替代、互相促进、相得益彰的关系。“同样重要，并不等于在二者上面花费同样的时间与精力，而是指两者在心目中的地位难分上下，缺少任何一方都不会完美。”黄介山认为，事业与家庭并非截然对立的一对矛盾，处理得当，可以做到相辅相成、互相促进。“事业兴旺，家庭幸福才有基础；家庭美满，工作才会更加顺心。”在工作中累了、烦了或者遇到苦恼和风浪，可以在家庭的港湾中获得心灵的宁静和安慰。

多年来他俩一个从事行政管理工作，一个从事教学科研，在不同的领域都做出了自己的贡献，可谓齐头并进，比翼双飞。

黄介山有个温馨幸福的家庭，两个儿子分别从上海交通大学、上海财经大学毕业后，出于对山清水秀的桂林的热爱和对父母的眷恋，在20世纪90年代初都先后回到桂林工作，如今都已成家立业。十年前黄介山夫妇又“晋升”为爷爷奶奶，聪明可爱的孙子、孙女的先后到来，给他们的晚年生活增添了无限的乐趣。正像他们在一首诗里写的：“幸福不觉桑榆晚，儿孙绕膝自承欢。此生无怨亦无悔，余年潇洒更悠然。”

采访手记

第一次对黄介山夫妇有所了解，并不是通过直接的采访，而是通过另一位北大老校友的叙述。等对黄介山校友的采访结束后，我更真切地体会到先前那位校友言语中透露出来的由衷的赞许。

他真诚谦虚的口吻、温厚诚朴的态度，宛如一汪泉水，沁人心脾；他修身齐家的追求、心系祖国的胸怀，犹如一方灯塔，予人启迪。他对北大母校的依依深情，他奉献西部的实干精神，他恬淡潇洒的生活、幸福和睦的家庭，让我明白了什么是“在工作，也在生活”。

采访后的黄介山校友曾几次叮咛，千万要如实写来，不要渲染夸大。我想，也许正是这种平实谦和的心境，让他在工作、生活的种种曲折面前也能坦然、从容地面对：在与贫下中农共同生活时自称每天早上抓的是“革命虫”；在炼钢厂锻炼时总想着包头是城市，好过“一出门就能打猎”的山村；在妻子北大硕士毕业不能留在发达的城市后，笑称终于来到了“山水甲天下”的桂林……

通过与黄介山校友的接触，我重新思量起在北大的学习与生活。我们不仅要在未名湖畔吟诗诵词，在图书馆内查经阅典，在教室里聆听智者箴言，我们更要学习选择正确的人生方向，培养正确的生活态度与前行时坚强而平和的心态。这样，当我们告别母校那汪微波粼粼的湖水，在生活更广阔浩瀚的海洋上扬帆时，才能满怀信心与勇气，才会更明确前进的方向！

【西部放歌】 为展示在西部工作的北大校友风采，北大新闻网与团委共同推出专题——“西部放歌”，辑取其中的部分代表，记录他们在北大学习成长的心路历程、在西部辛勤工作的感人事迹，彰显北大人造福人民、服务社会的优秀传统和不畏艰苦、扎根西部的奋斗精神。

（收入《西部放歌》，北京大学出版社，2010）

美丽师者

——记广西高校教学名师张明非

◆ 任润润

“春江潮水连海平，海上明月共潮生。滟滟随波千万里，何处春江无月明？……”台上老师和台下400位同学深情地齐声朗诵唐诗，这是在广西师范大学雁山校区学术报告厅独秀大讲坛之“唐诗的魅力”开讲现场，主讲人系广西高校首届教学名师、广西师范大学文学院博士生导师张明非教授。在讲座中，她先以多个古今生活中的实例向同学们简要介绍了唐诗作为一种文学样式在中国文化历史上的成就、地位以及影响；接着，将唐诗与前、后代的诗歌对比，归纳出了唐诗三大魅力，即贴近生活、情感真切、艺术高妙；并援引众多经典作品作为例证，讲李白的豪放，述李商隐的多情，引领同学们进入了诗歌鼎盛的唐代，让同学们在一种轻松愉快的氛围中领略唐诗的魅力。这只是张明非40年教师生涯中的精彩一幕，却凝聚着她毕其一生执着教坛的心血和结晶。

一、文化传承

出身于知识分子家庭的张明非，走上文学研究和教学的道路并非偶然，这其中既有来自家庭的影响，更与其求学经历有直接关系。

家庭影响

1943 年 12 月，张明非在重庆出生。父亲张知辛是一位追求进步、热爱文学的知识分子。他 16 岁便参加了湖南农民运动，抗日战争爆发后又参加了抗日救亡运动。重庆谈判失败后，为完成周恩来“坚持在国统区统一战线工作”的嘱托，张知辛决定以唐太宗的“以人为镜可以明得失”的名言为宗旨，创办一本以人物为主题，以人说史、以人论事的刊物，借古喻今，唤起警悟。《人物杂志》于 1946 年 1 月创刊，1949 年 4 月在国民党的重压下被迫停刊。这本刊物尽管只办了三年零四个月，却是有声有色，影响遍及全国。刊物开辟了题为《人语》的专栏，每一期上都有张知辛以“鲁锐”的笔名发表的笔锋犀利、褒贬分明的杂文。这成为张明非最早的文化记忆。而写一笔好字、一手好文章的父亲也在幼儿期的张明非心中播下了文化的种子。新中国成立后，父亲张知辛调到北京，先后担任由中国近现代职业教育奠基人黄炎培先生创办的中华职业教育社副总干事、中华函授学校校长、全国政协学习办公室副主任等职务，为发展我国的语文函授事业做出了突出贡献。

受父亲潜移默化的影响，张明非从小便对文学有着浓厚的兴趣，她的作文从小学到中学一直得到语文老师的当面批改和精心指导。中学阶段，她阅读了大量古今中外的文学名著，尤其对一些经典名篇谙熟于心，由此确立了学习文学的终生志向。1993 年，张明非第一本学术专著《唐音论薮》出版，她在《后记》中满怀深情地写道：

在拙著即将付梓的时候，我倍加怀念指引我走上文学之路的启蒙老师——我亲爱的父亲张知辛先生。……父亲对我的成长有很大的影响，他的殷切期望不论在他生前或身后一直是鼓励我上进的一个动力。我想，如果父亲地下有知，如果他知道女儿已经如他所期望的那样走上了研究文学的道路，一定可以含笑九泉了吧？

两进北大

1962年，张明非如愿以偿考上北京大学中文系，进入全国最高学府。北大雄厚的师资、丰富的藏书，使她沉浸在知识的海洋里，如醉如痴，乐此不疲。她除了每日奔波于图书馆、教室，还加入了北京大学"五四"文学社散文组，积极参加社团活动。这在锤炼着她知性气质的同时，也造就了她充满诗意的语言特色。但是人生往往不能按照自己所预想的方向发展。在那个特殊的年代，大学校园并不平静。大二下学期，张明非随整个北大中文系学生被派到湖北江陵县，参加长达八个月的"社会主义教育运动"；大四一开学，她所在的年级又被派在北京郊区延庆县参加"四清"；运动尚未结束，1966年"文化大革命"爆发，张明非原本应该读五年的学习生活就此结束。

1968年7月，张明非被分配到内蒙古包头钢铁公司教育处。在工厂"接受工人阶级再教育"当了一年半钳工后，从1970年到1977年，张明非一直在包钢一中教语文，当班主任。她先从初一教起，后来包钢一中办起了高中，她成为这所中学的第一届高中老师。尽管当教师并不是她的初衷，尽管那是一个大学停招、"知识无用"、教育看不到任何前途和希望的年代，但这一段做班主任和语文教师的经历，却使她不仅感受到教师职业的崇高，而且从中获得此前从未体验过的快乐，由此产生了终其一生的教师情结。

1979年，张明非考取母校古典文学专业研究生，重新回到北京大学中文系，师从著名学者陈贻焮先生研习魏晋南北朝隋唐五代文学。张明非以极大的热情，如饥似渴地学习，不放过任何一个听课的机会，其中既有林庚、吴组缃、吴小如、阴法鲁等前辈学者的课，也有当时还是中年教师，后来在学界享有盛名的袁行霈、金开诚、胡经之等老师的课。至今她还完整地保存着听课时的全部笔记。

这三年的学习不仅弥补了她读本科时未曾听到一些名师讲课的遗憾，更使得已有近 10 年教龄的她在教学方法和教学艺术方面受到很大启发，为她后来在大学任教提供了有益的借鉴。

师从名家

能成为著名学者陈贻焮先生的研究生，张明非既倍感庆幸又有些紧张。陈先生不仅学术成就卓著，而且是一位极为认真负责而又循循善诱的导师。为帮助张明非克服对学术的畏难心理，陈先生曾特意写了一首长诗《答问学，示张明非、葛晓音二生》勉励自己的学生。其中写道：

“勿言蹉跎岁月久，休叹学殖渐荒芜。知识或亏见识长，失之东隅收桑榆。何况春秋正鼎盛，伫看鹏翼穷南图。君不见，安陵班昭称大家，诏续汉书东观趋。又不见，漱玉泉边女居士，清辞往往凌丈夫。世人岂可轻妇女，勉哉二子疾驰驱。”

字里行间情真意切，其中既有陈贻焮先生自己的人生感悟、治学经验，更有对学生的亲切勉励和热情关怀。后来，陈先生还将此诗写成条幅送给她，张明非将其裱好珍藏至今。

陈贻焮先生精心指导张明非读书、撰写论文。当时他的一只眼睛几近失明，又忙于写作百万字的皇皇巨著《杜甫评传》，但仍然在张明非几十万字的读书报告上圈圈点点，写下密密麻麻的批语。在陈先生耐心细致的引导下，张明非逐渐掌握了治学的基本方法，开始进入学术的殿堂，感受到了发现问题、钻研问题的乐趣，这一微小的进步使陈贻焮先生非常高兴。他曾在张明非的一篇读书报告上写下这样的批语："半年多来我密切注意着你在学习、科研上的成长，总的看来你始终走在正路上，是稳步前进的。我体察得出你每获得一个飞跃所付出的艰苦劳动，也常为你取得的成绩而暗暗喜悦。"

导师的谆谆教导和殷切希望，使张明非不敢有丝毫懈怠。读研三年，除了周末，每天一早就去图书馆等开门，直到闭馆才离开，几乎是她三年学习期间雷打不动的生活方式。不论是图书馆暖气不那么充足的冬天，还是阅览室有时炎热异常的夏天，都不曾使这一生活规律稍有改变，这三年的扎实学习，为张明非后来从事古典文学专业的教学和研究奠定了坚实的基础。念及导师，张明非动情地说："如果没有先生的热情教诲和严格要求，很难设想我有勇气战胜一个又一个困难，顺利完成学业，我从先生那里学到的岂止是知识，更有诲人不倦的精神和对古典文学专业的执着与热爱。"

张明非第一本论文集《唐音论薮》出版前，特请导师赐寄序文。陈贻焮先生欣然命笔，在文章的末尾，他饱含深情地写道：

"献岁发春，新正又过，余年近古稀，垂垂老矣！顾念坎坷一生，蹉跎岁月；虽自幼有志于学，惜迄今建树无多，良可慨也！幸二三子春秋鼎盛，才学双全；正放马扬鹰，驰骋于文场；含英咀华，弘扬乎国学；竞刊力著，启迪新风；观之不觉豪情满怀，为之呐喊，为之欢呼不置。"

直到今天，在导师辞世 12 年之后，每当重读这篇序言，张明非仍禁不住感慨万千，潸然泪下。

二、教学生活

1982年，张明非硕士毕业，来到广西师范大学中文系（今文学院）任教。中文系是广西师范大学最早创办的系科之一，前身是1932年广西省立师范专科学校中文科，有着悠久的历史和良好的传统，一批国内外知名学者都在此任教，如夏征农、欧阳予倩、谭丕模、穆木天、沈西苓、吴世昌、冯振、林焕平等，首任系主任是著名语言学家陈望道。

忠于职责

刚到广西师范大学，张明非就被系里安排接替一位教学很受学生欢迎的教授上课。学生们得知这一消息，怀疑一个刚刚毕业的研究生的水平和能力，不愿意换人，有个别学生甚至去找系领导“请愿”。

张明非在不知情的情况下，放下手头的科研工作，一心一意备课，认真钻研教学内容，精心撰写课堂教案。凭借扎实的教学基本功和读研三年的知识积累，在学生的质疑声中，张明非顺利而且圆满地上完了自己在广西师范大学的第一堂课。不仅化解了学生的担忧和不信任，而且赢得了学生的欢迎和喜爱，稳稳地站在了大学讲台上。其实，自从事教师这一职业的那一天起，张明非就把上好课作为自己义不容辞的责任。她认为：“课堂是教师最重要的岗位，在人才培养中，课堂教学具有无可替代的重要作用。教师的学识、修养、表达能力乃至人格，在三尺讲台上都可以得到全方位的展示，课堂教学又仿佛是教师的一张名片，在很大程度上体现着一个教师的价值。要寓教于乐且不可误人子弟。”

她是这样说，也是这样做的。无论是在包钢一中当中学老师，还是在广西师范大学任大学教授，张明非都把上课看作自己最重要的职责。

从教40年来，她从未迟到过一次。即使在她当中学老师，自己年幼的孩子需要照顾的最困难的时期，每当上课铃响起，身为班主任的她一定会准时出现在教室门口。从教40年来，她从未上过一节无准备或者准备不充分的课。如必修课“唐代文学史”，她前后已经讲了几十遍，尽管已经烂熟于心，在每次上课前，她还是要更新教案，补充完善课程内容。

1988年，张明非开始担任古代文学教研室主任。她把工作重点放在人才引进和学科建设上。她认为，教研室是教学最基层、最重要的单位，教研室建设必须讲求团队精神，只有靠集体的力量才能推动整个学科的实力提升。为此，作为学科带头人，一定要严于律己，宽以待人，事事处处出以公心，这样才能令人信服，把团队建设好。在她担任古代文学教研室主任的15年里，教研室先后引进了多名毕业于南京大学、南开大学、四川大学等名校的博士、硕士，形成了学历、年龄及学缘结构都比较合理的学术团队。张明非对这个“五湖四海”的格局相当满意。她认为，来自不同院校的教师有利于学术上的互相交流。而凡是新教师来到系里，张明非都会组织教研室的老师去听课、评课，帮助年轻教师尽快适应教学要求。2006年中国古代文学专业博士点获得国务院学位办批准，成为广西师范大学也是广西第一个中文学科博士点，张明非也成为广西师范大学首批博士生导师。

就这样，生于重庆，长在北京，却一直在边疆工作——先是在内蒙古，后又到广西，从教中学到教大学，从教初一学生到指导博士生……如此多层次的教学对象，如此丰富的教学经历，都集中于张明非一人身上，确属少见。然而，不论是在什么地方，无论是做什么工作，张明非都踏踏实实，尽心尽力，精益求精，不断创新。她以高度的责任感和认真负责的态度诠释了“教师”的定义。

改革探索

在教学实践中，张明非认识到，不论多么好的教学方法，都不能墨守成规，一成不变，而在教学内容多与课时少的矛盾日趋尖锐的新时期，除了对课程体系和教学内容进行调整、改革，教学方法也必须有所突破。她认为有效的方法之一就是将多媒体手段引进古代文学教学的课堂，使博大精深的内容借助现代科学技术焕发出新的生机。

20 世纪 90 年代末，大学教室里还没有投影仪和幕布，只配有少量的电视机。“多媒体教学”在不少人眼中还只是一个抽象的概念，中文学科领域运用多媒体手段辅助教学更是一片空白。在没有现成经验可供借鉴的情况下，年过半百、不懂英语（学的是俄语）的张明非决心从自己做起，身体力行，率先进行教学手段改革的探索。于是，她成为文学院第一个尝试运用多媒体教学的教师。

为了制作古代文学课的多媒体课件，刚学会使用电脑不久的她向同事请教课件的制作方法，并多方寻找相关素材及音像资料，甚至到了废寝忘食的地步。她将收集到的丰富的素材在电脑里分门别类，有诗词朗诵、古典音乐、课件背景、插图等。找不到音频素材，她就自己录音，再链接到课件里。独立制作完成第一份课件后，一向低调的张明非主动邀请系里所有老师到她的课堂上听课。她希望以自己的行动证明开展多媒体教学的必要性和可能性，以此鼓励和带动学科的年轻教师去面对教学方法变革新的挑战。

张明非的多媒体教学示范课在系里产生了一定反响。在她的影响和推动下，多媒体教学从古代文学教研室逐步推广到整个学院，成为广西师范大学文学院的一个特色和品牌。当一个个图文并茂、有声有色的课件演示取代了传统单调的板书出现在学生眼前时，学生的新鲜感、认同感使课堂出现了前所未有的热烈活泼的气氛。此后，多媒体手段被进一步运用于“中国古代文化史”“古代作家作品研究”“分体文学研究”等选修课以及“中国文学史”等基础课，后来又延伸到“考据学”“楚辞研究”“唐诗研究”等研究生学位课，并扩大到其他专业课程。

迄今为止，文学院已经开出不同层次、不同类型、适应不同教学对象和教学内容需要的多门多媒体课程，基本覆盖了汉语言文学专业的全部课程，教学手段现代化成为文学院教学改革的特色之一。古代文学教研室的多媒体教学更是“开风气之先”，在国内同行中产生了一定影响。《光明日报》以《广西师大：多媒体教学激活古代文学课》为题做了专题报道。张明非主持完成的“古代文学课多媒体教学探索与实践”于 2001 年获得广西第四届教学成果三等奖，并成为广西师大获得教育部第四届教学成果二等奖“少数民族地区文科基地汉语言文学专业教学改革和高素质人才培养”项目中的重要组成部分。

张明非不仅带动了文学院多媒体教学的发展，而且在生活中也把电脑技术发展为自己的一项特长和爱好。逢年过节，张明非会自制电子贺卡或者年历之类的礼物发送给自己的亲友、同事和学生。她的学生笑称她是“电脑达人”，说她甚至比有些年轻人还要热衷电脑技术。

境界追求

在长期的教学探索中，张明非形成了自己独特的教学风格。她为自己确立了在教学中要不断追求的新境界：在教学内容上，力求做到教学的广度与深度完美结合。例如她讲授“中国文学史”，不但要求学生准确把握各个朝代最有特色的文学现象及代表作品，还要求学生注意梳理挖掘文学现象的发展演变及其规律，使学生既“知其然”还能“知其所以然”。张明非在课堂教学中展现的独特魅力深深感染着学生，并在学生中口耳相传，她的课如“中国古典诗学”“唐诗欣赏”等倍受学生喜爱。张明非开设的选修课，也一直是文学院选修人数最多的课程之一，可容纳150人的大教室常常座无虚席。由于选课学生太多，学院曾一度设置了选课的“门槛”：凡古代文学没考好的学生，不能选修她的课程。听过她“中国古典诗学”课的学生有这样的评价：“张明非老师将中国古典诗学中最重要的问题整理成十个专题，在分别讲述各个专题的源流、特点的同时，适时加以综合总结，脉络非常清晰，使我们不但从课堂上了解到古典诗学的整体面貌及其精髓，又得到了许多自由思考的空间。每一节课，都在同学们意犹未尽的感慨中悄然度过，同时又使我们时时感到自己知识的贫乏和读书的重要。”

在教学方法上，力求将激疑与启发有机结合。课堂上，她往往不是直接把问题的答案教给学生，而是通过设问启发学生思考，使人在经历“山重水复疑无路”的困惑后再到达“柳暗花明又一村”的境界，以锻炼和提高学生分析问题、解决问题的能力。张明非强调学生要敢于怀疑，要学会多向思维，要多方面、多角度去思考问题。

在教学艺术上，力求做到感性与理性巧妙结合。无论是描述文学现象，还是讲析经典作品，她不仅鞭辟入里，而且融情于理，以情动人。再加上她对古典文学的深刻领悟、优美典雅的语言、标准纯正的普通话，使学生在接受知识的同时得到了审美的熏陶和诗意的享受，心悦诚服地被带进古典文学的神圣殿堂。文学院学生黄献金这样写道："我不得不说，张明非教授的课的确让人留恋。进了教室，你会马上感到一种沉静。不管你之前有多烦躁，你也会被她那沉静坦然的气质感染。随之而来的，将是像暖流一样流过你心田的知识。张老师的课，知识之渊博，语言之富有穿透力，让人如沐春风。其字字如金，句句如玉。其课上，满堂皆座，座无虚席。上其课一曰享受，二感其宽厚严格。同时在她注视学子们亲切的目光中，也蕴含母亲般的关怀。"

在教学目标上，力求做到文学与人生的圆融结合。在课堂讲授中，一方面，她注意及时介绍学术界的动态和最新研究成果，使学生与学术前沿接轨，并结合教学内容介绍适合学生阅读的文献或论著，指导学生课外阅读，使学生的知识得以丰富和积累，为进一步学习打下扎实的基础；另一方面，她以自己的系统梳理和切身体会向学生展示中国文化的博大精深，以此激励学生将中国古代文学学习与自我道德修养结合起来，将文学的学习与个人的人生发展结合起来。许多学生都是在听了张明非的"唐代文学"课后对中国古典文学的魅力有了更深的体悟，一些学生由此产生了学习古典文学的强烈兴趣。一位听过张明非课的女生在博客中写道："大学四年，我最迷恋的就是唐诗宋词了，如果说对它们的兴趣起源于琼瑶的话，那么为这兴趣再添一把火的，就是我大学时候遇到的教唐诗的张明非老师。她留一头短发（在她之前，我从来不知道女性留短发也能那么高贵优雅），声音清亮，普通话纯正，端庄大方。她的气质征服了整个年级的学生。她用特有的韵调朗诵唐诗，美极了。我模仿着她的声音，模仿她的朗诵，一首一首地背诵唐诗。一个偶然的机会，我在《唐诗鉴赏辞典》上发现了张老师的名字，心中升腾起一股强烈的欢喜，我省吃俭用，攒钱买了这本辞典，然后，发誓要按《唐诗鉴赏辞典》里的顺序背诵唐诗，从第一首《蝉》开始！虽然最后没有背完整部辞典，但张老师点燃了我朗诵诗歌的热情，我曾把那首《长恨歌》倒背如流。”

一位优秀教师的身上，一定有着某种神奇的力量，可以在潜移默化中陶冶学生的性情，塑造学生的人格，激励学生对真善美的追求，激发学生对生命的热爱，有时甚至可以影响学生的一生。这或许就是教师被誉为人类灵魂工程师的原因，也是教师这一职业最为吸引人的地方。

三、人才培养

1987 年起，张明非开始招收硕士研究生，她非常重视对研究生创新能力培养，在指导研究生的理念、培养方式等方面都深受其导师陈贻焮先生的影响。

因材施教

在谈到研究生的培养时，张明非一再强调要充分了解学生，注意学生的个体差异。因为只有熟悉教育对象，才能有的放矢、因材施教。她在一篇文章中介绍了自己的做法和体会：“古代兵法说：‘知己知彼，百战不殆。’教学与此有相通之处。教师只有了解自己的教育对象，才可能取得理想的教学效果。指导研究生的工作尤其如此。研究生来自四面八方，他们的阅历不同，基础不同，水平、能力有差异。如果忽视这一现实，用同样的思想和方法进行指导，很可能无的放矢，事倍功半。只有充分注意每个学生的特点，因势利导，才有助于他学业的进步和能力的提高。从这一意义出发，可以说，在读写中培养研究生的科研能力，可以达到因材施教的目的。我从一开始就十分注意从读书中发现他们各自的特点，诸如读书习惯、思维方式、写作风格等，经过一段时间的观察，基本把握了每一个人的长处、潜能和不足，便在批阅读书报告时着重指出他们的特点在文中的具体表现，以强化他们对自己优点和弱点的认识，从而更自觉地扬长避短。指导研究生读写是一项十分细致的工作，它不像大规模的机械化生产，而更像手工劳作，要求教师就像园丁一样根据每一株花木的习性进行精心的栽培管理。唯其如此，才有可能在帮助他们克服自身弱点的同时，不伤害他们的积极性，并使他们哪怕是处于萌芽状态的优点得到发扬。”

好的教师就应当是这样的引导者：不论面对的是什么样的学生，他都能从中发现美好的东西，并以此为基础，设计一个符合学生“最近发展区”的目标，带领学生为实现这一目标而奋斗。从这一意义上说，教师是智慧的使者，是文明的化身。张明非正是善于发现学生的个性，并努力尊重和保护学生个性的教师。在她看来：“每个人在认知兴趣、能力以及气质、性格方面都不同程度存在着差异，因之创新精神也有所不同。要想使研究生具有创新精神，导师应注意发现学生的个体差异，进而有意识地加以培养，根据他们的志趣、特点加以引导，这才有助于学生独立性、创造性和开拓性的发挥。从一定意义上说，没有个性就没有创新。”

强调读写

张明非要求研究生有系统地读书，尽可能用多方面的知识充实自己。同时要求学生养成多思的习惯。学到一点知识，多想几个为什么；研究一个课题，从侧面反复加以思考，都有助于发现问题。多思能使思维敏锐，大脑保持活力。从自己读研三年的经验出发，她认为指导学生撰写读书报告是行之有效的方法，边读边写，读写结合，有助于提高研究生的读书效率、阅读水平和研究能力。前人有所谓“不动笔墨不读书”的说法，哪怕是微小的想法，也是一种灵感，如不及时抓住，很可能稍纵即逝。尽管这些想法有时会很幼稚，很不成熟，但深入开掘，就有可能升华，产生新的心得。如果在感想之余，再有意识地积累有关材料，点滴体会就会像滚雪球似的，越滚越大，逐渐形成系统，酝酿成文章。

每一届研究生入学之后，张明非都要求他们在两年之内尽可能多地阅读本专业方向的作家作品，重要作家必须通读全集和详注，围绕重点作家对同时代的二三流作家作一般的浏览，同时配合阅读诸如《资治通鉴》、二十四史等相关典籍。她要求研究生在阅读的基础上，每读完一部重要作家的别集便写一篇读书报告。对读书报告的要求是：读书要细、钻研要深，善于发现问题和解决问题，哪怕不一定成文，也要有自己的创见。

在几十年的教学生涯里，不论是本科生，还是硕士、博士生，张明非对作业的批改从来都是认真细致，一丝不苟。她要求学生的作业本留有可供批改的空白，待改完发回学生手中，留白就会被密密麻麻的红字批语填满。然后再针对其中的问题找学生面谈。张明非指导的87级3名研究生曾做过一个统计：在30多万字的读书报告上，竟留有导师近4万字的批语。研究生的毕业论文更是要经过一改二改三改的反复，论文空白处布满批语。后来使用了电脑，张明非便在电脑上批注修改，从未马虎过。

张明非对学生的严格要求在广西师大文学院是出了名的。94级硕士生沈伟东曾写道："做张明非的弟子要很努力很刻苦，因为张明非会非常仔细地看弟子的读书报告、课程论文，逐字逐句地修改。当我们在研究生一楼前的走廊下棋时，她的弟子多在宿舍里用功。"

从1987年带第一届研究生起，张明非就时时以自己的导师陈贻焮先生为楷模自勉自省，坚持高标准、严要求，通过读写培养研究生的科研能力，并坚持像先生那样对每一份读书报告认真阅读，精批细改。带两三个学生是这样，后来同时带10个研究生也依然如此。张明非说，指导研究生读写是一项繁重而细致的工作，它要求教师具有很强的责任感和高度的热情。自己虽然辛苦一些，但看到学生的成长，便觉得一切付出都是值得的。

《礼记·学记》说："学然后知不足，教然后知困。知不足，然后能自反也；知困，然后能自强也。故曰：教学相长也。"在指导研究生的这些年里，张明非比任何时候都更深刻地理解了教学相长的含义。青年学生兴趣广泛，求知欲强，思想活跃，他们的读书报告不仅涉及范围很广，而且常有标新立异的见解。"以其昏昏，使人昭昭"是不行的，这就迫使自己不断地学习，更新知识，在指导学生的同时自己也扩大了眼界、拓宽了思路、增长了学识。

鼓励创新

张明非十分看重"创新"这一品质。在她看来，创新精神是指一个人具有较强的好奇心和求知欲，渴望发现问题并勇于解决疑难问题的精神。任何创新都不容易，它既需要真才实学的根底，也有态度和方法方面的问题。她说："唐代史学家刘知几在《史通》中提出一个史学家应具备'史才''史学''史识'三个方面的长处，而以'史识'最为重要。所谓'史识'，也就是说的要有见解，要有真知灼见。我们不能要求每个研究者都能在研究中提出什么了不起的高见，特别是对于刚踏入研究领域的研究生，更不能强求有一鸣惊人的创新。但既然做研究工作，就必须认识到研究工作贵在创新。要有理论上的勇气，敢于突破前人已有的定论和传统的看法，这绝不是说可以轻易地、不负责任地随便否定别人的研究成果，而是当自己在客观的实事求是的研究中发现前人论断的错误和不当时，要敢于提出自己的新见解，并使之不断完善。"

那么，应如何培养创新型人才呢？张明非认为知识、能力和素质是人才构成的三个要素，三者相互依存，缺一不可。知识是能力和素质的载体；能力的获得和提高必须以拥有一定的知识为基础，知识越丰富越可以促进能力的提高，能力的增强反过来又可以促进知识的获取，而素质的高低既有先天的因素，更受到后天环境和教育亦即知识和能力的影响。要想把研究生培养成为创新人才，必须从三方面着手：一是加强基础训练，建立广博合理的知识结构；二是大力倡导和培养研究生的创新精神与创新能力；三是要发挥导师的作用。她在题为《如何培养古代文学研究生的创新能力》的一篇文章中这样介绍自己做导师的体会："导师除了要有扎实、宽厚、广博、精深的专业基础知识和教学基本技能外，还要具备以下几方面素质：第一，具有以培养学生创新能力为主的现代教育理念，改变以传授知识为中心的传统教育思想。传统的研究生教学与本科教学并未存在太大的区别。重知识传授、轻能力培养，重课堂教学、轻实践环节，重教师主导、轻学生自主，是长期以来影响人才创造力的痼疾。第二，导师自身应具备创新意识及创新能力，了解相关学术领域的最新信息，并对学术发展动态有比较清清晰的把握和前瞻性、预见性，不断开创自身教学、科研的新领域。第三，要有开放性的人格和宽容理解的良好心境，能营造和谐民主的教学氛围，善于启发学生思维，激发他们的创造灵感，鼓励他们勇于创新，只有这样的导师才能适应融传授知识与培养能力为一体、融教学与科研为一体的高层次创造性人才培养的要求。”

在广西师大从教多年，张明非培养的学生大多以学风踏实、勤奋刻苦、基础扎实得到参加答辩的校外专家的肯定。她指导的 28 名硕士研究生中，有 15 人考取了博士，还有一些晋升了高级职称，成为教育战线的优秀人才和各行各业的骨干。99 级硕士李翰考取了复旦大学的博士生，他在博士论文的“后记”中写道：“三年前，也是这样春风骀荡的四月，在桂林霏霏洒落的槐香与细雨中，我给自己的硕士论文画上了最后一个句号。一直不能忘怀，那梦一样蜿蜒清澈的漓江，那繁星一样点缀在江心与两岸的奇峰秀石；不能忘怀，广西师大的春槐秋桂。其实，我知道，最不能忘怀的，还是我的硕导张明非先生。是先生将我引进古典文学的大门，三年雕琢，一路扶持，付出极大的心血。硕士毕业，走出了师大校园，但先生的关怀依然陪伴在学生左右。学习、生活中遇到的困难与问题，总是可以从电话或电子邮件中得到先生的及时帮助。像孩子走不出母亲慈爱的目光，无论千里万里，我总能感受到恩师的关切期盼，鼓励着弟子一步一步，努力前行。”

张明非不是师范专业出身，却无怨无悔地选择了教师作为终身职业；张明非从事的是中国古代文学研究与教学，却有很高的教育学素养。在她的教学中，当代科学和人文的基本知识、学科知识和技能、教育学科类知识三者相互支撑、渗透，有机整合，使得她的教学始终保持着别样的高度和独特的魅力。回顾自己几十年的教师生涯，张明非很庆幸自己选择了广西师大，选择了唐代文学专业，更庆幸自己选择了教师职业。她感慨地说：“在教师的岗位上我付出了许多时间、精力，贡献了一生中最好的年华，也得到了丰厚的回报。这不是指金钱，也不是指声名、荣誉，而主要是从教师这一职业中获得的丰富的人生体验以及心灵的充实和愉快。从前人们常把教师比作蜡烛，照亮了别人，毁灭了自己，甚至有人把教师比作两头燃烧的蜡烛。我觉得这样的比喻悲剧色彩太浓了，我更愿意做一名快乐的、生活中充满阳光的教师，让别人从我这里感受教师是天底下最好的职业。”

张明非说，许多年来，她一直以一颗“好奇心”和满腔热情来对待事业、对待生活，她认为这是一种良好的品格。如她给学生讲授唐代文学已近 30 年，撰写教案不下几十遍，但每次给学生上课仍然充满激情，沉醉其中。正是这种品格使得她保持着年轻的心态。张明非热爱生活，热爱一切美好的事物。对美的追求，体现在她工作和生活的每个细节之中。《广西师大学报》一位主编曾感叹她投去的文稿没有一处涂抹，是最干净规范的；她打印的电子文本，几乎全部是四号楷体，清晰整齐；她制作的 PPT，精美协调，赏心悦目；她的着装大方得体，优雅大气；她的语言有条不紊，不疾不徐；她的个性直率开朗、豁达大度。一位博士生这样评价她：“张明非老师经历了很多。这样的人生阅历，于张老师而言，是一笔财富，让张老师更加坚定了自己的信念，让她有了更为超脱的人生态度，也让她拥有了异于常人的人生智慧。她是很纯粹很简单的人，对人对事有一种超越世俗的宽容。”

这是一位美丽的师者，也是一位极具魅力的师者。她，以及她的教学，都优雅而灵动。用包容的心看待现实世界，在教书育人中体验生命的律动，在孜孜不倦的创造中丰富有限的人生——这样的师者，怎能不美丽？”

（收入《魅力教师——广西师范大学教学名师研究》，广西师范大学出版社，2013）